MANUELA INUSA

Der kleine Teeladen zum Glück

Die Chocolaterie der Träume

Autorin

Manuela Inusa wurde 1981 in Hamburg geboren und wollte schon als Kind Autorin werden. Kurz vor ihrem dreißigsten Geburtstag sagte die gelernte Fremdsprachenkorrespondentin sich: »Jetzt oder nie!« Nach einigen Erfolgen im Selfpublishing erscheinen ihre aktuellen Romane bei Blanvalet und verzaubern ihre Leser. Die Autorin lebt mit ihrem Ehemann und ihren beiden Kindern in einem idyllischen Haus auf dem Land. In ihrer Freizeit liest sie am liebsten Thriller und reist gerne, vorzugsweise nach England und in die USA. Sie hat eine Vorliebe für englische Popmusik, Crime-Serien, Duftkerzen und Tee.

Von Manuela Inusa bereits erschienen

Jane Austen bleibt zum Frühstück

Auch donnerstags geschehen Wunder

Die Valerie Lane

1 Der kleine Teeladen zum Glück

2 Die Chocolaterie der Träume

3 Der zauberhafte Trödelladen

4 Das wunderbare Wollparadies

5 Der fabelhafte Geschenkeladen

6 Die kleine Straße der großen Herzen

Die Kalifornischen Träume

1 Wintervanille

2 Orangenträume

Der kleine Teeladen zum Glück

MANUELA INUSA

Die Chocolaterie der Träume

Zwei Romane in einem Band

blanvalet

Die beiden Romane wurden bereits 2017 und 2018
in Einzelbänden veröffentlicht.

MIX
Papier aus verantwortungsvollen Quellen
FSC® C014496
FSC
www.fsc.org

Verlagsgruppe Random House FSC® N001967

1. Auflage

Neumarkter Str. 28, 81673 München
Redaktion: Angela Kuepper
Umschlaggestaltung und -motiv: © Johannes Wiebel | punchdesign,
unter Verwendung von Motiven von Shutterstock.com
(donatas1205; Paul Rookes; Simon Baylis; kneiane; Mark Wolters;
Marbury; Shutterschock; Joy Brown; Semiletava Hanna;
Nickolay Khoroshkov; jirawatfoto; M.Leheda; Johan Larson;
Nick Starichenko; irisdesign)
JF · Herstellung: sam
Satz: KompetenzCenter, Mönchengladbach
Druck und Bindung: GGP Media GmbH, Pößneck
Printed in Germany
ISBN 978-3-7341-0906-5

www.blanvalet.de

VORWORT

Liebe Leserinnen,

diese unglaubliche Reise, die ich durch sechs Bände der Valerie Lane machen durfte, wird wohl rückblickend immer Erstaunen, wunderbare Erinnerungen und ganz viel Nostalgie in mir hervorrufen – und vor allem Dankbarkeit.

Was vor einigen Jahren mit einer kleinen Idee begann, nämlich der, dass ich eine Romanreihe über mehrere Ladeninhaberinnen schreiben könnte, die alle miteinander befreundet sind, ist zu einem fantastischen Abenteuer geworden. Jede dieser Frauen sollte ihre Geschichte bekommen, und sie haben alle noch viel mehr erhalten.

Ja, Laurie, Keira, Ruby, Susan und Orchid sind fast zu so etwas wie Heldinnen geworden, jede auf ihre eigene Art und Weise. Im Laufe der Jahre, mit jedem neuen Band, haben sie mehr und mehr Anhängerinnen gewonnen, und mit jeder neuen Geschichte durfte ich Frauen in ganz Deutschland – und inzwischen sogar im Ausland – ein paar unbeschwerte Lesestunden bereiten, ihnen vielleicht sogar ein wenig Mut zusprechen, ihnen aber in jedem Fall den Wert von wahrer Freundschaft vermitteln.

Ich habe seit dem Erscheinen von »Der kleinen Teeladen zum Glück« im Oktober 2017 so viele liebe Nachrichten von Leserinnen erhalten, die mir schrieben, wie wohl sie sich in der Valerie Lane fühlen und dass sie sich wünschten, es gäbe auch in Wirklichkeit und vor allem in ihrer Nähe eine Straße wie die kleine kopfsteingepflasterte Gasse, die im Verlag so liebevoll »die romantischste Straße der Welt« genannt wird. Eine Straße, in der man wunderbare Stunden beim Bummeln verbringen kann, in der man Freundlichkeit und Güte erfährt, in der man aufgenommen wird, in der man einfach man selbst sein kann.

Ich hoffe für jede Einzelne von Ihnen da draußen, dass Sie ihre eigene Valerie Lane finden. Und falls nicht, sind Sie alle jederzeit herzlich in der fiktiven Valerie Lane im Herzen von Oxford willkommen – ohne Wenn und Aber.

Danke, liebe Leserinnen, für die Treue, für die vielen aufbauenden Nachrichten und Rezensionen, fürs Weiterempfehlen, und vor allem für die Zeit, die Sie alle in der Valerie Lane verbracht haben und verbringen werden. Ich könnte nicht dankbarer oder glücklicher sein.

In diesem Doppelband, der nun noch einmal die Geschichten von Laurie und Keira erzählt, gibt es deshalb als kleines Dankeschön nur für Sie neue Rezepte der beiden Ladeninhaberinnen und auch eine kleine Überraschung – ich hoffe, ich kann Ihnen damit genau so eine Freude machen wie Sie mir, indem Sie meine Bücher lesen.

Herzlich ♥
Manuela Inusa

SONGLISTE – 10 LIEDER, DIE MICH BEIM SCHREIBEN DER VALERIE LANE INSPIRIERT HABEN

People Help the People – Birdy
Everglow – Coldplay
Heal – Tom Odell
Take Me to Church – Hozier
Hello – Adele
Higher Than Here – James Morrison
If You Ever Want to Be in Love – James Bay
Tears Dry on Their Own – Amy Winehouse
One Last Song – Sam Smith
Take Me Home – Jess Glynne

MANUELA INUSA

Der kleine Teeladen zum Glück

Roman

Für Kimmy – den größten Schatz auf der Welt

PROLOG

Vor mehr als einhundert Jahren lebte in Oxford, England, eine Frau mit dem Namen Valerie Bonham, bei allen nur bekannt als »die gute Valerie«. Nicht ohne Grund nannte man sie so, war sie doch einer der gütigsten und großherzigsten Menschen, die unsere Welt je gesehen hatte.

Valerie war verheiratet, hatte aber nicht das Glück gehabt, mit Kindern gesegnet zu sein, und so verhätschelte und umsorgte sie stattdessen die Menschen um sie herum.

Sie betrieb einen Gemischtwarenladen in einer kleinen Seitenstraße im Zentrum der Stadt, in dem man Lebensmittel, Haushaltswaren, Strickzeug und Kohle kaufen konnte. Doch er war mehr als das: Schon bald nach seiner Eröffnung wurde der Laden zu einem Ort der Zuflucht, an dem man nicht nur ein sicheres Plätzchen fand und ein heißes Getränk bekam, sondern immer auch ein offenes Ohr. Denn Valerie schickte keinen weg, der reden wollte, wies niemals einen Menschen ab, der sie um etwas bat, und half stattdessen, wo sie nur konnte. So saß sie Tag für Tag hinter ihrer Ladentheke und strickte warme Sachen für die Bedürftigen der Gegend, während sie einer hoffnungslosen, verzweifelten oder auch fröhlichen Seele dabei zuhörte, wie sie ihr Herz ausschüttete.

Bald wurde es zur Tradition, dass Valerie mittwochabends nach Ladenschluss ihre Türen für die Frauen der Stadt öffnete, die dankbar zu ihr kamen und sich ihr anvertrauten. Zusammen tranken sie Tee und unterhielten sich über Gott und die Welt. Diese wunderbare Tradition wird bis heute fortgeführt von einer Gruppe von Frauen, die sich Valerie Bonham zum Vorbild genommen haben. Fünf Frauen, die gegenwärtig ihre Geschäfte in derselben Straße betreiben, der Straße, die heute *Valerie Lane* heißt.

KAPITEL 1

»Ach, verdammt!«, schimpfte Laurie, als sie die Laufmasche in der Strumpfhose entdeckte, die sie vorhin erst aus der Packung genommen hatte. War ja klar, dass so etwas wieder einmal ihr passieren musste, ausgerechnet heute. In allerspätestens zehn Minuten würde Barry Lohan hier auftauchen, um ihr die neue Teelieferung zu bringen. Er verspätete sich nie!

»Und jetzt?«, fragte Laurie den lilafarbenen Buddha, der in dem Regal mit den Teesorten aus dem fernöstlichen Raum platziert war. Sie legte viel Wert auf die perfekte Deko – mit der richtigen Aufmachung konnte man so gut wie alles verkaufen, da war sie sich sicher.

»Okay, okay, du musst mir ja nicht antworten. Dabei dachte ich, du wärst so weise. Hm. Dann muss ich mir wohl selbst etwas einfallen lassen.«

Ein Blick auf die Uhr. Acht Minuten vor neun an einem Dienstagmorgen im Juli. Die Sonne schien, die Vögel zwitscherten, die Blumen in der Valerie Lane verströmten ihren Duft … und Laurie hatte eine Laufmasche!

Es nützte alles nichts, sie würde raus müssen aus der Seidenstrumpfhose. Eigentlich war es sowieso viel zu warm dafür, und hätten sich bei ihr nicht diese schrecklichen Besenreiser bemerkbar gemacht, hätte sie sicher keine anziehen wollen. Aber sie war nun mal zweiunddreißig und hatte nicht mehr so eine Babypopohaut wie beispielsweise ihre Freundin Ruby, die neun Jahre jünger war und den Antiquitätenladen am Ende der Straße betrieb. Laurie sah man ihr Alter an, was ja auch gut war. Denn man sollte ruhig erkennen können, dass sie mitten im Leben stand und zufrieden mit sich war. Und mehr noch – Laurie war stolz auf ihre Jahre, in denen sie Tag für Tag etwas dazugelernt hatte, und sie war stolz auf das, was sie in ihrem Leben erreicht hatte. Sie war im Einklang mit sich, mochte ihr langes kirschrotes Haar, auch wenn es meist ein wenig widerspenstig war, und fand ihre blauen Augen schön, denn sie strahlten Liebe und Warmherzigkeit aus – das sagte man ihr immer wieder. Anders als viele ihrer Bekannten und Freundinnen mochte sie auch ihre Figur und wählte meist farbenfrohe Röcke oder Kleider, denn darin fühlte sie sich am wohlsten. Eigentlich hatte sie an sich nichts auszusetzen – nur die blöden Besenreiser brauchte keiner zu sehen. Ganz besonders ein gewisser Jemand nicht, und dieser würde schon bald den Laden betreten.

Sechs Minuten vor neun. Es war zu spät, um das »Geschlossen«-Schild an die Tür zu hängen, den Laden kurz abzuschließen und zur nächsten Drogerie zu laufen.

Eines blieb Laurie aber doch. Schnell nahm sie das Telefon zur Hand und wählte die Nummer von Susan, die auf der anderen Straßenseite ihren Strickwarenladen hatte.

»Susan's Wool Paradise, wie kann ich Ihnen helfen?«, meldete die sich auch sofort.

»Hi, Susan, sorry, keine Zeit für lange Begrüßungen. Hast du zufällig irgendwo eine Strumpfhose bei dir herumliegen?«

Stille. Viel zu lange Stille.

»Susan?«

»Es ist Hochsommer«, war alles, was von Susan kam.

»Das ist mir klar, aber … Hast du nun eine oder nicht?«

»Nein, tut mir wirklich leid.«

»Okay, trotzdem danke. Muss auflegen. Melde mich später.« Schon hatte sie das Gespräch beendet und sah erneut auf die Uhr. Vier Minuten vor neun!

Ein Blick zum Fenster ließ sie erstarren. Oh nein, da war er schon! Warum musste dieser Mann auch immer so überpünktlich sein? Okay, eigentlich war es ja eine der Eigenschaften, die sie so an ihm mochte, aber eben nicht unbedingt heute.

Also, was tun? Laurie musste sich ganz schnell entscheiden, was das kleinere Übel war: in einer Strumpfhose mit einer Laufmasche vor ihm zu erscheinen, die stetig länger wurde, oder sich ihm mit nackten Beinen zu zeigen.

Sie kapitulierte, denn Barry hatte bereits die Tür erreicht, und es war zu spät, um jetzt noch nach hinten zu eilen und sich die Strumpfhose auszuziehen. Sie würde einfach so bleiben, wie sie war, und hoffen, dass es Barry überhaupt nicht auffiel.

Die Glocke über der Tür bimmelte, er betrat den

Laden, und Lauries Herz machte einen Hüpfer, so wie jedes Mal, wenn sie ihn sah. Okay, eigentlich war es kein Hüpfer, sondern ein riesengroßer Sprung, mit dem man es gut über den Mount Everest schaffen könnte oder wenigstens über den Mont Blanc.

Durchatmen, alles ist gut, er ist auch nur ein Mensch, sagte sie sich. Auch wenn er für sie so viel mehr war, und das nun schon seit sechs Monaten, nämlich ganz genau seit dem Tag, an dem er zum ersten Mal in den Laden marschiert war und gefragt hatte, ob sie denn schon einen guten Teelieferanten hätte. Zu dem Zeitpunkt hatte sie das Geschäft bereits seit über fünf Jahren geführt und bis dato auf einen Teelieferanten verzichtet, nicht nur um Kosten zu sparen, sondern auch, weil es ihr einfach Freude bereitete, sich selbst um den Einkauf zu kümmern. Doch nur ein Blick in Barrys warme Augen und ein Lächeln von ihm, das allein ihr galt, waren nötig gewesen, um ihre Meinung zu ändern. Nein, hatte sie ihm gesagt, sie habe noch keinen. Er könne ihr gerne seine Kataloge dalassen, sie werde sich bei ihm melden.

Das hatte sie nur zwei Tage später getan, und seitdem war er ihr Teelieferant.

»Guten Tag, Laurie, wie geht es dir heute?«, fragte Barry nun und zeigte ihr dabei sein schönstes Lächeln, das sie so sehr an Jude Law erinnerte. Er stellte die beiden großen Kartons, die er hereingetragen hatte, neben der Tür ab.

»Hallo, Barry. Ich kann nicht klagen.« Sie schenkte ihm ihrerseits ein strahlendes Lächeln.

»Freut mich zu hören.«

Sie konnte nicht anders, als ihn anzustarren. Barry trug heute Shorts und ein dunkelgraues Pink-Floyd-T-Shirt, dazu lässige Nikes. Sein braunes Haar hatte seit letztem Dienstag deutlich an Länge verloren, das fiel ihr sofort auf. Oh, wie er dastand und sie anlächelte – zum Dahinschmelzen. Seine Augen – eins blau und eins grün – strahlten mindestens genauso viel Wärme aus wie sein umwerfendes Lächeln. Hach, er war einfach perfekt. Und das Beste war, dass er es offenbar nicht einmal wusste. Auf Laurie wirkte er sehr bescheiden, zurückhaltend, ja, beinahe schüchtern. Was ihn in ihren Augen nur umso attraktiver machte.

»Und wie geht es dir, Barry?«, fragte sie, als sie sich wieder ein wenig gesammelt hatte. Sie konnte ihn ja schlecht die ganze Zeit lang nur anstarren.

»Sehr gut. Ich habe gerade mein Ticket für die Internationale Teemesse in Hongkong gebucht.«

Laurie machte große Augen. »Hongkong?«

»Ja, die findet im August statt – der Traum jedes Teehändlers. Da will ich schon seit Jahren hin.«

»Na, hoffentlich verliebst du dich nicht in eine Hongkongerin«, meinte sie und fragte sich im nächsten Augenblick nicht nur, ob es das Wort »Hongkongerin« wirklich gab, sondern auch, warum um Himmels willen sie nur so etwas Schwachsinniges gesagt hatte.

Barry sah sie stirnrunzelnd an. »Warum denn nicht?«

»Ähm … na ja, weil …« Oh Shit! »Na, weil du dich dann für den Rest deines Lebens … von asiatischen Instantnudeln ernähren müsstest«, stammelte sie und haute sich gedanklich an die Stirn. Warum, warum,

warum musste sie sich nur immer so absolut bescheuert benehmen, sobald dieser Mann in ihrer Nähe war?

»Nee, ich würde mir schon eine suchen, die gut kochen kann.« Er grinste.

Darauf sagte Laurie lieber nichts. Sie wäre ohnehin am liebsten im Erdboden versunken.

Warum war diese ganze Sache mit den Männern nur so kompliziert? Seit sechs Monaten nahm sie sich schon vor, Barry um ein Date zu bitten, und seit sechs Monaten fragte sie sich nach jedem seiner Besuche, warum sie so ein feiges Huhn war und einfach nicht den Mut aufbrachte, es endlich mal zu tun.

Plötzlich war eine fast unerträgliche Spannung zwischen ihnen, die Barry glücklicherweise sofort aufzulösen wusste.

»Was darf ich dir denn nächste Woche bringen?«, fragte er.

»Das Übliche. Ich habe eine Liste gemacht.« Sie reichte sie ihm mit einem erleichterten Lächeln, wobei sich ihre Hände für eine Millisekunde streiften, was bei Laurie beinahe einen Herzinfarkt auslöste.

Barry überflog die Liste. Natürlich standen neben dem Üblichen wie immer auch noch einige Besonderheiten darauf, denn Laurie verbrachte einen Großteil ihrer Freizeit damit, neue Teesorten zu recherchieren. Sie wollte immer nur das Beste für ihre Kunden, die das zu schätzen wussten. Gerade deshalb kamen sie ja auch zu ihr – eben weil sie wusste, was trendy war. Und auch, was Körper und Seele wohltat.

Genau das hatte Laurie damals gewollt: eine heimelige Ecke, in der man eben mehr fand als nur Kommerz, eine richtige Wohlfühloase, in der man für eine kleine Weile abschalten konnte. In der man die unglaublichsten Gerüche in sich aufnehmen, seinen Gaumen mit den fantastischsten und außergewöhnlichsten Geschmackskombinationen verwöhnen konnte und sich einfach willkommen fühlte. Als sie bei der Suche nach einer passenden Räumlichkeit dann auch noch auf diesen leer stehenden Eckladen gestoßen war, war es für sie sonnenklar gewesen: Sie würde ihren Teeladen Laurie's Tea Corner nennen.

»Ich habe da noch eine Frage«, meinte sie. »Hast du diesen Tee, der gerade so angesagt ist? Ich habe erst am Wochenende in einer Zeitschrift davon gelesen. In dem Artikel stand, dass die ganzen Hollywoodstars ihn trinken, weil er Stress abbaut und für innere Entspannung sorgt.« Ihre Augen strahlten wie immer, wenn sie über neue Teesorten sprach. Richtig aufgeregt war sie.

»Meinst du den Mithi Chai? Der ist superbeliebt in Hollywood. Habe ich gehört.« Barry zwinkerte ihr zu. Er hatte in Sachen Tee noch mehr Ahnung als sie und kannte wohl jede Sorte, wie Laurie schon des Öfteren feststellen durfte. Natürlich, es war sein Beruf, er musste eine Menge über Tee wissen, um seine Kunden fachgerecht beraten zu können, aber da war noch etwas anderes: Man spürte einfach, wie leidenschaftlich er bei der Sache war. Laurie fand es so schön, dass sie diese Liebe zum Tee teilten.

»Nein, der hieß anders.« Seit Jahren arbeitete sie mit Tee, und nun fiel ihr der blöde Name nicht ein. Was machte Barry nur mit ihr? Ihr Hirn fühlte sich an wie Matsch.

»Der Mithi Chai ist eine Mischung aus Fenchel, Anis, Süßholz, Kardamom, Apfel, Zimt, Nelken, Ingwer und schwarzem Pfeffer«, erklärte Barry.

Laurie hätte ihm ewig zuhören können, wie er Zutaten aufzählte.

»Nein, der ist es nicht. Der, den ich meine, ist keine Mischung. Es sind einfach nur Blätter … grüne Blätter. Sie sollen eine ähnliche Wirkung haben wie Ginseng.«

»Aaahhh«, machte Barry. »Jetzt weiß ich, was du meinst. Jiaogulan!«

»Ja! Das ist es!« Okay, dass einem dieses Wort entfallen konnte, war verständlich, vor allem, wenn die Hormone verrücktspielten.

»Eine unglaubliche Pflanze«, meinte er. »Hat so viele wunderbare Eigenschaften: Sie wirkt ausgleichend, herzstärkend, reguliert den Blutdruck, senkt den Cholesterinspiegel, ist stoffwechselfördernd und sogar krebshemmend.«

»Wow, ein Allheilmittel also. Dann sollte ich wohl gleich mal damit anfangen, ihn selbst zu trinken. Vielleicht werde ich dann einhundertzwanzig.«

»Das solltest du unbedingt tun.«

»Wonach schmeckt er denn? Der kann doch gar nicht so lecker sein bei all den Vorzügen.«

»Lakritzartig.«

»Da haben wir's. Ich kann Lakritz nicht ausstehen.«

»Wir haben was gemeinsam«, sagte Barry und grinste wieder.

»Ehrlich? Die meisten Menschen, denen ich sage, dass ich kein Lakritz mag, sehen mich an, als würden sie mir am liebsten eins mit dem Rugbyschläger verpassen. So als hätte ich gesagt, ich mag keine Kätzchen.«

»Echt? Kann ich mir gar nicht vorstellen.«

»Doch, doch, es ist wirklich so. Das Gleiche passiert, wenn ich jemandem erzähle, ich mag keine Tomaten.«

»Du magst keine Tomaten?«, fragte er mit gespielt schockiertem Gesichtsausdruck. »Wo ist der Rugbyschläger?«

Laurie lachte. Das bewirkte Barry jedes Mal bei ihr – dieses Gefühl, als wäre sie wieder siebzehn.

»Darf ich also den Jiaogulan-Tee mit aufschreiben?«

»Ja, bitte. Vier Pfund. Den Chai kannst du mir auch gleich bringen. Der hört sich nämlich für mich persönlich viel besser an. Ingwer und Apfel sind eine perfekte Mischung.«

»Das sage ich auch immer.«

Sie lächelte ihn an. »Ich danke dir, Barry.«

»Wofür denn?«

Für den Besuch. Dafür, dass du mich zum Lachen gebracht hast. Dafür, dass du mein Leben seit sechs Monaten bereicherst. Dafür, dass ich jeden Dienstag etwas habe, worauf ich mich freuen kann.

»Für die Lieferung natürlich«, war alles, was sie hervorbrachte.

»Na, dafür bin ich doch da.«

»Und für das nette Gespräch«, traute sie sich zu sagen.

Als er ihr daraufhin direkt in die Augen sah, wurde ihr Kopf ganz heiß, und ihre Hände wurden schwitzig.

»Ich danke dir ebenfalls.«

Vielleicht zwanzig Sekunden lang sahen sie einander einfach nur an. Dann sagte Barry: »Schöne Sommerdeko übrigens, die du im Schaufenster hast.«

»Oh. Danke.« Sie sah zur Auslage, in der sie einige Teesorten neben hübsch verzierten Teekannen und -tassen inmitten von Seidenblumen platziert hatte, die sie drüben in Orchid's Gift Shop gekauft hatte. Orchid führte nämlich neben allerlei Schnickschnack und Geschenken zu jedem Anlass auch die am echtesten wirkenden Kunstblumen, die Laurie je gesehen hatte. Es war ihr sehr wichtig, dass ihr Laden schon von außen einen guten Eindruck machte und nicht erst, wenn die Kunden ihn betraten. Deshalb sorgte sie alle paar Wochen für eine neue Schaufensterdeko, die stets zur Jahreszeit passte und auch zu den Teesorten, die sie aktuell besonders anpries. Zurzeit waren das fruchtige Sommerteesorten, die Orangen, Lindenblüten und verschiedene Beerenarten beinhalteten. Wie immer freute es sie, dass Barry die neue Dekoration bemerkt hatte.

»Und du hast eine hübsche neue Frisur«, sagte sie deshalb, um ihn wissen zu lassen, dass sie ebenfalls aufmerksam war.

»Das ist dir aufgefallen?«, staunte Barry.

Sie nickte nur und starrte auf ihre Füße, wobei ihr sogleich die Laufmasche ins Auge stach. Schnell sah sie auf, bevor Barry ihrem Blick noch folgte.

»Ich muss leider weiter«, sagte er nun und hörte sich fast ein wenig enttäuscht an.

»Dann bis nächsten Dienstag.« Laurie lächelte und

brachte Barry zur Tür. Dort blieb sie stehen und sah ihm zu, wie er in seinen olivgrünen Lieferwagen stieg, der vor ihrem Laden in der Valerie Lane geparkt war.

Die Valerie Lane war eigentlich eher eine Gasse mit einer Reihe alter zweistöckiger Backsteingebäude, in deren unteren Etagen kleine Geschäfte untergebracht waren. Es gab genau sechs Läden, von denen einer leer stand, nachdem im Frühjahr die Eisdiele geschlossen hatte. Donna, die Besitzerin, war Ende März mit ihrer großen Liebe nach Holland ausgewandert.

Die Fassaden der Häuser waren allesamt mit Holz vertäfelt, das zu Valeries Zeiten in einem so dunklen Grün gestrichen war, dass es beinahe schon schwarz wirkte. Doch nur wenige von ihnen hatten das Grün beibehalten, die meisten hatten ihrem Laden lieber einen neuen, farbenfrohen Anstrich verpasst. Laurie's Tea Corner erstrahlte in einem einladenden hellen Blau, das ganz ihrem Wesen entsprach.

Betrat man die Gasse von der Cornmarket Street aus, kam auf der linken Seite zuallererst Laurie's Tea Corner, dann Keira's Chocolates und ganz am Ende Ruby's Antiques. Auf der anderen Seite befanden sich Susan's Wool Paradise und Orchid's Gift Shop, in der Mitte war der verlassene Laden. Laurie war gespannt, ob und wann ihn jemand Neues mieten und um was für ein Geschäft es sich dann wohl handeln würde. Außerdem hoffte sie, dass der Inhaber ebenfalls eine Frau sein würde, denn ein Mann passte nun einmal nicht in die Valerie Lane. Seit jeher belebten Frauen diese süße kleine Straße, schließlich war sie ja auch nach Valerie Bonham benannt worden und nicht nach irgendeinem Kerl.

Laurie sah Barry noch hinterher, nachdem er längst um die Ecke gebogen war. Ihre Beine fühlten sich ganz wackelig an. Wieder hatte sie es nicht geschafft, den wunderbarsten Mann in ganz England zu bitten, mit ihr essen zu gehen oder sich einen Film im Kino anzusehen. Sie seufzte. Ach, eigentlich war es gar nicht so schlimm, sagte sie sich dann. Heute Nacht in ihren Träumen würde er sie sicher wieder auf Händen in den Sonnenuntergang tragen, mit ihr zusammen im Meer schwimmen oder auf einem Pferd durch die Prärie reiten. Vielleicht würde sie sogar wieder den Traum haben, in dem sie und Barry vor dem Altar standen und sie ihn endlich küssen durfte, vor all ihren Freunden und der Familie, die sie schon seit einer gefühlten Ewigkeit damit nervten, dass sie schon viel zu lange Single sei.

»Bis nächste Woche, mein Liebster«, flüsterte sie ihm nach und hoffte, er würde sie endlich hören.

KAPITEL 2

Am Abend darauf trafen sich die fünf Ladenbesitzerinnen der Valerie Lane wie jeden Mittwoch in Laurie's Tea Corner, um sich auszutauschen, sich den neuesten Klatsch und Tratsch zu erzählen und Tee miteinander zu trinken. Natürlich hielt Laurie die Türen offen für jeden, der sich dazugesellen wollte, genauso wie Valerie Bonham es damals gemacht hatte.

»Schaut mal, was ich euch Leckeres bringe«, sagte Keira, die Besitzerin der Chocolaterie nebenan, als sie als Letzte Lauries Laden betrat. Keira war neunundzwanzig und hatte ihr Geschäft bereits vor fünf Jahren in der Valerie Lane eröffnet. Sie war ein Fels in der Brandung für die anderen und versorgte sie nicht nur mit Schokolade, sondern hatte immer auch ein offenes Ohr und eine große Portion Geduld. Sie setzte sich an den Fenstertisch zu Ruby aus dem Antiquitätenladen, die mal wieder ein Outfit trug, das aus einer anderen Zeit zu stammen schien. Auch Susan aus dem Wollgeschäft und Orchid aus dem Geschenkartikelladen hatten schon einen Platz gefunden. Neben der quirligen Orchid wirkte Susan wie ein graues Mäuschen, so unscheinbar und still saß die Vierunddreißigjährige da in ihrer grauen Jeans und dem schwarzen T-Shirt. Ihr schwarzes Haar, das sie zu einem schlichten Dutt gebunden hatte, und das ungeschminkte Gesicht taten ein Übriges.

»Was ist denn das?«, fragte Laurie und stellte einen Teller bereit, auf dem Keira die kleinen runden Köstlichkeiten aus einer der hübschen Schachteln verteilen konnte, in denen sie ihre selbst hergestellten Pralinen, Trüffeln und sonstigen Süßigkeiten verkaufte. Die weiße Schachtel mit den goldenen Verzierungen war wie sie selbst: von außen schlicht, mit ein paar kleinen, geschmackvollen Schnörkeln, innen drin jedoch steckte ganz viel Liebe.

»Eingelegte Kirschen, umhüllt von köstlicher Schokolade – Vollmilch und weiße. Probiert!«

Das ließen die Frauen sich nicht zweimal sagen. Sie alle waren immer ganz begierig darauf, Keiras neueste Kreationen zu testen.

»Wow, sind die lecker!«, sagte Orchid, die nach Ruby mit ihren fünfundzwanzig Jahren die Zweitjüngste war und auf die anderen mit ihrer fröhlichen Unbeschwertheit oft noch wie ein Teenager wirkte.

»Köstlich«, bestätigte Susan.

Auch Ruby, die nie viel sprach, nickte zustimmend.

»Ich muss sagen, ich mag die mit der weißen Schokolade sogar fast noch ein bisschen lieber«, sagte Laurie und betrachtete dabei Keira. Es kam ihr so vor, als ob ihre Freundin schon wieder ein wenig zugenommen hätte. Aber war das ein Wunder, wenn man den ganzen Tag Schokolade vor der Nase hatte? Egal, Laurie mochte sie genau so, wie sie war, denn sie war einfach wunderbar.

»Im Laden habe ich auch noch welche mit Zartbitterschokolade, aber da ich ja weiß, dass ihr die alle nicht mögt, habe ich davon keine mitgebracht.«

»Und? Verkaufen die sich gut?«, fragte Orchid.

»Unglaublich gut. Ich biete sie erst seit Montag an und habe schon Nachschub machen müssen.«

»Kannst du mir ein paar zurücklegen?«, fragte Laurie. »Ich würde sie gerne am Wochenende zum Tee reichen, als kleines Extra.« Am Wochenende kamen immer ein paar ganz liebe Stammgäste vorbei, ältere Herrschaften, denen Laurie gerne eine besondere Freude machte.

»Natürlich.« Keira nickte begeistert.

Genau so machten die Ladeninhaberinnen der Valerie Lane das. Wo sie nur konnten, unterstützten sie einander, zumal sie doch wussten, wie schwer es war, gegen die großen Geschäfte in der Cornmarket Street anzutreten. Bei Keira kauften sie allerlei Süßkram, und das immer und immer wieder. Zu Susan gingen sie, wenn ihnen nach Häkeln oder Stricken war, vor allem in der kalten Jahreszeit. Bei Orchid besorgten sie alle Arten von Präsenten. Und bei Laurie deckten sie sich mit Tee ein. Nur bei Ruby schauten sie nicht so häufig vorbei, was aber leider an den Preisen der Antiquitäten lag und nicht an ihr selbst.

Laurie sah in die Runde. »Was für einen Tee wollen wir heute trinken? Zu den Kirschen würde ein Früchtetee gut passen oder … wartet! Ich habe diesen neuen wunderbaren schwarzen Tee mit Kirscharoma. Was haltet ihr davon?«

Davon hielten alle sehr viel.

»Ich denke, wir alle vertrauen deinem Urteil, vor allem und besonders, was Tee angeht«, sagte Keira.

»Stimmt«, bestätigte Susan. »Durch dich haben wir schon so viele außergewöhnliche Sorten kennengelernt.«

Orchid knabberte an einer Schokokirsche und nickte. »Oh ja. Wahre Geschmacksexplosionen sozusagen.«

Laurie freute sich über die Komplimente. Sie wusste aber auch, dass ihre Freundinnen nicht nur wegen des Tees an jedem Mittwochabend in die Tea Corner kamen. Vielmehr freuten sie sich darauf, dass sie zusammen lachen und sich manchmal auch ausheulen konnten. Wie das eben so war. Jeder hatte sein Päckchen zu tragen, manchmal war es leicht, und man trug es mit Schwung und Gelassenheit, manchmal war es aber auch verdammt schwer, und man war froh, sich auf so besondere Freundinnen verlassen zu können, die einem beim Tragen halfen, wenn es allein nicht mehr ging.

Und so saßen die fünf auch an diesem Mittwochabend an einem der hübschen metallenen Tische, die in der Tea Corner aufgestellt waren, und tranken Tee. Vier weiße Tische gab es, und Laurie hätte gerne dazu passende Metallstühle gehabt. Aber viele ihrer Kunden waren schon ein wenig älter, und da Komfort vor Optik ging, hatte sie sich für dunkle Stühle aus Kirschholz und hübsche weiße Sitzkissen entschieden, als sie vor sechs Jahren beschlossen hatte, in dem Laden, der wohl bemerkt ein Geschäft und kein Café war, dennoch einen Ausschank anzubieten.

»Was gibt es Neues?«, fragte Laurie jetzt.

»Das Kleid ist da!«, platzte Orchid heraus und strich sich das blonde Haar zurück.

Jeder wusste sofort, von welchem Kleid die Rede war, denn Orchid sprach seit Wochen von nichts anderem als von der Hochzeit ihrer Schwester, auf der sie die Brautjungfer spielen sollte. Obwohl sie der Neuzugang unter ihnen war – sie hatte ihren Laden erst vor gut einem Jahr eröffnet –, hatte es manchmal den Anschein, als wüssten sie alle von Orchid weit mehr als von jeder anderen. Sie erzählte so oft und so viel von sich selbst, was jedoch keinesfalls bedeutete, dass Orchid selbstverliebt war und glaubte, sie wäre der Mittelpunkt der Welt. Nein, sie war einfach eine richtige Plappertasche, und genau deshalb hatten die anderen sie ja auch so lieb gewonnen. Einen derart offenen, fröhlichen Menschen musste man einfach ins Herz schließen.

»Und?«

Orchid verzog das Gesicht.

»Okay, das sagt alles«, meinte Laurie.

»Gefällt es dir nicht?«, fragte Susan.

»Ich habe ja schon bei der Anprobe gesehen, dass es knallpink ist und einen Rüschenbesatz hat, aber da sind jetzt auf einmal so unglaublich viele Rüschen dran, dass ich aussehe wie … wie … Ihr habt doch diese kleinen rosa Schwäne gesehen, die ich im Laden verkaufe, oder?«

»Die du letzten Monat im Schaufenster stehen hattest?«, wollte Keira wissen.

»Ja, genau die.«

»Du willst sagen, du siehst in dem Kleid aus wie ein rosa Schwan?«, fragte Laurie.

»Nein, ich will sagen, ich sehe darin aus, als hätte ich zehn dieser Schwäne zum Frühstück verdrückt.«

»So schlimm kann es gar nicht sein. Außerdem siehst du in allem umwerfend aus, egal, was du trägst«, sagte Ruby.

»Bist du lieb. Aber ich sag's euch, es *ist* so schlimm. Eigentlich noch viel schlimmer. Kennt eine von euch vielleicht jemanden, der gegen Bezahlung bei mir einbricht und das Kleid stielt?«

Alle lachten. Es gab kaum einen Mittwochabend, an dem nicht ausgiebig gelacht wurde, dachte Laurie. Sie teilten alle denselben verrückten Humor, und nicht selten flossen dabei sogar Tränen vor lauter Lachen.

Laurie schüttelte vergnügt den Kopf. »Du spinnst, Süße. Ich wette mit dir, dass dir am Samstag das Kleid so was von egal sein wird, wenn du erst mal neben deiner Schwester stehst, die ihrem Liebsten das Jawort gibt.« Unwillkürlich musste sie wieder an den Traum denken, wo sie selbst mit Barry vor dem Traualtar stand.

»Ja, die Trauung wird bestimmt total schön werden. Und die Fotos, auf denen ich zu sehen bin, muss ich dann irgendwie vernichten.«

»Nein, die wollen wir doch sehen!«, sagte Keira und griff nach einer weiteren schokolierten Kirsche.

»Was wird es denn für Musik geben?«, fragte Susan. Sie liebte Hochzeiten, auch wenn sie immer wieder beteuerte, dass sie den Männern bereits abgeschworen hätte. Ihr Hund Terry war das einzige männliche Wesen in ihrem Leben, und so sollte es auch bleiben.

»Oh mein Gott, das ist ja überhaupt das Allercoolste! Phoebe hat einen Gospelchor engagiert.«

»Gospelmusik? Ich hätte nicht gedacht, dass deine Schwester auf Kirchenmusik steht.« Laurie hatte Phoebe ein paarmal in Orchid's Gift Shop gesehen, und sie hatte in ihrer stylischen Löcherjeans und mit dem blauen Nagellack ziemlich lässig gewirkt.

»Tut sie auch nicht, zumindest nicht auf die üblichen Lieder wie *Oh Happy Day* oder *Amazing Grace*. Deswegen lässt sie den Chor auch ihre Lieblingssongs singen, jedenfalls alle, die zu einer Hochzeit passen: Tom Odells *Grow Old with Me*, James Morrisons *Higher Than Here* und Sam Smiths *Stay With Me*. Sie hat dem Chorleiter bereits die Songtexte und die Noten gegeben.« Sie grinste. »Ich glaube nicht, dass die oft so was singen müssen.«

»Ich finde, das ist eine wundervolle Idee«, sagte Ruby und lächelte. »Wenn ich einmal heirate …« Sie verstummte.

Die vier Freundinnen sahen sie an.

»Dann?«, wollte Keira wissen.

»Ach, nichts.«

Sie alle wussten, dass Ruby sich seit dem Tod ihrer Mutter um ihren zunehmend verwirrten Vater kümmern musste, mit dem sie zusammenwohnte. Sie glaubte wohl nicht daran, dass sie jemals einen Mann finden würde, der damit klarkam.

Schnell wechselte Susan das Thema, denn sie mochte keinerlei Spannungen. »Terry hat Flöhe.«

Orchid lachte. »Na, das ist ja mal ein Themenwechsel!«

»Wie hat er sich die denn eingefangen?«, fragte Keira und wich ein Stück von Susan ab.

Susan ließ Terry meist bei sich im Laden, wenn sie mittwochabends rüberkam. Der Hund blieb dann ganz brav in seiner Ecke sitzen. Manchmal brachte sie ihn aber auch mit in die Tea Corner.

»Na, wie Hunde sich Flöhe halt einfangen. Keine Sorge, ich habe ein Flohhalsband besorgt, und bei mir habe ich noch keine Bisse entdeckt.«

»Gehst du mit Patrick zusammen zur Hochzeit?«, fragte Laurie, die in Gedanken noch immer beim Thema Hochzeit war.

»Na klar, mit wem denn sonst?«

Patrick war seit zwei Jahren Orchids fester Freund. Auf die Frauen wirkte er ein bisschen mysteriös, weil er kaum etwas von sich preisgab.

»Hat Patrick eigentlich auch Geschwister?«, erkundigte sich Laurie neugierig.

Orchid schüttelte den Kopf. »Nein, er hat niemanden.«

»Ehrlich? Niemanden? Wie traurig«, sagte Ruby.

»Seine Eltern sind bei einem Verkehrsunfall gestorben, und Geschwister hat er auch keine.«

»Aber irgendwelche Verwandten wird er doch in den Staaten noch haben?« Patrick kam aus West Virginia, wenigstens das hatte Laurie einmal aus ihm herausquetschen können.

Wieder schüttelte Orchid den Kopf. »Er hat wirklich niemanden.«

»Er hat dich«, sagte Ruby.

Orchid strahlte. »Ja, das hat er. Mich in einem pinken Tüllkleid.«

Keira lachte. »Was schenkst du deiner Schwester zur Hochzeit?«, wollte sie dann wissen.

»Ich habe den beiden Musicalkarten besorgt.«

»Wie schön. Da werden sie sich sicher freuen. Wie wäre es mit Schokolade in Herzform dazu?« Schnell fügte sie hinzu: »Tut mir leid, ich wollte nicht die Verkaufstour abziehen. Ich habe nur gerade solche Schokoherzen in einer unglaublich süßen Schachtel reinbekommen.«

»Ich komme gerne morgen mal vorbei und sehe sie mir an.« Orchid lächelte und nahm noch einen Schluck Tee.

Da klopfte es an der Tür, und alle drehten sich zum Eingang um.

KAPITEL 3

Draußen stand eine ältere Dame, die sie alle gut kannten: Mrs. Witherspoon, eine zierliche Frau um die achtzig mit schlohweißen Haaren. Sie wohnte in einem winzigen Haus ganz in der Nähe und kam des Öfteren vorbei, weil sie kaum noch jemanden hatte, mit dem sie sich unterhalten konnte.

Laurie winkte sie herein.

»Hallo, Mrs. Witherspoon, wie geht es Ihnen?«, fragte sie und bot der Frau gleich ihren Platz an. Für sich selbst zog sie einen Stuhl vom Nebentisch heran.

»Guten Abend, ihr Lieben. Ach, nicht so gut, mein Mantel ist kaputt«, sagte Mrs. Witherspoon und wirkte ganz bekümmert.

»Was ist denn damit?«, fragte Laurie sogleich und begutachtete das Stück: ein leichter Sommermantel, der ganz sicher schon bessere Tage erlebt hatte.

Mrs. Witherspoon zeigte ihnen die Seitennaht, die aufgerissen war. Dabei konnte man auch deutlich die kaputte Tasche erkennen, die nur noch an einigen Fäden hing. Mehrere Knöpfe fehlten ebenfalls.

Laurie verspürte wie so oft ein unglaubliches Mitleid mit der alten Dame. Am liebsten hätte sie ihr einen Hunderter in die Hand gedrückt und ihr gesagt, sie solle sich einen neuen Mantel kaufen. Doch sie wusste, dass Mrs. Witherspoon das nicht recht gewesen wäre, denn sie war stolz und mochte kaum den Tee annehmen, den Laurie ihr nun einschenkte.

»Lassen Sie mal sehen«, sagte Susan und half Mrs. Witherspoon aus dem Mantel.

»Möchten Sie Zucker oder Milch in Ihren Tee?«, fragte Laurie.

»Was ist das denn für ein Tee?«, fragte Mrs. Witherspoon.

»Schwarzer Tee mit Kirsche.« Laurie hielt inne. »Ach, Sie vertragen ja gar kein Koffein, richtig? Wie dumm von mir. Ich mache Ihnen sofort einen anderen. Welchen hätten Sie denn gerne?«

»Kamillentee, wenn du welchen da hast, Herzchen.«

Laurie lächelte. Natürlich hatte sie Kamillentee.

»Kommt sofort«, sagte sie und ging nach hinten, um Wasser aufzukochen.

»Besuchen Sie mich morgen in meinem Laden«, hörte sie Susan zu Mrs. Witherspoon sagen. »Ich bin mir sicher, ich bekomme das wieder hin.«

»Ja, wirklich?«, fragte die alte Dame hoffnungsvoll, und Laurie konnte sie strahlen sehen, als sie um die Ecke blickte.

»Aber natürlich. Das ist ein Klacks. Übrigens fällt mir da etwas ein … Ich habe eine Wolljacke gestrickt, die der Frau, der ich sie schenken wollte, viel zu klein ist. Hätten Sie vielleicht Interesse an einer warmen Strickjacke? Sie ist weinrot, die Farbe würde Ihnen sicher ganz fabelhaft stehen.«

Laurie ging das Herz auf. Sie hätte Susan abknutschen können. Natürlich war das, was sie behauptet hatte, völliger Unsinn. Ziemlich sicher hatte sie die Wolljacke extra für Mrs. Witherspoon gestrickt. Damit sie es warm hatte, wenn der Sommer eine Pause einlegte.

Susan war ein herzensguter Mensch. Den lieben langen Tag saß sie in ihrem Laden, den Englischen Cockerspaniel zu ihren Füßen, und strickte, was das Zeug hielt: Wollpullover, Schals, Mützen, Handschuhe. Die fertigen Sachen gab sie den Obdachlosen auf der Straße oder Menschen wie Mrs. Witherspoon. Wenn die sie nicht annehmen wollten, wusste Susan nur zu gut, wie sie sie doch dazu bewegen konnte.

»Du bist ein Schatz, Susan«, sagte Mrs. Witherspoon gerührt, als Laurie ihr den Tee brachte.

»Kein Problem. Das mache ich doch gerne.«

»Probieren Sie mal die Kirschen mit Schokolade, die Keira mitgebracht hat«, meinte Laurie und hielt der alten Dame den Teller hin, auf dem nur noch wenige Kirschen übrig waren.

»Selbst gemacht«, sagte Keira stolz.

»Die sehen köstlich aus, da sage ich nicht Nein.« Mrs. Witherspoon steckte sich eine in den Mund, der sich auf der Stelle zu einem breiten Lächeln verzog. »Und so schmecken sie auch.«

»Danke schön«, erwiderte Keira strahlend. Sie freute sich immer sehr über Komplimente.

»Lasst euch bitte nicht von euren Gesprächen abhalten«, sagte Mrs. Witherspoon entschuldigend. »Verzeiht, dass ich hier so einfach hereinplatze und störe.«

Laurie schüttelte den Kopf. »So ein Unsinn! Sie sind bei uns jederzeit willkommen. Ich möchte, dass Sie das wissen.«

»Ihr seid wirklich einmalig, alle miteinander. Die gute Valerie wäre stolz auf euch.«

»Wäre sie das?«, fragte die immer bescheidene Ruby, die mehr über Valerie Bonham wusste als die anderen. Sie schien ihre gesamte Freizeit damit zu verbringen, Daten und Fakten zur guten Valerie und zur Geschichte Oxfords zu sammeln. Ruby fuhr total auf Historisches ab, schaute sich gerne *Downton Abbey* an und wirkte manchmal selbst wie eine Figur aus einer anderen Epoche.

»Oh ja. Ganz sicher. Worüber habt ihr denn gerade gesprochen?«

»Darüber, was wir am Wochenende vorhaben. Orchid spielt die Brautjungfer für ihre Schwester, in einem wunderhübschen pinkfarbenen Kleid«, erzählte Keira.

»Ach ja? Das würde ich gerne sehen.«

»Wenn Sie unbedingt blind werden wollen«, murmelte Orchid.

»Wie bitte?«

»Ich werde Ihnen ein Foto zeigen, okay?«

Mrs. Witherspoon lächelte zustimmend.

»Und ihr anderen? Was habt ihr so vor?«, fragte Laurie. »Ruby?«

»Ich werde auf einige Flohmärkte gehen und mich nach hübschen Raritäten umsehen«, erzählte Ruby, die die meiste Zeit über sehr still gewesen war.

»Vielleicht könntest du auch nach einem Mann für

Laurie Ausschau halten? Er kann ruhig etwas verstaubt sein«, sagte Orchid lachend.

Laurie starrte sie ungläubig an, während Keira, Susan und vor allem Mrs. Witherspoon in Orchids Gelächter einstimmten.

»Hey, was soll das? Wenn du so weitermachst, werde ich das Foto von dir als pinkes Etwas ins Internet stellen!«, warnte Laurie Orchid halb scherzhaft. Ein wenig verletzt war sie nämlich schon.

»Na, stimmt doch. Du hattest seit … lass mich überlegen … seit ich dich kenne, noch kein Date, oder?«

Warum musste Orchid nur immer so direkt sein? Das war ja fast so, als hätte sie ihre Mutter vor sich. Die war genauso nervtötend.

»Nett, dass du mich dran erinnerst.«

»Sorry, falls ich da einen Nerv getroffen habe«, entschuldigte sich Orchid. »Ich finde einfach, dass du viel zu hübsch und zu nett bist, um allein zu sein.«

Und warum sagte Orchid *ihr* das? Susan und Ruby waren doch ebenfalls Single. Und bei der verwitweten Mrs. Witherspoon wusste sie es zwar nicht genau, nahm aber nicht an, dass sie in ihrem Alter noch eine heiße Affäre hatte.

Trotzdem konnte sie Orchid nicht wirklich böse sein, vor allem wenn sie ihr so schmeichelhafte Dinge sagte.

»Vielleicht gibt es da ja jemanden«, meinte sie, weil sie fand, dass es an der Zeit war, die anderen an ihren Gefühlen teilhaben zu lassen – und weil Barry schon den ganzen Abend in ihrem Kopf herumschwirrte.

»Wen denn?«, fragte Orchid neugierig und spitzte die Ohren.

»Ich weiß, wen!«, rief Keira und hob die Hand, als wären sie in der Schule.

»Was weißt du, was wir nicht wissen?«, fragte Susan.

Keira grinste Laurie an. Ihre Miene sprach Bände: Sie war total begierig darauf, ihre Geschichte loszuwerden.

»Nur zu. Irgendwann erfahren sie es ja doch, zum Beispiel, wenn ich das nächste Mal in seiner Nähe in Ohnmacht falle«, sagte Laurie schicksalsergeben. Sie und Keira kannten sich von allen am längsten und waren seit gut fünf Jahren befreundet. Nur Susan hatte damals auch schon ihren Laden in der Valerie Lane gehabt, doch die hatten sie erst viel später wahrgenommen, da sie mehr für sich geblieben war und sich ihnen erst mit der Zeit genähert hatte. Ruby war gerade mal achtzehn gewesen, und ihre Mutter hatte noch den Antiquitätenladen geführt. Kurze Zeit später war Ruby nach London gegangen, um zu studieren. Sie war erst nach dem plötzlichen Tod ihrer Mum zurückgekehrt, um das Geschäft zu übernehmen.

Keiras Grinsen wurde nur noch breiter, als sie jetzt dazu ansetzte, von dem peinlichen Tag zu erzählen, an den sich Laurie nur zu gut erinnerte.

»Nun rück schon raus mit der Sprache!«, forderte Orchid.

Alle, auch Mrs. Witherspoon, nein, besonders Mrs. Witherspoon, sahen Keira neugierig an.

Oje, Laurie wurde schon rot, bevor Keira überhaupt begonnen hatte.

»Ihr kennt Barry?«, wollte diese jetzt wissen.

»Wen?«, fragte Ruby, die nie irgendwen kannte.

»Der Teelieferant«, informierte sie Susan, die das genaue Gegenteil von Ruby war und immer alles um sich herum mitbekam. Für sie war das Leben ein einziger Liebesfilm, den sie mit Spannung verfolgte.

»Genau. Der Teelieferant.« Keira nickte.

»Braunes Haar, ziemlich groß, immer in irgendeinem Band-T-Shirt? Sieht ein bisschen aus wie Jude Law? Den habe ich schon ein paarmal vor deinem Laden parken sehen. Der ist echt nicht übel«, meinte Orchid.

Lauries Herz klopfte wie verrückt. Also lag sie doch richtig: Barry hatte tatsächlich Ähnlichkeit mit ihrem Lieblingsschauspieler. Wenn das sogar Orchid sagte …

»Und was ist nun mit diesem Barry? Bist du etwa verknallt in den?«, fragte die nun grinsend.

»Sozusagen«, entgegnete Laurie mit roten Wangen.

Und Keira fügte hinzu: »Ich sage nur so viel: Unsere liebe Laurie ist in Gegenwart dieses Mannes nicht ganz sie selbst.«

»Wie meinst du das?«, hakte Susan sogleich nach.

Mrs. Witherspoon rieb sich die Hände und lauschte. Wahrscheinlich war das hier für sie besser als jedes Fernsehprogramm.

»Oookay … Vor ungefähr sechs Monaten, als Barry ihr die erste Teelieferung brachte, war ich zufällig gerade bei ihr im Laden, um sie meine neu kreierten Zimtpralinen probieren zu lassen …«

»*Das* hast du dir gemerkt?«, fragte Laurie erstaunt.

»Pssst!«, machte Orchid. »Lass sie weitererzählen.«

»Ich merke mir alles, was mit Schokolade zu tun hat«, stellte Keira klar und fuhr fort. »Also, Barry betrat den Laden, und da errötete unsere gute Laurie auch schon. Als er ihr dann die Rechnung in die Hand drückte, dachte ich, sie würde gleich umkippen. Am liebsten hätte ich ihr mit einem der Fächer aus der Schaufensterdeko Luft zugewedelt.«

»War es so warm an dem Tag?«

»Es war ein kalter Januartag.«

»Du merkst dir aber auch echt alles.« Laurie starrte ein wenig verlegen auf ihre Beine. Heute hatte sie keine Laufmasche.

»Es war also Liebe auf den ersten Blick?«, fragte Ruby und fasste sich ans Herz.

»Wie in einer dieser Liebeskomödien«, bestätigte Keira sogleich. Sie strich sich die braune Strähne, die aus ihrem Pferdeschwanz gerutscht war, hinters Ohr und erzählte weiter. »Laurie stellte mir Bartholomew Lohan vor und …«

»Bartholomew? Haha!« Orchid prustete los. »Jetzt weiß ich auch, was du mit Komödie meintest.«

Keira grinste wieder. »Ja, genau. So heißt der Gute nämlich eigentlich. Und als er uns sagte, wir könnten ihn aber gerne Barry nennen, ließ Laurie ihn wissen: ›Ich führe eine große Auswahl an *Sweet Barry*.‹ Versteht ihr? Laurie hat aus Sweet-Berry-Tee gleich mal Sweet *Barry* gemacht.« Sie lachte. »Unsere liebe Laurie lief rot an wie eine reife Tomate, weil sie solch einen Quatsch erzählte. Barry fand es aber anscheinend lustig, denn er hat gelacht. Ob aus Höflichkeit oder weil er Lauries nervöses Geschwafel witzig fand, weiß ich allerdings nicht.«

Orchid prustete laut los. »Ich mach mir gleich in die Hose«, rief sie und schlug ein Bein übers andere.

»Freut mich, dass ich euch so belustigen kann.« Laurie versteckte ihr knallrotes Gesicht hinter einer vorgehaltenen Hand.

»Kindchen, das ist doch alles nicht so schlimm. Ganz im Gegenteil. Auch wenn ich den guten Mann nicht kenne, so sehe ich doch, wie gern du ihn hast. Du musst ihm unbedingt sagen, was du fühlst«, warf Mrs. Witherspoon ein.

Ach, wenn das doch nur so einfach wäre, dachte Laurie und griff nach der letzten Kirsche.

»Und wie mache ich das?«, wandte sie sich an die Erfahrenste von ihnen allen. Wenn ihr jemand einen Rat geben konnte, dann wohl Mrs. Witherspoon. Wenn schon die gute Valerie nicht da war …

»Nur keine Schüchternheit. Männer mögen selbstbewusste Frauen«, erklärte die alte Dame.

Oh. Hm, okay. Guter Tipp. Nur leider besaß Laurie kein bisschen von besagtem Selbstbewusstsein, das sie Barry näherbringen könnte.

»Ich bekomme jedes Mal Schnappatmung, wenn ich vor ihm stehe«, gestand sie. »Ich bringe in seiner Gegenwart kaum ein normales Wort hervor – wie soll ich ihm denn da meine Gefühle gestehen?«

»Mrs. Witherspoon hat recht. Einfach raus damit! Und wenn du dir vorher ein wenig Mut antrinken musst«, schlug Orchid vor.

»Barry taucht bei mir immer dienstags um neun Uhr morgens auf. Und da soll ich vorher schon was Starkes zu mir nehmen? Einen Scotch zum Frühstück, oder wie?«, gab Laurie zurück.

»Hmhm«, machte Orchid. »Dann müssen wir dir wohl helfen. Mission Barry! Wer hat eine Idee?«

Laurie wurde warm ums Herz. Ihre Freundinnen waren einfach fantastisch. Sie betrachtete eine nach der anderen, wie sie darüber nachgrübelten, wie man sie und Barry zusammenbringen konnte. Und auch wenn ihr ein wenig mulmig war, musste sie gestehen, sie war ganz froh darüber, dass es jetzt raus war und sie Hilfe bekam. Sonst würde das Ganze noch sechs Monate so weitergehen – oder sechs Jahre!

»Wie wäre es, wenn wir ihn mal mittwochabends in unsere Runde einladen?«, schlug Susan vor.

»Keine gute Idee. Als Hahn im Korb könnte er sich unwohl fühlen«, entgegnete Orchid.

»Ich habe doch diese tolle Herzschokolade. Wenn du ihm davon eine Schachtel schenkst, sagt das alles, finde ich. Da brauchst du gar keine Worte«, kam es von Keira.

»Schon besser. Aber zu offensichtlich. Falls Barry nicht dasselbe fühlt, könnte das peinlich werden.« Orchid schien sich in Liebesangelegenheiten besser auszukennen als sie alle zusammen.

»Hast *du* keine Idee?«, fragte Keira sie.

Orchid fasste sich ans Kinn und rieb ein bisschen daran herum. »Glaubst du denn, Barry empfindet auch etwas für dich?«, fragte sie Laurie.

»Ich bin mir total unsicher. Manchmal sieht er mich so an … und wir unterhalten uns wirklich immer nett.«

»Nett? Oh Mann, das hört sich ja aufregend an … Okay, lasst mich nur machen. Ich kümmere mich schon um das schüchterne Pärchen. Ich bin gut darin, Leute zu verkuppeln«, sagte sie zu den anderen.

Oje. Was Orchid wohl vorhatte? Ganz so genau wollte Laurie da gar nicht drüber nachdenken, oder ihr würde nur wieder schwindlig werden. Vor allem, weil sie Orchid nur zu gut kannte.

»Nun guck nicht so ängstlich«, sagte Keira. »Orchid wird schon wissen, was sie tut. Wir wollen doch alle nur dein Bestes.« Sie nahm Lauries Hand und drückte sie.

»Na gut, dann lege ich mein Schicksal in eure Hände«, erwiderte Laurie und hoffte nur, dass das Ganze nicht mächtig in die Hose ging.

KAPITEL 4

Laurie trat aus dem Haus und lächelte. Heute war wirklich ein wunderschöner Tag. Erst kurz nach acht, aber die Sonne strahlte bereits und versprach Wärme, Sommer und Glück.

»Guten Morgen, Mr. Rutherford!«, rief sie ihrem Nachbarn zu, der gerade im Morgenmantel die Zeitung reinholte und freundlich zurückgrüßte.

Ihr kirschroter Pferdeschwanz wippte hin und her, während sie ein Lied summte. Sie war richtig froh, dass ihre Freundinnen jetzt Bescheid wussten, was Barry anging. Sechs Monate waren eine lange Zeit gewesen, in der sie ihre Gefühle für sich behalten hatte. Warum sie das getan hatte, wusste sie selbst nicht so genau, wahrscheinlich hatte sie darauf gewartet, dass es etwas Spannenderes zu erzählen gäbe, statt einfach nur über Barrys Existenz zu berichten. Aber da hätte sie wohl ewig warten können. Sie musste immer wieder darüber nachdenken, was Orchid gesagt hatte, und auch an deren verschwörerisches Grinsen beim Abschied. Sie hoffte, dass die »Mission Barry« sie ein Stückchen weiterbringen würde, wenn auch nur ein ganz kleines.

Sie stieg in ihren himmelblauen Beetle und fuhr zur Arbeit. In der Innenstadt waren Autos eigentlich strikt verboten. Der ganze Shoppingbereich war eine einzige Fußgängerzone, lediglich Lieferfahrzeuge durften ihn zwischen sechs Uhr abends und zehn Uhr morgens durchqueren. Da Laurie einige Kartons mit Verpackungsutensilien transportieren musste, nahm sie an diesem Morgen ausnahmsweise das Auto, um zu ihrem Laden zu kommen.

Die Valerie Lane war eine winzig kleine Straße mit Kopfsteinpflaster. Dazu war sie eine Sackgasse, denn hinter Rubys Laden kam nichts mehr außer ein paar Bäumen, darunter auch ein alter Kirschbaum, von dem es hieß, dass er noch älter als Valerie Bonham sei. Sie habe angeblich sogar Marmelade aus den Kirschen gekocht, erzählte man. Aber ob diese Geschichte wahr oder doch wieder nur eines der vielen Gerüchte war, wusste Laurie nicht.

Die Valerie Lane war eine dieser netten kleinen Straßen, die einen sofort in die gute alte Zeit versetzten, wenn man in sie einbog. So standen dort sogar noch die alten Straßenlaternen, die die Valerie Lane vor vielen, vielen Jahren erleuchtet hatten und die Laurie jedes Mal ein nostalgisches Gefühl vermittelten. Valeries lieber Mann Samuel war damals an jedem Abend herumgegangen und hatte die sechs Gaslaternen noch per Hand angezündet. Und obwohl sie heute nur noch Dekoration und längst durch richtige Straßenlampen ersetzt worden waren, hatte Laurie den Eindruck, genau zu wissen, wie es hier zur Zeit ihrer Urgroßeltern ausgesehen hatte.

Sie und ihre Freundinnen gaben ihr Bestes, um die

Valerie Lane in Gedenken an Valerie Bonham erstrahlen zu lassen. Zu Halloween dekorierten sie alles mit Kürbissen und Herbstblumen, zu Weihnachten hängten sie Lichterketten auf, und jetzt im Sommer hatten sie die schweren Blumenkübel aus hellem Stein, die hier und da standen, mit leuchtenden Sommerblumen bepflanzt, um das Bild der efeuumrankten Häuserfassaden und der Blumenampeln, die über den einzelnen Läden hingen, noch abzurunden. Die lila Hortensien und orangefarbenen Lilien verströmten einen fabelhaften Duft. Laurie bemerkte, dass die Lilien schon halb verblüht waren, und machte sich eine gedankliche Notiz, dass sie Ruby bitten wollte, sie demnächst mit ihr umzupflanzen und durch andere Blumen zu ersetzen, Chrysanthemen vielleicht. Ja, im Spätsommer wollte sie alles so schön haben wie im letzten Jahr.

Spätsommer … das war noch eine ganze Weile hin. Vorher würde Barry erst mal nach Hongkong fliegen. Laurie hoffte, er würde dort nicht wirklich eine Frau kennenlernen. Oder irgendwo sonst. Allein der Gedanke daran machte sie ganz verrückt. Eigentlich wusste sie ja nicht einmal, ob Barry überhaupt Single war. Er trug jedoch keinen Ehering und hatte auch noch nie eine Frau oder Freundin erwähnt. Dass er womöglich gebunden war, wollte ihr Herz gar nicht in Betracht ziehen.

Wie konnte sie es nur hinbekommen, ihn noch vor Hongkong um eine Verabredung zu bitten?

»Huhu, Laurie!«, hörte sie jemanden rufen und drehte sich um. Es war Susan. Sie war die Einzige von ihnen, die in der Valerie Lane wohnte – direkt über ihrem Laden.

»Guten Morgen.« Laurie lächelte.

»Alles in Ordnung?«

»Ja, alles gut. Wieso?«

»Na, weil du dastehst und so verträumt vor dich hin starrst. Ich dachte, es wäre vielleicht irgendetwas … Ach, du meine Güte! Was ist denn mit deinem Auto geschehen?« Susan zeigte auf die tiefe Delle, die den Beetle zierte.

»Ach, das ist keine große Sache«, winkte Laurie ab.

Die Delle … ja, so etwas passierte, wenn man nach Feierabend nach Hause fuhr und in Gedanken ganz bei einem gewissen Mann war, weshalb man nicht richtig auf die Straße achtete und einen Müllcontainer umfuhr. Wie am vergangenen Abend. Weder die Fahrerin noch der Müllcontainer hatten sich einen ernsthaften Schaden zugezogen, einzig das arme Auto war ein wenig demoliert.

»Na, wenn du meinst.«

»Sag mal, war Mrs. Witherspoon gestern bei dir wegen ihres Mantels?«

»Ja, das war sie. Er ist so gut wie neu, und ich habe ihr die Strickjacke mitgegeben. Passt ihr wie angegossen.«

»Welch ein Zufall.« Laurie kniff ein Auge zu.

»Ja, oder?« Susan zwinkerte zurück.

»Ich habe Mrs. Witherspoon doch am Mittwochabend nach Hause gebracht. Stell dir vor, die Frau lebt ganz allein in diesem winzigen alten Haus, sie tut mir so leid.«

»Ja, ich weiß«, sagte Susan. »Terry und ich haben sie selbst schon ein paarmal nach Hause begleitet. Mir tut sie auch leid. Ich wünschte, wir könnten irgendetwas für sie tun. Wenn ich nur wüsste, was.«

»Du tust doch schon so viel für sie. Ich glaube, das bedeutet ihr eine Menge.«

»Ja, mag sein. Trotzdem, ich würde ihr gerne mal so eine richtige Freude machen. Wollen wir vielleicht mal mit ihr essen gehen?«, fragte Susan.

»Eine schöne Idee. Schlag das doch am nächsten Mittwoch mal den anderen vor. Ich bin mir sicher, die sind mit von der Partie.«

»Werde ich machen. Ich muss dann mal meinen Laden öffnen, es ist fast neun.«

»Oh, schon?« Laurie sah auf ihre Armbanduhr. Einige Minuten blieben ihr noch, aber sie musste ja auch noch den Wagen wegfahren, da das Parken in der Valerie Lane wie in den umliegenden Straßen verboten war. Sie wünschte Susan einen schönen Tag und schloss die Tea Corner auf, stellte schnell die Kartons hinein und brachte Jude weg. Jude war der Beetle, und weshalb Laurie ihren fahrbaren Untersatz so genannt hatte, konnte sich jeder denken, der Laurie kannte und wusste, dass sie sich *Liebe braucht keine Ferien* mindestens einhundert Mal angesehen hatte.

Der Tag verlief wie jeder andere. Kunden kamen und gingen. Die vier Tische waren die meiste Zeit des Tages besetzt. Laurie kochte Tee und servierte dazu Gebäck, bereitete neue Teemischungen zu und dekorierte ein wenig um. Ach, sie liebte ihren kleinen Laden einfach. Sie liebte das große, einladende Schaufenster, die Regalreihe voller Teedosen und -tütchen, welche die ganze linke Seite des Raumes einnahm, den alten Ladentisch aus dunklem Holz, die hübsche Kommode, die gleich neben dem Fenster stand und ihre besten und exklusivsten Teesorten besonders gut zur Geltung brachte, und den alten Lagerraum, in dem es so wundervoll duftete, dass man die Gerüche einfach nur einsaugen und für immer in seiner Nase behalten wollte.

Eigentlich gab es in Lauries Leben nicht sehr viel mehr als den Teeladen. Sie stand an sieben Tagen in der Woche hinterm Tresen, eine Aushilfe hätte sie sich zwar eventuell leisten können, aber sie wollte überhaupt niemand anders im Laden stehen haben. Denn er war ihr Baby, ihr Ein und Alles.

Als sie ihren Eltern nach dem Studium und einigen Jahren Arbeit in einer bekannten PR-Agentur gesagt hatte, sie wolle ein Teegeschäft eröffnen, hatten die sie angesehen, als hätte sie den Verstand verloren. Bis heute begriffen sie nicht, wie viel ihr die Selbstständigkeit bedeutete, wie sehr sie es liebte, ihr eigenes Ding aufzuziehen, Entscheidungen allein zu treffen, ihr eigener Boss zu sein. Ganz zu schweigen von der Tatsache, dass das, womit sie ihren Lebensunterhalt verdiente, Tee war.

Ohne die Hilfe ihrer Eltern hätte sie es dennoch nicht geschafft. Wenn ihr Dad ihr nicht zum Studienabschluss die Doppelhaushälfte gekauft hätte und sie auf diese Weise eine Menge Grundkosten sparen würde, hätte sie es weitaus schwerer. Denn die Miete für den Laden in der beliebtesten Einkaufsgegend Oxfords hätte sie sich ansonsten sicher nicht leisten können – oder sie hätte auf so gut wie alles verzichten und ständig sparen müssen.

Heute hatte sie sich selbst eine Kanne Ingwer-Zitrone-Minze-Tee zubereitet und füllte sich gerade zum zweiten Mal nach. Ihre dunkelblaue Lieblingstasse hatte leider einen Sprung, aber das machte nichts, solange sie noch nicht auseinanderbrach. Eines Tages würde sie trotzdem Ausschau nach einer neuen halten müssen. Die Gäste bekamen natürlich das gute Geschirr, das mit dem Goldrand, aus dem der Tee immer noch ein bisschen erlesener schmeckte.

Mr. Monroe, ein Mann von Mitte fünfzig mit Ziegenbart, der schon eine ganze Weile an einem der Fenstertische saß und das gemütliche Treiben in der Valerie Lane beobachtete, lobte sie für den Granatapfeltee, den Barry ihr am Dienstag gebracht hatte. Er war frisch aus Marokko eingetroffen und versprühte einen unwiderstehlichen fruchtigen Duft. Laurie freute sich jedes Mal, wenn sie Komplimente bezüglich ihrer guten Auswahl bekam, und gab ihrem Gast deshalb noch ein paar extra Kekse, und zwar mit einem herzlichen Lächeln. Sie mochte Mr. Monroe. Er lebte in der Wohnung über Orchid's Gift Shop und war aus der Valerie Lane überhaupt nicht mehr wegzudenken. Genauso wie ihre Freundinnen, die alten Gaslaternen oder das hübsche metallene Schild mit der Aufschrift »Laurie's Tea Corner«, das an einem geschwungenen eisernen Bogen über ihrer Ladentür hing und heute so still stand, als wäre es in der Luft festgeklebt.

Unentschlossen stand Laurie eine Stunde später vor der alten, weiß gestrichenen Holzkommode, die ihr als Auslage diente. Die Schubladen standen offen und beinhalteten die Gewürztees; die Oberfläche war ein guter Platz, um neue Sorten zu präsentieren. Doch die alte Deko gefiel ihr auf einmal nicht mehr. Sie bestand lediglich aus einem hölzernen Elefanten und ein paar falschen Seerosenblüten. Laurie wollte etwas Neues. Ihr kam die Idee, eine Schatztruhe aufzustellen, in der sie die neuen Sorten platzieren konnte. Sie dekorierte gerne passend zu ihren neuesten Errungenschaften, um diese besonders in Szene zu setzen. Zu den indischen Gewürztees und den marokkanischen Früchtetees würden vielleicht ein Fernrohr, Goldmünzen oder eine Schatzkarte passen. Irgendetwas, das den Kunden zeigte, wie besonders, ja, wie wertvoll diese Tees waren.

Gleich nach Ladenschluss ging Laurie rüber zu Ruby und strich dem alten gusseisernen Charles Dickens, der auf der Bank vor Ruby's Antiques saß, über den Kopf. Sie warf einen Blick durch die gläserne Tür, auf der in weißen Buchstaben die Öffnungszeiten standen. Zum Glück war Ruby noch da. Sie saß hinter dem Ladentisch und las in einem Buch. Es sah so aus, als hätte sie nicht einmal bemerkt, dass es bereits sechs Uhr war.

Als Laurie klopfte, sah Ruby auf, lächelte und winkte sie herein. Sie trug eines ihrer Zwanzigerjahre-Kleider; es war beige und eher formlos, hatte diese typischen Fransen und ging bis knapp übers Knie. Dazu hatte sie einen silbernen Reif im Haar.

»Du hast noch geöffnet?«

»Wieso auch nicht? Ist es etwa schon …« Sie sah auf die alte Kuckucksuhr, die an der Wand hing. »Oje, ich habe wohl schon wieder den halben Nachmittag verlesen.«

Laurie wunderte sich. War es denn so still im Laden gewesen, dass das hatte passieren können? Wenn sie genauer darüber nachdachte, fiel ihr auf, dass sie in letzter Zeit nur selten einen Kunden bei Ruby gesehen hatte. Auch wenn es ihr unangenehm war, musste sie ihre Freundin unbedingt bald mal darauf ansprechen. Sie hoffte sehr, dass Ruby nicht pleiteging. Der Antiquitätenladen war bereits seit Generationen in ihrer Familie, außerdem waren dies die Räume von Valerie Bonhams Gemischtwarenladen – nicht auszudenken, was mit ihnen passieren würde, wenn Ruby gehen müsste. Am Ende eröffnete hier noch ein Tattooladen, oder schlimmer noch, womöglich würde man alles restaurieren, und der Laden würde seinen ganzen Charme verlieren. Den Geruch, der an vergangene Zeiten erinnerte. Die alten Dielen, die so schön knarrten, wenn man auf sie trat … Laurie liebte diesen Ort, er schenkte ihr Geborgenheit, und er brachte ihnen allen die gute Valerie ein wenig näher.

»Ich wollte dich etwas fragen«, sagte Laurie und sah Ruby dabei zu, wie sie ihr Buch zur Seite legte, aufstand und die Tür abschloss. Dann drehte sie das »Geöffnet«-Schild um und wandte sich wieder ihr zu.

»Was gibt's?«

»Du sagtest doch, dass du am Wochenende vorhast, auf einige Flohmärkte zu gehen, oder?«

Ruby nickte.

»Würdest du mich mitnehmen?«

Ruby schien zu überlegen. »Ja klar«, sagte sie dann. »Wir müssen aber schon früh los.«

Das war Laurie bewusst. Natürlich mussten sie um Punkt neun ihre Läden öffnen, zumindest am Samstag. Sonntags machten sie erst um elf auf. Aber der frühe Vogel bekam die fettesten Würmer, oder wie hieß es noch gleich? Zumindest dachte sich Laurie, dass sie, je früher sie die Märkte aufsuchten, umso bessere Schnäppchen ergattern könnten.

»Das ist kein Problem. Nenn mir einfach eine Uhrzeit.«

»Sonntag um sieben?«

»Okay.«

»Ich würde mal sagen, der Flohmarkt in Cowley ist eher nichts für dich, da gibt es hauptsächlich Antikes, Sammlerzeugs, Briefmarken und so. Der wäre auch am Samstag. Am Sonntag aber findet ein richtig toller in Park Town statt, den mag ich sehr. Da bekommt man echt alles. Wonach suchst du denn eigentlich?«

»Das weiß ich selbst noch nicht so genau. Auf jeden Fall etwas zum Dekorieren für den Laden.«

»Hm, na gut. Soll ich dich am Sonntag um Viertel vor sieben abholen?«

»Abgemacht!«

Laurie freute sich richtig darauf. Hoffentlich würde sie finden, was ihr vorschwebte. Und vielleicht ergab sich dann ja auch die Gelegenheit, Ruby auf die fehlende Kundschaft anzusprechen …

KAPITEL 5

Zwei Tage später stand Ruby morgens um Punkt Viertel vor sieben vor Lauries Doppelhaushälfte. Laurie nahm noch schnell die beiden Porzellanbecher mit Deckel zur Hand – und blieb vor der Beifahrertür stehen. Aufmachen ging nicht.

Ruby lächelte und stieß ihr die Tür auf. »Was bringst du denn da an? Warte, es ist Tee, oder? Was für eine dumme Frage aber auch.« Sie nahm den Becher entgegen, den Laurie ihr reichte.

»Ja. Chai Latte, ich hoffe, darauf hast du Lust?«

»Ich habe zu Hause nur schnell einen Rest alte Cola getrunken, Chai Latte klingt also wundervoll.« Ruby nahm einen Schluck und machte »Mmmm«.

Laurie lächelte zufrieden, und sie fuhren los.

Sie verbrachten gut zwei Stunden auf dem Flohmarkt in Park Town, der bei den Einheimischen äußerst beliebt war. Er fand auf dem Gelände einer alten Fabrik statt und war teilweise überdacht, was ihm bei Regen oder im Winter einen Pluspunkt verschaffte. Es wimmelte selbst zu so früher Stunde schon von Müttern mit Kindern, die nach Secondhandkleidung und gebrauchten Spielsachen suchten, von älteren Damen, die Ausschau nach Porzellanfigürchen für ihre Sammlungen hielten, und Jugendlichen, die hofften, hier einen weit weniger hohen Preis für irgendein Videospiel zahlen zu müssen. Laurie war gleich im Geschehen, hielt die Augen weit offen und begutachtete das Treiben.

Es war ewig her, dass sie auf einem Flohmarkt gewesen war. Als Kind hatte sie diese Märkte überhaupt nicht gekannt, nie und nimmer hätten ihre Eltern sie in ein Kleidungsstück gesteckt, das jemand anders vor ihr getragen hatte, und nur über die Leiche ihrer Mutter hätte diese ihr Bauklötze, ein Fahrrad oder gar eine Puppe an solch einem Ort gekauft. Deshalb hatte Laurie erst mit zwanzig ihren ersten Flohmarkt besucht, zusammen mit einer Studienfreundin, die nicht von ihren Eltern unterstützt wurde wie sie und die sogar mit Tellern und Besteck und einer – noch unbenutzten – Toilettenbürste wieder nach Hause gegangen war. Und zwar überglücklich, so tolle Schnäppchen ergattert zu haben, daran konnte Laurie sich noch gut erinnern.

Sie lief an Rubys Seite die Gänge einen nach dem anderen entlang. Während ihre Freundin alles Mögliche fand, von dem sie behauptete, es sei antik, das sie total begeisterte und das sie aufpolieren und dann im Laden verkaufen wollte – Bücher, Vasen, einen Spiegel, einen Globus und einen Stuhl –, fand Laurie überhaupt nichts. Nicht dass es nicht viel Auswahl gegeben hätte, aber halt nichts, bei dem es »klick« gemacht hätte.

Nachdem sie zum dritten Mal zum Wagen gegangen waren, um Rubys Sachen zu verstauen, hatte Laurie endlich Glück.

Schon von Weitem stach sie ihr ins Auge: eine alte

Kiste, die gut als Schatztruhe durchgehen konnte. Laurie lief freudig darauf zu und betrachtete sie. Sie war vielleicht fünfzig mal dreißig Zentimeter groß, dunkelbraun und noch sehr gut instand. Außerdem waren die Seiten mit Messing verziert, und der Deckel hatte einen von diesen Lederverschlüssen – sie war wirklich perfekt.

»Wie viel wollen Sie dafür denn haben?«, fragte Laurie ganz aufgeregt den Mann, der hinter seinem Tapeziertisch auf einem alten Campingstuhl hockte.

Der Typ glotzte sie an und kaute dabei auf seinem Kaugummi herum. »Fünfzig!«, sagte er.

Gerade als Laurie »Okay« sagen wollte, zog Ruby sie zur Seite.

»Was machst du denn da? Hast du denn gar nichts von mir gelernt in den letzten paar Stunden?«

Laurie wusste absolut nicht, was Ruby meinte.

»Du darfst dir nicht ansehen lassen, wie sehr du etwas haben willst. Musst ganz locker bleiben und unbeeindruckt tun. Nur so bekommst du die Sachen zu einem guten Preis.«

»Okay, okay. Mache ich.«

»Jetzt ist es zu spät, der Typ hat doch schon gesehen, wie scharf du auf das Teil bist.« Ruby sah sie regelrecht enttäuscht an.

Egal, Laurie wollte die Schatztruhe unbedingt haben und war auch bereit, die verlangten fünfzig Pfund dafür hinzublättern, was immer Ruby sagte. Die aber ließ es gar nicht so weit kommen.

»Wir geben Ihnen zwanzig«, hörte Laurie sie zu dem Kaugummitypen sagen, der nun lachte und den Kopf schüttelte. »Na, dann nicht. Viel Erfolg noch«, wünschte sie, hakte sich bei Laurie ein und zog sie mit sich.

»Was sollte denn das? Ich brauche diese Kiste!«

»Du wirst sie auch bekommen, immer mit der Ruhe.«

»Aber was ist, wenn sie mir jemand wegschnappt?«

»Das wird schon nicht passieren«, sagte Ruby. Sie drehten noch eine Runde und kauften ein paar andere Sachen, bevor sie zurück zu dem Stand gingen.

Laurie fragte sich, wie Ruby nur so gelassen bleiben konnte. Sie selbst platzte innerlich fast vor Ungeduld und auch vor Angst, dass das gute Stück bei ihrer Rückkehr weg sein würde.

Doch es war noch da.

»Na, sind Sie das alte Ding nicht losgeworden?«, fragte Ruby.

Erstaunt beobachtete Laurie ihre Freundin bei dem, was sie tat. Sonst war Ruby die Schüchternheit in Person, aber das hier war wirklich ihr Ding. »Also, wir wollen jetzt nach Hause fahren. Das ist Ihre letzte Chance.«

»Wie viel wollen Sie mir denn zahlen?«, fragte der Kaugummityp.

»Hab ich doch schon gesagt: zwanzig.«

»Nee, das kann ich nicht machen. Da verdiene ich ja gar nichts daran.«

»Okay, dann zweiundzwanzig.«

»Dreißig.«

Laurie konnte ihren Ohren kaum trauen. Vor nicht einmal zehn Minuten hatte der Mann noch fünfzig Pfund verlangt!

»Dreiundzwanzig.«

»Achtundzwanzig.«

»Vierundzwanzig, mein letztes Wort.«

»Kommen Sie, sechsundzwanzig, einverstanden?«

Ruby holte fünfundzwanzig Pfund aus der Tasche und reichte sie ihm. »Ja oder nein?«

Der Typ seufzte und nahm das Geld entgegen.

»Nimm dir deine Truhe«, sagte Ruby.

Laurie griff überglücklich danach und klemmte sich die Truhe unter den Arm. Sobald sie ein Stück weiter waren, jubelte sie und umarmte Ruby umständlich. »Du bist unglaublich! Ich danke dir.«

»Nichts zu danken. Beim nächsten Mal versuchst du es selbst.«

Jetzt war Laurie voll in Fahrt. Und auf einmal entdeckte sie überall etwas, das sie brauchen konnte. Tatsächlich ersteigerte sie in der nächsten halben Stunde ein Fernrohr, einige sehr alt aussehende Bücher und zwei wunderschöne Teekannen – alles zum Schnäppchenpreis. Sie konnte ihr Glück kaum fassen und nahm sich vor, ganz bald wieder mit Ruby auf den Flohmarkt zu gehen.

Und da sie jetzt so guten Mutes war, wagte sie es endlich auch, Ruby auf das heikle Thema anzusprechen.

»Du, Ruby, darf ich dich etwas fragen?«, begann sie, als sie im Wagen saßen und sich auf den Rückweg machten.

»Na klar.«

»Ist alles okay bei dir? Im Laden, meine ich.«

»Alles bestens. Wie kommst du darauf, dass etwas nicht in Ordnung ist?« Ruby starrte auf die Straße und sah nicht sehr überzeugend aus.

»Na ja, jedes Mal, wenn ich bei dir vorbeischaue, ist der Laden leer.«

»Das ist nur, weil … Die Leute haben kein Geld für teure Antiquitäten. So ist das leider. Jeder sucht nach Ramsch und Schnäppchen.«

»Und wenn du dir mal überlegst, etwas anderes zu verkaufen als nur Antiquitäten?«

Ruby seufzte. »Was soll ich denn sonst verkaufen? Der Laden ist ein Antiquitätengeschäft seit Valeries Tod. Meine Urgroßmutter hat ihn damals von Samuel gekauft, das weißt du ja. Und meine Grandma und meine Mum haben ihn weitergeführt.«

»Das weiß ich, Süße. Und ich weiß auch, wie viel dir das alles bedeutet. Aber wenn du dadurch pleitegehst, bringt das niemandem etwas.«

»Ich gehe doch nicht pleite! So schlimm ist es auch nicht um den Laden bestellt.«

Laurie wusste nicht, ob Ruby sie oder sich selbst zu überzeugen versuchte.

»Na, dann ist es ja gut«, sagte sie beschwichtigend. »Trotzdem könnte es vielleicht nicht schaden, wenn wir ein paar Flyer verteilen würden. Um auf Ruby's Antiques aufmerksam zu machen«, schlug sie vor. Sie wollte ihrer Freundin unbedingt helfen. Denn das war es schließlich, was sie taten. Füreinander da sein.

»Das ist echt nicht nötig. Meine Mum hatte auch keine Flyer.«

»Heute ist das aber unumgänglich. Ich habe auch erst so viel Kundschaft, seit ich eine eigene Website habe und ab und zu eine Anzeige im Wochenblatt schalte.«

»Für die Tea Corner ist das vielleicht angemessen, Laurie, aber zu meinem Laden passt einfach keine Website ... Und so eine Anzeige ist doch sicher nicht billig«, fügte sie hinzu.

Darum ging es also. Hm ... Laurie würde sich etwas überlegen. So einfach würde sie die Sache nicht auf sich beruhen lassen.

»Da hast du recht. Schon okay, ich sag ja gar nichts mehr. Wie geht es deinem Dad?«

»Ganz gut. Er hat gerade seine Instantnudelphase. Die will er tagtäglich essen.«

Sie alle kannten inzwischen die Macken von Rubys Vater Hugh. In der vorigen Woche waren es Spiegeleier gewesen, davor Fischstäbchen. Wenn er erst mal ein neues Lieblingsgericht hatte, blieb er eine Weile dabei, und Ruby musste es ihm jeden Tag aufs Neue kochen, bis er auf etwas anderes kam. Ruby tat Laurie schon ein wenig leid. Andererseits liebte sie ihren Dad über alles, und seit dem Tod ihrer Mutter hatten die beiden nur noch einander. Es war also irgendwie auch schön, dass Ruby sich so liebevoll um ihn sorgte.

Manchmal wünschte Laurie sich, es gäbe in ihrem Leben auch jemanden, der sie brauchte. Mit ihren Eltern sah es aber leider ganz anders aus. Ihre Mutter, zu der sie noch nie ein liebevolles Verhältnis gehabt hatte, brauchte sie höchstens, wenn sie mal wieder an jemandem herumkritisieren wollte. Denn ihre Mutter war eine pathologische Nörglerin, die schlimmste Meckerziege, die man sich nur vorstellen konnte. Sie hatte an allem und jedem etwas auszusetzen, besonders aber an ihrer Tochter. In ihren zweiunddreißig Jahren hatte Laurie sich daran gewöhnt, denn es war nie anders gewesen. Wie jedoch ihr Vater, der eigentlich eher fröhlicher Natur war, es so lange mit ihrer Mutter aushalten konnte, war ihr ein Rätsel. Na, vielleicht war er auch nur froh, dass er überhaupt jemanden an seiner Seite hatte. Es war doch schön, nicht allein zu sein. Und vielleicht erinnerte er sich auch einfach gerne an die guten alten Tage mit ihr zurück, daran, wie sie früher einmal gewesen war, bevor sie reich, oberflächlich und unzufrieden geworden war.

Als Ruby Laurie mit ihren Sachen zu Hause absetzte, bedankte diese sich noch einmal herzlich bei ihr, sie mitgenommen zu haben. Und so wie Orchid eine »Mission Barry« hatte, beschloss Laurie, sich nun der »Mission Ruby« anzunehmen. Es musste doch möglich sein, den Laden zu retten. Schließlich hatte er einmal Valerie gehört. Und deshalb bat Laurie diese nun auch um ein wenig Hilfe und hoffte, sie würde ihre Worte hören, wo immer sie auch war.

KAPITEL 6

Zufrieden betrachtete Laurie die neue Auslage. Ruby hatte ihr ein paar Tipps gegeben, wie sie das Holz der Truhe zum Glänzen brachte, und jetzt machte die Schatzkiste wirklich was her. Sie stand offen und war gefüllt mit Lauries derzeitiger Lieblingssorte: Ingwer-Orange mit rotem Pfeffer. Dieser Tee passte perfekt in die Sommerzeit, ein wenig Schärfe war gut bei diesen Temperaturen.

Um die Schatztruhe herum hatte sie das blitzblank polierte Fernrohr, die alten Bücher vom Flohmarkt und einige in Goldpapier gewickelte Schokoladenmünzen arrangiert, die sie nebenan bei Keira bekommen hatte. Ja, das hatte sie wirklich gut hinbekommen.

Sie hörte die Türglocke und drehte sich um. Sie war so konzentriert gewesen, dass sie überhaupt niemanden am Schaufenster hatte vorbeigehen sehen. Als sie ihren Besucher erblickte, machte sich ein fröhliches Lächeln auf ihrem Gesicht breit.

Sie ging auf den großen Mann zu, der mit seinem grauen Haar noch immer fabelhaft aussah – genau wie George Clooney war auch ihr Vater mit den Jahren immer attraktiver geworden.

»Dad!«, rief sie freudig. »Was machst du denn hier?«

Er hatte nicht erwähnt, dass er vorbeikommen würde, und Laurie war mehr als überrascht. Ihr Vater schaute nicht allzu häufig im Laden vorbei; wenn sie genauer darüber nachdachte, war er schon seit Monaten nicht mehr hier gewesen. Was nicht bedeuten sollte, dass sie sich nicht oft gesehen oder kein gutes Verhältnis gehabt hätten. Im Gegensatz zu ihrer Mutter verstand Laurie sich mit ihrem Vater nämlich ganz wunderbar. Leider arbeitete er aber so viel, dass sie sich immer nur mal auf ein kurzes Frühstück oder einen Drink nach der Arbeit sahen. Meistens fanden diese Treffen in den Restaurants der Wellnesscenter statt, die ihr Vater besaß. Dr. William Harper war einmal ein angesehener Unfallchirurg gewesen, doch nach vielen Jahren Arbeit in einer Klinik hatte er sich dazu entschlossen, sein eigenes Schönheitscenter aufzumachen – eine Wellnessoase, in der sich seine Gäste entspannen und auch gleich ein wenig liften lassen konnten. Ein kleiner Eingriff hier, ein wenig aufspritzen da und anderswo ein bisschen absaugen. Und am Ende ihres Aufenthalts verließen die Leute die Harper's Oasis wie neugeboren.

Vielleicht hatte Laurie den Drang, ihr eigener Boss zu sein, ja von ihrem Vater.

»Ich war in der Gegend und dachte, ich schaue mal rein.« William lächelte zurück und umarmte sie liebevoll.

»Ich freue mich. Darf ich dir einen Tee anbieten?«

»Gerne.«

»Schwarzer mit Milch und Zitrone?«

»Wie immer.« Er setzte sich an einen der Tische. Es

war später Nachmittag, und die Leute waren auf dem Heimweg, um das Abendessen zuzubereiten, Hausaufgaben mit den Kindern zu machen oder einfach nach einem langen Arbeitstag die Füße hochzulegen. Nach siebzehn Uhr waren die Tische in der Tea Corner selten noch besetzt.

»Darf ich fragen, was dich in meine Gegend verschlagen hat?« Sicher handelte es sich um etwas Berufliches. Ihr Vater hätte zwar längst in den wohlverdienten Ruhestand gehen und sich gemütlich zurücklehnen können, konnte das Arbeiten aber einfach nicht sein lassen und war für seine Patienten da, wann immer sie ihn brauchten. Und dabei war es egal, ob es um eine geplante OP, einen Notfall oder einfach nur um ein Gespräch und ein paar gute Ratschläge ging.

»Ein Silikonimplantat war verrutscht«, sagte er, als wäre es das natürlichste Gesprächsthema der Welt.

»Oh. Und? Konntest du es wieder richten?«

»Ja, das konnte ich. Und die Kundin wollte sich auch gleich erkenntlich zeigen.« Er lächelte ein wenig verschmitzt.

»Dad!« Schockiert sah Laurie ihn an.

»Ich habe ihr meinen Ehering gezeigt. Du hättest doch nicht wirklich geglaubt, dass ich darauf eingegangen wäre, oder?«

Nun ja, bei der Kälte, die ihn zu Hause empfing, wäre es irgendwie verständlich gewesen. Aber ihr Vater liebte ihre Mutter. Das hatte er schon immer getan, seit sie sich vor sechsunddreißig Jahren in einem Fast-Food-Restaurant kennengelernt hatten. Natürlich ging keiner von ihnen heute noch in einen Schnellimbiss. Die beiden hielten viel von teuren Restaurants, Hummer, Kaviar und Austern. Alles Dinge, die Laurie seit ihrer Kindheit verabscheute. Sie zog ein schmackhaftes Sandwich jeder Delikatesse vor. Allerdings hatten ihre Eltern das nie verstanden. So, wie sie auch nicht verstanden hatten, dass ihre Tochter ausgerechnet ein Teegeschäft hatte eröffnen müssen. Eine eigene PR-Agentur wäre akzeptabel gewesen. Ein Juweliergeschäft auch noch. Aber Tee!? Nein, das war ihnen unbegreiflich. Und auch wenn ihr Vater sich mit der Zeit damit angefreundet hatte, war ihre Mutter nie über diese Enttäuschung hinweggekommen.

»Magst du ein paar Kekse zum Tee?«, fragte Laurie und holte mit der Zange eine halbe Zitronenscheibe aus dem Glas.

»Nein, danke. Deine Mutter und ich sind heute Abend noch zu einem Dinner eingeladen.«

»Ja? Wo denn?«

Laurie stellte ihrem Vater den Tee auf den Tisch, den diese Woche ein kleiner bunter Sommerblumenstrauß in einer runden Glasvase zierte.

»Bei den Smiths. Schreckliche Leute.«

»Warum habt ihr dann mit denen zu tun?«, fragte sie. Sie hatte noch nie verstanden, warum man sich mit Menschen abgab, die man nicht ausstehen konnte. Es war ja nicht so, als ob man nicht selbst entscheiden konnte, wen man traf. Laurie zum Beispiel hatte sich ihre Freunde nach bestimmten Kriterien ausgesucht, und sie hatte nicht vor, ihre wertvolle Freizeit mit irgendwem zu verbringen, der ihr Magenschmerzen bereitete. Ihre Mutter bildete da eine Ausnahme, aber da war nun mal nichts zu machen – sie war eben ihre Mum.

»Judith ist im selben Komitee wie Ella Smith. Irgendeine Organisation für Tiere, Bedürftige, Kinderkrebshilfe oder sonst was. Ich habe da schon lange den Überblick verloren.«

Ja, das hatte Laurie auch. Sie fand es seltsam, dass ihre Mutter sich dermaßen für wohltätige Zwecke einsetzte. Sie konnte Obdachlose nicht leiden, genauso wenig hatte sie für Tiere übrig, außer in Form von Pastete auf ihrem Teller. Kranke Kinder waren ihr ebenso ein Graus. Wenn Laurie als Kind krank gewesen war, hatte sich stets die Haushälterin um sie gekümmert. Ihre Mutter hatte sie dann oft tagelang nicht gesehen, bis ihr gestattet wurde, ihr Zimmer wieder zu verlassen. Sie vermutete, dass die wohltätige Ader allein daher rührte, dass Judith Harper einen guten Eindruck in der hohen Gesellschaft von Oxford hinterlassen wollte. Sie bemühte sich, gut dazustehen, wollte mithalten, und dafür hätte sie beinahe alles getan. Kaum vorstellbar, dass sie selbst in ärmlichen Verhältnissen aufgewachsen war. Umso schwerer war es verständlich, dass sie kein Mitgefühl für mittellose Menschen hatte. Ihrer Meinung nach trug man selbst die Schuld daran, wenn man arm war. Sollte man doch einen reichen Mann heiraten, so wie sie es getan hatte. Jeder war schließlich seines eigenen Glückes Schmied.

»Wie geht es Mum?«, erkundigte Laurie sich, wie sie es immer tat. Sie hätte sie auch anrufen und persönlich fragen können, vermied es aber, so gut sie konnte. Denn mit ihrer Mutter konnte man nicht belanglos plaudern. Ein Gespräch mit ihr endete immer damit, dass Laurie sich fühlte wie der nichtsnutzigste Mensch auf Erden.

»Es geht ihr gut. Der Tee ist übrigens köstlich.«

»Ich danke dir. Ich würde dir gerne mal eine meiner anderen Sorten andrehen, aber du bestehst ja auf deinem schwarzen Tee.«

»Ich trinke ihn schon seit meiner Kindheit mit Milch und Zitrone. Deine Grandma hat ihn mir immer so zubereitet.«

Ja, das wusste sie. Grandma Patty. Laurie vermisste sie sehr. Vor gut zehn Jahren war sie an Altersschwäche gestorben. Mrs. Witherspoon erinnerte sie oft an sie, wenn diese mit leicht zitternder Hand ihre Teetasse hielt oder mit glänzenden Augen von der guten alten Zeit erzählte.

»Ich werde wohl bald mal wieder zum Friedhof fahren und ein paar Blumen aufs Grab legen«, ließ sie ihren Vater wissen.

»Legst du für mich welche mit hin?«

Laurie nickte. Klar, ihr Vater hatte für so etwas keine Zeit, das verstand sie schon.

Die Türglocke bimmelte wieder. Keira betrat den Laden.

»Oh. Du hast noch Kundschaft?«

Laurie warf einen Blick auf ihre Uhr und bemerkte, dass es bereits kurz nach sechs war.

»Nein, nur meinen Dad. Ihr kennt euch? Dad, das ist Keira, ihr gehört der Pralinenladen gleich nebenan. Keira, das ist mein Vater, William Harper«, stellte sie die beiden einander vor, nachdem sie sich einfach nicht mehr daran erinnern konnte, ob sie sich jemals zuvor begegnet waren.

»Mr. Harper, es freut mich, Sie zu sehen.« Keira trat einen Schritt auf ihn zu und hielt ihm ihre Hand hin, die er sogleich ergriff, nachdem er sich, ganz Gentleman, erhoben hatte. Und jetzt erinnerte Laurie sich auch wieder, dass die beiden sich sehr wohl schon einmal begegnet waren, nämlich, als ihr Dad an ihrem letzten Geburtstag ein Geschenk vorbeigebracht hatte.

»Es ist mir eine Freude, Keira. Nennen Sie mich doch William.«

»Gerne.« Keira zeigte Lauries Vater ihr schönstes Lächeln. Der lächelte mindestens ebenso breit.

Oh Gott, sah Laurie da etwa kleine Funken sprühen zwischen den beiden? Nein, das musste sie sich einbilden!

»Was kann ich für dich tun, Keira?«, fragte sie ihre Freundin schnell.

»Ich hätte gerne Tee. Irgendwas Sommerliches.«

»Wie wäre es mit dem leckeren Granatapfeltee? Er steht direkt neben der Schatztruhe.« Sie deutete zur Kommode.

»Oh, ist das die Truhe, die du gestern auf dem Flohmarkt ersteigert hast?«

»Jap.«

»Sieht toll aus.« Keira war ganz begeistert.

»Darf ich kurz stören?«, meldete Lauries Vater sich zu Wort. »Ich muss mich leider verabschieden. Das Dinner.« Er verzog das Gesicht.

»Ach, stimmt. Dann komm gut hin, Dad. Und danke

für deinen Besuch. Grüß Mum von mir«, fügte sie noch hinzu.

»Werde ich machen. Es hat mich sehr gefreut, Keira.« Nun war er es, der Keira seine Hand hinhielt. Sie nahm sie, und er hielt sie einen Moment zu lange fest.

»Ganz meinerseits, Mr. … William. Ich hoffe, ich sehe Sie mal wieder?«

»Das hoffe ich auch. Auf Wiedersehen, Laurie.« Er umarmte sie kurz und wandte sich dann zum Gehen.

Keira sah ihm nach.

»Sag mal, hast du da gerade mit meinem Dad geflirtet?«, entfuhr es Laurie. Sie wusste nicht, ob sie schockiert oder amüsiert sein sollte.

»Ich? Oh Gott, nein! Ich fand ihn nur sehr … nett.«

»Ja, das hab ich gemerkt.«

»Ach, hör schon auf, Laurie. Ich flirte doch nicht mit den Vätern meiner Freundinnen. Ich bin in einer glücklichen Beziehung, hast du das vergessen?«

Na, so glücklich war die Beziehung eigentlich nicht, das wussten sie beide.

»Wie läuft es denn so mit Jordan?«, erkundigte sich Laurie.

»Ach, frag nicht«, antwortete Keira und ließ sich auf den Stuhl fallen, auf dem eben noch William gesessen hatte.

»So mies?« Laurie nahm ihr gegenüber Platz.

»Ist doch in jeder Beziehung so, oder?«

In dem Moment sahen sie Patrick die Straße entlanglaufen, auf Orchids Laden zugehen und diese wenig später in die Arme schließen. Er hob sie hoch und drehte sich mit ihr um hundertachtzig Grad, bevor er sie wieder herunterließ.

Als Laurie sich Keira zuwandte, erkannte sie, dass diese Tränen in den Augen hatte.

»Hey, alles okay?« Sie legte ihr fürsorglich eine Hand auf den Unterarm.

»Du hast mich gefragt, wie es läuft. Und die Wahrheit ist: Es läuft ganz und gar nicht. Jordan ist … er ist … Verdammt, er kann so gemein sein.«

»Was hat er jetzt wieder gesagt?« Keira hatte sich schon des Öfteren bei ihr ausgeweint.

»Dass mein Hintern fett ist und dass meine Hosen aussehen, als würden sie gleich platzen.«

Das Schlimme war, dass Jordan so etwas nicht nur aus Spaß sagte. Er meinte jedes seiner Worte ernst. Und Laurie verstand gut, dass es Keira verletzte. Okay, er hatte sie ein wenig anders kennengelernt. Früher einmal hatte Keira nämlich andere Maße gehabt, war fast so schlank gewesen wie Orchid. Aber mit den Jahren – und mit jeder Praline – war Keira ein wenig kurviger geworden, was ihr in Lauries Augen super stand, denn sie war keinesfalls dick, sondern hatte Rundungen an genau den richtigen Stellen bekommen. Jordan, mit dem Keira inzwischen seit siebeneinhalb Jahren zusammen war, schien ihre Meinung leider nicht zu teilen.

»Er ist ein Idiot! Ich finde, du siehst großartig aus.«

»Ich sehe fett aus.«

»Das tust du nicht. Und wenn Jordan das so sieht, dann muss er blind sein. Du bist nicht fett, du bist weiblich. Und das ist auch gut so.«

»Was aber, wenn er sich eine andere sucht? Eine, die hübscher ist als ich? Schlanker?«

»Dann hat er dich gar nicht verdient.« Laurie mochte ihrer Freundin nicht eingestehen, dass ihr Jordan schon immer unsympathisch gewesen war. Er war nicht nur arrogant und hielt sich als Zahnarzt anscheinend für etwas Besseres, er war auch unfreundlich. Einmal hatte sie ihm einen Tee ausgegeben, und er hatte nicht mal Danke gesagt. Manchmal erinnerte er Laurie an Peter, ihren Exmann, eine ganz dunkle Episode ihres Lebens. Der war genau so ein Egoist gewesen. Immer nur die eigenen Bedürfnisse im Kopf – die Gefühle der anderen waren Typen wie ihm nie wichtig genug. Keira tat ihr leid. Sie selbst hatte den Absprung schon vor einer ganzen Weile geschafft, während ihre Freundin noch immer festhing.

»Ja, vielleicht hast du recht. Na, ich will dann mal nach Hause gehen«, sagte Keira niedergeschlagen.

»Nimm es nicht so schwer. Am Ende fügt sich alles so, wie es sein soll.« Und in Keiras Fall hoffte sie von Herzen, dass Jordan endlich erkannte, was er an ihr hatte – oder dass Keira aufwachte und ihn verließ.

»Ich versuche es.«

»Wolltest du nicht noch Tee haben?«

»Ach ja. Dann gib mir bitte eine Packung von dem Granatapfeltee mit. Ist der lecker?«

»Der ist unglaublich!« Laurie hätte gleich wieder davon schwärmen können, doch es war nicht der richtige Moment dafür.

Sie gab Keira eine Packung und nahm die sechs Pfund dafür entgegen.

»Ich hoffe, er schmeckt dir.«

»Wird er sicher. Danke für dein offenes Ohr. Und einen schönen Feierabend.«

Laurie drückte sie noch einmal fest, bevor sie Keira gehen ließ. »Jederzeit. Lass dich nicht unterkriegen.«

Keira nickte und trat mit hängenden Schultern auf die Straße.

Ja, es war so einfach gesagt … Manchmal war eine feste Beziehung wohl doch nicht die beste aller Entscheidungen. Obwohl Laurie sich solch ein Verhalten bei Barry nicht vorstellen konnte. Nein, ganz sicher nicht. Dafür war er viel zu lieb.

Sie legte das Geld in die Kasse und packte ihre Sachen zusammen. Schüttete die Reste Tee aus den Kannen in die Spüle und gab die Zitronenscheiben in den Müll. Dann fühlte sie ein Kribbeln im Bauch, denn es war nicht mehr lange, bis Barry wieder vor ihr stünde. Nur noch einmal schlafen, und es war wieder Dienstag. Der schönste Tag der Woche.

KAPITEL 7

Am nächsten Morgen stand Laurie in ihrem weinroten Wohlfühlrock und einem weiß-rot gestreiften Tanktop im Laden und atmete tief durch. Lächelnd sah sie in Richtung Fenster. Barry müsste jeden Augenblick da sein, und sie hatte sich fest vorgenommen, heute ein Stück weiterzukommen.

Sie sah den Lieferwagen vorfahren, vor dem Laden halten und Barry aussteigen. Er holte einen großen Karton heraus und ging auf die Tür zu. Laurie beobachtete, wie er Anstalten machte, die Ladentür zu öffnen, und … da sah sie Orchid über die Straße eilen.

Sie musste lächeln. Orchid hielt, was sie versprach. Gleichzeitig machte sich ein nervöses Kribbeln in ihr breit.

»Guten Morgen, Laurie«, begrüßte Barry sie fröhlich.

»Guten Morgen«, erwiderte Laurie und konnte sich gar nicht auf ihn konzentrieren, weil sie so aufgeregt war und sich fragte, was Orchid wohl vorhatte. Keine zwei Atemzüge später bimmelte die Türglocke erneut, und Orchid war da – voll da, denn wenn Orchid einen Raum betrat, füllte sie diesen ganz aus.

»Hi«, sagte sie mit einem breiten Lächeln.

»Hallo, Orchid. Schon so früh am Morgen? Wie

komme ich denn zu der Ehre?« Oh Mann, da hätte sogar ein Schwerhöriger vernommen, dass sie alles andere als überrascht über den Besuch war. Laurie musste sich zwingen, ruhig weiterzuatmen. Orchid zwinkerte ihr zu.

Barry blickte zu Orchid. Er betrachtete sie so, wie alle Männer sie betrachteten. Sie war ja auch eine Augenweide. Groß und schlank mit unendlich langen Beinen, die heute in einer superengen Hollister-Jeans steckten. Ihr langes blondes Haar fiel federleicht auf ihre Schultern, ihre Augen funkelten magisch, und ihre megaweißen Zähne machten ihr Lächeln unwiderstehlich. Laurie war sich sicher, dass sie jede Zahnpasta der Welt hätten verkaufen können.

In ihr machte sich ein Gefühl breit, das sie nicht richtig einordnen konnte. War es Eifersucht, weil Barry Orchid so anstarrte? War es Neid, weil sie nicht annähernd so hübsch war wie Orchid? Waren es Zweifel, weil Orchid ihr doch eigentlich helfen wollte, sie und Barry einander näherzubringen, und nicht dafür sorgen sollte, dass Barry sich am Ende noch in sie verliebte?

»Was gibt's denn, Orchid?«, fragte sie mit quietschiger Stimme, die gar nicht ihre zu sein schien.

»Wollte nur mal Guten Morgen sagen.« Orchid grinste breit. »Willst du uns denn nicht vorstellen?« Ihre Freundin sah sie erwartungsvoll an und schielte dann zu Barry.

»Ach so, na klar. Also, das ist Barry, mein Teelieferant. Barry, das ist Orchid, sie betreibt den Geschenkeladen auf der anderen Straßenseite.«

Barry schüttelte Orchid die Hand. »Freut mich sehr.«

»Und mich erst«, sagte Orchid. »Du bist also der berühmte Teelieferant.« Sie zwinkerte Laurie schon wieder zu. Na, das war ja gar nicht auffällig!

Barry lachte. »Ich bin berühmt?«

Bitte, bitte, bitte mach mich jetzt nicht lächerlich, übertreib es bloß nicht, dachte Laurie und fixierte Orchid mit ihren Augen.

»Na klar. Hab schon viel von dir gehört.«

Überrascht wanderte Barrys Blick zu Laurie. »Ich hoffe, nur Gutes?«

Laurie spürte, wie sie knallrot anlief.

»Aber sicher.« Orchid steckte lässig die Daumen in die Hosentaschen. »Cooles T-Shirt, übrigens.«

Alle drei starrten auf sein T-Shirt. Heute war es mal kein Band-T-Shirt, sondern eins mit einer Teetasse und der Aufschrift *I love my Tea-Shirt*.

Barry schmunzelte. »Danke.«

»Und, Barry? Bist du eigentlich schon vergeben?«, fragte Orchid frei heraus.

Laurie wollte im Erdboden versinken. In ihrem Inneren brodelte eine heiße Quelle, wie sie sie am Abend zuvor in einer Fernsehdokumentation über den Yellowstone-Nationalpark gesehen hatte.

»Orchid!«

»Was ist denn?«

Was los war? Abgesehen davon, dass Barry Orchids Fragen als Interesse interpretieren könnte?

»Kein Problem«, entgegnete Barry und sah Laurie in die Augen. Dann antwortete er Orchid: »Zurzeit bin ich Single.«

»Orchid ist vergeben«, platzte es aus Laurie heraus.

Oh Gott, oh nein, wie peinlich!

Barry nickte nur und lachte.

»Weißt du, Laurie ist auch noch Single«, informierte Orchid Barry.

Laurie starrte ihre Freundin mit weit aufgerissenen Augen an. Ja, nun hatte Orchid es geschafft: Der ganze verdammte Yellowstone-Park brodelte in ihr, es drohte jeden Moment eine Eruption.

In dem Moment betrat der erste Kunde des Tages den Laden. Laurie war noch nie so froh gewesen, sich ihrer Kundschaft zuwenden zu können. Während sie die Dame, die nach Grünteesorten fragte, beriet, sah sie Barry und Orchid aus dem Augenwinkel miteinander lachen.

Die Kundin entschied sich für einen grünen Tee mit Honig und wollte sich noch ein wenig umsehen. Laurie hatte die Ablenkung gutgetan. Auch wenn sie noch immer kochte, war sie nun ein klein wenig lockerer.

»Willst du nicht deinen Laden öffnen gehen? Es ist schon fünf nach neun«, erinnerte sie ihre Freundin. Ihr gefiel Orchids Plan nämlich plötzlich gar nicht mehr. Viel länger würden ihre Nerven das bestimmt auch nicht mitmachen.

»Ja, das sollte ich wohl.« Orchid schielte aus dem Fenster zum Gift Shop hinüber und entdeckte zwei wartende Kunden vor der verschlossenen Tür. »Ich muss dann mal los. War wirklich nett, dich kennenzulernen«, sagte sie und strahlte Barry noch einmal an. »Unterhaltet euch doch noch ein bisschen. Vielleicht geht ihr sogar mal zusammen aus … Ihr habt doch so viele gemeinsame Interessen. Bye.« Und weg war sie.

Herrje …

Die Kundin bezahlte und verschwand ebenfalls, aber Barry machte keine Anstalten zu gehen, sondern bewunderte die neue Schatztruhe. Laurie trat zögernd neben ihn.

»Deine Freundin ist ja wirklich eine Nummer für sich«, sagte er.

»Oh ja, das ist sie. Bitte nimm sie nicht allzu ernst.«

»Tue ich nicht.«

»Dann ist es ja gut.« Sie sah Barry an, und er erwiderte ihren Blick.

Fast hätte man den Moment als magisch bezeichnen können. Alles in ihr kribbelte. Ob er wohl dasselbe spürte? Und ob er auf Orchids Vorschlag eingehen würde?

Barry hielt ihrem Blick stand, und Laurie wurde unglaublich verlegen. Sie wollte sich mit der Hand auf der Kommode abstützen, um festen Halt zu bekommen. Dummerweise sah sie noch immer zu Barry statt zur Kommode, verfehlte diese um einige Zentimeter, rutschte ab und geriet völlig aus dem Gleichgewicht. Im nächsten Augenblick fiel sie nach hinten und schrammte sich das Bein an der Ecke der untersten Schublade auf, die offen stand.

Sofort war Barry an ihrer Seite. »Alles okay?«

»Ja, alles gut. Danke.«

So etwas musste natürlich wieder ihr passieren! Zögerlich griff sie nach Barrys Hand und ließ sich aufhelfen. Seine Hand zu halten fühlte sich einfach unglaublich an.

Verlegen strich sie sich die Haare hinters Ohr, die sich aus ihrer Hochsteckfrisur gelöst hatten.

Zum Glück ist gerade kein Kunde im Laden, dachte sie nur.

»Du meine Güte, du blutest ja«, sagte Barry und zeigte auf ihr Bein.

Ach ehrlich? Das hatte sie noch gar nicht mitbekommen. Sie sah hinunter und erschrak. Die Strumpfhose wies ein Loch in der Größe einer Pflaume auf, Blut rann den ganzen Unterschenkel hinunter. Plötzlich fühlte sie auch, wie es schmerzte, und gleichzeitig wurde ihr beim Anblick des Blutes schwindlig.

»Komm, setz dich«, sagte Barry und brachte sie zu einem der Stühle.

»So ein Mist!«, entfuhr es ihr.

Wie dumm, wie dumm, wie dumm. Jetzt darfst du nur nicht als Weichei erscheinen, das würde die Sache noch schlimmer machen.

»Tut es sehr weh?«, erkundigte sich Barry und ging vor ihr in die Hocke.

Oh nein, was hatte er denn jetzt vor?

»Fast gar nicht«, log sie und beobachtete Barry dabei, wie er ihre Wunde betrachtete.

Bei näherem Hinsehen wurde ihr klar, was er außer der Wunde außerdem erblicken musste: ihre unrasierten Beine, die man sogar durch die Strumpfhose sehen konnte! Seit bestimmt drei Wochen hatte sie sich nicht rasiert, dabei hatte sie sich doch nach der Sache mit der

Laufmasche letzte Woche vorgenommen, das schnellstens zu tun. Sie hatte es schlicht vergessen. *Warum, warum, warum?*

Na, woher hätte sie denn auch wissen sollen, dass Barry heute vor ihr knien und ihr Bein in seinen Händen halten würde?

Sie konnte es gar nicht richtig genießen, und das ärgerte sie am meisten. Mehr noch als die Tatsache, dass sie überhaupt so tollpatschig gewesen und hingefallen war.

»Barry, das ist wirklich nicht nötig.«

»Ich muss mir das mal genauer ansehen. Vielleicht solltest du zum Arzt und das nähen lassen.«

So weit kam es noch!

»Nein, nein, ist wirklich nicht so schlimm. Ich klebe einfach ein Pflaster drauf.«

Es *war* schlimm. Es tat unglaublich weh. Aber sie biss die Zähne zusammen.

Barry holte ein Taschentuch aus der Hosentasche und gab es ihr. »Hier, drück das vorsichtig auf die Wunde, damit die Blutung gestoppt wird.«

Sie betrachtete das hellblaue Stofftaschentuch eingehend.

»Es ist noch nicht benutzt, keine Sorge.«

»Nein, das habe ich auch nicht gedacht«, sagte sie schnell.

Sie wunderte sich, wer heutzutage überhaupt noch Stofftaschentücher mit sich herumtrug. Am liebsten hätte sie es sich an die Nase gehalten und daran geschnuppert. Stattdessen drückte sie es auf die blutende Stelle und sah dabei zu, wie es rot wurde.

»Hast du Verbandszeug da?«, fragte Barry.

»Irgendwo hinten im Bad. Da ist so ein kleiner Schrank mit einem Notfallköfferchen.« Sie zeigte in die Richtung.

Schon war Barry unterwegs und kam kurz darauf mit dem Verbandszeug wieder.

»Vielleicht ziehst du besser die Strumpfhose aus.«

Na toll. Genau das hatte sie doch vermeiden wollen. Nun würde Barry nicht nur ihre behaarten Affenbeine zu sehen bekommen, sondern auch die Besenreiser. Sie hätte heulen können. Aber was blieb ihr übrig? Es blutete ununterbrochen.

Sie streifte sich die Ballerinas ab und zog vorsichtig die Strumpfhose aus, dann kniff sie die Augen zusammen und wünschte sich, es wäre alles nur ein böser Traum, und sie würde gleich aufwachen, allein in ihrem Bett liegen, und alles wäre in Ordnung.

Natürlich wurde ihr der Wunsch nicht erfüllt. Sie saß noch immer auf dem Stuhl in der Tea Corner, ihr haariger Unterschenkel abgelegt auf Barrys Bein, seine starken, warmen Hände auf ihrer Haut. Er desinfizierte die Wunde und wickelte dann einen Verband darum. Zum Schluss klebte er noch zwei Pflaster darauf, damit der Verband auch hielt, und betrachtete sein Werk.

»Ich denke, das hält eine Weile. Wenn die Blutung nicht von allein nachlässt, solltest du aber doch noch einen Arzt aufsuchen.«

»Okay.«

»Bist du wirklich in Ordnung?«

»Ja, bin ich. Mach dir keine Sorgen.«

»Leider muss ich langsam weiter.«

»Ist doch klar. Ich danke dir vielmals.«

»Das Taschentuch kannst du behalten. Schmeiß es einfach weg.«

Wegschmeißen? Niemals!

»Danke. Du warst wirklich meine Rettung.«

Hätte er sie allerdings nicht auf diese Weise angesehen, dann wäre sie nicht so verlegen gewesen, und es wäre ja gar nicht erst so weit gekommen. Nichts von alledem wäre passiert.

Barry lächelte sie an. »Was ich dir vorhin schon sagen wollte …«

Bitte nichts in der Art wie: Du solltest dir öfter mal die Beine rasieren.

»… die neue Deko ist absolut gelungen. Die Schatztruhe ist toll.«

Na, wenigstens das hatte sich gelohnt.

»Danke! Ich werde dann gleich mal die neuen Waren auspacken. Ist der leckere Lakritztee auch dabei?« Sie verzog das Gesicht.

»Ja, natürlich. Die Blätter müssen mindestens fünf Minuten ziehen.«

»Alles klar.«

»Ich muss dann mal … Hab noch einen schönen Tag. Ich hoffe, deinem Bein geht es bald besser.«

Ihrem haarigen Orang-Utan-Bein? Na, sicher.

»Danke. Dir auch einen schönen Tag.«

Barry lächelte noch einmal, ging dann zur Tür und verließ den Laden. Von draußen winkte er durchs Fenster. Laurie winkte zurück.

Sobald er weggefahren war, legte sie die Arme auf den Tisch und verbarg ihren Kopf darin. Das war ja wohl so ziemlich der schlimmste Dienstagmorgen aller Zeiten gewesen. Und alles, was sie gewollt hatte, war, Barry einen Schritt näherzukommen. Na, das hatte sie geschafft. Ganz so nah wäre dann aber doch nicht nötig gewesen.

Die Türglocke bimmelte, und sie hob den Kopf. Einer ihrer Stammkunden war hereingekommen.

»Oh. Geht es Ihnen gut, Miss Harper?«

»Guten Tag, Mr. Jenkins. Ja, alles in Ordnung, danke. Ich habe mich nur verletzt, es geht aber schon wieder.«

Sie stand auf und schlüpfte wieder in die Schuhe. Dann hob sie das Taschentuch vom Boden auf, steckte es in ihre Rocktasche, desinfizierte ihre Hände mit dem Mittel aus dem Verbandskasten und humpelte zum Ladentisch. Jeder Schritt schmerzte.

»Womit kann ich heute dienen?«, hatte sie gerade gefragt, als das Telefon klingelte.

»Entschuldigen Sie bitte«, sagte sie zu Mr. Jenkins und nahm den Hörer des altmodischen Telefons ab. »Laurie's Tea Corner, guten Morgen.«

»Woohoo!«, hörte sie Orchid am anderen Ende. »Dein Barry ist aber lange geblieben. Du kannst mir später für meine Hilfe danken, jetzt will ich erst mal Näheres in allen Details hören.«

»Ich ruf dich später zurück, ja? Ich hab gerade Kundschaft.«

»Ich will nur eins wissen: Habt ihr ein Date?«

»Nein. Ich bin wohl nicht geeignet als Verkupplungsobjekt«, sagte Laurie und legte auf.

Mr. Jenkins sah sie fragend an.

Laurie seufzte tief und bot dem Mann einen frisch aufgebrühten Erdbeer-Vanille-Tee an.

KAPITEL 8

Noch ein wenig von den Lindenblüten, dazu Brombeerblätter und Zitronengras. Ein Hauch von grüner Minze durfte nicht fehlen. Perfekt!

Laurie steckte ihr Gesicht tief in die metallene Schüssel, in der sie die Mischung hergestellt hatte, und sog den Duft ein. Er war einfach herrlich!

Sie konnte sich nicht erinnern, wann genau sie ihre Liebe zum Tee entdeckt hatte – mit einem Mal war sie da gewesen, und sie wuchs stetig. Vor gut sechs Jahren, nach der kurzen Episode in der PR-Agentur, hatte sie plötzlich das Bedürfnis gehabt, ein eigenes Geschäft zu eröffnen. Und sie hatte sofort gewusst, was sie verkaufen wollte: Tee! Kaffee hatte sie längst abgeschworen, es zählten plötzlich nur noch Früchtetees und schwarze Tees, grüne Tees und Kräutertees, saisonal auch mal etwas mit Kürbis oder mit weihnachtlichen Gewürzen. Vor allem aber war sie dem frischen Ingwertee verfallen, der heute groß auf der Tafel stand, die sie vor dem Laden aufgestellt hatte.

Frischer Ingwertee mit Minze und Zitrone, 1 Glas 3,20 £

Dazu reichte sie die vorzüglichen runden Ingwerplätzchen, die sie bei Keira erstanden hatte. In die hätte sie sich ebenfalls reinsetzen können. Damals den leeren Laden an der Ecke der Valerie Lane zu finden war wohl das Beste gewesen, was ihr je passiert war. Es musste Schicksal gewesen sein, dass es sie hierher verschlagen hatte, zu Susan, Orchid, Ruby und Keira. Sie hatte die vier so lieb gewonnen und war dankbar, sie als Freundinnen zu haben.

Ihr fiel wieder Ruby ein, der sie doch unbedingt helfen wollte. Aber um sie finanziell zu unterstützen, fehlte ihr leider das nötige »Kleingeld«. Auch eine Schatztruhe, ein Fernrohr oder ähnlich passende Dinge für ihre Abenteuerdeko hätte sie sicher bei Ruby's Antiques gefunden, doch wären die Teile dort fünfmal so teuer gewesen. Natürlich plagte Laurie ein schlechtes Gewissen, vor allem weil sie auch noch mit Ruby losgezogen war, um woanders einzukaufen. Sie hatte aber schon eine Idee, wie sie es mit der nächsten Deko wiedergutmachen konnte. Sie würde Ruby einfach fragen, was sie davon hielt, ihr einige Gegenstände aus ihrem Laden leihweise zur Verfügung zu stellen. Sie könnte ein kleines Schild daneben aufstellen und so ein wenig für Ruby werben.

Laurie machte sich immer mehr Sorgen um ihre Freundin. Der Laden am Ende der Straße wirkte so gut wie ausgestorben. Früher, als Rubys Mutter ihn geführt hatte, war oft Kundschaft dorthin gekommen, das wusste sie, weil die Leute ja an ihrem Laden vorbeimussten und sie sie durchs Fenster gesehen hatte. Meryl war eine wundervolle Frau gewesen, Laurie hatte sie sehr geschätzt. Leider hatte das Schicksal sie schwer getroffen.

Bauchspeicheldrüsenkrebs. Sie war innerhalb weniger Monate gestorben. Das war vor zwei Jahren gewesen, da war Ruby aus London zurückgekehrt und hatte den Laden weitergeführt. Nur sah es so aus, als ob ihr das nicht ganz so gut gelänge. Und deshalb hatte Laurie bereits mit ihren anderen Freundinnen in der Valerie Lane gesprochen, und sie alle hatten eingewilligt, ihr zu helfen, indem sie zusammenlegten, um eine viertelseitige Anzeige im Wochenblatt zu schalten. Das würde Ruby hoffentlich neue Kunden bringen.

Als Laurie gerade überlegte, was sie noch tun könnte, um ihr zu helfen, sah sie Orchid auf den Laden zukommen.

»Hey, Laurie«, sagte sie, als sie eintrat. »Was machst du da?«

»Ich wiege Tee ab«, antwortete sie, wog genau einhundert Gramm von der Mischung ab und füllte sie in ein kleines Papiertütchen. Dieses verschloss sie mit einem goldenen Clip und klebte einen Aufkleber drauf, der einen »Lindenblütentraum« versprach.

»Bist du irgendwie sauer auf mich?«

»Wie kommst du darauf?«

»Na, du hast nicht zurückgerufen, bist auch nicht bei mir im Laden vorbeigekommen …«

»Ach, das ist nur, weil ich nicht über das Dilemma reden will, das ich mir mal wieder eingebrockt habe. Im Übrigen bin ich nicht sauer auf dich, sondern eher auf mich selbst.«

»Erzähl!« Orchid sah sie besorgt an und hüpfte auf die Theke, von der Laurie sie schnell wieder verscheuchte.

»Da gibt es nicht viel zu erzählen. Es war ein Reinfall. Schlimmer hätte es nicht laufen können. Das Ganze war eh eine bescheuerte Idee. Du hast mich irgendwie total nervös gemacht.«

»Hm. Wird nicht wieder vorkommen, okay? Ich lasse euch einfach weitermachen wie bisher. Vielleicht schafft ihr es ja in zehn Jahren oder so selbst, euch zu verabreden.«

»So war das doch auch nicht gemeint.« Laurie seufzte.

Eigentlich war ja nicht alles schlimm gewesen gestern. Dass Orchid Barry nach seinem Beziehungsstatus gefragt hatte, war schon mal ein Fortschritt und hatte Laurie endlich die Frage beantwortet, die sie ihm so oft selbst gern gestellt hätte. Barry war Single. Das war gut. Das war super. Besser könnte es gar nicht sein. Auch der kleine Unfall hatte nicht nur Schlimmes mit sich gebracht. Immerhin war sie Barry dadurch ein ganzes Stück nähergekommen, näher, als sie ihm je gewesen war.

»Weißt du, eigentlich bin ich nur enttäuscht von mir selbst«, sagte sie jetzt zu Orchid. »Und zwar, weil du so locker-leicht aus dem Ärmel schüttelst, was ich in sechs Monaten nicht geschafft habe. Wie du mit Männern redest, so ungeniert. Als wäre es das Normalste der Welt, jemanden zu fragen, ob er eine Freundin hat.«

»Na, das ist bei mir doch auch etwas völlig anderes. Du bist verknallt in den Typen, da geht das nicht so einfach.«

»Du hättest es doch sicher sogar dann hinbekommen, oder?«

»Mag sein. Keine Ahnung. Laurie, wir sind zwei völlig unterschiedliche Charaktere, und das ist gut so. Wäre doch langweilig, wenn wir alle gleich wären.«

»Ja, da hast du wohl recht.«

»Erzählst du mir jetzt, was gestern noch passiert ist, nachdem ich wieder rüber bin?«

»Oh. Lass mich überlegen. Ich war ganz verlegen, habe Halt gesucht, bin beim Versuch, mich auf der Kommode abzustützen, abgerutscht und habe mir den Unterschenkel aufgeschrammt.«

»Oh nein. Shit, das wollte ich nicht.«

»War nicht deine Schuld. Waren nur mal wieder ich und meine Unsicherheit.«

»Jetzt sehe ich es erst: Du trägst heute gar keinen Rock.« Laurie hatte das verbundene Bein unter einer weiten Hose versteckt. »Ist es sehr schlimm?«

»Ich werd's überleben.« Sie sah auf und grinste. »Barry hat mein Bein verarztet.«

»Ooooooh. Na, das nenne ich mal süß.«

»Ja, das war wirklich nett. Ich muss mich unbedingt noch angemessen bei ihm bedanken.«

»Wie wäre es mit einer Essenseinladung? So als Dankeschön.« Orchid zwinkerte.

»Ich weiß nicht, ob ich das hinbekomme. Na, mal sehen. Du hältst dich da aber bitte raus, okay?«

»Schon klar. Ich mische mich ganz bestimmt nicht mehr ein, nicht dass du dir auch noch das andere Bein aufratschst.«

»Du darfst dich gerne weiter einmischen, wenn du versprichst, dass du beim nächsten Mal nicht ganz so forsch bist«, sagte Laurie. »Allein schaffe ich das nämlich niemals und werde noch als alte Jungfer enden.«

»Okay. Wir setzen uns mal nach Ladenschluss zusammen und hecken was aus, ja?«

Laurie nickte, dann verzog sie den Mund. »Da ist noch was. Was richtig Peinliches.«

»Raus damit!« Orchid sah sie gespannt an.

»Ich hatte meine Beine nicht rasiert.«

»Ja und?« Orchid schien nicht zu verstehen, worauf Laurie hinauswollte, dann aber machte es klick. »Du meinst, als Barry dein Bein in seinen starken Händen hielt, war es nicht … oh Gott … oh Laurie!« Sie musste lachen.

»Ich bin so tief im Erdboden versunken, dass ich mich wundere, überhaupt noch sichtbar zu sein«, gestand sie.

Orchid schüttelte belustigt den Kopf. »Und was haben wir daraus gelernt?«

»Gehe nie wieder mit unrasierten Beinen aus dem Haus, besonders nicht an einem Dienstag«, erwiderte Laurie einsichtig.

»Sehr gut.«

»Du, ich glaube, du hast Kundschaft«, erkannte Laurie bei einem Blick durchs Fenster.

Orchid drehte sich um. »Oh, dann muss ich wohl rüber. Wir sehen uns heute Abend?«

»Aber klar.«

»Ich bringe irgendwas Leckeres mit, als Aufmunterung, ja?«

Laurie nickte und sah Orchid dabei zu, wie sie über

die Straße lief. Dabei verpackte sie weiter ihren Tee und lächelte glücklich. Schön, dass alles wieder im Lot war. Sie mochte es gar nicht, wenn Spannungen in der Luft lagen. Schon immer war sie ein sehr harmoniebedürftiger Mensch gewesen, und jeder, der in ihren Laden kam, sollte diese Harmonie verspüren, sonst nichts.

KAPITEL 9

Kurz vor Ladenschluss kam Gary in die Tea Corner. Er war ein Obdachloser, der seinen Platz an der Ecke Valerie Lane/Cornmarket Street hatte, genau gegenüber von Laurie und neben Susan's Wool Paradise. Seit Jahren schon wusste er, wo er hingehen musste, wenn er eine gute Tasse Tee wollte.

»Wie geht es dir, Gary?«, fragte Laurie lächelnd.

»Gut, danke.«

Gary sprach nicht viel. Er hatte noch nicht mehr von sich preisgegeben als seinen Vornamen und dass er gebürtig in Manchester war. Laurie reichte das als Information. Im Gegensatz zu Orchid musste sie nicht alles über eine Person in Erfahrung bringen. Jeder durfte so viel von sich mitteilen, wie er wollte.

»Endlich kühlt es ein bisschen ab, die Hitze war ja kaum zu ertragen, oder?«

Gary nickte.

»Darf ich dir einen Tee machen? Wie wär's mit frischem Ingwertee? Den hab ich heute im Angebot.«

»Habe ich gelesen«, sagte Gary, und Laurie kam sich plötzlich dumm vor. Natürlich hatte er es gelesen, es stand ja groß draußen auf der Tafel. Und natürlich war Gary kein Analphabet oder so, nur weil er auf der Straße lebte. Zum ersten Mal wünschte Laurie sich, doch ein wenig mehr von ihm zu erfahren. Wer er eigentlich war. Wer er einmal gewesen war. Ob er eine Familie hatte, einen Beruf erlernt hatte. Er war so unglaublich mysteriös, beinahe unsichtbar, dass sie sich manchmal fragte, ob er nur in ihrer Fantasie existierte. Sie hatte aber einmal gesehen, wie Keira ihm zwei Packungen Kekse in die Hand gedrückt hatte. Also konnte er keine Einbildung sein. Wie alt er wohl sein mochte? Ende zwanzig, Anfang dreißig?

Sie fragte ihn nicht, sah ihn nur erwartungsvoll an.

»Sehr gerne«, sagte er nun, und sie stellte die Herdplatte an, tat einen Teelöffel in dünne Scheiben geschnittenen frischen Ingwer, einige Blätter frische Minze und zwei halbierte Zitronenscheiben in ein Teeglas und wartete, bis der Kessel pfiff. Dann füllte sie dampfendes Wasser hinzu, stellte Gary das Glas hin und lächelte erneut.

»Lass es dir schmecken.«

Etwas unsicher nahm Gary den Tee entgegen. Dann fiel Laurie ein, weshalb er so verwirrt war. Normalerweise bereitete sie ihm seinen Tee in einem Pappbecher zu, den er mit nach draußen nehmen konnte, bei frischem Ingwer hatte sie daran aber nicht gedacht. Und nun wusste Gary nicht, was er tun sollte. Mit rausnehmen konnte er das Glas ja schlecht. Oder?

»Setz dich doch an den Tisch und trink in Ruhe. Ich mache hier solange klar Schiff.«

»Aber schließt du denn nicht um sechs?«

Es war eine Minute vor sechs.

»Doch, eigentlich schon. Aber heute ist doch Mittwoch und …«

»Und da triffst du dich mit den anderen Ladenbesitzerinnen, oder?«

»Stimmt.«

»Störe ich auch nicht?«

»Quatsch, nein. Hier ist jeder herzlich willkommen, ganz besonders mittwochs.«

Gary nahm das Glas und setzte sich damit an den Tisch. Er tat viel Zucker in den Tee und rührte.

»Warum ausgerechnet mittwochs?«

»Weil es Tradition ist. Schon vor über hundert Jahren hat Valerie Bonham mittwochabends ihre Türen für jedermann geöffnet, der einen warmen Platz suchte oder etwas auf der Seele hatte, das er loswerden wollte.«

»Ah, die Namensgeberin unserer Straße. Ich habe schon viele Geschichten über sie gehört.«

»Ja, Valerie war eine einzigartige Frau, eine richtige Wohltäterin, die ihresgleichen sucht. Wir alle hier sind große Fans und versuchen, so zu sein wie sie, wenigstens ein kleines bisschen.« Sie lächelte Gary warm an. »Gibt es in Manchester eigentlich auch solche Geschichten? Legenden über besondere Frauen?«

Gary nickte. »Klar, einige.« Mehr wollte er nicht verraten.

»Wieso bist du eigentlich weg aus Manchester?«, fragte sie, nun doch ein wenig neugierig.

Gary wurde still, starrte in sein Teeglas. Ohne aufzublicken sagte er so leise, dass sie es kaum verstehen konnte: »Das ist alles lange her.«

Laurie nickte. Sie verstand. Er wollte nicht darüber reden. »Entschuldige, es geht mich ja auch überhaupt nichts an.«

Gary nahm einen Schluck Tee, und in dem Moment öffnete sich die Ladentür. Keira kam herein. Sofort wirkte er wieder ganz unsicher.

»Keira, hallo, wie war dein Tag?«, begrüßte Laurie sie.

»Gut, danke. Ich habe extra nichts mitgebracht, weil Orchid mich vorhin angerufen und gesagt hat, dass sie das heute übernähme.«

»Na, da bin ich gespannt.«

In diesem Augenblick entdeckte Keira Gary. »Hallo, wie geht es dir?«

Gary nickte nur und schenkte ihr ein winziges Lächeln.

»Schau gerne mal bei mir vorbei. Ich habe so viel Keksbruch, den ich nicht verkaufen kann. Wenn du also Lust auf Kekskrümel hast …« Sie lachte.

Keine von ihnen mochte Gary so deutlich sagen, dass sie ihm Almosen geben wollten. Der Arme sollte sich nicht auch noch für seine Situation schämen.

»Mache ich, danke«, sagte er leise, während die Tür schon wieder aufging.

Diesmal war es Susan.

»Hallo!«, begrüßten sie sich gegenseitig und umarmten einander.

Als Laurie wieder zum Tisch sah, war Gary nicht mehr da. Still und leise hatte er sich aus dem Staub gemacht, sein Teeglas war noch halb voll.

Da kam auch schon Orchid und hielt eine Pappschachtel in den Händen. Als sie sie abstellte und öffnete, kamen Eclairs zum Vorschein.

»Oh mein Gott, eins davon hat sicher tausend Kalorien!«, sagte Susan.

»Die sehen aber lecker aus«, meinte Keira.

Laurie lächelte nur. Ja, damit konnte Orchid sie auf jeden Fall ein wenig aufheitern.

»Kommt Ruby heute nicht?«, erkundigte sich Susan.

»Doch, eigentlich wollte sie kommen. Sicher verspätet sie sich nur. Lasst uns doch schon mal den Tee aufsetzen. Auf was habt ihr heute Lust? Ich habe frischen Ingwertee.«

Orchid verzog das Gesicht. »Den trinke ich nur bei Erkältung.«

»Ingwer ist für mich ein Weihnachtsgewürz«, sagte Susan.

»Okay, okay. Dann halt was anderes.« Schade, dass die anderen ihrem geliebten Ingwer nichts abgewinnen konnten. Aber sie war ja auf Harmonie bedacht. »Was würde denn gut zu den Eclairs passen?«, überlegte sie laut und rieb sich das Kinn. »Ah, ich hab's! Schokoladentee!«

»Schokoladentee?« Orchid rümpfte die Nase.

»Ja, der ist unglaublich lecker. Ich mache uns den jetzt einfach mal, ja? Ich bin mir sicher, ihr werdet ihn alle mögen.«

»Einverstanden.«

Als sie bereits zehn Minuten zusammensaßen, Orchids Erzählungen über die Hochzeit ihrer Schwester lauschten und sich kaum noch zurückhalten konnten, was die

Eclairs betraf, kam endlich Ruby herein. Sie trug ein altmodisches dunkelgrünes Kleid und hatte sich eine passende grüne Schmetterlingsspange ins Haar gesteckt.

»Entschuldigt bitte, ich hatte einen kleinen Notfall mit meinem Dad.«

»Ist was passiert?«

Ruby seufzte. »Nein, nein. Nichts Schlimmes jedenfalls.«

Laurie konnte es sich denken. Die »Notfälle« von Rubys Dad drehten sich meist lediglich um Dinge wie verloren gegangene Socken, eine leere Schachtel Cornflakes oder einen Kamm, der sich im ganzen Haus nicht wiederfinden ließ. Dann rief er nach Ruby, und sie eilte zu ihm, so schnell sie konnte, weshalb sie ihren Laden oft mitten am Tag für eine Stunde schließen musste. Aber ihr Dad ging immer vor, er war ihr Ein und Alles.

Laurie sah Ruby mitleidig an. Armes Mädchen. Sie hatte wohl recht, es war beinahe ein Ding der Unmöglichkeit, einen Mann zu finden, der diese Verrücktheiten mitmachte. Solche »Notfälle« konnten ja jederzeit eintreffen: wenn man im Kino war oder beim romantischen Dinner oder, schlimmer noch, wenn … Aber das wollte sie sich lieber nicht vorstellen.

Ach, was machte sie sich eigentlich Gedanken um Rubys Liebesleben? Um ihr eigenes war es doch keinen Deut besser bestellt.

»Magst du auch eine Tasse Schokoladentee?«, fragte sie Ruby, die dankend annahm. Der Tee kam übrigens bei allen gut an, was Laurie freute.

»Hier. Ich habe Terry einen hübschen Fressnapf mitgebracht. Vom Flohmarkt«, sagte Ruby, holte ihn aus ihrer Tasche hervor und übergab ihn Susan.

»Oh, wie aufmerksam von dir. Und so hübsch, Blau ist Terrys Lieblingsfarbe.«

»Sind Hunde nicht farbenblind?«, fragte Orchid verwirrt.

»So ein Unsinn.« Susan schüttelte voller Überzeugung den Kopf. Wenn sie sagte, Blau sei Terrys Lieblingsfarbe, dann war das auch so.

Laurie warf einen Blick zu Ruby, die sich gerade setzte. Sie war wirklich ein toller Mensch und dachte bei jedem Gang über den Flohmarkt auch noch an ihre Freundinnen.

»Oooh, Eclairs? Genau das, was ich jetzt brauche«, ließ Ruby die anderen wissen.

»Die hat Orchid mitgebracht. Wir haben extra auf dich gewartet.«

»Wie lieb von euch. Ach, Orchid, wie war eigentlich die Hochzeit?«

Orchid hatte bereits von dem Horrorkleid und dem Hochzeitstag mit all seinen Katastrophen berichtet. Sie war gerade dabei gewesen zu erzählen, wie ihr Vater sich verspätet und ihre Schwester gedacht hatte, sie müsse allein zum Altar schreiten, als Ruby reingekommen war. Nun fasste sie die Story für sie noch einmal kurz zusammen und endete dann mit: »Er hatte den Bus verpasst. Typisch mein Dad. Aber am Ende ist er doch noch gekommen, gerade rechtzeitig. Man konnte förmlich sehen, wie Phoebe ein Stein vom Herzen fiel.«

»Und? Wie sah sie aus? Wunderschön bestimmt.«

Keira hatte Herzchen in den Augen. Sie war die totale Romantikerin.

»Wartet, ich hab Fotos.«

»Na, her damit«, sagte Susan.

Orchid legte ihr Eclair auf den Teller, holte einen Umschlag aus ihrer übergroßen Handtasche und breitete die Bilder auf dem Tisch aus, die eine strahlende Phoebe in einem umwerfenden weißen Brautkleid zeigten, einen ebenfalls strahlenden dunkelhäutigen Mann neben sich.

»Oh, dieser Lance ...«, sagte Keira und biss dabei in ihr Eclair. Ein wenig Füllung blieb ihr an der Oberlippe hängen. »Der ist doch wirklich eine Sahneschnitte, oder?«

»Er ist nur leider schon vergeben.« Orchid lachte und zeigte auf Keiras Lippe. »Du hast da übrigens Sahne hängen.«

Keira wischte sich über den Mund. »Darf ich nicht trotzdem von ihm träumen? Er sieht aus wie ein junger Denzel Washington.«

»Kommt ganz darauf an, wovon du so träumst«, sagte Laurie. »Wenn es zu versaut ist, könnte Phoebe was dagegen haben.«

Sie alle lachten, und Keira wurde ein wenig rot.

»Er hat aber wirklich ein bisschen was von ihm, da muss ich dir recht geben«, sagte Orchid nun. »Mannomann, Lance sieht aus wie Denzel Washington, Lauries Tee-Typ ähnelt Jude Law, und mein Patrick könnte der Zwillingsbruder von Paul Walker sein.«

»Haha!«, prustete Susan los, und ihr schwarzes Haar

fiel ihr ins Gesicht. »Na, Einbildung ist auch 'ne Bildung.«

»Hey, er sieht wirklich so aus.«

»Ja, natürlich«, sagte Ruby und verdrehte die Augen.

»Ihr seid gemein. Wenigstens hab ich einen Freund, von dem ich mir einbilden kann, er sähe aus wie Paul Walker.«

»*Das* war jetzt gemein«, sagte Susan.

»Tut mir leid«, entschuldigte sich Orchid sofort.

»Was soll das überhaupt heißen, *mein* Tee-Typ?«, meldete sich nun Laurie zu Wort. »Also, erstens hat er einen Namen, und der lautet Barry, und zweitens ist er nicht *mein* Tee-Typ. Das weißt du ganz genau.« Laurie sah sie mit einem Blick an, der Orchid die Erinnerung an besagten peinlichen Vorfall ins Gedächtnis rufen sollte. An dem sie nicht ganz unschuldig gewesen war.

»Seid ihr jetzt alle gegen mich?«

»Keiner ist gegen dich, Süße«, sagte Susan.

Orchid machte ein beleidigtes Gesicht und verschränkte die Arme. »Dann zeige ich euch halt nicht das Video.«

»Du hast ein Video?« Keira machte große Augen und rutschte näher heran. »Bitte zeig es uns. Ich liebe Hochzeitsvideos.«

»Na gut, weil ihr es seid.« Orchid holte ihr Smartphone hervor.

Das Video zeigte, wie Phoebe und Lance am Altar standen und sich das Ja-Wort gaben. Einen Moment später erklang eine unglaubliche Version von *Stay With Me*. Laurie konnte einen zehnköpfigen Gospelchor erkennen, der aus vollem Herzen sang. Die beiden Frischvermählten küssten sich und schritten Hand in Hand den Mittelgang der Kirche entlang, der über und über mit weißen Rosen geschmückt war.

»Das ist einfach traumhaft«, sagte Keira mit Tränen in den Augen.

»Es war wirklich eine perfekte Hochzeit. Ich hoffe trotzdem, ihr habt nicht zu sehr auf mich und mein hässliches Kleid geachtet.«

»Süße, tut mir leid, dir das sagen zu müssen«, meldete Susan sich zu Wort, »aber bei der umwerfenden Braut gehst du trotz deines pinkfarbenen Kleids mit den Riesenrüschen unter. Bitte richte Phoebe von mir aus, dass sie eine der schönsten Bräute war, die ich je zu Gesicht bekommen habe.«

»Das mache ich.«

Laurie aß den Rest ihres Eclairs auf, doch irgendwie schien es ihr im Hals festzustecken. Dieses Lied von Sam Smith … Sie hörte allzu gern seine Songs, nur leider passte in ihr Leben keiner von denen, die man auf einer Hochzeit spielen würde. Der Song, den sie zurzeit in Dauerschleife hörte, hieß *Not In That Way* und handelte von einer unglücklichen Liebe. Von einer Person, die eine andere so sehr liebte, doch genau wusste, dass diese nicht dasselbe fühlte.

Ja, das war ihr Leben, und so würde es wohl auch bleiben. Eine Hochzeit mit Gospelsängern und weißen Rosen würde sie niemals haben, wahrscheinlich würde sie nicht einmal den Mut finden, ihrer großen Liebe jemals zu sagen, wie sie fühlte. Einfach um auf der sicheren Seite zu bleiben. Denn noch schlimmer als dieses erbärmliche, unerwiderte Anschmachten wäre die absolute Gewissheit, dass es wirklich einseitig war.

KAPITEL 10

Freitagmorgen. Der Wecker klingelte. Laurie erwachte aus einem tiefen Schlaf, in dem sie von Barry träumte. Wütend haute sie auf den Wecker.

»Warum missgönnst du mir jeden Morgen mein Liebesglück?«, fragte sie das alte Ding, das noch nie ihr Freund gewesen war.

Grummelig stand sie auf. Gerade noch hatte sie mit Barry auf lila Wolken getanzt – Tango, nebenbei bemerkt –, und nun war sie wieder in ihrem stillen Zimmer, in das jedoch bereits die Julisonne hereinschien und einen wunderbaren Tag versprach.

»Okay, wollen wir mal nicht meckern. Es ist Sommer. Die Sonne scheint. Das Leben ist schön«, sagte sie zu sich selbst und versuchte, dabei überzeugend zu klingen.

Eine Tasse Tee und eine Scheibe Rosinenbrot mit Butter später sah die Welt wirklich schon besser aus. Laurie war nun mal ein positiver Mensch, und auch wenn ihr Leben sicher nicht in allen Bereichen rosig aussah, wusste sie doch, dass andere es tausendmal schwerer hatten als sie.

Sie war bei bester Gesundheit, hatte ihren eigenen Laden, durfte den ganzen Tag Tee anpreisen, ausschenken und verkosten. Und sie hatte vier unglaublich liebe Freundinnen, die sie nicht mehr missen wollte. Einzig ein männlicher Part fehlte ihr in ihrem Leben. Aber es konnte eben nicht alles perfekt sein. Das Leben war schließlich kein Märchen. Es war das, was es war: eine Aneinanderreihung von guten und schlechten und manchmal auch ganz schrecklichen Tagen, an denen man mit Affenbeinen zur Arbeit erschien und diese sich nach einem kleinen Unfall plötzlich in den Händen des Angebeteten befanden.

Das würde ihr ganz sicher nie wieder passieren!

Von nun an würde sie besonders pingelig auf glatte Beine achten. Am Dienstag hatte sie sich gleich am Abend noch rasiert, und jetzt fing es schon wieder an zu sprießen. Schnell sprang Laurie unter die Dusche, holte den Rasierer hervor und schrie auf, als das heiße Wasser ihr Bein berührte. Die Wunde tat noch immer schrecklich weh. Vielleicht hätte sie doch zum Arzt gehen sollen. Aber es war ja nur eine Schramme, die längst aufgehört hatte zu bluten. Dennoch trocknete sie sie nach dem Duschen sorgfältig ab, betupfte sie mit Wundsalbe und klebte ein großes Pflaster darauf.

Am Mittwochabend hatte Orchid sie vor allen anderen gefragt, wie es ihrem Bein gehe, und so hatte sie den anderen von ihrem Missgeschick in Gegenwart von Barry erzählen müssen.

Barry … Was er nun wohl von ihr dachte? Wegen ihrer Ungeschicklichkeit. Wegen der unrasierten Beine. Wegen der Sehnsucht in ihren Augen, die er doch eigentlich nach sechs Monaten mal entdeckt haben müsste.

Ein bisschen war sie auch sauer auf ihn. Sie derart zappeln zu lassen war wirklich nicht nett – das war sogar gemein! So blind konnte er doch nicht sein. Inzwischen wäre es seinerseits wirklich mal angebracht, ihr ein Zeichen zu geben, wo sie standen. Mochte er sie auch, nur ein kleines bisschen? Andernfalls sollte er sie gefälligst nicht immer mit diesen strahlenden Augen und dem Jude-Law-Lächeln ansehen, das ihr Herz fast zum Stillstand brachte.

Frisch in Schale geworfen, verließ Laurie in einem luftigen, langen weißen Baumwollrock und einem hellgrünen Tanktop das Haus. Sogar um diese Stunde war es schon so heiß, dass man denken konnte, man sei nicht in England, sondern in der mexikanischen Wüste oder der afrikanischen Savanne. Es hätte sie nicht gewundert, wenn im nächsten Moment eine Giraffe um die Ecke gebogen wäre.

Heute parkte sie gleich abseits und spazierte die Cornmarket Street entlang. Sie kaufte sich bei Boots zwei abgepackte Käsesandwiches für später und bog um die Ecke. Erschrocken blieb sie stehen. Vor ihrem Laden stand ein bekannter olivgrüner Lieferwagen. Es war doch gar nicht Dienstag!

Barry stand an sein Fahrzeug gelehnt da, ein Bein über das andere geschlagen. Eine Haarsträhne fiel ihm ins Gesicht. Er trug khakifarbene Shorts und ein schwarzes T-Shirt, auf dem der Name einer Rockband stand, die sie nicht kannte.

»Hallo«, sagte er und lächelte breit.

»Hallo, Barry. Was machst du denn hier?«

»Ich wollte mal schauen, wie es dir und deinem Bein geht.«

»Mir und meinem Affenbein? Uns geht es gut.« Oje. Diese blöde Unsicherheit, die sie immer Unsinn reden ließ, machte sich schon wieder bemerkbar.

»Wie bitte?« Barry lachte.

»Na, dir kann doch nicht entgangen sein, dass ich vergessen hatte, meine Beine zu rasieren.« Sie verzog das Gesicht. »So sehen sie nicht immer aus, das musst du mir glauben.«

Barry schmunzelte. »Ist mir zwar gar nicht aufgefallen, aber okay, ich glaube dir.«

»Mir ist das alles so peinlich, was am Dienstag passiert ist.«

»Das muss es nicht. Wirklich nicht.«

Sie sah ihn an und hätte ihm am liebsten die Arme um den Hals geworfen. Doch natürlich blieb sie ganz cool und tat gar nichts – wie immer.

»Also, ich bin beruhigt, dass es dir wieder besser geht. Du humpelst auch kaum noch.«

Ach, man sah ihr das Humpeln an?

»Laurie, ich wollte dich schon lange mal was fragen …«

»Ah ja? Was denn?«

Poch, poch. Poch, poch.

»Willst du vielleicht mal mit mir zu Mittag essen?«

Poch, poch, poch, poch, peng!

Ihr Herz hatte so heftig gepocht, dass es ihr aus der Brust gesprungen war. Als sie aber an sich heruntersah, waren da keine Anzeichen einer Explosion zu erkennen.

»Laurie?«

»Ich … ich würde sehr gerne mit dir zu Mittag essen«, sagte sie und wagte es aufzublicken.

Barry strahlte. »Super, das freut mich. Gleich heute?«

Die langweiligen Käsesandwiches waren sofort vergessen. Sie nickte. »Sehr gerne.«

»Kannst du deinen Laden für eine halbe Stunde schließen, oder sollen wir in der Tea Corner essen?«

Eigentlich machte sie ihr Geschäft gar nicht gerne mitten am Tag zu, da sie nicht wollte, dass ihre Kunden vor verschlossenen Türen standen. Aber das war ja wohl heute ein Notfall, und zwar ein richtiger.

»Klar, das kann ich ruhig mal machen.«

»Sehr schön. Dann hole ich dich um halb eins ab?«

Laurie nickte und lächelte schüchtern. Sie konnte es nicht glauben: Sie hatte tatsächlich ein Date mit Barry! Zum Mittagessen. Das war gut, weil es ganz unverbindlich war. Besser als ein romantisches Candle-Light-Dinner, wo weit mehr schiefgehen konnte. Was sollte beim Mittagessen schon passieren?

Sie könnte sich an einer Fischgräte verschlucken, Wasser auf seine Hose verschütten, ihm unbeabsichtigt von der Zeit mit Peter erzählen, die sie schon vor Jahren aus ihrem Lebenslauf gestrichen hatte. Sie könnte Besteck fallen lassen, Blähungen von Zwiebeln oder sonstigen Feinden bekommen, oder sie könnte in Ohnmacht fallen, weil der Mann, in den sie seit einer gefühlten Ewigkeit verliebt war, sie endlich auf ein Date eingeladen hatte.

Sobald Barry weggefahren war, rief sie Orchid an.

Vielleicht hätte sie sich besser an Keira oder Ruby wenden sollen, die wären sicher behutsamer gewesen, aber die beiden waren in Liebesdingen ebensolche Verlierer wie sie, und sie brauchte jetzt ganz dringend jemanden, der sich auskannte.

»Ich habe ein Date«, platzte es aus ihr heraus, sobald Orchid sich gemeldet hatte.

»Du hast ein Date?«

»Ich habe ein Date.«

»Doch nicht etwa mit …«

»Doch, genau mit dem!«

»Heilige Scheiße!«

»Wieso sagst du das?«

»Na, weil ihr endlich ein Date habt, nach sechs langen Monaten! Und wie cool, dass ihr das nun doch ganz allein hinbekommen habt.«

»Was soll ich tun?«

»Wer hat denn wen um dieses Date gebeten?«, fragte Orchid, ohne überhaupt auf ihre Frage einzugehen.

»Er hat mich gefragt. Hilf mir! Bitte! Was soll ich denn nun machen?«

»Na, ganz du selbst sein, zuerst einmal.«

»Das hat mich aber die letzten Monate nicht sehr weit gebracht.«

»Womöglich seid ihr zwei einfach nur sehr schüchtern. Jetzt bekommst du ja endlich die Gelegenheit, ihm zu zeigen, wie wundervoll du bist.«

Unwillkürlich musste Laurie lächeln. Orchids Worte beruhigten sie ein bisschen. »Das ist lieb von dir. Trotzdem weiß ich beim besten Willen nicht, wie ich mich verhalten soll. Ich hatte doch schon seit Ewigkeiten kein Date mehr.« Außer den paar Verabredungen, die ihre Mutter für sie arrangiert hatte, mit irgendwelchen Schnöseln, die sie schon auf den ersten Blick nicht leiden konnte und vor denen sie am liebsten noch vor dem Händeschütteln geflohen wäre.

»Hm. Was soll ich dir da sagen? Rede nicht zu viel über dich. Zeig Interesse an ihm und seinem Leben. Frag ihn, was seine Hobbys sind, welches seine Lieblingsfußballmannschaft ist, was für Musik er so hört. Erwähne auf keinen Fall die Familie, wenn er nicht von selbst damit anfängt. Kinder und Expartner sind tabu. Und bitte, bitte erwähne keine unangenehmen Angewohnheiten deinerseits und frag ihn nicht nach seinen. Dann kann eigentlich nicht viel schiefgehen.«

»Also Fußball, Hobbys und Musik. Und Tee.«

»Nein! Tee ist geschäftlich, darüber redet ihr doch die ganze Zeit. Dies soll ein Date sein, persönlicher, verstehst du?«

»Okay, alles klar.« Laurie machte sich gedankliche Notizen.

»Wo geht ihr denn hin?«

»Keine Ahnung.«

»Wie, keine Ahnung? Habt ihr denn nichts ausgemacht?«

»Er holt mich um halb eins ab.«

»Um halb eins? Etwa zum Mittagessen? Und da machst du dir solche Gedanken? Das ist doch ganz unverfänglich. Was soll beim Mittagessen schon schiefgehen?«

»Hallo! Wir reden hier von mir! Hast du schon vergessen, was mit meinem Bein passiert ist, als ich einfach nur mit ihm im Laden stand und wir geredet haben? Was könnte da erst passieren, wenn ich Gabel und Messer in der Hand habe?«

Orchid lachte. »Das ist gut, wenigstens deinen Humor hast du noch nicht verloren. Männer mögen Frauen mit Humor.«

»Ach, meinst du wirklich? Ich bezweifle, dass irgendein Mann meine blöden Witze mag.«

»Doch, doch, glaub mir. Und Männer mögen es, wenn Frauen reinhauen. Salat essende Bohnenstangen können die meisten nicht ausstehen, also halte dich nicht zurück. Hm. Lass mich überlegen … Was könnte man denn ohne Messer und Gabel essen?«

»Sandwiches?«

»Sandwiches sind gut.«

»Und was, wenn er mit mir zum Inder gehen will? Ich bekomme doch immer solche Magenprobleme von indischem Essen.«

»Dann sag ihm das. Geh bloß nicht irgendwohin, wo du dich unwohl fühlst, dann ist das … *Date* schon im Eimer, bevor es überhaupt begonnen hat.«

»Warum betonst du das Wort Date so komisch?«

»Na, sorry, weil für mich ein Date ein wenig anders aussieht.«

»Wie denn?«

»Das möchtest du lieber nicht wissen.«

Ooo-kay. Das hieß also, dass für Orchid ein Date nicht nur aus Essen bestand, wenn Laurie das richtig deutete.

»Du hast doch aber deinen Patrick.«

»Ja, *jetzt*. Aber früher war ich ein böses Mädchen.« Sie lachte.

»Können wir wieder zu meinem Problem zurückkommen?«

»Also, ich sehe da überhaupt kein Problem. Ihr geht zusammen essen, unterhaltet euch gut und macht etwas für ein zweites Date aus. Wenn du das geschafft hast, hast du den Kerl schon in der Tasche.«

Laurie wollte ihn aber gar nicht in ihrer Tasche haben, sondern an ihrem Telefon, bevor sie schlafen ging, an ihrem Küchentisch auf einen Tee und vielleicht irgendwann einmal in ihrem Bett. Aber so weit wollte sie noch überhaupt nicht denken, das machte sie nur noch nervöser.

»Du musst deine Nervosität ablegen«, sagte Orchid nun. »Wenn er dich abholt, sag ihm, du möchtest gerne Sandwiches in dem netten Laden in der High Street essen gehen. Das findet er bestimmt gut, dass du was vorschlägst. Sicher ist er genauso nervös wie du.«

»Es wäre wirklich schön, wenn ich nicht die Einzige wäre, die sich fast in die Hosen macht vor Aufregung.«

»Ihr werdet das Ding schon schaukeln. Viel Erfolg wünsche ich, und lass mich später wissen, wie es gelaufen ist.«

»Ja, okay, mache ich.«

Laurie legte auf und wusste auch nicht viel mehr als vor dem Anruf, außer dass sie über Fußball reden sollte. Na, dann würde sie mal versuchen, »das Ding zu schaukeln«, wie Orchid gesagt hatte. Sie hoffte bloß, dabei nicht von der Schaukel zu fallen.

KAPITEL 11

Laurie sah auf die Uhr. Es war halb eins, und Barry war nicht da. Dabei war er doch sonst immer so überpünktlich.

Oh Gott, er hat es sich anders überlegt, dachte sie. Er will doch nicht mit mir essen gehen. Ich werde ihn nie wiedersehen. Ich werde mir einen neuen Teelieferanten suchen müssen.

Doch dann sah sie ihn endlich am Schaufenster entlanggehen.

Lächelnd betrat er den Laden. »Sorry, mir war nicht bewusst, wie schwer es um die Mittagszeit ist, hier einen Parkplatz zu finden. Sonst bin ich immer nur zu den Lieferzeiten in dieser Gegend und darf sogar mit dem Wagen durchfahren, aber jetzt …« Er hob entschuldigend die Arme.

»Schon gut, kein Problem. Ich habe nicht mal gesehen, dass es schon halb eins ist.«

Warum sagte sie denn jetzt nur so was? Hörte sich ja nicht gerade danach an, als hätte sie sich auf die Verabredung gefreut.

Sie bediente die letzte Kundin, drehte das Schild in der Tür um und schloss den Laden ab. Dann bogen sie um die Ecke und gingen nebeneinander die Cornmarket

Street entlang. Das hatten sie noch nie getan. Es fühlte sich unglaublich gut an, an der Seite eines so hübschen Mannes gesehen zu werden.

»Was wollen wir denn essen?«, fragte Barry.

»Sandwiches!«, sagte Laurie entschlossen.

»Oh. Ehrlich? Ist das nicht zu … langweilig? Ich würde dir gerne etwas Besseres bieten als nur Sandwiches. Vielleicht magst du zum Inder gehen oder ins Steakhouse?«

»Nein, lieber nichts mit Messern und Gabeln«, sagte sie, und Barry lachte laut auf.

»Wie bitte?«

»Ach, beachte den Unsinn, den ich von mir gebe, besser überhaupt nicht, Barry.«

»Alles klar. Laurie, ich freue mich wirklich sehr, dass wir das hier endlich geschafft haben«, sagte er.

Den Blick weiter starr auf die Straße gerichtet, musste sie nun doch lächeln. Ihr fiel ein riesiger Stein vom Herzen.

»Ich mich auch«, erwiderte sie, und sie gingen Richtung High Street, um bei Sandy's Sandwiches zu essen.

»Was möchtest du denn für eins? Besetz am besten schon mal einen Tisch, und ich gehe das Essen holen«, meinte Barry, als sie den Laden betreten hatten.

»Käse-Schinken auf Roggen mit Remoulade und eine Sprite, bitte«, sagte sie und hielt Ausschau nach einem Tisch.

In diesem Moment wurde einer am Fenster frei, und sie sprintete los. Dabei vergaß sie ihre Verletzung am Bein und schrie auf.

Als sie sich kurz umdrehte in der Hoffnung, dass Barry es nicht mitbekommen hatte, sah er sie fragend und ein wenig besorgt an.

»Alles in Ordnung«, rief sie ihm entgegen und setzte sich an den Tisch – an dem inzwischen aber eine Mutter mit ihrem quengelnden Kind Platz genommen hatte.

»Oh sorry, ich wollte nicht … Ich suche mir besser einen anderen Tisch«, sagte sie und stand wieder auf.

Das war leider nicht so einfach, es war Mittagszeit, alle wollten jetzt etwas essen. Sie hätten vielleicht doch lieber zum Inder gehen sollen, da fand man immer einen Platz.

Laurie blieb mitten im Restaurant stehen und sah sich um. Nichts. Absolut nichts. Eventuell würden sie ihre Sandwiches mit nach draußen nehmen müssen, wenn sich die Sitzplatzsituation nicht bald änderte.

»Nichts frei?«, hörte sie da auch schon Barry, der mit einem Tablett in den Händen hinter sie getreten war.

»Leider nicht. Wollen wir …«

»Da wird was frei!«, sagte er und deutete auf einen winzigen Tisch mit zwei Stühlen in der hintersten Ecke.

Nicht gerade romantisch, aber besser als draußen auf irgendeiner Treppe oder Parkbank zu sitzen, da lauerten viel zu viele Gefahren. Womöglich würde ihr ein Vogel auf den Kopf kacken.

Sie setzte sich also. Barry stellte ihr das Sandwich und die Sprite hin.

»Hier bitte, Käse-Schinken auf Roggen mit Remoulade. Ohne Tomaten. Ich hoffe, Salatblätter sind okay?« Fragend sah er sie an.

Laurie war den Tränen nahe, so gerührt war sie. »Du hast dir gemerkt, dass ich keine Tomaten mag?«

»Aber natürlich. Und keine Lakritze, keinen Kamillentee und keinen weißen Zucker im Tee. Du magst auch keine Mützen im Winter tragen. Du liebst aber Schals und Röcke und alles mit Ingwer. Deine Lieblingssängerin ist Norah Jones.«

Sie strahlte den Mann an, der sie so gut zu kennen schien. »Woher weißt du das denn alles?«

»Ich kann wohl von mir behaupten, eine gute Beobachtungsgabe zu besitzen.« Er setzte sich nun endlich auch und nahm einen Schluck von seiner Cola. »Es ist wirklich unglaublich heiß heute.«

»Aber …« Sprachlos sah sie ihn an.

Er blickte ihr nun direkt in die Augen. »Einige dieser Dinge hast du zuvor erwähnt, und ich habe sie mir gemerkt. Außerdem trägst du fast immer Röcke und sehr oft einen Schal, wenn nicht gerade solche Temperaturen herrschen, und Norah Jones hast du häufig im Laden laufen.«

Sie nickte völlig fassungslos. Es war einfach unglaublich, was Barry alles von ihr wusste. Warum aber hatte er, wenn er doch so ein guter Beobachter war, in all der Zeit nicht gemerkt, was sie für ihn empfand?

»Na, komm, Laurie. Das kann dich doch nicht allzu sehr überraschen«, sagte er nun. »Wir sehen uns seit sechs Monaten einmal in der Woche. Du weißt bestimmt auch einiges über mich.«

Oh ja, das tat sie. Sie wusste zum Beispiel, dass er ebenfalls keine Lakritze mochte und auch kein Marzipan. Er konnte Hagebutte nicht ausstehen und trank seinen Tee immer ungesüßt, außer schwarzen Tee, da tat er einen Löffel Zucker und Milch hinein. Er trug auch bei kältesten Temperaturen keinen Schal, im Sommer hatte er gerne Shorts an. Er ging etwa alle sechs Wochen zum Friseur. Seit sie sich kannten, war er bereits zweimal in Schottland gewesen – ob er da Freunde oder Verwandte hatte oder das Land einfach nur sehr mochte, wusste sie nicht. Aber sie wusste, dass er eine blaue und eine grüne Iris hatte, weil sie ihm schon so oft in die Augen geblickt hatte, dass sie manchmal glaubte, in ihnen zu versinken. Dann schwamm sie schnell wieder an die Oberfläche, bevor er etwas merkte. Genau wie jetzt.

»Nun ja, wahrscheinlich hast du recht«, sagte sie. »Ich weiß zum Beispiel, dass du auf Blondinen stehst.«

Ach du liebe Güte, was sollte das denn nun wieder? Laurie verfluchte ihr Gehirn, das plötzlich abgeschaltet zu haben schien.

»Wie kommst du denn darauf?« Er grinste sie an und legte sein Sandwich ab, das er schon halb aufgegessen hatte. Sie hatte ihres noch nicht einmal angerührt.

»Es war nicht zu übersehen, wie du Orchid angeschaut hast.«

»Was, die Frau aus dem Geschenkeladen? Nein, die ist doch viel zu jung. Ich mag lieber Frauen in meinem Alter, mit etwas mehr Lebenserfahrung.«

Das war ja wirklich süß, was er da sagte. Sie war sich allerdings ziemlich sicher, dass am Ende jeder Mann eine heiße Blondine einer »erfahrenen«, sprich alten Frau mit Besenreisern, ein wenig Hüftspeck und dem einen oder anderen grauen Haar vorgezogen hätte. Wäre sie ein Mann, wäre sie selbst ganz verrückt nach Orchid, da war sie sich sicher.

»Na klar.«

»Du musst mir nicht glauben«, sagte er und zuckte mit den Schultern. »Hast du denn gar keinen Hunger?« Er deutete auf ihren Teller, auf dem noch immer das unberührte Essen lag.

»Ach so, ja, das Sandwich.« Sie nahm die reichlich belegten Brothälften in die Hände und versuchte, sie so zu halten, dass auf keinen Fall etwas herausfallen konnte. Doch als sie sie hinten schön zusammendrückte, flutschte vorn etwas raus. Ein dicker Klecks Remoulade landete mitten auf dem Teller, und ein Salatblatt fiel daneben.

Laurie wurde knallrot. Wie peinlich! Okay, eigentlich war die Sache nur deshalb so peinlich, weil Barry sie die ganze Zeit eingehend beobachtete. Jetzt schmunzelte er.

Was nun? Sollte sie das Salatblatt zurück ins Sandwich tun? Immerhin lag es auf dem Tisch, der so aussah, als ob er seit den letzten zehn Gästen nicht mehr abgewischt worden wäre. Sie nahm das Blatt und legte es an den Tellerrand. Die Remoulade versuchte sie, mit der Ecke des Brotes wieder aufzutunken, doch das ging so richtig nach hinten los, denn dabei verlor sie nur noch mehr Sauce. Sie legte das Sandwich zurück auf den Teller. Am liebsten hätte sie das blöde Ding, das sich ganz offensichtlich gegen sie verschworen hatte, nie wieder angerührt.

Das war neu, dass ein Sandwich sie beinahe zum Heulen brachte. Was war nur mit ihr los? Es war ja nicht so, als ob sie noch nie ein Date gehabt hätte. Sie war aber noch nie so unbeholfen gewesen. Nun ja, sie hatte allerdings auch noch nie zuvor so empfunden wie jetzt. Sie war absolut und über alle Maßen in Barry verschossen, vielleicht sogar mehr als das. Allein schon an ihn zu denken bescherte ihr zu jeder Tageszeit eine Gefühlsexplosion. Jetzt hier mit ihm zu sitzen und tatsächlich seine volle Aufmerksamkeit zu haben war mehr, als ihr armes, verliebtes Herz ertragen konnte. Es war völlig in Aufruhr! Innerlich verbannte sie ihr Herz zur Ruhe, versprach ihm, dass es später einen Aufstand machen konnte, wenn es jetzt bitte noch ein wenig durchhielt. Sie musste unbedingt lockerer werden!

Also nahm sie das Brot wieder in die Hand und biss ab. Dabei lächelte sie Barry schief an. Barry musste lachen, lehnte sich ein wenig zurück, und schon fiel ihm eine Tomatenscheibe aus seinem Sandwich und direkt auf seinen Schoß.

Nun prustete auch Laurie los. »Du musst wirklich nicht aus Solidarität mitkleckern.«

»War eigentlich auch nicht beabsichtigt«, sagte er und versuchte, den Fleck auf seiner Hose wegzuwischen.

Gott sei Dank ist mir nichts auf den Schoß gekleckert, dachte Laurie. Bei dem weißen Rock wäre das ziemlich blöd gewesen. Immer alles positiv sehen!

Als Barry das Missgeschick so weit beseitigt und den letzten Rest seines Sandwiches verspeist hatte, klopfte er die Hände aneinander und sammelte ein paar Krümel vom Tisch, die er auf den Teller legte. Laurie beobachtete jede seiner Gesten. Allein, wie sich bei jeder einzelnen Bewegung seine Unterarmmuskeln anspannten, brachte sie fast um den Verstand.

»Ich finde, das war gut«, sagte Barry jetzt. »Genau so etwas haben wir gebraucht, um die Stimmung zu lockern. Denn du musst zugeben, die war ziemlich angespannt.«

»Ja, das war sie wohl.« Laurie war erleichtert.

Sie aß ebenfalls auf und nahm einen großen Schluck von der Zitronenbrause.

»Ich fand es trotzdem sehr schön.« Er lächelte sie an.

»Ja, ich auch. Nächstes Mal können wir es ja vielleicht ohne Kleckern versuchen.«

Herrje, hatte sie das gerade tatsächlich gesagt? Sie hatte sich doch vorgenommen, ihn entscheiden zu lassen, ob es ein nächstes Mal geben sollte.

»Ich werde mein Bestes geben.«

Hieß das nun, dass es ein zweites Treffen geben würde? Sie war verwirrt.

In dem Moment nahm sie etwas aus dem Augenwinkel wahr.

Orchid! Sie hatte den Laden betreten und betrachtete die Tafel mit den Angeboten eingehend, als wenn sie hier nicht schon eintausend Mal ihr Mittagessen gekauft hätte. Obwohl Laurie ein wenig Angst hatte, dass es wieder in einer Katastrophe enden würde, war sie irgendwie froh, Orchid zu sehen. Sie lächelte erleichtert.

»Ist das da vorn nicht deine Freundin?«, fragte Barry.

»Sieht so aus.«

Nun sah Orchid zu ihnen und tat ganz überrascht. Sie kam auf ihren Tisch zu. »Hallo, ihr beiden. Was macht ihr denn hier?«

»Essen«, erwiderte Laurie kurz und knapp.

»Und? Schmeckt es?«

»Wir sind schon fertig.« Laurie war die Situation plötzlich doch unangenehm, weil sie sich nämlich daran erinnerte, was sie Barry gegenüber angedeutet hatte. Nämlich, dass sie glaubte, er stehe auf Orchid.

»Wie geht es dir?«, erkundigte Barry sich nun bei dieser.

»Sehr gut, danke. Und dir?«

»Auch gut.« Barry sah Laurie an und konnte anscheinend ihre Gedanken lesen und ihre Unsicherheit spüren, denn als Nächstes sagte er: »Orchid, es tut mir leid, dich enttäuschen zu müssen, aber ich habe leider überhaupt nichts für Blondinen übrig. Viel mehr stehe ich auf rothaarige Frauen.«

Laurie verschluckte sich an ihrer Sprite.

Orchid lachte. »Ich hab ja keine Ahnung, was hier vor sich geht, aber ich habe es zur Kenntnis genommen.«

»Gut. Alles okay, Laurie?«

Sie hustete noch immer und nickte dabei.

»Dann lasse ich euch beide mal allein und gehe mir was zu essen holen. Viel Spaß noch.« Orchid verschwand, und als Laurie ihr hinterhersah, hielt ihre Freundin sich einen unsichtbaren Telefonhörer ans Ohr, was wohl bedeuten sollte, dass sie sie nachher unbedingt anrufen sollte.

»Wollen wir gehen?«, fragte Barry und stand auf.

Laurie folgte ihm nach draußen. Nachdem sie ein paar Schritte gegangen waren, fragte sie: »Warum hast du das getan?«

»Damit du mir glaubst, dass ich meine Aussage ganz ernst meine.«

»Okay. Na, jetzt glaube ich dir wohl.«

»Sehr gut, genau das wollte ich erreichen.«

Er stand also auf Rothaarige, hatte er gesagt. Laurie war rothaarig. Stand er allgemein auf Rothaarige oder etwa …?

»Barry, warum bist du so in Eile? Nicht so schnell!« Sie kam kaum hinterher, so zügig ging er, und sie fragte sich unwillkürlich, ob er sie etwa schnell wieder loswerden wollte.

»Ich dachte nur, du müsstest zurück zum Laden?«

»Den kann ich ruhig noch ein bisschen länger geschlossen halten.« Obwohl sie das sonst *nie* tat.

»Aber was ist mit den armen Kunden, die deinen Tee kaufen wollen? Ich möchte wirklich nicht schuld daran sein, dass sie kehrtmachen und mit leeren Händen nach Hause gehen müssen. Oder dass sie ihren Tee womöglich im nächsten Supermarkt kaufen.«

»Das wäre eine Katastrophe, da hast du recht.«

»Sag ich doch.«

»Dürfte ich dich dann wenigstens noch auf eine Tasse Tee in die Tea Corner einladen?«, traute sie sich zu fragen.

Barry sah zur Seite und lächelte sie an. »Darauf hatte ich, ehrlich gesagt, gehofft.«

Wirklich? Das hatte er? Ihr Herz machte einen Hüpfer.

Sie lächelte zurück und hätte alles dafür gegeben, dass er jetzt ihre Hand genommen und gehalten hätte.

KAPITEL 12

In der Tea Corner angekommen, freute Laurie sich über die Klimaanlage, die ihr kühle Luft entgegenblies.

»Was hättest du denn gerne für einen Tee? Darf ich dir eine Sommermischung mit Zitronengras anbieten oder frischen Ingwertee?«

»Ich könnte sterben für frischen Ingwertee«, sagte Barry, und Laurie hätte sofort seinen Heiratsantrag angenommen, wenn er ihr einen gemacht hätte.

»Mit Minze und Zitrone?«, fragte sie vorsichtshalber nach.

»Nur Zitrone, bitte. Frischen Minztee mag ich zwar auch sehr, aber beides zusammen untergräbt den Geschmack des anderen ein wenig, finde ich. Beide sind ja sehr dominant.«

So hatte sie das noch nie betrachtet, da würde sie später genauer drüber nachdenken müssen. Jetzt musste sie sich aber erst mal um Barry kümmern. »Alles klar. Also nur Ingwer mit Zitrone.«

»Und falls du Honig da hast?«

»Natürlich. Ich habe aber auch Agavensirup, der passt meiner Meinung nach noch besser.«

»Ich lasse mich gerne auf was Neues ein«, erwiderte Barry und grinste sie an.

Sie setzten sich an einen der Tische und tranken den dampfenden, wohlriechenden Tee. Bald schon kamen aber ein paar Kunden, um die Laurie sich kümmern musste.

»Entschuldige bitte«, sagte sie, als sie sich wieder zu Barry setzte.

»Ach, warum denn? Das ist schließlich dein Job.«

»Ja, und ich liebe ihn.«

»Das sieht man.«

Laurie freute sich über das Kompliment und setzte dazu an, Barry zu erzählen, wie sie auf die Idee gekommen war, den Laden zu eröffnen. Dann fiel ihr aber ein, dass Orchid ja gesagt hatte, dass sie das Thema Tee vermeiden sollte, weil es sonst mehr ein geschäftliches Treffen wäre. Und dass sie Barry noch gar nichts über seine Hobbys gefragt hatte.

»Magst du eigentlich Fußball?«, fragte sie ihn deshalb schnell.

»Na klar. Nenn mir einen englischen Mann, der keinen Fußball mag. Ich habe früher selbst gespielt und trainiere sogar eine Kindermannschaft. Acht- bis zehnjährige Jungs.«

Oh. Damit hätte sie nun wirklich nicht gerechnet.

»Das ist ja schön.«

»Ja, es erfüllt mich sehr. Die Jungs sind toll und so motiviert. Magst du Kinder?«

Oh, oh. Das Thema Kinder beim ersten Date? Davon sollte sie doch Abstand halten!

»Äh, ja klar. Welche ist denn deine Lieblingsmannschaft?«

Barry kräuselte die Stirn. »Arsenal London. Und deine?«

Mann, warum brachte er denn immer wieder *sie* ins Spiel?

Sie wollte doch bei *ihm* bleiben.

Laurie starrte in ihr Glas. In der trübgelben Flüssigkeit entdeckte sie einen Zitronenkern. »Tut mir leid, aber ich bin nicht so der Fußballfan.« Sie war Teefan, aber darüber durfte sie ja nicht reden. Ach menno, normalerweise hätte sie jetzt, vielleicht sogar ganz unbeschwert, über ihr Lieblingsthema geredet, hatte aber die ganze Zeit Orchids Worte im Ohr. Sie merkte selbst, es wirkte irgendwie verkrampft, wusste aber gerade keinen Ausweg. Was blieb ihr also übrig, als das Gespräch wieder in Barrys Richtung zu lenken? »Was hörst du denn für Musik?«

»Ich mag Pop und Rockmusik, aber nicht die harten Sachen. In den Neunzigern habe ich Aerosmith rauf und runter gehört, heute mag ich die Kings of Leon und Mando Diao.«

Sehr gut. Fußball und Musik waren abgehakt. Was hatte Orchid noch für Themen genannt?

»Und du?«, fragte Barry jetzt.

Schon wieder waren sie bei ihr. Sie seufzte innerlich.

»Norah Jones, das weißt du doch schon.« Sie trank einen Schluck Tee.

»Und sonst noch?«

Ein Kunde wollte bezahlen und sah sich nach ihr um.

»Sorry, ich muss mal kurz …«

Barry nickte und beobachtete sie bei dem, was sie tat, was sie total nervös machte. Beim Geldrausgeben fielen ihr ein paar Münzen runter, und als der Kunde weg war, verkroch sie sich hinter dem Tresen.

»Was machst du da?«, hörte sie plötzlich Barrys Stimme und sah ihn neben dem Ladentisch stehen. Er blickte sie neugierig an.

»Ich … Mir ist Geld runtergefallen, das suche ich nur zusammen.«

»Dafür brauchst du aber lange. Benötigst du vielleicht Hilfe?« Er ging nun auch in die Hocke und suchte den Boden ab. »Da ist doch gar nichts mehr. Du hast bereits alles gefunden, oder?«

Sie nickte und ließ sich an das Holz des Tresens sacken. Barry tat es ihr nach. Und so saßen sie beide hinter dem Ladentisch und schwiegen.

»Laurie, sag mir bitte, was los ist. Du erzählst mir gar nichts über dich, bist so … abweisend. Habe ich irgendwas falsch gemacht?«

»Nein. Oh Gott, nein. Du warst … perfekt.« Sie wagte es, ihn anzusehen. »Ich habe mich nur so sehr auf dieses Treffen mit dir gefreut und wollte nichts verkehrt machen, nicht zu viel über mich reden, weil Orchid gesagt hat … Ach, ist ja auch egal. Ich hab's wohl total verbockt. Ich bin in hohem Bogen von der Schaukel gefallen.«

»Manchmal sprichst du echt in Rätseln, weißt du das?«

»Tut mir leid.«

»Das muss dir doch nicht leidtun. Genau das ist es doch, was ich an dir mag, diese kleinen Verrücktheiten, deinen Humor.«

Oh, ehrlich? Da hatte Orchid ja doch mal recht gehabt.

»Ich habe nur das Gefühl, als wärst du heute nicht ganz du selbst«, sagte Barry.

»Das Gefühl habe ich auch.«

»Wollen wir dem Ganzen vielleicht eine zweite Chance geben?«

»Du willst wieder mit mir zu Mittag essen?«

»Ich würde gerne mit dir zu Abend essen. Und dich ins Kino ausführen – wenn du Lust hast.«

»Und ob ich Lust habe!« Am liebsten wäre sie ihm um den Hals gefallen.

»Das freut mich sehr. Ich …« Er räusperte sich. »Ich freue mich nämlich auch jedes Mal, dich zu sehen, und würde mich besonders freuen, mal ein wenig mehr Zeit mit dir zu verbringen.« Er sah auf seine Schuhe, und Laurie fragte sich, ob er vielleicht genauso nervös war wie sie. Der Gedanke beruhigte sie ein wenig, mal von dem pochenden Herzen abgesehen. Jetzt blickte Barry aber auf, sah ihr in die Augen und sagte: »Aber ich gehe nur unter einer Bedingung mit dir aus.«

»Und die wäre?« Poch, poch. Hüpf, hüpf.

»Bitte sei ganz du selbst. Vor mir musst du dich nicht verstellen. Ich mag dich nämlich ganz genau so, wie du bist.«

Lauries Herz setzte zum Hochsprung an und erzielte den Rekord. Sie musste es tun – sie lehnte sich zu ihm rüber und gab ihm einen klitzekleinen Kuss auf die Wange.

Barrys Hand berührte die Stelle, an der ihre Lippen seine Wange gestreift hatten. Er sah sie erstaunt an.

Die Ladenglocke läutete. »Hallo? Ist da jemand?«

Laurie und Barry mussten lachen und kamen hinter dem Tresen hervor.

»Hier bin ich«, sagte Laurie zu Agnes, eine ihrer Stammkundinnen, die zusammen mit ihrer Mutter über der Tea Corner wohnte. »Agnes, wie geht es dir?«

»Was machst du denn mit fremden Männern hinter deinem Ladentisch?«, fragte die brünette junge Frau in den engen Jeans-Shorts und dem bauchfreien Top grinsend.

»Kleingeld suchen.«

»Ich verstehe.« Sie zwinkerte ihr zu.

Barry stand verlegen da, die Hände in den Hosentaschen. »Ich werde dann mal gehen, ja? Ich bekomme heute noch eine Großlieferung aus Indien.«

»Es war sehr schön mit dir. Das Mittagessen meine ich«, sagte Laurie mit hochrotem Kopf.

»Finde ich auch. Ich rufe dich an? Wegen des Kinos?«

Laurie nickte und sah dem Wahnsinnsmann nach, wie er ihren Laden verließ und am Fenster vorbeischlenderte. Er blickte noch einmal herein und winkte. Sie winkte zurück.

Juhu! Er wollte mit ihr ins Kino gehen. Und zu Abend essen. Das musste sie sofort ihren Freundinnen erzählen!

»Haben Sie den leckeren Waldbeerentee da? Laurie? Hören Sie mich?«

»Wie bitte?« Laurie schüttelte ihre Gedanken an Barry ab, die die ganze Zeit in ihrem Kopf umherschwirrten. »Ach so, ja. Waldbeerentee. Natürlich. Wie viel hätten Sie denn gern?«

Mrs. Kingston sah sie schmunzelnd an. »Oh weh, da ist aber jemand verliebt.«

»Wie bitte?« Verwirrt sah sie die stattliche Dame mit der mahagonifarbenen Dauerwelle an, die schon seit der Ladeneröffnung Stammkundin bei ihr war. Immer wieder sagte Mrs. Kingston ihr, wie erfreut sie doch darüber sei, dass endlich ein Teegeschäft in unmittelbarer Nähe ihrer Wohnung aufgemacht hatte.

»Na, Sie sind frisch verliebt, mit den Gedanken ganz woanders. Ich bin zwar schon über sechzig, aber so etwas erkenne ich sofort.« Sie nickte mit dem Kopf, sodass ihre riesigen goldenen Ohrringe hin und her schaukelten.

»Ich … ähm …«

»Wer ist denn der Glückliche?«

Ach, was soll's, dachte Laurie.

»Mein Teelieferant. Wir hatten heute unser erstes Date. Na ja, es war ein Mittagessen. Aber er möchte mit mir ins Kino gehen.«

»Oh, wie schön. Da freue ich mich aber für Sie.«

»Danke, das ist lieb.«

»Wenn Sie ins Kino gehen, sehen Sie sich unbedingt einen Actionfilm oder noch besser einen Horrorfilm an.«

»Ah ja? Wieso denn das?« Laurie hätte, wenn sie ehrlich war, lieber einen Liebesfilm gesehen. Da konnte man sich doch am ehesten näherkommen, oder?

»Na, wenn es spannend oder gruselig wird, können Sie sich ängstlich an ihn schmiegen, und ich wette mit Ihnen, er wird seinen Arm um Sie legen. So sind Männer, sie haben diesen Beschützerinstinkt.«

Laurie lachte. »Okay, ich werde es versuchen. Wie viel möchten Sie denn nun von dem Waldbeerentee?«

»Hundert Gramm, bitte. Und noch einmal hundert von dem Holunderblütentee.«

Laurie bediente den ganzen Nachmittag ihre Kunden, doch richtig bei der Sache war sie nicht. Nach Ladenschluss lief sie rüber zu Orchid.

Diese wurde gerade von einer Frau umarmt, die sich dann abwandte, sich die Tränen wegwischte und die Nase schnäuzte. »Ich danke dir, Orchid. Ich danke dir.«

Warmherzig lächelte Orchid sie an. »Immer gerne, Sophie. Ich bin für dich da.«

»Wer war das denn?«, fragte Laurie, als die Frau weg war.

»Das war Sophie.«

»Aha. Und warum hat die arme Sophie geweint?«

»Sie hat zurzeit ein paar persönliche Probleme. Also hat sie sich bei mir ausgeweint, das macht sie öfter mal. Danach geht es ihr besser.«

»Du hast wirklich ein gutes Herz, Orchid. Schenkst den Menschen so viel von deiner Zeit.« Das meinte Laurie zwar ernst, ein bisschen spielte sie damit aber auch auf Orchids plötzliches Auftreten im Sandwichladen an.

»Warum hast du mich nicht angerufen?«, fragte Orchid nun und bedachte Laurie mit einem enttäuschten Blick.

Sie hatte es versucht, jedoch hatte sie es gerade einmal geschafft, mit Keira zu telefonieren und ihr von den heutigen aufregenden Ereignissen zu erzählen. Danach war ständig Kundschaft im Laden gewesen.

»Sorry, bin einfach nicht dazu gekommen. Aber jetzt stehe ich ja vor dir.«

»Dann erzähl schon! Wie war's?«

»Das weißt du doch. Schließlich warst du ja da.«

»Ich wollte doch nur mal sehen, wie es so läuft.« Orchids Mund verzog sich zu einem breiten Lächeln. »Wenn ich es richtig gedeutet habe, lief es aber sehr gut, oder?«

Nun musste auch Laurie lächeln. »Könnte man so sagen, ja.«

Orchid klatschte in die Hände. »Ich freu mich für dich. Du hast es so verdient.«

»Danke. Da verzeihe ich dir fast sogar deine erneute Einmischung.«

Sie grinste. »Tut mir leid, ich kann es einfach nicht lassen.«

»Warum kümmerst du dich nicht um Ruby oder Susan? Die benötigen deine Hilfe sicherlich viel mehr als ich.«

»Werde ich bestimmt mal machen. Aber zuerst müssen wir dein Glück angehen. Also, wie sieht es aus? Wollt ihr euch wieder treffen?«

»Ja, das wollen wir. Barry hat mich gefragt, ob ich mit ihm zu Abend essen und ins Kino gehen möchte.«

»Fantastisch!« Orchid klatschte wieder. Es war richtig süß, wie sie sich mit ihr freute. »Und wann?«

»Das sage ich dir bestimmt nicht. Nicht dass du dann auch noch ganz spontan im Kino auftauchst.«

»Um euch beim Knutschen zu stören? Nein, das würde ich niemals tun. Ich frage nur, weil … ihr habt doch schon was ausgemacht, oder?«

»Er will mich anrufen.«

Orchid verzog das Gesicht.

»Was soll das denn jetzt bedeuten?«, fragte Laurie.

»Na, dass ihr nicht gleich was geplant habt, ist nicht gerade optimal.«

»Das hat nichts zu bedeuten. Ich hatte Kundschaft, und er musste zu einem Termin. Wir werden uns noch verabreden. Ganz sicher.«

»Okay, wenn du da so zuversichtlich bist … Ich will nur nicht, dass ihr wieder Jahre braucht, um mal den nächsten Schritt zu machen.«

»Werden wir nicht.«

»Vielleicht rufst du ihn einfach mal an oder schreibst ihm eine SMS und sagst, dass du dich auf euer nächstes Treffen freust. Dann muss er dich fragen, wann du denn Zeit und Lust dazu hättest.«

Sollte sie das tun? Eventuell.

»Mal sehen. Ich werde jetzt erst mal nach Hause fahren und ein entspannendes Bad nehmen. Hab noch einen schönen Abend!«

»Dann viel Spaß in der Badewanne.« Orchid zwinkerte ihr schelmisch zu.

»Was du wieder denkst!« Laurie war empört.

»Haha. Na, ich denke nur, dass jemand, der seit Monaten nicht flachgelegt wurde, nach einem Tag wie diesem ziemlich scharf sein muss.«

»Du bist unmöglich. Ehrlich. Ich gehe jetzt.«

»Mach's gut.« Orchid lachte verschmitzt, wahrscheinlich wegen der Zweideutigkeit dieser Aussage.

Laurie schüttelte den Kopf, musste aber doch schmunzeln. Wie hatte Barry es noch ausgedrückt? Orchid war eine Nummer für sich. Oh ja, das war sie. Und doch hatte sie ihr heute weitergeholfen, mehr oder weniger.

Schon raus aus dem Laden, ging sie noch mal zurück zur Tür, öffnete diese erneut und steckte den Kopf durch den Spalt. »Ach, Orchid. Danke!«

»Gern geschehen.« Orchid strahlte und winkte ihr nach.

KAPITEL 13

Während des Fußwegs zum Auto und der Fahrt nach Hause hatte Laurie nur einen Gedanken: Warum kann ich nicht ein bisschen so sein wie Orchid?

Orchid war in Gegenwart von Männern witzig und charmant, offen und locker, und sie war wunderschön dazu. Bestimmt hatte sie es sehr viel einfacher im Leben.

Aber egal. Heute brauchte Laurie sich nicht schlecht zu fühlen. Heute hatte sie wirklich einmal etwas erreicht, zumindest wenn man von den sechs vergangenen Monaten ausging, in denen rein gar nichts passiert war.

Sie freute sich richtig auf ihr Bad, als sie das Auto parkte und auf ihre Doppelhaushälfte zuging. Doch dann blieb sie wie angewurzelt stehen.

Auf den Stufen vor ihrem Eingang saß jemand und wartete auf sie. Ein Mann, groß, gut aussehend, mit blonder Surfermähne und einem strahlend weißen Lächeln. Es war Peter – ihr Ex.

Peter war die Episode in ihrer Vergangenheit, über die sie nicht gerne sprach, von der in ihrem heutigen Leben niemand etwas wusste – außer ihren Freundinnen in der Valerie Lane. Peter war der größte Fehler, den sie jemals begangen hatte.

»Hey, Babe«, sagte er und stand auf, als er sie bemerkte. »Kommst du nicht sonst immer gleich nach der Arbeit nach Hause? Es ist bereits …« Er warf einen Blick auf seine Armbanduhr. »… zehn nach sieben.«

»Ich habe noch einen Abstecher zu einer Freundin gemacht«, sagte sie und fragte sich im selben Moment, warum sie ihm eigentlich Rechenschaft ablegte. »Was machst du hier, Peter? Ich dachte, du bist in Kalifornien?«

Peter kam auf sie zu und schlang einen Arm um ihre Hüfte. Er hatte dieses Funkeln in den Augen, und sie wusste sofort, was er wollte.

»Bin seit einer Woche zurück, wohne fürs Erste bei Bob. So geil es in L.A. auch war – ich habe dich schrecklich vermisst.«

Oh nein! Das konnte sie nun gar nicht brauchen. In der Vergangenheit hatte Peter sie nämlich ein paarmal wieder rumgekriegt, wenn auch nur für eine Nacht. Sie war nicht stolz drauf und hatte es danach immer schrecklich bereut. Doch sie hatte sich gesagt, dass sie halt auch nur eine Frau mit Bedürfnissen war, bei der manchmal eben der Verstand aussetzte.

Jetzt gab es da aber Barry …

Ohne ein Wort machte sie sich von Peter los und schloss die Haustür auf, doch noch bevor sie ihm sagen konnte, dass sie es als keine gute Idee erachtete, wenn er mit reinkäme, hatte er sich schon an ihr vorbei und ins Innere gedrängelt.

Seufzend folgte Laurie ihm.

Keine dreißig Sekunden später hatte ihr Ex sich seiner Schuhe entledigt und machte es sich bereits auf dem Wohnzimmersofa bequem. Die langen Beine hatte er auf dem Couchtisch übereinandergeschlagen, sein blondes Haar hing ihm ins Gesicht. Er wischte es sich mit einer selbstsicheren Geste zur Seite.

Laurie ging in die Küche und machte sich einen Tee. Diesmal mit Schuss, denn sie brauchte ganz dringend etwas Starkes, um das hier durchzustehen.

Sie stellte Peter einen Becher auf den Couchtisch, direkt neben seine Füße in den schmutzigen weißen Tennissocken. Ihm hatte sie keinen Schuss gegeben.

Sie setzte sich dazu, den Tee in der Hand, die Beine fest aneinandergedrückt. »Peter …«

»Süße, mach dich doch mal locker.« Er legte einen Arm um ihre Schultern. Nein! *Seinen* Arm wollte sie doch nicht um ihre Schultern haben. Sie wand sich unbehaglich. »Erzähl mir, was es Neues bei dir gibt.«

Das würde sie ganz bestimmt nicht tun.

»Ich habe ein paar neue Teesorten reinbekommen, aber das interessiert dich sicher wenig.«

»Du hast es erfasst. Aber weißt du, was mich interessiert? Du!« Er nahm ihr Kinn in seine Hand und versuchte, sie zu küssen.

Das machte sie so wütend! Dass er immer noch dachte, er brauche nur anzutanzen, seinen verführerischen Blick aufzusetzen, und schon hatte er sie. Das Dumme war natürlich, dass sie in den letzten Jahren auch noch dabei mitgemacht hatte. Peter hatte einfach diesen gewissen Charme. Sie war sich ziemlich sicher, dass er *jede* Frau haben konnte, so ein Typ war er einfach. Unwiderstehlich. Wenn man Brad Pitt vor sich hätte, könnte man ja auch nicht einfach Nein sagen.

Aber heute nicht! Nein, nie mehr! Jetzt hatte sie endlich etwas in Aussicht, das so viel besser war als die Sache mit Peter.

»Nein, lass das! Ich will das nicht mehr.«

»Was ist los? Sonst hat es dir doch auch Spaß gemacht!«

»Jetzt sieht die Situation aber anders aus. Es gibt da jemanden …«

Peter nahm Abstand und starrte sie an. »Ach, ehrlich? Na, da gratuliere ich aber.«

»Danke.« Sie glaubte sogar, dass er es aufrichtig meinte. Allerdings war Peter niemand, der sich von einem anderen Mann von seinem Vorhaben abhalten ließ.

»Habt ihr eine richtige Beziehung mit allem Drum und Dran?«

»Na ja … eigentlich … Nun, es ist noch ganz frisch und …«

»Wenn es noch nichts Festes ist, dann können wir beiden Hübschen uns doch noch ein letztes Mal miteinander vergnügen, oder?« Er kam wieder näher und küsste sie auf die Wange, wanderte näher zu ihrem Mund hin. »Du hast mir wirklich sehr gefehlt«, hauchte er, kurz bevor seine Lippen die ihren berührten.

Sie stieß ihn von sich, wenn auch sacht. »Peter, nein! Stopp! Ich habe dir gesagt, ich will nicht, okay?« Sie erhob sich nun und ging ans andere Ende des Zimmers. Dort blieb sie stehen und verschränkte die Arme vor der Brust.

»Okay, okay. Dann halt nicht.«

»Du wirst ja wohl kaum Schwierigkeiten haben, heute noch eine andere zu finden.« Die hatte er noch nie gehabt.

»Ich will aber dich.«

»Das hättest du dir vor zehn Jahren überlegen sollen.«

Vor zehn Jahren … Damals war sie zweiundzwanzig gewesen und hatte bereits eine zweijährige Ehe mit Peter hinter sich. Dieser hatte sie ein Ende gesetzt, weil sie seine vielen Seitensprünge nicht mehr hatte ertragen können. Ihre Mutter hatte ihr gleich gesagt, dass er nicht der Richtige sei. Aber für ihre Mutter war sowieso kein Mann gut genug, den Laurie sich selbst aussuchte.

»Ich wollte immer nur dich. *Du* hast doch mit *mir* Schluss gemacht.« So was sagte er immer wieder zu ihr. Eigentlich wollte er sie aber gar nicht. Er wollte seine Freiheit.

»Und du weißt auch, warum, du untreues Etwas.«

»Ich kann nichts dafür. Ich bin sexsüchtig.« Das war schon immer seine Ausrede gewesen.

»Dann solltest du gehen und diese Sucht woanders ausleben, Peter. Ich bin endlich dabei, glücklich zu werden. Zerstör mir das nicht noch mal.«

Er hob die Hände in die Luft und stand ebenfalls auf. »Okay. Ich gehe. Aber wenn du doch mal … Lust auf ein wenig Spaß hast, weißt du, wo du mich findest.«

»Ja, das weiß ich, Peter.«

Peter ging in Richtung Flur. »Dann hoffe ich, dass du glücklich wirst«, rief er noch. »Der Kerl sollte dich gut behandeln, sonst bekommt er's mit mir zu tun!«

Laurie folgte ihm. »Danke, das ist lieb von dir.«

Peter umarmte sie und ließ es sich nicht nehmen, ihr auf den Po zu klatschen.

Sie trat einen Schritt zurück. »Du kannst es einfach nicht lassen, oder?«

»So bin ich eben, Laurie.«

»Ja, ich weiß. Ach, Peter, du hast deinen Tee gar nicht getrunken.«

»Ehrlich gesagt konnte ich Tee noch nie ausstehen.«

»Warum hast du nie etwas gesagt?«, fragte sie erstaunt.

»Na, ich würde alles tun, um du weißt schon was von dir zu bekommen.«

Sie wurde rot. Ja, sie wusste, was er meinte.

»Mach's gut, Peter«, sagte sie und ließ ihn raus. Als sie ihm nachsah, wie er davonging, musste sie wieder daran denken, wie Orchid ihr dasselbe gewünscht hatte.

Sie schloss die Tür und schüttelte fassungslos den Kopf. Peter war zurück. Das musste sie sofort jemandem erzählen. Sie rief Keira an. Doch die nahm nicht ab. Orchid hatte Peter nie kennengelernt, und Ruby war mit ihren dreiundzwanzig Jahren wohl auch nicht die richtige Ansprechpartnerin. Sie versuchte es also bei Susan, bei der aber auch nur die Mailbox ansprang.

Okay, dann musste das eben bis morgen warten. Sie ging ins Badezimmer, um sich endlich das Entspannungsbad einzulassen, auf das sie sich schon den ganzen Tag gefreut hatte. Sie schüttete einen Verschlussdeckel voll Lavendelbadezusatz ins Wasser und stellte ein paar Kerzen auf. Dann machte sie Musik von Sam Smith an und zog sich aus.

Plötzlich hatte sie das tiefe Bedürfnis, Barry zu kontaktieren. Bevor sie es sich anders überlegen konnte, schnappte sie sich also ihr Handy und schrieb ihm eine SMS. Zum Glück hatte sie seine Nummer gespeichert, denn sie hatten sich schon des Öfteren über Teelieferungen ausgetauscht.

> Barry, ich fand es sehr schön heute. Ich denke, ich schulde dir noch eine Antwort: Mindestens genauso sehr wie Norah Jones mag ich Adele, und zurzeit höre ich am liebsten Sam Smith.

Laurie war zufrieden mit sich selbst. Sie hatte den nächsten Schritt gewagt: private Kommunikation. Und sie hatte nicht, wie Orchid es ihr geraten hatte, wegen des Dates nachgefragt, sondern es auf ihre Art getan.

Lange stand sie vor dem Spiegel und betrachtete sich. Was würde Barry sagen, wenn er sie so sehen könnte? Würde sie ihm gefallen? Sie war zweiunddreißig Jahre alt, natürlich war nicht mehr alles so straff wie bei einer Zwanzigjährigen. Aber eigentlich konnte sie sich noch sehen lassen. Ihre Hüften waren rund, ihr Po war groß, worauf doch die meisten Männer abfuhren, ihre Taille war schmal, ihr Busen war mittelgroß und noch einigermaßen in Form, lediglich ein paar kleine Rettungsringe störten das Bild. Aber die konnte man übersehen, wenn man jemanden wirklich mochte, oder? Tat Barry das, sie mögen?

Ihr Handy piepte. Aufgeregt nahm sie es in die Hand.

Ich habe unsere Verabredung auch sehr genossen. Sam Smith? Na ja, ist kein Lenny Kravitz, aber schon okay. ;)

Sie musste lachen und tippte rasch eine Antwort.

Na, dann bin ich ja beruhigt.

Was machst du gerade?

Sollte sie ihm die Wahrheit sagen? Ach, warum denn nicht. Dann würde das Baden noch mehr Spaß machen, Kribbeln inklusive.

Ich bade.

WOW!

Sie musste lachen und stieg endlich in die Wanne, darauf bedacht, dass ihre Wunde das Wasser nicht berührte.

Was sollte sie nun schreiben? Immerhin wusste Barry, dass sie gerade nackt war, während sie ihm schrieb. Ein Prickeln machte sich in ihr breit.

Was tust du denn gerade?

Seine Antwort ließ nicht lange auf sich warten.

Soll ich ehrlich sein? Eigentlich gehe ich gerade einen

Teekatalog durch, aber jetzt kann ich nicht anders, als mir vorzustellen, wie du badest.

Laurie stieß einen kleinen Freudenschrei aus, legte das Handy beiseite und tauchte unter, was ziemlich waghalsig war mit dem einen Bein, das aus der Wanne hing.

Was tat sie da nur? Wo sollte das denn hinführen? SMS-Sex etwa?

Laurie? Ich hoffe, ich habe dich nicht verschreckt. Bitte denke nichts Schlechtes von mir.

Tue ich nicht. Ich bitte dich um dasselbe.

Ich könnte niemals schlecht von dir denken. Danke übrigens noch mal für den Kuss.

Gern geschehen.

Wann sehen wir uns wieder?

Oje. Was sollte sie darauf antworten? Sie hatte ja gehofft, er würde etwas vorschlagen. Am liebsten hätte sie gefragt, ob er sie gleich morgen treffen wolle, aber das würde wohl sehr armselig aussehen. So, als hätte sie an einem Samstagabend noch nichts vor, was ja wirklich der Fall war. Aber das musste Barry nicht unbedingt wissen.

Wie wäre es mit nächstem Freitag? Um acht?

Perfekt. Ich hole dich ab. Schick mir einfach noch vorher deine private Adresse.

Alles klar. Ich freue mich drauf.

Ich mich auch. Und nun lass ich dich weiter baden. ;)

Bis bald.

Bis bald.

Laurie legte das Handy endgültig weg und quietschte vergnügt vor sich hin. Sie hatte ein Date! Sie hatte tatsächlich ein weiteres Date mit dem Mann ihrer Träume. Wie froh sie war, dass sie Peter weggeschickt hatte. Denn das war gerade einfach perfekt gewesen, so intim, so hinreißend.

Sie legte den Kopf auf das Handtuch am Wannenrand und schloss die Augen. Ja, sie hätte heute Abend Sex haben können, aber nicht mit dem Mann, den sie wollte, den sie mehr begehrte als jeden anderen. Peter war Vergangenheit – endgültig. Sie hoffte nur, dass er das auch verstanden hatte.

Es gab jetzt für sie nur noch den Einen. Und es machte ihr auch überhaupt nichts aus, sich noch eine ganze Woche bis zu ihrem nächsten Date zu gedulden, denn sie wusste, dass es die Wartezeit auf jeden Fall wert sein würde.

KAPITEL 14

Am Samstag ging Laurie in bester Laune zur Arbeit, brachte den Tag fröhlich hinter sich, summte die ganze Zeit vor sich hin, schenkte ein paar Tassen Gratistee aus und brachte Gary auf dem Nachhauseweg noch einen Becher Pfefferminztee und ein Stück Kuchen vorbei, der im Laden übrig geblieben war. Samstags bot sie nämlich neben den üblichen Plätzchen auch immer eine Auswahl an Kuchen an, weil da einige ältere Stammgäste kamen, die gerne mehr als nur einen Keks zu ihrem Tee genossen. Heiter machte sie sich auf den Heimweg und überlegte schon mal, welche Filme sie sich am Abend noch ansehen wollte. Ihr war so richtig nach Liebesschnulzen zumute. Sie schloss die Tür auf, die Tüte mit den mitgebrachten Fish & Chips in der Hand, und betrat das Haus. Rasch streifte sie ihre Ballerinas ab, legte die Handtasche auf die Kommode im Flur und brachte das Essen in die Küche. Im Vorbeigehen sah sie, dass das Licht des Anrufbeantworters aufblinkte, und drückte den Knopf. Sie hörte die Stimme ihrer Mutter … und ihre gute Laune war verflogen.

»Guten Tag, Laura. Ich bin es, deine Mutter.«

Ach was, das hätte sie niemals erraten.

»Dein Vater und ich veranstalten nächsten Freitag

eine Gartenparty und erwarten, dass du kommst. Da wir wohl nicht damit rechnen können, dass du selbst jemanden mitbringst, werde ich mich darum kümmern.«

Oh nein! Bitte nicht schon wieder irgend so ein schmalziger Immobilienmakler oder ein langweiliger Banker.

»Die Feier beginnt um sechs. Bitte kleide dich angemessen.«

Was sollte denn das jetzt wieder bedeuten?

»Dein Vater lässt grüßen. Auf Wiederhören.«

Das war ihre Mutter. Kurz, knapp und kühl wie die Arktis.

Erst als sie die Nachricht zu Ende abgehört hatte, wurde Laurie die Bedeutung klar. Die Gartenparty war am Freitag!

Freitag, wo sie doch eigentlich ihr Date mit Barry hatte. Und nun?

Sofort wählte sie die Nummer ihrer Eltern.

»Harper am Apparat«, meldete sich ihre Mutter.

»Hallo, Mum, ich bin es.«

»Laura. Wie geht es dir?«, fragte ihre Mutter mit ausdrucksloser Stimme.

»Gut, danke. Ich hoffe, euch auch?«

»Bestens, danke. Du hast also meine Nachricht erhalten?«

»Ja, genau deshalb rufe ich an. Ich habe nämlich leider am Freitag keine Zeit.«

»Papperlapapp.«

»Ich habe wirklich schon was vor.«

»Nun, dann musst du es absagen.«

»Das geht aber nicht so einfach, es ist etwas Wichtiges.«

»Wichtiger als unsere jährliche Gartenparty? Dein Onkel Murray und deine Tante Sheryl reisen extra aus Liverpool an, und du kannst nicht kommen, weil du etwas *Wichtigeres* vorhast?«

Es war eindeutig, dass ihre Mutter ihr nicht glaubte. Sie dachte wohl, sie wolle sich drücken.

»Mutter, könnte es dir nicht in den Sinn kommen, dass ich auch ein Privatleben habe?«

»Dann verschiebe dieses Privatleben auf den Sonnabend. Wir erwarten dich am Freitag um sechs.«

»Das ist noch so eine Sache, Mutter. Ich arbeite bis um sechs. Ich kann nicht einfach den Laden früher schließen, nur weil ich auf eine Gartenparty muss.«

»Das wird sicher einmal zu machen sein.«

»Nein! Was soll ich denn meinen Kunden sagen?« Sie atmete resigniert aus. »Also, okay, wenn es unbedingt sein soll, dann werde ich kommen, aber ich schaffe es nicht vor sieben.«

Sie hörte ihre Mutter seufzen, nur ganz leise. Ihr steifes Kopfschütteln konnte sie förmlich vor sich sehen. »Nun, das ist akzeptabel. Zieh dir bitte etwas Angemessenes an. Etwas Hübsches.«

Oje …

»Ach, und Mutter, du arrangierst bitte nicht wieder irgend so eine schreckliche Verabredung für mich. Ich bringe selbst jemanden mit.«

Stille. Dann: »Tatsächlich?«

»Ja, tatsächlich.«

»Nun gut. Wenn du das sagst. Dann bringe mit, wen immer du möchtest. Wir sehen uns am Freitag.«

»Bye, Mum. Grüß Dad von mir.«

»Auf Wiederhören.«

Das war's. Herrje, in was für ein Dilemma hatte sie sich da nur hineinmanövriert? Jetzt musste sie dem wunderbaren Barry absagen wegen so einer blöden Gartenparty! Vielleicht konnte sie ihn bitten, das Kino-Date auf Samstag zu verschieben? Er würde sicher Verständnis haben, wenn sie ihn richtig einschätzte. Trotzdem musste sie zu der Party, obwohl sie darauf absolut keine Lust hatte. Und warum, um Himmels willen, hatte sie ihrer Mutter gesagt, sie würde jemanden mitbringen? Wen könnte sie schon fragen?

Einen Moment lang stellte sie sich vor, dass Barry sie begleiten würde. Mit ihm an ihrer Seite würde sie das Event sicher überstehen. Und sie könnte ihrer Mutter endlich beweisen, dass sie es auch allein schaffte, sich einen Mann zu suchen, und sie vielleicht ein für alle Mal davon abhalten, sich ständig in ihr Liebesleben einzumischen. Hach. Wäre das schön. Natürlich war das aber nur ein Wunschtraum. Nie und nimmer würde sie Barry wirklich bitten mitzukommen. Nein, sie musste sich etwas anderes überlegen. Eventuell könnte sie sich Patrick für einen Abend ausleihen oder Orchid fragen, ob sie sonst jemanden wusste, der sich auf solch ein Spektakel bei ihren Eltern einlassen würde. Das Essen war immerhin ganz hervorragend, nun ja, wenn man auf Escargots, Kaviar und gefüllte Wachteleier stand.

Sie seufzte. Am Ende würde es wahrscheinlich doch

wieder so enden, dass sie allein dort auftauchte und den Abend an der Seite eines langweiligen Bankers verbringen musste, der pausenlos über irgendwelche Aktienkurse sprach.

Laurie setzte sich an den Küchentisch und wunderte sich wieder einmal darüber, wie ihre Mutter ihre positive Stimmung innerhalb weniger Sekunden zunichtemachen konnte. Darin war sie schon immer gut gewesen, ja, das hatte sie drauf. Und Laurie hatte nie herausgefunden, wie sie sich gegen ihre dominante Art hätte wehren können. Es war fast so, als stünde man vor einer strengen Schuldirektorin, die keine Widerrede duldete. Und ein bisschen kam das ja auch hin. Denn Judith Harper war früher einmal Privatlehrerin gewesen – eine sehr strenge Privatlehrerin. Bei ihr hatte kein Kind vergessen, seine Hausaufgaben zu machen oder unvorbereitet einen Test anzutreten. Judith gestattete es nicht, dass man sich ihr widersetzte, und sie ließ sich niemals in ihre eigenen Ansichten reinreden. Sie war im Recht – immer! Und wer das nicht akzeptieren wollte, hatte schon verloren.

Laurie setzte Teewasser auf und träumte weiter vor sich hin. Was, wenn Barry wirklich mitkäme … Könnte sie ihre Mutter eigentlich auf Barry loslassen? Noch bevor sie überhaupt ein richtiges Date gehabt hatten? Nachher verjagte sie ihn noch ganz, und er würde für immer in Hongkong bleiben, eine hübsche Hongkongerin heiraten, die keine nervtötende Mutter hatte, und viele Kinderchen bekommen, die er alle in Fußball trainieren konnte.

Sie würde sich schon irgendwas anderes einfallen lassen. Jetzt packte sie erst mal ihr inzwischen kaltes Essen auf einen Teller und warf eine DVD in den Player. *Liebe braucht keine Ferien*. Dieser Film hatte noch immer ihre Stimmung gehoben. Aber auch das brachte heute nichts. Während sie sonst mitfieberte, wie Kate Winslet und Jack Black sich einander näherten, kam ihr heute nur ihre nervige Mutter in den Sinn. Und während sie sonst Jude Law anschmachtete und sich vorstellte, Barry und sie wären Jude und Cameron Diaz, die sich in diesem einsamen, romantischen Cottage ineinander verliebten, konnte sie nur an die ekligen Schnecken denken, die ihre Mutter sicher wieder servieren lassen würde. Schnecken! Dabei sollte man denken, eine Gartenparty hätte etwas von einer Grillparty – mit Steaks und Burgern und Würstchen, die ganz köstlich dufteten. Aber nein, auf so etwas konnte man sich bei Judith Harper nicht freuen.

Laurie musste an eine Kindergeburtstagsparty denken, für die sie sich nichts als Hot Dogs gewünscht hatte. Und was hatte ihre Mutter getan? Sie hatte diese winzigen Gurkensandwiches aufgetischt. Und statt des sehnlichst erhofften Wackelpuddings gab es Crème Brûlée zum Dessert. Von dem Moment an hatte sie keinerlei Erwartungen mehr gehabt.

Der Film lief nur so an ihr vorbei, sie konnte sich überhaupt nicht darauf konzentrieren. Am Ende ging sie früh ins Bett, während ihr die kalten Pommes noch lange schwer im Magen lagen.

Laurie konnte nicht schlafen und dachte daran zurück, wie am Morgen, noch bevor sie den Laden geöffnet hatte, Susan und Keira an ihre Tür geklopft hatten. Ganz aufgeregt sahen die beiden aus.

»Was ist passiert?«, fragte Keira gleich, als sie ihnen aufschloss und sie reinließ.

»Was ist denn mit euch los? Was soll denn passiert sein?« Sie lachte.

»Na, du hast uns beide gestern Abend versucht anzurufen«, erinnerte sie Susan.

»Und wir waren nicht für dich da«, fügte Keira entschuldigend hinzu. »Tut mir so leid, aber Jordan und ich hatten mal wieder Krach.«

»Und ich habe Terry entfloht.« Susan grinste schief.

»Ist doch kein Problem. Es war nichts Weltbewegendes. Ich hatte nur das Bedürfnis, mit jemandem zu reden. Weil nämlich ... ratet mal, wer gestern vor meiner Tür gestanden hat!«

»Barry?«, riet Susan hoffnungsvoll. Natürlich hatte es bereits die Runde gemacht, dass Laurie mit Barry Mittag essen gewesen war, und ihre Freundinnen freuten sich mit ihr.

»Voll daneben.«

»Doch nicht etwa?« Keira machte große Augen.

»Genau der! Peter!«

»Was hat der denn gewollt? Du bist doch nicht etwa ...? Und was ist mit Barry?« Keira war ganz aufgebracht.

»Nein, ich bin nicht schwach geworden. Diesmal nicht. Ich habe jetzt Barry, und das habe ich Peter klar und deutlich gesagt.«

»Du hast jetzt Barry? Ich dachte, ihr hättet nur zusammen gegessen. Habe ich da irgendwas nicht mitbekommen?«, fragte Susan ganz erstaunt.

»Nein, nein. Ihr wisst schon, wie ich es meine. Mein Herz gehört nur ihm, und alles andere auch. Na ja, quasi.«

»Ich verstehe.«

»Nun erzähl!«, forderte Keira ungeduldig. »Wie hat Peter darauf reagiert?«

»Er hat uns viel Glück gewünscht.«

»Ernsthaft?« Susan zog die Brauen zusammen. »Kann ich mir bei Peter gar nicht vorstellen.« Sie hatte ihn ein-, zweimal gesehen, als er wie aus dem Nichts in der Valerie Lane aufgetaucht war. »Der erscheint mir doch sehr besitzergreifend.«

»Peter?« Laurie musste lachen. »Der doch nicht! Da schätzt du ihn aber ganz falsch ein. Peter will immer nur seinen Spaß haben. Und den hat er. Und nicht nur mit mir, das kannst du mir glauben. Ich bedeute Peter rein gar nichts, schon sehr lange nicht mehr. Vielleicht habe ich das nie getan. Auf jeden Fall will er nicht wieder mit mir zusammen sein oder so. Ich hoffe nur, er hat es jetzt kapiert und hält sich von mir fern. Es wäre fatal, wenn er und Barry aufeinandertreffen würden.«

»Wieso?«

»Ich habe Barry noch nicht erzählt, dass ich mal verheiratet war.«

»Na, ihr hattet doch auch erst ein Date«, meinte Keira.

»Danke! Orchid sagt nämlich, es sei überhaupt kein Date gewesen.«

»Na ja …«, begann Susan.

»Sag nichts!«, warnte Laurie sie. »Für mich war es ein Date. Und ganz bald haben wir wieder eins. Ein Kino-Date. Und da kann keiner mehr sagen, es wäre kein richtiges.«

»Hach, ich freu mich für dich«, sagte Keira.

»Danke, Liebes. Ja, ich freu mich auch. Es wird bestimmt perfekt.« Wie könnte es nicht perfekt werden, wenn es doch mit Barry sein würde?

Mit diesen Gedanken schlief sie ein und träumte von dem kleinen Cottage aus dem Film, und diesmal war nicht Jude Law bei ihr, sondern Barry.

KAPITEL 15

Am nächsten Dienstag um kurz vor neun Uhr wartete Laurie mit pochendem Herzen darauf, dass Barry den Laden betrat. Nicht nur war sie wegen der Badewannensache ganz zappelig, sie war auch nervös, weil sie Barry bitten wollte, das Kino-Date zu verschieben.

Sie stand ganz hibbelig da und starrte auf die Tür. Um Punkt neun schloss sie auf und drehte das Ladenschild um. Sie stellte die Tafel raus, auf der heute *Himbeer-Eistee mit Zitrone, nur £ 2,50/Glas* stand.

Da noch kein Kunde in Sicht war, streckte sie sich und atmete die frische Sommerluft ein. Heute war es angenehm, es wehte eine leichte Brise. Der liebliche Duft von Hortensien lag in der Luft. Sie sah Ruby ins Antiquitätengeschäft eilen und winkte ihr zu. Dabei fiel ihr ein, dass sie ihre Freundin immer noch nicht auf die Sache mit den Blumen angesprochen hatte, und sie nahm sich vor, das unbedingt heute noch zu tun, denn die Lilien waren inzwischen nur noch kleine Häufchen Elend.

Barrys Lieferwagen fuhr vor und hielt direkt vor Laurie's Tea Corner. Ihr Herz klopfte wie wild.

»Einen schönen guten Morgen«, begrüßte Barry sie und sprang strahlend aus dem Wagen. Er schob die

Laderaumtür auf und holte zwei Kartons heraus. Einen reichte er ihr, den großen, schweren trug er selbst.

»Guten Morgen, Barry.« Sie musste unwillkürlich an die Badewannenszene denken. Merkwürdigerweise war es ihr aber gar nicht peinlich, ganz im Gegenteil, sie fühlte sich richtig beflügelt.

»Schön, dich zu sehen.« Er lächelte sie an.

Laurie lächelte zurück. »Dito.«

Sie brachten die Lieferung in den Laden und standen ganz nah beieinander.

Barry, der gut anderthalb Köpfe größer war als Laurie, sah zu ihr herunter. »Wo wollen wir denn am Freitag hingehen? Soll ich einen Tisch reservieren?«

Sofort war das wohlige Gefühl verflogen, und ihre Mutter nistete sich wieder in Lauries Kopf ein.

»Barry, es tut mir so leid«, sagte sie mit Bedauern. »Aber ich kann am Freitag nicht. Es ist etwas dazwischengekommen.«

»Oh.« Barry sah enttäuscht aus. Er reichte ihr die Rechnung und den Lieferschein zum Unterschreiben. »Darf ich fragen, was dazwischengekommen ist?«

»Eine Gartenparty bei meinen Eltern, zu der ich keine große Lust habe, das kannst du mir glauben.« Er sollte unbedingt wissen, wie leid es ihr tat und dass sie ihre Zeit viel lieber mit ihm verbringen würde.

»Wie schade. Na ja, wir könnten das Date natürlich verschieben … oder wir belassen es bei Freitag, und ich komme einfach mit auf die Party. Wenn das möglich ist.«

Laurie konnte es kaum glauben. Sie hatte es sich so

gewünscht, und nun schlug Barry es sogar von sich aus vor! »Das wäre schon möglich, aber ich bin mir nicht sicher, ob ich dir das antun will.«

Barry lachte. »Sind die Gartenpartys deiner Eltern so schlimm?«

»Meine Eltern sind so schlimm. Ehrlich.« Na ja, eigentlich nur ihre Mutter. Aber ihren Vater, der zugegebenermaßen auch ein wenig snobistisch war und vor allem ständig von irgendwelchen Brust- oder Poimplantaten erzählte, wollte sie Barry auch nicht unbedingt zumuten.

»Ich denke, ich würde einen Abend mit ihnen überleben.«

»Das willst du wirklich auf dich nehmen? Einen Abend mit meinen Eltern? Du musst das echt nicht tun.«

»Ich würde es aber gerne. Zur Unterstützung. Du siehst nämlich aus, als wenn du einen Trip in die Hölle vor dir hättest.«

»Da triffst du es ziemlich auf den Punkt.«

Barry lachte erneut. »Du bist zum Schießen, wirklich Also, wenn es okay für dich ist, dann komme ich natürlich mit, ja?«

Laurie nickte. »Ich würde mich freuen, das einmal nicht ganz allein durchstehen zu müssen. Aber bitte beschwer dich später nicht bei mir.«

»Worüber denn?«

»Es kann ganz schön heiß werden in der Hölle.«

Barry schmunzelte. »Das nehme ich in Kauf, für einen Abend mit dir.«

Sie war gerührt. »Die Party fängt um sechs an, was ich

nicht schaffen werde. Ich habe meiner Mutter gesagt, dass ich um sieben da bin.«

»Alles klar.«

»Ich habe meiner Mutter auch gesagt, dass ich jemanden mitbringe. Damit sie mir nicht wieder irgend so einen Schnösel als Partner für den Abend sucht. Wie schön, dass ich nun wirklich mit jemandem hingehen werde.«

»Oooh. Du warst also schon siegessicher?«

»Nein, überhaupt nicht. Ich hätte dich niemals gefragt, wenn du es nicht von dir aus vorgeschlagen hättest.«

»Dann bin ich froh, dass ich das getan habe. Hm. Deine Mutter hört sich wunderbar an.« Er zog eine Grimasse. »Gibt es etwas, das ich bedenken muss?«

»Vergiss es. Egal, was du tust oder wie du dich verhältst, du kannst es meiner Mutter sowieso nicht recht machen. Ich weiß das aus eigener Erfahrung.«

»Gut. Dann bin ich ganz ich selbst.«

»Perfekt.« Sie lächelte.

»Ich finde es übrigens auch ganz wunderbar, dass du heute wieder ganz du selbst bist.«

»Ja, entweder, man mag mich so, wie ich bin, oder eben nicht.«

»Da bin ich ganz deiner Meinung!« Er zwinkerte ihr auf diese gewisse verschmitzte Jude-Law-Weise zu und bescherte ihr ein kribbeliges Gefühl im Bauch.

Sie errötete und hatte dabei mal wieder das Gefühl, dass ihre Beine jeden Moment wegsacken könnten.

»Barry …«

Auch er zappelte ein wenig herum und stellte sich von einem Bein aufs andere.

»Ähm. Also, was genau sollen wir deiner Mutter sagen, wer ich bin? Wenn wir ihr sagen, dass ich dein fester Freund bin, lässt sie dich vielleicht zukünftig in Ruhe, was die Männer angeht.«

»Das würdest du für mich tun?«

»Na gerne doch.« Er strahlte sie an. »Ich muss nun leider weiter. Ich wünsche dir einen tollen Tag und viel teebegeisterte Kundschaft.«

»Danke. Dir auch einen schönen Tag. Und es tut mir leid, dass wir nun nicht ins Kino können.«

»Das läuft uns schon nicht davon.« Er nahm den Türgriff in die Hand, drückte ihn herunter, ließ ihn dann aber wieder los und drehte sich noch einmal zu ihr um. »Wie wäre es denn mit Samstag?«

»Ehrlich? Du willst mich an zwei Tagen hintereinander treffen?«

»Wenn du es auch willst.«

Sie nickte glücklich und konnte Barry gerade noch rechtzeitig warnen, bevor er die Tür an den Kopf bekam. Der erste Kunde betrat nämlich soeben die Tea Corner.

»Guten Morgen«, begrüßte sie ihn.

»Guten Morgen, Miss.«

»Kann ich Ihnen helfen, oder möchten Sie sich erst ein wenig umsehen?«

»Ich sehe mich um, danke.«

Laurie trat ans Fenster und blickte Barry und seinem süßen kleinen Hintern nach. Er wollte tatsächlich mit zu ihren Eltern kommen und sich einen Abend in der

Hölle antun – nur für sie. Sie würde ihm bis in alle Zeiten dankbar sein.

»Wird dieser Tee aus Bio-Orangen hergestellt?«, fragte der Kunde und riss Laurie aus ihren Gedanken.

Sie wandte sich ihm lächelnd zu. »Ja, natürlich. Aus kalifornischen Bio-Orangen.« Bei Kalifornien kam ihr kurz Peter in den Sinn, jedoch wirklich nur ganz kurz.

»Dann hätte ich gerne eine Packung.«

»Aber sicher«, sagte sie, nahm ein Tütchen und ging damit zur Kasse. »Darf es sonst noch etwas sein?«

»Nein, das war alles. Danke.«

Sie kassierte ab und musste sich, als der Mann weg war, erst einmal setzen. Sie und Barry würden am Freitag als Pärchen erscheinen. Er würde ihren Freund spielen. Da würde ihre Mutter aber Augen machen!

Nun stand natürlich immer noch die Frage im Raum, was sie zu dem Event anziehen sollte. Neben Barry wollte sie natürlich eine gute Figur abgeben. Mist, sie hatte ganz vergessen, ihm zu sagen, dass er in Anzug und Krawatte zu erscheinen hatte. Das würde sie natürlich nachholen müssen, erst mal war aber ihr eigenes Outfit an der Reihe. Am besten würde sie die anderen Frauen um Rat fragen. Morgen war ihr nächstes Treffen, und endlich hatte sie auch mal etwas Aufregendes zu berichten. Sie freute sich schon so darauf.

KAPITEL 16

Kurz nach sechs am Mittwochabend kam Orchid ganz aufgeregt in die Tea Corner gestürmt. »Phoebe ist schwanger!«, verkündete sie.

»Du wirst Tante? Wie wundervoll«, fand Keira.

»Jaaa! Ist das nicht aufregend?«

»Und wie«, stimmte Laurie ihr zu.

Sie waren fast komplett, nur Susan fehlte noch. Doch auch die kam kurze Zeit später durch die Tür. Heute brachte sie Terry mit, der nur gähnte und sich sofort in eine Ecke verkroch.

»Er hat keine Flöhe mehr, keine Angst«, informierte sie die anderen sogleich. »Hab ich was verpasst?«

»Phoebe ist schwanger«, berichtete Laurie.

»Die auch?«

Alle starrten Susan an.

»Nein, nein, ich doch nicht! Terry hat die Nachbarshündin geschwängert.«

»Oh«, machte Ruby.

»Und nun?«, wollte Keira wissen.

»Nun, das bedeutet zum einen, dass es bald viele kleine Terrys geben wird, gepunktete Terrys, denn die Hündin ist ein Dalmatiner. Und zweitens bedeutet es, dass ich den guten Terry wohl doch noch kastrieren lassen muss.«

»Der Arme.«

»Das könnten einige Männer wohl auch ganz gut vertragen«, kommentierte Orchid.

»Du meinst doch nicht etwa Phoebes Liebsten, oder?«, wollte Laurie wissen.

»Oh Gott, nein! Das hat er ganz richtig gemacht. Phoebe wünscht sich Kinder, seit ich denken kann. Die beiden werden ganz tolle Eltern abgeben.« Sie lächelte glücklich und zufrieden. »Und? Was gibt es bei euch anderen Neues?«

Ruby überlegte still vor sich hin. Keira packte die Mandelplätzchen aus, die sie mitgebracht hatte, und Laurie sagte: »Also, bei euren Neuigkeiten kann ich zwar nicht mithalten, aber …«

»Bist du auch schwanger?«, fragte Keira lachend.

»Wie soll das denn gehen? Ich hatte seit Ewigkeiten keinen Mann in meinem Bett«, erinnerte sie die anderen.

»Aber sie hatte ein Date!«, klärte Orchid die anderen auf, und diesmal sagte sie es fast ohne jeglichen Sarkasmus.

»Du hattest ein Date? Etwa mit deinem Teelieferanten?«, fragte Ruby, die mal wieder nichts mitbekommen hatte.

»Genau mit dem«, verriet Orchid.

Laurie sah sie an. »Dürfte ich vielleicht auch mal für mich selbst reden?«

»Na klar. Erzähl!«

»Nun ja, eigentlich gibt es da nicht so viel zu erzählen. Ich hatte eine Verabredung zum Mittagessen mit Barry, wie die meisten von euch ja schon wissen. Am Freitag sehen wir uns wieder, er hat mich nämlich um ein Date gebeten. Um ein richtiges.« Sie strahlte vor Glück.

»Was wollt ihr euch für einen Film ansehen? Macht ihr davor oder danach noch etwas anderes, wie Essen gehen?« Keira knabberte an einem Plätzchen und starrte sie gebannt an.

»Wir sehen uns leider weder einen Film an, noch gehen wir essen. Unsere Pläne haben sich nämlich geändert. Wir gehen jetzt auf eine Gartenparty meiner Eltern.«

»Du liebes Lieschen«, entfuhr es Susan.

»Autsch«, sagte Orchid.

»Ich wollte ihn da gar nicht mit hinschleppen. Er hat von sich aus vorgeschlagen mitzugehen, um es meiner Mutter zu zeigen.«

»Damit sie endlich aufhört, dich mit diesen schrecklichen Typen verkuppeln zu wollen?«, fragte Ruby. Sie war Laurie und einem dieser Kerle einmal in einem Restaurant begegnet, als sie ihren Vater zum sechzigsten Geburtstag ausgeführt hatte, und Laurie konnte von ihrem Blick ablesen, dass sie sich fragte, was sie nur dazu gebracht hatte, mit solch einem schleimigen und arroganten Typen auszugehen.

»Ganz genau. Vielleicht bewirkt es ja was. Wir spielen auf jeden Fall das glückliche Paar.«

»Das muss aber glaubwürdig rüberkommen«, sagte Orchid sogleich.

»Ist schon klar. Das bekommen wir sicher hin, auch ohne die ganze Zeit rumzuknutschen.«

»Mit Rumknutschen würde es aber viel mehr Spaß machen.« Orchid lachte.

Da hörten sie alle die Türglocke. Mrs. Witherspoon betrat den Laden.

»Störe ich, ihr Lieben?«

Laurie wusste nicht, wie oft sie der alten Dame noch sagen sollte, dass sie niemals störte.

»Natürlich nicht, Mrs. Witherspoon. Darf ich Ihnen einen Tee einschenken? Heute gibt es Früchtetee.«

»Gerne, Herzchen.«

Laurie reichte der alten Dame eine Tasse und warf einen Blick in die Runde. Bei ihrem letzten Treffen hatten sie etwas besprochen und warteten seitdem darauf, es Mrs. Witherspoon zu sagen. Da sie am vergangenen Mittwoch nicht gekommen war, brannte es ihnen allen auf der Zunge.

»Wir haben Sie letzten Mittwoch vermisst.«

»Ach, mir ging es nicht gut. Ich habe Tage, da mag ich das Haus nicht verlassen.«

»Geht es Ihnen denn jetzt besser?«, fragte Ruby besorgt.

»Ja. Heute ist ein guter Tag. Wisst ihr, in meinem Alter hat man es nicht immer leicht. Der Körper macht nicht mehr so mit, wie man es gern hätte.«

Diese Aussage bestätigte sie alle nur in ihrem Vorhaben.

»Mrs. Witherspoon«, begann Keira und blickte die anderen an, die zustimmend nickten. »Wir haben uns etwas überlegt. Und zwar würden wir Sie gerne mal zum Essen ausführen.«

»Mich?« Mrs. Witherspoon sah überrascht auf.

»Ja. Was halten Sie davon?«

»Sie dürfen aussuchen, wo wir hingehen«, fügte Laurie hinzu. »Was würden Sie denn mal wieder so richtig gerne essen?«

»Oooh. Da weiß ich was. Ich habe schon seit vielen Jahren keine Stargazy Pie mehr gegessen!«

Auf den Gesichtern der fünf Freundinnen bildeten sich Fragezeichen. Keine wusste, wovon die Rede war.

»Wie bitte, was?«, fragte Laurie vorsichtig nach.

»Stargazy Pie, kennt ihr die etwa nicht?«

Kopfschütteln allerseits.

»Eine Spezialität aus Cornwall, wo ich aufgewachsen bin.«

»Oh«, machte Orchid und wagte zu fragen: »Und woraus besteht diese Pie?«

»Die Pastete an sich unterscheidet sich nicht viel von anderen Pasteten. Die Füllung aber besteht aus Kartoffeln, Eiern und ganzen Fischen – Sardinen, deren Köpfe aus der Pie herausragen, als würden sie zum Himmel schauen.«

Ekel machte sich in Laurie breit. Sie war sowieso keine große Fischesserin – ab und zu mal Fish & Chips oder ein saftig gegrilltes Lachsfilet mit Pfeffer und Zitrone waren ja ganz lecker, aber Fischköpfe musste sie nun wirklich nicht haben. Sie warf einen Blick in die Runde und sah den anderen an, dass es ihnen ähnlich ging. Aber hatte auch nur eine von ihnen das Herz, dieser wunderbaren alten Dame vorzuschlagen, lieber Roastbeef mit Yorkshire Pudding essen zu gehen? Nein! Sie hatten Mrs. Witherspoon gefragt, was sie wollte, und das war es, was sie wollte.

»Das hört sich ja… lecker an«, sagte Susan nicht sehr überzeugend.

»Ungewöhnlich«, meinte Keira.

»Irgendwie abartig«, sagte Orchid dann doch, und Laurie stieß sie mit dem Ellenbogen an. »Ich meine, anders. Irgendwie anders als das, was ich normalerweise esse.«

Doch Mrs. Witherspoon nahm es ihr nicht übel. Sie strahlte bloß. »Fischköpfe sind nicht für jeden was, das ist mir schon bewusst. Die Pie ist aber wirklich einzigartig, sie ist Tradition. Aber da ich wohl in meinem Leben nicht mehr nach Cornwall komme, würde ich mich freuen, dieses Gericht noch einmal hier essen zu dürfen. Nur habe ich es in Oxford bisher auf keiner Karte entdecken können.«

»Wozu gibt es Google? Wir finden schon ein Restaurant, das dieses Gericht anbietet. Wie hieß es gleich? Stargazy Pie?« Orchid nahm ihr Smartphone in die Hand.

Mrs. Witherspoon nickte.

Keine fünf Minuten später hatte Orchid ein kleines Lokal ausfindig gemacht, das Stargazy Pie anbot. Es lag eine gute halbe Stunde entfernt.

»Macht nichts. Wir fahren mit dem Auto«, sagte Laurie.

»Mit zwei Autos. In eines passen wir wohl nicht alle rein«, überlegte Keira laut.

»Was halten Sie von unserer Idee?« Laurie sah die

alte Dame nun direkt an. Hoffentlich muteten sie ihr damit nicht zu viel zu.

»Wird das ein Geburtstagsessen?«

Nun musste Laurie kurz überlegen. Wann hatte Mrs. Witherspoon noch Geburtstag? Richtig, irgendwann im August. Daran hatte sie überhaupt nicht gedacht. Dann war es ja umso perfekter.

»Aber selbstverständlich«, sagte sie. »Wir werden Ihnen den schönsten Geburtstag aller Zeiten bereiten.«

Mrs. Witherspoon legte die Hände aneinander, wie sie es immer tat, wenn sie sich freute. »Ihr seid Engel auf Erden, wisst ihr das eigentlich?«

»Ach, so ein Quatsch. Wir wollen Ihnen nur eine Freude machen«, sagte Orchid. »Wann genau haben Sie noch mal Geburtstag?«

»Am elften August.«

Der elfte August. Das war ein Donnerstag, das wusste Laurie, weil da die Internationale Teemesse in Hongkong stattfand. Vom elften bis dreizehnten August. Sie hatte nachgesehen.

»Das ist ein Donnerstag, denke ich. Wie wäre es, wenn wir alle gleich nach Ladenschluss losfahren würden?«

»Wäre Ihnen das recht?«, fragte Susan ihren Gast.

Mrs. Witherspoon strahlte heller als die Sonne, als sie zustimmend nickte.

»Na, dann wäre das abgemacht!«, rief Keira freudig.

Orchid lachte fassungslos auf. »Gehen wir Stargazy Pie essen.«

»Wollt ihr denn nun auch die Geschichte zu der Pie hören?«, fragte Mrs. Witherspoon.

»Aber natürlich. Wir können es kaum erwarten«, erwiderte Laurie. Wenn sie schon so etwas Widerliches essen mussten, wollte sie wenigstens eine originelle Story dazu hören.

KAPITEL 17

»Es ist sehr lange her«, begann Mrs. Witherspoon, faltete die Hände und wirkte mit einem Mal ganz nostalgisch, »da herrschte ein besonders kalter und stürmischer Winter in Mousehole.«

Orchid kicherte. »So wie das Mauseloch?«

Sofort kamen Laurie Bilder von Tom & Jerry in den Sinn.

»Ganz genau. Mousehole ist eine kleine Ortschaft mit nicht einmal achthundert Einwohnern in Cornwall. Darf ich nun fortfahren?«

»Natürlich. Sorry.«

»Es war so stürmisch, dass die Fischer nicht mit ihren Booten aufs Meer hinausfahren konnten. Damals war aber Fisch die Hauptnahrungsquelle für die Menschen in Mousehole.«

Orchid kicherte wieder, dann lachte sie laut los und klatschte sich auf die Oberschenkel. Ruby stupste sie sacht an und bedachte sie mit einem strafenden Blick, der aber nicht wirklich böse rüberkam, weil sie einfach viel zu lieb aussah.

»Tut mir echt leid, aber ich finde das zu komisch.«

»Hat mal jemand Klebeband, damit wir ihr den Mund zuknebeln können?«, fragte Keira.

»Leider nicht.« Laurie schüttelte den Kopf. »Ich glaube aber, Orchid bekommt das jetzt auch so hin, still zu sein und die gute Mrs. Witherspoon endlich ihre Geschichte erzählen zu lassen. Richtig, Orchid?«

»Ja.« Orchid zog einen imaginären Reißverschluss über ihren Lippen zu.

Alle sahen Mrs. Witherspoon gespannt an, und sie fuhr fort. »In jenem Winter also in Mousehole …« Jede von ihnen blickte zu Orchid, die offenbar endlich begriffen hatte, wie viel es Mrs. Witherspoon bedeutete, ihnen die Geschichte erzählen zu dürfen. »… gab es einen mutigen Mann namens Tom Bawcock, der trotz aller Gefahren hinaus aufs Meer fuhr und so viele Fische fing, dass das ganze Dorf davon satt wurde. Die Dorfbewohner verarbeiteten sie zu Pies, wobei sie die Köpfe herausgucken ließen, damit auch jeder sehen konnte, dass diese wirklich Fisch enthielten.«

»Hätte man das nicht auch geschmeckt?«, fragte Orchid und verzog das Gesicht. »Man hätte ja die Schwänze rausgucken lassen können.«

»Man nennt es Schwanzflossen«, verbesserte sie Keira. »Und die Geschichte ist halt, wie sie ist. Akzeptier das doch!«

»Tue ich ja. Ich meine nur …«

»Ich finde die Geschichte schön«, meldete sich Ruby zu Wort. »Sie erinnert mich an ein Kinderbuch, aus dem meine Mum mir vorgelesen hat, als ich noch ganz klein war. Es kam auch eine Katze drin vor.«

»Es gibt tatsächlich ein Kinderbuch über diese Geschichte«, sagte Mrs. Witherspoon.

»Ja? Vielleicht geht es darin wirklich um dieselbe Geschichte. Ich werde das gleich morgen mal recherchieren. Wie schön wäre es, wenn ich dieses Buch auf einem Flohmarkt wiederfinden würde.«

»Das wäre wirklich schön«, stimmte Laurie zu und legte Ruby eine Hand auf die Schulter. Sie wusste, wie viel Ruby die Erinnerungen an die gemeinsame Zeit mit ihrer Mutter bedeuteten.

»Und dieser Tom Bawcock wurde dann zu so einer Art Held?«, wollte Orchid wissen.

»Oh ja«, bestätigte Mrs. Witherspoon. »Er ist in Cornwall nach wie vor bekannt, so wie hier in Oxford die gute Valerie. Noch heute feiert man an jedem 23. Dezember den *Tom Bawcock's Eve*, backt dazu eine riesige Stargazy Pie und marschiert damit durch die Stadt.«

»So eine Art Parade?«, fragte Susan.

»Eher eine Prozession. Man erweist dem Helden der Stadt Ehre. Ich war als junges Mädchen selbst einige Male dabei.«

»Wie alt ist diese Legende schon?«, erkundigte sich Keira.

»Nun, das weiß wohl keiner so genau. Tom Bawcock soll aber im sechzehnten Jahrhundert gelebt haben.«

»Wow! Das war noch lange vor Valeries Zeit.«

Mrs. Witherspoon nickte.

»Jetzt bin sogar ich richtig gespannt auf dieses Gericht.« Orchid lachte. »Wenn es so eine besondere Geschichte hat, dann muss man es wohl einfach mal probiert haben.«

»Mrs. Witherspoon, Sie sagten, das Ganze ereignete sich an einem 23. Dezember?«, fragte Keira noch einmal nach. »Es war also so etwas wie ein Weihnachtswunder?«

»Ja, das könnte man wohl sagen.«

»Wie wundervoll.«

»Wenn Sie sich so gut mit Sagen auskennen, haben Sie dann vielleicht auch eine über Valerie auf Lager?«, fragte Laurie neugierig. Sie hatten schon länger keine neuen Geschichten über sie gehört.

»Lasst mich überlegen. Die üblichen Geschichten kennt ihr sicher alle, oder? Die, in der die gute Valerie an einem kalten Wintertag im Jahre 1902 einhundert Paar Handschuhe verteilte? Alle selbst gestrickt, wohlgemerkt.«

»Ja, die kennen wir.« Susan lächelte warm.

»Und die, in der Valerie das Kind einer Bettlerin auf offener Straße entbunden hat?«

»Ja, die ist uns auch bekannt«, erwiderte Keira.

»Aber wisst ihr auch von der Affäre, die Valerie gehabt haben soll?«

Jetzt sahen alle gespannt zu Mrs. Witherspoon.

»Die will ich hören!«, rief Orchid.

»Ich auch!«, sagte Keira.

»Nun, ich weiß nicht, wie viel an den Gerüchten dran ist«, begann Mrs. Witherspoon, »aber Valerie soll in ihrem zweiunddreißigsten Lebensjahr einen Mann kennengelernt haben, in den sie sich auf den ersten Blick verliebte.«

Laurie horchte auf. Sie war ebenfalls zweiunddreißig!

»Valerie war damals bereits lange mit ihrem Samuel verheiratet, das darf man nicht vergessen. Der Mann, in den sie sich verliebte, war ein Gentleman aus Wales, Isaac soll er geheißen haben. Er hat ihren Laden betreten, um Schnürsenkel zu kaufen, weil seine gerissen waren. Valerie gab ihm, wie es heißt, aber nicht nur neue Schnürsenkel, sondern auch ihr Herz.«

»Ehrlich? Hat Samuel das je herausgefunden?«

»Oh ja, das hat er. Als Valerie nämlich schwanger wurde.«

Riesengroße Augen, heruntergeklappte Kinnladen.

»Nein!«, stieß Susan aus.

»Das kann doch nicht möglich sein!«, sagte Laurie schockiert. »Ich dachte, Valerie konnte gar keine Kinder bekommen!«

»Daran erkannte man nun, dass es nicht an Valerie gelegen hatte, sondern an Samuel. Wie auch immer, Valerie war in der Zwickmühle. Damals verließ man seinen Ehemann nicht so einfach, wie man es heute tut. Eheleute ließen sich nicht scheiden. Doch Valerie war schwanger, und Samuel wusste es. Isaac wusste es auch, aber er machte sich aus dem Staub, und Valerie blieb allein mit dem Baby eines anderen im Bauch zurück.«

»Und was passierte dann?« Susan knabberte an ihren Nägeln.

»Samuel, gütig, wie er war, blieb bei ihr und wollte das Kind als seines annehmen.«

»Awwwww«, machte Orchid.

»Leider starb das Kind bei der Geburt. Valerie hatte großes Glück, dass sie dieses tragische Ereignis überlebte.«

»Oh nein, wie schrecklich«, sagte Keira.

Laurie hatte einen dicken Kloß im Hals. Wieso war das Leben zu solch guten Menschen oft so grausam?

»Das ist wirklich traurig.« Orchid musste sich eine kleine Träne wegwischen.

»Und wie. Ruby, du wirkst irgendwie so, als wärst du nicht einverstanden«, wandte sich Keira an das Küken der Runde.

Ruby schüttelte sacht den Kopf. »Weil es nicht stimmt. Es ist nur eine dieser Sagen, an denen nichts dran ist. Absolut nichts.«

»Woher willst du das wissen?«, fragte Orchid. »Vielleicht ist es ja genau so geschehen.«

»Ist es nicht«, sagte Ruby, die immer mehr als alle anderen über Valerie zu wissen schien. Sie wirkte fast ein wenig aufgebracht.

»Ich möchte gerne daran glauben.« Orchid verschränkte die Arme vor der Brust.

»Weil es so eine schöne Geschichte ist, wie Valerie erst ihre große Liebe und dann auch noch ihr Baby verloren hat?«

Oh! Was war denn nur mit Ruby los?, überlegte Laurie. Man könnte fast meinen, es beträfe sie persönlich.

Orchid sagte gar nichts mehr.

»Wenn ihr wissen wollt, was damals wirklich geschah, erzähle ich es euch.«

Alle sahen sie gespannt an. Ruby hatte manchmal etwas von diesen Kindern an sich, die besonders gruselige Geschichten am Lagerfeuer erzählen konnten.

»Erzähl es uns, bitte«, sagte Susan.

»Nur zu«, forderte auch Mrs. Witherspoon Ruby auf. »Vielleicht liege ich ja falsch, das kann gut sein. Es ist, wie gesagt, nur das, was ich im Laufe der Jahre aufgeschnappt habe.«

Ruby nickte und atmete tief durch. »Okay ... Valerie war nicht zweiunddreißig, sondern neunundzwanzig, das mal nur so nebenbei, und Isaac Lovett war nicht ihr Liebhaber, sondern ein Mann auf der Flucht, dem sie half. Isaac stand unter Verdacht, jemanden ermordet zu haben, und war aus Wales geflohen. Es war aber nichts dran an der Sache, sein Vetter hatte es ihm angehängt. Wie auch immer, zu jener Zeit hatte es endlich geklappt, dass Valerie schwanger wurde – von Samuel natürlich. Sie hätte ihn nämlich niemals betrogen, sie hat ihn mehr geliebt, als ihr euch vorstellen könnt. Leider verlor sie das Kind und konnte danach nie mehr schwanger werden. Isaac Lovett gab sie ein wenig Geld, zwei Laibe Brot und die Adresse eines Rechtsanwalts in London, der ihr noch etwas schuldig war. Dorthin verschwand Isaac – nach London. Er und Valerie hatten absolut überhaupt nichts miteinander.«

»Woher weißt du das alles?«, fragte Laurie sie.

»Habe es mal irgendwo gelesen. In einem ... alten Geschichtsbuch.«

Wie schon so oft überkam Laurie das Gefühl, als hätte Ruby die gute Valerie persönlich gekannt, oder als hätte sie die Geschichten über sie anderweitig aus erster Hand. Manchmal tat ihre Freundin so geheimnisvoll ...

»Trotzdem hat sie ihr Baby verloren, und Samuel hat

zu ihr gestanden«, sagte Orchid, um das letzte Wort zu haben.

»Es ist schon spät«, bemerkte Susan nun. Sie wollte wohl einen Streit der beiden Jüngsten vermeiden. »Ich denke, ich mache mich auf den Weg. Darf ich Sie nach Hause begleiten, Mrs. Witherspoon?«

»Wenn es Ihnen keine Mühe macht?«

»Warum sollte es? Ich hatte sowieso vor, noch einen kleinen Spaziergang mit Terry zu machen. Komm, Terry!«, rief sie dem Hund zu, dessen Anwesenheit keiner bemerkt hatte. »Bis morgen, ihr Lieben. Und Keira, du kannst mir schon mal eine Schachtel von diesen Mandelplätzchen zur Seite legen. Die sind ja unglaublich lecker.«

Keira lächelte zufrieden. »Ein schottisches Produkt.«

»Ich komme morgen bei dir im Laden vorbei, ja?«

Keira nickte, und Susan, Mrs. Witherspoon und der hinterhertrottende Terry verließen den Laden.

»Hat Peter sich noch mal gemeldet?«, fragte Keira, nachdem alle anderen weg waren. Sie war sich wohl nicht sicher gewesen, ob es Laurie recht gewesen wäre, vor den anderen, besonders vor Mrs. Witherspoon, damit anzufangen.

»Glücklicherweise nicht«, antwortete Laurie.

»Da bin ich erleichtert. Deinem Glück mit Barry steht also nichts mehr im Wege.«

Ja, das hoffte sie wirklich sehr.

»Ich wünsche dir noch einen schönen Abend, Laurie.«

»Danke, den wünsche ich dir auch. Am Freitag erscheint übrigens die Anzeige im Wochenblatt«, fiel ihr noch ein. Das hatte sie den anderen nun gar nicht sagen können, weil Ruby dabei gewesen war.

»Rubys Anzeige?«

»Genau.«

»Sie wird sich bestimmt freuen. Das war eine ganz tolle Idee von dir.«

Laurie hoffte nur, dass Ruby das genauso sah. Sie nahm so ungern Hilfe an.

Nachdem auch Keira gegangen war, räumte sie noch auf, wusch das Geschirr ab und steckte sich das letzte Plätzchen in den Mund.

Sie musste lächeln. Es war ein wundervoller Abend gewesen. Wie froh sie war, an diesen wöchentlichen Zusammentreffen teilhaben zu dürfen. Sie brachten ihr nicht nur Freude, sondern auch Frieden in einer Welt, in welcher der Egoismus sich mehr und mehr ausbreitete. Es war schön, so gute Freundinnen zu haben. Wie würde ihr Leben ohne sie aussehen?

KAPITEL 18

Als Laurie am Freitagmorgen von der Cornmarket Street in die Valerie Lane abbog, fiel ihr Blick auf Gary, der an seiner gewohnten Ecke saß und in den Himmel starrte.

»Guten Morgen, Gary«, grüßte sie ihn, und wie immer überkam sie tiefes Mitgefühl. Sie wusste nicht, was diesem Mann in seinen jungen Jahren Schlimmes widerfahren war, aber es musste so schwerwiegend gewesen sein, dass er sein gesamtes früheres Leben gegen eines auf der Straße eingetauscht hatte. Und sie hatte das Gefühl, er saß nicht hier auf dem Bürgersteig, weil er arm war und nicht wusste, wohin er gehen sollte, sondern aus einem ganz anderen, viel mächtigeren Grund.

»Guten Morgen, Laurie«, erwiderte er ihren Gruß.

»Hast du Lust auf einen Becher Tee?«

»Da sage ich nicht Nein.«

Oh, so einfach war das heute? Damit hatte sie nicht gerechnet. Wenn es mit Ruby ebenso leicht gehen würde, wäre das wirklich fantastisch.

»Dann komm mit.«

Gary stand auf, ließ die meisten seiner Sachen liegen und nahm nur seine Umhängetasche mit, die auch schon bessere Tage gesehen hatte.

»Ein schöner Tag ist das heute«, befand Laurie und sog die Blumendüfte und den Geruch nach Morgensonne ein. »So ein richtig perfekter Sommertag. Ich wette, heute wollen alle Kunden nur exotische Früchtetees kaufen. So ist das oft an heißen Tagen. Genauso, wie sie an kalten Wintertagen nur Gewürztees haben wollen. Was kann ich dir denn heute Gutes tun?«

»Ist eigentlich egal.«

»Nein, sag schon. Ich habe so ziemlich alle Sorten Tee.«

»Dann vielleicht den mit Granatapfel, der im Schaufenster steht? Das Fenster sieht übrigens toll aus. Du hast dich mal wieder selbst übertroffen.«

»Oh, ich danke dir. Das ist aber nett.«

Sie hatten den Laden erreicht, und Laurie schloss auf und klemmte das schräge Stück Holz unten zwischen Tür und Boden, damit die wunderbare Sommermorgensonne den Laden mit ihrem Licht durchfluten konnte. Sie ging hinter den Tresen, füllte den Wasserkocher und stellte diesen an. Dann gab sie ein paar Löffel von der Granatapfel-Teemischung in eine Kanne aus Glas und lächelte Gary an.

»Du kannst dich gerne setzen. Ich öffne erst in einer Viertelstunde.«

Gary nahm das Angebot an, und Laurie brachte ihm wenig später seinen Tee. Dabei nahm sie noch schnell die Post aus dem Briefkasten und freute sich. Das Wochenblatt! Rubys Anzeige! Sie schlug die Zeitung auf und suchte danach – eine Viertelseite sollte sie einnehmen. Und ja, da war sie. Wie schön! In großen Lettern stand dort RUBY'S ANTIQUES, darunter waren verschiedene Dinge aufgelistet, die der Laden führte, zum Schluss folgte die Adresse.

»Wunderbar!«, rief sie aus. »Gary, darf ich dich ganz kurz allein lassen?«, fragte sie und lief, ohne eine Antwort abzuwarten, rüber zu Keira.

Diese öffnete die pinkfarbene Ladentür, nachdem Laurie mehrmals angeklopft hatte. Sie war gerade am Telefon, und es klang nicht gut.

»Moment!«, flüsterte sie und wandte sich wieder der Person am anderen Ende der Leitung zu. »Nein, ich finde nicht, dass wir unbedingt eine Radtour durch Frankreich machen sollten. Wenn du möchtest, kannst du das ja allein tun. Sorry, aber wenn ich schon mal Urlaub mache, möchte ich mich auch erholen … Ein netter Strandurlaub. Ein wenig Wellness vielleicht. Aber kein Extremsport … Nun, für mich ist es aber schon Extremsport. Du weißt genau, dass ich nicht gerne mit dem Mountainbike fahre … Können wir bitte heute Abend darüber sprechen? Ich habe Kundschaft.« Keira beendete das Gespräch und pustete eine Menge Luft aus. »Mann, er will es einfach nicht begreifen.«

»Jordan?«

Keira nickte.

»Er will eine Fahrradtour mit dir machen?«

»Ja. Weil ich ja so eine begeisterte Radfahrerin bin.« Sie verzog das Gesicht. »Da ringe ich die ganze Zeit mit mir, ob ich Kimberly eine ganze Woche allein mit dem Geschäft lassen kann, und das alles für eine Fahrradtour? Dann kann ich es mir auch sparen, oder?« Kimberly war die Aushilfe – Keira war die Einzige von ihnen, die eine eingestellt hatte.

»Warum macht ihr nicht einfach getrennt voneinander Urlaub?«, fragte Laurie.

»Darauf wird es am Ende wohl hinauslaufen. Aber egal jetzt. Ist sie da?«, fragte Keira gespannt.

Laurie zeigte ihr die Seite. »Da ist sie. Toll, oder? Sie wird unserer Ruby hoffentlich ganz viel neue Kundschaft bringen.«

»Hoffen wir das Beste für sie.«

»Ich muss wieder rüber. Ich habe Gary allein im Laden sitzen, und es ist schon gleich neun.«

»Ich wünsche dir einen erfolgreichen Tag!«

»Danke, den wünsche ich dir ebenso! Ach, kannst du mir noch zwei Tütchen Orangenplätzchen mitgeben?«

»Aber gerne.« Keira reichte sie ihr. »Zahl sie irgendwann später.«

»Danke, Süße. Und lass dir von Jordan nicht den Tag vermiesen. Wenn *er* keinen Wellnessurlaub mit dir machen will, tue *ich* das halt.«

Keira lachte. »Zwei Läden in der Valerie Lane zum selben Zeitpunkt geschlossen? Ob unsere Kunden das überleben?«

»Manchmal muss man aber auch an sich denken«, entgegnete Laurie in einem liebevollen, aber unmissverständlichen Ton.

Keira nickte und hielt kurz ihre Hand. »Ich weiß.«

Als Laurie zurück in die Tea Corner kam, erwartete sie eine Überraschung. Ruby und Gary saßen beisammen und unterhielten sich. Ruby hatte das Wochenblatt dabei und sprang auf, als sie Laurie kommen sah.

»Ich weiß gar nicht, was ich sagen soll!«, rief sie. »Das war doch sicher dein Verdienst, oder?«

»Wir alle waren das. Orchid, Susan und Keira haben ebenso dazu beigetragen.«

»Ihr seid einfach unglaublich.« Ruby umarmte sie. »Wie kann ich euch nur jemals dafür danken?«

»Bleib hier in der Valerie Lane, das ist alles, was wir wollen.«

»Ich habe nichts anderes vor.«

»Magst du auch einen Tee haben? Ich habe gerade Granatapfeltee aufgebrüht.«

»Hört sich lecker an.« Ruby setzte sich wieder zu Gary. In ihrem blauen Kleid und mit dem Lächeln im Gesicht wirkte sie heute sogar noch jünger als sonst. »Wo waren wir stehen geblieben?«

»Neunzehnhundertzwölf. Das Jahr, in dem die *Titanic* sank«, erinnerte sie Gary.

»Stimmt. Die gute Valerie starb in dem Jahr. Mit nur dreiundfünfzig Jahren.«

»Woran starb sie denn?«

»An einer läppischen Grippe.« Ruby schüttelte fassungslos den Kopf.

»Wow. Ich hätte jetzt mit Cholera oder den Pocken gerechnet. Aber Grippe …«

»Es ist wirklich tragisch.«

Laurie hatte große Freude daran, den beiden zuzusehen und vor allem zuzuhören. Da hatten sich aber wirklich zwei gesucht und gefunden. Als die ersten Gäste kamen, erhoben sie sich und wanderten weiter zu Ruby's Antiques. Und Laurie sah Gary erst Stunden später wieder an ihrem Fenster vorbeigehen.

Einigermaßen zufrieden betrachtete Laurie sich um Viertel nach sechs in dem kleinen Spiegel, der im Hinterzimmer der Tea Corner hing. Ihre Beine konnte sie nicht sehen, aber die obere Hälfte ihres Körpers war ganz okay. Nicht perfekt, aber ihrer Mutter konnte sie es ja eh nie recht machen.

Sie zupfte an ihrem Pony herum und überlegte hin und her, ob sie ihr Haar heute mal offen tragen sollte. Das tat sie fast nie, ein Pferdeschwanz oder eine lockere Hochsteckfrisur waren halt praktischer im Alltag. Heute war aber kein Alltag, heute war ihr erstes richtiges Date mit Barry – und ihre Eltern waren dabei!

Sie sah wieder um die Ecke, konnte Barry aber noch nicht entdecken. Zwei Abende zuvor hatte sie ihn kurz angerufen, um ihm zu sagen, dass es weniger hektisch wäre, wenn er sie im Laden abholen käme. Ihre Kleidung zum Umziehen würde sie einfach mit dorthin nehmen. Außerdem hatte sie ihn gebeten, Anzug und Krawatte zu tragen.

»Bei der Hitze?«, hatte er gefragt.

»Tut mir echt leid.«

»Schon gut. Na, da muss ich mal sehen, ob ich irgendwo ganz hinten in meinem Schrank noch ein mottenzerfressenes Exemplar entdecke.«

Seitdem hatte sie sich Sorgen gemacht, denn ein altes, mottenzerfressenes Exemplar würde ihrer Mutter

Stoff zum Meckern bis ans Ende ihres Lebens geben. Doch nachdem sie noch schnell ein wenig hellrosa Lipgloss aufgetragen, sich die Wimpern nachgetuscht hatte und ein weiteres Mal um die Ecke blickte, konnte sie erleichtert aufatmen. Barry stand nämlich vor der Ladentür und sah ganz fantastisch aus. Überhaupt nicht mottenzerfressen, sondern eher wie ein Hugo-Boss-Männermodel. Sie hätte niemals gedacht, dass ein Anzug ihm so fabelhaft stehen würde.

Laurie lächelte noch einmal in den Spiegel, beschloss endlich, dass sie das Haar offen tragen würde, löste die Spange und schüttelte es zurecht. Dann ging sie die Tür aufmachen.

»Hallo, Barry«, sagte sie und wusste, dass sie dabei wie ein Honigkuchenpferd grinste.

»Hi, Laurie«, begrüßte Barry sie und gab ihr einen kleinen Kuss auf die Wange. »Komme ich zu früh? Bist du fertig, *feste Freundin*?«

Sie lachte und nickte, schnappte sich die schwarze Clutch und das leichte rosa Jäckchen und zog die Tür hinter sich zu.

»Du siehst großartig aus, Laurie.«

»Das Gleiche wollte ich dir gerade sagen. Dein Anzug erscheint mir gar nicht so mottenzerfressen.«

Barry grinste. »Ich hatte einfach überhaupt nichts Passendes zum Anziehen und dachte mir, ich kaufe mir einfach einen neuen.«

»Den hast du dir jetzt extra für diese Party angeschafft?« Sie hatte ein schlechtes Gewissen, der Anzug war sicher nicht billig gewesen.

»Ich kann ihn bestimmt irgendwann mal brauchen. Wenn ich in zehn Jahren wieder auf eine schicke Gartenparty gehe oder so.«

Ja, der Glückliche musste wohl nicht so oft an solchen Events teilnehmen. Sie dagegen hatte eine beachtliche Auswahl an angemessenen Outfits im Schrank hängen. Das Blöde war nur, dass ihre Mutter sich ganz genau merkte, was sie trug. So war es leider unmöglich, zweimal dasselbe anzuziehen.

Gestern Abend war sie extra noch ins Einkaufszentrum gegangen und hatte sich nach einem neuen Kleid umgesehen, das nicht nur ihre Mum zufriedenstellen, sondern auch Barry beeindrucken würde. Keira hatte ihr dabei zur Seite gestanden. Im zwölften Geschäft hatten sie endlich etwas gefunden, das günstig war, aber nicht billig aussah, das ihr passte und gleichzeitig elegant und sexy war. Keira war völlig erschöpft gewesen, als sie den Laden verließen. Aus lauter Dankbarkeit hatte Laurie sie dann noch auf eine Pizza eingeladen.

Heute trug sie nun besagtes neues, luftiges langes Blumenkleid, das in Rot und Rosa gehalten war, und schien damit einen Treffer gelandet zu haben.

»Also, mein *fester Freund*, ich hoffe, du hast das Preisschild aufbewahrt. Nach dem heutigen Abend wirst du bestimmt keine zweite Gartenparty mehr erleben wollen«, sagte sie.

Barry lachte. »Gartenpartys an sich sind doch nett. Allerdings gehe ich sonst eher auf lockere Grillpartys – in Shorts und Sneakers. Ich bin ja wirklich gespannt auf deine Eltern.«

»Habe ich erwähnt, dass sie stinkreich sind?«

»Nein, ich habe es mir aber gedacht. Wer gibt schon Gartenpartys, wo man in Anzug und Krawatte erscheinen muss?«

»Ich bin aber nicht so, ich hoffe, das weißt du.«

»Laurie, wie lange kennen wir uns jetzt? Sechs Monate?«

»So in etwa, ja.«

»In diesen sechs Monaten habe ich dich, denke ich, gut genug kennengelernt, um das zu wissen.«

Laurie wurde wieder ganz warm ums Herz, weil Barry sie auf diese gewisse Weise ansah. Am liebsten hätte sie jetzt seine Hand gehalten, traute sich aber nicht, danach zu greifen, und hoffte, dass er den ersten Schritt tun würde. Noch viel lieber als seine Hand hätte sie in diesem Moment aber seine Lippen gespürt. Sie konnte sie noch immer auf ihrer Wange fühlen …

Dann hatten sie Lauries Auto erreicht und stiegen ein.

»Wir hätten wirklich auch meinen Wagen nehmen können«, sagte Barry, als sie losfuhren.

»Deinen Lieferwagen? Bitte sei mir nicht böse, aber wenn meine Mutter uns in dem sieht …«

»Verstehe schon. Kein Problem. Heute Abend bin ich nicht Barry, der Teetyp, sondern … hm … da muss ich mir noch was überlegen. Was machen deine Eltern eigentlich beruflich?«

Sie hielten an einer Ampel.

»Meine Mutter war früher Privatlehrerin, hat reichen Kindern Heimunterricht gegeben.«

»Oh. Daher die Strenge?«

»Sieht so aus, ja.« Das erklärte vielleicht die Strenge, aber nicht das ständige Genörgel. Vielleicht, dachte Laurie manchmal, war sie aber auch so, weil sie unzufrieden war. Sie hatte zwar alles, was man sich nur wünschen konnte: eine riesige Villa, mehrere Luxusschlitten, die exquisitesten Kleider … aber machte all das wirklich glücklich? Womöglich vermisste sie von Zeit zu Zeit ihr altes Leben. Das Unterrichten. Nicht bei jeder Bewegung von den anderen Damen der Gesellschaft in Augenschein genommen zu werden. Vielleicht hatte ihre Mutter ja auch Träume und war deshalb so unausstehlich zu Laurie, weil sie sich ihre erfüllt hatte. Falls es das wirklich war, konnte sie einem fast leidtun …

»Und dein Dad?«

»Der war mal Unfallchirurg. Hat aber in den Neunzigern sein erstes Wellnesscenter eröffnet, das auch so was wie Brustvergrößerungen, Botox-Behandlungen und Fettabsaugen anbietet. Er besitzt heute fünf von diesen Zentren und könnte sich eigentlich faul zurücklehnen, aber manchmal legt er selbst noch gerne Hand an.« Besonders an ihrer Mutter, deren straffe Gesichtshaut nicht natürlich sein konnte.

»Deine Mutter arbeitet also nicht mehr, wenn ich das richtig verstehe?«

»Na ja, man könnte es auch als Arbeit betrachten, ihr Image aufrechtzuerhalten. Aber ansonsten hat sie sich schon vor zwanzig Jahren ganz dem Dasein einer reichen Ehefrau hingegeben.«

»Ich muss sagen, dass ich echt froh bin, dass du nicht nach ihr gekommen bist.«

»Hab ja bisher auch keinen reichen Mann kennengelernt«, scherzte sie.

»Ich bin mir sicher, es liegt nicht nur daran.« Barry schmunzelte, und sie merkte, wie er sie ansah. »Du siehst übrigens heute ganz besonders hübsch aus. Ich mag es, wie du dein Haar trägst.«

Yes! Richtige Entscheidung!

»Danke schön.« In ihrem Bauch machten sich Schmetterlinge breit oder eher Jumbo-Jets.

Endlich erreichten sie das Anwesen ihrer Eltern. Barry stieg aus, ging um den Wagen herum und hielt ihr seinen Arm hin, in den sie sich einhakte. So machten sie sich auf zu dem gewaltigen Haus, das der Ort von Lauries Kindheit war.

KAPITEL 19

»Wow!«, staunte Barry, als sie den Parkweg hinaufgingen. »Hier bist du also aufgewachsen?«

»Wir sind hierhergezogen, da war ich sieben. Aber ja, den Großteil meiner Kindheit habe ich hier verbracht.«

»Hattet ihr auch Diener und so? Einen Butler, eine Köchin? Jemanden, der dir mit Palmenblättern Luft zugewedelt hat?«

Laurie musste lachen. Sie war sich ziemlich sicher, dass aus Barry nicht der Neid sprach. Er brauchte all das gar nicht.

»Nein. Einen Palmenblätterwedler hatte ich nicht. Aber meine Mutter hatte schon damals eine Haushälterin, die geputzt und gekocht hat. Was auch gut so war, da meine Mum ganz schrecklich kocht.«

»Kannst du kochen?«, fragte er ganz unerwartet.

»Nun ja, ein Vier-Gänge-Menü würde mir wohl nicht so leicht von der Hand gehen, aber Lasagne oder Minestrone bekomme ich ganz gut hin.«

»Ich liebe Lasagne.«

»Vielleicht magst du mal vorbeikommen? Dann mache ich eine für dich«, traute sie sich vorzuschlagen.

»Ist das eine Einladung?« Er zwinkerte ihr zu.

Laurie nickte und bekam ganz rote Wangen.

»Dann komme ich sehr gerne. Ich bringe dann mein berühmtes Trifle mit, Desserts sind nämlich das Einzige, was ich gut hinbekomme.«

»Ah ja? Na, dann würden wir doch ein gutes Team abgeben.« Sofort merkte sie, was sie da gerade von sich gegeben hatte – sie hatte eine mögliche gemeinsame Zukunft angesprochen! Verstohlen sah sie zu Barry, der aber nur lächelte und sich gar nichts dabei zu denken schien. Erleichtert lenkte sie vom Thema ab. »Was ist in deinem berühmt-berüchtigten Trifle denn drin?« In diesem Schichtdessert konnte man ja alles Mögliche verarbeiten.

»Willst du es ganz genau wissen?«

Sie nickte.

»Okay, dann verrate ich dir jetzt mein Geheimrezept. Du darfst es aber nicht weitersagen.«

»Ich verspreche es. Nun mach es doch nicht so spannend!«

Er sah sich einmal um, um sicherzugehen, dass auch niemand mithörte. Hinter vorgehaltener Hand zählte er dann auf: »Zwanzig zerbröselte Butterkekse, eine Dose klein geschnittene Pfirsiche, darüber zwei Becher Kirschjoghurt, ein Glas Schattenmorellen und zum Schluss Schlagsahne.«

Sie prustete los. »Wow! Was für ein besonderes Dessert. Und so viel Aufwand!«

»Ja, das ist nicht einfach.«

»Schon klar.«

»Hey, mein Bruder Eric ist ganz verrückt danach. Manchmal kommt er mich nur wegen meines Trifles besuchen.«

»Ist das der Bruder mit dem Bauchnabelpiercing?« Sie musste lachen, als sie sich an das Gespräch von vor etwa zwei Monaten erinnerte, als Barry ihr von der verlorenen Wette erzählt hatte, die seinem Bruder nach einer volltrunkenen Nacht besagtes Piercing beschert hatte.

»Genau der. Mein einziger Bruder übrigens.«

»Na, dann muss dein Trifle ja wirklich lecker sein. Eric scheint ein gutes Urteilsvermögen zu haben.« Sie grinste Barry an. »Ich freue mich schon darauf, es zu probieren.«

Barry lächelte sie an. Sie hatte bemerkt, dass er, je näher sie auf das Haus zugekommen waren, immer langsamer gegangen war, und hatte sich ihm angepasst. Jetzt waren sie nur noch etwa zehn Schritte von der Eingangstür entfernt, und Barry blieb stehen.

»Furchteinflößend irgendwie. Muss ich etwas beachten?«

»Wie gesagt, meine Mutter hat immer an allem etwas auszusetzen. Du brauchst es also gar nicht erst zu versuchen.«

»Na, das sind ja gute Aussichten. Und wie ist dein Vater so?«

»Ach, der ist ganz lässig. Muss er auch, sonst würde er es gar nicht mit meiner Mutter aushalten.«

»Dann kann ich vielleicht bei *ihm* punkten?«

»Klar.« Sie wurde ernst. »Du, Barry, ich möchte noch, dass du eines weißt. Dass ich dich heute mit zu meinen Eltern nehme, bedeutet nicht, dass … Ich meine, dass wir hier das Liebespaar spielen, heißt nicht …«

»Ich verstehe schon, was du meinst. Ich finde aber

trotzdem, dass es eine gute Übung ist, das Pärchen zu spielen, um zu sehen, wie wir zusammen funktionieren.«

Ein wohliges Kribbeln durchfuhr sie. Hatte er das gerade wirklich gesagt, oder war das nur Wunschdenken gewesen?

»Oh«, war alles, was sie rausbrachte. Es kam aber eher wie ein undefinierbares Krächzen aus ihrem Mund.

»Also, was ist sonst noch wichtig? Wenn ich dein Freund sein soll, dann sollte ich auch ein wenig besser über dich Bescheid wissen.«

Laurie versuchte sich zu sammeln. »Alles klar, dann gebe ich dir noch eben eine schnelle Zusammenfassung, bevor wir ins Haus gehen. Also, ich habe keine Geschwister, aber drei Cousinen, die schon immer wie Schwestern für mich waren, die Töchter von Dads Schwester Linda. Ich bin auf eine Privatschule gegangen, zum Glück hat mein Dad sich damit durchgesetzt, dass ich nicht zu Hause unterrichtet wurde. Ich habe mit achtzehn die Schule beendet und dann hier in Oxford studiert – Wirtschaftswissenschaften und Public Relations. Während ich noch auf der Uni war, habe ich einen Mann kennengelernt, Peter, der schon ein paar Jahre älter war, und habe ihn geheiratet.« Sie hielt die Luft an und sah zu Barry. Sie hätte mit einem schockierten oder zumindest erstaunten Gesichtsausdruck gerechnet, doch er verzog keine Miene, sah sie nur an und hörte ihr weiter zu. »Meine Eltern waren von Anfang an gegen ihn. Er war … er ist Klempner. Zumindest offiziell. Inoffiziell arbeitete er mal hier, mal dort. Wo gerade etwas anfiel. Er hatte schon auf einer Farm in Indien gearbeitet – für

Kost und Logis. Hatte in Kanada bei der Ahornsirupernte geholfen und in Italien bei der Tomatenernte. Peter hielt es nie lange an demselben Ort; er war ein Weltenbummler, ein Freigeist. »Vielleicht habe ich ihn deshalb geheiratet, aus Rebellion oder so. Im Grunde wusste ich ja selbst, dass er nicht der Richtige für mich war. Nachdem er mich dann mit der halben Stadt betrogen hatte, habe ich die Scheidung eingereicht.«

»Wie lange wart ihr verheiratet?«, wollte Barry wissen.

»Zwei Jahre.«

»Tut mir leid, dass das schiefgegangen ist.«

»Ach, es hat wohl nicht sein sollen.«

»Habt ihr noch Kontakt?«

»Ja, sporadischen. Ehrlich gesagt ist es ein wenig kompliziert zwischen Peter und mir. Er taucht halt immer mal wieder bei mir auf… Aber ich habe ihm erst kürzlich gesagt, dass ich jetzt jemand Neuen kennengelernt habe … Damit meinte ich natürlich nicht dich«, fügte sie schnell hinzu. »Ich wollte nur … dass er mich endlich in Frieden lässt. Das hoffe ich zumindest.«

Wenn Barry nicht total auf den Kopf gefallen war, wusste er, was für ein Verhältnis Peter und sie hatten – oder bisher gehabt hatten.

Einen Moment war es still. Wahrscheinlich waren es nur fünf Sekunden, Laurie kam es aber vor wie fünf Minuten. Dann sagte Barry: »Ja, das hoffe ich auch.«

»Warst du je verheiratet?«, fragte sie schnell, weil ihr die Situation so unangenehm war und sie von Peter ablenken wollte.

»Nein. Ich habe bisher nicht die Frau zum Heiraten

gefunden. Einmal war ich nah dran … na ja, es hat ebenfalls nicht sein sollen.«

»Einige Menschen haben einfach kein Glück in Liebesdingen.«

»So ist es wohl. Das Blatt kann sich aber jederzeit wenden.« Er sah ihr in die Augen, und sie wurde auf einmal ganz nervös.

»Wollen wir reingehen?«, fragte sie. »Meine Mutter wird jetzt schon sauer sein, dass wir so spät kommen.«

»Na, dann wollen wir sie mal nicht noch mehr verärgern.«

Barry hielt ihr seine Hand hin, und sie legte ihre hinein. Es sollte schließlich echt wirken, wenn sie als Freund und Freundin aufkreuzten.

Sie stiegen die Stufen hoch, und Laurie klingelte. Einer der Partyservicemitarbeiter öffnete ihnen und ließ sie hinein. Drinnen staunte Barry nur noch mehr. Die Eingangshalle war edel eingerichtet, der Marmorboden glänzte, und von der Decke hingen Kristallkronleuchter herab. Eine geschwungene Treppe führte hinauf in die obere Etage, wo früher Lauries Zimmer gewesen war. Es war längst in ein weiteres Gästezimmer umgewandelt worden.

»Da vorn sind meine Eltern«, sagte sie, als sie an der offenen Terrasse standen und auf den Garten hinunterblickten. Sie deutete auf den braun gebrannten Mann im weißen Anzug und die elegante Frau mit dem strengen Dutt, die ein ebenfalls weißes Kostüm trug. Die meisten Leute trugen Weiß.

»Oh wow! *Das* sind deine Eltern?«

»Ja. Komm.« Sie zog Barry mit sich und ging auf ihre Eltern zu. Es war ein fantastisches Gefühl, mal mit jemandem an ihrer Seite zu erscheinen. Und seine Hand endlich zu halten war auch fantastisch – selbst wenn es nur Show war.

»Guten Abend, Mutter«, sagte sie. »Hallo, Dad.«

Ihre Mutter drehte sich in ihre Richtung und nickte zur Begrüßung. »Guten Abend, Laura.«

»Laurie, wie schön, dass du es geschafft hast«, sagte ihr Vater erfreut und umarmte sie locker. »Wen bringst du denn da mit?«

»Das ist mein Freund, Bartholomew Lohan. Barry, darf ich dir meine Eltern Judith und William Harper vorstellen?«

Barry schüttelte brav Hände und lächelte. »Ich freue mich sehr, Sie endlich kennenzulernen. Laurie hat schon so viel von Ihnen erzählt.«

»Tatsächlich? Sie hat Sie bisher überhaupt nicht erwähnt«, entgegnete ihre Mutter.

Ihr Vater lachte. »Deine Mutter hat bis eben nicht einmal geglaubt, dass du wirklich jemanden mitbringst. Ich bin mir sicher, sie hat schon Ausschau nach dem einen oder anderen Junggesellen für dich gehalten.«

Klar, was auch sonst?

Eine Kellnerin ging mit einem Tablett voll Champagnergläsern vorbei, und Barry schnappte sich zwei und reichte Laurie eins. Das konnte sie gut brauchen. Sie nahm einen großen Schluck.

»Nun, ich muss mich entschuldigen, Laura. Ich habe dir nicht geglaubt.«

»Soll ich ehrlich sein?«, fragte ihr Dad. »Wir haben schon gewettet, ob du nicht vielleicht lesbisch bist.«

Was?!? Laurie verschluckte sich am Champagner und hustete wie verrückt. Sie traute sich gar nicht, Barry anzusehen. Der aber klopfte ihr nur sacht auf den Rücken und lachte. »Und? Wer hat die Wette gewonnen?«, fragte er.

Er war so ein Schatz. Schaffte es, eine äußerst unangenehme Situation mit einer einzigen Bemerkung doch noch zu retten.

Ihr Dad machte eine Siegesgeste. »Ha! Ich habe gewonnen! Judith, du schuldest mir einen Hunderter.«

Ihre Mutter verdrehte die Augen. Sie hieß es offensichtlich nicht gut, dass ihr Mann die Sache mit der Wette ausgeplaudert hatte.

»Was machen Sie beruflich, Mr. Lohan?«, fragte sie nun und machte jede Hoffnung zunichte, die Laurie gehegt hatte. In wenigen Sekunden würde ihre Mutter auch diesen Mann missbilligen.

Barry atmete einmal tief ein, was er so unauffällig tat, dass wahrscheinlich nur Laurie es mitbekam. »Ich bin erster Vorsitzender in einem internationalen Großhandelsunternehmen.«

Fast hätte Laurie sich wieder verschluckt.

»Ah ja? Womit handeln Sie denn?«

»Mit Tee«, antwortete Barry.

»Na, da haben sich ja zwei gefunden«, freute sich ihr Vater und entschuldigte sich dann, weil er einen seiner engsten Freunde entdeckt hatte. »Viel Spaß weiterhin. Wir sehen uns später noch?«

»Aber klar, Dad.«

»Ich werde mich dann ebenfalls entschuldigen«, sagte ihre Mutter. »Ich muss mir rasch die Nase pudern gehen.« Was wahrscheinlich bedeutete, dass sie eine Kopfschmerztablette einwerfen musste.

»Internationales Großhandelsunternehmen?«, flüsterte Laurie, als ihre Eltern außer Hörweite waren.

»Na, ich habe einige wirklich *große* Kartons in meinem Lager stehen.«

»Und erster Vorsitzender?«

»Ich kann mich doch betiteln, wie ich will, schließlich bin ich der Boss.« Ein Boss ohne Mitarbeiter.

»Warum hast du dich nicht gleich zum Präsidenten des Unternehmens gemacht?«, fragte sie lachend.

»Das erschien mir dann doch ein bisschen zu unglaubwürdig.«

Sie amüsierten sich den ganzen Abend über prächtig, machten sich über die reichen Schnösel lustig und probierten eklige Dinge wie Weinbergschnecken und gefüllte Wachteleier. Ja, sie machten sogar ein Spiel daraus, vergaben Ekelpunkte von eins bis zehn. Laurie hatte noch nie eine Gartenparty bei ihren Eltern so genossen.

Am Ende des Abends brachte sie Barry zurück zu seinem Lieferwagen. Er stieg aber noch nicht gleich aus ihrem Auto aus, sondern sagte: »Du hast vorhin irgendwas von Stargazy Pie erzählt. Ist das nicht aus einer Kindergeschichte?«

»Ja, genau. Wie schön, dass du die Geschichte auch kennst. Meine Freundin Ruby verbindet damit Kindheitserinnerungen. Erst vor Kurzem haben wir an einem unserer Mittwochabendtreffen mit Mrs. Witherspoon, einer meiner älteren Kundinnen, darüber geredet. Sie kommt nämlich aus Cornwall, wo auch die Geschichte herstammt. Und die Stargazy Pie.«

»Die enthält ganze Fische, wenn ich mich recht erinnere. Und die gucken mit dem Kopf aus der Pie.« Er zog eine Grimasse.

»Ja, ich weiß.«

»Hätte man es nicht wenigstens so machen können, dass die Schwanzflossen rausgucken statt der Köpfe?«

»Genau das hat Orchid auch gesagt.«

»Bist du gut mit Orchid befreundet?«, wollte Barry wissen.

»Ich kenne sie noch nicht so lange wie die anderen Ladeninhaberinnen der Valerie Lane. Aber wir sind alle miteinander befreundet und bilden eine Einheit – gegen den Rest der Läden, vor allem die gut besuchten in der Cornmarket Street und dem Shopping Center. Warum fragst du?«

»Es interessiert mich halt, mit wem du deine Zeit verbringst. Wer deine Freunde sind. Ich finde es schön, etwas über dich zu erfahren.«

Er kam ihr ein wenig näher. Würde er sie endlich küssen? Ihr Innerstes bebte, ihr Herz machte Sprünge, doch dann entfernte er sich auch schon wieder von ihr und ließ Laurie total perplex zurück.

Was sollte das denn nun schon wieder? Sie wollte sich ihre Enttäuschung nicht anmerken lassen, also plapperte sie weiter.

»Diese grausige Stargazy Pie werde ich mir übrigens bald antun müssen und meine Freundinnen aus der Valerie Lane auch. Denn wir wollen Mrs. Witherspoon zu einem Geburtstagsessen ausführen, und die hat sich gewünscht, noch einmal Stargazy Pie zu essen.«

»Wie lieb von euch, dass ihr euch das antun wollt für sie.«

»Ja, oder?« Sie grinste.

»Wie alt wird die Gute denn?«

»Weiß ich nicht. Sie ist aber schon sehr alt. An die achtzig. Übrigens hat sie am elften August Geburtstag. Da bist du doch in Hongkong, oder?«

»Das hast du dir gemerkt?«

»Klar. Ich muss doch meine Planung für den Laden machen«, redete sie sich raus.

»Ja, jetzt rückt es immer näher. Ich muss gestehen, ich bin aufgeregt wie ein Kind. Die Teemesse dort reizt mich schon so lange.«

»Wie schön, dass du es endlich schaffst.«

»Ja, das finde ich auch. Obwohl es da jemanden gibt, den ich sehr vermissen werde.«

»Ah ja? Deinen Bruder?« Sie hoffte insgeheim, er meinte sie, aber das konnte sie ja schlecht so direkt fragen.

»Den eigentlich nicht so sehr. Aber meine kleinen Kicker, die werden mir fehlen.«

Die Flamme, die eben noch in Laurie entzündet worden war, erlosch auch schon wieder.

Die Hoffnung auf einen Abschiedskuss hatte sie aufgegeben. Und Barry verabschiedete sich auch lediglich mit einer leichten Umarmung von ihr, so wie sie Susan oder Ruby beim Abschied umarmte.

Mit einem unsicheren Gefühl fuhr Laurie nach Hause. Es war bereits nach Mitternacht, und obwohl es ein wundervoller Abend gewesen war, fragte sie sich nun aber, ob Barry sie vielleicht doch nur als Freundin betrachtete, als Kumpel. Sie hatten viel Spaß miteinander gehabt, herumgealbert … Waren sie überhaupt für mehr geeignet?

KAPITEL 20

Laurie erwachte am nächsten Morgen mit einem unheimlich schweren Kopf. Sie hatte die ganze Nacht nicht schlafen können, weil sie immer wieder an den Abend zurückgedacht und darüber nachgegrübelt hatte, was es bedeuten sollte, dass Barry sich ihr gegenüber so freundschaftlich verhielt.

Von ihrer Mum hatten sie auf der Party nicht mehr viel gesehen, die hatte sich mit anderen eleganten, gelifteten und snobistischen Damen über Tennis und Golf, die wirkungsvollsten Schlankheitskuren und eine neue Methode des Fettabsaugens unterhalten. Aber ihr Dad hatte anscheinend einen Narren an Barry gefressen; er hatte ihm eine seiner teuren Zigarren angeboten, mit ihm gescherzt und ihn einigen wichtigen Leuten vorgestellt. Barry hatte sich offenbar gar nicht so unwohl gefühlt, wie sie angenommen hatte. Vielleicht hatte er es einfach besser drauf als sie, sich auf derartige Situationen einzulassen.

Nachdem er in der Nacht in seinen Lieferwagen gestiegen und fortgefahren war, war sie richtig enttäuscht gewesen. Der ganze Abend war so beschwingt verlaufen, und sie hatte wirklich mit einem Kuss oder einer lieben Verabschiedung gerechnet. Stattdessen hatte er sie nur wie einen Kumpel behandelt, jemanden, den er seit Jahren kannte, in dem er aber nie mehr sehen würde als eine gute Freundin. Hatte sie sich die Momente der Nähe, der Fastküsse nur eingebildet? Sie hatten nicht einmal etwas für den Samstag ausgemacht.

Am liebsten hätte sie Barry mitten in der Nacht eine SMS geschrieben, als sie um halb vier wach lag und an die Decke starrte. Ihn gefragt, warum er denn nur gesagt hatte, dass diese gespielte Beziehung doch eine gute Möglichkeit sei, um zu sehen, ob sie miteinander harmonierten. Oder war das auch nur in ihrer Einbildung passiert? Gerade war sie sich überhaupt nicht mehr sicher. Das mit der SMS ließ sie dann doch lieber bleiben und stellte sich stattdessen etliche Szenarien vor. Wie sie *ihn* zum Abschied küsste – wie hätte er da reagiert? Wie sie ihm endlich ihre Liebe gestand und er ihr daraufhin sagte, dass es schon bei ihrer allerersten Begegnung um ihn geschehen war …

Irgendwann war sie darüber tatsächlich eingeschlafen. Natürlich klingelte der Wecker um sieben und riss sie aus dem Schlaf. Es war Samstag, und auch da öffnete die Tea Corner um neun.

Nachdem sie sich endlich aufgerappelt hatte, erschrak sie beim Blick in den Spiegel. Ein Zombie aus der Serie *The Walking Dead* war nichts im Vergleich zu ihr.

Selbst eine Tasse starken Kaffee und eine Scheibe Brioche konnten da nicht helfen. Sie fühlte sich wie gerädert, als hätte sie den schlimmsten aller Kater, dabei hatte sie den ganzen Abend über lediglich zwei Gläser Champagner getrunken – sie musste ja noch hinters

Steuer und wollte ihre Liaison mit Barry nicht in den Graben fahren, bevor sie überhaupt richtig Gestalt angenommen hatte.

In einer schwarzen Baumwollhose und einem ebenfalls schwarzen T-Shirt, das ihr Zombie-Aussehen noch perfektionierte, verließ sie heute das Haus – eine dunkle Sonnenbrille vor den Augen.

»Hey, Laurie, wie war es gestern?«, fragte Keira fröhlich, als sie um kurz vor neun in die Valerie Lane einbog. Keira stand in der offenen Tür ihrer Chocolaterie und sah aus wie eine heitere Sonnenblume, während Laurie sich wie ein hässlicher, alter, umgeknickter Löwenzahn vorkam, der nicht einmal die Chance gehabt hatte, eine Pusteblume zu werden … Eine Pusteblume, deren Schirmflieger bis in die Wolken davonwehen konnten, die sie zum Ort ihrer Bestimmung trugen. Nein, sie hing hier unten am Boden fest, und ihre Wolken waren bereits verflogen, Barry hatte sie ganz weit beiseitegeschoben.

Laurie stöhnte. »Nicht so laut«, flüsterte sie und ging ein paar Schritte auf ihre Freundin zu.

»Oje, was ist denn mit dir los? Hast du ein bisschen zu tief ins Glas geschaut gestern?« Keira dachte nicht daran, ihre Stimme zu senken.

Laurie stöhnte wieder. »Nein. Ich habe nur so gut wie nicht geschlafen.«

»Ooooooh. Was habt ihr denn die ganze Nacht getrieben?«

»Gar nichts. Ich lag wach im Bett und habe überlegt, was ich schon wieder falsch gemacht habe.«

»Wieso?«, wollte Keira wissen.

»Er hat mir eine schlichte Umarmung zum Abschied gegeben. Mehr nicht. Ich glaube, er will nicht viel mehr als mein Teelieferant sein.«

»Du bist einfach zu nett. Ein Kumpeltyp. Du solltest versuchen, sexy zu sein. Wickel ihn um den Finger, setze deinen weiblichen Charme ein.«

»Und wie soll das gehen?«

»Zuerst einmal solltest du vielleicht nicht wie der Tod höchstpersönlich aussehen.«

»Mir war heute nicht nach fröhlichen Farben.«

»Aber ist am Abend nicht euer Kino-Date? Willst du da *so* hin?«

»Das ist auch noch so eine Sache. Unser Date hat er nämlich überhaupt nicht mehr erwähnt, mit keinem Wort. Wahrscheinlich hat er es sich anders überlegt. Womöglich haben ihn meine Eltern doch vergrault.«

»Nun hör schon auf, alles schwarzzusehen. Werde erst mal munter, nimm eine Kopfschmerztablette und trinke viel Wasser. Und dann wartest du ab. Ich bin mir sicher, er wird sich heute noch bei dir melden.«

»Ja, um abzusagen.«

»Hör auf!«, sagte Keira streng. »So gefällst du mir nämlich gar nicht. Ich will die fröhliche Laurie wiederhaben, meine Freundin, für die das Glas immer halb voll ist.«

»Gerade ist das Glas aber leider komplett leer, sorry. Vielleicht bin ich morgen wieder besser drauf. Ich muss jetzt in den Laden, es ist schon nach neun.«

»Dann versuche wenigstens, deinen Kunden gegenüber ein wenig fideler zu sein, du wandelnde Leiche.«

»Ja, ja …«, sagte Laurie und schloss den Laden auf.

Der Tag verlief so langsam wie nie. Die Stunden wollten einfach nicht vergehen. Laurie war müde, und sie war verzweifelt. Um vierzehn Uhr hatte Barry sich noch immer nicht gemeldet.

»Der marokkanische Pfefferminztee ist leider aus, tut mir leid. Aber ich kann Ihnen einen hiesigen anbieten, aus Bioanbau, der schmeckt genauso gut«, erklärte sie gerade einer Kundin.

»Ich wollte aber den marokkanischen. Wann bekommen Sie den wieder rein?«

»Am Dienstag.« Wenn Barry ihr die Lieferung brachte – *falls* Barry ihr die Lieferung brachte.

Die Kundin ging, und Laurie hätte sich nicht gewundert, wenn sie nie wiederkäme. Sie starrte auf ihr Handy. »Klingel doch, klingel!«, beschwor sie es.

Dann klingelte es tatsächlich.

»Laurie? Hallo, hier ist Barry.«

»Barry. Hallo.«

»Wie geht es dir?«

»Bestens«, schwindelte sie. »Und dir?«

»Auch gut. Wir haben noch gar nichts für heute Abend ausgemacht.«

»Es bleibt bei heute Abend?«, fragte sie überrascht.

»Aber natürlich. Es sei denn, du willst nicht mehr.«

»Doch, natürlich will ich. Ich dachte nur … ach, vergiss es, ist nicht wichtig. Holst du mich ab?«

»Im Laden?«

Um Gottes willen! Bloß nicht! Sie musste erst mal dringend nach Hause, sich umziehen und frisch machen.

»Es wäre mir lieber, wenn du mich zu Hause abholen würdest. Gegen halb acht?«

»Perfekt.«

»Meine Adresse hast du?«

»Na sicher. Die hast du mir doch neulich schon per SMS geschickt. Wo soll ich uns einen Tisch reservieren?«

»Such du was aus. Nur bitte nicht indisch. Und keine Stargazy Pie«, hängte sie noch dran. Allein bei dem Gedanken daran wurde ihr ganz anders.

»Alles klar.« Barry lachte. »Wie wäre es mit Steak?«

»Wunderbar.«

»Dann reserviere ich für acht. Das sollten wir doch schaffen?«

»Bestimmt. Dann bis später.«

»Bis nachher. Ich freue mich.«

»Ich mich auch.« Wenn du nur wüsstest, wie sehr.

Sofort war Laurie besserer Stimmung. Barry hatte die Wolken ein Stück weit zu ihr zurückgepustet, und sie konnte wieder ein klein wenig Hoffnung hegen, weich auf ihnen zu landen. Im Grunde könnten die Wolken auch für das Bett stehen, in dem sie hoffte, mit Barry zu landen – irgendwann. Sie hielt die Nähe zu ihm nämlich kaum noch aus. Nur zu gerne hätte sie endlich gewusst, was sich unter den Band-T-Shirts im Sommer und den Holzfällerhemden im Winter verbarg.

Apropos … Was sollte sie heute Abend eigentlich anziehen? Ein Steakhouse war kein Ort, der eine schicke Garderobe verlangte, ein zu schlichtes, zu langweiliges Outfit wollte sie aber auch nicht tragen. Sexy sollte sie sein, hatte Keira ihr gesagt. Was war denn sexy? Sie brauchte Hilfe.

»Orchid, du musst mir helfen!«, sagte sie kurz darauf und klammerte sich an den Telefonhörer.

»Ich bin in einer Minute bei dir!«

»Nein, nein. So wichtig ist es auch nicht, dass du extra deinen Laden schließen musst. Das geht auch am Telefon. Sag mir … was ist sexy?«

»Wie bitte?« Orchid schien verwirrt.

»Ich gehe doch heute Abend mit Barry aus. Erst essen und dann ins Kino, und ich weiß wirklich nicht, was ich anziehen soll.« Ein Ehepaar betrat den Laden, und sie flüsterte weiter in den Hörer: »Ich will sexy aussehen, verstehst du?«

Diese Sache war schon einmal schiefgegangen, als sie nämlich mit fünfzehn ihr erstes Date mit Ronald Shrine gehabt hatte. Ihre damalige beste Freundin Samara hatte ihr gesagt, sie müsse auf jeden Fall sexy aussehen. Genau das hatte sie versucht, in einem von Samara geborgten Minirock und den High Heels ihrer Mutter, und das Date hatte mit einem verstauchten Fuß geendet – achtzehn Minuten, nachdem es begonnen hatte.

»Das haben wir doch schon durch, Süße. Sei einfach du selbst.«

»Das bringt mich bei Barry aber nicht weiter. Er sieht mich einfach nicht so an, wie … wie ich es mir wünschen würde.«

»Hast du was mit den Augen? Neulich im Laden hat er dich total angehimmelt.«

»*Du* musst was mit den Augen haben! Bleibst du

einen Moment dran? Ich muss kurz Kundschaft bedienen.« Sie legte den Hörer beiseite, bereitete Mr. und Mrs. Mornington ihren Tee zu und füllte ihnen Kuchen auf die Teller. Dann war sie wieder bei Orchid. »Okay, was genau kann ich tun? Ich will, dass er verrückt nach mir wird.«

Orchid lachte. »Dann geh blank ins Kino, am besten im Mini, und lass es ihn wissen.«

»Was bitte bedeutet *blank?*«

»Du kennst den Ausdruck nicht? Na, ohne Höschen.«

Laurie wunderte sich wieder einmal über Orchid. Vor allem fragte sie sich, ob sie keine Kundschaft hatte an einem Samstagnachmittag oder ob es ihr nichts ausmachte, wenn diese ihr Gespräch mit anhörte.

»Orchid! Du spinnst doch. Ich will kein Flittchen werden, ich möchte einfach nur, dass er mich heiß findet, endlich mehr in mir sieht als nur seine beste Kundin. Oder einen Kumpel. Ich möchte endlich einen richtigen Kuss!«

»Wo liegt das Problem? Dann küss ihn doch einfach selbst!«, erwiderte Orchid.

»Nein, das kann ich nicht. Ich bin da irgendwie altmodisch und will, dass er den ersten Schritt macht. Vor allem weiß ich ja noch nicht einmal, ob er überhaupt mehr will. Wie peinlich wäre es, wenn ich ihn küssen würde und er mit mir einfach nur befreundet sein will?«

»Ist er nicht gestern mit zu deinen Eltern gekommen? Wie ist es eigentlich gelaufen?«

»Ja, ist er. Und es war der übliche Snobmob, mit meiner Mutter als Königin mittendrin.«

»Ist er bis zum Ende geblieben?«

»Ja, ist er.«

»Und er will dich heute wiedersehen?«

»Ja, will er.«

»Dann ist er ganz verrückt nach dir! Vertrau mir. Du musst nur endlich ein bisschen selbstbewusster werden, mehr an dich glauben.«

Laurie musste schon wieder das Telefon beiseitelegen, weil neue Kundschaft den Laden betrat. Auch wenn sie sich sonst kaum etwas Schöneres vorstellen konnte, als die Leute auf den Geschmack von Tee zu bringen, hatte sie gerade wirklich anderes im Kopf als ihre Mischungen. Natürlich lächelte sie dennoch freundlich und erklärte den beiden Frauen mittleren Alters ganz genau, was die »Beerenharmonie« und die »Sommerbrise« beinhalteten, kassierte ab und wünschte noch einen schönen Tag. Dann nahm sie das Gespräch wieder auf.

»Ich bin doch selbstbewusst, nur eben nicht, wenn es um Barry geht. Orchid, ich weiß noch immer nicht, was ich denn nun anziehen soll.«

»Okay, wo geht ihr essen?«

»Im Steakhouse.«

Orchid dachte nach, das merkte man an ihren »Hms« und »Ähms«, dann: »Ich hab's! Du hast doch dieses hübsche burgunderfarbene Kleid, das ist perfekt!«

»Das ist aber nur knielang. Ich habe doch diese wunde Stelle am Bein.« Die war zwar schon ganz gut verheilt, aber ein Pflaster trug sie immer noch.

»Na und? Barry kennt die Wunde doch schon. Und im Kino ist es eh dunkel. Du solltest unbedingt High

Heels dazu anziehen, nicht diese flachen Ballerinas, die du ständig trägst.«

»Darin fühle ich mich aber am wohlsten.«

»Wolltest du dich nicht heute mal sexy fühlen?«

»Schon, ja … Ich habe aber überhaupt keine High Heels. Außer einem Paar Stiefeln mit Absätzen. Gehen Stiefel auch?«

»Bloß nicht!«, entgegnete Orchid schockiert. »Nicht beim ersten Date!«

»Es ist bereits unser drittes Date!«

»Mittagessen und Gartenpartys bei den Eltern zählen nicht. Heute Abend werdet ihr zum ersten Mal allein sein, mach das Beste draus. Okay, warte … Wann ist dein Date?«

»Um halb acht holt er mich ab.«

»Von zu Hause?«

»Ja.«

»Sehr gut. Pass auf, ich werde dir vorher noch Pumps von mir vorbeibringen. Schwarze, die passen gut zu deinem Kleid. Du hast doch in etwa dieselbe Größe wie ich?«

»Neununddreißig.«

»Ich hab vierzig. Aber das wird schon gehen.«

Laurie war mulmig bei der Sache. Das mit den geborgten High Heels war schon einmal nach hinten losgegangen.

»Nein, lass mal«, sagte sie. »Ich werde mir nach der Arbeit auf dem Heimweg noch welche kaufen.«

»Dann hast du keine Zeit mehr, dich fertig zu machen.«

»Doch, doch, das schaffe ich schon. Ich danke dir aber für den Tipp mit dem Kleid.« Sie mochte das burgunderfarbene Kleid wirklich sehr, sie gefiel sich darin – und darauf kam es an. Wenn sie selbst unsicher war, konnte sie auch kein Selbstbewusstsein ausstrahlen, aber das wollte sie heute Abend tun. Sie wollte eine Femme fatale sein – sie musste nur noch herausfinden, wie das funktionierte.

KAPITEL 21

Laurie schenkte gerade Evelyn und Miranda, beide seit Jahren Samstags-Stammkundinnen, Tee nach, als die Türglocke bimmelte. Als sie hinsah, glaubte sie, sie sähe nicht recht! Peter stand im Laden und strahlte sie an. Und er hatte Blumen dabei!

Der Anblick war mehr als ungewohnt. Peter hatte ihr nämlich noch nie Blumen geschenkt. So charmant er auch war, romantisch veranlagt war er absolut nicht. Seine Geschenke gingen eher in Richtung Sexgutschein oder erotische Paarmassage. Und irgendwie war es ja früher auch aufregend gewesen, dass Peter so war, wie er war: herausfordernd, ungeniert, freizügig, abenteuerlich. Heute aber wollte Laurie andere Dinge: Geborgenheit, Sinnlichkeit, Liebe. Das Gefühl, verstanden zu werden. Angekommen zu sein.

»Peter!«, brachte sie in einem Schockzustand hervor.

»Hallo, Laurie. Ich bringe dir Blumen«, sagte Peter und reichte ihr den Strauß roter Rosen.

»Das sehe ich«, erwiderte sie.

Evelyn und Miranda tuschelten hinter vorgehaltener Hand, und auch die anderen Gäste starrten sie an.

»Komm mit!«, sagte sie deshalb und zog ihren Ex an seinem T-Shirt-Ärmel nach hinten in den Lagerraum.

»Was soll das, Peter? Was machst du hier?« Sie legte die Blumen ab und verschränkte die Arme.

»Na, ich besuche dich. Ist das verboten?«

»Nein, natürlich nicht. Ich habe nur nicht damit gerechnet. Und ich dachte eigentlich, ich hätte mich neulich klar ausgedrückt?«

»Wann?«

»Na, als du bei mir warst.«

»Kann mich nicht erinnern.«

War das sein Ernst?

»Woran kannst du dich nicht erinnern? Dass du bei mir warst oder an das, was ich gesagt habe?«

»Dass ich bei dir war, daran kann ich mich erinnern. Und auch daran, dass du heiß aussahst. Wie heute übrigens auch. Meinst du, die Leute halten es noch eine Weile ohne dich aus?«

Sie starrte ihn ungläubig an.

»Für einen Quickie«, sagte er es noch einmal deutlicher, als wäre sie so dumm und hätte es nicht auch so verstanden.

»Du bist echt unmöglich. Ich kümmere mich jetzt wieder um meine Kunden, und du gehst bitte.« Plötzlich war ihr die Situation nämlich gar nicht mehr geheuer. Wie Peter dastand und sie ansah … Zu allem bereit!

»Und die Blumen?«

»Ich danke dir für die Blumen. Sie sind wunderschön. Aber du musst jetzt trotzdem gehen, okay?«

»Nein, ich meinte: Ich habe dir Blumen gekauft. Findest du nicht, du bist mir ein bisschen Dankbarkeit schuldig?«

»Unmöglich, Peter! Einfach unmöglich!«

Mit bösem Blick ging sie wieder nach vorn und atmete erleichtert auf, als sie sah, dass Peter ihr folgte und in Richtung Tür ging. Doch er verließ den Laden nicht, wie sie schockiert feststellte, nein, er setzte sich an einen der Tische! Und da keiner frei war, gesellte er sich ausgerechnet zu den Tratschtanten Evelyn und Miranda.

»Ich darf doch?«, fragte er mit seinem gewohnten Charme, und die Damen nickten fröhlich.

Ach herrje. Wenn der mit denen erst ins Gespräch kam, wüsste bald ganz Oxford von ihrem ehemaligen Liebesleben. Das musste sie unbedingt verhindern!

»Peter! Du wolltest doch gehen. Wir unterhalten uns ein andermal, ja?«

»Und machen wir das andere … du weißt schon … auch ein andermal?«

Jetzt horchten die beiden älteren Damen interessiert auf.

Fast hätte sie Ja gesagt, nur um ihn loszuwerden. Dann aber besann sie sich eines Besseren. »Nein, Peter! Ich bin jetzt mit Barry zusammen, das habe ich dir doch schon erzählt.« Und er hatte es anscheinend überhaupt nicht geschnallt!

»Oh, du bist jetzt fest mit ihm zusammen? Davon wusste ich noch nichts.«

»Etwa dein Teelieferant? *Der* Barry?«, fragte Evelyn freudig.

Verdammt! Sie hatte ganz vergessen, dass die beiden Tratschtanten Barry ja ebenfalls kannten, weil sie ihre Augen und Ohren einfach überall hatten. Da konnte sie die erfundene Story nicht aufrechterhalten, das könnte so richtig nach hinten losgehen.

»Ja, genau der«, gab Laurie zu. »Nun ja … wir sind eigentlich nicht so richtig zusammen, sondern … ich … also …« Sie musste einmal kurz die Augen schließen und sich sammeln. Alles wegen Peter! Böse sah sie ihn an. »Ich mag einen anderen, okay? Ich hoffe also, du verstehst, dass wir uns nicht mehr sehen können, Peter. Weshalb du jetzt gehen musst. Entschuldigt bitte, ihr beiden. Peter wird euch jetzt nicht mehr stören. Er muss los«, wandte sie sich entschuldigend an Evelyn und Miranda.

Miranda mit den weißen Haaren, die einen kleinen lila Stich hatten, schüttelte den Kopf. »Ach, er stört doch nicht! Bleiben Sie ruhig sitzen, mein Lieber, und leisten Sie zwei alten Damen Gesellschaft.«

»Hörst du?«, sagte Peter triumphierend.

»Grrr!«, machte Laurie und ging hinter den Tresen. »Glaub aber ja nicht, dass du einen Tee bekommst«, rief sie ihm noch zu.

Sie sah Peter Miranda etwas ins Ohr flüstern.

»Ach, Laurie. Bist du so lieb und bringst du mir noch einen Pfefferminztee?«, fragte Miranda sie kurz darauf.

Laurie stemmte die Hände in die Hüften. »Ist der auch wirklich für Sie?«

»Aber natürlich.«

»Ihr Becher ist doch aber noch halb voll!« Sie hatte die alte Dame längst durchschaut.

»Ist schon alle«, entgegnete diese und trank schnell aus.

»Na gut. Aber ich weiß genau, was ihr hier für ein Spiel spielt. Kompliment, Peter. Ein paar nette ältere Damen mit in unsere chaotische Beziehung hineinzuziehen.« Sie brachte ihm den Tee. »Hier! Und ich dachte, gehört zu haben, dass du gar keinen Tee magst.« Sie stellte ihm die Tasse hin und freute sich, dass ein wenig von der heißen Flüssigkeit überschwappte und auf seinem Schoß landete.

Er zappelte ein wenig und wischte an dem Fleck herum. »Hab ich nie gesagt!«

»Klar.« Sie entfernte sich vom Tisch und spürte Peters Augen auf ihrem Hintern.

»Laurie?«

»Was?« Sie drehte sich noch einmal zu ihm um.

»Du hast Beziehung gesagt.«

Ja. Das hatte sie auch vernommen. Und es war das absolut, *absolut* falsche Wort gewesen.

Peter blieb eine gefühlte Ewigkeit. Er unterhielt sich ausgelassen mit Evelyn und Miranda, die einen neuen besten Freund gefunden zu haben schienen. Und Laurie hörte heraus, dass er ihnen von ihrer Ehe und der gemeinsamen glücklichen Zeit erzählte.

»Laurie ist die Liebe meines Lebens«, hörte sie ihn sagen, und sie musste zugeben, dass es sich doch auch schön anfühlte. Denn trotz allem verband sie sehr viel mit Peter. Nicht nur war er ihre erste Liebe gewesen, er war auch der erste und einzige Mann gewesen, mit dem sie je zusammengewohnt hatte. Außerdem der einzige, mit dem sie je verreist war. Ihre Flitterwochen hatten sie in Las Vegas verbracht. Eine Woche lang hatten sie am Pool gelegen, im Kasino gespielt, Shows und Konzerte besucht, viel zu viel gegessen und Liebe gemacht. Sie dachte gerne daran zurück, an die schöne Zeit mit Peter. Bevor sie sein wahres Ich erkannt hatte.

Nach sechs Wochen schon betrog er sie zum ersten Mal. Sie fand eine Restaurantrechnung in der Tasche seiner Hose, als sie diese waschen wollte. Er gestand sofort. Entschuldigte sich. Sagte ihr, dass er es nie wieder tun würde. Doch er hielt sich nicht daran. Verletzte sie immer wieder. Schob es auf seine angebliche »Sexsucht«. Und Laurie wusste nicht, was sie tun sollte. Sie blieb vor allem deshalb noch ganze zwei Jahre bei ihm, weil sie ihrer Mutter nicht eingestehen wollte, dass sie einen Fehler begangen hatte. Diese hatte sie vor Peter gewarnt, ihr gesagt, sie sehe auf den ersten Blick, was für ein Mensch er sei. Sie solle sich ja nicht auf jemanden wie ihn einlassen. Aber Laurie hatte sich auf ihn eingelassen. Sie hatte ihn geheiratet. Und sie war auf die Nase gefallen.

Als sie es nicht mehr aushielt, verließ sie ihn und kehrte reumütig und geschunden nach Hause zurück. Die Vorwürfe waren unermesslich, ihre Mutter konnte in den kommenden Monaten kein normales Gespräch mit ihr führen, ohne sie immer wieder an ihre Dummheit zu erinnern und dabei kräftig die Augen zu rollen. Ihr Vater sah die Sache gelassener. Er kaufte ihr die Doppelhaushälfte und tat ihr damit den größten Gefallen überhaupt. Sie konnte endlich weg von ihrer Mutter und hatte ihre Ruhe.

Ein paar Jahre lang hatte sie Peter gar nicht gesehen. Er tobte sich aus, reiste umher und nahm mit, was er nur kriegen konnte. Dann tauchte er irgendwann wieder auf. Mit seinem verschmitzten Lächeln, seinen stechenden blauen Augen und einer Art, die wohl jede Frau schwach werden ließ. Laurie hatte nach der Trennung erst einmal genug von Männern – ab und zu ein Date, aber nichts Festes mehr. Eine geschiedene Ehe im Alter von knapp dreiundzwanzig Jahren reichte ihr. Und weil nie etwas Festes lief und weil Laurie auch nur eine Frau war, ließ sie sich die kommenden Jahre immer mal wieder auf Peter ein. Was nicht bedeuten sollte, dass sie ihm wieder vertraut oder ihm ihr Herz geschenkt hätte. Aber sie ließ ihn in ihr Bett, und sie verbrachten ein paar schöne Stunden zusammen.

Doch damit war jetzt Schluss! Sie hatte ihm neulich widerstanden, und das würde sie in Zukunft immer tun. Denn jetzt war sie in Barry verliebt, und sie wollte nur ihn. Auch wenn sie noch nicht wusste, wohin das alles überhaupt führen würde, wollte sie nicht, dass dem irgendetwas im Weg stand – ganz besonders nicht Peter!

Sie versuchte also, ihn zu ignorieren, bis seine beiden Freundinnen sich verabschiedet hatten und er am späten Nachmittag vor ihr am Ladentisch stand.

Die anderen Gäste hatten sich längst wieder auf ihren Tee konzentriert oder waren gegangen. Es hatte nichts Spannendes mehr zu sehen gegeben, nachdem Laurie sich von Peter abgewandt hatte. Und auch jetzt wollte sie keine Aufmerksamkeit auf sich ziehen.

»Laurie. Ich liebe dich.«

Was? Einfach so aus heiterem Himmel?

»Peter, das kann nicht dein Ernst sein! Du kennst doch nicht einmal die Bedeutung des Wortes Liebe.«

»Doch, die kenne ich.«

»Okay, lass es mich anders formulieren. Du kennst sie vielleicht, aber dein Schwanz nicht. Du wirst niemals irgendeiner Frau treu sein können«, sagte sie aufgebracht.

»Das hab ich nicht gesagt. Aber ...«

»Denkst du also wirklich, ich mache das alles noch mal mit?«

»Ich könnte es versuchen.«

Jetzt senkte sie ihre Stimme, seufzte. »Peter. Du und ich sind Vergangenheit. Was ist denn nur los, dass du mich plötzlich zurückwillst?«

Sie konnte es sich denken. Peter hatte Konkurrenz bekommen, und das gefiel ihm gar nicht. Es war auch nicht wirklich so, dass er sie plötzlich liebte, er wollte sich bloß keine Niederlage eingestehen.

»Ich habe es halt jetzt erst erkannt. Wie viel du mir bedeutest.«

»Oh Peter. Deine Gefühle sind nicht echt, das weißt du so gut wie ich. Du bist vielleicht ein wenig eifersüchtig wegen Barry.«

»Wer ist dieser Barry überhaupt? Wahrscheinlich gibt es den gar nicht, und du hast ihn nur erfunden, um mich abzuwimmeln!«

Was für ein Unsinn! Evelyn hatte ihm doch vorhin bestätigt, dass Barry existierte.

»Du machst mich wahnsinnig! Natürlich gibt es

Barry! Heute Abend gehe ich mit ihm aus, ins Steakhouse und ins Kino. Du kannst mir ruhig glauben.«

Oje. War das so schlau gewesen, Peter davon zu erzählen?

»Okay, okay. Dann gibt es Barry halt. Aber er ist nicht halb so gutaussehend wie ich, richtig?«

Sie seufzte wieder. »Peter … bitte geh.«

Zu ihrer Verwunderung nickte Peter. Und ging. Aus ihrem Kopf wollte er aber nicht so schnell verschwinden, und das machte sie wirklich wütend. Warum konnte er ihr nicht einfach ihr Glück gönnen? Sie wollte doch nur endlich eine richtige Beziehung führen, mit Barry – wenn der es denn überhaupt wollte. Solche Zwischenfälle konnte sie wirklich nicht brauchen. Sie war so schon nervös genug, auch ohne irgendwelche Exmänner im Hinterkopf.

KAPITEL 22

An diesem Abend schloss Laurie die Tea Corner bereits um zehn Minuten vor sechs und drehte den Schlüssel gerade zum zweiten Mal herum, als sie jemanden rufen hörte.

»Warte, Laurie!«

Keira, die in ihrer Ladentür gestanden und anscheinend nach ihr Ausschau gehalten hatte, trat aus der Chocolaterie und hielt etwas in der Hand, mit dem sie hin und her wedelte.

»Hi, Keira, was gibt es denn? Ich habe es eilig.«

»Ja, ich weiß. Dein Date. Ich will dich auch gar nicht aufhalten, ich möchte dir nur etwas Nervennahrung mitgeben. Die kannst du vielleicht gut brauchen.« Sie reichte ihr das Tütchen, mit dem sie gewedelt hatte, und Laurie erkannte, dass es sich um kleine, einzeln in rote Folie gewickelte Schokoladenherzen handelte.

»Oh, bist du lieb. Vielen Dank.« Sie umarmte Keira rasch und hätte ihr am liebsten von Peter und dem schrecklichen Nachmittag erzählt, aber dafür war jetzt keine Zeit. Sie hatte noch einiges vor und spurtete sogleich los.

»Viel Spaß!«, rief Keira ihr noch hinterher, und Laurie winkte, ohne sich dabei umzudrehen.

Die meisten Läden in der Cornmarket Street schlossen glücklicherweise erst um sieben, weshalb sie in das erstbeste Schuhgeschäft ging, das auf dem Weg lag. Ein Besuch im Einkaufszentrum wäre zu knapp geworden.

Schnurstracks hielt sie auf das Regal mit den schwarzen Pumps zu und probierte einige Paare an, von denen sie dachte, darauf laufen zu können. Mit den meisten kam sie jedoch keine zwei Meter voran. Dann aber entdeckte sie ein Paar mit Keilabsatz, das wirklich bequem saß und bei dem sie keine Angst haben musste, sich wieder den Fuß zu verstauchen. Der Haken war nur, dass die Schuhe fast einhundertvierzig Pfund kosteten. So teure Schuhe hatte sie sich noch nie gekauft – was nicht bedeutete, dass sie niemals in ihrem Leben teure Schuhe besessen hätte. Ihre Mutter hatte schon immer sehr viel Wert auf exquisite Markenprodukte gelegt, nicht etwa wegen der besseren Qualität, nein, sondern ausschließlich um allen anderen zu zeigen, dass sie es sich leisten konnten. Lauries Garderobe als Zehnjährige war wohl mehr wert gewesen als ihr jetziges Auto. Vielleicht sogar mehr als zwei davon.

Heute jedoch war sie anders. Sie kaufte das, was ihr gefiel, und dabei war es ihr schlicht egal, ob es von Primark kam, von GAP oder von Marks & Spencer. In teuren Boutiquen allerdings hielt sie sich nie auf, das hatte ihr viele Stunden ihrer Kindheit geraubt.

Ach, was soll's, dachte sie sich. Dann würde sie halt einmal mehr Geld für Schuhe ausgeben als sonst. Sie hatte ein Date mit Barry!

So richtig konnte sie es noch immer nicht glauben.

Breit lächelnd ging sie an die Kasse, bezahlte die Schuhe und ließ sich gleich noch eine teure Pflegecreme dafür andrehen.

Auf dem Weg zum Wagen konnte sie es kaum fassen, dass der Schuhkauf wirklich so einfach gewesen war. Wenn der Abend weiterhin so gut lief, durfte sie sich auf etwas freuen.

Sie ging noch schnell bei Boots vorbei und kaufte sich einen neuen Nagellack, der zu ihrem burgunderfarbenen Kleid passte. Das Date konnte kommen. Barry konnte kommen. Und dieses Mal würde sie ihn nicht so einfach wieder gehen lassen, zumindest nicht ohne einen Kuss.

Laurie duschte. Laurie schminkte sich – ein wenig mehr als sonst. Laurie zog sich das burgunderfarbene Kleid und die neuen Schuhe an. Laurie lackierte sich die Nägel. Laurie ging im Haus auf und ab, um die neuen Schuhe einzulaufen. Laurie versuchte, Peter aus ihren Gedanken zu bekommen. Laurie machte sich einen Tee zur Beruhigung – er brachte rein gar nichts. Laurie erinnerte sich an die Schokolade von Keira in ihrer Handtasche, wickelte eines der Herzchen aus und steckte es sich in den Mund. Laurie sah auf die Uhr – es war Viertel nach sieben. Laurie föhnte sich die angetrockneten Haare und beschloss, sie wieder offen zu tragen, weil es Barry am Abend zuvor so gefallen hatte. Laurie hoffte, dass er nicht zu früh kommen und sie sein Klingeln wegen des Föhns überhören würde. Laurie versuchte, eine Welle in ihr Haar zu bekommen, die ihr Gesicht sexy einrahmen sollte, da hörte sie etwas, horchte auf, vergaß das Haar im Lockenstab … und Laurie hatte eine verbrannte Strähne.

»Scheiße, verdammt noch mal!«, rief sie.

Schnell zog sie den Stecker aus der Dose und betrachtete das angekokelte Haar.

So ein Mist! Und nun?

Mit einer Spange steckte sie die Locke ganz weit hinters Ohr und versuchte zu retten, was zu retten war. Gerade als sie sich im Spiegel ansah und überlegte, ob sie nicht doch lieber einen Zopf tragen sollte, klingelte es an der Tür.

Nun war es sowieso zu spät. Ihre eben noch präsente Zuversicht war verflogen. Sie seufzte einmal ganz tief und ging aufmachen.

»Barry, du bist aber früh«, sagte sie.

»Zwei Minuten zu früh.« Er grinste. »Wenn ich ehrlich sein soll, habe ich schon zehn Minuten im Auto gewartet.«

»Ach, echt?« Dann hatte sie sich also nicht getäuscht und seinen Wagen tatsächlich gehört. »Komm doch rein. Ich bin fast fertig!«

Barry trat ein und umarmte sie kurz – das Übliche.

»Rieche ich Feuer?«, fragte er und schnüffelte irritiert.

Oh Gott, wie peinlich!

»Nein, das sind nur … Räucherstäbchen.«

»Ich hätte dich nicht für esoterisch gehalten.«

»Bin ich auch nicht. Ich brauchte heute nur was zur Beruhigung.«

»Hat Johanniskrauttee nicht geholfen?«

Sie schüttelte den Kopf. »Ich habe es zwar mit Melissentee versucht, aber nein …«

»Was ist mit Schokolade?«

Oh, er schien die Frauen gut zu kennen.

»Das hab ich auch schon probiert.«

»Darf ich fragen, weshalb du dich überhaupt beruhigen musstest?«, fragte Barry.

»Ich bin heute leicht nervös.«

Barry hakte nicht weiter nach. »Ja, ich auch«, sagte er stattdessen.

Sie sah ihn erstaunt an. »Ehrlich?«

Er nickte.

»Was hat bei dir geholfen?«

»Baldrian«, antwortete er, und Laurie kräuselte die Nase. »Nein, war nur ein Scherz. Es war eher ein Bier.«

»Ich hoffe, es war nur eins? Du willst schließlich fahren. Oder sollen wir mein Auto nehmen?«

»Auf gar keinen Fall. Dann hätte ich mir die Mühe ja umsonst gemacht.«

Fragend sah sie ihn an. Was meinte er denn damit?

Er deutete durch die offene Tür nach draußen, und sie schaute um die Ecke, konnte aber nichts entdecken, außer …

»Ist das coole Cabrio etwa deins?«, fragte sie überrascht.

»Hab es für den Abend von einem Freund geliehen.«

»Etwa extra für mich? Es hätte mir wirklich nichts ausgemacht, in deinem Lieferwagen zu fahren.«

»Ich weiß. Aber nach dem, was ich gestern bei deinen Eltern gesehen habe, ist mir bewusst geworden, was du normalerweise gewohnt bist. Da dachte ich mir, ich müsste dir heute Abend etwas Besonderes bieten. Es sei denn, du hast keine Lust auf eine Cabriofahrt, dann kann ich auch schnell meinen Lieferwagen holen.« Er zwinkerte ihr zu.

»Nein, nein, das ist super. Danke.«

»Ach, das war doch nichts. Ich schulde meinem Kumpel nur ein Trikot seines Lieblingsfußballvereins.«

»Na, wenn es weiter nichts ist.« Sie lächelte. »Ihr habt es echt mit Fußball, oder?«

»Fußball ist meine größte Leidenschaft. Und Tee natürlich.«

»Kann ich nachvollziehen. Ich liebe Tee auch und gute Filme.«

Barry sah sie lange an und nickte schließlich. »Apropos. Wollen wir dann los? Damit wir es auch noch zur Spätvorstellung schaffen?«

»Klar.« Sie nahm eine leichte Wolljacke vom Haken und ging an Barrys Seite zu dem schicken schwarzen Luxusschlitten. Auf den letzten Schritten ließ er sie vorangehen, und sie war sich bewusst, dass er einen guten Ausblick auf ihre nackten Beine hatte. Heute trug sie nämlich keine Strumpfhose, weil sie schon genug schwitzte. Sollte Barry ihre Besenreiser ruhig sehen, er kannte ihre Beine sowieso schon aus nächster Nähe. Und ja, die hatte sie sich frisch rasiert.

»Du siehst wirklich fabelhaft aus in diesem Kleid«, sagte Barry, als er ihr die Tür aufhielt.

»Danke, das ist lieb.«

Laurie würde sich morgen mit einem Blumenstrauß bei Orchid wegen ihrer Idee für das Outfit revanchieren, das nahm sie sich fest vor.

Sie stieg in das coole Cabrio und strahlte vor sich hin. Der Abend konnte beginnen.

KAPITEL 23

Sie fuhren zum Steakhouse, und Barry bestellte den Grillteller. Laurie dagegen begnügte sich mit einem Salat mit Putenstreifen.

»Wollen wir einen Rotwein nehmen?«, fragte Barry. »Oder magst du lieber weißen?«

»Rotwein ist super.« Der würde vielleicht bewirken, dass sie lockerer wurde und vor allem endlich aufhörte, an Peter zu denken. Sie verstand gar nicht, warum er sich immer wieder in ihre Gedanken schlich … Nun ja, der Nachmittag war auch nicht wie jeder andere gewesen. Ihr Ex hatte ihr immerhin gesagt, dass er sie liebte. Jetzt aber wollte sie sich ganz Barry widmen. Sie lächelte ihn an und schenkte ihm ihre ungeteilte Aufmerksamkeit.

Doch dann, als Barry gerade von einer Teelieferung erzählte, die ihn völlig durchnässt erreicht hatte, glaubte Laurie zu halluzinieren. Peter war da! Er saß nur ein paar Tische von ihnen entfernt und beobachtete sie!

Am liebsten wäre sie zu ihm hingegangen und hätte ihm eine Szene gemacht, aber das hätte den ganzen Abend verdorben. Sollte sie es Barry gegenüber erwähnen oder einfach darauf hoffen, dass Peter sie weiterhin still beobachtete und nicht etwa die Idee hätte, zu ihnen an den Tisch zu kommen?

Sie beschloss, ihn zu ignorieren. Und falls doch noch eine Katastrophe passieren und Peter eine Dummheit machen sollte, würde sie Barry einfach sagen, sie habe ihn vorher gar nicht bemerkt. Sie befanden sich schließlich in einem Restaurant. Einem öffentlichen Ort. Zudem war es schummrig.

Sie trank das erste Glas Wein aus, bevor das Essen gebracht wurde, das zweite war alle, bevor sie den Salat aufgegessen hatte.

Beim Dessert begann Barry plötzlich zu lachen.

»Was ist denn so lustig?«, fragte Laurie neugierig.

»Ich musste nur gerade an meinen Bruder denken und an etwas, das er vorhin gesagt hat.«

»Was hat er denn so Lustiges gesagt, wenn ich fragen darf?« Sie spürte, wie sich Peters Blicke in sie hineinbrannten.

»Ich habe ihm von unserem Treffen erzählt, und er hat sich über uns lustig gemacht. Meinte, dass wir ja perfekt zusammenpassen würden, weil wir beide mit Tee zu tun haben. Dann hat er gefragt, was wir denn heute Abend machen wollen – Tee trinken? Das hat irgendwie die ganze Fußballmannschaft mitbekommen und …«

Sie war verwirrt. Vor allem, weil Barry ihr Date lediglich ein »Treffen« genannt hatte. Eigentlich tat es sogar richtig weh.

»Entschuldige bitte, die Fußballmannschaft?«

»Wir waren beim Training, habe ich das nicht erwähnt?«

Sie schüttelte den Kopf.

»Eric besucht mich häufiger, wenn ich meine Jungs

trainiere. Und dann hat mich plötzlich die ganze Mannschaft aufgezogen.«

»Was haben sie denn gesagt?«

Barry schüttelte belustigt den Kopf. »Sie haben gefragt, ob es auf unserer Hochzeit statt Champagner Tee geben würde und ob wir unsere Kinder nach Teesorten benennen würden.«

Nun musste auch Laurie lachen.

»Es sind nur Kinder, sei unbesorgt.«

»Ja, ich weiß«, sagte sie. Im selben Moment wünschte sie sich, dass Barry sich doch nur ein kleines bisschen wie diese Kinder verhalten würde. Konnte er nicht auch mal ihre gemeinsame Zukunft erwähnen? Oder sie wenigstens wissen lassen, wo sie beide standen?

Sie nahm die Flasche und wollte sich das Glas füllen, merkte aber gleich, dass nicht mal mehr zwei Schlucke drin waren. Vielleicht war das auch besser so. Sie sollte nicht zu viel trinken, denn der Alkohol vertrug sich sicher nicht allzu gut mit ihrer Müdigkeit und den beiden Kopfschmerztabletten, die sie intus hatte.

»Wir müssen uns wohl langsam mal auf zum Kino machen«, sagte Barry und rief den Kellner, um zu bezahlen. »Ich habe vorhin im Internet nachgesehen. Die letzten Filme beginnen um zehn.«

Sie sah auf die Uhr, es war bereits halb zehn. Wo war denn bitte die Zeit geblieben?

»Okay. Was wollen wir uns denn ansehen?«

»Das überlasse ich dir. Du willst doch sicher eine romantische Komödie gucken oder so was, richtig?«

»Falsch! Ich will einen Thriller sehen. Oder noch

besser einen Horrorfilm.« Sie dachte an das, was Mrs. Kingston ihr gesagt hatte. Sie sehnte sich so sehr nach seiner starken Schulter, an die sie sich schmiegen konnte.

Barry machte große Augen. »Ehrlich?«

»Klar. Los, komm!« Sie sprang auf.

Barry lachte. »Wir müssen doch noch bezahlen.«

»Ups. Völlig vergessen.« Irgendwie war sie schon leicht duselig. Und sie musste plötzlich dringend auf die Toilette. »Dann gehe ich noch mal kurz aufs Töpfchen.«

Töpfchen? Hatte sie das eben wirklich gesagt?

»Alles klar.« Barry lachte und bezahlte beim Kellner, der endlich kam.

Sie hätte ihn natürlich fragen können, ob sie sich die Rechnung teilen sollten, aber nachdem Barry extra ein Cabrio aufgetrieben hatte, war sie sich ziemlich sicher, dass er auch die Rechnung übernehmen wollte. Sie begab sich also zu den Toiletten und warf Peter dabei einen warnenden Blick zu.

Nachdem sie aus der Kabine kam, wusch sie sich die Hände und auch das Gesicht, weil ihr leicht schwummerig war. Sie durfte wirklich nichts mehr trinken, sie wollte doch ihr erstes richtiges Date mit dem Mann ihrer Träume voll mitbekommen und genießen und nicht am nächsten Tag bereuen, dass sie irgendetwas Dummes angestellt hatte.

Als sie nun jedoch in den Spiegel sah, musste sie voller Schrecken feststellen, dass ihre Augen schwarz umrandet waren und ihr wässrige Mascara die Wangen hinunterlief.

»Und du willst wasserfest sein?«, schimpfte sie.

Eine Frau, die gerade zu den Toiletten reinkam, starrte sie an. Schnell zupfte Laurie ein paar Papiertücher aus dem Kasten und versuchte, das Unheil wegzuwischen. Doch da war leider nichts zu machen. Auf den Wimpern hielt die Tusche nicht das, was sie versprach, aber auf den Wangen haftete sie? Laurie kramte in ihrer Handtasche nach der Handcremetube, die sie wegen ihrer trockenen Hände immer dabeihatte. Die schmierte sie sich nun dick auf Wangen und Augen und benutzte sie als Abschminkcreme. Das funktionierte tatsächlich, jedoch war nun die ganze Schminke ab.

Am liebsten wäre sie überhaupt nicht wieder rausgegangen, doch noch viel länger konnte sie Barry nicht warten lassen. Na, besser ohne Schminke als aussehen wie ein Waschbär, dachte sie. Im Kino sieht er mich eh nicht. Aber eine sexy Femme fatale bin ich nun auch nicht mehr – falls ich überhaupt je als eine durchgehen konnte.

»Da bin ich wieder«, sagte sie und trat an den Tisch. Dabei bemerkte sie, dass Peter gegangen war, und atmete erleichtert auf.

Sie betrachtete Barry eingehend, doch der wirkte nicht, als ob irgendetwas vorgefallen wäre oder er Bekanntschaft mit Peter gemacht hätte. Sie lächelte ihn an.

Falls Barry auffiel, dass etwas an ihr anders war, so sagte er kein Wort. Wahrscheinlich, um sie nicht in Verlegenheit zu bringen. Und er fragte auch nicht, warum sie volle vierzehn Minuten auf der Toilette gewesen war.

Im Kino angekommen, bat Barry um zwei Tickets für den neuen amerikanischen Horrorthriller.

»Erste oder zweite Reihe?«

»Wie bitte?«

»Der Kinosaal ist so gut wie voll. Es gibt nur noch was in der ersten oder zweiten Reihe.«

»Und Sie haben wirklich nicht noch irgendwo weiter hinten zwei Plätze? Nur zwei kleine Plätze?«

»Wenn Sie nicht jemanden fragen, ob er mit Ihren vorderen Plätzen tauscht, dann nein.« Langsam wurde der Kassierer ungeduldig.

Barry sah sie an. »Erste oder zweite Reihe?«

Laurie verzog das Gesicht. Das hörte sich ja nicht sehr romantisch an.

»Wollen wir dann lieber einen anderen Film gucken?«, wollte Barry wissen.

Der Kassierer mischte sich ein. »Alles komplett ausverkauft.«

»Was ist mit der Liebesschnulze?«

Jetzt faltete der Kassierer die Hände und sah Barry abschätzig an. »Voll. Warum haben Sie nicht einfach reserviert?«

»Werde ich nächstes Mal machen. Dann verzichten wir für heute, danke.«

Sie traten beiseite, und Barry seufzte. »Tut mir echt leid, ich wusste ja nicht, dass es so voll sein würde. Ich gehe nur selten ins Kino, weißt du?«

»Es ist Samstagabend, da war das irgendwie vorherzusehen. Ich habe aber auch nicht dran gedacht.«

»Und was machen wir jetzt? Wollen wir es in einem

anderen Kino versuchen? Da wird es aber wahrscheinlich ähnlich aussehen.«

»Wir könnten uns auch bei mir zu Hause einen Film ansehen. Ich habe eine große Auswahl an DVDs«, schlug Laurie vor.

»Sehr gerne. Wenn das auch wirklich in Ordnung für dich ist?«

»Ja, das ist es. Sonst hätte ich es ja nicht vorgeschlagen.« Sie lächelte ihn an. Dort könnte sie auch ihr Make-up auffrischen, es war ihr also mehr als recht.

»Na dann. Auf zum Auto.«

Sie fuhren zu ihr, und Laurie führte Barry herum. Zeigte ihm die Küche, ihre riesige Teesammlung, die sechs Regalfächer einnahm, und das Wohnzimmer mit der gemütlichen dunkelblauen Couch – ihrem Lieblingsplatz im ganzen Haus. Wie viele Filme hatte sie sich hier schon angesehen? Sie konnte kaum glauben, dass sie diesmal Barry an ihrer Seite haben würde. Sie holte eine Flasche Rotwein hervor und bat Barry, sie zu öffnen und schon mal einen Film auszusuchen, während sie schnell nach oben ins Bad huschte.

Als sie wieder runterkam, reichte Barry ihr ein Glas Wein. Ihr war jetzt richtig danach. Sie würde auch ganz bestimmt nur ein halbes Glas trinken.

Barry durchsuchte noch immer ihre zwei überfüllten DVD-Regale.

»Wow, das sind wirklich eine Menge Filme.«

Sie lächelte. »Sag ich doch.«

»Und du möchtest immer noch was mit Spannung?«

»Ich bestehe darauf.«

Er zog *The Ring* aus dem Regal. »Den wollte ich schon immer mal gucken. Ist das okay?«

»Klar. Der ist echt gut.«

»Ich muss dich aber warnen«, meinte er. »Es könnte sein, dass ich laut losschreie, wenn es gruselig wird.«

»Nur zu.«

»Nicht dass du Ärger mit deinen Nachbarn bekommst.«

»Ach, das wird nicht passieren. Mr. und Mrs. Rutherford nehmen beide schon nach dem Abendessen immer ihre Hörgeräte heraus.«

Barry lachte. »Beide? Dann können sie sich ja gar nicht mehr unterhalten.«

»Ich denke, das ist der Sinn der Sache.« Laurie grinste, fragte sich aber gleichzeitig auch, ob man sich nach vierzig Jahren Ehe wirklich nichts mehr zu sagen hatte. Da ist das hier doch viel schöner, dachte sie, die Anfänge einer Beziehung. Das Gefühl, frisch verliebt zu sein und einfach alles über den anderen erfahren zu wollen. Sie freute sich richtig, dass sie bei ihr zu Hause waren, hier war es doch viel intimer als in einem überfüllten Kino, und man konnte sich dazu noch unterhalten, ohne dass jemand meckerte.

Laurie legte die DVD ein, sie stießen auf einen wunderbaren Abend an und machten es sich auf der Couch bequem. Als es anfing, gruselig zu werden, legte Barry einen Arm um sie, und Laurie traute sich tatsächlich, sich ein wenig an ihn ranzukuscheln, was sie wohl vor allem dem Wein zu verdanken hatte. Es fühlte sich schön an. Nur sie und Barry, kein Peter weit und breit.

Endlich war es so, wie es sein sollte. Und wenn sie auch nicht viel über Barrys Privatleben oder seine Träume wusste, hatte sie einfach das Gefühl, er sei der Richtige. Sie stieß einen kleinen Seufzer aus und fühlte, wie er sie ein wenig näher an sich heranzog. Es war so schön, dass sie sehnlichst hoffte, es sich nicht wieder nur einzubilden.

Mit der Zeit wurde sie etwas schläfrig, schmiegte sich nun so richtig an Barry und schloss lächelnd die Augen – nur für einen kurzen Moment.

KAPITEL 24

Laurie hörte Vögel zwitschern, öffnete die Augen … und schrak hoch.

Was … was war passiert?

Sie lag auf der Wohnzimmercouch, in eine Decke gewickelt, die Barry ihr übergelegt haben musste. Barry – wo war Barry?

Mit wackeligen Beinen stand sie auf. Hatte sie einen Kater? So viel hatte sie doch gar nicht getrunken, drei, vier Gläser Wein vielleicht. Doch weil sie so müde gewesen war, mussten die voll reingehauen haben.

Langsam ging sie durchs Haus. Von Barry war weit und breit nichts zu sehen, doch aus der Küche hörte sie Geräusche, und als sie näher kam, vernahm sie umwerfende Gerüche, was ihr versicherte, dass sie keinen Kater hatte, denn sonst hätten diese sie eher angewidert.

»Barry?«, fragte sie den Rücken, auf den ihr Blick nun fiel, als ob es eine andere Option gegeben hätte.

Barry drehte sich strahlend zu ihr um. »Guten Morgen, Laurie.«

»Bin ich etwa eingeschlafen?«, fragte sie.

»Ich weiß ja nicht, wie man bei einem so spannenden Film einschlafen kann, aber ja, das bist du. Und hast mich ganz allein weitergucken lassen. Ich hatte am Ende echt Schiss.« Er zwinkerte ihr zu, wie er es so oft tat, was sie jedes Mal ganz verzückte. Nun ja, gerade fühlte sie sich dennoch ziemlich mies.

»Tut mir wirklich total leid.«

»Das muss es nicht. Du warst halt müde, sehr müde anscheinend.«

Was sollte er nur von ihr denken? Dass er sie so langweilte und sie in seiner Gegenwart einnickte?

»Ja, das war ich. Ich hatte die Nacht davor kaum geschlafen.«

»Die Nacht nach der Party?«

»Ja.«

»Oh. Ich habe geschlafen wie ein Baby. Obwohl ich zugeben muss, dass mir noch ein bisschen übel war wegen der Zigarre, die dein Dad mir gegeben hatte.«

»Wo hast du eigentlich letzte Nacht geschlafen?«

»Auf dem Sessel.«

»Das hättest du doch nicht tun müssen. Du hättest hochgehen und mein Bett nehmen können. Oder … äh … du hättest einfach nach Hause fahren können.«

»Es hat mir nichts ausgemacht, auf dem Sessel zu schlafen. Ich bin zwar ein paarmal aufgewacht, aber dein Anblick hat mich jedes Mal entschädigt.«

Nun sagte er wieder so etwas Liebes. Sie wurde einfach nicht schlau aus ihm. Wenn er wirklich so empfand, warum zog er sie nicht endlich in seine Arme und küsste sie?

»Barry.«

»Ja?« Er rührte in einem ihrer Töpfe und sah ahnungslos auf. So, als hätte er eben überhaupt nichts gesagt.

»Wie spät ist es eigentlich?«, fragte sie, obwohl ihr etwas anderes auf der Zunge lag. Dann aber wurde ihr bewusst, wie sie aussehen musste. Sie fuhr sich durch die Haare.

»Halb acht ungefähr. Musst du heute in den Laden?«

»Ja, natürlich. Obwohl ich heute wirklich mal gerne blaumachen würde.«

»Dann tu das doch einfach. Wir könnten den Tag zusammen verbringen. Ich habe nämlich sonntags immer frei.«

»So gerne ich das täte, ich kann nicht. Sonntags kommt immer Stammkundschaft.«

»Schade. Ich dachte, vielleicht hättest du Lust, mit zum Fußballspielen zu kommen. Na, dann magst du dich jetzt vielleicht fertig machen, während ich das Frühstück zubereite?«

Das war ihr Stichwort. Sie ging, noch immer in dem burgunderfarbenen Kleid, nach oben.

Ihr war plötzlich zum Heulen zumute. Da hatte sie sich extra das schicke Kleid angezogen und dazu noch teure neue Schuhe gekauft, hatte sich die Haare angesengt, und all das völlig umsonst!

Sie war eingeschlafen! *Eingeschlafen!* Wie hatte ihr das nur passieren können? Nun würde Barry aber eine schöne Erinnerung an ihr erstes richtiges Date haben. Wenn er das seinem Bruder oder gar der Fußballmannschaft erzählte, hätten die wirklich was, womit sie ihn ewig aufziehen konnten.

Allerdings war Barry noch immer hier. Und er wollte sogar den Tag mit ihr verbringen – beim Fußball!

So langsam reichte es ihr. Konnte er denn nicht endlich mal Klartext reden? Das war doch nichts Halbes und nichts Ganzes! Waren sie nur Kumpels, oder gab es die geringste Chance auf mehr?

Heute würde sie sich nicht hübsch oder sexy machen. Sie zog das blöde Kleid aus, sprang schnell unter die Dusche und schlüpfte in die schwarze Baumwollhose von gestern und ein hellblaues T-Shirt. Sie putzte sich die Zähne, band sich einen lockeren Zopf und schminkte sich dezent. Dann ging sie wieder runter zu Barry.

Der war anscheinend fertig am Herd. Er durchsuchte ihre Hängeschränke nach passenden Tellern und Tassen, die er nicht finden würde, da sie alles bunt zusammengewürfelt hatte.

»Du warst aber schnell fertig«, sagte er, den Rücken zu ihr gekehrt, als sie wieder in die Küche trat. »Du hättest dir ruhig Zeit lassen können.«

Um mit noch mehr Abwesenheit zu glänzen?

»Schon gut, ich wollte dich nicht warten lassen. Was gibt es denn Leckeres?« Sie setzte sich auf den Platz, an dem sie jeden Morgen saß.

Es dauerte eine Weile, bis er antwortete. »French Toast, Bacon, Spiegelei und Porridge. Ich habe mich an deinem Kühlschrank bedient, ich hoffe, das war okay?«

Kam es ihr nur so vor, oder war seine Stimme verändert? Sie hatte ihren fröhlichen Ausdruck verloren, klang gar nicht mehr liebevoll, sondern fast schon ein wenig … sauer.

»Ja klar.«

»Ich habe die Eier aufgebraucht.«

»Ich werde es überleben.«

»Hast du großen Hunger?«

»Hält sich in Grenzen.«

Was war denn plötzlich los? In solch abgehackten Sätzen hatten sie sich ja noch nie unterhalten.

Eigentlich war sie überhaupt nicht hungrig, sondern einfach nur wütend auf sich selbst, dass ihr so etwas Dummes hatte passieren können. Sie würde sich auf ewig selbst dafür verfluchen.

»Dann gebe ich dir von allem ein bisschen was, ja?« Barry sah sie so komisch an. War es Enttäuschung, was sie da in seinem Gesicht sah?

Sie versuchte zu lächeln. Barry anzulächeln. Ihn wissen zu lassen, dass sie dankbar für das tolle Frühstück war. Vielleicht war er einfach nur traurig, dass sie sich nicht mehr freute. »Gerne, danke.«

Er stellte ihr einen Teller hin und füllte sich selbst einen – randvoll.

»Wow, so viel kannst du morgens schon essen?«

»Ich wache jeden Morgen mit einem Bärenhunger auf und brauche erst mal ein gutes Frühstück.« Auch jetzt war seine Stimme immer noch kalt, seine Haltung steif.

»Ich esse morgens sonst höchstens eine Scheibe Rosinenbrot oder einen Muffin«, erwiderte sie, um irgendwas zu sagen. Sie musste die Stimmung unbedingt wieder lockern. »Ich habe ja auch sonst keinen lieben Mann in meiner Küche, der für mich kocht.«

Barry starrte sie abschätzig an, als glaubte er ihr kein Wort.

Verwirrt nahm sie einen Schluck von dem Earl Grey, den Barry zubereitet hatte, mit Milch und Zucker.

»Ich hasse Rosinen«, sagte Barry jetzt, schien aber etwas anderes sagen zu wollen.

»Ich hasse Tomaten.« Ihre blöde Nervosität wieder. Und sie hatte geglaubt, da wäre sie drüber hinweg. Diese Situation war aber auch besorgniserregend.

»Das weiß ich schon.«

»Stimmt.«

Stille. Eisige Stille.

»Der French Toast ist wirklich lecker«, versuchte sie es von Neuem.

»Dein Exmann war eben hier.«

Wie? Was? Wann?

»Wie bitte?« Sie verschluckte sich an der in Eierteig gebratenen Brotscheibe.

»Peter. So heißt er doch, oder?« Barry sah sie nicht gerade begeistert an.

»Ja. Ich … oh mein Gott, wann war er denn nur hier?«

»Als du unter der Dusche warst. Und die ganze Nacht anscheinend. Vor deinem Haus. In seinem Wagen.«

Scheiße, verdammt! Warum tat Peter ihr das an?

»Das hab ich nicht gewusst.«

»Natürlich nicht.«

»Und er … er war also hier? Im Haus?«

»Nein. Er hat geklingelt, ich habe ihn aber nicht reingelassen. Wir haben uns ein paar Minuten an der Tür unterhalten, und das hat mir gereicht, das kannst du mir glauben.«

Sie musste da ganz schnell etwas richtigstellen. »Barry,

hör mir zu! Egal, was Peter gesagt hat, es ist Bullshit! Er würde wahrscheinlich alles sagen, um …«

»Um?«

»Um dich zu vergraulen.«

»Warum sollte er das tun?«

»Was hat er gesagt?«, stellte sie die Gegenfrage.

Barry stand auf, brachte seinen leeren Teller zur Spüle und blieb dort drüben, an die Arbeitsfläche gelehnt, stehen. Schön auf Abstand bedacht.

»Dass ihr euch noch immer liebt. Dass ich nur ein Lückenbüßer sei. Dass ihr aber im Begriff wärt, wieder zusammenzukommen, eure Ehe aufzufrischen. Ich solle mich vom Acker machen. Ich wolle doch einer glücklichen Beziehung nicht im Weg stehen. Und das ist nur ein Teil von dem, was er gesagt hat.«

Oh verdammt! Dieser Schwachkopf! Was tat er ihr bloß an? Womit hatte sie das alles nur verdient?

»Er redet einen Haufen Mist, wenn der Tag lang ist, Barry. Du darfst ihm nicht glauben. Wir sind nicht mehr zusammen und werden auch nicht wieder zusammenkommen. Unsere Ehe ist schon sehr lange hinüber.«

»Ah ja? Er sagte mir, er wäre die letzten sechs Monate in Los Angeles gewesen und nun zurückgekommen, um sich hier niederzulassen.«

Sie sah ihn verständnislos an.

»Sechs Monate, Laurie! Das ist genau so lange, wie wir uns kennen! Ein komischer Zufall, oder?«

»Ja, das ist es in der Tat! Ein Zufall. Dass Peter vorhat, jetzt in der Stadt zu bleiben, bedeutet doch nicht, dass ich wieder mit ihm zusammen sein will!«

»Bist du dir da sicher?«

»Ja!«

»Ich nicht.«

»Barry, bitte …« Laurie war am Verzweifeln. Sie war im Begriff, sein Vertrauen und was auch immer zwischen ihnen war zu verlieren. Wie konnte sie ihn denn nur vom Gegenteil überzeugen?

»Stimmt es, dass ihr noch Sex miteinander habt?«, fragte er nun.

Oh, sie würde Peter den Hals umdrehen!

»Nein! Ja. Ich meine, wir hatten. Aber nicht, seit er zurück ist. Nicht, seit wir beide … uns sehen.«

»Dann hat er also gelogen? Er meinte nämlich, ihr hättet gestern in deinem Lagerraum *eine Nummer geschoben.*«

Wie Barry die Worte aussprach. Sie konnte sich gut vorstellen, wie sie aus Peters Mund gekommen waren, aber sie von Barry zu hören ließ ihr einen unangenehmen Schauer über den Rücken laufen.

»Nein, das stimmt nicht. Ehrlich nicht, bitte glaube mir. Im Lagerraum ist absolut nichts passiert.«

Barry starrte sie an.

»Ihr wart gestern also tatsächlich zusammen im Lagerraum?«

Oh nein …

Sie nickte. »Aber …«

»Ihr habt euch also gestern gesehen und habt wer weiß was in deinem Lagerraum gemacht – und du hast mir das verheimlicht? Wie soll ich denn Vertrauen zu dir aufbauen, wenn du so was tust?« Er schüttelte wütend den Kopf.

»Es tut mir leid«, sagte sie verzweifelt, »dass ich dir nichts von Peters Besuch in meinem Laden erzählt habe. Es ist aber wirklich nichts passiert. Bitte glaub mir doch.«

»Dein Wort gegen seins. Ich weiß gerade ehrlich gesagt gar nicht mehr, was ich glauben soll. Ich sollte gehen. Ich muss … nachdenken.« Er brauste durch die Küche und zur Tür hin. Fast wäre er auf Socken hinausgegangen, erinnerte sich in letzter Sekunde aber doch noch an seine braunen Schuhe und schlüpfte hinein, ohne innezuhalten und sich die Schleifen zu binden. Wortlos riss er die Tür auf und stürmte zu seinem Auto, raste davon.

Laurie, die ihm fassungslos gefolgt war, sah alles schweigend mit an. Sie wusste überhaupt nicht, wie ihr geschah. Wie in Trance schloss sie die Tür und setzte sich wieder an ihren Platz. Sah auf die Reste auf ihrem Teller.

Wie war denn in Minutenschnelle aus ihrer wunderbar nach Frühstück duftenden Küche der kälteste Ort auf Erden geworden?

KAPITEL 25

Den ganzen Tag über hörte sie nichts von Barry, und sie erwartete es auch gar nicht. Sie konnte noch immer nicht glauben, was da am Morgen geschehen war. Ihr Herz tat weh. Und natürlich hoffte sie, dass er kommen, ihr zuhören und sich alles klären würde. Aber zu große Erwartungen brachten nur Enttäuschungen mit sich. Also versuchte sie, die Gedanken an Barry zu verscheuchen. Stattdessen verabredete sie sich endlich mit Ruby wegen der verblühten Lilien in den Blumenkübeln. Heute nach der Arbeit wollten sie sich daranmachen, sie auszuwechseln.

Nach einem eher bescheidenen Tag schloss Laurie also um fünf ihren Laden und fuhr zum Baumarkt, um dort neue Blumen zu besorgen, bevor auch dieser zumachte. Sie entschied sich für Löwenmäulchen, weil diese sie so anlachten. Wieder einmal bedauerte sie, keinen Blumenladen in der Valerie Lane zu haben. Dort hätten sie sich praktische Tipps zur Pflege holen können. Aber im Internet würde sie schon etwas herausfinden.

Gerade als sie mit dem großen Einkaufswagen in der Schlange an der Kasse stand, rief ihr Vater an.

»Laurie, ich bin wirklich begeistert von deinem Barry.

Was hältst du davon, wenn wir mal zusammen zu Mittag essen?«

Sie versuchte, die Tränen hinunterzuschlucken, die sofort aufkamen. »Das wäre wirklich schön, Dad.« Ja, das wäre es gewesen.

»Wollen wir jetzt schon was ausmachen, oder meldest du dich noch mal?«

»Ich stehe gerade im Baumarkt an der Kasse … Ich melde mich, ja?«

»Natürlich. Grüß Barry von mir.«

Inzwischen brannte ihre Kehle schon vom vielen Tränenrunterschlucken. »Werde ich machen«, brachte sie mit Mühe hervor.

»Und grüß auch deine nette Freundin.«

»Wen?«

»Na, Keira.«

Oh Mann.

»Mache ich, Dad.«

»Sie ist wirklich äußerst freundlich. Vielleicht kaufe ich mal ein paar Pralinen bei ihr.«

»Für Mum, meinst du doch sicher?« Musste sie ihren Vater wirklich daran erinnern, dass er verheiratet war?

»Natürlich, Kind. Was du wieder denkst.«

Im Moment wollte sie lieber gar nicht denken. Ihr Kopf schmerzte. Und sie hatte genug Dramen für einen Tag erlebt. Über das Liebesleben ihrer Eltern konnte sie sich nicht auch noch Gedanken machen.

»Dann mach's gut, Dad. Und grüß Mum von mir.«

»Deine Mutter lässt übrigens auch ausrichten, dass sie Barry äußerst nett fand.«

Ach, tatsächlich? Das konnte doch nicht wahr sein! Da hatte sie endlich mal jemanden gefunden, über den ihre Mutter nicht endlos herzog, und es war auch schon wieder aus, bevor es überhaupt begonnen hatte.

»Bye, Dad. Ich bin an der Reihe. Bis bald.«

Sie zahlte die Blumen mit einem Hunderter und hätte es wahrscheinlich nicht mal gemerkt, wenn der langhaarige Kassierer im Teenageralter ihr statt der zwanzig Pfund nur zwanzig Pence rausgegeben hätte.

Als sie zurückkam, fuhr sie mit dem Auto direkt in die Valerie Lane, immerhin hatte sie den ganzen Kofferraum und die Rücksitze voller Blumen und schwerer Erde. Sie sah Keira ihr Schaufenster neu herrichten und Susan den Wollladen abschließen, Terry an ihrer Seite.

Ruby war bereits dabei, die alten Lilien aus den acht Kübeln, die entlang der Valerie Lane verteilt waren, herauszureißen. Die Hortensien waren noch immer wunderschön. Aber das alte verwelkte Zeug stapelte sich auf einem Haufen, der dringend entsorgt werden musste.

Auf einmal überkam es sie. Sobald sie geparkt hatte, nahm sie ihr Handy in die Hand und wählte Peters Nummer. Nach dem zweiten Klingeln ging er dran.

»Laurie.«

»Ja, Peter, ich bin's. Sag mal, was denkst du dir eigentlich, einfach so bei mir aufzutauchen und meinem Freund solch einen Schwachsinn zu erzählen?«

»Wieso? Es stimmt doch alles.«

»Rein gar nichts stimmt, das weißt du genau! Und ich bitte dich jetzt zum letzten Mal, Barry und mich in Ruhe zu lassen und dich aus meinem Leben rauszuhalten.

Oder willst du etwa, dass ich nach all den Jahren doch noch anfange, dich zu hassen?«

Es folgte Stille. Dann: »Okay, du hast ja recht. Vielleicht war es wirklich nicht sehr cool von mir, was ich da gemacht habe. Ich will dich halt zurück! Ich habe dir gesagt …«

»Ich will es nicht mehr hören!«, unterbrach sie ihn wütend. »Ich habe dir nämlich auch etwas gesagt, mehrfach! Geh, Peter. Geh einfach.«

»Wohin soll ich denn gehen?«

»Zurück nach L.A. Oder nach Thailand, Indien, sonst wohin. Solange es nur weit weg von mir ist.«

Das hatte gesessen! Im Nachhinein hörte sie sogar selbst den brutalen Ton in ihrer Stimme. So gern sie Peter trotz allem noch immer hatte, es war einfach kein Platz mehr für ihn in ihrem Leben.

Sie hörte nichts mehr und dachte schon, er hätte aufgelegt. Doch dann sagte er: »Okay, Laurie. Das bin ich dir wohl schuldig.«

Erleichtert atmete sie aus. »Danke, Peter.«

»Vielleicht geh ich nach Miami. Da wohnt jemand, den ich in Venice kennengelernt hab. Er hat gesagt, ich könnte 'ne Weile bei ihm unterkommen, wenn ich wollte. In seiner Autowerkstatt aushelfen.«

»Hört sich doch super an. Schick mir eine Karte.«

»Bye, Laurie.«

Sie hängte auf. Er hatte sich nicht entschuldigt, aber das wäre wohl auch zu viel verlangt gewesen. Hauptsache, er hielt sich jetzt aus ihrer Beziehung mit Barry raus. Oh, sie vergaß. Die existierte ja gar nicht mehr.

Erschöpft stieg sie aus dem Auto, lud die Blumen aus und ging zu Ruby.

»Ob wohl zu Valeries Zeiten auch Blumen die Straße geschmückt haben?«, fragte Ruby, die vor ihrem Laden am Boden hockte.

Laurie verteilte die Pappkartons voller Blumen sowie die Beutel frischer Blumenerde vor die Kübel und gesellte sich dann kniend zu ihrer Freundin. »Ich weiß es nicht. Aber Valerie hat garantiert auch für ein wenig Stimmung gesorgt. Ehrlich gesagt habe ich aber gar keine Ahnung, welche Blumen im England des neunzehnten Jahrhunderts in Mode waren.«

»In einigen Klassikern kommen Rosengärten vor, auch schon bei Jane Austen.«

»Rosen waren aber sicher sehr teuer.« Laurie schüttete ein wenig Erde in den Kübel.

»Ich werde das mal recherchieren.«

»Mach das. Und ich werde derweil herausfinden, wie man diese Löwenmäulchen pflegt. Die hatten wir hier nämlich noch nie.« Sie nahm eine der Pflanzen aus dem Karton und betrachtete sie ganz verzückt.

»Sie sind wunderschön. Hast du sehr gut ausgesucht.«

»Danke. Erst wollte ich Gladiolen nehmen, aber …« Sie verstummte abrupt, denn sie hatte soeben etwas aus dem Augenwinkel wahrgenommen. Verdutzt starrte sie auf die genüberliegende Straßenseite.

»Aber was?«, wollte Ruby wissen, die sich noch immer auf die Blumen konzentrierte. Als Laurie keine Antwort gab, sah sie auf. »Ist das da drüben nicht Barry?«

Oh ja, das war Barry. Eindeutig. Und er kam aus Orchid's Gift Shop. Orchid stand an der Tür und winkte ihm nach.

Was, verdammt noch mal, hatte das zu bedeuten?

Laurie hockte fassungslos auf dem Boden, und dann entdeckte Barry sie auch noch. Er sah ertappt aus, blieb stehen, winkte zaghaft, machte Anstalten weiterzugehen, dann aber schien er es sich anders zu überlegen und kam auf sie zu.

»Hey, Laurie. Du bist noch hier?«

»Wie du siehst«, sagte sie und stand auf.

»Hallo ... Ruby, richtig?«, fragte Barry in Rubys Richtung.

Ruby nickte und sagte ebenfalls Hallo.

»Ich hätte dich hier so spät nicht mehr erwartet. Ich dachte, du schließt deinen Laden um fünf.«

»Habe ich auch getan. Ich stehe ja nicht im Laden, sondern pflanze Blumen, oder bist du etwa blind?«, fragte Laurie harscher als beabsichtigt. In diesem Moment erkannte sie, dass sie nicht nur traurig, sondern auch richtig sauer auf ihn war. Weil er ihr nicht geglaubt hatte. Weil er einfach so abgehauen war und sie hatte sitzen lassen.

»Ich ... äh ...«

»Im Übrigen sollte Orchid ihren Laden eigentlich auch um fünf schließen.«

Laurie war mehr als verwirrt, Barry plötzlich in der Valerie Lane zu sehen. Und was um Himmels willen hatte er bei Orchid gemacht?

Doch anstelle einer Antwort sah Barry sie nur an und

suchte anscheinend nach den richtigen Worten, die er aber nicht fand.

»Lass doch mal hören. Wieso warst du bei Orchid? Wieso nach Ladenschluss? Und wieso hast du nicht bei mir vorbeigeschaut, wenn du schon in der Valerie Lane bist?«

»Warum bist du auf einmal so wütend, Laurie? Dazu besteht überhaupt kein Grund!«

»Nein? Seit sechs Monaten warte ich jetzt darauf, und dann haben wir endlich ein Date – drei Dates –, und du behandelst mich wie … wie einen Freund. Und dann taucht mein Ex auf, und du flippst völlig aus, obwohl ich dir sage, dass an seiner Geschichte gar nichts dran ist. Ich weiß einfach nicht, woran ich bei dir bin, Barry, und das bringt mich noch um den Verstand!«

»Ich dachte, du wüsstest, was ich für dich … empfinde. Ich dachte, das hätte ich dir gezeigt.« Barry wirkte nun ebenfalls sauer.

»Ja. Und im nächsten Moment behandelst du mich wieder wie einen Kumpel. Du hast mich nach der Party ja nicht mal zum Abschied geküsst.«

»Weil ich nicht zu weit gehen wollte. Weil ich es langsam angehen wollte. Weil ich nicht wusste, ob du schon bereit bist für einen Kuss …«

»Ich bin seit sechs Monaten bereit!«, schrie sie ihn an. Dabei konnte sie die Blicke von Ruby und auch von Orchid auf der anderen Straßenseite spüren, die die Szene sicher gespannt beobachteten.

»Warum hast du nie etwas gesagt?« Barry trat nun einen Schritt näher, seine Stimme wurde sanfter.

»Na, weil ich doch nicht wusste, ob du mich überhaupt magst.«

»Ist das denn nicht offensichtlich?«

»Nein. Ich weiß es ehrlich gesagt noch immer nicht.«

Barry machte einen weiteren Schritt auf sie zu, es trennten sie nur noch wenige Zentimeter. Er legte ihr eine Hand an die Wange und sagte: »Ich mag dich wirklich sehr, Laurie.«

»Warum hast du mir dann nicht geglaubt? Mir vertraut?« Ihre Stimme war nur noch ein Flüstern, ihre Lippen zitterten.

»Wie hättest du denn reagiert, wenn meine Ex plötzlich vor der Tür gestanden und dir erzählt hätte, ich hätte noch immer Sex mit ihr, und wir wären verliebt wie eh und je?«

»Gutes Argument. Es war aber wirklich alles nur erstunken und erlogen. Das musst du mir einfach glauben. Ich habe sogar eben noch mit Peter telefoniert und ihn in die Wüste geschickt. Ihm gesagt, er soll sich nie wieder bei mir blicken lassen.«

»Obwohl du nicht wusstest, was aus uns werden würde?«

Sie nickte.

Barry sah ihr tief in die Augen und schien alles zu sehen, einfach alles! Ihre Gefühle für ihn, ihre Verzweiflung, ihre Unsicherheit. Und ihr aufgebrachtes Herz, das sich jetzt langsam beruhigte.

»Sagst du mir nun, was du drüben bei Orchid gemacht hast?« Der Teil passte nämlich irgendwie immer noch nicht ins Puzzle.

»Ich habe ein Geschenk für dich gekauft«, sagte er und hielt nun eine Tüte hoch, die sie zuvor überhaupt nicht bemerkt hatte.

»Ein Geschenk? Für mich? Warst du deshalb bei Orchid?«

»Ehrlich gesagt wollte ich ein bisschen mehr über dich und Peter in Erfahrung bringen. Ich dachte, wenn ich herausfinde, wie du wirklich zu mir stehst und ob du vielleicht tatsächlich noch etwas für Peter empfindest, dann …«

»Warum hast du nicht einfach mich gefragt, wie ich zu dir stehe?«

»Was hättest du mir dann gesagt?«, fragte Barry mit warmer Stimme.

Jetzt! Endlich! Wenn nicht jetzt, dann nie.

»Dass ich seit unserer ersten Begegnung hoffnungslos in dich verliebt bin.«

Barry machte große Augen. Überrascht und mit unglaublich viel Zärtlichkeit sah er sie an. »Laurie, das ist sechs Monate her.«

»Sechs Monate und siebzehn Tage.«

»Ich kann es nicht glauben. Laurie … ich weiß nicht, was ich sagen soll.«

»Dann sag gar nichts und küss mich endlich.«

Diese Aufforderung nahm er an, und endlich bekam sie den Kuss, auf den sie schon so lange wartete.

Laurie hörte, wie Ruby in die Hände klatschte und Orchid von drüben jubelte. Auch Keira schien aus ihrem Laden geschlüpft zu sein, denn aus ihrer Richtung kamen ebenfalls freudige Rufe.

»Darf ich heute Abend wieder mit zu dir kommen?«, fragte Barry.

»Sehr gerne. Ich verspreche auch, dass ich nicht wieder einschlafen werde.«

Er küsste sie erneut und brachte dabei die weiche Wolke zurück zu ihr, auf die sie sich nun endlich fallen lassen konnte.

»Möchtest du nun dein Geschenk haben?«, fragte Barry, als sie sich voneinander lösten.

»Sehr gerne.«

Er nahm etwas in rosa Papier Eingewickeltes aus der Tüte und reichte es ihr. Neugierig begutachtete sie das Ding in ihrer Hand, dann wickelte sie es vorsichtig aus. Barry hatte ihr einen neuen blauen Becher geschenkt, auf dem »Favourite Tea Mug« stand – »Lieblingsteebecher«.

»Für deinen Tee. Ich habe neulich im Laden gesehen, dass dein Lieblingsbecher einen Sprung hat«, sagte er. »Orchid wollte mir einen knallpinken andrehen, auf dem fett *Live pink!* stand, aber ich dachte, dieser ist besser. Gefällt er dir?«, fragte er hoffnungsvoll.

»Ich liebe ihn. Er ist perfekt.« Sie strahlte Barry an und bedankte sich mit einem langen Kuss.

KAPITEL 26

Lauries Handy piepte.

»Entschuldigt mich«, sagte sie und sah nach, von wem die Nachricht war.

»Und? Wieder von deinem Schatz?«, erkundigte sich Orchid.

Laurie lächelte. »Ja.«

»Was schreibt er? Was gibt es Neues in Hongkong?«, wollte Keira wissen.

»Er erzählt, wie verrückt dort alle rumlaufen. Die Cosplayer und so.«

»Wie bitte?«, fragte Mrs. Witherspoon. »Was sind denn Cosplayer?«

»Das sind Menschen als Manga-Figuren verkleidet«, erklärte Orchid.

»Und was bitte schön sind Manga-Figuren?«

»Hm … Sie kennen doch bestimmt Comicfiguren, Mickey Mouse und so?«, versuchte Laurie es. Mrs. Witherspoon nickte. »Mangas sind so was Ähnliches, ebenfalls gezeichnete Figuren. Die sind in Asien total angesagt.«

»Was es nicht alles gibt.«

»Schmeckt Ihnen der Salat, Mrs. Witherspoon?«, erkundigte sich Ruby.

Sie saßen in dem schummrigen, rustikalen Restaurant namens Olde Fish Cavern, und Laurie hoffte nur, dass sich das »Olde« auf das Alter des Etablissements und nicht auf den Fisch bezog. Sie waren bei der Vorspeise und versuchten, sie hinauszuzögern, denn außer Mrs. Witherspoon freute sich keiner auf das Hauptgericht.

»Er ist köstlich.« Die alte Dame lächelte breit. Heute trug sie ihr bestes Kleid. Susan hatte sie von zu Hause abgeholt, und sie hatten sich alle vor dem Restaurant getroffen.

Mrs. Witherspoon war die Aufregung in Person. Als nach der Vorspeise der Kellner sagte, dass es bis zur Stargazy Pie noch ein Weilchen dauern würde, und die fünf Freundinnen ihre Geschenke hervorholten, platzte sie fast vor Freude. Nacheinander gaben sie der alten Dame, was sie mit Sorgfalt und Liebe für sie ausgesucht hatten: Von Orchid bekam sie eine Porzellanfigur, von Keira natürlich feine Pralinen, von Susan einen hübschen Schal, denn der nächste Winter kam bestimmt, von Ruby einen wunderschönen Löffel für ihre Sammlung (sie wusste, dass Mrs. Witherspoon Löffel sammelte, weil sie sich schon öfter mal bei ihr im Laden welche angesehen hatte), und Laurie überreichte ihr eine Teedose, gefüllt mit ihrer Lieblingssorte.

Mrs. Witherspoon hatte Tränen in den Augen, als sie die Präsente auswickelte. Keiner traute sich zu fragen, wann sie überhaupt das letzte Mal ihren Geburtstag so richtig gefeiert hatte.

»Ihr seid wirklich unbezahlbar, ihr Lieben«, sagte sie gerührt.

»Darf ich fragen, wie alt Sie eigentlich geworden sind?«, wagte Susan es nun doch.

»Siebenundachtzig«, verkündete Mrs. Witherspoon stolz.

Damit hatte nun keiner gerechnet.

»Wow! Sie haben sich ganz toll gehalten«, jubelte Orchid, und alle stimmten zu.

Lauries Handy piepte wieder. Barry hatte ein Foto von einem Jungen im Teenageralter geschickt, der in einem flauschigen Ganzkörperanzug mit Bärchenohrenkapuze umherlief – mitten auf der Straße. So einen hätte Laurie höchstens nachts als Pyjama angezogen.

»Du siehst wirklich glücklich aus, Laurie«, sagte Susan, die sich nun ein wenig zu ihr rüberlehnte.

»Das bin ich auch.« Sie strahlte beinahe heller als Mrs. Witherspoon.

»Ich freue mich so für dich.«

»Wir alle freuen uns für Laurie«, kam es von Orchid. »Das war ja eine echt schwere Geburt.«

»Das kann man wohl sagen«, meldete sich nun auch Ruby zu Wort.

»Ich gehe es halt gerne langsam an«, verteidigte sich Laurie.

»Wenn ihr sechs Monate gebraucht habt für euren ersten Kuss, wie lange braucht ihr dann erst für … du weißt schon was?« Typisch Orchid.

Laurie errötete.

»Sag bloß, ihr habt schon?« Nicht nur Orchid sah sie mit riesengroßen Augen an.

»Ja, wir haben schon«, gab sie zu.

Nachdem Barry an jenem Sonntag nach dem unglaublichen Kuss auf der Straße noch mit zu ihr gekommen war, hatten sie das Tempo ein wenig beschleunigt. In der Nacht war zwar außer Kuscheln und Küssen nichts passiert, aber von da an hatten sie sich beinahe täglich gesehen, und nach einer Woche hatte keiner von beiden es mehr ausgehalten. Sie hatten eine überwältigende Nacht miteinander verbracht, die schöner gewesen war als alles, was Laurie je erlebt hatte.

»Ihr Schlingel!«, sagte Mrs. Witherspoon, und alle mussten lachen.

»Oh. Ich glaube, die Stargazy Pie kommt«, sagte Keira.

Allen zog sich der Magen zusammen, als der Kellner das Gericht in die Mitte des Tisches stellte.

Eine Pie, aus der sechs ziemlich große Sardinenköpfe ragten – ein Fisch für jeden.

»Na, das sieht aber köstlich aus«, sagte Orchid mit sarkastischem Unterton.

»Vielleicht schmeckt es ja«, hoffte Ruby.

»Wie wunderbar!«, freute sich Mrs. Witherspoon und klatschte in die Hände – und darauf kam es an.

Sie sahen dem Kellner dabei zu, wie er die Pie servierte. Er zerteilte sie in sechs gleich große Stücke und füllte die Teller. Nun schaute jeder von ihnen ein Fischkopf entgegen.

»Und wie isst man das nun?«, erkundigte sich Keira.

»So!«, sagte Mrs. Witherspoon und begann, dem Fisch den Kopf abzutrennen. »Das Auge ist das Beste!«, sagte sie, und alle verzogen das Gesicht.

Tatsächlich steckte die Dame sich kurz darauf das

Fischauge in den Mund. Es war wohl etwas zäh, sie kaute und lutschte eine gefühlte Ewigkeit darauf herum, und nicht nur Laurie hätte jetzt alles für eine Pizza gegeben. Aber es war Mrs. Witherspoons Wunsch gewesen, Stargazy Pie zu essen, und deshalb trauten sich nach und nach auch die anderen an die Pastete.

Laurie machte ein Foto, das sie sogleich Barry schickte. Dann nahm sie die Gabel in die Hand und aß um den Fisch herum.

»Ach, kommt schon, Mädels, es schmeckt gar nicht so schlecht.«

»Eigentlich ist es echt lecker«, stimmte auch Ruby zu.

»Na, ich weiß nicht«, sagte Orchid, die Fisch noch nie ausstehen konnte. »Ich finde das alles ziemlich ek…«

Laurie stieß sie mit dem Fuß an.

»Aua!«

Sie bedachte Orchid mit einem warnenden Blick.

»Ja, ja, echt superlecker«, beeilte sich Orchid zu sagen, streckte Laurie dabei aber die Zunge raus.

Mrs. Witherspoon war als Erste fertig. Sie fragte nach der Toilette, und Susan begleitete sie.

»Sie ist weg! Schnell den Ekelfraß verschwinden lassen«, sagte Orchid. »Nur wohin?« Sie sah sich um und überlegte.

»Du bist echt unmöglich!«, schimpfte Laurie.

»Ich muss mich Orchid anschließen«, sagte nun aber auch Keira. »Diese Pie ist schlimm, echt schlimm. Mir ist schon ganz übel. Ich bekomme keinen Bissen davon mehr runter.«

Keiras Teller war noch randvoll, ihr Stück war beinahe unberührt.

»Wieso habe ich keine Tupperdose eingesteckt?«, murmelte Orchid vor sich hin. »Das wäre die Lösung gewesen!«

»Wir könnten die Servietten nehmen«, schlug Keira vor.

Ruby sah den beiden lächelnd zu. Laurie fand es eher peinlich, wie sie jetzt die Pie auf die Servietten schaufelten.

»Und wohin jetzt mit den Servietten?«, fragte Keira.

»In die Handtaschen!«

»Das könnte eure Taschen total ruinieren«, sagte Ruby.

Laurie dachte daran, dass in ihrer eigenen Handtasche eine Postkarte von Peter steckte. Aus Miami. Er hatte dort scheinbar viel Spaß mit seinen neuen Freunden, und das war gut.

»Ruby hat recht. Selbst wenn die Serviettenpäckchen halten und nicht alles rausfällt, kriegt ihr den Fischgeruch bestimmt niemals weg«, warnte Laurie.

»Egal, Hauptsache, wir müssen das nicht aufessen.« Orchid verstaute ihre Fischkopf-Serviette in ihrer Tasche.

Laurie konnte nur den Kopf schütteln.

Zu allem Überfluss hatte der Kellner es auch gesehen und kam nun an den Tisch. Er räusperte sich. »Wenn Sie die Pie gerne zum Mitnehmen haben möchten, kann ich sie auch einpacken.«

Laurie war die Situation schrecklich unangenehm.

Und jetzt kamen auch noch Mrs. Witherspoon und Susan zurück.

»Zum Mitnehmen?«, fragte Mrs. Witherspoon freudig.

Laurie kickte Orchid einmal ganz fest ans Schienbein.

»Fuck!«, schrie die auf.

Keira sah den Kellner beschwörend an. Mrs. Witherspoon durfte nichts von den Fischkopf-Servietten erfahren.

Ruby rettete die Situation, indem sie sagte: »Ja, Mrs. Witherspoon. Wir dachten uns, da Sie die Pie doch so gerne mögen, lassen wir uns eine zweite mitgeben. Dann können Sie morgen noch mal Stargazy Pie essen. Oh! Oder Sie frieren sie stückweise ein und können sie genießen, wann immer Sie mal wieder Lust darauf haben.«

Laurie schickte Ruby ein tonloses Danke.

»Ja, was halten Sie davon?«, fragte sie Mrs. Witherspoon sogleich.

Die klatschte nur wieder in die Hände. »Wunderbar. Wunderbar.«

»Na, dann! Und Orchid bezahlt. Sie hatte nämlich die Idee mit dem Mitnehmen. Stimmt's, Orchid?«

»Ähm … ja, okay.« Orchid blieb überhaupt nichts anderes übrig.

Lauries Handy piepte wieder.

Das sieht aber lecker aus. Schade, dass ich nicht dabei sein kann.

Die packen einem auch gerne eine ein, wenn du willst.

Nein, danke. Ich habe hier genügend eigene eklige Sachen.

Er schickte ein Foto, und Laurie lachte laut los.

»Was ist denn?«, fragte Keira.

»Barry hat gerade ein Foto von der Teemesse geschickt. Seht mal!« Sie ließ ihr Handy rumgehen, und jeder bestaunte das Foto einer Packung Tee mit Kackgeschmack. Auf der Verpackung war sogar ein Scheißhaufen abgebildet.

»Iiiih. Wer trinkt denn so was?«, fragte Keira.

»Die Koreaner«, informierte Laurie die anderen. Dann tippte sie etwas in ihr Handy. »Weil du bei der gewissen Aktion eben mitgemacht hast«, sagte sie dann zu Keira, »habe ich Barry gerade mitgeteilt, dass du davon unbedingt eine Packung haben willst. Und wenigstens eine Tasse musst du dann auch trinken – zur Strafe.«

»Worum geht es?«, wollte Susan wissen.

»Das erzähle ich dir ein anderes Mal.«

»Ja, ich hab's wohl verdient«, sagte Keira. »Ich hoffe nur, dass die Leute nicht bald auch nach Pralinen mit Kackgeschmack verlangen. Dann schließe ich meinen Laden.«

Alle lachten.

»Will Barry dir den Tee etwa für die Tea Corner mitbringen?«, fragte Susan.

»Der kann mitbringen, was immer er will, solange es keine hübsche Hongkongerin ist«, erwiderte sie.

»Heißt das echt Hongkongerin?«, fragte Ruby.

»Wie denn sonst?«

»Hongkongische?«

»Hongkonierin?«, riet Susan.

»Hongkong-Frau?«, vermutete Orchid.

»Das ist wohl eines der Dinge, die wir niemals herausfinden werden«, sagte Keira.

»Ja, genauso wie die Sache mit der Stargazy Pie und warum da unbedingt die Fisch*köpfe* herausgucken müssen«, sagte Orchid.

»Na, damit du dich daran erfreuen kannst«, scherzte Laurie.

Plötzlich erhob sich Mrs. Witherspoon. »Ich möchte euch allen danken«, sagte sie. »Ihr habt mir meinen schönsten Geburtstag seit Langem bereitet. Ihr seid alle miteinander wundervoll. Die gute Valerie wäre unglaublich stolz auf euch.«

Wäre sie das? Laurie gefiel die Vorstellung sehr.

»Orchid, ist das da ein Fischkopf, der aus deiner Handtasche herausguckt?«, fragte Mrs. Witherspoon noch mit einem Augenzwinkern und setzte sich wieder.

Alle begannen lauthals zu lachen.

Es war ein gelungener Abend gewesen, ein Abend mit fünf Freundinnen und einer einzigartigen alten Dame, die mit so wenig so glücklich gemacht werden konnte, ein Abend mit Stargazy Pie, die sie alle sicherlich nie wieder irgendwo bestellen würden. Und wenn dieser Abend vorüber war und ein neuer Morgen anbrach, würden die fünf Freundinnen sich in die Valerie Lane auf machen, um ihre Läden zu öffnen – und die gute Valerie würde über sie alle wachen.

REZEPTE AUS LAURIE'S TEA CORNER

LAURIES LIEBLINGSTEE: INGWER-ZITRONE-MINZE-TEE

Zutaten für 1 Portion

- 1 Stück frischer Ingwer (etwa 3 cm)
- 1 Stiel frische Minze
- 2 Zitronenscheiben (ungespritzt)
- brauner Zucker oder Agavensirup

Den Ingwer schälen und in dünne Scheiben schneiden, diese in ein Teeglas füllen. Einige Blätter frische Minze hinzugeben. Die Zitronenscheiben halbieren und die 4 Hälften ins Glas geben. Alles mit 200 ml kochendem Wasser aufgießen und nach Belieben süßen.

Laurie empfiehlt Agavensirup.

LAURIES GEWÜRZTEE

Zutaten für 1 Portion

- 1 kleines Stück Ingwer (etwa 2 cm)
- 1 TL schwarzer Tee (Blätter)
- 1 kleine Zimtstange
- 1 Gewürznelke
- 1 Kardamomkapsel
- 1 Prise gemahlener Anis
- 125 ml Milch
- Honig oder Agavensirup
- 1 Prise gemahlener Zimt

125 ml Wasser in einem Topf erwärmen. Den Ingwer fein hacken und zusammen mit den Teeblättern, der Zimtstange, der Nelke, der Kardamomkapsel und dem Anis aufkochen. Etwa 3 Minuten auf kleiner Flamme köcheln lassen. Die Milch hinzugeben und weitere 2 Minuten köcheln lassen. Dann alles durch ein Sieb in einen großen Becher gießen und mit Honig oder Agavensirup süßen. Mit einem Hauch Zimt bestreuen.

LAURIES ANANAS-RUM-TEE

Zutaten für 1 Portion

- 1 Scheibe getrocknete Ananas
- 1 TL Rooibos-Tee
- 1 dünne Scheibe frische Ananas
- 1 TL brauner Zucker
- 2 TL Rum nach Belieben
- 1/4 Scheibe frische Ananas zum Dekorieren
- 2–3 Blätter Melisse zum Dekorieren

Die getrocknete Ananas (am besten in einem Blitzhacker) fein zerkleinern und zusammen mit dem Rooibos-Tee in einem Topf mit 200 ml Wasser kurz aufkochen. Vom Herd nehmen und 5 Minuten ziehen lassen. Die frische Ananas in Würfel schneiden und mit dem Zucker und dem Rum in ein Teeglas geben. Den fertigen Tee durch ein Sieb hinzugießen. Mit dem eingeschnittenen Ananasschnitz und der Melisse den Glasrand garnieren.

Kleiner Tipp von Laurie: Kann im Sommer auch mit ein paar Eiswürfeln kalt als Teecocktail serviert werden.

LAURIES UND KEIRAS SELBST KREIERTE MATCHA-PRALINEN

Zutaten für etwa 25 Stück

- 100 ml Milch
- 2 TL Matcha-Pulver
- 400 g weiße Kuvertüre
- 100 g fein gehackte Pistazien

Die Milch in einem Topf erwärmen, das Matcha-Pulver hinzufügen und verrühren. Die klein gehackte Kuvertüre langsam hinzugeben und schmelzen. Die Masse in eine Schüssel umfüllen und für 2 Stunden in den Kühlschrank stellen. Dann mit einem Handrührgerät cremig aufschlagen und mit 2 Teelöffeln jeweils kirschgroße Portionen auf ein mit Backpapier ausgelegtes Blech oder einen flachen Teller häufen. Diese nach weiteren 45–60 Minuten im Kühlschrank mit den Händen zu Kugeln rollen. Anschließend die Pralinen in den Pistazien wälzen.

Lauries und Keiras Geheimrezept für einen perfekten Mittwochabend mit ihren Freundinnen.

LAURIES FRÜCHTETEE-BOWLE

Zutaten für 1 Bowleschale

- 6 TL Früchteteemischung
- 6 Orangen
- 4 EL Zucker
- 250 g Tiefkühlhimbeeren
- Eiswürfel nach Belieben
- 1 l Orangenlimonade

500 ml Wasser kochen und die Teemischung damit übergießen. 8 Minuten ziehen lassen. Mindestens 1 Stunde in den Kühlschrank stellen. Die Orangen schälen und filetieren, in eine Bowleschale geben und mit dem Zucker bestreuen. Die gefrorenen Himbeeren, den kalten Früchtetee und die Eiswürfel hinzugeben. Mit der gekühlten Orangenlimonade auffüllen.

MANUELA INUSA

Die Chocolaterie der Träume

Roman

Für Leila ♥

PROLOG

An einem kalten Morgen Ende Januar trafen fünf Frauen in einer kleinen Straße in Oxford zusammen, die von sechs alten Straßenlaternen und acht leeren Blumenkübeln gesäumt wurde, in denen im Sommer die herrlichsten Blumen blühten und ihren Duft versprühten. Diese winzige kopfsteingepflasterte Gasse ging von einer der großen Hauptverkaufsstraßen ab und war leicht zu übersehen; hatte man sie aber erst einmal entdeckt, hatte man viel mehr gefunden als nur ein paar Geschäfte – nämlich Wärme, Geborgenheit und von Herzen kommende Freundlichkeit. Denn die Gasse namens Valerie Lane, die ausschließlich von weiblichen Ladenbesitzerinnen belebt wurde, war nach einer ganz besonderen Namensgeberin benannt …

Valerie Bonham, auch schlicht »die gute Valerie« genannt, war eine Legende. Jeder in der Umgebung kannte eine Vielzahl von Geschichten über die Frau, die vor über einhundert Jahren ihr eigenes Geschäft in dieser Straße betrieben hatte, und jeder hier nahm sie sich zum Vorbild. Nie zuvor hatte man einen Menschen mit einem größeren Herzen gekannt, und nie zuvor war eine Frau so verehrt worden, und das allein aufgrund ihrer vollkommenen Güte.

Die gute Valerie besaß einen kleinen Gemischtwarenladen, in dem sie neben Holzkohle, Kartoffeln, Nähgarn, Brot und Tee das Allernötigste für das tägliche Leben verkaufte. Sie war zwar mit einem lieben Ehemann, Samuel, jedoch nicht mit eigenen Kindern gesegnet. Auch wenn es nicht leicht für sie war, so wusste sie sich doch anderweitig zu betätigen und ihre Fürsorge denen zu geben, die sie so dringend benötigten. Valerie strickte für die Armen, versorgte jene, die Hunger litten, und beschenkte all die Menschen, die sonst niemanden hatten.

Im Jahre 1912 starb Valerie im Alter von nur dreiundfünfzig Jahren an einer schweren Grippe, doch sie hinterließ neben ihrem Namen und ihrem guten Geist auch eine ganz besondere Atmosphäre, die die Valerie Lane noch heute einhüllt.

Die fünf Freundinnen blickten zu dem alten Kirschbaum am Ende der Straße hinüber, von dem ein paar Eiszapfen herabhingen. Dass die gute Valerie von den Kirschen jenes Baumes Marmelade gekocht hatte, war nur eines der vielen Dinge, die man sich noch heute erzählte. Eine Geschichte über sie gefiel den fünfen aber ganz besonders, und das war die, in der es hieß, Valerie habe an jedem Mittwochabend nach Ladenschluss ihre Türen geöffnet, um jene einzulassen, die eine heiße Tasse Tee, ein offenes Ohr oder eine Schulter zum Anlehnen brauchten. Und ebendiese Tradition führen die neuen Ladenbesitzerinnen der Valerie Lane noch heute fort – in Gedenken an Valerie Bonham, die gütigste Frau von Oxford.

So würde es auch am kommenden Mittwochabend

wieder der Fall sein. Doch jetzt lächelten sie einander an und gingen in ihre Läden, um diese um Punkt neun Uhr zu öffnen … Und ein neuer Tag in der Valerie Lane begann.

KAPITEL 1

Keira betrat ihren Laden – Keira's Chocolates – und eilte zur Heizung, um diese anzustellen. Es war eiskalt draußen. Natürlich musste sie darauf achtgeben, die Räume nicht zu überheizen, damit die Pralinen nicht schmolzen, jedoch konnte sie es ihren Kunden nicht zumuten, sich in dieser Kälte aufzuhalten. Und sie selbst zitterte natürlich auch nicht gerne.

Im letzten Monat war die Heizung wegen eingefrorener Rohre einmal ausgefallen, und es hatte sich gleich bemerkbar gemacht: Die Kunden waren nicht lange geblieben, hatten keine Zeit für ein Schwätzchen gehabt und waren auch nicht neugierig auf die allerneuesten Köstlichkeiten gewesen, die Keira in liebevoller Handarbeit selbst herstellte. Sie waren geflüchtet, so schnell sie konnten, um sich in einem der großen Geschäfte in der Cornmarket Street aufzuwärmen. Und das, wo die umsatzstarken Läden der Hauptgeschäftsstraße den fünf Frauen der Valerie Lane, die von Monat zu Monat zu überleben versuchten, eh schon ein Dorn im Auge waren. Die Konkurrenz war groß, doch zum Glück gab es treue Kunden, die ebendiese persönliche Note schätzten, welche die Valerie Lane ausmachte. Hier wurde man noch beraten, hier wurde man auf ein nettes Gespräch eingeladen, hier wusste man, was man bekam – und Keira war dankbar für jeden einzelnen Kunden, der es ihr ermöglichte, ihre Chocolaterie am Laufen zu halten.

Die Neunundzwanzigjährige nahm die Mütze vom Kopf und fuhr sich durchs schulterlange braune Haar, das sie heute offen trug. Dann rieb sie die Hände aneinander und pustete in die Luft, um zu sehen, ob ihr Atem in der Kälte noch zu erkennen war. Ein wenig, ja, aber es wurde von Minute zu Minute wärmer. Sie trat ans Fenster, von wo aus sie ihre Freundin Orchid erblickte, die schräg gegenüber auf der anderen Straßenseite ihr Schaufenster neu herrichtete. Noch kein Kunde war zu sehen. Keira ging ihre überwiegend weißen Regale entlang, in denen sie die verschiedenen Kekssorten – in Schachteln, hübschen Dosen und in kleinen Zellophantütchen – aufgereiht hatte. Hier und da hatte sie ein wenig dekoriert, nicht zu viel, denn ihre Produkte sollten im Vordergrund stehen. Jedoch fand sie in Orchids Geschenkartikelladen ständig irgendein neues bezauberndes Accessoire, das perfekt passte und ihre Süßigkeiten noch ein wenig mehr hervorhob. So stand neben den schlichten weißen Schachteln voll Kokosplätzchen eine blassrosa Vase mit einem Strauß dunkelrosa und weißer Rosen, die so echt aussahen, dass niemand je bemerkt hätte, dass sie aus Seide waren. Die kleinen Metalldosen mit den Pfefferminzplätzchen waren in einem Regalfach aufgetürmt, das einer dieser knallpinken Schwäne zierte, die im letzten Jahr der absolute Renner bei Orchid gewesen waren.

Keira hatte im ganzen Laden, der sich in zwei ineinander übergehende offene Räume aufteilte, an genau den richtigen Stellen kleine Akzente gesetzt. Meist in Rosa oder femininen Farben, um ihr Hauptpublikum anzusprechen; es gab jedoch auch eine Ecke extra für Kinder mit Schokoteddys und kunterbuntem Süßkram und eine für die männliche Kundschaft, wo sie dunkle Herrenschokolade und Cognacpralinen anbot, Bourbon-Täfelchen aus Kanada, Marzipan aus Deutschland und Schokolade in Zigarrenform aus Frankreich. Diesen Bereich hatte sie mit einer alten hölzernen Zigarrenkiste und einer goldenen Taschenuhr ausgestattet, die sie sich aus dem Antiquitätenladen ihrer Freundin Ruby ausgeliehen hatte. Sie war sehr stolz auf ihre große internationale Auswahl, am stolzesten aber war sie immer noch auf ihre selbst hergestellten Pralinen und Trüffeln, die sich auch am besten verkauften. Das war seit jeher so gewesen.

Ja, in der Valerie Lane legte man noch Wert auf Handarbeit, auf mit Liebe hergestellte Waren. Laurie mischte viele Teesorten für ihre Tea Corner selbst, Susan verkaufte im Wool Paradise neben jeder nur erdenklichen Art von Wolle auch Selbstgestricktes und -gehäkeltes, und Orchid hatte handgemachte Kerzen im Sortiment. Und Ruby aus dem Antiquitätenladen durchstöberte beinahe jedes Wochenende eigens die Flohmärkte der Stadt und suchte mit viel Liebe neues Altes für ihre Kunden zusammen.

In dem leerstehenden Laden zwischen Susan's Wool Paradise und Orchid's Gift Shop war bis vor einem Dreivierteljahr noch selbst gemachtes Eis verkauft worden. Die frühere Besitzerin von Donna's Ice Cream Parlour jedoch hatte das Geschäft geschlossen, um mit ihrer großen Liebe nach Holland zu gehen, und seitdem stand der Laden leer. Keira war sich aber sicher, dass dort ganz bald wieder jemand Neues einziehen und der Valerie Lane alle Ehre machen würde. Mr. Spacey, der Verwalter, würde schon mit Bedacht jemanden auswählen, dem er den Laden anvertraute. Ihm lag die alte Straße nämlich genauso am Herzen wie ihnen allen. Keira konnte mit Worten gar nicht ausdrücken, wie wohl sie sich in der Valerie Lane fühlte, wie sehr sie die anderen Ladenbesitzerinnen schätzte und wie froh sie jeden Morgen war, ihr Geschäft zu betreten.

»Guten Morgen, Miss Buckley«, erklang es von der Tür her. Sie hatte das Läuten der Türglocke gar nicht gehört, war sie in Gedanken doch wieder einmal ganz woanders gewesen.

»Mr. Monroe. Einen schönen guten Morgen!« Keira band sich mit dem Haargummi, das sie ums Handgelenk trug, einen hohen Pferdeschwanz und stellte sich hinter dem Verkaufstisch in Position.

Der Mann Mitte fünfzig mit dem Ziegenbart, der über Orchid's Gift Shop wohnte, lächelte sie an und trat näher an die Glasvitrine heran, in der sie ihre handgemachten Pralinen und Trüffeln ausgelegt hatte.

»Ist das wieder kalt heute.« Er zog seine ledernen Handschuhe aus und machte eine Zittergeste, um seine Worte zu unterstreichen. »Brrr.«

»Das können Sie laut sagen. Womit kann ich denn heute dienen?« Sie schenkte ihm ein freundliches Lächeln.

»Haben Sie noch welche von den Rumtrüffeln, die …

Oh ja, da sehe ich sie!« Er freute sich richtig und sah begierig auf einen Berg voll igeliger dunkelbrauner Kugeln.

»Aber selbstverständlich. Ich habe gerade vorgestern neue gemacht.«

»Ausgezeichnet! Dann nehme ich doch gleich zweihundertfünfzig Gramm.«

»Sehr gerne.« Keira wählte eine der hübschen Schachteln aus dünner, weiß glänzender Pappe mit einer schlichten goldenen Verschnörkelung auf dem Deckel und füllte diese. Sie wog ab und griff dann mit der Zange zu einer anderen Sorte, um ein kleines Extra beizulegen. »Ich gebe Ihnen auch noch eine von den neuen Mandelkrokant-Pralinen mit, ja? Zum Probieren.«

»Sie sind ein Schatz.«

Ja, das war sie wohl. Und jeder wusste ihre Großzügigkeit zu schätzen – nun, beinahe jeder …

»Das macht zwölf Pfund siebzig, bitte.«

Mr. Monroe bezahlte und wünschte noch einen schönen Tag. Als er die Tür öffnete und sich zum Gehen wandte, drang eisige Luft herein. Keira ließ sich auf ihrem Hocker nieder. Sie starrte auf eine der blauen Blumen auf der Bluse, die sie zu ihren Lieblingsjeans trug, und seufzte.

Heute war einer dieser Tage, an denen sie sich, sosehr sie ihren kleinen Laden liebte, am liebsten zu Hause verkrochen hätte. Die Szene mit Jordan vom Vorabend steckte ihr noch in den Knochen. Es war unglaublich, wie ein paar verletzende Worte einem dermaßen die Kraft rauben konnten.

Jordan war seit acht Jahren ihr Partner, und seit fünf

wohnten sie zusammen. Sie hatten sich in dem Jahr eine gemeinsame Wohnung genommen, in dem Keira die Chocolaterie eröffnet hatte. Ein gutes Jahr, es sollte das beste ihres Lebens werden. Wie gerne dachte sie an die schönen Zeiten zurück! Doch von da an war es bergab gegangen, zumindest mit Jordan, denn es lief von Jahr zu Jahr und von Monat zu Monat schlechter. Manchmal fragte sie sich, warum er überhaupt mit ihr zusammengezogen war, wenn er doch so viel an ihr auszusetzen hatte. Ständig war er am Meckern, seine Bemerkungen wurden immer fieser, und sie hatte das Gefühl, ihm überhaupt nichts mehr recht machen zu können.

Ja, sie wusste selbst, dass sie sich in den vergangenen Jahren rein optisch sehr verändert hatte. Seit sie das Schokoladengeschäft besaß, war sie öfter am Naschen als zuvor. Aber das lag hauptsächlich daran, dass sie solchen Kummer hatte. Sie war halt eine Frustesserin, und Jordan war ihrer Meinung nach selbst schuld an der Misere. Es war ein Teufelskreis, aus dem es kein Entkommen zu geben schien.

»Mann, sitzt deine Hose eng!«, hallten seine Worte, die er ihr statt einer Begrüßung um die Ohren gehauen hatte, noch immer in ihr nach.

Der Abend zuvor. Sie kam von der Arbeit und balancierte die Boxen mit chinesischem Essen, das sie auf dem Heimweg mitgenommen hatte. Zuzüglich trug sie noch zwei Kartons voll Trockenobst, das sie schokolieren wollte.

»Nett, danke«, erwiderte sie knapp. »Könntest du mir vielleicht mal was abnehmen?«

»Schon wieder Chinesisch? Weißt du eigentlich, dass diese vielen Kohlenhydrate am Abend nicht gut sind?«

»Natürlich. Du sagst es mir ja immer wieder.«

»Du bist wie ein Kind. Man kann dir etwas hundertmal sagen, und es kommt trotzdem nicht bei dir an.«

Kinder. Ein anderes schmerzvolles Thema.

»Was soll ich denn deiner Meinung nach tun? Gar nichts mehr essen?«

Jordan übertrieb, fand sie. Bei einem Meter vierundsechzig wog sie siebenundsiebzig Kilo. Okay, das war weit entfernt von schlank, aber fett? Ihre Freundinnen Laurie, Susan, Orchid und Ruby sagten ihr immer wieder, dass ihr die Extrapfunde standen, sie weiblicher machten. Jordan war da anscheinend anderer Meinung.

»Du könntest einen Salat essen.« Jordan, ein Meter dreiundachtzig groß, blond und gut durchtrainiert, schob sich die Brille auf der Nase zurecht, die ein wenig schief war, wohl sein einziger Makel.

»Ich stand den ganzen Tag im Laden. Ich habe Hunger.«

»Du kannst mir nicht erzählen, dass du den ganzen Tag nichts gegessen hast. Wahrscheinlich hast du mehr Pralinen gefuttert als verkauft.«

Er war so gemein! Auch wenn er alles immer mit einer Spur Witz oder Sarkasmus sagte, wusste sie doch, dass er es völlig ernst meinte. Aber nein, sie wollte sich nicht schon wieder auf einen Streit einlassen. Manchmal fragte sie sich, warum Jordan sie eigentlich immer so provozieren musste. Machte es ihm etwa Spaß, sie zu verletzen?

»Du hättest ja einen Salat vorbereiten können. Oder irgendetwas anderes Leichtes, wenn du was gegen Chinanudeln und Frühlingsrollen hast.«

»Ich habe nichts dagegen. Wenn man trainiert, kann man sich das ja auch erlauben. Und das habe ich übrigens den ganzen Tag gemacht. Ich war im Fitnessstudio, weshalb ich leider auch keine Zeit zum Kochen hatte.« Fitnessstudio – so verbrachte Jordan seine Sonntage, während Keira im Laden stand, denn die Geschäfte der Valerie Lane hatten wie die meisten anderen in Oxford auch sonntags geöffnet.

»Dann stecken wir wohl jetzt in der Zwickmühle, oder?«, sagte sie sauer.

»Tja …« Er stand auf und sah in die Boxen vom Chinaimbiss. Dann nahm er das Essen genervt mit in die Küche und füllte es auf Teller.

Kam es ihr nur so vor, oder hatte er von ihrer Portion etwas für sich abgezweigt?

»Guten Appetit«, sagte sie. Von Jordan kam nur ein Brummen.

Die Ladenglocke läutete. Keira erhob sich seufzend und setzte ein Lächeln auf.

»Barry, hallo.«

Barry war mit Laurie von nebenan liiert, er war ihr Teelieferant. Keira hatte monatelang mit angesehen, wie die beiden sich schüchtern an den jeweils anderen herangetastet hatten, bis sie endlich so weit gewesen waren, sich zu verabreden. Inzwischen waren sie so glücklich, wie ein Pärchen nur sein konnte, und obwohl Keira es nicht wollte, versetzte es ihr doch jedes Mal einen Stich ins Herz, sie zusammen zu sehen. Genauso, wie es sie schmerzte, Orchid mit ihrer großen Liebe Patrick zu sehen. Sie mochte keine turtelnden, händchenhaltenden, sich küssenden Pärchen um sich haben. Sie wollte sich einfach nur unter ihrer Decke verkriechen.

»Hi, Keira. Du, ich habe eine Bitte. Du kennst Laurie doch schon viel länger als ich. In zwei Wochen ist Valentinstag … was denkst du, worüber sie sich freuen würde? Ich meine, so richtig.«

Da musste Keira nicht lange überlegen.

»Verreise mit ihr. Sie ist so lange nicht in Urlaub gefahren, das würde ihr wirklich guttun, und sie würde sich ganz sicher darüber freuen.«

»Eine Reise? Denkst du, sie würde den Laden dafür schließen?«

»Für eine Reise mit dem Mann ihrer Träume? Natürlich! Und selbst wenn sie anfangs noch Bedenken hat … Manchmal muss man Laurie einfach zu ihrem Glück zwingen.«

»Okay. Wenn du meinst. Dann werde ich mir was einfallen lassen.«

Keira nickte und hoffte nur, Barry würde nicht auf so blöde Ideen kommen wie Jordan, der im letzten Sommer eine Mountainbike-Tour durch Frankreich mit ihr hatte machen wollen. Etwas weniger Romantisches hätte sie sich nicht vorstellen können. Eigentlich hatte er sie gar nicht dabeihaben wollen bei seiner Tour, da war sie sich sicher. Höchstens, damit sie mehr Sport machte, abnahm, wieder die wurde, die sie einmal gewesen war. Nun, sie glaubte nicht, dass sie diese Frau jemals wieder sein würde. Nicht an Jordans Seite zumindest.

Laurie, die nicht nur ihre Ladennachbarin, sondern

auch ihre allerbeste Freundin war, hatte ihr schon öfter gesagt, dass sie sich das doch nicht anzutun brauchte. Dass sie einfach gehen konnte. Sie und Jordan waren weder verheiratet, noch hatten sie Kinder. Es wäre so einfach.

Ja, Laurie hatte leicht reden. Es war nämlich in vielerlei Hinsicht *nicht* so einfach. Zuerst einmal wusste Keira gar nicht, ob sie mit den Einnahmen aus der Chocolaterie allein die Miete für die Wohnung plus alle sonstigen Ausgaben bezahlen könnte. Einen Großteil der Rechnungen übernahm nämlich Jordan, der als Zahnarzt sehr gut verdiente. Dann wusste sie natürlich auch nicht, ob sie überhaupt in der Wohnung bleiben könnte. Was, wenn Jordan sie vor die Tür setzte? Wo sollte sie dann hin? Und was würde sie ganz allein mit sich anfangen? Sie war so daran gewöhnt, jemanden um sich zu haben, dass sie es sich ziemlich einsam vorstellte, plötzlich ohne Partner dazustehen. Aber der Hauptgrund war natürlich, dass sie Jordan trotz allem liebte. Sie wünschte sich noch immer eine Familie mit ihm, Kinder, und sie hoffte tagtäglich, er würde irgendwann erkennen, dass es das war, was er ebenfalls wollte. *Das* wäre das perfekte Valentinsgeschenk für sie. Vielleicht sollte sie genau das ihren Freundinnen sagen, für den Fall, dass Jordan auf die Idee käme, eine von ihnen aufzusuchen.

Aber Jordan war nicht Barry. Jordan war eine leise Hoffnung, an der Keira noch immer wie an einem Luftballonband festhielt, obwohl sie doch genau wusste, dass der Ballon sich längst gelöst hatte und davongeflogen war.

Das schlaff herunterhängende Band war übrigens die

perfekte Metapher dafür, wie sie sich zurzeit fühlte: ausgelaugt und ihrer Lebensfreude beraubt.

»Du hast recht. Vielleicht sollte ich sie mit nach Schottland nehmen, zu meiner Schwester und meiner niedlichen kleinen Nichte«, sagte Barry in seinem Holzfällerhemd jetzt, und seine Augen strahlten bei dem Gedanken.

Keira lächelte mit Tränen in den Augen. »Das würde ihr sicher gefallen.«

»Alles gut, Keira?«

Sie nickte. »Alles bestens.«

»Hast du wieder Stress mit Jordan?« Er hatte in den sechs Monaten, die er mit Laurie zusammen war, mehr mitbekommen, als ihr lieb war.

»Ja. Na ja ...« Sie zuckte mit den Schultern.

»Der Kerl hat dich gar nicht verdient.«

»Ich weiß.«

»Dann weißt du sicher auch, dass es bessere Männer da draußen gibt, oder?«

Tatsächlich? Und wie sollte sie so einen finden?

»Möchtest du eine von meinen neuen Mandelkrokant-Pralinen probieren?«, fragte sie, um vom Thema abzulenken und nicht vor Barry in Heulkrämpfe auszubrechen.

»Gerne.«

Sie reichte ihm mit der Zange eine über die Theke. Er konnte nicht widerstehen und biss gleich hinein.

»Wow, die sind richtig lecker. Packst du mir davon ein paar ein?«

»Du musst jetzt nichts von mir kaufen, um mich aufzuheitern.« Sie lächelte durch ihre Tränen hindurch.

»Sie sind wirklich köstlich.«

»Na gut.« Keira steckte sechs viereckige Pralinen in ein Tütchen und reichte es Barry. »Geht auf mich. Danke für deine lieben Worte.«

Barry machte ein mitleidiges Gesicht.

»Nun hör schon auf, ich bin doch kein dreibeiniges Kätzchen, und ich bin auch nicht Gary, der bei dieser Eiseskälte draußen auf der Straße schläft.« Gary war ein junger Obdachloser, der fast immer an der Ecke Valerie Lane und Cornmarket Street anzutreffen war. »Mir geht es gut. Okay?«

»Okay. Danke für die Pralinen.« Er hielt das Tütchen in die Höhe und ging zur Tür, um zwei ältere Damen einzulassen, bevor er sich mit einem Winken verabschiedete.

»Bye, Barry«, sagte Keira mit einem Seufzer.

Laurie hatte wirklich Glück gehabt, fand sie. Sie hatte die sprichwörtliche Nadel im Heuhaufen gefunden. Dass ihr selbst das auch gelingen würde, war wohl eher unwahrscheinlich.

Ach, was war eigentlich ihr Problem? Sie hatte es doch Barry auch gerade verkauft: Ihr ging es gut. Sie musste weder Hunger leiden noch auf der Straße schlafen. Und sie hatte noch alle Beine. Alles war bestens. Besser könnte es gar nicht sein.

Das Dumme war nur, dass es so unheimlich schwer war, sich selbst zu belügen.

KAPITEL 2

Gegen Mittag kam Laurie zu Keira in den Laden. Sie hatte einen kirschroten Pullover an, der beinahe dieselbe Farbe hatte wie ihr langes Haar, das ihr heute in großen Locken über die Schultern fiel, dazu einen schwarzen Wollrock, denn Laurie trug so gut wie immer Röcke, selbst bei Temperaturen wie diesen.

»Heilige Sch … Schweinebacke, ist das kalt!«, rief sie aus und rubbelte sich die Oberarme.

Keira bediente noch die Kundin zu Ende und wandte sich dann an Laurie. »Heilige Schweinebacke?«

»Ich wollte eigentlich was anderes sagen, aber dann habe ich gesehen, dass du Kundschaft hast.« Sie grinste schief.

»Und Schweinebacke ist besser?«

»Keine Ahnung. Mir fiel auf die Schnelle nichts Besseres ein. Überleg du dir mal innerhalb von Sekunden etwas, das mit *Sch* anfängt.«

»Schokopraline, Schuhschleife, Schafswolle, Schinkenpizza«, entgegnete Keira, ohne überhaupt nachzudenken.

»Mann, du bist gut. Hihi, das ist super: Heilige Schinkenpizza! Merke ich mir.«

»Willst du mir nun endlich sagen, warum du mitten

am Tag deinen Laden verlässt und ohne Jacke rüberkommst?«

»Nur so.«

»Das glaube ich dir nicht. Barry hat was gesagt, oder?«

»Barry? Nee, den hab ich heute noch überhaupt nicht gesehen. Wie kommst du darauf?«

»Du bist so eine schlechte Lügnerin, weißt du das eigentlich?«

»Habe nie damit geprahlt, eine gute zu sein.«

Eine Kundin betrat den Laden, Mrs. Witherspoon. Sie war eine sehr geschätzte alte Dame, die in der Nähe wohnte und öfter mal in die Valerie Lane kam, um ein bisschen zu tratschen, von früher zu erzählen oder einfach, um die Zeit totzuschlagen – mit siebenundachtzig Jahren hatte man wohl nicht viel anderes zu tun.

Mrs. Witherspoon strahlte die beiden mit ihrem lieblichen, faltigen Lächeln an. Keira wurde warm ums Herz. Man musste die Dame einfach gernhaben. Neben ihrem Charme hatte sie auch noch die besten Geschichten über Valerie auf Lager, und nicht selten revanchierten sich die Ladeninhaberinnen mit ein paar Pralinen oder Keksen, einer Tasse Tee, einem Paar selbst gestrickter Handschuhe oder einem kleinen Präsent. Eigentlich ging die Gute nie mit leeren Händen oder einem leeren Magen wieder nach Hause.

»Hallo, ihr beiden Hübschen. Wie geht es euch heute?«

»Prima«, kam es sofort von Laurie.

»Bestens«, sagte Keira und erntete sogleich ein Stirnrunzeln von Laurie. »Und wie geht es Ihnen?«

»Mir geht es fabelhaft«, teilte Mrs. Witherspoon ihnen

mit. Ihr weißes Haar war vom Wind so zerzaust, dass Keira es ihr am liebsten in Ordnung gebracht hätte. Andererseits glaubte sie nicht, dass ein paar verwehte Haare die alte Dame störten.

»Ja? Das freut mich.«

»Verraten Sie uns auch, warum es Ihnen so fabelhaft geht?«, fragte Laurie.

»Das kann ich euch gerne sagen. In fünfzehn Tagen ist Valentinstag.«

»Ooooh. Haben Sie etwa einen Verehrer?«

»Das könnte schon sein.« Mrs. Witherspoon zwinkerte ihnen schelmisch zu.

Oh nein, dachte Keira. Nicht auch noch Mrs. Witherspoon. War denn hier jeder glücklich verliebt außer ihr? An den Valentinstag wollte sie gar nicht denken. Wahrscheinlich würde Jordan ihr ein Kochbuch mit fettarmen Rezepten schenken.

»Was, ehrlich?« Laurie freute sich und klatschte in die Hände, eine Geste, die sonst Mrs. Witherspoon vorbehalten war. Diese stimmte auch sofort mit ein.

»Es gibt da diesen Mann … Humphrey. Ich habe ihn in der Suppenküche kennengelernt.«

Keira hatte sofort einen Kloß im Hals. In der Suppenküche? Das war nicht gerade romantisch, sondern eher traurig. Andererseits – waren das nicht die wahren Liebesgeschichten, aus denen Hollywoodfilme gemacht waren?

»Er heißt also Humphrey? Erzählen Sie uns von ihm«, bat Laurie.

»Nun, er ist ein sehr netter Gentleman. War einmal

Pilot, vor langer Zeit.« Sie sagte es mit einer Spur Melancholie, und Keira wurde bewusst, dass sie nie gefragt hatte, was Mrs. Witherspoon früher beruflich gemacht hatte. Vollzeit-Mutter war sie nicht gewesen, denn Kinder hatte sie keine – so viel wusste sie zumindest.

»Und, ist er älter oder jünger als Sie?«, erkundigte sich Laurie neugierig.

»Er ist ein junger Spund!«, sagte Mrs. Witherspoon und lachte wie ein verliebtes junges Mädchen. »Er ist erst neunundsiebzig.«

»Sie sind mir ja eine!«, scherzte Laurie und wedelte mit dem Finger.

Keira brachte überhaupt kein Wort mehr heraus. Sie biss auf ihrer Lippe herum, dachte an Suppenküchen-Szenen, an zwei Menschen, die aufeinandertrafen und sofort wussten, dass sie füreinander bestimmt waren … Dachte an zwei Menschen, die es vielleicht nie gewesen waren … Dann riss sie sich aber zusammen, Mrs. Witherspoon zuliebe.

»Wir würden Ihren Humphrey gerne kennenlernen. Bringen Sie ihn doch mal zu einem unserer Mittwochstreffen mit.« Mrs. Witherspoon war fast jedes Mal dabei. Es sei denn, sie fühlte sich nicht wohl genug, um das Haus zu verlassen. Diese Tage waren aber, wie es schien, Vergangenheit. Die alte Dame sprühte vor neuer Lebensenergie.

»Damit ihr ihn euch vornehmen und ihn ausquetschen könnt wie eine reife Zitrone?«

»Was denken Sie nur von uns?«, fragte Laurie schockiert. »So etwas würden wir nie wagen!«

»Na gut. Vielleicht bringe ich ihn mal mit. Dann ist er zwar der Hahn im Korb …«

»Ich könnte Barry fragen, ob er auch kommen mag. Dann fühlt Humphrey sich nicht so allein.«

Keira dachte an Jordan. Er würde sich niemals – *niemals* – dazu herablassen, sich ihr zuliebe an einem Mittwochabend in einen Teeladen zu setzen.

»Kann ich Ihnen irgendetwas anbieten?«, fragte Keira nun, die ihre Unhöflichkeit bemerkte.

»Nein, nein, mein Kind. Vielen Dank. Pralinen habe ich schon von Humphrey bekommen.«

»Sie haben sich einen richtigen Romantiker geangelt.« Laurie lächelte warmherzig. »Wie wäre es mit einem Tee bei mir nebenan?«

»Da sage ich nicht Nein. Ich möchte aber zunächst noch zu Ruby in den Antiquitätenladen.«

»Oh. Wollen Sie sich ein paar Antiquitäten zulegen?«, fragte Keira überrascht. Sie alle wussten, dass Mrs. Witherspoon quasi am Hungertuch nagte.

»Iwo, das Gegenteil. Ich überlege, ein paar meiner Löffel zu verkaufen, und wollte mich mal erkundigen, was ich dafür bekommen würde.«

Keira brach das Herz, wusste sie doch, wie wertvoll Mrs. Witherspoon ihre Löffelsammlung war – wertvoll im emotionalen Sinne. Es war das Einzige, das sie niemals hergegeben hatte, auch nicht in schlechten Zeiten, von denen sie so einige erlebt hatte …

»Oh nein! Darf ich fragen, was Sie so Dringendes brauchen, dass Sie daran denken, Ihre Löffel zu verkaufen?«, fragte Laurie. Keira hätte sich das nicht getraut.

»Mein Kühlschrank hat den Geist aufgegeben. Im Moment ist es kalt genug, dass ich die Sachen draußen auf der Veranda lagern kann. Aber wenn es wärmer wird …«

So ein Mist! Sie alle taten, was sie konnten, um der Frau unter die Arme zu greifen, aber ein Kühlschrank war kein Klacks. Natürlich könnten sie zusammenlegen und ihr einen neuen kaufen, aber das würde Mrs. Witherspoon niemals annehmen, das wusste Keira. Sie hatte trotz allem ihren Stolz, und ein Kühlschrank war halt keine Schachtel Kekse.

»Das ist ja ärgerlich«, sagte sie. »Ich werde mal in meinem Umfeld herumfragen, ob nicht vielleicht jemand einen alten Kühlschrank zu verschenken hat.«

»Ja, das mache ich auch«, stimmte Laurie sofort zu.

»Das ist lieb von euch. Dennoch gehe ich mal eben zu Ruby. Man weiß ja nie, wofür man mal Geld braucht. Wenn Humphrey mir einen Antrag macht …« Sie kicherte, und Laurie und Keira schlossen sich ihr an.

»Aber vergessen Sie nicht, noch bei mir im Laden auf eine Tasse Tee vorbeizuschauen. Ich sollte in fünf Minuten wieder drüben sein, ich muss nur ganz kurz etwas mit Keira besprechen.«

Mrs. Witherspoon nickte, verabschiedete sich und schlurfte davon, den dicken grünen Schal um den Hals und die passenden Handschuhe an den Händen, alles mit viel Liebe gestrickt von ihrer Freundin Susan, natürlich.

»Die Arme kann einem so leidtun«, sagte Keira, als Mrs. Witherspoon weg war.

»Ja, und *du* kannst einem auch leidtun. Was ist denn los bei dir? Streit mit Jordan? Schon wieder?«

Keira ging in sich, und ihr wurde bewusst, wie gut sie es hatte. Dass so ein kleiner Streit nicht das Ende der Welt bedeutete. Dass es Menschen gab, die weit schlimmer dran waren, die ihre Löffel verkaufen mussten, um sich einen neuen Kühlschrank leisten zu können.

»Es geht mir gut.«

»Bist du dir sicher?«

»Ich bin mir sicher.«

»Na schön. Aber du kannst jederzeit zu mir kommen, wenn du reden willst, das weißt du doch, oder?«

»Das weiß ich, Laurie. Und dafür bin ich dankbar.«

»Süße, ich mache mir Sorgen.«

»Musst du nicht. Ehrlich. Es geht mir bestens.«

»Das sagtest du schon. Ich weiß nur nicht, ob ich dir glauben kann.«

»Würde ich dich je belügen?«

»Da bin ich mir nicht so sicher. Was wollte Barry eigentlich bei dir?«

»Nur Pralinen kaufen. Was sonst?«

»Siehst du? Du kannst lügen, ohne rot zu werden.«

Keira grinste. »Möchtest du auch eine von meinen neu kreierten Mandelkrokant-Pralinen probieren?«

»Barry hat mir schon welche abgegeben. Hast du noch was anderes Neues?«

Keira musste überlegen. Was hatte sie denn am Wochenende alles gemacht? Gestern Abend nach dem Streit mit Jordan hatte sie Trockenpflaumen mit Vollmilchschokolade überzogen. Die hatte sie heute Morgen aber zu Hause vergessen. Was nichts machte, denn sie hatte noch genügend davon im Laden vorrätig, aber sie sorgte halt gerne vor. Am Samstag hatte sie nach Feierabend hinten in der Ladenküche neben den Rumtrüffeln noch Pistazienmarzipankugeln gemacht und Ingwer-weiße-Schokolade-Trüffeln. Ja, das war's! Laurie liebte Ingwer!

»Hier, probier die! Mit Ingwer!« Sie nahm die metallene Zange in die Hand und langte in die Glasvitrine, um eine der kleinen Süßigkeiten herauszunehmen und sie Laurie zu reichen.

»Oh mein Gott, willst du mich umbringen?«, fragte Laurie, als sie gekostet hatte.

Kurz bekam Keira einen Schreck. »So schlecht?«

»So guuuut! Ich könnte zehntausend Stück davon essen!«

»Dann würdest du aber platzen.« Keira lachte.

»Sag ich ja!«

Oder dein Freund würde dich verlassen, weil du wegen der vielen Pralinen so fett geworden wärst, dachte Keira bitter. Die immer präsente Angst, dass Jordan sich eines Tages deshalb von ihr trennen würde, schob sie schnell beiseite.

»Gibst du mir ein paar davon mit? Und die möchte ich bezahlen, keine Widerrede!«

Keira lächelte und machte ein Tütchen zurecht.

»Ehrlich, Keira. Du übertriffst dich selbst immer wieder. Allein, wie die riechen …« Laurie hielt ihre Nase in die geöffnete Zellophantüte. »Ich glaub, ich bin im Ingwerhimmel.«

»Freut mich, dass sie dir schmecken. Ich hoffe, sie kommen auch bei meinen anderen Kunden so gut an.«

»Daran habe ich überhaupt keinen Zweifel. Jetzt muss ich aber echt wieder rüber. Ich möchte meine Kunden nicht so lange allein lassen.«

»Dann mach, dass du loskommst.«

»Eine Sache noch«, sagte Laurie. »Ist dir bei Mrs. Witherspoons Frisur vorhin auch der Film *Vom Winde verweht* in den Sinn gekommen?« Sie kicherte.

»Haha. Jetzt, wo du es sagst! Ich hatte allerdings eher *Das Beste kommt zum Schluss* im Sinn. Wegen Humphrey.«

»Awww. Ich finde das so süß. Ich hoffe, sie bringt ihn wirklich mal mit.«

»Das hoffe ich auch. Und nun spute dich.«

»Alles klar. Bis bald. Ich hab dich lieb!«

»Ich dich auch.«

Sie sah Laurie nach, wie sie hinüber in die Tea Corner lief, und dachte daran, dass ihre Freundin noch vor sechs Monaten niemals ihren Laden zur Hauptgeschäftszeit alleingelassen hätte, um mal eben rüberzukommen, wenn es nicht extrem wichtig gewesen wäre. Es lag an Barry. Er tat Laurie gut. Durch ihn war sie lockerer geworden, ausgelassener, entspannter. Sie hatte aufgehört, alles haargenau zu planen, und nahm die Dinge, wie sie kamen. Genoss ihr Leben. Und Keira freute sich unglaublich für sie. Manchmal nur wünschte sie, Laurie würde ihr ein bisschen von dieser Unbeschwertheit abgeben, das würde ihrem eigenen Leben sicher nicht schaden.

Wenig später sah sie Mrs. Witherspoon wieder an

ihrem Ladenfenster vorbeigehen, und in den folgenden Stunden konnte sie nicht aufhören, an sie zu denken. Wie sehr sie sich für sie freute, in ihrem Alter noch einmal die Liebe gefunden zu haben.

Die Ladenglocke bimmelte, und mit einem Mal wurde Keira bewusst, dass ja Montag war! Ihr liebster Tag der Woche. Das hatte einen ganz besonderen Grund, und dieser Grund stand in diesem Moment vor ihr.

KAPITEL 3

Sie kannte seinen Namen nicht, hatte ihn nie danach gefragt. Warum auch? Er war doch nur ein Kunde, einer von vielen, deren Namen sie nicht kannte. Jedoch war er, ohne es zu wissen, für Keira so viel mehr.

Er war der erste Sonnenstrahl, der sich nach einem düsteren Gewitter zeigte, er war das letzte braune M&M, das man ganz am Boden der Tüte doch noch fand, nachdem man die Hoffnung schon aufgegeben hatte. Er war ihr Lichtblick, jede Woche aufs Neue, wenn er in den Laden kam, um Pralinen zu kaufen. Für eine andere. Aber das war egal. Keira wollte ja überhaupt nichts von dem Mann, hatte keine romantische Beziehung mit ihm im Sinn und schon gar keine Affäre. Nein, sie fand es einfach schön zu sehen, dass es sie noch gab, diese Männer, die ihre Frauen so sehr liebten, dass sie Montag für Montag in ein Süßwarengeschäft gingen, um ihnen ihre Lieblingspralinen zu kaufen. Um ihnen eine Freude zu machen, um sie lächeln zu sehen.

Jordan hatte ihr niemals Pralinen geschenkt. Natürlich nicht. Erstens hatte er als Zahnarzt eine ziemlich negative Einstellung zu Süßigkeiten, zweitens fand er ja eh schon, dass sie zu dick war, und drittens dachte er sich hundertprozentig, dass man jemandem, der in einem Pralinengeschäft arbeitete, ja, der sogar eines besaß, doch keine Schokolade zu schenken brauchte.

Doch mal ehrlich: Das war lächerlich. Das war, als würde man jemandem, der bei der Post arbeitete, keine Ansichtskarten aus dem Urlaub mehr schicken. Oder als würde jemand, der als Hundesitter tätig war, keinen eigenen Hund besitzen können. Oder noch heftiger ausgedrückt: Als würde eine Kindergärtnerin keine eigenen Kinder haben dürfen.

Kinder. Da war es wieder, dieses schmerzhafte Thema.

Schon zu Beginn ihrer Beziehung vor acht Jahren – sie hatten sich auf einer Party gemeinsamer Freunde kennengelernt – hatte Jordan ihr klipp und klar gesagt, dass er keine Kinder wolle. Er sei einfach kein Familientyp, hatte er gesagt. Falls sie wirklich etwas Festes mit ihm wolle, müsse sie das akzeptieren.

Sie war in ihn verliebt gewesen, sehr sogar, und aus Liebe tat man oft die verrücktesten Dinge. Wie zum Beispiel, seinen sehnlichsten Wunsch auf Eis zu legen und doch immer noch zu hoffen, dass der Partner seine Meinung änderte. Es war nicht Jordans Schuld, er hatte sie in der Hinsicht nie belogen, sie hatte es ja von Anfang an gewusst. Es war ihre eigene Dummheit, jahrelang darauf zu warten, dass er ihr eines Morgens nach dem Aufwachen doch noch sagen würde: »Ich habe geträumt, wir hätten ein Kind, wären eine richtige Familie. Das war unglaublich. Wollen wir nicht auch im echten Leben endlich damit anfangen, Babys zu kriegen?«

Das Leben war kein Wunschkonzert. Man akzeptierte

es entweder, wie es war, oder man brach aus. Und Keira war einfach nicht der Typ für große Ausbrüche.

»Guten Tag«, sagte sie nun zu dem Namenlosen, der ihr von Woche zu Woche attraktiver vorkam, einfach wegen seiner zurückhaltenden, lieben Art. Sie wusste zweifellos, dass mehr hinter dieser eher schlichten Fassade steckte, dass da drinnen eine außergewöhnliche Seele wohnte.

Er war etwa eins fünfundsiebzig groß, hatte kurzes dunkelbraunes Haar, weiche Gesichtszüge, ein wunderschönes Lächeln und die wohl wärmsten braunen Augen der Welt. Keira schätzte ihn auf ein paar Jahre älter als sie. Heute steckte er in einem dicken hellbraunen Mantel. Er hatte einen Schirm dabei, obwohl es gar nicht regnete, und ganz rote Ohren von der Kälte.

»Guten Tag«, erwiderte er und trat lächelnd auf die Glasvitrine zu, hinter die Keira sich sogleich begab.

Er war der einzige Kunde im Laden, was sie freute, denn so konnte sie sich voll und ganz ihm widmen.

»Wie geht es Ihnen heute?«, fragte sie und bemerkte wieder diese unglaublich langen Wimpern, die seine Augen umrahmten.

»Es geht mir sehr gut und Ihnen?«

»Bestens«, sagte sie wieder, korrigierte sich aber gleich, denn ihre dahingesagte Standardantwort war hier fehl am Platz. »Fantastisch.« Das war die Wahrheit, und allein seine Anwesenheit bewirkte das.

»Sehr schön.« Er beäugte die Auslage. Warum er das immer wieder tat, war ihr ein Rätsel, denn er entschied sich am Ende doch jedes Mal für die gleichen Pralinen:

Buttertrüffeln in Vollmilchschokolade und Orangentrüffeln in Zartbitterschokolade.

»Dasselbe wie immer?«, fragte sie.

Manchmal sah er auch an anderen Tagen vorbei, montags kam er jedoch immer, und dann wusste er ganz genau, was er wollte.

»Ja, bitte.«

Sie holte eine von den hübschen Schachteln hervor und packte einhundert Gramm von jeder Sorte ein. Wie immer legte sie noch zwei Trüffeln dazu, ohne es ihm zu sagen. Die waren von ihr, für die Frau, die das Glück hatte, so einen wundervollen Mann an ihrer Seite zu haben. Sie beneidete sie sehr.

»Sie verpacken die Pralinen immer so nett«, sagte er, als sie noch eine rosa Schleife darum band. Bei seinem ersten Besuch in ihrem Laden vor etwa zwei Jahren hatte sie ihn gefragt, ob die Pralinen ein Geschenk für einen Herrn oder eine Dame seien, und er hatte strahlend geantwortet: »Für eine ganz besondere Dame.« Also hatte sie sich für eine rosa Schleife entschieden und dies beibehalten. Manchmal variierte sie auch, nahm eine lila Blüte dazu oder mischte zwei Farben wie Rot und Rosa. Er sah ihr jedes Mal konzentriert dabei zu, und Keira konnte die Liebe und die Vorfreude in seinen Augen sehen.

Sie steckte die Schachtel in eine kleine Papiertüte mit der Aufschrift ihres Ladens und stellte sie auf den Verkaufstisch.

Der Mann bezahlte und lächelte sie noch einmal an. Dann ging er und hinterließ wie jeden Montag ein Gefühl der Traurigkeit in ihr. Warum genau sie traurig war, konnte sie gar nicht sagen. Weil es eine ganze Woche dauern würde, bis sie ihn wiedersah? Weil es so herzzerreißend war, wie sehr er seine Partnerin liebte? Weil sie das auch wollte? Weil sie das mit Jordan niemals haben würde?

Sie seufzte zum wahrscheinlich achtundachtzigsten Mal an diesem Tag und brachte irgendwie die nächsten beiden Stunden hinter sich, bis die Kirchenglocken ihr sagten, dass es sechs Uhr war und sie endlich schließen konnte.

Auch wenn sie eigentlich vorgehabt hatte, nach Ladenschluss noch Pralinen in der Ladenküche zu machen, war sie auf einmal viel zu müde dazu und beschloss, nach Hause zu gehen.

Sie hängte das »Geschlossen«-Schild in die pink gestrichene Ladentür, die, auch wenn sie äußerlich aus dem Rahmen fiel, zu der dunkelgrünen Holzvertäfelung des Geschäfts passte, und drehte den Schlüssel zweimal herum. Die Farbe der Fassade hatte sie beibehalten, wie sie schon zu Valeries Zeiten war, auch wenn die meisten anderen Ladeninhaberinnen sie längst übermalt hatten. Laurie zum Beispiel hatte ihren Laden in einem hellen Blau gestrichen, was ihm eine ganz eigene Note verlieh. Orchid's Gift Shop war, wie sollte es anders sein, strahlend gelb. Er sah aus wie die Sonne höchstselbst und spiegelte Orchids Persönlichkeit zu hundert Prozent wider. Susans Laden war weiß und der von Ruby grün wie eh und je. Oft erinnerte die Valerie Lane Keira ein wenig an Notting Hill. In dem trendigen Stadtteil Londons, den sie vor vielen Jahren einmal mit ihrer Mutter besucht hatte, waren auch einige Straßen zu finden, in denen die Häuser kunterbunt gestrichen waren.

Mit langsamen Schritten ging sie die Valerie Lane entlang und spürte, dass sie trotz ihrer Müdigkeit gar keine Lust hatte, schon nach Hause zu gehen. Sie wollte nicht in eine leere Wohnung kommen und auf Jordan warten, der nach der Arbeit sicher mal wieder im Fitnessstudio war. Früher hatte er sich dort wenigstens ausgepowert, in letzter Zeit schien er aber seine schlechte Laune mit heimzubringen und an ihr auszulassen.

»Keira!«, rief Susan ihr von der anderen Straßenseite zu und winkte. Sie hatte ihren Englischen Cockerspaniel Terry dabei und musste nur aus ihrem Laden raus und eine Tür weiter zu ihrer Wohnung hinaufgehen.

Susan war die einzige der fünf Freundinnen, die auch in der Valerie Lane wohnte. In den alten Backsteingebäuden auf beiden Seiten der Straße gab es über den Läden noch mehrere Wohnungen, die aber alle schon seit vielen Jahren vergeben waren. Susan hatte Glück gehabt, als sie vor acht Jahren ihren Wollladen eröffnet hatte. Damals hatte sich nämlich gerade das ältere Ehepaar, das direkt darüber wohnte, entschlossen, in ein Seniorenheim zu ziehen, und Susan hatte neben dem Laden auch ein neues Zuhause gefunden. Auch wenn sie dort ganz allein wohnte – von Terry einmal abgesehen –, schien sie doch sehr zufrieden.

Keira hatte sich schon oft gefragt, warum Susan den Männern eigentlich abgeschworen hatte, aber darüber redete diese nicht gerne, und Keira wollte sie nicht bedrängen. Falls Susan ihr eines Tages ihre Geschichte erzählen wollte, würde sie für sie da sein. Bis dahin nahm sie ihre Freundin so verschwiegen, wie sie war, auch wenn sie es als große Schande betrachtete, dass so ein lieber Mensch wie Susan mit ihren vierunddreißig Jahren das Leben einer alten Jungfer führte.

»Ich wünsche euch einen schönen Abend!«, rief sie Susan und Terry zu.

»Danke! Den wünschen wir dir auch!«

Sie war kurz davor, Susan zu fragen, ob sie Lust hatte, noch etwas essen zu gehen, ließ es dann aber. Vielleicht könnte sie heute ja mal gesund kochen. Fettarm. Das würde Jordan sicher freuen. Und er hätte mal nichts zu meckern.

Ja, das war eine gute Idee. Sie machte also einen kleinen Abstecher in den Supermarkt, kaufte Zutaten für einen großen frischen Salat und fettarme Hühnerbrustfilets, die sie nur mit ein wenig Olivenöl und grobem Pfeffer anbraten würde, so wie Jordan es gern hatte.

Zu Hause machte Keira sich gleich daran, die Salatblätter zu waschen, die Tomaten in Achtel zu schneiden, die Oliven aus dem Glas abtropfen zu lassen und das Fleisch zuzubereiten. Als alles fertig war, sah sie auf die Uhr. Viertel vor acht, Jordan war spät dran, aber sicher würde er bald da sein und Augen machen. Sie deckte den Tisch, zündete eine Kerze an, schenkte ihnen Rotwein ein und setzte sich.

Eine Stunde später war Jordan noch immer nicht zu Hause. Das Hühnchen war inzwischen kalt. Sie wählte seine Handynummer, es ging aber nur die Mailbox ran. Sie schrieb ihm eine SMS, es kam keine Antwort.

Nach einer weiteren halben Stunde stand sie vom Tisch auf, ging in die Küche und holte sich einen Schokopudding aus dem Kühlschrank. Den aß sie im Stehen, an die Fensterbank gelehnt. Draußen gingen gerade ein paar Teenager entlang, Mädchen, die laut und ausgelassen lachten. So war sie auch einmal gewesen. Wo war dieser Mensch nur hin? Sie nahm sich einen zweiten Pudding, aß auch diesen auf und ging dann, nachdem sie die Kerzen ausgepustet hatte, ins Bett. Den blöden Salat ließ sie unberührt auf dem Tisch stehen.

Sie lag lange wach und hörte Jordan irgendwann spätabends nach Hause kommen, tat aber so, als würde sie schlafen.

In der Nacht träumte Keira wirres Zeug. Eine riesige Schüssel voll Schokopudding, in die sie hineingefallen war. Sie versuchte erfolglos, sich an der Oberfläche zu halten, wurde jedoch immer wieder nach unten gezogen. Dann war da Jordan, dem sie die Hand entgegenstreckte, der sie aber nicht ergriff. Und da war auch der Namenlose, der mit seiner wunderschönen Frau auf dem Rand der Schüssel saß, mit dem Finger auf sie zeigte und sie auslachte. Nach Luft schnappend, wachte sie gegen vier Uhr morgens auf. An Schlaf war nicht mehr zu denken, und so stand sie auf und begab sich in die Küche, um Früchte für ihren Laden zu schokolieren.

Sie breitete ihre Utensilien aus, legte getrocknete Feigen, Aprikosen, Datteln und Apfelringe zurecht, schmolz drei Sorten Schokolade und tunkte die Trockenfrüchte nacheinander in das himmlische Flüssige. Ab und zu steckte sie sich einen Apfelring in den Mund oder tunkte einen Löffel in die geschmolzene Vollmilchschokolade. Als die Küche aussah wie Willy Wonkas Schokoladenfabrik, holte sie zum Abschluss noch die teuren gefriergetrockneten Himbeeren hervor, die sie erst kürzlich geliefert bekommen und nach der Arbeit mit nach Hause gebracht hatte. Mit diesen musste man vorsichtig sein, da sie so zerbrechlich waren. Sie nahm behutsam eine mit der Zange aus der Schachtel, tunkte sie in die weiße Schokolade und legte sie auf ein mit Backpapier ausgelegtes Blech. Dasselbe tat sie mit dem Rest der Schachtel und wiederholte den Vorgang, sobald die Schokolade ein wenig getrocknet war.

Einfach köstlich! Sie würde am Mittwoch welche mit zu Laurie in die Tea Corner nehmen, wenn sie sich dort nach Ladenschluss trafen. Die anderen würden sicher begeistert sein. Mit ihren Freundinnen wollte sie auch unbedingt über den Valentinstag sprechen, es war höchste Zeit, dass sie mit dem Dekorieren begannen. Dies taten sie stets am ersten Februar. Als Keira einen Blick auf den Kalender warf, stellte sie mit Schrecken fest, dass der Mittwoch ja schon der Erste des Monats war!

»Herrje … Wir sind so spät dran in diesem Jahr«, murmelte sie vor sich hin, kratzte mit dem Löffel den Rest Schokolade aus dem Topf und ließ ihn direkt in ihren Mund wandern.

»Was machst du da?«, hörte sie auf einmal Jordans Stimme.

Ertappt drehte sie sich um und sah ihn im Türrahmen stehen, barfuß und nur in seiner Pyjamahose.

»Schokolierte Früchte«, sagte sie knapp. Sie war noch immer sauer wegen des gestrigen Abends. Sie hatte natürlich längst auf ihrem Handy nachgesehen und weder einen verpassten Anruf noch eine Nachricht von Jordan entdecken können.

»Wie lange bist du denn schon wach?« Draußen war es noch immer dunkel.

»Eine Weile.«

»Du hast da was am Mund hängen«, sagte er und zeigte mit dem Finger darauf.

Verdammt! Sie wischte sich mit dem Handtuch übers Gesicht und fing dann an, die Töpfe auszuwaschen.

»Tut mir leid wegen gestern Abend«, sagte er.

»Schon okay«, erwiderte sie.

»Nein, ehrlich. Ich wusste nicht, dass du kochst. Ich hatte einen ziemlich stressigen Tag und wollte nach der Arbeit noch ein bisschen Ausdauertraining machen. Beim Sport habe ich ein paar alte Freunde getroffen, und wir haben spontan beschlossen, noch etwas essen zu gehen.«

»Ich hätte auch mit Susan essen gehen können. Bin ich aber nicht. Und wenn, dann hätte ich dir wenigstens Bescheid gesagt.« Sie hörte selbst, wie vorwurfsvoll ihre Stimme klang.

»Ich habe doch gesagt, dass es mir leidtut.«

»Und ich habe gesagt, dass es okay ist.«

»Was willst du denn von mir, Keira? Soll ich mich auf Knien bei dir entschuldigen?«

Sie atmete einmal tief durch, drehte sich dann in seine Richtung und stemmte die nassen Hände in die Hüften, wobei ihre Schürze, die sie über ihrem Jogginganzug trug, ganz nass wurde. »Jordan …«

»Was?« Verständnislos starrte er sie an.

»Gar nichts.« Sie drehte sich wieder von ihm weg und sah nach, ob die Früchte schon getrocknet waren.

Im dunklen Fenster konnte sie sehen, wie Jordans Spiegelung den Kopf schüttelte und davonging, kurz darauf hörte sie die Dusche. Sie machte sich einen Tee, einen Beruhigungstee, den Laurie ihr neulich mitgegeben hatte, und setzte sich an den Küchentisch. Dabei fanden erneut ein paar der Apfelringe, die dort zum Trocknen auslagen, den Weg in ihren Mund.

Blöder Jordan! Er hatte ja recht! Sie aß wirklich zu viel Süßes, viel zu viel davon. Das musste endlich ein Ende haben!

Sie nahm sich den Block, auf dem sie sonst ihre Einkaufslisten schrieb, aus der Schublade und fing an, sich eine Liste zu machen. Besser, einen Diätplan.

Frühstück: Obst (kein schokoliertes Obst!)
Mittagessen: Salat
Abendessen: Salat

Das würde Jordan sicher gefallen. Sie starrte auf den Plan, riss den Zettel dann vom Block, zerknüllte ihn und warf ihn mit einem gezielten Wurf in den Mülleimer. Und da sollte Jordan noch mal sagen, sie wäre nicht sportlich!

Sie nahm sich eine mit weißer Schokolade ummantelte Dattel und biss ab, stand auf, machte sich auf ins Bad, aus dem Jordan endlich raus war, und kam dabei am Esstisch vorbei, der noch immer gedeckt war. Der Salat war nun ganz schrumpelig, die Kerzen waren niedergebrannt, und auf einem der Hühnerbrustfilets hatte es sich eine Fliege bequem gemacht. Keira blieb die Dattel im Hals stecken. So konnte das nicht weitergehen. Das war doch kein Leben! Und das Allerschlimmste war, dass sie Jordan kein Wort glaubte.

Wo war er wirklich gewesen?

Keira griff nach den Tellern, entschied sich dann aber anders und stellte sie wieder ab. Sie war gespannt, wer von ihnen den Anblick des misslungenen Candlelight-Dinners mit seinen heruntergebrannten Kerzen länger aushalten konnte.

Sie sprang unter die Dusche. Als sie aus dem Bad kam, war Jordan schon weg. Dem Tisch hatte er keinerlei Beachtung geschenkt.

KAPITEL 4

Am Mittwochabend stand Keira mit einer Schachtel schokolierter Himbeeren vor der Ladentür zu Laurie's Tea Corner. Sie konnte drinnen drei ihrer vier Freundinnen an einem der weißen, verschnörkelten Metalltische sitzen sehen. Susan, Orchid und Ruby lachten über irgendetwas, dann kam auch Laurie dazu mit einer Kanne Tee, aus der sie ihnen eingoss. Das Bild war so idyllisch und strahlte solch eine Wärme aus – und das nicht nur, weil es draußen so furchtbar kalt war –, dass sich auf Keiras Gesicht ein Lächeln ausbreitete.

Sie öffnete die Tür und begrüßte ihre lieben Freundinnen.

»Keira, da bist du ja. Wir haben uns schon gefragt, wo du bleibst«, sagte Laurie und gab ihr eine leichte Umarmung.

»Hallo, ihr Süßen. Ich habe noch ein paar Leckereien eingepackt«, erwiderte sie entschuldigend. Sie reichte Laurie die Schachtel. Dass sie eine gute Viertelstunde vor sich hin gestarrt und sich über Jordan geärgert hatte, erwähnte sie nicht.

»Oooh, was ist das denn wieder Köstliches?«

»Himbeeren in weißer Schokolade.«

»Yummy!«, machte Orchid und schmachtete die

Schachtel an. Sie trug ihr langes blondes Haar zu einem strengen, hohen Zopf gebunden, was einfach fantastisch aussah. Außerdem hatte sie sich heute Abend für einen hellroten Lippenstift entschieden, der ihren schönen Mund noch voller aussehen ließ. Sofort kam Keira Gwen Stefani in den Sinn.

»Ich hoffe, ihr mögt sie.«

»Ganz sicher. Gib mal her, ich lege sie auf einen Teller.« Laurie verschwand mit der Schachtel nach hinten, und Keira zog sich den Mantel aus und setzte sich zu den anderen.

»Was trinkt ihr denn da Schönes?« Es roch herrlich.

»Lauries selbst gemachten Gewürztee«, informierte Susan sie. Keira sah sich nach Terry um, den Susan meistens mitbrachte, doch heute lag er nicht in seiner Lieblingsecke. Sie hatte ihn wohl zu Hause gelassen.

»Magst du auch?«, fragte Laurie, die den Teller nun auf den Tisch stellte.

Gierig griffen mehrere Hände nach den Himbeeren.

»Gerne.« Keira lächelte Laurie an und bekam eine dampfende Tasse voll wunderbar nach Zimt und Nelken duftenden Tees eingeschenkt.

»Der ist schon gesüßt«, ließ Laurie sie wissen.

»Mmmmm!«, sagte Ruby. »Keira, die Himbeeren sind unglaublich.«

Ruby war mit ihren vierundzwanzig Jahren das Nesthäkchen unter ihnen, obwohl sie von ihnen allen wohl schon am meisten mitgemacht hatte im Leben. Nachdem vor zweieinhalb Jahren ihre Mutter ganz plötzlich verstorben war, hatte sie ihr Studium in London abgebrochen und war nach Oxford zurückgekehrt, um den Antiquitätenladen weiterzuführen und sich außerdem um ihren Vater zu kümmern, der, vorsichtig ausgedrückt, ein wenig durcheinander war. Die beiden lebten zusammen in einer Wohnung, und Ruby war entweder bei ihm, im Laden oder auf Flohmärkten – ein eigenes Leben schien sie gar nicht zu haben. Sie konnte einem wirklich leidtun. Was Keira am meisten schmerzte, war, dass sie schon in so jungen Jahren ihre Mutter verloren hatte. Sie erinnerte sich gut an Meryl, sie war einer der großherzigsten Menschen gewesen, die sie gekannt hatte. Der Tag, an dem sie von ihrem Tod erfahren hatten, war sehr traurig gewesen. Ein großer Verlust für die Valerie Lane.

»Nimm dir ruhig noch eine, Ruby.« Sie schob den Teller ein wenig in ihre Richtung.

»Die sind der absolute Hammer!«, kam nun von Orchid. Sie war diejenige unter ihnen, die immer offen war und klar und deutlich sagte, was sie dachte. Manchmal war sie vielleicht ein wenig zu offen und verletzte den einen oder anderen, jedoch geschah das nie mit Absicht, und wegen ihrer fröhlichen, unbeschwerten Art konnte man Orchid nie wirklich böse sein. Manchmal kam sie Keira vor wie sechzehn statt wie sechsundzwanzig. Sie war eine richtige Frohnatur und schien keinerlei Sorgen oder Probleme zu kennen, als wäre sie noch gar nicht richtig im Erwachsenenleben angekommen.

»Was gibt es Neues?«, fragte Susan, wie immer schlicht in Jeans und Pulli und ungeschminkt, und sah gespannt in die Runde.

Natürlich meldete Orchid sich als Erste zu Wort:

»Phoebe hatte Vorwehen. Wir dachten schon, jetzt ist es so weit. Lance hat sie ins Krankenhaus gefahren und alles. War aber nur falscher Alarm.« Phoebe war Orchids zwei Jahre ältere Schwester und Lance deren wunderbarer Ehemann, ein junger Denzel Washington, zumindest in Keiras Augen. Die beiden hatten im letzten Sommer geheiratet, und sie alle konnten es kaum erwarten, das niedliche kleine Mischlingsbaby auf dieser Welt begrüßen zu dürfen.

»Sie war neulich bei mir im Laden und hat Pralinen gekauft«, erzählte Keira nun. »Sie sieht aus, als wäre sie kurz vorm Platzen. Seid ihr sicher, dass es keine Zwillinge werden? Oder Drillinge?«

»Ziemlich sicher, ja.«

»Terry hat schon wieder eine Hündin geschwängert«, berichtete Susan, wo sie gerade beim Thema waren.

»Ehrlich?« Ruby, heute in einem altmodischen dunkelgrünen Hosenanzug, machte große Augen. »Ich dachte, du wolltest ihn kastrieren lassen?«

»Ich konnte es einfach nicht übers Herz bringen. Aber so geht das echt nicht weiter.«

»Hast du ihn deshalb zu Hause gelassen?«, wollte Laurie wissen. »Zur Strafe?«

»Könnte man so sagen. Ich mag ihn kaum noch mit rausnehmen.«

»Wenn du bei ihm bist, kann doch aber eigentlich nichts passieren, oder?«

»Ha! Das denkt ihr! Er wittert läufige Hündinnen an jeder Ecke, und wenn ich mal eine Minute nicht hinsehe, schleicht er sich davon und macht ihnen den Hof.«

Orchid lachte. »So ein böser kleiner Schlingel.« Im Grunde wäre das Mrs. Witherspoons Wortwahl gewesen, wenn sie denn heute Abend hier gewesen wäre. Sie hofften alle, dass sie jeden Moment reinschneien würde, mit ihr war es einfach immer doppelt so spaßig.

»Heute ist der erste Februar«, lenkte Keira das Gespräch nun in wichtigere Bahnen.

»Ja und?« Laurie sah sie fragend an.

»Na, der erste Februar! In zwei Wochen ist Valentinstag, und wir sind ganz schön spät dran mit Schmücken dieses Jahr.«

»Herrje, das war mir gar nicht bewusst«, sagte Laurie und sah sich um. Bisher war in der Tea Corner noch absolut nichts vom Valentinstag zu sehen.

»Also, ich habe meinen Laden bereits dekoriert«, informierte Orchid sie. »Sind euch denn die Herzen in meinem Schaufenster nicht aufgefallen?«

»Da hängen doch immer Herzen«, winkte Laurie ab. »Die Hälfte deiner Waren hat irgendwas mit Herzen zu tun. Du führst einen Geschenkartikelladen.«

»Haha! Also, Keira hat recht. Wir sollten uns schnellstens was für die Valerie Lane überlegen. Wie wollen wir die Straße diesmal dekorieren?«

Im letzten Jahr hatten sie ganz viele Amor-Figuren aufgehängt und falsche rote Rosen, die jedoch der Regen ziemlich zerstört hatte. Nach dem Valentinstag hatten sie alles wegwerfen müssen.

»Ich bin für Lichter«, sagte Keira, die es im vergangenen Jahr fast schon ein wenig zu kitschig gefunden hatte. »Lichterketten in Herzform oder so. Es wird immer noch recht früh dunkel, da würden die super zur Geltung kommen.«

»Aber wo kriegen wir welche her?«, fragte Susan.

»Ich könnte mal in den Katalogen meiner Lieferanten nachschauen«, bot Orchid an.

»Wir benötigen sie bald«, erinnerte Laurie sie.

Ruby zuckte nur die Schultern. Sie sprach nicht viel, war eine sehr zurückhaltende Person und oftmals der ruhende Pol, den sie brauchten.

»Ich habe neulich welche bei Mitchell's gesehen«, gab Keira nun preis, obwohl sie wusste, dass sie sich damit Ärger einheimsen würde.

Orchid sah sie dann auch gleich schockiert an. »Bei Mitchell's?«

»Was hast du denn bei Mitchell's zu suchen?«, fragte Laurie ebenso verblüfft.

Mitchell's war nämlich eines der großen Kaufhäuser in der Cornmarket Street und einer ihrer größten Konkurrenten überhaupt.

»Ich habe ein Geschenk für meine Mutter besorgt«, sagte Keira und machte es damit nicht besser.

»Ein Geschenk?«, fragte Orchid empört. »Bei Mitchell's?«

Ruby schüttelte verständnislos den Kopf.

»Und du konntest ihr kein Geschenk in der Valerie Lane kaufen?«, fragte Susan vorwurfsvoll. »Tee vielleicht oder eine Kerze oder etwas hübsches Antikes? Wolle zum Stricken?«

»Meine Mutter strickt nicht, sorry. Nun seht mich nicht so böse an. Sie hat sich ein sprudelndes Fußbad gewünscht, und so was führt, soweit ich weiß, keiner von euch.«

»Ach so. Na, dann sei dir verziehen.« Susan sah sie an, als wäre sie nur knapp der Todesstrafe entgangen. Da war sie wohl noch mal mit einem blauen Auge davongekommen.

»Also«, verkündete sie, »bei Mitchell's gibt es solche Lichterketten in Herzform, allerdings weiß ich nicht, ob die auch für draußen geeignet sind.«

»Ich gehe gleich morgen früh hin und überprüfe das«, teilte Orchid mit.

»Perfekt. Seid ihr alle einverstanden mit Lichterketten?«, erkundigte sich Laurie.

Kopfnicken allerseits. Gut, dann konnten sie dieses Thema erst mal abhaken. Keira hatte ehrlich gesagt auch keine große Lust, noch weiter vom Valentinstag, dem Tag der ach so Verliebten, zu reden.

»Was macht ihr so am Valentinstag? Habt ihr schon was vor?«, fragte Susan jedoch. Auch wenn sie selbst sich nicht mehr für Männer interessierte, war sie doch ganz verrückt nach Liebesgeschichten. Sie liebte Hochzeiten, Verlobungen, romantische Ereignisse, Liebesromane und diese Seifenopern, die sie ständig im Fernsehen zeigten. Es gab einige, von denen Susan keine einzige Folge verpasst hatte. Und das waren Serien, die bereits mehrere tausend Folgen auf dem Buckel hatten.

»Patrick lädt mich in dieses schicke neue Restaurant in London ein. Und danach machen wir einen Spaziergang entlang der abendlichen Themse«, erzählte Orchid ihnen.

»Hört sich superromantisch an«, schwärmte Laurie.

»Ja«, stimmte Ruby mit einem kleinen Seufzer zu. Sie selbst war Single, natürlich. Wie hätte sie neben ihrem Vater noch einem anderen männlichen Wesen ihre volle Aufmerksamkeit schenken können?

»Hach«, machte Susan. »Und ihr anderen? Laurie?«

»Ich weiß es nicht. Ich meine, ich bin mir ziemlich sicher, dass Barry für unseren ersten gemeinsamen Valentinstag etwas geplant hat, habe aber keine Ahnung, was. Ich glaube allerdings, dass Keira mehr weiß.«

»Ach, du halluzinierst ja schon wieder. Ich weiß gar nichts.«

»Na klar …«

Nun musste Keira grinsen. Aber sie würde nichts verraten, kein Wort.

»Wie sieht es bei dir aus?«, fragte Orchid Keira nun.

Oje. Tja, wie es bei ihr aussah? Wenn sie da nur selbst auf dem neuesten Stand wäre. Alles, was sie wusste, war, dass sie und Jordan seit ihrem Streit kein Wort miteinander gesprochen hatten und dass der blöde Salat heute Morgen noch immer auf dem Esstisch im Wohnzimmer gestanden hatte. Inzwischen war er komplett zu Matsch geworden. Das Hühnerfleisch lag ebenfalls noch immer auf dem Teller, hatte einen harten Rand bekommen und begann zu stinken. Und keiner von ihnen wollte sich geschlagen geben und die Sachen endlich in die Küche räumen beziehungsweise in den Mülleimer befördern. Keira wusste, sie verhielten sich wie Kindergartenkinder, das war ihr aber egal. Nur ein einziges Mal wollte sie Jordan zeigen, dass sie stark sein konnte, dass er im Unrecht war und sie sein Verhalten nicht länger tolerierte.

»Ich denke, wir machen nichts Besonderes. Vielleicht Kino oder so.«

»Ihr seid ja auch schon so lange zusammen. Da ist der Valentinstag wohl nicht mehr das Highlight des Jahres, oder?«

»Nein. Nicht wirklich.« Das Highlight wäre gewesen, wenn er ihr endlich mal Blumen geschenkt hätte. Aber darauf würde sie wohl ewig warten müssen.

»Ich weiß, wer etwas ganz Besonderes vorhat am Valentinstag«, sagte Laurie, und Keira war ihr mehr als dankbar.

»Ach ja? Wer denn?«, wollte die neugierige Susan wissen, während sie sich eine Strähne ihres schwarzen Haars um den Finger wickelte.

»Macht euch auf was gefasst! Mrs. Witherspoon! Sie hat jemanden kennengelernt.«

»Was? Mrs. Witherspoon?« Erstaunen aus allen Richtungen.

»Ganz genau. Das hat sie Keira und mir erst kürzlich erzählt. Der Gute heißt Humphrey und ist ein junger Spund, um es mit Mrs. Witherspoons Worten auszudrücken.«

»Ein junger Spund?« Orchid lachte laut los. »Was genau soll das bedeuten? Ist er zweiundzwanzig oder was?«

»Neunundsiebzig und pensionierter Pilot, stellt euch vor.«

»Ha! Mrs. Witherspoon hat's drauf!«, rief Orchid und klatschte in die Hände.

»Ich freue mich für sie.« Ruby strahlte über das ganze Gesicht.

»Das tun wir alle. Sie will ihn vielleicht mal mit herbringen«, erzählte Keira. »Das wäre doch nett, dann könnten wir ihn alle kennenlernen.«

In dem Moment bimmelte die Türglocke, und zwei ältere Herren traten ein. Sie alle winkten ihnen zu, und Laurie erhob sich sogleich, um den beiden zwei schöne heiße Becher Tee zuzubereiten. Sie lud sie dazu ein, sich zu setzen, doch sie lehnten dankend ab.

»Wir haben heute Abend viel vor. Ich habe meinem Kumpel hier versprochen, eine Frau für ihn zu finden«, berichtete Herman, den sie alle sporadisch kannten.

»Oh. Na, dann … wünsche ich viel Erfolg bei der Suche«, erwiderte Laurie grinsend.

Keira beobachtete, wie der Freund von Herman zu ihnen hinübersah.

»Wir sind leider alle schon vergeben«, rief Orchid den Männern lachend zu.

Laurie schüttelte schmunzelnd den Kopf. »Wie geht es Julie?«, erkundigte sie sich nach Hermans Frau.

»Sie hat das Häkeln für sich entdeckt. Häkelt in einer Tour … So viele Mützen kann ich in meinem ganzen Leben nicht tragen.«

Sein Freund stieß ihn an, offenbar hatte er es eilig, verkuppelt zu werden.

»Also dann, danke für den Tee«, sagte Herman und hob den Becher. Laurie gab ihm noch liebe Grüße an Julie mit auf den Weg.

Als die beiden gegangen waren, gesellte Laurie sich wieder zu ihren Freundinnen. »Haha. Julie häkelt Mützen ohne Ende«, sagte sie.

»Ich weiß. Sie kommt bestimmt dreimal die Woche in

meinen Laden, um neue Wolle zu kaufen«, erzählte Susan.

»Jetzt aber zurück zu Mrs. Witherspoon …«, drängte Orchid.

»Sie war neulich bei mir im Laden«, unterrichtete Ruby die anderen ganz besorgt. »Sie will ihre Löffel verkaufen.«

Laurie nickte. »Ja, das hat sie uns auch erzählt. Sie braucht einen neuen Kühlschrank, ihrer ist kaputt.«

»Die Ärmste. Kennen wir denn niemanden, der einen alten Kühlschrank erübrigen kann?«, überlegte Susan.

»Ich habe schon herumgefragt. Leider erfolglos. Aber vielleicht können wir ihr ja helfen?«

»Was für einen Kühlschrank braucht sie? Wie teuer wäre der?«

»Ich glaube, ein ganz einfacher würde ihr schon reichen. Mit einem kleinen Gefrierfach. So einen dürften wir für zweihundertfünfzig Pfund bekommen. Wenn jeder von uns fünfzig Pfund dazugibt …«

»Sorry, Leute«, meldete sich Orchid zu Wort. »Ich bin zurzeit ziemlich knapp bei Kasse. Ich organisiere schon Phoebes Babyparty. Und dann wollen wir noch die Deko für den Valentinstag kaufen …«

»Ich muss gestehen, dass ich auch gerade nicht so viel erübrigen kann«, sagte Ruby bedauernd.

»Hm. Das verstehe ich natürlich. Dann müssen wir uns halt etwas anderes einfallen lassen.«

Sie alle dachten angestrengt nach. Dann hatte Ruby die rettende Idee. »Valerie war mal in einer ähnlich verzwickten Lage. Sie wollte dem guten Mr. Olsen zu einer neuen Beinprothese verhelfen und hat eine Spendendose in ihrem Laden und in jedem Geschäft in der Umgebung aufgestellt.«

Die Idee gefiel Laurie. »Das könnten wir doch auch machen! Unsere Läden sollten in den nächsten zwei Wochen gut besucht sein. Wir stellen Spendendosen an den Kassen auf. Mit Schildern: ›Ein neuer Kühlschrank für Mrs. Witherspoon‹.«

»Die Leute werden bestimmt großzügig sein«, vermutete Keira. »Erstens ist bald Valentinstag, und zweitens ist Mrs. Witherspoon stadtbekannt und fast so beliebt wie die gute Valerie.«

Orchid freute sich. »Juhu! Wir haben eine neue Mission! Ein Kühlschrank für Mrs. Witherspoon!«

»Ein Kühlschrank für Mrs. Witherspoon!«, riefen alle aus.

Und als sie sich eine Stunde später auf den Nachhauseweg machten, waren sie noch ganz euphorisch.

An der Ecke saß Gary, dem Keira eine gerade abgelaufene Schachtel Orangenplätzchen reichte. Als sie nach Hause kam, war – oh Wunder – der Tisch abgeräumt beziehungsweise neu gedeckt. Jordan saß daran und wartete auf sie, mit einer Flasche Weißwein und chinesischem Essen. Sie hätte weinen können vor Freude, denn diese kleine Geste sagte so viel mehr als tausend Worte.

Vielleicht war doch noch nicht alle Hoffnung verloren, vielleicht liebte Jordan sie mehr, als sie geglaubt hatte. Womöglich könnten sie noch einmal ganz neu beginnen, und alles würde so werden, wie sie es sich immer erträumt hatte … Chinesisches Essen war auf jeden Fall schon mal ein guter Anfang.

KAPITEL 5

»Ein bisschen weiter nach links!«, rief Laurie Orchid zu, die oben auf der Leiter stand und entlang der Häuserfassade die Lichterketten aufhängte, welche sie am Morgen haufenweise bei Mitchell's gekauft hatte. Es waren Hunderte roter Plastikherzen, etwa handflächengroß, doch sie sahen nicht billig aus, ganz im Gegenteil. Die fünf Freundinnen waren sich einig, dass die Deko in diesem Jahr alle vorherigen übertreffen würde.

Es hingen bereits Ketten an den Fassaden der anderen Läden und erleuchteten die Valerie Lane in einem angenehm warmen Rot. Wenn sie mit Orchids Laden fertig waren, fehlten nur noch die alten Straßenlaternen.

Auch Keira fand die diesjährige Dekoration sehr geschmackvoll und vor allem unglaublich romantisch. Und seit gestern Abend war auch sie wieder ein wenig romantischer gestimmt. Jordan hatte nicht nur ihre Lieblingsgerichte vom Chinesen besorgt, er hatte auch beim Essen keinerlei blöde Andeutungen gemacht, sondern sie die Speisen einfach nur genießen lassen. Der Wein hatte das Übrige getan, und zum Abschluss waren sie im Schlafzimmer gelandet, wo Jordan sich noch einmal in aller Ausführlichkeit für sein dummes Verhalten entschuldigt hatte.

Keira war sich noch immer nicht hundertprozentig sicher, ob sie ihm glauben konnte, dass er am Montagabend tatsächlich nur mit ein paar Sportfreunden etwas essen gegangen war, denn es beschlich sie immer wieder ein komisches Gefühl. Dieses tat sie aber einfach als bitteren Nachgeschmack des Streits ab. Sie wollte positiv denken, an eine gemeinsame Zukunft glauben. Sie liebte Jordan, und er strengte sich wirklich an. Sie wusste, dass er sie niemals verletzen würde, nicht auf diese Weise. Er hatte schon oft Äußerungen verlauten lassen, in denen er Partner, die einander in sexueller Hinsicht betrogen, böse verurteilte. Das würde er nicht tun, auf gar keinen Fall.

»Jetzt habt ihr es beide schief«, rief Keira, die ein paar Meter entfernt stand und mit ihrem Adlerauge Anweisungen gab.

Susan hielt derweil die Leiter fest, und Ruby befreite die nächste Lichterkette aus der Verpackung.

»Wo genau sind wir schief?«, fragte Laurie, die unten neben der Leiter stand und das Ende der Kette hielt, die Orchid aufzuhängen versuchte.

»Ihr müsst sie rechts ein wenig höher hängen. Da über Orchids Ladenschild. Seht ihr das denn nicht?«

»Ich kann sie gleich nicht mehr hochhalten«, jammerte Orchid und machte sich lang. »Ich hab schon kein Gefühl mehr in den Armen.«

»So ist es gut. Tacker sie fest!«

Orchid tat wie ihr geheißen und schüttelte dann die Arme aus, was die ganze Leiter wackeln ließ.

»Hey! Pass auf!«, rief Susan.

Keiras Blick fiel auf Ruby, die mit einer schicken

grauen Mütze über ihrem braunen Bob dastand und zu Gary hinübersah, der an seiner Straßenecke direkt vor Susans Laden hockte, in eine warme Decke gehüllt. Keira wusste, dass sowohl Susan als auch Laurie ihm schon mehrmals ihre Hilfe angeboten hatten, doch er wollte weder die Adresse einer Obdachlosenunterkunft noch Almosen haben. Das höchste der Gefühle war es schon, wenn er mal einen Becher Tee von Laurie oder eine »misslungene« selbst gestrickte Mütze von Susan annahm. Oder eben die abgelaufenen Süßwaren aus Keira's Chocolates. Ab und zu brachte sie ihm auch Keksbruch, und manchmal zerbröselte sie die Plätzchen auch selbst, um sie ihm bringen zu können.

Keira war schon lange der Ansicht, dass Ruby und Gary ein entzückendes Paar abgeben würden. Jedoch hatten sie beide mit so vielen eigenen Sorgen zu kämpfen, dass sich da wohl niemals mehr ergeben würde. Sehr schade, wie Keira fand.

»Hui! Wer ist denn das?«, hörte sie Susan plötzlich ausrufen, während Ruby Orchid eine weitere Lichterkette reichte.

Sie alle blickten sich um. Ein Mann kam die Valerie Lane entlang, und zwar an der Seite von Mr. Spacey, und der gestikulierte in Richtung leerer Laden! Was hatte das zu bedeuten? War er ein Interessent, wollte er die Räume besichtigen? Aber warum sollte er das nach Ladenschluss tun, im Dunkeln? Wäre das nicht bei Tageslicht viel praktischer gewesen?

»Guten Abend, Mr. Spacey«, rief Orchid dem Verwalter von ihrem Ausguck aus zu.

Mr. Spacey sah zu Orchid hinauf und erwiderte: »Guten Abend, Miss Hurley! Wie ich sehe, verhelfen Sie der Valerie Lane zu einem neuen Glanz. Sehr hübsch.« Der Mann um die sechzig, der immer einen Hut trug, war sichtlich angetan. »Finden Sie nicht auch, Mr. Marks?«

»Nett, die Herzen«, antwortete sein Begleiter.

Mr. Marks war eine Augenweide. Er war durchschnittlich groß, hatte dunkelblondes Haar und trug eine dicke Daunenjacke, sodass man nicht allzu viel von ihm erkennen konnte. Doch sein Lächeln … Herr im Himmel! Dieses Lächeln konnte sicher Eisberge schmelzen lassen. Oder Pralinen, dachte Keira. Sie fragte sich, wer er sein mochte und was er hier wollte.

»Kommen Sie, Mr. Marks, ich zeige Ihnen das Geschäft.«

Mr. Spacey öffnete den Laden nebenan und ließ seinen Begleiter eintreten. Die fünf Frauen sahen gespannt dabei zu, was als Nächstes geschah. Die Männer knipsten das Licht an, begutachteten die Ladenräume und kamen nach einer knappen Viertelstunde ziemlich heiter wieder heraus.

»Wann wäre er beziehbar?«, fragte Mr. Marks.

»Sofort. Er steht schon eine ganze Weile leer.«

»Darf ich fragen, warum?« Er sah sich um. »Hier verirrt sich wohl nicht allzu viel Kundschaft her, was?«

»Oh, nein, nein, so kann man das nicht sagen«, widersprach Mr. Spacey sogleich.

»Unsere Straße ist sogar sehr gut besucht«, ließ Orchid den Mann nun von oben herab wissen. Sie hängte gerade eine Lichterkette um die Straßenlampe, die sich zwischen ihrem Gift Shop und dem leeren Laden befand – so konnten sie alle weitermachen und gleichzeitig beobachten. »Vielleicht nicht so gut wie die Cornmarket Street, aber wir haben unsere Stammkunden. Sogar jede Menge davon.«

Mr. Marks legte den Kopf in den Nacken und sah zu Orchid hinauf. »Ach ja?«

»Ja, das können Sie mir ruhig glauben.« Keira fiel auf, wie merkwürdig Orchid sich auf einmal benahm. So als ob sie Mr. Marks attraktiver fände, als sie sollte, und ihn deshalb versuchte abzuwehren. »Aber vielleicht gefällt es Ihnen doch eher nicht in der Valerie Lane. Es gibt hier nämlich ausschließlich weibliche Ladeninhaberinnen.«

»Oh. Das würde mir am wenigsten ausmachen.«

»Was haben Sie denn vor zu eröffnen?«, mischte Susan sich nun ein.

»Einen Blumenladen.«

»Oooh, wie toll«, freute sich Laurie. »Ich bin schon lange der Meinung, dass genau das der Valerie Lane noch fehlt.«

»Ach, Blumen bekommt man doch in jedem Supermarkt«, meinte Orchid sichtlich genervt.

Mr. Marks grinste. Keira schätzte ihn auf Anfang dreißig, vielleicht auch erst Ende zwanzig, und sie war sich zu neunzig Prozent sicher, dass er schwul war, auch wenn Orchid da wohl anderer Ansicht war. Welches heterosexuelle männliche Wesen eröffnete denn einen Blumenladen? Außerdem war er viel zu gut aussehend, da musste es einen Haken geben.

»Wollen wir noch einen Kaffee trinken gehen und ein paar Einzelheiten besprechen?«, fragte Mr. Spacey den Mann jetzt.

»Natürlich. Auf Wiedersehen, meine Damen, vielleicht schon ganz bald.« Er winkte ihnen zu, marschierte dann mit Mr. Spacey die Straße hinunter und bog in die Cornmarket Street ein.

Orchid kam von der Leiter herunter. »So ein Wichtigtuer!«, sagte sie abschätzig.

»Ich fand ihn sehr nett«, teilte Susan ihnen mit.

»Ich weiß auch nicht, was du hast«, meinte Laurie. »Ein Blumenladen wäre doch perfekt und eine echte Bereicherung für die Valerie Lane. Davon würden wir alle nur profitieren.«

»Ich will aber keinen Mann hier bei uns haben«, sagte Orchid mit verschränkten Armen und erinnerte Keira an ein kleines Mädchen, das vor dem Schlafengehen nicht die Zähne putzen wollte.

»Ich hätte mir auch eher eine Frau gewünscht, aber Mr. Marks scheint doch wirklich sehr freundlich zu sein und könnte hier gut reinpassen.«

»Da bin ich aber anderer Meinung.«

»Nun warten wir erst mal ab. Es steht doch noch gar nicht fest, dass er den Laden auch wirklich bezieht«, versuchte Keira die Lage zu beruhigen.

»Ich hoffe, er verschwindet dahin, wo er hergekommen ist.« Von wem dieser Kommentar stammte, konnte man sich denken.

Die Einzige, die sich nicht an der allgemeinen Aufregung beteiligte, war Ruby. Sie sah immer noch zu Gary hinüber, als hätte sie überhaupt nicht mitbekommen, was hier eben los gewesen war.

»Sind wir fertig?«, erkundigte sich Keira. Es war schon weit nach sieben, und donnerstags schaute sie immer noch bei ihrer Mutter vorbei.

»Ich denke schon. Wie findet ihr's?«, fragte Orchid.

Sie traten alle einen Schritt zurück.

»Es ist wunderschön«, sagte Ruby.

»Finde ich auch«, stimmte Laurie ihr zu. »Schöner ginge kaum.«

»Das haben wir wirklich gut hinbekommen. Wenn wir die Leute so nicht in romantische Stimmung versetzen, dann weiß ich auch nicht«, meinte Susan.

Keira musste ihnen recht geben. Sie hatten fantastische Arbeit geleistet. Die Valerie Lane wurde von Hunderten roter Herzen erleuchtet. Der Valentinstag konnte kommen.

Vor lauter Freude tauschten sie ein paar Umarmungen aus und machten sich dann auf – nach Hause, zur Mutter, zum Vater, zum Partner oder zum Hund. Als Keira einen letzten Blick auf Gary warf, bemerkte sie, wie er die Lichter ansah, sie einfach nur ansah, und dabei so unendlich traurig wirkte.

»Hi, Mum!«, rief Keira in die Gegensprechanlage und hörte kurz darauf ein Summen. Sie stemmte die schwere Tür auf und lief die Treppen in die zweite Etage hoch, wo ihre Mutter, eine mollige grauhaarige Frau mit einem Dutt, an der Wohnungstür stand und sie fröhlich begrüßte.

»Da bist du ja, Kind. Wie geht es dir?«

»Sehr gut, danke. Tut mir echt leid, dass es so spät geworden ist. Wir haben mit den Lichtern ein wenig länger gebraucht als gedacht, und dann kam da noch dieser Mr. Marks in die Valerie Lane. Aber das erzähl ich dir gleich ausführlich. Lass mich erst mal reinkommen.«

»Ja, natürlich. Komm herein und wärm dich auf. Es ist aber auch kalt zurzeit.«

»Das kannst du laut sagen.« Keira ließ sich den Mantel abnehmen und befreite sich von Schal, Mütze und Fäustlingen, alles Weihnachtsgeschenke von Susan. Sie legte sie auf die Kommode im Flur, die schon seit ihrer Kindheit dort stand, und pustete sich in die Hände, die trotz der Handschuhe eiskalt waren. »Und wie geht es dir, Mum?«

»Mir geht es immer gut, und wenn du mich besuchst, geht es mir gleich noch besser. Hast du Hunger?«

»Ich versuche gerade, nicht so viel zu essen. Hast du etwa mit dem Essen auf mich gewartet?« Sie sah auf die Uhr, es war bereits nach acht.

»Ich habe einen Auflauf gemacht, den halte ich im Ofen warm.«

»Ein Auflauf?« Sie musste zugeben, dass sie ganz schön Hunger hatte. Zum Mittagessen hatte sie nur einen Vollkornbagel mit fettarmer Putenbrust und ein paar Gurkenscheiben gehabt. Sie hatte beschlossen, doch ein paar Kilo abzunehmen. Für Jordan. Wenn er sie dann wieder attraktiver fände, wäre es doch von Vorteil für alle Beteiligten.

»Mit Kartoffeln und Blumenkohl. Und viel Käse überbacken«, machte es ihre Mutter ihr nun schmackhaft.

»Oh, Mum. Das ist so gemein. Na gut, aber nur eine kleine Portion.«

»Wie du willst.«

Sie sah ihrer Mutter dabei zu, wie sie zum Backofen ging und die riesige Auflaufform herausholte. Sie musste lächeln. Mary Jane Buckley hatte wie immer für eine ganze Armee gekocht. Keira überkam ein wohliges Gefühl. Schon seit jeher hatte sie eine ganz besondere Beziehung zu ihrer Mutter, sie war ihre engste Vertraute, ihre Freundin, ihr Fels in der Brandung. Zu ihr kam sie, wenn sie mal wieder Probleme mit Jordan hatte, bei ihr konnte sie sich aussprechen, bei ihr durfte sie ganz sie selbst sein. Wurde nicht verurteilt, nicht verbessert, nicht bevormundet. Sie liebte ihre Mutter über alles.

Wahrscheinlich hatten sie beide so ein inniges Verhältnis, weil Mary Keira allein aufgezogen hatte, nachdem Keiras Vater damals abgehauen war. Sie war drei Jahre alt gewesen, und es war diese typische Story à la »Er ging Zigaretten holen und kam nicht wieder zurück«. Nur dass ihr Vater eine Geschäftsreise nach Birmingham gemacht hatte und nicht zurückgekommen war. Weil er sich dort nämlich verliebt hatte. Weil er fand, dass eine Frau, die er keine achtundvierzig Stunden kannte, ihm wichtiger war als seine Frau und seine kleine Tochter.

In den darauffolgenden Jahren hatte er nur sporadisch von sich hören lassen. Ein paarmal hatte er an Keiras Geburtstag angerufen, um ihr zu gratulieren. Entschuldigt hatte er sich nie. Es hatte ganze zwölf Jahre gedauert, bis Keira ihn wiedersehen sollte. Damals war sie fünfzehn und in einer schlimmen pubertären Phase, in der ihr eh alles egal war. Da hätte er wahrscheinlich mit allen Entschuldigungen der Welt kommen können und hätte doch nichts erreicht. Dass er damals nach wie vor ziemlich gleichgültig schien, bewirkte aber nur, dass sie sich anschwiegen und beide beschlossen, dass es keinen Sinn hatte, sich weiterhin zu treffen.

Seitdem hatte sie ihn nur noch zweimal gesehen. Einmal bei der Beerdigung seiner Mutter, ihrer Grandma Elly, als sie zweiundzwanzig war, und einmal durch Zufall am Bahnhof. Er sah sie, winkte ihr von Weitem zu, und das war's. Er kam nicht einmal auf sie zu – und sie auch nicht auf ihn.

Mehr gab es von Vince Buckley, ihrem Vater, nicht zu erzählen. Erst als Keira längst erwachsen war, hatte sie von ihrer Mutter erfahren, dass er vor mehr als einem Jahrzehnt um die Scheidung gebeten hatte. Und dass er wieder geheiratet hatte. Sie hatte ihre Stiefmutter nie kennengelernt, und ob sie Halbgeschwister hatte, wusste sie nicht.

Keira starrte auf den großen Teller mit der mächtigen Portion Kartoffel-Blumenkohl-Auflauf, den sie vor sich stehen hatte, und musste lachen.

»Mum, das ist aber keine kleine Portion.«

»Iss, was du kannst, und lass den Rest stehen«, erwiderte diese, obwohl sie genau wusste, dass Keira das nicht tun würde. Sie aß *immer* ihren Teller leer, allein schon aus schlechtem Gewissen den vielen Kindern in Afrika gegenüber, die nichts zu essen hatten und sich bestimmt über ein wenig Blumenkohl gefreut hätten. Essen wegschmeißen war für sie keine Option.

Da fiel ihr ein, dass sie ja immer zum Valentinstag für die Kinder in Afrika sammelte. Ach herrje, eine weitere Spendenaktion. Sie hoffte nur, dass die Leute dieses Jahr auch schön großzügig waren.

»Das sieht lecker aus, Mum«, sagte sie und nahm eine Gabel voll. Es schmeckte so gut, wie es aussah, und sie mochte gar nicht an die vielen Kalorien denken.

»Wie geht es Jordan?«, fragte Mary nun, als hätte sie Keiras Gedanken gelesen.

»Gut. Er lässt liebe Grüße ausrichten.«

»Aha. Na, dann grüß mal zurück.« Ihre Mutter war nicht dumm, sie wusste genau, dass Jordan überhaupt nichts ausrichten ließ. »Du kannst ihn auch gerne mal wieder mitbringen. Ich habe ihn schon sehr lange nicht mehr gesehen.«

»Ich weiß. Ich frag ihn, ob er demnächst mal mitkommen möchte.«

Das würde sie überhaupt nicht tun müssen, ihn fragen. Denn sie wusste seine Antwort auch so. Genauso wenig, wie er einen Abend in Laurie's Tea Corner verbringen würde, würde er mit zu ihrer Mutter kommen.

»Mach das.«

»Er hat viel zu tun, weißt du?«

»Aha. Keira, es ist wirklich lange her. Er könnte inzwischen dreihundert Pfund wiegen oder einen Vollbart haben, und ich wüsste nichts davon.«

»Er hat weder zugenommen noch hat er einen Vollbart, Mum. Er ist einfach nur … beschäftigt.«

»Weil Zahnärzte ja auch bis spät in die Nacht arbeiten.«

Sie seufzte. »Willst du mir irgendetwas sagen, Mum?«

»Ich frage mich nur, ob er gut zu dir ist, zu meiner einzigen Tochter. Ich mache mir Gedanken.«

»Musst du nicht.«

»Du hast dich oft genug über ihn beklagt.«

»Zurzeit läuft es aber echt gut. Echt.«

»Echt?«

Keira nickte.

»Na, dann will ich dir mal glauben.« Ihre Mutter schob sich ein paar Kartoffelscheiben in den Mund, kaute, dann fragte sie: »Warum genau bist du noch mal auf Diät?«

»Weil ich zu dick geworden bin.«

»Wer sagt das?«

Sie brachte die Worte nicht heraus, weder die wahren noch die geschwindelten. Also sagte sie gar nichts und aß weiter.

»Ich hab's doch gewusst. Gar nichts ist in Ordnung, oder?«

»Wir hatten einen Streit, haben uns aber längst wieder vertragen.«

»Ja?«

»Ja.« Sie wollte nicht mehr über Jordan sprechen. »Hast du zufällig etwas, das ich als Spendendose verwenden könnte?«, fragte sie dann, weil sie sich wieder daran erinnerte, dass es Menschen gab, die es weitaus schlimmer getroffen hatte als sie.

»Eine Spendendose? Du darfst gerne nachher mal in meiner Rumpelkammer nachsehen.« So nannte sie das Zimmer, das einmal Keiras gewesen war. Dort hortete Mary alles, was sie nicht wegwerfen wollte, und das war eine Menge.

Keiras Mutter war Klavierlehrerin, und ihr Beruf erfüllte sie. Wenn Keira sich ein wenig reckte, konnte sie von der Küche aus das Klavier im Wohnzimmer stehen sehen. Oft kamen Schüler her, das war schon immer so gewesen, oder Mary machte Hausbesuche. Auch Keira hatte schon früh mit dem Klavierspielen angefangen, es wäre eine Beleidigung gewesen, hätte sie es nicht lernen wollen. Allerdings hatte sie das Spielen nie so begeistert wie ihre Mutter, und in ihrer Wohnung hatte sie kein eigenes Instrument stehen. Sie hatte seit Jahren nicht gespielt.

»Danke. Ich brauche nämlich gleich zwei. Für meine jährliche Spendensammlung für Afrika, die ich immer zum Valentinstag veranstalte, und für einen neuen Kühlschrank.«

»Ein neuer Kühlschrank? Ist deiner kaputt?«

»Nicht für mich. Für Mrs. Witherspoon. Du kennst sie doch, oder?«

»Aber natürlich. So eine nette alte Dame.«

»Ja, das finden wir auch. Und deshalb wollen wir ihr helfen.«

»Sie kann sich glücklich schätzen. Was ihr schon alles für sie getan habt …«

Mary spielte wohl auf Mrs. Witherspoons letzten Geburtstag an, an dem die fünf Freundinnen mit ihr losgefahren waren, um in einem Restaurant ein wenig außerhalb der Stadt ihr Lieblingsgericht zu essen: Stargazy Pie, eine Pastete, aus der Fischköpfe herausguckten. Ja, das hatten sie sich angetan für Mrs. Witherspoon, und bis heute konnte Keira keinen Fisch mehr essen, an dem noch der Kopf dran war.

»Sie tut ja auch sehr viel für uns. Sie erzählt die besten Geschichten über die gute Valerie.«

»Ich sollte vielleicht auch mal wieder an einem eurer Mittwochstreffen teilnehmen.« Das letzte Mal war ewig her.

»Du bist herzlich eingeladen, jederzeit.«

»Magst du noch einen Nachschlag haben?«

Keira hielt sich den Bauch, sie war kurz vorm Platzen. »Oh Gott, willst du mich mästen, damit ich mich nicht mehr rühren kann und heute hier schlafen muss?«

»Ich würde mich über ein bisschen Gesellschaft freuen.« Auf einmal hörte ihre Mutter sich ganz traurig an.

»Bist du einsam, Mum?«

»Nun, manchmal schon. Ein wenig.«

»Ich schlafe gerne hier, wenn du möchtest.«

»Ach, so ein Unsinn. Ich bin es doch gewohnt, allein zu sein. Komm du mich nur an meinem Geburtstag besuchen, das reicht mir schon.«

»Na, darauf kannst du dich verlassen. Ich habe Kimberly schon gesagt, dass sie den Laden am Sonntag allein schmeißen muss. Der Tag gehört ganz dir.« Kimberly war ihre Wochenend-Aushilfe, eine Schülerin von siebzehn Jahren, die froh war, ihr Taschengeld ein wenig aufzubessern.

»Ehrlich? Das hättest du nicht tun müssen.«

»Und ob. Das hast du nämlich verdient, und noch viel mehr.« Sie griff über den Tisch und nahm die Hand ihrer Mutter in ihre. »Man wird nur einmal sechzig.«

»Sag doch so was nicht! Ich bin kein Jahr älter als zwanzig.«

Keira lachte. »Und du siehst noch immer genauso schön aus. Weißt du das eigentlich? Vielleicht schenke ich dir dieses Jahr zum Geburtstag einen Mann.« Sie musste an den »jungen Spund« von Mrs. Witherspoon denken.

»Aber bitte einen, der mich essen lässt, was ich will und so viel ich will.« Mary biss sich auf die Zunge. »Entschuldige.«

»Schon gut.« Keira winkte ab. Sie hatte ja recht. Oh, wie recht sie hatte.

»Komm, wir suchen jetzt nach Spardosen für dich. Mit einem Kühlschrank kann ich leider nicht dienen, aber ein bisschen Kleingeld habe ich sicher im Portemonnaie.«

Sie ließen die Teller stehen und machten sich auf in die Rumpelkammer, wo Keira auch gleich fündig wurde. Mary hortete Dutzende alter Marmeladengläser.

»Oh, sieh mal, Mum, das hab ich dir mal zum Valentinstag gebastelt«, rief Keira überrascht aus, als sie ein Bild entdeckte, das sie aus bunt angemalten und aufgeklebten Nudeln gemacht hatte, in der dritten Klasse, wenn sie sich recht erinnerte.

»Ich weiß. Ich sehe mir deine alten Sachen oft an.« Mary lächelte liebevoll.

»Du hast das alles aufbewahrt?« Sie ging nun eine Kiste durch, in der allerhand Selbstgebasteltes war.

»Natürlich, was denkst du denn? Das macht man als Mutter so. Wenn du eines Tages Kinder hast, wirst du das verstehen.«

Ja, wenn …

Mary bemerkte wohl, wie trübselig Keira plötzlich geworden war, und ging in den Flur, ihr Portemonnaie holen. Sie schüttete den Inhalt auf dem Tisch aus. »Hier, das kannst du alles haben, für deine Spendensammlungen. Ich hoffe, ich kann damit ein wenig helfen.«

»Danke, Mum, du bist die Beste«, sagte Keira und gab ihrer Mutter einen Kuss auf die Wange.

KAPITEL 6

Keira klingelte bei Susan und wartete, wobei sie die frische Morgenluft einatmete. Es war kurz vor halb neun am Freitagmorgen und noch wie ausgestorben in der Valerie Lane. Doch trotz der Kälte kam die Sonne durch und versprach einen herrlichen Tag.

Susan öffnete oben ihr Fenster. »Guten Morgen, Keira!«, rief sie herunter.

»Guten Morgen! Was für ein schöner Tag, oder?«

»Ja. Endlich beehrt uns die Sonne mal wieder. Warte, wir kommen runter.« Das Fenster wurde geschlossen, und wenig später hörte Keira auch schon Terry die Treppen hinunterrennen und von innen an der Tür kratzen.

»Ist ja schon gut, mein Kleiner. Nun sei doch nicht so ungeduldig.« Susan ließ Terry hinaus, und er lief direkt zu einer der Straßenlaternen. »Nein, Terry, nein! Wir bekommen noch Ärger mit Mr. Spacey«, schimpfte sie und hielt ihn davon ab, sein Revier zu markieren. »Machst du einen kleinen Spaziergang mit uns? Du bist früh dran«, wandte sie sich an Keira.

»Gerne. Ja, ich bin früh dran, weil ich heute einiges vorhabe und noch vor dem Öffnen des Ladens Zutaten dafür einkaufen wollte.« Sie hob die beiden Tüten leicht an, in denen Mehl, Eier, Zucker, Butter, Backpulver,

Schokotropfen, Vanilleschoten, geriebene Orangen- und Zitronenschale und noch einiges mehr steckten.

»Ah ja? Was hast du denn vor?«

»Ich will Kekse backen.«

»Oh, wie schön. Das haben wir lange nicht zusammen gemacht.«

»Deshalb habe ich bei dir geklingelt. Um zu fragen, ob du mitmachen möchtest.«

Susan und sie hatten schon ein paarmal zusammen Kekse gezaubert, drüben bei Keira im Laden. Es hatte jedes Mal Spaß bereitet, denn Susan war eine gute Keksbäckerin. Mit Laurie dagegen hatte Keira bereits mehrmals Pralinen hergestellt. Das könnten wir auch mal wieder tun, dachte sie. Die Matcha-Pralinen, die sie im letzten Jahr selbst kreiert hatten, waren unglaublich gut angekommen. Keira hatte sie in ihrer Chocolaterie verkauft, und Laurie hatte sie in der Tea Corner angeboten. Pralinen aus weißer Schokolade mit Grünteearoma, und das Beste war: Sie hatten sie in gehackten Pistazien gewälzt, was dem Ganzen noch eine besondere Note gegeben hatte. Sie waren wirklich stolz auf ihre Kreation gewesen. Vielleicht fiel ihnen für den Valentinstag etwas ähnlich Kreatives ein. Aber zuerst einmal mussten Kekse her, die Damen der Stadt waren zum Valentinstag ganz verrückt nach Schokokeksen.

»Sehr gerne sogar«, sagte Susan. »Aber willst du denn mit dem Backen bis Ladenschluss warten?«

Keira nickte. »Ich würde sowieso tagsüber nicht dazu kommen. Ich bin ja allein im Laden und muss mich um die Kundschaft kümmern.« Erst am Samstag hatte sie wieder Hilfe von Kimberly. »Hast du denn auch wirklich Lust und nichts anderes zu tun?«

»Meine Serie kann ich auch aufzeichnen. Ich fände es sehr schön, ein bisschen Zeit mit dir zu verbringen.«

»Das fände ich auch.«

»Also ist das abgemacht? Ich komme nach Ladenschluss zu dir in die Chocolaterie?«

»Abgemacht!«

Nachdem Keira die Einkäufe schnell in ihrem Laden abgestellt hatte, spazierten sie ein paar kleinere Straßen entlang und fanden einen abgelegenen Baum für Terry. Der hielt ihn dann auch endlich davon ab, hinter irgendwelchen hübschen Hündinnen her zu sein. Jetzt verstand Keira, was Susan meinte.

»Guter Junge«, lobte Susan ihn, weil er es geschafft hatte, so lange zu warten. Er bedankte sich, indem er ihr über die Wange schleckte. Susan lachte.

Keira hatte niemals ein Haustier gehabt. Sie hatte sich immer einen Vogel gewünscht, einen kleinen blau-gelben Wellensittich vielleicht, der sich auf ihre Schulter setzte und dem sie etwas erzählen konnte. Aber ihre Mutter hatte keinen gewollt, denn sie hatte gemeint, er würde mit seinem Gezwitscher die Konzentration ihrer Klavierschüler stören, und bei Jordan brauchte sie mit dem Thema Haustiere gar nicht erst anzukommen. Die fand er noch nerviger als Kinder.

Am Abend zuvor, nachdem sie von ihrer Mutter gekommen war, hatte Keira sich neben ihn auf die Couch gesetzt und sich an ihn gekuschelt. Sie hatte ihn behutsam auf das Thema Kinder ansprechen wollen, als er anfing, sich über seine Patienten zu beklagen. Sie hatte das Gespräch noch im Ohr, als hätte es gerade erst stattgefunden …

»Kannst du dir das vorstellen? Da hat ein Typ, der von Beruf Sicherheitsbeamter ist, ein großer, stämmiger Kerl, verstehst du, Angst davor, ein Loch gebohrt zu bekommen. Ich musste ihm Lachgas verabreichen, damit er endlich stillhielt.«

»Oh. Na ja, nicht jeder ist so hart, wie er nach außen hin tut.«

»Oooh ja. Und ich dachte, Kinder sind schlimm. Aber Erwachsene sind oft noch viel schlimmer.«

»Bei Kindern kann man es doch aber verstehen, oder?«

»Kann sein.«

»Gibst du ihnen immer noch einen Lolli, wenn sie tapfer waren?«

»Um Gottes willen. Die hab ich vor Jahren abgeschafft. Ich weiß nicht, wer sich so was ausgedacht hat. Sie mit Zucker dafür belohnen, dass sie sich mit Zucker die Zähne kaputtgemacht haben?«

»Du könntest das auch strategisch sehen«, sagte sie mit einem kleinen Lacher. »Gib ihnen Zucker, und sie kommen bestimmt wieder.«

Jordan setzte sich auf und starrte sie an. »Bist du bescheuert?«

»Das war nur ein Witz, Jordan«, verteidigte sie sich. »Ein dummer Witz, ehrlich.«

»Was ist dir denn über die Leber gelaufen? Und warum bist du in letzter Zeit so gemein zu mir?«

»Wann bin ich denn bitte gemein?«

»Du hast mich gerade *bescheuert* genannt.«

»Ich habe dich nicht so genannt, ich habe gefragt, ob du bescheuert bist.«

»Ist doch dasselbe.«

»Ist es nicht.«

Sie erhob sich. »Ich gehe jetzt schlafen.«

»Sei doch nicht immer gleich beleidigt. Komm, setz dich wieder.«

»Ich bin müde.« Sie machte sich auf ins Schlafzimmer. »Und ich soll dich schön von meiner Mutter grüßen. Danke der Nachfrage, es geht ihr gut.«

»Was soll das denn jetzt wieder?«

»Gar nichts. Gute Nacht.« Sie zog sich ihren Pyjama an und krabbelte unter die Decke …

Jordan war nicht zu ihr gekommen, um den Streit zu klären. Nun, eigentlich war es ja gar kein Streit gewesen, nur eine dieser kleinen Auseinandersetzungen, die sie tagtäglich hatten. War es schon immer so gewesen? Sie versuchte sich zu erinnern. Nein, vor ein paar Jahren noch hatten sie sich besser verstanden. Vielleicht war einfach die Luft raus aus ihrer Beziehung. Sie beschloss, sich doch mal mit Laurie zusammenzusetzen und sich auszusprechen. Womöglich wusste ihre Freundin Rat.

Als Jordan eine Stunde später ins Bett gegangen war, hatte Keira noch wachgelegen. Allerdings hatte sie so getan, als schlafe sie. Jordan hatte noch eine Weile Nachrichten in sein Handy getippt, dann hatte er es weggelegt und war eingeschlafen. Keira fragte sich, mit wem er wohl noch so spätabends Kontakt hatte. War es einer seiner Sportfreunde? Unterhielten sie sich darüber, wie viele

Klimmzüge sie heute geschafft hatten? War es ein Patient, der Schmerzen hatte und ihn um Rat fragte? Oder war es … eine andere Frau? Nein, über so etwas wollte sie gar nicht nachdenken. Jordan liebte sie, trotz allem liebte er sie und war ihr treu. Dass sie schon seit Wochen, ach was, seit Monaten das merkwürdige Gefühl beschlich, er verheimliche etwas vor ihr, versuchte sie zu ignorieren.

»Und hat gestern Abend alles gut geklappt? Mit den Lichterketten?«, erkundigte Keira sich jetzt bei Susan. Die hatte sich nämlich angeboten, da sie als Einzige von ihnen in der Valerie Lane wohnte, die Lichter kurz vor dem Schlafengehen auszuschalten. Würden sie die ganze Nacht über brennen, würde das viel zu viel Strom kosten. Und wer kam schon nachts in der Gasse vorbei, um die Herzen anzusehen?

»Ja. Alles bestens. Ich hab sie um kurz vor elf ausgemacht.«

»Sehr gut.« Sie waren inzwischen wieder in der Valerie Lane angekommen. »Also dann, wir sehen uns heute Abend. Bis dahin wünsche ich dir einen schönen Tag«, sagte sie zu Susan.

Bevor diese allerdings etwas erwidern konnte, kam eine aufgeregte Agnes auf sie zugelaufen.

»Habt ihr es schon gehört?«, fragte die hippe junge Frau, die zusammen mit ihrer Mutter Barbara über Laurie's Tea Corner wohnte. Agnes trug heute eine knallila Bomberjacke und hatte so viele große Löcher in ihrer Jeanshose, dass Keira schon beim Anblick bibberte.

»Was denn?«

»Es kommt ein neuer Mieter in die Valerie Lane!«, verkündete Agnes ganz aufgeregt, wobei ihr schief geschnittener brünetter Pony ihr ins Gesicht fiel. Der Rest ihres langen Haares war im Ombré-Stil von der Mitte an nach unten blond gefärbt.

»Ja, den haben wir gestern kennengelernt«, teilte Susan ihr mit. »Er hat sich den leeren Laden angesehen. Soweit ich weiß, steht da aber noch gar nichts fest.«

»Oooh doch! Er hat noch gestern Abend den Mietvertrag unterschrieben!«

»Das hat er?«, fragte Keira verwundert. »Woher weißt du das?«

»Von meiner Mum.«

»Und woher weiß sie das?«, wollte Susan wissen.

»Von Mr. Spacey höchstpersönlich. Meine Mutter hat was mit ihm laufen, wusstet ihr das nicht?«

Susan und Keira sahen einander an, runzelten die Stirn und schüttelten dann den Kopf.

»Barbara und Mr. Spacey? Nie und nimmer!« Susan lachte.

Keira konnte es auch nicht glauben. »Mr. Spacey ist doch so … alt.«

»Er ist achtundfünfzig. Meine Mum ist auch schon vierundvierzig, ich finde das steinalt.« Agnes selbst war gerade einmal zwanzig.

Noch mal zwanzig sein, dachte Keira. Was würde sie alles anders machen?

»Obwohl ich zutiefst erstaunt bin«, sagte Susan und versuchte dabei schon wieder, Terry von einer Hündin fernzuhalten, »interessiert mich das andere Thema dann doch ein wenig mehr. Erzähl uns alles, was du weißt.« Sie zog erneut an Terrys Leine.

»Also, Tobin Marks hat sich gestern Abend den leeren Laden angesehen und war sofort hin und weg. Danach hat er sich mit Leopold zusammengesetzt, und sie haben den Vertrag fertig gemacht.«

»Leopold?« Keira musste lachen. Sie hatte bisher nicht gewusst, dass Mr. Spacey mit Vornamen so hieß. Auf allen Unterlagen stand stets nur L. Spacey. Sie hatte ihn für einen Larry gehalten oder einen Luke.

»Das sagtest du schon. Erzähl uns etwas, das wir noch nicht wissen.« Susan war ganz aufgeregt.

»Hmmm … lasst mich überlegen. Er will einen Blumenladen eröffnen.«

»Das ist uns auch schon bekannt.«

»Ist er schwul?«, fragte Keira neugierig.

Agnes runzelte die Stirn. »Ich denke nicht.«

»Verheiratet?«, erkundigte sich Susan.

»Keine Ahnung.«

»Wann zieht er in den Laden ein?«

»Woher soll ich das wissen?«

»Agnes, du bist als Spitzel zu absolut überhaupt nichts zu gebrauchen«, ließ Susan sie wissen.

Agnes zuckte die Achseln. »Ich muss jetzt weiter. Orchid, Laurie und Ruby interessiert die Neuigkeit bestimmt genauso.«

Keira sah auf die Uhr. Ein paar Minuten hatten sie noch, also folgte sie Agnes. Susan schloss sich ihr an.

Zuerst klopften sie an Orchids Fenster, die gerade Kleingeld in die Kasse legte.

»Hi, Leute. Was gibt's?«

»Mr. Marks hat den Vertrag für den leeren Laden noch gestern Abend unterzeichnet«, informierte Susan sie aufgeregt.

Orchids fröhliches Gesicht nahm einen verärgerten Ausdruck an, und sie verschränkte die Arme vor der Brust, wie schon am Abend zuvor. »So eine Scheiße! Dann kommt tatsächlich ein Kerl in unsere Straße. Das wird einfach alles ruinieren.«

»Das glaube ich nicht. Er scheint doch wirklich nett zu sein.«

»Genau das ist ja das Problem, Susan. Er wird nur Ärger bringen, das prophezeie ich dir.«

»Ach was, ich denke ja immer noch, dass er schwul ist«, meinte Keira.

»Der? Nie und nimmer! Keira, du hast echt kein Auge für so was.«

»Kann sein. Ist ja auch egal. Ich finde einen Blumenladen toll.« Nun ja, wenn sie genauer darüber nachdachte, war das eigentlich überhaupt nicht der Fall. Denn wenn ein Blumenladen direkt auf die andere Straßenseite käme, würde sie sich nur noch mehr liebevolle Ehemänner ansehen müssen, die ihren Ehefrauen kleine Aufmerksamkeiten besorgten. Jordan hatte ihr zwar auch schon mal Blumen geschenkt, aber das war gefühlte Ewigkeiten her.

»Na los, weiter zu Ruby«, sagte Agnes und marschierte voran. Die anderen drei folgten ihr und überquerten die kleine Straße. Ruby war noch nicht da, aber dann hörten sie Laurie rufen: »Was ist denn hier los? Hab ich was verpasst?«

Sie alle gingen schnellen Schrittes in Richtung Laurie's Tea Corner, die an der Ecke zur Cornmarket Street lag.

»Mr. Marks hat den Vertrag für den leeren Laden unterschrieben«, verkündete Keira.

»Heilige Schinkenpizza! So schnell?«

»Heilige was?«, fragte Orchid.

»Ist ein Insider zwischen Keira und mir.« Sie zwinkerte ihr zu. »Also, Mr. Marks hat bereits unterzeichnet?«

»Oh ja. Er schien sehr angetan gewesen zu sein«, erzählte Agnes ihr.

»Ob er noch vor dem Valentinstag eröffnet?«

»Oh Gott, bitte nicht. Dann wäre er Keiras und mein größter Konkurrent, was Valentinstagsgeschenke für die Liebste angeht«, kam es gleich von Orchid.

»Na, na, na«, machte Susan. »Seit wann sehen wir uns denn als Konkurrenten?«

»Hast ja recht. Ich mag den Typ einfach nicht.« Orchid verschränkte schon wieder die Arme vor der Brust, und Keira fragte sich, ob sie das in Zukunft immer tun würde, wenn von Mr. Marks die Rede war. Von Tobin Marks. Tobin, ein netter Name eigentlich.

»Da kommt ja auch endlich Ruby«, sagte Laurie, die sie zuerst entdeckt hatte, wie sie eilig um die Ecke bog.

»Was ist denn hier für eine Versammlung?«

Agnes brachte Ruby kurz auf den neuesten Stand, und Susan fragte sie, warum sie denn so abgehetzt sei.

»Mein Dad nur wieder. Er wollte unbedingt, dass ich ihm vor der Arbeit noch saure Gurken besorge. Deshalb war ich ein wenig in Eile heute Morgen.«

»Aaah, diese Woche sind es also saure Gurken?«

Sie alle kannten die Macken von Hugh Riley. Er hatte Woche für Woche eine neue besondere Vorliebe und wollte dann nichts anderes essen. Dieses Mal schienen es saure Gewürzgurken zu sein.

»Ja. Na, wenigstens sind sie billig. Als er seine Shrimps-Woche hatte, bin ich wirklich arm geworden.« Ruby seufzte, lächelte dann aber gleich wieder. Sie nahm die Sache trotz allem mit Humor, was Keira einfach nur wundervoll fand, denn könnte Ruby es nicht, hätte ihr Vater sie sicher schon in den Wahnsinn getrieben.

»Wer hat Lust, heute Abend mit uns Kekse zu backen?«, fragte Susan.

»Ihr backt Kekse? Für deinen Laden, Keira, oder nur für euch?«, wollte Orchid wissen.

»Beides, würde ich sagen.«

»Bei einem von euch zu Hause oder etwa in der kleinen Ladenküche?«, erkundigte sich Laurie.

»So klein ist sie nicht.«

»Könnte ganz schön eng werden«, gab Orchid zu bedenken.

»Ach, Quatsch!«, sagte Susan. »Wir sind doch alle rank und schlank.«

Alle außer mir, dachte Keira. Zumindest hätte Jordan jetzt so etwas gesagt.

»Na gut, ich bin dabei«, verkündete Orchid.

»Ich auch«, sagte Laurie. »Unbedingt. Das wird bestimmt ein Riesenspaß. Was ist mit dir, Ruby?«

»Wenn wir nicht allzu lange backen, sollte das einzurichten sein.«

»Super! Agnes?«

»Sorry, Mädels, aber ich hab ein Date.« Agnes schien von der Idee, Kekse zu backen, nicht sehr angetan, aber sie war ja auch erst zwanzig und traf sich sicher lieber mit Jungs.

»Guten Morgen allerseits. Haben Sie schon geöffnet, Miss Buckley?«, hörten sie jemanden sagen. Alle drehten sich um und erkannten Mrs. Kingston, eine Stammkundin, die in die Valerie Lane eingebogen war und mit ihrer stattlichen Figur und der gewaltigen Dauerwelle sofort alles um sich herum einnahm.

»Ja, natürlich, Mrs. Kingston. Ich komme sofort. Bis später dann, ihr Lieben.«

»Bis später!«, riefen die anderen Keira zu und begaben sich in ihre eigenen Läden.

Mit einem Lächeln auf den Lippen ging Keira auf ihre Chocolaterie zu. Es würde ein schöner Tag werden, ganz bestimmt.

KAPITEL 7

»Hi, Keira, ich bin's«, meldete sich Laurie am anderen Ende der Leitung. »Ich wollte nur kurz fragen, ob ich nachher eine Kanne Tee mitbringen soll und wenn ja, welche Sorte.«

»Klar, Tee ist immer gut. Bring doch den leckeren Schokotee, der passt zu den Keksen, die wir backen.«

»Backen wir Schokokekse? Yummy.«

»Ja, unter anderem. Müssen wir. Meine sind beinahe aus, und ich weiß jetzt schon, dass sie in den nächsten Tagen sehr gefragt sein werden. Es ist total komisch, kurz vorm Valentinstag werden die immer gekauft wie nichts anderes. Na ja, von Herzpralinen mal abgesehen.«

»Wir Frauen stehen halt auf Schokolade.«

»Ich habe Kundschaft, Laurie ...«

»Sorry, wollte dich auch gar nicht lange aufhalten. Bis später dann.« Keira hörte eine männliche Stimme im Hintergrund. »Ich soll dich noch schnell von meinem Dad grüßen, er ist gerade hier und besucht mich.«

Oooh. William Harper, Schönheitschirurg, grau meliertes Haar, groß, gut aussehend.

»Wie nett. Danke, grüß zurück.«

»Ich soll zurückgrüßen, Dad ... Keira, er sagt, er kommt zu dir rüber.«

Huch. Herrje. Darauf war sie nun gar nicht vorbereitet. Eigentlich war es ja auch nichts Besonderes, dass Männer zu ihr in den Laden kamen. Aber die letzten Male, die sie William gesehen hatte, hatten sie beide ein wenig miteinander geflirtet, und es hatte sich richtig gut angefühlt.

»Alles klar. Bye, Laurie.«

Sie strich sich das Haar hinters Ohr und zwickte sich in die Wangen. In *Vom Winde verweht* tat Scarlett O'Hara das, um eine gesunde Röte auf ihr Gesicht zu zaubern. Bei *Vom Winde verweht* musste sie kurz an Mrs. Witherspoon denken und daran, dass sie am Mittwoch gar nicht bei ihrem abendlichen Treffen dabei gewesen war und sich auch sonst nicht mehr bei ihnen hatte blicken lassen. Na, wahrscheinlich ist sie mit ihrem Humphrey beschäftigt, dachte Keira sich.

»Die beiden Schachteln Kekse sollen es sein?«, fragte sie die Kundin, die ihr gegenüber an der Kasse stand – eine Dame um die fünfzig mit einer blonden Dauerwelle. »Kann ich sonst noch mit irgendetwas dienen?«

»Ich hätte gerne noch welche von den köstlichen Zimtkugeln.«

»Oh, das tut mir sehr leid, aber die waren saisonal, ich hatte sie nur zur Weihnachtszeit. Ich kann Ihnen aber die Apfel-Zimt-Pralinen empfehlen, wenn Sie Zimt mögen.«

»Ich weiß nicht recht …«

»Hier, probieren Sie.« Keira bot der Frau eine der Pralinen an.

Sie probierte, und ihre misstrauischen Gesichtszüge veränderten sich innerhalb einer Millisekunde. Ihre

Augen bekamen diesen typischen Glanz, ihre Mundwinkel zogen sich nach oben, und die kleinen Lachfalten zuckten verzückt.

»Ich nehme hundert Gramm. Ach, machen Sie gleich zweihundert draus.«

Wie Keira das freute. Sie war noch immer jedes Mal unglaublich stolz, wenn sie Komplimente für ihre selbst hergestellten Süßigkeiten bekam oder einfach nur sah, was sie bei den Leuten bewirkten. Man konnte Menschen mit wenig glücklich machen, es war so einfach. Und sie war jeden Tag aufs Neue dankbar, dass sie tun durfte, was sie liebte. Die Chocolaterie war der Inhalt ihres Lebens, das Beste, was ihr je passiert war. Ein wahr gewordener Traum. Genau so war es, auch wenn nur wenige es wirklich nachvollziehen konnten. Laurie konnte es, Orchid auch, und Susan. Ruby vielleicht – doch sie war eher unfreiwillig in ihre Rolle als Ladeninhaberin geschlüpft. Jordan verstand es kein bisschen. Okay, er verstand, warum es ihr so wichtig war, ihr eigenes Geschäft zu führen, ihr eigener Boss zu sein, das war er ja selbst auch, nur hatte er absolut kein Verständnis dafür, weshalb sie ihren Lebensunterhalt mit Konfiserie verdienen musste. Wären es Handys gewesen oder Sportartikel, hätte er es wahrscheinlich für mehr als gut befunden, aber Schokolade?

»Keira!«, hörte sie eine tiefe Stimme und blickte zur Tür. Lauries Vater hatte den Laden betreten und strahlte sie an.

»William, wie geht es Ihnen?«

»Exzellent.«

»Das freut mich.« Sie rechnete ab und verabschiedete sich von ihrer Kundin. Dann wandte sie sich wieder William zu. »Wie geht es Ihrer Frau?«

»Wem?« Er lachte aus dem Bauch heraus. »War nur ein kleiner Spaß. Ihr geht es gut. Und wie geht es Ihrem … Lebensgefährten?«

»Jordan? Ihm geht es bestens, danke.«

»Zieht der Grobian den Leuten noch immer die Zähne?«

»Ja, und ich glaube, er hat sogar Spaß daran.« Das glaubte sie wirklich.

William lachte erneut. »Ich habe auch Spaß daran, den Frauen ihre Brüste zu operieren.«

Ha! Das konnte sie sich gut vorstellen.

»Also, William …« Sie sah sich schnell um, ob auch niemand im Laden war, der ihnen zuhören konnte. »Sie sind doch vom Fach. Was denken Sie, was an mir verändert werden müsste?« Das interessierte sie wirklich, weil Jordan ja so viel an ihr auszusetzen hatte. Erstens fand er sie zu dick, zweitens fand er sie zu klein, drittens fand er ihre Frisur langweilig, und viertens fand er ihre Stirn zu hoch. Normalerweise hätte sie sich geschämt, einen anderen Mann danach zu fragen, aber William Harper war einfach so ein lockerer und lustiger Lebemann, da konnte man ruhig mal die Initiative ergreifen.

»Wollen Sie meine ehrliche Meinung hören?«

»Ich bitte darum.«

Er betrachtete sie von oben bis unten. »Ich würde rein gar nichts verändern.«

»Ach, kommen Sie! Sie wollten doch ehrlich sein.«

»Das bin ich, das können Sie mir glauben.«

»Ich bin Ihrer Meinung nach nicht zu dick? Oder zu klein? Oder …«

»Wer hat Ihnen das denn eingeredet?«

»Niemand«, log sie. »Ich dachte nur …«

»Da dachten Sie falsch. Wissen Sie, es gibt diese Model-Typen, die perfekt sind und es doch nicht sind, verstehen Sie, was ich sagen will?«

Tat sie das? Nun, so einigermaßen. Sie nickte.

»Und dann gibt es da Frauen wie Sie, die überhaupt nicht viel tun müssen und von Natur aus schon vollkommen sind.«

Sie merkte, wie sie rot wurde, auch wenn sie William noch immer nicht glaubte, dass er es auch wirklich ernst meinte. Sie war heute nur dezent geschminkt, ein wenig Mascara und hellrosa Lipgloss, und sie trug zu ihren langweiligen grauen Jeans eine langweilige weiße Bluse. Vollkommen war wohl etwas anderes.

»William, Sie Schlawiner.« Das war ein Wort, das Mrs. Witherspoon gerne gebrauchte.

William aber trat nun näher und wurde ganz ernst. »Keira, ich glaube, Sie wissen gar nicht, wie umwerfend Sie sind, oder? Wäre ich nicht verheiratet …«

Sie starrte den Mann an. Hatte er das gerade wirklich gesagt, oder hatte sie sich das nur eingebildet? Weil sie es so dringend brauchte, mal ein nettes Kompliment zu bekommen?

Während sie noch darüber nachdachte, wahrscheinlich knallrot wie eine Tomate, lächelte William schon wieder breit wie eine Banane. »Also, ich würde gerne

Pralinen kaufen. Welche können Sie empfehlen … oder besser, welche sind denn Ihre Lieblingspralinen?«

»Meine? Hmmm, ich mag ja die Zartbitter-Orangentrüffeln am allerliebsten. Allerdings sind die schon sehr herb, ich weiß nicht, ob die Ihrer Frau schmecken würden. Vielleicht wären Sie mit schlichten Sahnetrüffeln besser bedient.«

»Sie sind nicht für meine Frau. Darf ich eine probieren?«

Ah, er will sich selbst mal was gönnen, dachte Keira lächelnd und griff zur Zange.

»Bitte sehr.«

William nahm die dunkle Kugel entgegen und biss herzhaft hinein. »Die sind ja unglaublich gut. Machen Sie eine Schachtel voll, ja?«

»Sehr gerne.« Sie tat wie ihr geheißen und legte einen Orangentrüffel nach dem anderen in die Schachtel. Zwischendurch warf sie einen Blick zu William, der ihr bedeutete, weiterzumachen. Als die Schachtel bis oben hin voll und kaum noch zu schließen war, hörte sie auf, wog das Ganze und tippte den Preis dann in die Kasse ein.

»Darf ich eine Schleife drum machen?«

»Gerne.«

Sie wollte zum blauen Band greifen, doch William hielt sie auf. »Darf ich mal das rosafarbene sehen?«

Stirnrunzelnd zog sie an dem hellen Band, so lange, bis es über die Theke reichte und William es entgegennehmen konnte.

Was er dann tat, verwirrte sie noch mehr, als dass er für seine eigenen Pralinen eine rosa Deko wollte. Er lehnte sich nämlich vor und hielt ihr das Band direkt an die Lippen.

»Perfekt.«

»Sie möchten das rosa Band, ja?«, fragte sie ein wenig verlegen.

Er lächelte breit und nickte entschlossen.

Nun musste sie schmunzeln, band sogleich eine Schleife um die Schachtel und stellte diese dann in eine Papiertüte.

»Das macht vierundzwanzig fünfzig, bitte.«

William zahlte und strahlte sie wieder an, machte jedoch keine Anstalten, die Tüte an sich zu nehmen.

»Ich wünsche Ihnen noch einen schönen Tag, Keira«, sagte er dann und ging zur Tür.

»Ihre Pralinen!«, rief sie ihm hinterher.

An der Tür blieb er noch einmal stehen. »Die sind doch für Sie. Lassen Sie sich die Trüffeln schmecken. Und wehe, Sie denken dabei an Kalorien«, warnte er sie mit dem Zeigefinger.

Sie konnte nicht anders, als zu lächeln. Oh, dieser Mann. Ja, wenn er nicht verheiratet wäre …

»Danke, William«, brachte sie gerührt hervor.

Er winkte und verschwand. Ihr Held in seinem George-Clooney-Kostüm.

Sie stellte die Pralinen beiseite und schüttelte ungläubig den Kopf. Wieder einmal wurde sie eines Besseren belehrt. Es gab diese Sorte Männer nämlich doch noch, und sie war gerade Zeugin davon geworden.

KAPITEL 8

Keira sah zur Ladentür, die sie noch nicht abgeschlossen hatte, obwohl sie bereits das Schild ins Fenster gehängt hatte. Denn sie erwartete ja ihre Freundinnen. Nun war es aber bereits zehn nach sechs, und keine von ihnen hatte sich bisher blicken lassen. Natürlich mussten sie alle ihre Läden schließen, Kassensturz machen, vielleicht noch ein paar Sachen wegpacken. Besonders Laurie hatte immer noch einiges aufzuräumen, musste das schmutzige Geschirr abwaschen, halb volle Teekannen ausleeren … und sie hatte ja auch noch versprochen, für heute Abend Tee zu kochen. Aber die anderen?

Um Viertel nach sechs stand Keira immer noch allein da und ging zum Fenster hinüber, um Ausschau zu halten. Bei Orchid drüben brannte noch Licht, Susans Laden war dunkel wie die Nacht. Wo waren sie nur alle?

Um achtzehn Uhr zweiundzwanzig trudelte endlich Laurie ein, eine dampfende Teekanne in der Hand. »Huch? Wo sind denn die anderen?«

»Wenn ich das wüsste.«

»Macht nichts, dann backen wir halt allein.« Laurie zwinkerte ihr zu. »Umso mehr bleibt für mich.«

»Haha. Ich denke, die anderen werden noch kommen.«

Und da klopfte auch schon Orchid an die Tür. Keira machte ihr ein Zeichen, dass offen war.

»Sorry, dass ich zu spät bin. Ich habe mit Patrick telefoniert. Ich hab auch nicht allzu viel Zeit, wir wollen nachher noch ins Kino. Der Film fängt um acht an.«

»Oh. Na okay. Dann machst du halt mit, solange du kannst, und ich bringe dir morgen die fertigen Kekse rüber.«

Jordan hätte jetzt gesagt, dass das dumm war, dass sie viel zu gutherzig war. Wenn Orchid eher gehen musste, sollte sie sich morgen ihre Kekse gefälligst selbst abholen kommen.

Es war verrückt. Ständig dachte Keira darüber nach, was Jordan in dieser oder jener Situation sagen würde. Er war einfach die ganze Zeit in ihrem Kopf. Und immer hatte er etwas auszusetzen, selbst wenn er gar nicht da war – es war kaum noch zu ertragen.

»Super, das ist aber süß von dir.«

»So ist unsere Keira, und deshalb lieben wir sie so.« Laurie legte ihr einen Arm um die Schulter und zog sie an sich.

Keira wurde warm ums Herz. Sie freute sich, wenn ihre Freundinnen so etwas über sie sagten.

»Weißt du zufällig, wo Susan und Ruby sind?«, fragte sie Orchid.

Die schüttelte nur den Kopf. »Keine Ahnung. Aber lasst uns doch schon anfangen, oder was meint ihr?«

Sie begaben sich nach hinten in die kleine Küche, in der nicht nur eine Spüle, ein Kühlschrank und ein Herd ihren Platz gefunden hatten, sondern in der es sogar eine

Mikrowelle, einen Mixer, einen Blitzzerkleinerer, eine elektrische Rührschüssel und jede Menge Back- und Kochutensilien gab. Ein ganzes Regal war angefüllt mit Pralinenformen, in die man nur flüssige Schokolade oder eine andere süße Creme hineinzufüllen brauchte und nach wenigen Stunden die leckersten Pralinen hatte.

»Also, was soll ich aus dem Kühlschrank holen?«, fragte Orchid und öffnete die Tür.

Oben auf dem Kühlschrank standen einige hübsche pinke Metalldosen, in denen Keira Ausstechformen aufbewahrte. Auf einem Regal über der Arbeitsfläche waren etliche Gläser aufgereiht, die Schokotropfen, Streusel, Borkenschokolade, Nüsse, Orangeat und Zitronat, Rosinen und andere getrocknete Früchte und Gewürze wie Zimt, Anis und Koriander beinhalteten.

»Die Butter habe ich vorhin schon rausgeholt. Wir brauchen noch Milch, bitte.«

»Keine Eier?«

»Nein, für dieses Rezept benötigt man keine. Später backen wir noch Mandelplätzchen, da brauchen wir welche. Aber dann sitzt du mit deinem Patrick sicher schon knutschend im Kino.« Keira zwinkerte ihr zu.

Orchid grinste. Sie nahm die Milch und stellte sie auf die Arbeitsfläche, während Keira das Glas mit den Schokotropfen vom Regal holte und Mehl, Zucker, Vanillin und Backpulver hervorzauberte.

»Was kann ich tun?«, fragte Laurie.

»Du kannst schon mal die große Rührschüssel da unten aus dem Schrank holen.« Sie deutete auf den rosarot gestrichenen Küchenschrank neben der Spüle.

»Echt unfassbar, was du so alles in dieser kleinen Küche zu verstauen weißt«, lobte Laurie.

»Tja, man muss sich nur zu helfen wissen. Sagt mal, hat einer von euch etwas von Mrs. Witherspoon gehört? Sie war Mittwochabend nicht da und auch sonst nicht in der Valerie Lane, zumindest nicht in den letzten Tagen. Ich fange langsam an, mir Sorgen zu machen.«

»Ich bin gestern bei ihr vorbeispaziert und habe kurz Hallo gesagt«, berichtete Orchid. »Ihr geht es gut. Sie hat mir erzählt, dass sie ihren Humphrey beinahe jeden Tag in der Suppenküche trifft.«

»Ihre ganz eigene Art von Romantik«, sagte Laurie.

»Ja, so sollte man es sehen«, fand auch Keira. »Wir brauchen sie deshalb nicht zu bedauern, es ist doch schön, dass sie jetzt jemanden hat. Auch wenn beide arm wie Kirchenmäuse sind.«

»Hallo? Seid ihr da?«, hörten sie jemanden von vorne aus dem Laden rufen.

»Hier hinten!«

Ruby und Susan betraten gemeinsam die Küche.

»Bitte entschuldigt, dass wir uns verspäten«, sagte Ruby.

»Wir waren noch schnell einkaufen. Ich dachte, ich bringe uns ein bisschen Proviant mit, wir bekommen bestimmt Hunger. Der Abend könnte lang werden.« Susan stellte eine vollbepackte Tüte ab.

»Für mich nicht«, sagte Orchid entschuldigend. »Ich gehe später noch ins Kino. Mit Patrick.«

»Mit wem denn sonst? Du lässt uns für einen Mann sitzen?« Susan schüttelte gespielt enttäuscht den Kopf.

»Tut mir sooo leid.«

»Was bringst du denn für Proviant?«, fragte Keira neugierig.

Susan holte allerlei Salate und abgepackte Sandwiches aus der Tüte hervor.

»Von Marks&Spencer?«, fragte Laurie. »Die haben die besten Salate. Oh, wie lecker. Mit Shrimps. Und der hier ist mit Feta und getrockneten Tomaten. Toll!«

»Eine gute Idee, Susan.«

»Das dachte ich auch.«

»Und was hast du da?«, fragte Orchid und versuchte einen Blick in die Tüte zu erhaschen, die Ruby hielt.

Ruby, heute in einem dunkelblauen Kleid, das direkt aus den Zwanzigerjahren zu kommen schien, verzog das Gesicht. »Nur saure Gurken.«

Sie alle mussten lachen. Dann begannen sie zu backen.

Ruby und Orchid bereiteten den Teig zu, während Keira ihnen Anweisungen gab. Mal davon abgesehen, dass fast mehr in Orchids Mund landete, als in der Schüssel blieb, wurde er wirklich gut.

»Lass mich auch mal probieren!«, sagte Susan, die zusammen mit Laurie die Bleche mit Backpapier auslegte und nebenbei in einem der Backbücher nach weiteren leckeren Rezepten suchte. Sie langte in die Schüssel. »Wow! Ist der gut! Du solltest Keksteig in deinem Laden verkaufen, der wäre bestimmt der Renner«, schlug sie Keira vor.

Sie lachte und musste an ihr Lieblingseis in der Sorte Cookie Dough denken.

»Hey! Nun iss nicht alles auf, es bleibt ja nichts für die Kekse übrig!«, schimpfte Orchid.

»Ha! Das muss ausgerechnet von dir kommen! Sag mal, wie machst du das eigentlich? Du bist ständig nur am Essen. Was ist dein Geheimnis, um dein Gewicht zu halten?«

Das interessierte Keira auch. Orchid war rank und schlank, egal, was und wie viel sie in sich hineinfutterte.

»Mein Geheimnis wollt ihr wissen? Gaaanz viel Sex!«

Susan verschluckte sich am Teig, und auch die anderen japsten ein wenig, fingen dann aber alle gleichzeitig an zu lachen.

»Du bist ja verrückt!«, sagte Keira.

»Ja, verrückt nach meinem Patrick.«

»Ihr seid aber auch süß miteinander«, fand Laurie.

»Und du erst mit deinem Barry«, sagte Susan. »Eure Geschichte sollte verfilmt werden.«

»Den Teil, in dem ich mich nervös auf der Kommode abstützen wollte, dabei dummerweise danebengegriffen und mir das Bein aufgeratscht habe, woraufhin er mich verarztet und meine unrasierten Affenbeine gesehen, ja, sogar in den Händen gehalten hat, lassen wir aber weg, okay?«

»Das ist doch gerade der Stoff, aus dem Filme gemacht sind«, sagte Keira.

»Aber nicht mein Film!«, stand für Laurie fest.

»Wenn man wirklich einen Film über euch drehen würde, wer sollte dich und Barry dann spielen?«, fragte Susan.

»Na, Jude Law spielt Barry, das ist ja wohl klar«, sagte Laurie, denn Jude Law war nicht nur ihr allerliebster Schauspieler, er sah Barry ihrer Meinung nach auch zum Verwechseln ähnlich.

»Sonnenklar«, stimmte Orchid zu.

»Und wer spielt Laurie?«, fragte Keira.

»Amy Adams!«, schlug Susan vor.

»Ich bin für Emilia Clarke«, sagte Ruby.

»Die aus *Ein ganzes halbes Jahr*? Unbedingt!«, kam es von Orchid.

»Na, dann wären wir uns ja einig. Und wer schreibt nun das Drehbuch und schlägt es den Produzenten in Hollywood vor?«

»Das könnte Gary tun«, schlug Ruby mit leiser Stimme vor und hatte dabei ein liebliches kleines Lächeln auf den Lippen.

»Gary?« Susan sah sie überrascht an wie sie alle.

»Ja. Denn Gary war einmal Schriftsteller. In einem anderen Leben.«

»Unser Gary? Der Gary, über den wir nicht viel mehr wissen, als dass er aus Manchester kommt? Der Gary, der nie etwas von sich preisgibt?«, fragte Laurie.

»Genau der.«

»Wie hast du das denn aus ihm herausbekommen?«, wollte Susan wissen.

»Es hat sich so ergeben. Wir reden sehr viel in letzter Zeit.«

»Ach ja?«, fragte Orchid mit einem Unterton und zwinkerte den anderen zu.

»Nicht, was du jetzt gleich wieder denkst. Wir sind Freunde, mehr nicht.«

»Ja, ja. Das sagen sie alle.«

Es entstand eine kurze Stille. Wahrscheinlich dachte jeder über Gary nach.

»Sagt mal, was waren eigentlich die Lieblingskekse von Valerie Bonham?«, warf Keira die Frage in den Raum, während sie den Keksteig zu Kugeln rollte. »Es wäre doch toll, ihre Lieblingssorte nachzubacken und sie im Laden anzubieten. Könnte ein Verkaufsschlager werden, und selbst wenn nicht, wäre es ein ganz besonderes Produkt.«

»Ich hab ehrlich keine Ahnung«, antwortete Laurie.

»Ich weiß es«, meldete Ruby sich zu Wort, die so gut wie alles über die gute Valerie zu wissen schien. »Sie mochte am liebsten gutes altes Teegebäck. Das backt man mit Melasse.«

»Woher weißt du das schon wieder?«, fragte Susan.

Ruby zuckte nur die Schultern.

Keira aber horchte auf. »Ja, ich weiß so ungefähr, was du meinst. Ich suche mal ein paar Rezepte heraus und probiere sie aus.«

Orchid bekam ganz große Augen. »Cool! Die könnten wir dann alle anbieten, oder? Zu Ehren der guten Valerie. Vielleicht könnten wir je ein Pfund pro verkaufter Tüte für einen guten Zweck spenden«, schlug sie vor.

»Eine tolle Idee! Die hätte Valerie bestimmt gefallen«, sagte Laurie.

»Mir kommen gleich die Tränen«, schluchzte Susan.

»Awww. Nicht weinen.« Keira nahm sie mit ihren mehlbestäubten Händen in den Arm.

Susan lachte schniefend. »Hee! Du machst mich ja ganz schmutzig.«

»Ist doch egal. Ich denke, so wie Orchid hier mit Mehl um sich schmeißt, werden wir nachher eh alle aussehen wie Schneemänner.«

»Ich mach doch gar nichts«, sagte Orchid, sah an sich herunter und bemerkte da erst, dass sie selbst schon weiß wie Schnee war. Weiß wie das Haar von Mrs. Witherspoon.

»Bevor ich es vergesse«, sagte Keira. »Ich habe in der Rumpelkammer meiner Mum ganz viele alte Marmeladengläser und Dekozeugs gefunden. Ich werde mich also um die Spendengläser für unsere ›Mission Kühlschrank‹ kümmern.«

»Super! Ich war schon drauf und dran, Ruby um eins der Gewürzgurkengläser zu bitten«, sagte Orchid und lachte.

Ruby lachte ebenfalls, wurde dann aber still und horchte auf. »Hört ihr das auch?«

Jemand rief ihren Namen. »Ruby! Ruby!«

»Es kommt von draußen«, sagte Keira und eilte nach vorne. Die anderen folgten ihr. »Es ist dein Dad, Ruby!«

Hugh lief die Straße rauf und runter und rief dabei nach seiner Tochter.

Ruby trat aus dem Laden. »Daddy, hier bin ich. Keine Angst, ich bin ja hier«, sagte sie und ging schnellen Schrittes auf ihn zu. Dass es draußen eisig kalt war und sie keine Jacke trug, schien sie gar nicht zu merken.

Hugh taumelte auf sie zu. »Ich hab schon überall nach dir gesucht, Ruby.« Er jammerte fast, schien verzweifelt.

Keira sah, wie Ruby ihren Vater in die Arme nahm, ihn wie ein Kind beruhigte. »Jetzt hast du mich ja gefunden, Daddy. Ich habe dir doch gesagt, dass ich heute ein wenig später komme.«

»Das hab ich vergessen.«

»Was ist denn passiert? Was ist los?«

»Meine Gurken sind alle. Ich brauche neue Gurken, ich *brauche* sie.« Er winselte nun wie ein Kleinkind, das seinen Teddybären verloren hatte.

Keira war die Situation sehr unangenehm. Sie konnte sich gut vorstellen, wie Ruby sich in diesem Moment fühlte. Nicht nur die vier Freundinnen standen vor Keira's Chocolates und sahen dem Geschehen zu, auch etliche Nachbarn hatten ihre Fenster aufgerissen und beobachteten die Szene.

»Aber ich habe dir doch heute Morgen vor der Arbeit drei Gläser Gurken gekauft.«

»Die sind längst alle.«

»Was, du hast sie alle aufgegessen? Das macht nichts, Daddy. Ich habe dir schon neue besorgt. Sie sind bei Keira im Laden. Lass sie mich holen gehen, ich bin gleich wieder bei dir. Dann bringe ich dich nach Hause, ja?«

Sie ging an Keira und den anderen vorbei und murmelte eine Entschuldigung. Keine dreißig Sekunden später kam sie mit ihrer Jacke und der Tüte mit den Saure-Gurken-Gläsern zurück nach draußen. »Tut mir wirklich leid«, sagte sie noch einmal.

»Kein Problem«, versicherte Keira ihr. Sie wollte ihr alles Gute wünschen, ihr sagen, dass sie morgen vorbeikommen und ihr Kekse bringen würde, sie wissen lassen, dass es okay war, dass sie verstand. Aber sie wusste, dass nichts, was sie hätte sagen können, es besser gemacht hätte. Denn das war Rubys Leben. Sie hatte sich längst damit abgefunden, musste es akzeptieren, wie es war. Es blieb ihr ja gar nichts anderes übrig.

Ruby ging zu ihrem Dad, band ihm ihren Schal um, da er keinen trug und in seiner dünnen Jacke schon zitterte, und hakte sich bei ihm ein. Zusammen verließen sie die Valerie Lane.

Keira konnte Gary an der Ecke sitzen und die beiden still beobachten sehen. Sein Blick hatte einen mitleidigen Ausdruck, jedoch war er auch voller Bedauern. Es gibt so viele Geheimnisse in der Valerie Lane, dachte sie in diesem Moment. So vieles, was unausgesprochen war, so vieles, das vor anderen verheimlicht wurde. Und das betraf nicht nur Gary.

Auch Orchid verabschiedete sich jetzt, da der Kinofilm wartete. Und sie waren nur noch zu dritt.

Danach waren die Freude und die Leichtigkeit, die sie noch vor Minuten verspürt hatten, verflogen. Ohne viel zu reden, machten sie die Kekse fertig und beließen es bei der einen Sorte. Als das letzte Blech aus dem Ofen war, sagte Susan, die noch immer Mehl in ihrem geflochtenen Zopf hängen hatte: »Ich mache mich dann auch mal auf. Terry wartet sicher schon auf mich, wir gehen vor dem Schlafengehen immer noch eine Runde um den Block.«

Keira und Laurie begleiteten Susan bis vor die Tür. »Ich danke dir für deine Hilfe«, sagte Keira. »Es hat wirklich Spaß gemacht, mal wieder zusammen zu backen.«

»Ja, das hat es, bis …«

»Ja, bis …«, sagte auch Laurie.

»Gute Nacht, meine Liebe. Vergiss deine Kekse nicht und knuddel Terry lieb von mir.« Keira drückte ihr eine Dose frisch gebackener Schokokekse in die Hand.

»Werde ich.«

»Bist du okay?«, fragte Laurie Keira, als nur noch sie beide übrig waren.

»Ja. Und du?«

»Es tut mir in der Seele weh, mit anzusehen, was Ruby für ein Leben leben muss.«

»Ich weiß genau, was du meinst. Aber wir sind da machtlos. Sosehr wir auch versuchen, anderen zu helfen – hier können wir nichts tun.«

»Leider.«

»Sag mal, was weißt du eigentlich über Susan?«

»Wie meinst du das?«

»Sie hat uns ja mal erzählt, dass ein Mann sie sehr verletzt hat und dass sie deshalb keinen mehr an ihrer Seite haben will. Aber was genau ist damals passiert?«

»Da weiß ich leider nicht mehr als du. Ich glaube auch nicht, dass sie es uns jemals offenbaren wird. Da spricht sie nicht drüber, sie hat es hinter sich gelassen.«

Keira nickte. Da waren sie wieder, die Geheimnisse. Sogar unter besten Freundinnen. So war es wohl nun einmal, sie erzählte den anderen ja auch nicht, wie schlecht es ihr mit Jordan wirklich ging. Außer Laurie. Und obwohl sie gerade das dringende Bedürfnis verspürte, sich einmal so richtig auszusprechen, konnte sie es nicht. Würde sie es laut bekennen, würde es sich nur noch realer anfühlen.

»Keira, was hast du auf dem Herzen? Ich sehe doch, dass da etwas ist.«

»Ach …« Sie winkte ab, merkte dann aber selbst, wie ihr die Tränen über die Wangen liefen. Und da konnte sie es nicht mehr zurückhalten. »Hast du vielleicht noch eine Stunde? Ich habe eine Flasche Rum im Laden.«

»Das hört sich wirklich gut an.« Laurie legte ihr einen Arm um die Schulter und begleitete sie zurück in die Chocolaterie.

KAPITEL 9

Am Samstag sah die Welt schon gleich viel besser aus, denn endlich hatte Keira sich mal so richtig ausgesprochen – und ausgeheult. Das hatte verdammt gutgetan.

Um Viertel vor neun betrat sie ihren Laden mit demselben Lächeln, mit dem sie ihn an allen guten Tagen betrat. Und manchmal fühlte sie sich dabei wie an jenem allerersten Tag, an dem sie ihn betreten hatte. Sie konnte sich noch gut daran erinnern – es war das schönste Gefühl auf Erden gewesen.

Bei ihr war es ein wenig anders verlaufen als bei den anderen Ladeninhaberinnen der Valerie Lane. Susan zum Beispiel hatte schon einige Jahre als Modedesignerin gearbeitet und dann irgendwann festgestellt, dass sie gerne einen Laden eröffnen und Wolle sowie eigene Mode – wenn man die selbst gestrickten Sachen so nennen konnte – verkaufen wollte. Laurie war in einer PR-Agentur beschäftigt gewesen, bevor ihr bewusst wurde, wie sehr sie Tee liebte. Orchid hatte sich erst durch viele, viele Jobs durchgearbeitet, bis ihr die Idee mit dem eigenen Geschäft kam. Und Ruby hatte eigentlich ganz andere Pläne gehabt und war dann sozusagen gezwungen gewesen, den Laden ihrer Mutter zu übernehmen. Aber Keira hatte schon immer gewusst, dass sie eine Chocolaterie eröffnen wollte. Es lag ihr einfach im Blut. Nicht nur, um ihr eigener Chef zu sein, sondern vor allem auch, um Schokolade zu ihrem Lebensinhalt zu machen.

Wenn sie in der geschmolzenen Schokolade rührte und ihre Pralinen herstellte, fühlte sie sich wie im Himmel. Wie in ihrer ganz eigenen Welt. Sie hatte es – auch in schlechten Zeiten – kein einziges Mal bereut, den Laden eröffnet zu haben, und sie wusste mit hundertprozentiger Sicherheit, dass sie, egal was kam, dies niemals tun würde.

Ein Klopfen. Oh, Kimberly war da. Ganz in Schwarz und sehr figurbetont gekleidet, wie beinahe immer. Sie hatte eine blonde Kurzhaarfrisur und diesen französischen Chic der Sechzigerjahre, welcher sehr gut zu ihr passte.

Keira öffnete ihr und freute sich, sie zu sehen. Denn Kimberly war eine wirklich pflegeleichte Mitarbeiterin. Natürlich teilte sie mit ihren siebzehn Jahren nicht die gleiche Liebe für die süße Sünde, aber sie wusste ihren Job zu schätzen, kam immer pünktlich und war freundlich zu den Kunden. Was wollte man als Chefin mehr?

Manchmal kam es Keira noch immer komisch vor, jetzt die Chefin von jemandem zu sein, aber mit den Jahren war das Geschäft immer besser gelaufen, und sie konnte die Arbeit nicht mehr allein bewältigen, besonders am Wochenende. Und sie musste ja nebenbei noch die Produkte, die sie anbot, selbst herstellen, zumindest einen Teil davon. Da war sie froh, ein wenig Entlastung zu haben.

»Guten Morgen, Kimberly. Wie geht es dir?«

»Sehr gut. Ich habe eine Zwei in Mathe.« Das Mädchen strahlte sie freudig an.

»Das ist super. Mathe ist doch das Fach, in dem du die meisten Probleme hattest, oder?«

»Stimmt. Aber jetzt habe ich einen guten Nachhilfelehrer.« Sie grinste.

»Ach ja?« Keira ahnte, dass Kimberly auf diesen stand, und erinnerte sich kurz daran, wie es war, siebzehn und total verknallt zu sein. Dieses Gefühl hatte sie so unendlich lange nicht gehabt.

»Soll ich die Regale auffüllen oder mich hinter die Theke stellen?«, fragte Kimberly.

»Am besten stellst du dich an die Kasse. Die Regale habe ich schon gestern Abend aufgefüllt. Ich würde gerne nach hinten gehen und noch ein paar Herzpralinen machen und eventuell ein, zwei Sorten Kekse backen. Nachher muss ich auch noch Orchid und Ruby einen kleinen Besuch abstatten, wir haben nämlich gestern Abend zusammen gebacken, und ich will ihnen ein bisschen was davon bringen.«

»Was habt ihr denn gebacken?«

»Schokokekse.«

»Lecker. Bekomme ich auch einen?«

»Klar. In der Küche steht eine Dose für uns mit denen, die nicht so schön geworden sind. Da darfst du dich gerne bedienen.« Sie bot ihren Kunden immer nur das Beste an.

»Alles klar. Du, Keira, ich wollte dich schon lange mal was fragen.«

»Dann frag«, sagte sie und lächelte ihre Aushilfe an.

»Würdest du eigentlich am liebsten nur selbst gemachte Sachen verkaufen? Ich meine, du hast doch auch all diese abgepackten Sachen im Angebot.«

Keira musste kurz überlegen. »Nein, eigentlich nicht. Denn dann würde ich den ganzen Tag nur in der Küche verbringen und könnte gar nicht meiner Lieblingstätigkeit nachgehen, und die ist einfach, im Laden zu stehen und Kunden zu bedienen. Außerdem mag ich es, eine große Vielfalt anzubieten, schottisches Shortbread, deutsches Marzipan, holländische Karamellwaffeln und die Mozartkugeln aus Österreich, die Mr. Monroe so gerne kauft. Genau das macht ja auch Keira's Chocolates aus.«

»Ich verstehe.«

Der erste Kunde betrat den Laden, und Keira überließ ihn Kimberly und ging nach hinten, wo sie als Erstes weiße Schokolade in einem Topf mit Sahne schmolz. Die Masse stellte sie in den Kühlschrank und backte in der Zwischenzeit vier Bleche Zitronenzungen. Dann holte sie die Schokoladenmasse wieder heraus, rührte sie mit dem elektrischen Rührgerät cremig, gab Orangenraspeln, Orangenaroma und gehackte Macadamianüsse hinzu und füllte alles in einen Spritzbeutel. Damit spritzte sie kleine Portionen in die herzförmigen Pralinenformen und stellte diese erneut kalt. Nachdem sie noch zwei weitere Sorten Herzen – Nougat und Champagner – gefertigt hatte, nahm sie die vorbereiteten Keksdosen und ging zuerst nach nebenan zu Ruby.

Keira war positiv überrascht, dass bei ihr so viel los war. Es waren mehrere Kunden im Laden, was man noch vor einigen Monaten nicht hatte sagen können. Da war Ruby's Antiques so gut wie ausgestorben gewesen. Doch die Freundinnen hatten auf keinen Fall mit ansehen wollen, wie Ruby pleiteging und den Laden schließen musste.

Also hatten sie sich etwas ausgedacht, um ihr unter die Arme zu greifen, beziehungsweise war es zuallererst Lauries Idee gewesen, und sie alle waren natürlich sofort dabei gewesen. Sie hatten eine Anzeige für Ruby ins Wochenblatt gesetzt, und sie hatten begonnen, antike Stücke aus dem Laden ihrer Freundin in ihren eigenen Geschäften auszustellen. An diese Dekorationen stellten sie ein Schild mit dem Verweis auf Ruby's Antiques. Von da an war es wieder aufwärts gegangen mit Rubys Laden, und sie alle konnten stolz auf sich sein, denn die Mission »Rettet Ruby« war ein voller Erfolg. Nun musste ihnen dasselbe mit Mrs. Witherspoon gelingen.

»Ruby, störe ich? Bei dir ist es ja richtig voll.«

»Ja.« Ruby strahlte glücklich. »Das Ja war natürlich nicht auf die Frage bezogen, ob du störst. Du könntest mich niemals stören. Aber du hast recht, es ist voll und läuft ganz gut.«

»Ich freu mich so für dich.«

»Das habe ich alles nur euch zu verdanken.«

»Ach, keine falsche Bescheidenheit. Das meiste machst du selbst mit deinem umwerfenden Charme.«

»Klar.« Sie beide wussten, wie introvertiert Ruby war, wie still und in sich gekehrt. Was natürlich nicht bedeuten sollte, dass sie nicht freundlich zu den Kunden war oder sich nicht mit ihnen unterhielt. Gerade wenn es um die gute Valerie ging, wusste sie immer etwas zu einem Gespräch beizutragen.

»Hier sind auf jeden Fall deine Kekse. Ich muss wieder rüber in den Laden. Ich habe heute viel zu tun.«

»Dann lass dich nicht aufhalten. Und danke.«

Keine von beiden erwähnte den gestrigen Vorfall mit Rubys Dad, und es war okay.

Keira überquerte die Straße und musste beim Anblick von Orchids Schaufenster, das voller Herzen war, lächeln.

»Huhu. Ich wollte dir nur schnell deine Kekse vorbeibringen«, sagte sie, als sie den Geschenkartikelladen betrat.

Orchid sah wie immer wunderschön aus: Das lange blonde Haar fiel ihr seidig über die Schultern, und Keira dachte, dass sie alles geben würde für solche Haare.

»Hallo, Keira«, sagte Orchid und strahlte. »Super, genau das, was ich jetzt brauche.«

»Sie sind wirklich lecker geworden. Es kommt mir fast so vor, als ob sie, weil wir sie alle zusammen gebacken haben, noch ein bisschen besser wären als sonst.«

»Wir haben sie ja auch mit viel Liebe gebacken.«

»Das stimmt. Wie war es im Kino? War es ein guter Film?«

»Ich habe keine Ahnung. Wir haben nicht allzu viel vom Film mitbekommen.«

»Orchid!« Keira musste lachen.

»Jetzt sag mir nicht, dass du und Jordan früher nicht während des ganzen Films rumgemacht hättet.«

Doch, natürlich hatten sie das, aber es war schon verdammt lange her.

»Ich finde es wirklich schön, dass ihr nach zweieinhalb Jahren Beziehung noch immer frisch verliebt seid«, sagte sie stattdessen.

»Finde ich auch. Und ich glaube, daran wird sich auch nie etwas ändern.«

Das hoffte Keira sehr für sie. Bei ihr und Jordan hatte es sich geändert. Sie wusste nicht mehr, wann es passiert war.

»Wenn ich es schaffe, heute die Spendengläser vorzubereiten, komme ich nachher noch mal vorbei. Ansonsten sehen wir uns morgen, ja?«

»Was würden wir nur ohne dich tun?«

Als Keira zurück in die Chocolaterie kam, stand jemand an der Kasse, dessen Rücken ihr bekannt vorkam. Kimberly strahlte diesen Jemand an und wirkte dabei ein wenig verlegen, ja, sie kicherte ganz verzückt.

Als der Mann sich umdrehte, wusste sie, um wen es sich handelte: Tobin Marks.

»Mr. Marks. Was verschafft mir die Ehre?«

»Oh, guten Tag. Wir haben uns doch neulich schon kennengelernt.«

»Ganz genau, das haben wir. Ich habe gehört, Sie haben sich für den leeren Laden in unserer Mitte entschieden.«

»So, so, das haben Sie gehört?«

»Hier spricht sich alles schnell herum«, ließ sie ihn wissen.

»Werde ich mir merken.« Er lächelte sie mit perfekten Zähnen an. »Ich habe vor, meinen Laden heute zu vermessen, und wollte mir etwas zur Stärkung besorgen. Ihre Kollegin hat mir erzählt, dass diese Schokokekse frisch gebacken sind?« Er hielt die Tüte in die Höhe und wedelte damit in der Luft herum.

»Das stimmt. Allerdings werden diese Kekse, die

nebenbei bemerkt die besten Schokokekse der Welt sind, fast ausschließlich von unserer weiblichen Kundschaft gekauft.«

Mr. Marks lachte. »Haha! Na, dann bin ich wohl die berühmte Ausnahme. Ich bin übrigens Tobin.« Er hielt ihr eine Hand hin.

Sie schüttelte sie. »Willkommen in der Valerie Lane, Tobin. Ich bin Keira. Und das hinter der Kasse ist Kimberly.«

Kimberly winkte ihm schüchtern zu.

»Freut mich sehr. Ich gehe dann mal und mache mich an die Arbeit.«

»Viel Erfolg!«

»Danke.« Er lächelte noch einmal, und sie sahen ihn aus dem Laden und über die Straße zu seinem eigenen Geschäft gehen. Kaum vorzustellen, dass die ehemalige Eisdiele schon bald ein Blumenladen sein würde.

»Mann, ist der heiß«, schwärmte Kimberly, nachdem sie sich vergewissert hatte, dass kein Kunde in Hörweite war.

»Ach, ehrlich? Findest du? Ist der nicht viel zu alt für dich?«

»Das macht doch nichts. Ich finde ihn trotzdem heiß. Wenn er mich um ein Date bitten würde, würde ich bestimmt nicht Nein sagen.«

»Und du glaubst nicht, dass er schwul ist?«

Kimberly lachte, als hätte sie etwas total Absurdes gesagt. »Wie kommst du denn auf so etwas?«

»Ich weiß nicht. Er wirkt ein wenig so auf mich.«

»Der ist auf gar keinen Fall schwul. Zu hundertfünfzig Prozent nicht.«

So etwas hatte Orchid auch schon gesagt.

Ein Kunde kam mit zwei Tütchen schokolierter Früchte auf die Kasse zu. »Na, wenn du meinst. Ich gehe wieder nach hinten und verpacke die Zitronenzungen. Wenn hier vorne zu viel los ist, ruf einfach nach mir, ja?«

»Mache ich.«

Während Kimberly den Kunden bediente, nahm Keira sich noch ein Tütchen Apfelringe vom Regal und war fast schon hinten, als sie die Türglocke klingeln hörte. Sie drehte sich um und … musste lächeln. Denn im Laden stand *er*, der namenlose Montagskunde. Sie ging auf ihn zu und konnte nur eins denken: So heiß Tobin laut Kimberly auch sein mag – dieser Mann ist ein ganz anderes Kaliber.

»Guten Tag«, begrüßte sie ihn. »Heute ist doch gar nicht Montag.« Er schaute nur selten an anderen Tagen herein, obwohl – in letzter Zeit war es tatsächlich häufiger vorgekommen.

»Hallo«, erwiderte er und lächelte sie breit an. »Ich weiß. Ich war aber in der Nähe, und da hat mich plötzlich die Lust nach Haselnussschokolade gepackt. Sie haben doch welche? Mit ganzen Nüssen?«

»Aber natürlich.« Hatte die nicht sogar jeder Supermarkt? Keira freute sich, dass er dafür zu ihr in die Chocolaterie gekommen war.

Sie führte ihn zu einem der Regale und zeigte ihm drei verschiedene Sorten.

»Diese sieht aber speziell aus«, fand er und deutete auf eine in glitzernde grüne Pappe verpackte Tafel. Ein lustiger Affe zierte sie.

Keira grinste. »Aus Belgien.«

»Die haben wohl einen ganz eigenen Humor, die Belgier.« Er grinste zurück. »Na gut, dann nehme ich die mal und hoffe, sie schmeckt.«

»Möchten Sie sie probieren? Ich kann eine Packung öffnen und Ihnen ein Stück abbrechen.«

»Und wenn sie mir nicht schmeckt? Dann können Sie sie ja gar nicht mehr verkaufen«, gab er zu bedenken.

»Das macht nichts.«

»Tun Sie das für all Ihre Kunden?«, fragte er.

»Nein.« Sie lächelte schüchtern.

Der Mann sah sie warm an und sagte: »Danke für das Angebot. Ich glaube aber, ich werde es wagen und sie kaufen, ohne vorher probiert zu haben.«

»Wie Sie möchten. Darf es sonst noch etwas sein?«

»Nein, danke. Das war alles.«

Sie brachte ihn zur Kasse und sagte Kimberly, dass sie den Kunden übernehmen würde. Nachdem sie abkassiert hatte, sah sie ihm noch einmal in die Augen und durfte feststellen, dass er ihren Blick erwiderte, ja, ihm sogar eine ganze Weile standhielt.

»Danke für Ihren Besuch«, sagte sie.

»Immer wieder gerne.«

»Bis Montag?«

»Bis Montag.« Er nickte noch einmal, sagte Auf Wiedersehen und ging.

Keira sah ihm nach, wie er draußen am Fenster entlanglief.

»Okay, jetzt checke ich's«, kam es auf einmal von irgendwoher.

»Was?« Keira musste sich selbst aus ihrer Trance reißen.

»Na, du stehst auf eine ganz andere Art von Mann als diesen neuen Blumentypen.«

»Tobin Marks«, erinnerte Keira ihre Angestellte.

»Ja, genau.«

»Wie kommst du darauf?«

»Nur so.« Kimberly zwinkerte ihr verschmitzt zu.

Keira schüttelte den Kopf und begab sich endlich nach hinten. Jedoch mit einem riesengroßen Lächeln – einem, das eigentlich viel zu groß war, um es einem anderen zu widmen als ihrem Freund.

Eine Stunde später schickte Keira Kimberly in die Mittagspause und übernahm vorne. Dabei blickte sie ständig aus dem Fenster zu dem leeren Laden direkt gegenüber, in dem sich Tobin befand. Auf einmal sah sie Orchid vor die Tür treten und ebenfalls ganz »unauffällig« in den Laden stieren.

Dann kam Tobin auf die Straße. Keira sah die beiden miteinander reden, Orchid wieder einmal die Arme verschränken und wütend in ihren Laden zurückstampfen. Was da wohl gerade vorgefallen war? Sie würde ihre Freundin später danach fragen, wenn sie ihr das Glas brachte.

Die Spendengläser! Um die wollte sie sich doch auch noch kümmern. Der Tag hatte einfach zu wenige Stunden. Sie holte die Tasche hervor, die sie am Morgen mitgebracht hatte. Darin befanden sich die leeren Marmeladengläser sowie jede Menge Bastelutensilien, die sie allesamt bei ihrer Mutter in der Rumpelkammer gefunden hatte, darunter jede Menge dieser Gratissticker, die oft diversen Frauenzeitschriften beigelegt waren. Die schien Mary Buckley seit mehreren Jahrzehnten zu sammeln. Sobald Kimberly zurück war, würde sie sich an die Arbeit machen, und dann konnte es endlich losgehen mit der Mission »Ein Kühlschrank für Mrs. Witherspoon«. Sie hatte fast ein schlechtes Gewissen, weil sie so lange damit gewartet hatte.

KAPITEL 10

Kurz vor Ladenschluss verteilte Keira die fertigen Gläser bei den anderen.

»Das ist ja niedlich«, sagte Laurie und stellte ihr Glas gleich neben der Kasse auf, wo jeder es sehen konnte. »Hat sich bei euch alles wieder eingerenkt, Süße?«

»Ach …« Keira zuckte mit den Schultern. »Tut mir leid, dass ich gestern so rumgeheult habe.«

»Das muss dir doch nicht leidtun. Ich bin immer für dich da, das weißt du.«

»Ja, das weiß ich. Ich will mal weiter zu den anderen, damit die Gläser auch schnell voll werden. Bis zum Valentinstag sind es nur noch zehn Tage.«

»Wie die Zeit vergeht. Und du willst mir wirklich nicht verraten, was Barry mit mir vorhat?«

»Wie könnte ich, wenn ich doch gar nichts weiß?«

»Ja, ja, ich werde es mir merken.«

Keira passierte ihre Chocolaterie und ging weiter zu Ruby, die gerade eine Kundin in Sachen antiker Kristallvasen beriet. Sie machte Ruby nur kurz ein Zeichen und stellte das Spendenglas auf dem Ladentisch ab.

Orchid hängte Herzchen auf, als Keira eintrat.

»Noch mehr Herzen? Bald sieht man deine Waren vor lauter Herzen nicht mehr«, lachte sie.

»Ach komm, Herzen können nie genug sein, besonders zum Valentinstag. Wie schön es draußen aussieht mit den Lichterketten, oder? Da hatten wir wirklich eine ganz tolle Idee.«

Sie sahen beide aus dem Fenster, in dem Kerzen in Herzform, große Plüschherzen und Becher à la »Be my Valentine« oder »Der beste Ehemann der Welt« hübsch drapiert waren. Es war bereits dunkel, und die roten Lichter erhellten die Valerie Lane. Es sah wundervoll aus.

»Ja, wirklich schön«, konnte Keira ihr nur zustimmen. »Sag mal, was war denn vorhin zwischen dir und Tobin? Ich habe zufällig aus dem Fenster geguckt und mitbekommen, dass ihr euch gestritten habt.«

»Oh, ihr seid schon beim Vornamen? Im Übrigen haben wir uns nicht gestritten.«

»Sah aber ganz danach aus. Weißt du, wenn ich es nicht besser wüsste, würde ich sagen: Was sich liebt, das neckt sich.«

»Das ist doch Schwachsinn! Du weißt genau, wie glücklich ich mit Patrick bin!«

»Und warum nimmst du die Sache dann so ernst und schreist mich an?«

»Sorry, das wollte ich nicht. Ich weiß auch nicht, aber dieser Kerl weckt irgendwas in mir. Kennst du diese Kinder auf dem Schulhof, die denken, sie sind besser als alle anderen?«

»Ist lange her …«

»Du weißt schon, was ich meine.«

»Eigentlich nicht. Tobin kommt mir nämlich überhaupt nicht so vor. Ich finde ihn wirklich nett.«

»Merke ich. Ihr scheint ja schon ganz dicke miteinander zu sein.«

»Er war heute bei mir im Laden und hat sich vorgestellt. Kimberly steht total auf ihn.«

»Tsss! Der! Der sieht doch noch nicht mal gut aus!«

»Findest du nicht? Ich würde sagen, er hat was. Vor allem sein Lächeln. Und seine Augen.« Die waren zwar nicht so schön wie die des namenlosen Pralinenkäufers, aber sie waren wirklich ausdrucksvoll.

»Für mich gibt es nur Patrick«, stellte Orchid klar – ein wenig zu vehement, Keiras Ansicht nach. Aber es war ja Orchids Leben. Und nicht jeder, der in jungen Jahren mit jemandem eine Beziehung einging, blieb ewig mit ihm zusammen. Manchmal blieb man jedoch auch aus unerklärlichen Gründen mit jemandem zusammen. Sie schüttelte die Gedanken an Jordan ab.

»Dann grüß Patrick von mir und macht euch einen schönen Abend.«

»Machen wir. Bis morgen.«

»Morgen bin ich nicht da. Meine Mutter hat Geburtstag, und ich habe ihr versprochen, den Tag mit ihr zu verbringen.«

»Ja? Was habt ihr vor?«

»Einen Einkaufsbummel, lecker essen gehen, vielleicht ein bisschen Wellness.«

»Hört sich toll an. Viel Spaß! Und Glückwünsche an deine Mutter.«

»Richte ich aus.«

Obwohl Keira auch ein Glas für Tobin dabeihatte, ging sie zuerst ins Wollgeschäft.

»Oh Gott, was machst du denn da?«, fragte sie Susan, als sie die Gute über einem riesigen Karton voller Handschuhe entdeckte.

»Ich zähle. Ach Mist, jetzt hab ich mich verzählt.«

»Tut mir leid.«

»Macht nichts.«

»Für wen sind denn all die Handschuhe? Für den Laden?« Sie sah sich um, blickte zu dem Tisch hinüber, auf dem Selbstgestricktes und -gehäkeltes auslagen: Handschuhe, Mützen, Taschen, Babykleidung. Es waren außerdem ein paar Schals aufgehängt, auch hübsche Ponchos. So einen hatte Keira zu Hause, in Pink natürlich, sie zog ihn sich oft in der Wohnung über, wenn ihr kalt war.

»Nein, nein. Ich versuche, einhundert Paar zu stricken, für die Obdachlosen der Stadt. Ich will sie am Valentinstag im Obdachlosenheim verteilen.«

Keira bekam eine gewaltige Gänsehaut. »Genau wie die gute Valerie.«

Susan sah sie an und lächelte warmherzig. »Ja. Ich versuche es zumindest. Ob ich es allerdings schaffe, ist eine andere Sache. Ich bin die ganze Zeit am Stricken, habe aber erst achtundsechzig Paar fertig. Glaube ich zumindest.«

»Erst? Na, du bist gut. Das ist doch eine ganze Menge.«

»Hundert sind es aber noch lange nicht. Na, ich gebe mein Bestes.«

»Du hast ja noch zehn Tage Zeit. Ich würde dir helfen, leider kann ich aber nicht stricken.«

»Ich weiß. Was hast du da? Das Spendenglas?«

»Ja. Ich habe die Gläser schon viel früher vorbereiten wollen. Ich hatte einfach viel um die Ohren.«

»Haben wir doch alle. Zeig mal her. Das ist ja bezaubernd. Ich stelle es gleich auf. Und ich hoffe, dass sie alle voll werden. Vielleicht kommt ja sogar so viel zusammen, dass wir ihr den Kühlschrank noch richtig schön füllen können.«

»Das wäre grandios, oder?«

»Das wäre es.«

»Ich will dich nicht länger stören. Zähl schön weiter.«

»Mach's gut, Liebes.«

»Du auch. Und du auch, Terry!«, rief sie dem dösenden Hund in der Ecke zu. Er blickte kurz auf und machte die Augen gleich wieder zu.

Und dann stand sie vor Tobins Laden. Klopfte unsicher an sein Fenster. Er sah überrascht auf und kam zur Tür, um sie ihr zu öffnen.

»Keira. Was kann ich für Sie tun?«

»Ich will Sie gar nicht lange aufhalten, aber ich habe ein Anliegen. Und zwar sammeln wir Geld für eine ältere Dame, Mrs. Witherspoon, die uns sehr am Herzen liegt und deren Kühlschrank kaputtgegangen ist. Ich weiß, Sie sind neu hier und kennen Mrs. Witherspoon wahrscheinlich gar nicht, es wäre aber super, wenn Sie trotzdem mitmachen und dieses Spendenglas in Ihrem Laden aufstellen würden, wenn er dann fertig eingerichtet ist.«

»Oh«, war alles, was er sagte. Er starrte auf das Glas, das mit Herzchen verziert war und die Aufschrift »Ein Kühlschrank für Mrs. Witherspoon« trug. In den Deckel hatte sie einen Schlitz geschnitten, durch den man das Kleingeld reinwerfen konnte.

»Ich meine ja nur … Sie würden sich damit auf alle Fälle beliebt machen bei uns anderen. Der Einstieg in eine neue Gemeinschaft kann manchmal schwer sein …« Oh Gott, das hörte sich jetzt nach Erpressung an, fast schon nach Mafia. »Entschuldigen Sie bitte«, sagte sie schnell. »Ich wollte Sie bestimmt nicht drängen.«

Tobin sah sie an, dann verzog sich sein Mund wieder zu diesem hinreißenden Lächeln, und er sagte: »Ich mache gerne mit. Allerdings werde ich erst zum nächsten Wochenende eröffnen, wenn alles gut geht.« Er nahm ihr das Glas aus der Hand, drehte es. »Sehr hübsch. Haben Sie das gemacht?«

Keira nickte. »Ich danke Ihnen.«

Sie sahen sich gut zwanzig Sekunden an, ohne ein Wort zu sagen.

»Also dann, schönen Abend noch«, wünschte Keira und machte, dass sie davonkam.

Er war definitiv *nicht* schwul, das wusste sie jetzt mit Sicherheit.

»Kimberly, du kannst Feierabend machen«, sagte sie, als sie zurück in der Chocolaterie war. »Du weißt ja, dass du morgen ganz allein im Laden bist. Hast du den Schlüssel eingesteckt?«

»Hab ich.«

Keira hatte keine Bedenken, der Teenagerin ihren Laden zu überlassen, das hatte sie schon öfter getan, und es war immer gut gegangen. In den letzten Sommerferien hatte sie sogar mehrere Tage am Stück übernommen, als

Keira sich ein bisschen Wellness gegönnt hatte – statt der blöden Fahrradtour mit Jordan.

»Sehr gut. Oh, da ist ja sogar schon was im Marmeladenglas drin!«, freute sie sich. Ein paar gutherzige Kunden hatten sich bereits ihrer Münzen entledigt. »Ich rufe morgen auf jeden Fall mal durch und frage, wie es läuft. Hab einen schönen Abend, Kimberly. Und nimm dir gerne noch eine Tüte Keksbruch mit.«

»Danke, Keira.« Kimberly ging nach hinten, um sich aus der großen Dose ein Tütchen zu füllen, und Keira tat es ihr gleich, als sie gegangen war.

Gary saß an seiner Ecke und hielt einen Pappbecher Tee in der Hand, den er ganz sicher von Laurie hatte.

»Hallo, Gary. Wie geht es dir?«, fragte Keira wie immer, obwohl sie wusste, dass das eine blöde Frage war. Der Mann saß auf der Straße, wie sollte es ihm da schon gehen?

»Gut, danke«, antwortete er aber wie immer. »Und dir?«

»Prima. Sieh mal, hier habe ich Keksbruch für dich, ich hoffe, du kannst damit was anfangen.«

»Toll, vielen Dank.« Gary nahm die Tüte mit behandschuhten Händen an sich.

»Mach's gut. – Du, Gary?« Sie musste ihn einfach fragen. »Hast du einen warmen Platz, an dem du schlafen kannst? Es ist so unglaublich kalt heute.«

»Ich kenne einen Ort, einen überdachten. Danke.«

Sie nickte und zog den Gürtel ihres grauen Mantels enger und die rosa Mütze tiefer ins Gesicht.

Dann holte sie ihr Handy aus der Tasche und wählte Jordans Nummer.

»Jordan? Ich bin's. Bist du schon zu Hause?«

»Bin ich.«

»Soll ich uns was zu essen mitbringen?«

»Wie wäre es mit Sushi?«

»Einverstanden. Wie immer California Rolls und Thunfisch-Nigiri für dich?«

»Klar, was sonst?«

»Okay. Ich bin in einer halben Stunde daheim.«

Ohne ein weiteres Wort legte Jordan auf, und sie machte sich auf zu ihrem Lieblings-Sushi-Restaurant.

Als sie zu Hause eintraf, saß Jordan an seinem Laptop und tippte etwas, klappte den Bildschirm jedoch sofort zu, als er sie ins Zimmer kommen sah.

»Was machst du?«

»Gar nichts. Habe mich nur über ein neues Proteinpulver informiert.«

»Ach so. Wie war dein Tag?«

»Wie Samstage so sind.«

Hm, das konnte sie nicht beurteilen, denn sie musste samstags arbeiten, und der Tag war für sie wie jeder andere Wochentag auch.

»Hier ist das Sushi. Wollen wir uns dazu einen Film ansehen?«

»Ich wollte eigentlich die Dokumentation übers Bergsteigen sehen, die sie gleich zeigen.«

»Oh. Na gut.« Sie hoffte nur, er würde jetzt nicht davon anfangen, dass er selbst auch bergsteigen wollte. Und dass sie da womöglich mitmachen sollte.

Sie richtete in der Küche zwei Teller her und brachte diese ins Wohnzimmer, wo sie sie auf dem Couchtisch abstellte. Dazu holte sie ihnen beiden ein Light-Bier.

»Du isst Tempura?«, fragte Jordan und sah abwertend auf ihre frittierten Shrimps.

»Ich hatte Lust drauf.«

»Wenn du meinst.«

Sie sahen sich die unglaublich langweilige Bergsteiger-Doku an und aßen dabei ihr Sushi. Keira hantierte mit den Stäbchen und aß extra langsam, damit sie lange was von dem köstlichen Essen hatte. Zuerst das Avocado-Maki, dann das Lachs-Nigiri und die California Rolls. Die leckeren Tempura-Shrimps bewahrte sie sich für den Schluss auf. Als sie kurz ins Bad ging und wieder zurückkam, war ihr Teller leer.

»Hast du meine Shrimps gegessen?«, fragte sie verwundert.

Jordan antwortete, ohne dabei den Blick vom Bildschirm abzuwenden: »Ja, ich dachte, du wolltest sie nicht mehr.«

»Dein Ernst? Ich habe mir das Beste extra bis zuletzt aufbewahrt. Du weißt, dass ich das immer so mache.«

»Ich dachte, du wärst fertig, sorry.«

Jetzt war sie es, die mit verschränkten Armen dastand. Sie konnte es einfach nicht glauben. So weit ging er jetzt schon, nur damit sie ein paar Kalorien einsparte?

Sie stand eine ganze Weile sauer da, doch Jordan blickte sich gar nicht nach ihr um und sah es deshalb auch nicht. Wahrscheinlich hätte sie nackt den Ententanz aufführen können, und er hätte es nicht bemerkt.

Genervt ging sie in die Küche und öffnete die Schachtel Pralinen, die William ihr gestern so großzügig geschenkt hatte. Doch sie war dermaßen geladen, dass sie nach zwei Trüffeln zurück ins Wohnzimmer ging, den verdammten Fernseher mit der verdammten Doku ausschaltete und Jordan wissen ließ: »Ich hab die Schnauze voll! Du solltest dir mal überlegen, ob du überhaupt noch mit mir zusammen sein willst.«

»Was soll das denn jetzt? Ich habe doch gar nichts gemacht!«

»Du hast meine Shrimps gegessen, Jordan!«

»Ja und?«

»Du kapierst es einfach nicht, oder?«

»Nein, ehrlich nicht. Könntest du den Fernseher jetzt wieder anmachen?«

»Mach ihn selbst an, ich bin weg!« Sie eilte ins Schlafzimmer, holte die kleine Reisetasche aus dem Schrank und packte das Nötigste für die Nacht und die Schachtel Pralinen ein. Dann griff sie noch nach dem Geburtstagsgeschenk für ihre Mutter und knallte die Haustür hinter sich zu.

Mit dem Bus fuhr sie durch die Stadt und stand am Ende dieses grauenvollen Abends bei ihrer Mutter vor der Tür.

Sie lächelte traurig. »Hi, Mum. Wollen wir reinfeiern?«

Ihre Mutter sah sie an und wusste genau, dass sie nicht hier war, mit Sack und Pack, um in ihren Geburtstag reinzufeiern.

»Das fände ich sehr schön«, antwortete sie und nahm Keira die Tasche ab.

KAPITEL 11

Voller Vorfreude sah Keira immer wieder zur Ladentür hin. Es war Montag, und er würde heute kommen – wie jede Woche. Seit es mit Jordan so schlecht lief, musste sie noch viel öfter an ihn denken als sowieso schon.

Sie war noch nicht wieder nach Hause zurückgekehrt. Jordan war nicht zu ihr gekommen, um sie auf Knien anzuflehen. Jordan hatte sich in den zwei Tagen überhaupt nicht gemeldet.

Sie schlief bei ihrer Mutter auf der Couch. Es machte ihr nichts aus. Lieber hätte sie sogar bei Gary an seiner Straßenecke geschlafen als in einem Bett mit Jordan. Sie war so unglaublich sauer auf ihn und konnte sich nicht einmal erklären, warum. Es war doch nur um ihre Tempura-Shrimps gegangen, die er aufgegessen hatte. Er war noch nie sehr rücksichtsvoll gewesen, da sollte sie so etwas also nicht weiter verwundern. Wahrscheinlich war es aber einfach eine ganze Reihe an Rücksichtslosigkeiten, die inzwischen so lang war, dass sie kaum noch sah, was am anderen Ende war: die Fürsorge und die Herzlichkeit, die einmal da gewesen waren. Manchmal fragte sie sich, ob sie überhaupt je da gewesen waren oder ob sie sich all das die ganze Zeit über nur eingebildet hatte. Manchmal wollte man so sehr an etwas glauben, dass man die Realität nicht sah. Das hatte Laurie ihr am Freitagabend gesagt, als sie geredet und dabei den guten Rum getrunken hatten, den sie eigentlich in ihre Pralinen gab.

»Ich hab dich wirklich lieb, Keira, aber ich muss dir jetzt mal was sagen: Du bist blind. Ich weiß nicht, warum, aber so ist es. Du musst endlich die Augen aufmachen und dich der Realität stellen.«

Das hatte sie verstanden, das hatte sie irgendwie aufgeweckt. Und als Jordan keine vierundzwanzig Stunden später wieder einmal sein Bestes gab, um sie vom Essen abzuhalten, weil sie in seinen Augen ja so fett war, konnte sie nicht anders. Sie brauchte eine Auszeit, musste sich darüber klar werden, was sie eigentlich wollte. Ob die ganze Sache mit Jordan überhaupt noch einen Sinn ergab.

Am Sonntag, als sie sich sicher hatte sein können, dass er beim Sport war, war sie noch einmal zu Hause vorbeigefahren. Dort hatte sie ein paar Klamotten, ihre Schminksachen und einige Bücher eingepackt, die sie hoffentlich ein wenig ablenken würden. Ihre Mutter hatte ihr versichert, dass sie so lange bleiben könne, wie sie wollte, und sie hatte sich fest vorgenommen, nicht eher zu Jordan zurückzukehren, ehe er sich nicht bei ihr entschuldigt und ihr versprochen hatte, sich zu ändern. Und es musste sich einiges ändern. Sie wollte von ihm endlich so akzeptiert werden, wie sie war. Keine blöden Sprüche und dummen Bemerkungen mehr, keine Fitnesscenter-Mitgliedschaften zum Geburtstag und kein Ich-dachte-du-wolltest-es-nicht-mehr-aufgegessenes-Tempura. Nein! Damit war ein für alle Mal Schluss!

Wieder blickte sie zur Tür. Es war kurz vor halb vier,

normalerweise kam der Montagskunde zwischen drei und vier, wahrscheinlich direkt nach der Arbeit. Was er wohl beruflich machte? Sie konnte sich gut vorstellen, dass er Lehrer war oder Banker. Er strahlte so eine Seriosität aus, man hatte das Gefühl, als könne man ihm vertrauen. Wie gerne hätte sie mal ein wenig mehr als nur die üblichen drei Sätze mit ihm geredet. Ob sie es wagen sollte? Es sprach eigentlich nichts dagegen, sie würde ja nicht gleich eine Ehe zerstören, wenn sie sich mal nach seinem Wohlergehen erkundigte. Oder erforschte, was er beruflich machte. Oder ihn nach zwei Jahren endlich mal nach seinem Namen fragte.

Viertel vor vier. Eine Kundin, Mrs. Bronte, in etwa so alt wie ihre Mutter, fragte nach schokolierten Früchten. Keira brachte sie rüber zu dem weißen Regal mit der rosa Orchidee, in dem die verschiedenen Sorten aufgereiht waren, fein abgepackt in kleinen und großen Zellophantütchen mit einem goldenen Clip.

»Woran haben Sie gedacht? Ich habe Pflaumen, Aprikosen, Äpfel, Feigen, Datteln, Ananas, Erdbeeren, Himbeeren und Kumquats im Angebot.«

»Kumquats? Tatsächlich?«

»Ja. Versuchen Sie die mit weißer Schokolade, die sind absolut himmlisch.« Sie holte ein Glas hervor, in dem sie die diversen Sorten zum Testen hatte, und reichte der Frau eine der süßherben Früchte.

»Das ist ja wirklich köstlich! Miss Buckley, Sie überraschen mich immer wieder aufs Neue.«

Keira lächelte glücklich. »Das freut mich. Möchten Sie noch etwas anderes kosten?«

»Die Apfelringe in Vollmilchschokolade vielleicht.«

»Gerne. Hier, probieren Sie.« Sie langte mit der Zange ins Glas und hielt Mrs. Bronte einen Apfelring hin.

»Fantastisch. Bei Ihnen kann man sich immer gar nicht entscheiden.«

»Dann nehmen Sie beides«, sagte sie augenzwinkernd.

»Wissen Sie was? Das mache ich auch. Packen Sie mir von beidem eine große Tüte ein. Und dann hätte ich noch eine Frage: Meine Enkelin ist jetzt auf dem veganen Trip.« Wie sie das Wort »vegan« aussprach, ließ vermuten, dass sie davon ganz und gar nichts hielt. »Haben Sie da zufällig auch etwas da?«

»Eine kleine Auswahl habe ich dort, sehen Sie?« Sie deutete zu dem Tisch in der hintersten Ecke. So langsam merkte sie, dass sich da ein ganz neuer Markt auftat. Sie sollte sich nach weiteren veganen Produkten erkundigen, denn sie wollte ja für jeden Kunden das Passende dahaben.

»Ach, wie schön. Na, dann nehmen wir doch einfach mal das hier – und das.« Mrs. Bronte griff nach einer Tafel Reismilchschokolade und einer Schachtel Nusskrokant.

Gemeinsam gingen sie zur Kasse.

»Sie sind also schon Großmutter? Das hätte ich nicht gedacht«, sagte Keira, um das Gespräch aufrechtzuerhalten. Kundinnen wie Mrs. Bronte liebten es, wenn man sich mit ihnen unterhielt.

»Oh ja. Vier Enkelkinder habe ich schon.«

Jetzt machte Keira große Augen. Die Frau war kaum älter als ihre Mum. Sicher wünschte diese sich auch Enkelkinder. Und wie es aussah, würde sie auf ewig darauf verzichten müssen. Noch so ein Thema, das sie ganz dringend ansprechen musste, sollten sie und Jordan sich je wieder zusammenraufen.

»Und wie alt sind die?«

»Drei, fünf, acht, und die Große ist schon dreizehn. Das ist Tina, die Veganerin. Na, mal sehen, wie lange noch.« Sie lachte laut.

Keira fand es toll, wenn man schon in so jungen Jahren seine Ansichten vertrat. Wenn man wusste, was man im Leben wollte. Manche wussten es mit neunundzwanzig noch immer nicht …

»Ich hoffe, Sie haben sich für das Richtige entschieden und Ihre Tina freut sich darüber.«

»Da bin ich mir ganz sicher. Bis bald, Miss Buckley. Ach, das sehe ich ja jetzt erst. Sie sammeln für Mrs. Witherspoon?« Sie begutachtete das Glas.

»Ja, genau. Die Gute lebt zurzeit ohne funktionierenden Kühlschrank.«

»Ach herrje, das geht doch nicht.« Sie holte gleich wieder ihr Portemonnaie aus der Tasche und warf zwei Pfund ins Glas. »Sammeln Sie nicht wie gewohnt für Kinder in Afrika? Das tun Sie doch um diese Zeit immer, oder?«

»Doch, doch. Hier ist das Glas. Ich wollte es nur noch nicht aufstellen, weil ich dachte, dass das vielleicht zu sehr danach aussieht, als wollte ich den Leuten das Geld aus der Tasche ziehen.«

»Ach, so ein Unfug. Man kann doch gar nicht genug helfen. Los, stellen Sie das andere Glas auch hier vorne hin. Gleich neben die Kasse. Nur zu!«, verlangte Mrs. Bronte.

Na gut, dachte Keira, dann höre ich mal auf sie. Sie

holte das Spendenglas, auf dem groß »Afrika« stand, unter dem Tresen hervor und stellte es neben das andere.

»Gut so. Das ist ja noch ganz leer. Hier, ich mache den Anfang.« Sie faltete einen Fünf-Pfund-Schein und steckte ihn hinein.

»Sie sind wirklich großzügig, Mrs. Bronte, ich danke Ihnen. Von Herzen.«

»Wir sollten nie vergessen, wie gut wir es haben, und jeden Tag dankbar dafür sein.«

»Ja, da kann ich Ihnen nur zustimmen.«

»Nun muss ich aber weiter. Ich habe meinem Edward versprochen, ihm heute einen Braten zu machen.«

»Grüßen Sie ihn von mir.«

»Ich richte es aus. Auf Wiedersehen.«

»Bye.« Sie sah Mrs. Bronte nach und bemerkte, dass sie eine Gänsehaut am ganzen Körper hatte. Das waren die Augenblicke, die einem bewiesen, dass es doch noch gute Menschen gab. Unglaubliche Menschen. Und sie war froh, so viele davon zu kennen.

Endlich kam der Namenlose zur Tür herein, und sie nahm sich fest vor, ihm heute endlich seinen Namen zu entlocken. Immerhin suchte er seit gut zwei Jahren mindestens einmal wöchentlich ihren Laden auf, da war es doch fast schon seine Pflicht, dass er sich endlich einmal vorstellte, oder?

»Guten Tag«, sagte sie und setzte ihr strahlendstes Lächeln auf.

»Guten Tag. Heute ist es aber düster. Schön, so einem Sonnenschein wie Ihnen zu begegnen.«

Hatte sie das gerade wirklich gehört oder sich nur eingebildet? So etwas hatte er nämlich noch nie gesagt. Vielleicht träumte sie ja auch nur. Vielleicht war es noch mitten in der Nacht, sie lag bei ihrer Mutter auf dem Sofa und schlief tief und fest. Sie versuchte angestrengt herauszufinden, ob das hier Realität war, als er sich am Hinterkopf kratzte und nervös sagte: »Bitte entschuldigen Sie, falls ich etwas Unangebrachtes gesagt haben sollte.«

»Das haben Sie nicht«, versicherte sie ihm.

»Sind Sie sicher? Ihr Gesichtsausdruck sagt nämlich etwas anderes.«

»Oh Gott, entschuldigen Sie bitte. Ich war einfach nur überrascht. So etwas haben Sie ja auch noch nie zu mir gesagt.«

»Ja, ich …« Er fasste sich erneut an den Hinterkopf, eine nervöse Geste anscheinend.

Sein Haar saß trotz des etwas stürmischen Wetters wie immer perfekt. Er hatte einen Seitenscheitel, das braune Haar war ein wenig in Form gegelt. Unter seinem ebenfalls braunen Mantel trug er Anzug und Krawatte, das konnte sie erkennen, da er keinen Schal umgebunden hatte.

»Sie tragen ja gar keinen Schal«, sagte sie, weil sie nicht wusste, was sie anderes sagen sollte. Sie war wirklich unglaublich nervös. »Drüben auf der anderen Straßenseite bei Susan gibt es schöne selbst gehäkelte Schals, falls Sie Interesse haben.« Herrje, was gab sie da nur von sich?

»Ich weiß«, erwiderte der Mann aber nun. »Ich war schon einige Male in dem Laden, um Wolle zu besorgen.«

Tatsächlich? Seine Frau strickte anscheinend.

»Ich bin allerdings nicht so der Typ für Selbstgehäkeltes«, fügte er hinzu und grinste ein wenig schief.

»Natürlich nicht«, sagte Keira und wischte sich mit der Hand über die Stirn, um den Schweiß abzuwischen, den sie sich einbildete, dort literweise stehen zu haben.

»Also, ich hoffe, Sie haben es nicht in den falschen Hals bekommen. Ich wollte Ihnen wirklich nur ein Kompliment machen, weil Sie immer so fröhlich strahlen, wenn ich den Laden betrete. Ich meine, das tun Sie bestimmt bei jedem, der Ihren Laden aufsucht. Ich … oh Mann … ich glaube, wir kommen aus dieser Situation nicht mehr raus.« Er lachte.

Jetzt musste Keira auch lachen. »Ich denke auch. Okay, also, danke für das nette Kompliment. Das war wirklich … nett.«

»Ja, nett …«

Sie atmete einmal tief durch und fragte: »Darf es dasselbe wie immer sein?«

»Ja, bitte.«

Sie packte einhundert Gramm Buttertrüffeln in Vollmilchschokolade, einhundert Gramm Orangentrüffeln in Zartbitterschokolade und zwei Extrapralinen ein und sagte: »Bitte sehr. Macht wie immer neun achtzig.«

Der Mann zahlte und warf das Wechselgeld in das Glas für Mrs. Witherspoon.

»Danke sehr, bis zum nächsten Mal«, sagte sie und konnte es trotz allem kaum erwarten, dass er wieder ging, denn dann konnte sie sich endlich hinsetzen, und ihre

Knie würden hoffentlich wieder eine feste Konsistenz annehmen. Im Augenblick waren sie nämlich weich wie Pudding. Schokopudding mit Vanillesoße.

»Bis zum nächsten Mal.« Er drehte sich zum Gehen.

»Warten Sie!«, rief sie lauter als beabsichtigt. Sie wollte sich endlich trauen. »Wie ist Ihr Name?«

»Thomas Finch. Und Ihrer?«

»Schokopudding.«

»Wie bitte?« Er schmunzelte.

Sie errötete, fühlte sich ganz heiß, und ihre Knie waren nun zu flüssiger Schokolade geworden.

Peinlich berührt haute sie sich gegen die Stirn.

»Keira natürlich. Keira Buckley. Bitte entschuldigen Sie mein Verhalten, ich bin heute wohl nicht ganz ich selbst. Ich hoffe, Sie kommen nächste Woche trotzdem wieder? Ich könnte allerdings vollkommen verstehen, wenn nicht.«

»Ich komme wieder«, sagte Thomas Finch und lächelte. »Auf Wiedersehen, Keira.«

Als er endlich weg war, setzte sie sich und verbarg ihr Gesicht in den Händen. Oh Gott, wie peinlich! Was war denn gerade mit ihr los gewesen? Schokopudding? Herrje, das war ja noch peinlicher als das, was Laurie damals mit Barry passiert war. Als er ihr nämlich gesagt hatte, dass sein Spitzname Barry sei (sein eigentlicher Name war Bartholomew, ja, den Namen vergaben Eltern wirklich noch!), hatte Laurie erwidert: »Ich führe eine große Auswahl an Sweet Barry.« Sweet *Barry* statt Sweet-Berry-Tee! Das war schon erbärmlich gewesen, aber das gerade toppte wirklich alles! Und dabei hatte sie bis heute nicht einmal gewusst, dass sie in Gegenwart eines Mannes so absolut nervös sein konnte.

Was hatte das ausgelöst? Thomas' nettes Kompliment? Er hatte sie Sonnenschein genannt. *Sonnenschein!* Sie schmolz schon wieder dahin. Und Jordan war für kurze Zeit vergessen.

KAPITEL 12

Zum ersten Mal seit Jahren verspürte Keira das Bedürfnis, eine Zigarette zu rauchen. Früher hatte sie geraucht, damals, als sie mit Jordan zusammengekommen war. Wegen seines Gesundheitswahns hatte sie es dann aber schon bald aufgegeben. Jetzt fragte sie sich, ob sie das getan hatte, weil sie es wirklich gewollt oder weil er es von ihr verlangt hatte. Und sie fragte sich auch, warum sie wieder damit anfangen wollte. Um es ihm heimzuzahlen? Oder einfach wegen all des Stresses, der sie seit Wochen begleitete? Ach was, seit Jahren. Nur hatte sie ihn nie so an sich herangelassen, hatte ihren Unmut heruntergeschluckt, als wäre er saure Milch, die man aus Versehen getrunken hatte. Doch nun war sie endlich bereit, sie wieder auszuspucken.

Es war Mittwochabend, kurz nach sechs. Sie saß auf der blau gestrichenen Bank vor ihrem Laden und beobachtete Tobin Marks dabei, wie er in seinem hell erleuchteten Laden hämmerte und schreinerte und allerlei Dinge zusammenbaute. Ein paarmal war jemand vorbeigekommen, um ihm zu helfen, das meiste schien er jedoch ganz allein zu machen. Ein Alleskönner. Und dabei wirkte er nicht mal arrogant. Jordan glaubte auch, alles zu können und zu wissen – und er teilte es jedem lauthals mit. Zumindest gab er seinem Gegenüber oftmals das Gefühl, neben ihm dumm dazustehen.

Sie schlief noch immer bei ihrer Mutter. Es hatte sich rein gar nichts getan. Jordan hatte sich nicht gemeldet, sich nicht entschuldigt, sie nicht um ein klärendes Gespräch gebeten. Was wirklich merkwürdig war, denn sie hatten sich schon oft gestritten, es hatte aber nie eine derartige Funkstille zwischen ihnen geherrscht. Es konnte doch kein gutes Zeichen sein, dass er sie komplett ignorierte, oder? So als wenn sie ihm überhaupt nichts bedeuten, er sie rein gar nicht vermissen würde. Die rot erleuchteten Herzen, die über ihr und überall um sie herum hingen, kamen ihr geradezu wie Spottvögel vor, die sie aus allen Richtungen anstarrten und mit ihrem lieblichen Gesang verhöhnten. Sie hatte schon seit Tagen den Song *It's All Over Now, Baby Blue* von Bob Dylan im Kopf – war das ein Zeichen?

Mr. Spacey und Barbara kamen aus der Eingangstür zwischen Laurie's Tea Corner und Keira's Chocolates, schlenderten Hand in Hand die romantische Valerie Lane entlang und bogen dann in die Cornmarket Street ein. Es stimmte also, die beiden hatten Gefühle füreinander entwickelt. Noch ein verliebtes Pärchen in ihrer direkten Umgebung. Wollte Amor sich in irgendeiner Weise über sie lustig machen?

Keira seufzte. Ihre Freundinnen würden jeden Moment aus ihren Läden kommen und zu Laurie rübergehen. Sie hatte zwar befürchtet, Ruby würde absagen, weil sie ihren Vater nicht wieder allein lassen wollte, doch sie hatte ihnen allen versichert, dass der Mittwochabend okay war.

Den hatte er sich in seinen Kalender eingetragen, den er immer mit sich herumtrug. Er wusste, dass sie mittwochabends später kam, genauso wie er damit klarkam, dass Ruby tagsüber arbeitete und an den Wochenenden auf Flohmärkte ging. Wenn er sie nur ab und zu anrufen konnte, war alles gut.

Sie schloss die Augen und fragte sich, wie es nun nur weitergehen sollte. Als sie sie wieder öffnete, kam Susan auf sie zu. Terry dackelte gemächlich hinter ihr her.

»Hallo, meine Liebe. Ist dir nicht kalt hier draußen? Ich würde mir sofort eine Blasenentzündung holen.«

Eine Blasenentzündung wäre zurzeit ihr kleinstes Problem.

»Ich wollte nur ein bisschen Luft schnappen. Wie geht es dir? Wie weit bist du mit deinen Handschuhen?«

»Vierundachtzig Stück, und ich habe noch fast eine Woche.«

»Ich sag doch, du schaffst das. Wollen wir in die Tea Corner gehen?«

»Gehen wir. Ich hoffe ja, dass uns Mrs. Witherspoon heute endlich mal wieder beehrt. Im besten Fall hat sie ihren Humphrey dabei.«

»Ja. Sie hat uns alle so neugierig gemacht.«

»Das kannst du laut sagen.«

»Glaubst du … er existiert überhaupt?«, fragte Keira.

Susan sah sie von der Seite an. »Du denkst, sie hat ihn sich nur ausgedacht?«

»Ich hatte kurz den Gedanken, ja.«

»Nein, das glaube ich nicht. Wieso sollte sie sich so etwas ausdenken?«

»Weil sie einsam ist? Wie lange ist ihr Mann nun eigentlich schon tot?«

»Er ist vor achtzehn Jahren gestorben, als sie neunundsechzig war. Das hat sie mir mal erzählt.«

Keira schüttelte den Kopf. »Vor achtzehn Jahren war ich elf und habe noch mit Barbies gespielt.«

»Ja, sie hat ein langes Leben hinter sich. Ein gutes. Sie hat so viel erlebt.«

Keira wurde nachdenklich. »Ich hoffe, das kann ich auch sagen, wenn ich alt bin.«

»Das hoffen wir alle.«

Sie betraten die Tea Corner und wurden sogleich von Laurie empfangen. »Hallo, ihr beiden! Kommt rein, hier ist es schön warm. Hallo, Terry, prima, dass du uns auch mal wieder beehrst.«

»Terry hat einen Termin fürs Schmetterlingsfangen am Freitag, den zehnten März«, informierte Susan sie und legte ihre Jacke ab.

»Schmetterlingsfangen?«, fragte Keira verwundert, zog ebenfalls ihre dicken Sachen aus und legte sie über eine Stuhllehne. Sie fand die Idee so reizend, dass Laurie in ihrem Teeladen ein paar Tische und Stühle aufgestellt hatte, an denen sie Tee servierte. So hatten sie den perfekten Ort für ihre Mittwochstreffen. Wenn es auch nicht derselbe Laden war wie vor gut einhundert Jahren, als Valerie Bonham diese Treffen noch veranstaltet hatte. In ihren alten Räumen führte Ruby nun das Antiquitätengeschäft, und es wäre nicht halb so bequem, sich auf irgendwelche alten Stühle zwischen altem Geschirr, alten Büchern, alten Lampen und alten Gemälden zu quetschen.

Auch Laurie brauchte ein paar Sekunden, bis sie verstand, worum es ging. Die Kastration! »Oh, der Arme. Wieso gibst du dem Ganzen denn einen Codenamen?«

»Weil er nicht wissen soll, worum es wirklich geht.«

»Und du denkst, er würde es verstehen, wenn du es bei seinem wahren Namen nennen würdest?«

»Oh ja. Mein Terry ist ein ganz Sensibler.«

Keira lachte kopfschüttelnd. »Na, wenn du meinst. Also, Laurie, was hast du heute Leckeres für uns?«

»Ich weiß noch nicht. Hast du denn wieder was Süßes mitgebracht?«

»Herrje. Das hab ich ganz vergessen.« Sie hatte noch ein paar Kekse einstecken wollen.

»Macht nichts. Dann gibt es heute halt nur Tee.«

»Nein, nein. Lasst mich noch mal schnell rüber huschen. Wollt ihr Kekse, Früchte oder Pralinen?«

»Mir ist heute so nach Aprikosen«, sagte Susan. »Ich habe am Nachmittag ein Bonbon mit Aprikosengeschmack gelutscht, seitdem hab ich Lust drauf.«

»Okay. Dann bringe ich schokolierte Aprikosen. Bin gleich wieder da.« Sie ging aus dem Laden, ohne sich den Mantel anzuziehen, und hoffte nur, sie würde morgen nicht wirklich krank sein.

Nachdem sie zwei Tüten Aprikosen und eine Schachtel Mandeltaler aus dem Regal genommen hatte, fiel ihr Blick auf Gary, der in eine dicke Decke gemummt in seiner Ecke saß. Sie ging zu ihm rüber.

»Gary. Es ist Mittwochabend. Komm doch mit zu Laurie.«

»Ich möchte nicht stören.«

»Tust du nicht. Weißt du denn nicht, dass die Tea Corner mittwochabends für alle und jeden geöffnet ist? Wir unterhalten uns nett, trinken heißen Tee und essen was Süßes. Das macht Spaß.« Sie hielt ihm ihre Hand hin, und tatsächlich erhob sich Gary. Er blickte kurz auf seine Sachen, ließ dann aber außer seinem alten Rucksack alles liegen und folgte ihr.

»Da ist sie ja wieder«, rief Laurie. »Und sie hat Naschsachen dabei!«

Orchid jubelte. Ruby sah zu Gary und lächelte schüchtern. Und jetzt verstand Keira auch, warum er ihr ohne viel Überredung gefolgt war.

»Wann seid ihr denn alle gekommen?«, fragte Keira. »Ich war keine drei Minuten weg. Seht mal, wen ich mitbringe.«

»Wie schön. Guten Abend, Gary. Setz dich, wohin du möchtest«, forderte Laurie ihn auf.

Gary setzte sich auf den freien Platz neben Ruby. Er trug dieselbe alte Jacke wie immer. Auch seine Hose war abgewetzt und schien seit einer ganzen Weile nicht gewaschen worden zu sein. Keira nahm einen leicht muffigen Geruch wahr, erwähnte aber natürlich nichts. Dass dieser Geruch Ruby etwas ausmachte, glaubte sie sowieso nicht. Die umgab sich doch die ganze Zeit mit alten, muffigen Sachen.

»Wer mag eine Tasse Tee?«, fragte Laurie, die inzwischen eine Kanne zubereitet hatte. »Es gibt Aprikosen-Holunderblüten-Tee. Der ist wirklich gut. Aus Frankreich.«

Alle wollten, und Laurie schenkte ein.

»Seht mal, wer da noch kommt!«, rief Orchid aus, und sie sahen aus dem Fenster.

»Mrs. Witherspoon!«, freute sich Keira.

»Aber ganz allein.« Susan machte ein enttäuschtes Gesicht.

»Oh Shit! Schnell, Laurie! Versteck das Glas!«, rief Orchid.

Herrje, das Glas! Die Spendensammlung sollte doch eine Überraschung für Mrs. Witherspoon werden. Davon durfte sie jetzt noch nichts erfahren.

Laurie spurtete zum Verkaufstisch und stellte das Glas gerade noch hinter den Tresen, bevor Mrs. Witherspoon es sehen konnte.

»Guten Abend«, begrüßte sie die alte Dame dann. »Schön, dass Sie da sind.« Sie ging zu ihr und half ihr aus dem Mantel. Mrs. Witherspoon trug zu ihrem dunklen Rock eine blaue Strickjacke, die Susan ihr gestrickt hatte. Angeblich war sie zu klein geraten für die eigentliche Auftraggeberin.

»Hallo.« Mrs. Witherspoon lächelte und winkte in die Runde.

»Möchten Sie auch einen Tee? Aprikose-Holunderblüte.«

»Aus Frankreich!«, fügte Orchid hinzu.

»Gerne, gerne.«

Keira machte ihren Platz frei und überließ ihn Mrs. Witherspoon. »Wie geht es Ihnen?«, fragte sie die alte Dame, während sie sich selbst einen Stuhl vom Nachbartisch holte.

»Hervorragend.«

»Noch immer frisch verliebt?«, erkundigte sich Orchid schmunzelnd.

»Ihr habt den anderen von Humphrey erzählt?« Mrs. Witherspoon sah von Keira zu Laurie.

»Oh, Entschuldigung. Sollten wir das nicht?«, fragte Laurie schuldbewusst.

»Ach, schon gut. Es kann ruhig jeder davon erfahren. Und ja, Orchid, wir sind noch immer frisch verliebt.« Sie drückte ein Auge zu und strahlte nun noch mehr.

»Haha! Sie sind echt cool!«

»Das hat mir noch keiner gesagt.« Mrs. Witherspoon lachte.

»Warum haben Sie Humphrey nicht mitgebracht?«, fragte Susan.

»Er trifft sich mit seiner Tochter. Sie gehen zum Bowling.«

»Oh, wow. Er scheint aber noch ganz schön fit zu sein für seine neunundsiebzig Jahre, was?« Laurie schenkte auch Mrs. Witherspoon ein, stellte die Süßigkeiten auf den Tisch und setzte sich dann zu ihnen.

»Wenn du wüsstest …«, sagte Mrs. Witherspoon und kicherte vergnügt.

Sie alle machten große Augen. Sogar Gary, der sich bisher noch gar nicht geregt hatte, musste schmunzeln.

»Mrs. Witherspoon!«, sagte Susan. »Sie sind mir ja eine.«

»Ich habe doch gar nichts gesagt«, erwiderte diese, kicherte aber noch immer.

Als sie alle den Tee probiert und die Aprikosen gekostet hatten, sagte Ruby: »Ich muss mich noch mal bei euch allen für neulich Abend entschuldigen. Das war wirklich … « Sie schien nach den passenden Worten zu suchen.

»Es ist alles gut, Ruby. Du brauchst dich nicht zu entschuldigen«, versicherte Susan ihr.

»Doch, ich … «

Orchid, die auf der anderen Seite neben ihr saß, nahm ihre Hand und sagte: »Ist echt nicht schlimm. Wir verstehen das.«

Genau diese Worte hatte auch Keira ihr sagen wollen, doch in ihrem Kopf hatten sie sich einfach nur blöd angehört. Aber aus Orchids Mund waren sie genau richtig gewesen.

»Danke.«

Auch Gary sah sie auf eine Weise an, die Verständnis ausdrückte. Kurz zuckten seine Finger, und Keira glaubte schon, er würde nach Rubys freier Hand greifen, doch dann legten sie sich auch schon wieder.

»Also, was gibt es sonst Neues?«, erkundigte Susan sich.

»Phoebes Babyparty war der Hammer!«, berichtete Orchid. Die hatte am Samstag stattgefunden. An dem Samstag, an dem Keira von zu Hause ausgezogen war. Sie hatte sie komplett vergessen. Aber Orchid erzählte ihnen nun in allen Details, was sich dort zugetragen hatte. »Und dann mussten wir Babybrei probieren und raten, um welche Sorte es sich handelte. Ich sag's euch: Einer ist ekliger als der andere.«

Als Orchid fertig erzählt hatte, erhob sich Gary. »Ich werde dann mal gehen. Danke für die Einladung.«

»Bleib doch noch«, bat Ruby ihn.

»Nein, ich muss … Wir sehen uns morgen?«

Sie nickte.

»Du bist jederzeit willkommen, Gary«, ließ Laurie ihn wissen. »Du weißt ja, wo du uns findest.«

Gary nickte und wandte sich zum Gehen.

»So ein entzückender junger Mann«, sagte Mrs. Witherspoon.

»Ja, das ist er«, fand auch Laurie.

»Was gibt es sonst noch für Neuigkeiten?«, fragte Orchid.

Keira nahm all ihren Mut zusammen: »Ich bin ausgezogen.«

»Du bist was?«, fragte Susan.

Laurie, die Einzige, der sie schon davon erzählt hatte, warf ihr einen zuversichtlichen Blick zu.

»Ausgezogen. Von zu Hause. Jordan und ich hatten mal wieder Streit, und da hatte ich genug. Ich habe meine Sachen gepackt und bin zu meiner Mutter gezogen. Natürlich nicht auf Dauer.«

»Das hast du gut gemacht«, sagte Orchid.

»Ach, ehrlich? Wieso?«

»Weil Jordan ein Idiot ist. Er hat dich gar nicht verdient.«

»Das sage ich ihr auch schon ewig«, stimmte Laurie zu.

»Findet ihr etwa alle, dass er ein Idiot ist?«, fragte Keira nun und sah überrascht in die Runde.

Ihre Freundinnen nickten einstimmig.

»Ich kann dazu nichts sagen, da ich den jungen Mann nicht kenne«, erklärte Mrs. Witherspoon.

»Sie können ihn auch nicht kennen, er kommt ja nie in die Valerie Lane«, sagte Susan abschätzig.

»Er findet, Keira ist zu dick«, informierte Laurie sie.

»So was!« Mrs. Witherspoon betrachtete Keira eingehend und schüttelte dann den Kopf. »Ich bin derselben Meinung: Er ist ein Idiot.«

Herr im Himmel! Jetzt fand sogar Mrs. Witherspoon schon, dass Jordan nicht der Richtige für sie war.

»Geh bloß nicht wieder zu ihm zurück«, riet Orchid ihr. »Selbst wenn er dich auf Knien anfleht.«

»Das wird nicht passieren«, war Keira sich sicher. Sie meinte damit eigentlich, dass Jordan sie sicher nicht auf Knien anflehen würde, es wurde allerdings anders aufgefasst.

»Gut.« Laurie nickte zufrieden.

Stille. Eine Minute lang. Dann fragte Orchid: »Sag mal, Ruby, was ist eigentlich damals aus dem Typen mit der Beinprothese geworden? Der, für den die gute Valerie Spenden gesammelt hat.«

Ruby warf Orchid einen ungläubigen Blick zu. Keira dachte dasselbe. Sie würde sie noch verraten und die Aktion mit dem Kühlschrank auffliegen lassen.

»Mr. Olsen? Der bekam seine Prothese.«

»Ja? Wie schön. Und das dank Valerie.«

»Ja.« Sie alle konnten sehen, dass Ruby das Thema beenden wollte – alle außer Orchid.

»Wie teuer war denn so eine Prothese damals? Ich meine, keine Ahnung, was so was heute kostet, aber das muss doch echt 'ne Menge gewesen sein, oder? Oh Gott, und die hatten da doch noch gar nicht die Mittel wie heute. War das etwa so eine Art Holzbein oder wie?«

Nun meldete Mrs. Witherspoon sich zu Wort. »Ich

kenne die Geschichte. Es war im Jahre 1907. Der arme Mr. Olsen hatte seine Beinprothese in einem Feuer verloren.«

»Im Feuer? Wie geht das denn?«, wollte Orchid wissen.

»Er hat geschlafen, und die Gardine fing Feuer. Das ganze Zimmer brannte ab, er konnte gerade noch gerettet werden. Sein Holzbein leider nicht, es brannte wie Zunder.«

»Oh Gott, dann war seine Prothese sicher nicht alles, was er verlor, oder?« Nun war auch Laurie gesprächig geworden.

»Nun, es war nicht sein Haus. Er lebte zur Untermiete bei der bösen Mrs. Harrison, die ihm viel zu viel Miete dafür abnahm. Also war es wohl nur gerecht, dass deren Anwesen zerstört wurde. Wie auch immer, das Feuer nahm ihm all seinen Besitz, und das war selbstverständlich schlimm. Aber der Verlust seines Holzbeins … nicht mehr laufen zu können … das war die größte Tragödie für ihn. Er spazierte nämlich jeden Tag einen weiten Weg, um seine Angebetete Annabelle zu besuchen, die in einem Blumenladen am anderen Ende der Stadt arbeitete.«

»Oh nein! Er konnte Annabelle nicht mehr besuchen?«, fragte Susan nun. Ihre romantische Ader war geweckt.

Mrs. Witherspoon schüttelte in einer tragischen Geste den Kopf. »Nein. Die gute Valerie erkannte seine missliche Lage und stellte überall in der Gegend Spendengläser auf, um genug Geld für ein neues Bein zusammenzubekommen.«

Sie warfen einander verstohlene Blicke zu. Keiner verriet jedoch etwas.

»Nach sechs Wochen hatte er dann sein neues Bein.«

»Und wo wohnte er, nachdem sein Zimmer abgebrannt war?«, fragte Orchid.

»Wen interessiert's?«, warf Susan ein. »Ich will wissen, ob er seine Annabelle wiedergesehen hat.«

»Eins nach dem anderen, ihr Lieben. Mr. Olsen wohnte fortan im Keller seiner Schwester. Was er gerne in Kauf nahm, denn das Einzige, was ihm wichtig war, war Annabelle.«

»Und sah er sie nun wieder?«, fragte Susan ganz angespannt.

Mrs. Witherspoon senkte den Blick. »Nein. Leider nicht. Als er endlich wieder laufen konnte und den weiten Weg zum Blumenladen auf sich nahm, erzählte die Besitzerin ihm, dass Annabelle gestorben war. An Scharlachfieber.«

»Oh Gott, nein! Das darf einfach nicht sein!« Susan war ganz verzweifelt.

Tja, dachte Keira nur, nicht immer gehen Liebesgeschichten gut aus.

»Das stimmt so nicht«, meldete Ruby sich nun zu Wort. »Susan, ich kann dich beruhigen. Das ist nämlich ganz anders verlaufen.«

»Ehrlich?« Susan sah Ruby erwartungsvoll an, und nicht nur sie hoffte, dass diese der Horrorgeschichte ein Happy End geben konnte. Schließlich wusste sie von ihnen allen am meisten über die Vergangenheit. Und während Mrs. Witherspoon immer nur die Legenden weitergab, die man sich über Valerie erzählte, schien Ruby die wahren Geschichten zu kennen, fast als hätte sie sie selbst miterlebt.

»Keine Ahnung, woher du das jetzt schon wieder wissen willst, aber erzähl ruhig«, forderte Orchid sie auf.

Ruby lächelte geheimnisvoll. »Mr. Olsen humpelte mit seiner neuen Prothese zu Annabelle«, fuhr sie mit der Märchenstunde fort, »die er ganze sieben Wochen nicht gesehen hatte und die ihn schon sehnsüchtig vermisste. Sie fielen sich in die Arme, er kaufte ihr eine Rose ab und bat sie damit um ihre Hand.«

»Auf Knien?«, fragte Orchid und lachte.

»Nicht lustig, Orchid!«, sagte Ruby streng. »Annabelle nahm den Antrag an, und eine Woche später heirateten sie. Sie bekamen fünf Kinder, ehe Annabelle starb. An Scharlachfieber, das stimmt schon, aber sie hatten ein glückliches Leben zusammen.«

»Awww! Wie wundervoll«, schwärmte Susan.

»Ich habe es anders gehört«, widersprach Mrs. Witherspoon.

»Ist ja egal. Wie auch immer, es ist eine schöne Liebesgeschichte«, versuchte Laurie zu schlichten.

»Es ist schon spät«, sagte Susan. »Wollen wir für heute Schluss machen? Terry und ich wollen noch Gassi gehen. Dürfen wir Sie nach Hause begleiten?«, fragte sie Mrs. Witherspoon.

»Gerne, mein Kind. Wenn es keine Umstände macht?«

»Gar keine.«

Die beiden spazierten los, und auch die anderen verabschiedeten sich langsam.

»Wenn du was brauchst …«, ließ Laurie Keira wissen.

»Mir geht es gut«, erwiderte sie. »Bis morgen. Und vergiss nicht, dein Glas wieder hervorzuholen.«

»Ja, das war knapp vorhin. Sieh mal, wie voll es schon ist.« Sie holte es und zeigte es stolz. Es war beinahe halb voll, und das in nur fünf Tagen. Sie würden bestimmt keine sechs Wochen sparen müssen.

»Meins sieht genauso aus«, erzählte Keira freudig.

»Wir tun hier wirklich was Gutes.«

»Ja, das tun wir.«

»Grüß deine Mum von mir. Und pass auf dich auf, Keira. Versprichst du mir das?«

»Na klar.«

Sie umarmte ihre Freundin herzlich und machte sich dann auf zur Bushaltestelle. Gary saß nicht mehr an seiner Ecke. Sie war leer, als wäre er nie da gewesen.

KAPITEL 13

»Guten Morgen, Keira. Was machen Sie denn schon so früh hier?« Tobin überquerte die Straße und kam auf sie zu.

Wieder einmal saß sie auf der Bank und dachte nach. Hier draußen in der kalten Luft war der Kopf ganz klar, und die Gedanken machten viel mehr Sinn.

»Guten Morgen, Tobin. Sie kommen gut voran, wie ich sehe«, entgegnete sie.

»Ja. Es wird. Ich werde wohl wie geplant am Samstag eröffnen können.« Er betrachtete sie und sagte dann: »Sie weichen meiner Frage aus.«

»Ja, ich …« Sie atmete einmal tief durch. »Ich denke nach.«

»Oh. In der Kälte?«

»Die Kälte tut gut.« Sie sagte nichts mehr, doch Tobin betrachtete sie weiter.

»Bitte entschuldigen Sie. Es geht mich ja überhaupt nichts an.«

Wie er sie mit seinen tiefblauen Augen ansah … In diesem Moment hatte sie das Gefühl, ihm alles anvertrauen zu können.

»Ich habe meinen Freund verlassen. Oder besser, ich bin von zu Hause ausgezogen. Ob das wirklich eine Trennung ist, kann ich eigentlich gar nicht sagen.«

»Darf ich mich setzen?«, fragte Tobin.

»Klar.«

Er nahm neben ihr Platz, auf einen angemessenen Abstand bedacht. »Wann war das?«, wollte er wissen.

»Am Samstag.«

»Vor fünf Tagen also. Und haben Sie inzwischen miteinander geredet?«

»Nein. Jordan, das ist mein Freund, hat sich nicht mal bei mir gemeldet. Ich scheine ihm egal zu sein.«

»Das sind Sie sicher nicht. Vielleicht ist er in seinem Stolz verletzt und will nicht den ersten Schritt tun?«

»Tah! Das klingt ganz nach Jordan.«

»Sie sagen, Sie können nicht genau sagen, ob es aus ist oder nicht. Möchten Sie denn, dass es aus ist?«

Das war eine sehr gute Frage. Keira hatte lange darüber nachgedacht und konnte sie nicht mit Bestimmtheit beantworten. Sie wusste nicht, ob sie Jordan vermisste. Sie vermisste seine Wärme neben sich im Bett, aber sein blödes, unnachgiebiges Verhalten vermisste sie ganz bestimmt nicht.

»Ich weiß nicht. Mein Kopf ist Matsch. Gerade weiß ich nur, dass ich eine Zigarette will.«

»Oh, Sie rauchen?«

»Nein. Schon seit Jahren nicht mehr.«

»Dann sollten Sie auf keinen Fall wieder damit anfangen.«

»Ich weiß.«

»Dann wissen Sie ja doch, was gut für Sie ist.«

»Ja, vielleicht. Meine Freundinnen sagen, ich soll bloß nicht wieder zu ihm zurückgehen, aber … ich glaube, ich kann so nicht weitermachen. Wir müssen uns doch wenigstens noch mal aussprechen. Oder?« Erwartungsvoll sah sie ihn an, als wäre er ein Orakel, das all die richtigen Antworten kannte.

»Der Meinung bin ich ebenfalls. Gehen Sie zu ihm, reden Sie miteinander. Kommunikation ist das Allerwichtigste, ohne können Sie Ihre Probleme nicht beheben. Falls es noch etwas zu beheben gibt. Und wenn Sie nach diesem Gespräch das Gefühl haben, dass es das für Sie beide gewesen ist, ist es auch gut. Dann machen Sie sich aber wenigstens nicht ständig Gedanken, ob Sie richtig gehandelt haben.«

»Mit dem Auszug?«

Tobin nickte.

»Sie haben wahrscheinlich recht.« Auch wenn ihre Freundinnen etwas anderes sagten. Allerdings mochten die Jordan nicht, waren also nicht sehr objektiv. »Meine besten Freundinnen finden, er ist ein Idiot.«

Nun musste Tobin lachen. »Dann nehme ich alles zurück. Schießen Sie ihn zum Mond!«

Sie lächelte. »Gar keine so schlechte Idee. Dann muss ich ihm aber ein paar Fitnessgeräte hinterherwerfen.«

»Ein Fitnessfreak?«

»Und was für einer. Er hat mir zu meinem letzten Geburtstag eine Mitgliedskarte fürs Fitnessstudio geschenkt. Er findet mich zu dick.«

»Sie? Das glaube ich nicht!«

»Er hat es mir schon mehrmals gesagt. Und er hat mir meine Tempura-Shrimps weggegessen, damit ich nicht noch mehr zunehme. Das war am Samstag.«

»Der ist ja wirklich ein Idiot.« Tobin grinste nun und machte, dass sie sich besser fühlte.

»Vielleicht ist er das. Trotzdem sollten wir dringend reden.«

»Das denke ich auch.«

»Tut mir echt leid, dass ich Sie volljammere, und das am frühen Morgen.«

»Ist überhaupt kein Problem. Ich war mal telefonischer Seelsorger, ich bin einiges gewohnt.«

»Kein Scherz?«

»Kein Scherz.«

»Ich bin froh, dass Sie jetzt in der Valerie Lane sind. Einer von uns.«

»Das bin ich auch. Ich wünsche Ihnen einen schönen Tag, Keira. Und machen Sie sich nicht zu viele Gedanken. Es kommt alles, wie es kommen soll.« Er stand nun auf.

Sie hätte ewig mit ihm weiterreden können. »Danke. Ich versuch's. Ihnen auch einen schönen Tag. Und wenn ich mich mal revanchieren kann …«

»Dann melde ich mich.« Er zeigte ihr noch einmal sein freundschaftliches Lächeln und ging zurück in seinen Laden.

Wie er ihn wohl nennen würde? Wenn er sich anpassen wollte, würde er ihn Tobin's Flowers nennen. Keira war gespannt, sie würden es schon ganz bald erfahren.

Der Tag verlief wie jeder andere. Kunden kamen, Kunden kauften, Kunden gingen. Keira sah mehrmals auf ihrem Handy nach, ob sie vielleicht eine Nachricht von Jordan erhalten hatte, aber nichts.

Gegen Mittag kam Phoebe in die Chocolaterie. Ihr Babybauch war wirklich gewaltig.

»Hallo, Phoebe, wie geht es dir?«

»Gut, danke. Und dir?«

»Ganz okay. Wow, sag mal, kannst du dich überhaupt noch rühren?«

»Es wird von Tag zu Tag schwerer. Ich kann mir meine Stiefel nicht mehr allein anziehen, und meine Beine muss Lance auch rasieren.«

Keira hätte das vielleicht verrückt finden sollen, tat sie aber nicht. Sie fand es hinreißend.

»Na, lange hast du ja nicht mehr, oder?«

»Noch gut vier Wochen. Ich bin dann auch echt froh, wenn es vorbei ist.«

»Kann ich verstehen. Es wartet ja auch etwas viel Schöneres auf dich.« Sie bemerkte, wie sich ein Kloß in ihrem Hals formte und wie ihre Stimme zu versagen drohte.

»Ja. Ich kann es kaum erwarten. Wie sieht es denn bei dir und Jordan aus? Habt ihr Nachwuchs geplant?«

Oh Mann, jetzt musste Phoebe ausgerechnet so etwas fragen. Offenbar wusste sie nichts von ihren Beziehungsproblemen. Orchid hatte sie anscheinend nicht auf den neuesten Stand gebracht, was ja eigentlich für Orchid als Freundin sprach, aber in diesem Moment hätte Keira sich gewünscht, sie hätte es doch getan. Erzählten Schwestern sich nicht alles?

»Wir … ähm … sind uns noch nicht sicher.« So konnte man es doch ausdrücken, oder? Allerdings kam ihr der Kloß in ihrem Hals jetzt so groß vor wie der Ayers Rock.

»Kinder sind so was Schönes. Ich hoffe, ihr entscheidet euch dafür.«

»Ja, das hoffe ich auch.« Ihre Stimme hörte sich in ihren eigenen Ohren nur noch wie ein Krächzen an. »Was kann ich für dich tun, Phoebe?«, fragte sie, um endlich vom Thema abzulenken.

»Ach so, ja. Also, ich hab keine große Lust, wegen des Valentinstags durch die Geschäfte zu laufen. Und da Lance auf dunkle Schokolade abfährt, dachte ich mir, ich mache es mir einfach.«

»Ah, okay. Er mag also Zartbitterschokolade?«

»Ja. Am besten irgendwas mit Cognac oder so.«

»Ich habe hier eine schöne Mischung, die hat verschiedene alkoholische Füllungen. Und sieh mal, wie hübsch die Schachtel ist, die kann man später noch für was anderes verwenden.« Sie strich mit der Hand über die hölzerne Verpackung.

»Ja, genau. Für Baby-Erinnerungen oder so. Die wird Lance sicher gefallen. Die nehme ich. Das ging aber schnell mit dem Geschenkekauf dieses Jahr.« Sie lachte. »Was macht das?«

»Siebenundzwanzig neunzig.«

Kurz sah Phoebe auf. Dann wühlte sie in ihrer Tasche nach dem Portemonnaie.

»Die sind so teuer, weil sie aus Kanada kommen.«

»Kein Problem. Keira, du musst deine Preise echt nicht rechtfertigen. Du hast so schöne Sachen im Sortiment.«

»Danke.«

Phoebe bezahlte und wollte gerade wieder vom Thema Baby anfangen, als Keira ihr zuvorkam: »Hast du schon den Neuen in unserer Straße kennengelernt? Tobin Marks.«

Phoebe grinste. »Meine Schwester hat mir von ihm erzählt. Sie scheint ihn regelrecht zu hassen.«

»Das Gefühl habe ich auch.«

»Hat er ihr irgendwas getan?«

»Nicht dass ich wüsste. Ich glaube, seine Anwesenheit allein bringt sie schon in Aufruhr.«

»Wenn ich es nicht besser wüsste ...«, meinte Phoebe.

»Das hab ich auch schon gesagt.«

»Na, sie soll mal schön mit Patrick nach London fahren und sich einen romantischen Valentinstag machen.«

»Genau. Und was machst du am Valentinstag?«

»Nicht viel. Wahrscheinlich werde ich den Tag auf der Couch verbringen, Liebesfilme gucken und Mühe haben, je wieder aufzustehen.«

»Vielleicht hast du ja Glück, und du bekommst ein Valentinstagsbaby.«

»Das wäre schön, oder?«

Keira nickte. »Grüß Lance von mir, ja? Und alles Gute für euch.«

»Danke, Keira.«

Sie sah Phoebe und ihrem Bauch nach und wurde richtig traurig. Ja, sie musste wirklich ganz dringend mit Jordan sprechen. Einige Dinge mussten einfach geklärt werden.

Nach Ladenschluss stellte Keira noch ein paar Sorten Pralinen her, die sie einzeln in Klarsichtfolie und mit einer roten Schleife verpacken wollte. Die würde sie am

Valentinstag an ihre Kunden verschenken. Sie entschied sich klassisch für Nougat, Vollmilch-Nuss und weiße Schokolade, natürlich alles in Herzform.

Gegen halb elf machte sie sich müde auf den Weg zu ihrer Mutter, die bereits schlief, als sie ankam. Sie nahm sich das Bettzeug aus dem Schrank und legte sich damit auf das viel zu harte grüne Sofa.

Nein, so konnte es nicht weitergehen. Morgen würde sie nach Hause fahren, zu Jordan, und sehen, ob noch etwas zu retten war.

»Ich will auch ein Valentinstagsbaby«, murmelte sie beim Einschlafen, und nur die Dunkelheit konnte es hören.

KAPITEL 14

»Komm! Nimm meine Hand, ich helfe dir hoch!«, sagte Jordan und streckte ihr seine entgegen.

Er stand oben auf der Mauer und blickte zu ihr herunter. In seinen Augen sah sie Liebe und Glück.

Sie hob ihre Hand, griff nach seiner und ließ sich hochhelfen. Auf der Mauer, die am Strand entlangführte, balancierten sie wie Kinder.

»Jetzt lass meine Hand los und breite die Arme aus.«

»Ich hab Angst«, sagte sie.

»Du brauchst keine Angst zu haben. Ich bin direkt hinter dir.«

»Fängst du mich, wenn ich falle?«

»Ich fange dich, wenn du fällst.«

Sie ließ los und streckte die Arme aus wie ein Vogel. Dass ihr dabei mulmig wurde, versuchte sie zu ignorieren. Immerhin war Jordan direkt hinter ihr, und er hatte versprochen, sie aufzufangen.

Sie vertraute ihm. Sie liebte ihn. Die letzten zehn Monate waren die schönsten ihres Lebens gewesen. Sie wusste, dass sie für immer mit ihm zusammen sein wollte.

Sie rutschte ab, doch er hatte nicht zu viel versprochen. Sofort umfingen seine starken Arme ihre Taille.

»Ich hab dich!«

»Puh. Das war knapp.«

»Es sind doch nur zwei Meter.« Er lachte. »Du hättest dir höchstens den Fuß verstaucht.«

»Dann könnte ich aber nicht im Laden stehen und Schreibwaren verkaufen«, gab sie zu bedenken.

»Der Job ist eh nichts für dich. Ich bin bald fertig mit dem Studium und werde meine eigene Praxis eröffnen. Du solltest langsam auch mal daran denken, dir was anderes zu suchen.«

»Eigentlich denke ich da schon länger drüber nach. Ich würde gerne … Ich weiß, du wirst mich für verrückt halten, aber … Ich würde gerne meinen eigenen Laden aufmachen.«

»Deinen eigenen Laden? Etwa für Schreibwaren?«

»Nein. Schokolade.«

Jordan lachte laut. »Ich glaube, ich habe dich gerade nicht richtig verstanden. Muss der Wind sein. Oder die Möwen. Du hast nicht tatsächlich gesagt, dass du Schokolade verkaufen willst, oder?«

»Doch, habe ich. Wie findest du die Idee?« Erst als sie schon ein ganzes Stück weiter war und sich umdrehte, weil Jordan nicht antwortete, merkte sie, dass er stehen geblieben war. »Jordan?«

Er ging nun weiter. Seine Augen hatten einen seltsamen Ausdruck angenommen. »Wenn du meine ehrliche Meinung wissen willst: Sehr viel halte ich nicht von der Idee.«

»Warum denn? Ich denke, man kann da ein rentables Business draus machen. Ich meine, die Leute lieben Schokolade, oder? *Ich* liebe Schokolade.«

»Ich mag Schokolade überhaupt nicht.«

»Da bist du aber die große Ausnahme.«

»Ich weiß nicht, Keira. Es gibt so viele andere Möglichkeiten.«

Bessere Möglichkeiten, wollte er sagen.

»Es war ja auch nur so ein Gedanke«, sagte sie und versuchte, ihre Enttäuschung runterzuschlucken. »Oh, sieh mal, da vorne gibt es Eis. Kaufst du mir eins?«

»Klar.«

Sie setzte sich auf die Mauer und ließ sich langsam hinabgleiten.

Jordan sprang in einem gekonnten Satz herunter und kam auf sie zu, nahm ihre Hand. »Lass uns ein Eis essen gehen. Aber nur ein kleines.«

Keira erwachte und schlug die Augen auf.

Das Wochenende in Christchurch vor sieben Jahren hatte sie beinahe schon vergessen. Es schien so ewig lange her. Ja, am Anfang ihrer Beziehung hatten sie häufiger Ausflüge unternommen – an den Strand, zu irgendwelchen Festivals, auf Ausstellungen. Heute gingen sie höchstens mal ins Kino oder zu einer Geburtstagsparty, auf der Jordan sich die ganze Zeit mit den anderen Männern über Fitnesstraining unterhielt.

Okay, sie musste zugeben, dass es natürlich auch an ihr und ihren Arbeitszeiten lag. Seit sie die Chocolaterie hatte, arbeitete sie an sieben Tagen in der Woche und konnte höchstens noch abends etwas unternehmen. Vielleicht hatte sie deshalb auch Kimberly eingestellt, weil sie unterbewusst gehofft hatte, das würde Jordan und sie einander wieder näherbringen. Jetzt konnte sie sich wenigstens am Wochenende auch mal einen Nachmittag freinehmen. Allerdings schien das Jordan weniger zu interessieren, zumindest hatte er ihr noch keinen Vorschlag gemacht, hatte nichts anderes als seinen Sport im Sinn, für den er das komplette Wochenende reserviert zu haben schien.

Beim Frühstück, während sie ihr Rührei aß, sagte sie: »Mum, ich werde heute nach der Arbeit zurück nach Hause gehen.«

Ihre Mutter sah sie überrascht an. »Zurück zu Jordan?«

»Ja. Ich möchte uns noch eine letzte Chance geben, verstehst du?«

»Nicht wirklich. Er hat dich doch so verletzt.«

»Weil er meine Shrimps aufgegessen hat? Ich glaube, ich habe aus einer Mücke einen Elefanten gemacht. Eigentlich hat er doch gar nichts Schlimmes getan, er hat mich weder betrogen noch geschlagen noch belogen …« Nun, bei Letzterem war sie sich noch immer nicht ganz sicher.

»Na, das wäre ja noch schöner. Keira, er hat dich beleidigt, mehr als einmal. Er hat ständig was an dir auszusetzen. Willst du denn nicht einen Mann an deiner Seite haben, der dich so nimmt, wie du bist?«

»Doch, natürlich möchte ich das. Und deshalb muss ich unbedingt noch mal mit Jordan reden. Wir müssen uns aussprechen, einen Kompromiss finden.«

»Ach ja? Und wie soll der aussehen? Du nimmst zehn Kilo ab, und er meckert nur noch halb so viel an dir herum?«

»Mum …«

»Du musst wissen, was du tust«, sagte Mary und biss in ihren Marmeladentoast.

»Es hat auch gute Zeiten gegeben, weißt du?«

»Ja, das weiß ich. Die sind aber lange her, oder?«

»Schon.«

»Menschen verändern sich, mein Kind. Und manchmal passen sie irgendwann einfach nicht mehr zusammen.«

»Vielleicht. Aber genau das muss ich herausfinden. Ich brauche Antworten, Mum.«

»Liebst du Jordan denn überhaupt noch?«, wollte ihre Mutter wissen.

Keira brauchte eine Weile, um zu antworten. »Wenn ich das so genau sagen könnte.«

»Allein das sollte dir schon Antwort genug sein, mein Herz.«

Vielleicht hatte ihre Mutter recht. Aber das Gespräch mit Tobin und der Traum von letzter Nacht sagten ihr, dass sie nicht so einfach aufgeben durfte. Nicht, bevor sie nicht alles versucht hatte, um ihre Beziehung doch noch zu retten. Jordan brauchte doch nur ein richtiges Wort zu sagen, und sie würde sich noch einmal aufs Neue in ihn verlieben. Oder waren das Wunschträume, die niemals in Erfüllung gehen konnten?

Als sie an diesem Morgen in die Valerie Lane kam, war Tobin dabei, allerlei Pflanzen aus einem Lieferwagen auszuladen, der vor seinem Laden geparkt hatte.

»Guten Morgen, Tobin!«, rief Keira ihm zu. »Das sieht ja langsam wirklich nach einem Blumenladen aus.«

»Na, das hoffe ich doch sehr. Morgen ist schließlich die große Eröffnung. Heute Nachmittag wird auch endlich mein Schild geliefert. Ohne Namen würde dem Ganzen doch wirklich was fehlen.«

»Wir sind schon alle ganz gespannt auf den Namen«, ließ sie ihn wissen.

»Ich hoffe, ich mache der Valerie Lane alle Ehre.«

»Ganz bestimmt. Tobin, Sie wissen aber, dass Lieferfahrzeuge hier nur bis zehn Uhr gestattet sind, oder? Dann erst ab sechs Uhr abends wieder.«

»Ja, ich weiß. Mr. Spacey hat mir schon mitgeteilt, dass das gesamte Einkaufsgebiet hier tagsüber eine reine Fußgängerzone ist. Deshalb versuche ich ja, schnell alles auszuladen. Den Rest bringe ich dann am Abend, nachdem ich noch mal beim Blumengroßmarkt war.«

»Eine Viertelstunde hab ich noch. Kann ich irgendwie helfen?«

»Das würden Sie tun? Ich nehme Ihre Hilfe gerne an, denn ich habe das Ganze wohl ein wenig unterschätzt. Sehen Sie selbst.«

Sie kam näher und warf einen Blick in den Lieferwagen. Er war bis oben hin mit Blumen vollgestellt. Topfblumen, Schnittblumen, dazu Kränze und Übertöpfe und Vasen und allerlei Schnickschnack.

»Wow!«, sagte sie und stieg auf die Ladefläche.

»Wenn Sie mir die Blumen immer anreichen würden, könnte ich sie in den Laden bringen.«

»Mache ich gerne.« Sie nahm eine Palette mit Alpenveilchen in die Hände und reichte sie ihm.

Tobin brachte sie eilig in den Laden und war wieder da,

bevor sie die nächste Palette griffbereit hatte. Auf diese Weise hatten sie einiges geschafft, als sie Tobin sagen hörte: »Es ist zwei Minuten vor neun. Sie sollten wohl rüber in Ihren Laden gehen. Da wartet schon Kundschaft.«

Sie lugte um die Wagenecke und war überrascht. Mehrere Kunden standen vor dem Eingang. Man merkte, dass der Valentinstag nicht mehr weit war.

»Dann werde ich wohl mal ...«

»Danke für Ihre Hilfe.«

»Gerne.«

»Haben Sie mit ihm geredet?«, erkundigte Tobin sich, jedoch eher fürsorglich als neugierig.

»Ich habe es heute Abend vor«, erwiderte Keira.

»Viel Erfolg.«

»Danke, den kann ich gut gebrauchen.«

Sie lief über das Kopfsteinpflaster zur Chocolaterie. »Hier bin ich! Guten Morgen!«

»Guten Morgen«, flötete Mrs. Kingston ihr zu.

Die anderen Kunden waren eine Großmutter, ein Großvater und ihre etwa vierjährige Enkelin, die sogleich nach Schokoherzen fragten.

»Sie meinen die kleinen, einzeln eingewickelten Herzchen? Die sind lecker, oder?«, wandte sie sich an die Kleine.

Das Mädchen strahlte und nickte.

Keira holte eine Packung Herzen aus dem Regal und gab der Kleinen einen Teddybären aus Schokolade. Der war noch vom Weihnachtsgeschäft übrig geblieben, was man an der roten Mütze erkennen konnte.

Das Mädchen machte große Augen und bedankte sich ganz zuckersüß. Dann gingen Großeltern und Enkelin davon, und sie konnte sich Mrs. Kingston widmen, die sie die nächste halbe Stunde auf den neuesten Stand brachte, was Klatsch und Tratsch rund um die Nachbarschaft anging.

Gegen halb vier Uhr nachmittags kamen zwei Männer und trugen ein großes Schild in die Valerie Lane. Keira trat hinaus auf die Straße und sah zu. Sie war so gespannt, was darauf stehen würde. Sie sah auch Orchid und Susan aus ihren Läden kommen.

Orchid deutete auf das Schild, und Keira nickte. Tobin kam und betrachtete es, gab anscheinend sein Einverständnis und holte die Leiter hervor. Die Männer stellten derweil das lange Teil ab, einer von ihnen verschwand in Richtung Cornmarket Street und kam kurz darauf mit einer zweiten Leiter wieder. Sie stiegen beide hinauf und hängten das Schild an.

»Emily's Flowers?«, rief Orchid. »Wer bitte ist denn Emily?« Sie hatte schon wieder die Arme vor der Brust verschränkt.

Tobin trat zu Orchid und sah ihr direkt ins Gesicht. »Meine Grandma.«

»Ihre Grandma!« Orchid schien ihm kein Wort zu glauben.

»Ja. Sie hatte vor Jahren auch einen Blumenladen. Als Kind habe ich viel Zeit dort verbracht und ihr geholfen. Ich hatte schon immer ein Faible für Pflanzen. Und als ich mich jetzt dazu entschied, einen eigenen Blumenladen zu eröffnen und ich die Namen der anderen Läden in der Valerie Lane gesehen habe, war sofort klar, dass ich meinen nur Emily's Flowers nennen konnte.«

»Awww, das ist so schön!«, kam es von Susan.

»Das können Sie denen da vielleicht erzählen«, sagte Orchid und zeigte auf Keira und Susan. »Ich nehme Ihnen die Geschichte nicht ab. So ein Nonsens!«

Tobin lachte. »Sie haben recht. Ich brauchte einen Frauennamen, um dazuzugehören, und was soll ich sagen? Ich stehe halt auf Emily Blunt.«

»Die Schauspielerin?«, fragte Keira. Susan machte ein enttäuschtes Gesicht.

Tobin nickte augenzwinkernd und widmete sich dann seinem Ladenschild und den Männern, die es aufhängten.

Susan ging zurück in ihr Geschäft, und Orchid lächelte auf eine Art, die sagte: Hab ich's doch gewusst!

Dann ging auch Keira zurück und bediente ihre Kunden. Zwischendurch verpackte sie die Herzpralinen einzeln in Klarsichtfolie und verzierte sie hübsch. Die perfekten kleinen Geschenke für ihre Kunden. Als ihr eines der Herzen in der Mitte durchbrach, hoffte sie nur, dass ihr eigenes Herz heute Abend nicht auch brechen würde. Einen ziemlich großen Knacks hatte es ja schon.

KAPITEL 15

Um 20:28 Uhr stieg Keira die Stufen in die erste Etage des modernen Gebäudes in der Mansfield Road hoch, in dem sie zusammen mit Jordan in einer stylischen Dreizimmerwohnung lebte. Sie hätte ja lieber eine nette Altbauwohnung gehabt, aber Jordan war so auf Glas fixiert gewesen, dass sie ihm zuliebe schließlich nachgegeben hatte. Die Hauptsache war für sie sowieso gewesen, dass die Wohnung eine große Küche hatte, in der sie Kekse backen und Pralinen herstellen konnte. In letzter Zeit tat sie dies zwar hauptsächlich in der kleinen Ladenküche, weil sie keine Lust auf die ständigen Diskussionen mit Jordan hatte, aber die Option zu haben war doch wirklich schön.

Sie war sich nicht sicher, ob sie aufschließen oder doch lieber klingeln sollte. Sie kam unangekündigt und wollte Jordan auf keinen Fall bei irgendetwas stören. Andererseits war dies auch ihr Zuhause, zumindest zu diesem Zeitpunkt noch, warum also all diese Gedanken?

Sie kramte den Haustürschlüssel aus der Tasche und schloss die Tür auf. Die gewohnte Duftmischung aus Espresso, Jordans Aftershave und auch immer etwas von Zahnarztpraxis lag in der Luft. Es überkam sie ein Gefühl der Sehnsucht.

Von Jordan war zwar nichts zu sehen, er kam nicht zur Tür und begrüßte sie auch nicht, sie wusste aber dennoch, dass er zu Hause sein musste, denn es war erstens nicht abgeschlossen gewesen, und zweitens hing seine dicke Winterjacke an der Garderobe im Flur. Sie stellte ihre Tasche ab und ging durch die Räume. Auf dem Wohnzimmertisch stand Jordans aufgeklappter Laptop, er war angeschaltet. Nun konnte sie auch die Dusche hören. Jordan wusch sich anscheinend den Schweiß vom Sport runter, er war entweder im Fitnessstudio oder Joggen gewesen.

Okay. So weit, so gut. Keira atmete ein paarmal tief durch und setzte sich dann auf die Couch. Sie hatte zwar die Stiefel ausgezogen, ihren Mantel, den Schal und die Mütze hatte sie aber noch an. Aus irgendeinem Grund, den sie sich nicht erklären konnte, traute sie sich nicht, es sich bequem zu machen. Sich wieder daheim zu fühlen.

Die Dusche lief noch immer. Ein ungutes Gefühl beschlich sie, und sie erhob sich und ging zum Tisch hinüber. Auf dem Laptop war die Seite von Jordans Bank geöffnet. Er hatte anscheinend gerade per Onlinebanking einige Überweisungen getätigt. Eine Rechnung über 49,90 Pfund für Proteinpulver, eine weitere über 89,80 Pfund für eine neue Adidas-Jogginghose und ein T-Shirt. Doch da … Was war das, ein paar Zeilen weiter unten? Eine Überweisung über siebenhundertsiebenundzwanzig Pfund! Die hatte er gleich zum Monatsanfang gemacht. Was hatte er gekauft, das so teuer war? Sie führten kein gemeinsames Konto, Jordan konnte mit seinem Geld machen, was er wollte, trotzdem besprachen sie solch kostspielige Investitionen für gewöhnlich. Einen Moment lang schoss ihr durch den Kopf, dass es sich um eine Anschaffung für die Praxis handeln könnte, aber dafür hatte er ein extra Geschäftskonto. Hatte er wieder eine Reise gebucht? Mit dem Mountainbike? Oder etwa Bergsteigen? Aber hätte er es dann nicht erwähnt?

Ihr Herz pochte wie wild. In ihrem Kopf machten sich eine Million Überlegungen selbstständig, schwirrten umher und wollten sich zu keinem klaren Gedanken formen lassen.

Dann fiel ihr Blick auf den Namen. Warum hatte sie das nicht gleich gesehen? Tessa Keane. Die Überweisung über siebenhundertsiebenundzwanzig Pfund war an eine gewisse Tessa Keane gegangen. Eine Frau!

Sie hörte, wie die Dusche abgestellt wurde. Jordan konnte jeden Moment aus dem Bad kommen. Würde er sie über seinen privaten Finanzen vorfinden, würde er sicher sauer werden.

Doch Keira konnte sich einfach nicht lösen. Sie wusste, dass sie nie wieder an seinen Computer gelangen würde, da er ihn mit einem Passwort schützte. Dies war ihre einzige Chance. Wie aus einem Reflex scrollte sie weiter runter und erkannte zu ihrem Schrecken, dass Jordan auch im Monat zuvor eine Überweisung über dieselbe Summe an Tessa Keane getätigt hatte.

Verdammt! Was hatte das zu bedeuten?

Gerumpel im Badezimmer. Sie würde später darüber nachdenken. Jetzt musste sie machen, dass sie davonkam. Sie konnte Jordan so nicht gegenübertreten, nicht bevor sie wusste, was sie fühlte.

Sie scrollte zurück nach oben. So leise und so schnell wie möglich ging sie zurück in den Flur, nahm die Schuhe in die eine, die Tasche in die andere Hand und öffnete die Tür. Sie schlich sich hinaus und zog die Tür geräuschlos zu. Draußen schlüpfte sie in ihre Stiefel und setzte sich auf die Treppe. Sie hatte das Gefühl, keine Luft mehr zu bekommen.

Wer zum Teufel war Tessa Keane? Eine Frau, deren Dienste Jordan in Anspruch nahm? Und wenn ja, was für welche waren das? War sie eine Personal Trainerin? Eine Masseurin? Eine Prostituierte?

Keira war völlig durch den Wind. Am liebsten hätte sie jetzt Laurie angerufen, aber sie wusste, dass diese mit Barry ausgegangen war, und sie konnte natürlich auch nicht mitten im Treppenhaus telefonieren. Aber woandershin würden ihre Beine es gerade auf keinen Fall schaffen.

Sie saß lange auf der Treppe und befürchtete schon, Jordan würde vielleicht noch mal rausgehen und sie hier entdecken, im kalten Dunkeln, wie ein Häufchen Elend. Doch normalerweise verließ er die Wohnung nicht mehr, nachdem er abends vom Sport gekommen war. Aber was wusste sie schon von ihm? Absolut überhaupt nichts, wie es schien.

Sie sah auf ihr Handy. Es zeigte ihr die Uhrzeit an: 21:35. Sie konnte ja nicht ewig hier sitzen bleiben und die Nacht auf der Treppe verbringen. Also riss sie sich zusammen, erhob sich und versuchte, ruhig zu atmen. Versuchte, erst einmal zu vergessen, was sie gerade herausgefunden hatte. Sie war doch gekommen, um mit Jordan zu reden, und genau das hatte sie noch immer vor.

Diesmal verschaffte sie sich nicht einfach so Eintritt, sondern klingelte an der Tür. Kurz darauf stand Jordan vor ihr, in schwarzen Shorts und einem weißen T-Shirt. Er trug eine neue Brille, das fiel ihr sofort auf. Bedeutete das, dass er über sie hinweg war? Meistens nahmen Menschen doch Änderungen an sich vor, wenn sie sich trennten. War es für ihn etwa schon aus und vorbei?

»Keira«, sagte er überrascht.

»Hi. Ich bin gekommen, um zu reden.«

»Du hast deine Tasche dabei.« Er deutete auf die Reisetasche, die sie in der Hand hielt.

»Ja. Ich dachte mir, dass ich vielleicht wieder zurückkommen könnte. Wenn du das auch willst.«

Lange sah Jordan sie an, ohne ein Wort zu sagen. Dann verzogen seine Lippen sich zu einem kleinen Lächeln. »Komm doch erst mal rein. Wir sollten wirklich reden.«

Sie betrat die Wohnung ein weiteres Mal an diesem Abend. Jordan schien nichts davon bemerkt zu haben, dass sie vorher schon mal da gewesen war, denn dann hätte er sicher anders reagiert.

»Wie geht es dir?«, fragte sie, als sie sich ihrer dicken Sachen entledigt hatte. In der Wohnung war es schön warm.

»Ganz gut, und dir?«

Sie zuckte als Antwort mit den Schultern.

»Du hast mir gefehlt«, sagte er nun.

»Tatsächlich?«, fragte sie erstaunt.

»Ja, natürlich. Habe ich dir denn nicht gefehlt?«

»Doch, schon. Ich … ich frage mich nur: Wenn ich dir

so gefehlt habe, warum hast du dich dann kein einziges Mal bei mir gemeldet?«

»Willst du jetzt so anfangen?« Er nahm Abstand, die Wärme in seiner Stimme war verflogen.

»Nein, es tut mir leid. Ich war bei meiner Mutter.«

»Das habe ich mir gedacht.«

Sie setzte sich aufs Sofa, Jordan tat es ihr gleich. Ihr Blick fiel auf den Tisch, auf dem noch vor einer Stunde Jordans Laptop gestanden hatte.

Tessa Keane. Tessa Keane. Tessa Keane.

Der Name wollte ihr nicht aus dem Kopf gehen. Am liebsten hätte sie ihn auf der Stelle gefragt, wer Tessa Keane war. Aber dann hätte sie ihm erklären müssen, dass sie still und heimlich in die Wohnung gekommen und seine Onlinebanking-Daten angesehen hatte.

»Was macht die Arbeit?«, fragte sie stattdessen und versuchte, weiterhin ruhig zu atmen, was gar nicht so einfach war.

»Alles läuft wie immer. Und bei dir?«

»Ebenso.« Sie wollte ihm von ihrem Neuzuwachs, Tobin, erzählen. Doch dann erinnerte sie sich daran, dass es ihn nicht interessieren würde. Sie sah an sich herunter. »Ich hab ein bisschen zugenommen. Meine Mum hat mich so gut bekocht.« Das wollte sie ihm gleich sagen, damit klar war, dass er damit leben musste.

»Das war zu erwarten. Macht nichts, die Pfunde bekommst du schon wieder runter.«

»Jordan? Weißt du, dass das eins der Probleme war, weshalb ich ausgezogen bin?«

»Dass du zugenommen hast?«

»Dass du mich immer wieder darauf ansprichst. Dass du von mir verlangst abzunehmen.«

»Ich bitte dich darum. Aber du tust es ja doch nicht.«

»Nein, Jordan. Weil ich mich wohl in meiner Haut fühle.«

»Ehrlich?« Er sah sie von oben bis unten an.

»Ja, ehrlich. Und meine Freundinnen sagen mir auch, dass ich gut aussehe, so wie ich bin. Mit den Extrapfunden.«

»Das sagen sie nur, weil sie dich nicht kränken wollen.«

»Nein, das sagen sie, weil sie es so meinen. Sie würden mich niemals anlügen, wir sind nämlich immer ehrlich zueinander. Jordan, ich weiß, dass ich vor acht Jahren noch anders aussah, aber Menschen verändern sich. Du hast dich auch verändert, und ich akzeptiere dich so, wie du bist.«

»Ich habe mich ja auch zum Positiven verändert.«

»Okay, du brauchst nichts mehr zu sagen.« Sie stand auf und war drauf und dran, wieder zu gehen.

»So hab ich's nicht gemeint. Es tut mir leid, okay? Es fällt mir nur nicht leicht, mit jemandem zusammen zu sein, der so überhaupt keinen Wert auf Fitness legt.«

»Du musst dir darüber klar werden, ob du damit leben kannst, Jordan. Entweder du akzeptierst mich so, wie ich bin, oder wir müssen unsere Beziehung hier und jetzt beenden. Ich kann so nicht mehr weitermachen, weil es mich jedes Mal so … schrecklich …« Sie schluchzte. »… verletzt, wenn du mich wieder und wieder beleidigst.«

Jordan sah zu ihr auf. »Keira, mir war nicht bewusst,

dass es dich verletzt hat. Ich wollte dich doch nur anspornen.«

»Ich will aber nicht angespornt werden! Ich will geliebt werden und … und … und einfach so genommen werden, wie ich bin. Ich bin kein schlechter Mensch, nur weil ich keine Modelfigur habe.«

»Das weiß ich doch, Keira.« Jordan erhob sich nun ebenfalls und nahm sie in die Arme. »Verzeih mir, ja? Ich wollte dich nie verletzen.«

Sie schluchzte jetzt ungehemmt und konnte gar nicht damit aufhören.

»Ich will, dass wir uns wieder vertragen, ja? Ich möchte, dass wir noch mal von vorne anfangen. Vielleicht war das ja ganz gut, dass du ausgezogen bist, vielleicht haben wir genau das gebraucht, um aufzuwachen.« Er strich ihr mit der Hand über den Rücken.

»Kannst du mir versprechen, dass du mich nicht mehr die ganze Zeit kritisierst und an mir herummeckerst?«

»Ich verspreche es.«

Das war alles, was sie hören wollte. Sie schmiegte sich an ihn. »Ich danke dir, und ich bin wirklich froh, dass du das sagst.«

»Ich will dich doch nicht verlieren.«

»Ich will dich auch nicht verlieren.«

Noch eine ganze Weile standen sie da und hielten sich umschlungen. Keira war gar nicht bewusst gewesen, wie sehr sie diese Nähe gebraucht hatte.

»Du hast eine neue Brille«, sagte sie dann und wischte sich mit der Hand die Tränen weg.

»Meine ist beim Sport kaputtgegangen. Ich hatte sie

abgelegt, und jemand hat sich dummerweise draufgesetzt.«

»Oh. Die neue steht dir sehr gut.« Sie war schwarz umrandet, die andere war silbern gewesen.

»Danke. Ich muss mich erst mal dran gewöhnen. Sehe ich nicht aus wie ein Nerd?«

»Wie ein süßer Nerd.«

Er lächelte. »Wollen wir schlafen gehen?«

Sie nickte. Sie war unglaublich müde.

In dieser Nacht lagen sie einfach nur aneinandergekuschelt da. Keira war froh darüber, dass nicht mehr passierte, denn auf diese Weise zeigte Jordan ihr, dass es ihm wirklich um sie ging und nicht nur um seine Bedürfnisse.

»Jordan? Bist du noch wach?«, fragte sie.

»So halb.«

»Wollen wir morgen ausgehen?«

»Klar. Wohin denn?«

»Du könntest mich von der Arbeit abholen, und wir gehen irgendwo schön essen.«

»Mir wäre es lieber, wenn wir uns vor dem Restaurant treffen, dann muss ich mich nach dem Sport nicht so abhetzen. Kennst du schon die neue Salatbar in der Sherrington Road?«

Salat! Meinte er das ernst?

Sie versuchte es damit zu rechtfertigen, dass er nun mal gerne gesund aß. Vielleicht bezog er es diesmal gar nicht auf ihr Gewicht. Sie interpretierte womöglich schon wieder viel zu viel in seine Worte hinein.

»Okay.« Sie strich mit einer Hand über seine Brust. »Ach, bitte, hol mich doch ab. Dann kannst du sehen, wie hübsch wir die Valerie Lane geschmückt haben. Sie wird abends von Hunderten roter Herzen beleuchtet.«

»Ich steh nicht auf Kitsch, das weißt du doch. Wir treffen uns vor dem Restaurant.«

Sie atmete tief und lange aus. Nein, sie wollte ihre gerade neu gewonnene Hoffnung noch nicht aufgeben. Es war aber gar nicht so einfach, daran festzuhalten.

KAPITEL 16

Als Keira am Samstagmorgen zur Arbeit ging, fühlte sie sich keinen Deut besser. Sie hatten sich vertragen, ja, aber das Ganze hatte einen bitteren Nachgeschmack hinterlassen. Außerdem war sie sich keinesfalls sicher, ob sich wirklich etwas ändern würde.

Als sie in die Valerie Lane einbog, bot sich ihr ein herrliches Bild von Fröhlichkeit, und sie musste lächeln. Überall hingen Luftballons und auch einige Schilder, die die heutige Neueröffnung von Emily's Flowers ankündigten.

An ihrer Türklinke fand Keira eine kleine Überraschung vor: Dort hing in einer hübschen pinken Geschenktüte ein rosa Alpenveilchen. Sie musste lächeln und sah sich um. An den Türen ihrer Freundinnen hingen ebenfalls Blumentüten. Tobin ist ein Schatz, dachte sie und freute sich richtig, dass er hier war. Auch wenn er nicht weiblich war. Aber darüber konnte sie hinwegsehen, da er ansonsten alles mitbrachte, was eine gute Freundin haben musste. Er war ein prima Zuhörer, hatte aufrichtige Ratschläge parat und war eine gute Seele, das konnte sie schon jetzt mit Sicherheit sagen.

Er trat nun aus seinem Laden und hängte noch ein paar Ballons auf. Sie winkte ihm zu und hielt die Tüte hoch. »Danke schön!«, rief sie zu ihm rüber. »Das ist wirklich nett von Ihnen.«

Tobin strahlte. »Gern geschehen. Wie sind Sie darauf gekommen, dass die von mir ist?«, rief er grinsend zurück.

»Ich hatte eine vage Vermutung.«

»Denken Sie, das sind genug Ballons?«

»Wenn Sie nicht wollen, dass die Valerie Lane davonfliegt, reicht das, würde ich sagen.«

»Haha. Na gut!«

»Ich wünsche viel Erfolg für heute!«

»Danke, das kann ich gut gebrauchen.« Er winkte noch einmal und ging zurück in seinen Laden.

Kimberly kam, und sie schlossen Keira's Chocolates auf. Sofort waren auch die ersten Kunden zur Stelle, und sie hatten für die nächsten Stunden keine ruhige Minute.

Gegen Mittag schickte sie Kimberly in die Pause. Als diese zurückkam, hatte sie einiges zu berichten: »Du wirst nicht glauben, was da draußen los ist! Mr. Marks schenkt Sekt aus, und es gehen ein paar Mädchen herum und verteilen Rosen. Die Valerie Lane ist voll wie nie! Die locken sogar alle Leute aus der Cornmarket Street her.«

»Ehrlich? Deshalb ist es heute bei uns wohl auch so voll. Ich habe doch gleich gesagt, von einem Blumenladen in der Valerie Lane werden wir alle profitieren.«

»Willst du jetzt in die Pause gehen?«

»Ich kümmere mich nur noch um die Kunden da vorne in der veganen Ecke. Sie sind sich noch nicht ganz schlüssig und haben um ein paar Minuten gebeten. Kannst du mich unbedingt daran erinnern, nach Ladenschluss mal im Katalog nach neuen veganen Sachen zu suchen? Ich muss das Sortiment unbedingt erweitern.«

»Klar, mache ich. Ach, Keira, du hattest doch gefragt, ob ich ausnahmsweise auch Montag und Dienstag nachmittags arbeiten kann …«

»Ja, genau. Kannst du?«

»Das geht klar. Nächste Woche stehen keine wichtigen Klausuren an. Ich könnte direkt nach der Schule herkommen und wäre so gegen drei hier.«

»Das wäre fantastisch. Ich danke dir. Sieh nur, was jetzt schon los ist. Den Andrang am Valentinstag kann ich unmöglich allein bewältigen.«

»Ich mach das wirklich gerne. Vor allem, weil ich für den Führerschein spare. Da kann ich jeden Extra-Penny gut gebrauchen.«

»Du wirst bald achtzehn, oder?«

»Im April.«

»Na, dann passt es doch perfekt. Für uns beide.« Keira lächelte und bediente die veganen Kunden. Dann sagte sie zu Kimberly: »Ich werde mir das da draußen jetzt auch mal aus der Nähe ansehen.«

Sie verließ den Laden und kam sich fast vor wie auf einem Jahrmarkt. Zumindest war die Atmosphäre dieselbe.

Leute lachten fröhlich, Kinder liefen mit Luftballons in den Händen herum. Tobin hatte anscheinend zwei junge Mädchen eingestellt, die am Anfang der Valerie Lane standen und den bummelnden Damen einzelne rote Rosen in die Hand drückten. Sie freute sich für Tobin, dass die Eröffnungsfeier so ein großer Erfolg war. Nachdem sie sich um die Ecke eine Suppe zum Mitnehmen geholt hatte und wieder in die Valerie Lane einbog, bekam sie ebenfalls eine Rose.

»Oh. Danke sehr.«

Einen Moment lang glaubte sie, in der Menge Thomas Finch zu sehen – oder war es nur Einbildung?

»Sieh dir das an!«, hörte sie Susan sagen, die in ihrer Ladentür stand.

Einen Augenblick war sie verwirrt, dann begriff sie, dass Susan das Spektakel in der Valerie Lane meinte.

»Unglaublich, oder?«

»Aber hallo! Wie geht es dir, Keira? Wohnst du noch bei deiner Mum?«

Da war er wieder: Thomas Finch. Ja, er war es wirklich! In seinem braunen Mantel.

»Ich bin gestern Abend wieder zu Hause eingezogen«, antwortete sie Susan und verlor ihn erneut aus den Augen.

»Du bist zu ihm zurückgegangen?« Susan schien mehr als nur ein wenig schockiert.

»Ja. Was soll ich sagen?«

»Du musst wissen, was du tust, Süße.« Keira vernahm Susans verständnisloses Kopfschütteln. Und sie sah Thomas Finch aus dem Augenwinkel, der Emily's Flowers betrat.

Sie nickte. Was gab es darauf schon zu erwidern?

»Was ich noch fragen wollte: Sollen wir uns heute oder morgen Abend vielleicht alle mal treffen und die Sache mit dem Kühlschrank besprechen?«

Keira nickte. »Das halte ich für eine gute Idee. Wir müssen ja den Kauf und die Übergabe planen.«

»Genau das meine ich. Mein Glas ist übrigens schon fast voll.«

»Meins auch. Ich freue mich so, dass die Leute uns alle bei unserer Mission unterstützen.«

»Ja, ich mich auch.«

»Also, heute kann ich nicht, ich bin mit Jordan verabredet.« Dass es in eine Salatbar ging, erwähnte sie besser nicht. »Aber morgen würde mir passen.«

»Gut. Dann frage ich die anderen auch.«

»Super. Ich muss dann wieder.«

»Viel Spaß heute Abend!«

»Danke!« Ob der Abend so spaßig werden würde, würde man sehen.

Keine zehn Minuten später, als sie längst wieder im Laden war und Kimberly an der Kasse half, hatte sie plötzlich das Gefühl, aufblicken zu müssen. Als sie es tat, entdeckte sie Thomas Finch, der draußen an ihrem Ladenfenster vorbeiging, einen Strauß Blumen in der Hand, den er nach unten hielt. Er blickte in den Laden hinein, und als er erkannte, dass sie ihn ansah, winkte er ihr mit der freien Hand zu. Als Keira zurückwinkte, schenkte er ihr ein kleines Lächeln und sah dann zu Boden. Und schon ging er wieder seines Weges.

Das ist merkwürdig, dachte sie. Er hatte so betrübt gewirkt, sein Lächeln ganz traurig. Was ihm wohl auf der Seele lastete?

Nach Ladenschluss sah Keira sich noch schnell ein paar Kataloge an und gab einige Bestellungen auf. Dann machte sie sich auf zur Salatbar.

Jordan wartete bereits. »Mann, hab ich einen Hunger.«

Na, ob er von Salat wirklich satt werden würde, wagte sie zu bezweifeln.

Es gab tatsächlich nichts anderes als Salat. Also bestellte Keira einen Caesar Salad mit Truthahn. Hühnerbrustfilet mochte sie einfach nicht mehr sehen. Dazu nahm sie eine Diät-Cola.

Während Jordan sich seinem Fitnesssalat, der mit irgendwelchen Kernen und Körnern angereichert war, widmete, träumte sie vom Valentinstag. Vielleicht würde sie ja doch noch den Valentinstag bekommen, den sie verdiente. Sie dachte an Thomas Finch, der am Montag sicher zu seinem gewohnten Einkauf noch eine Besonderheit für seine Liebste auswählen würde, und sie wünschte sich, nur für eine Sekunde, dass sie diese Liebste wäre.

»Was lächelst du so vor dich hin?«, fragte Jordan.

Sie rüttelte sich wach. »Was?«

»Ich hab's doch gewusst!«

Oh-oh.

»Na, der Laden ist gut, und der Salat erst. Ich wusste, dass er die richtige Wahl war.«

»Der Salat, ach so, ja, der ist ganz okay.«

»Ganz okay? Der ist der Burner! Weißt du, wie viele Proteine allein in den Kürbiskernen und den Chiasamen stecken?«

»Ich kann's mir vorstellen. Du, Jordan? Würdest du mir einen Gefallen tun?« Plötzlich hatte sie einen Geistesblitz: Wenn sie nicht ab und zu mal ihren Mund aufmachte und Jordan sagte, was sie wollte, woher sollte er es dann wissen?

»Erzähl!«, forderte er sie auf und kaute weiter auf seinen Körnern.

»Am Dienstag ist doch Valentinstag.«

»Ach, echt?«

»Ja. Und ich hätte dieses Jahr gerne ... Könntest du mir nicht vielleicht zur Abwechslung mal was Romantisches schenken? Blumen zum Beispiel? So, wie andere Männer es tun?« So, wie Thomas Finch es tat?

»Klar, kein Problem. Wenn es dich glücklich macht.«

»Das würde mich sogar sehr glücklich machen.«

Das wäre geschafft. Sie durfte sich endlich auch mal auf was Romantisches freuen. Am liebsten hätte sie ihn zwar um etwas Süßes gebeten, aber das wäre wohl zu viel des Guten gewesen. Blumen würden reichen, Blumen wären perfekt. Sie fragte sich, was für welche er ihr wohl schenken würde. Ihre Freude war groß. Und deshalb war sie wenige Stunden später, als sie wieder nach Hause kamen, auch ganz überschwänglich im Schlafzimmer.

»Wow! Was ist denn heute mit dir los? Wir sollten öfter in diese Salatbar gehen, wenn dich die Vitamine so aufpushen.«

Sie wollte nichts mehr von Salat hören, umschloss deshalb seinen Mund mit ihren Lippen. Sie liebten sich, wie sie sich lange nicht geliebt hatten. Jordan stieg danach wie immer unter die Dusche, und sie blieb faul im Bett liegen.

»Gute Nacht, es war sehr schön«, sagte er, als er aus dem Bad kam und zu ihr unter die Decke hüpfte. »*Du* bist schön.«

»Das hast du mir schon lange nicht mehr gesagt.«

»Ich sage es jetzt.«

Obwohl es doch das war, was sie so sehnlichst hatte hören wollen, war es nicht das, was sie brauchte, das erkannte sie jetzt. Auch wenn der Sex wirklich gut gewesen war, war doch etwas anders gewesen. Verändert. Sie war verändert gewesen. Sie war nicht mehr dieselbe und wusste nicht, ob sie es je wieder sein würde oder wollte.

Sie musste plötzlich an den traurigen Blick und die hängenden Schultern von Thomas Finch denken und hoffte, es ging ihm gut.

Vielleicht würde sie ihn am Montag fragen, ob alles okay war. Wie gerne würde sie ihm sagen, dass sie für ihn da wäre. Wenn er reden wollte. Wie gerne würde sie sich mit ihm hinsetzen und auch ihm ihr Herz ausschütten.

KAPITEL 17

»Bin ich froh, dass du schon da bist«, rief Keira Kimberly zu, die glücklicherweise bereits um halb drei eintraf. »Dann kann ich ja gleich mal kurz in die Mittagspause gehen, ich bin noch gar nicht zum Essen gekommen.«

»Klar. Ich übernehme in einer Minute.« Kimberly brachte Jacke und Tasche nach hinten und stellte sich an die Theke, wo schon den ganzen Tag der Teufel los war.

»Danke! Ich bin auch bestimmt in zehn Minuten wieder da.«

Sie huschte schnell zu Boots und holte sich ein Schinkensandwich, das sie auf dem Rückweg zum Laden eiligst aß. Bevor sie in die Valerie Lane einbog, holte sie etwas aus ihrer Jackentasche hervor: eine Schachtel Zigaretten und ein Feuerzeug. Beides hatte sie sich bereits am Tag zuvor besorgt und rauchte, wann immer sie dazu kam. Bedacht darauf, dass niemand sie dabei sah, denn auf große Reden hatte sie echt keine Lust.

Auch jetzt war das Nikotin wohltuend. Sie fragte sich, warum sie je mit dem Rauchen aufgehört hatte, wenn es doch so beruhigend war. Fast noch besser als Schokolade, und wenigstens nahm man davon nicht zu.

»Sie haben also wieder angefangen, ja?«, hörte sie plötzlich eine Stimme.

Ertappt drehte sie sich um. Was machte Tobin denn hier? Es war mitten am Tag. Wie konnte er so bald nach der Eröffnung seines Ladens diesen einfach schließen, um sich … ja, was eigentlich? Um sich ein Mittagessen zu holen? Er hielt nichts in den Händen, stand einfach nur da und starrte sie an.

»Tobin! Ich … ja, ich bin schwach geworden. Bitte erzählen Sie es niemandem.«

»Werde ich nicht, versprochen.«

»Warum sind Sie nicht in Ihrem Blumenladen? Machen Sie etwa schon so guten Umsatz, dass Sie eine Aushilfe einstellen konnten?«

Er lachte. »Nein, nein. Ich habe keine Aushilfe, mal abgesehen von meiner Nichte und ihrer besten Freundin, die am Samstag Rosen verteilt haben.«

»Ich habe auch eine bekommen. Eine reizende Idee.«

»Danke sehr. Um auf Ihre Frage zu antworten: Ich musste meinen Laden mal eben für fünf Minuten schließen, um jemanden in Empfang zu nehmen, der sich angekündigt hat. Und sie hat die Valerie Lane anscheinend übersehen. Na ja, sie ist ja auch wirklich klein.«

»Welche große Persönlichkeit erweist uns denn die Ehre?«, erkundigte sie sich.

»Ah, da ist sie ja schon! Grandma! Hier drüben!«

Keira drehte sich herum. Auf der Cornmarket Street kam ihnen mit festem Schritt und einem eleganten Spazierstock eine ältere Dame mit Hut entgegen. Von diesem standen einige Pfauenfedern ab, was Keira so noch nicht gesehen hatte.

»Das ist Ihre Grandma? Jetzt sagen Sie bloß …«

Sie sah Tobin dabei zu, wie er die Dame mit einer behutsamen Umarmung begrüßte. »Grandma, wie schön, dich zu sehen.«

»Ich dachte schon, das wird heute nichts mehr«, sagte diese ein wenig schnippisch. »Da hast du dir ja eine famose Straße für deinen Laden ausgesucht. Hat sich überhaupt schon ein Kunde hierher verirrt?«

Keira musste trotz allem grinsen, auch wenn Tobins Grandma offensichtlich nicht sehr angetan war von der Valerie Lane.

»Oh ja. Es ist gut was los. Ich muss mich auch sputen und zurück in den Laden gehen, bevor die wartende Kundschaft mich noch lyncht.« Sein Blick fiel auf Keira. »Ach, darf ich vorstellen? Das ist Keira Buckley, ihr gehört der Schokoladenladen in der Valerie Lane.«

»Die Chocolaterie«, verbesserte Keira ihn und schnippte unauffällig ihre Zigarette weg.

»Keira, das ist meine Grandma, Emily Sutherland. Man könnte sagen, meine stille Partnerin.«

Siehe da. Emily …

»Was mein Enkel eigentlich sagen möchte, ist, dass ich ihm seinen Blumenladen finanziert habe«, entgegnete Emily.

Keira musste wieder grinsen. Die Frau war einfach der Hit!

»Es freut mich sehr, Sie kennenzulernen«, sagte sie und reichte ihr die Hand.

»Ganz meinerseits. So, wollen wir dann mal? Ich bin ja schon sehr gespannt auf den Blumenladen in der versteckten Gasse, die man nur mit der Lupe findet.«

Tobin lachte und hielt seiner Grandma einen Arm hin, in den sie sich einhaken konnte.

»Willkommen in der Valerie Lane, Mrs. Sutherland. Ich muss jetzt auch schnellstens zurück in meinen Laden. Meine Aushilfe ist wahrscheinlich schon am Verzweifeln.«

»Und? Läuft Ihr Laden?« Die Frau war die Direktheit in Person.

»Er läuft«, antwortete Keira. »Morgen ist doch Valentinstag.«

»Davon habe ich noch nie etwas gehalten. Nur ein weiterer Tag, an dem die Konzerne den Leuten das Geld aus der Tasche ziehen wollen.«

»Grandma!«, ermahnte Tobin sie. »Ich finde, der Valentinstag ist ein sehr romantischer Tag. Mal davon abgesehen werde ich wahrscheinlich im ganzen Jahr nicht so viele Blumen verkaufen wie heute und morgen.«

»Der Muttertag ist auch nicht zu vergessen«, sagte Keira.

»Muttertag, pah! Es sollte einen Großmuttertag geben«, fand Emily. Dann stolzierte sie an Tobins Seite in die Valerie Lane und betrachtete alles ganz genau. »Ja, ja, nicht zu verachten. Der Efeu an den Häuserfassaden ist ganz hübsch. Aber was sollen denn die kitschigen Lichterketten?«

»Die haben wir nur wegen des Valentinstags aufgehängt«, informierte Keira sie. »Wir fanden die Idee ganz schön.«

»Wer ist *wir?*«

»Die anderen Ladenbesitzerinnen und ich.«

»Sie sollten noch mal über Ihren Geschmack nachdenken.«

»Alles klar, werden wir machen.« Keira verabschiedete sich und lief kichernd und kopfschüttelnd zurück in ihren Laden, der gerammelt voll war.

Das Gute an den vielen Kunden war – neben den fabelhaften Einkünften –, dass das Spendenglas jetzt überquoll. Das für Afrika, wohlgemerkt. Das Glas für Mrs. Witherspoon war bereits gestern aus allen Nähten geplatzt. Am Abend hatten die fünf Freundinnen sich getroffen und das Geld gezählt. Tobin hatte seins Keira kurz nach Ladenschluss übergeben. Sie hatten die Gläser auf Susans Verkaufstisch ausgeschüttet und grob gezählt. Es waren über dreihundert Pfund! Das bedeutete, sie konnten Mrs. Witherspoon den neuen Kühlschrank kaufen und ihn obendrein noch mit den köstlichsten Sachen füllen.

Es war eine Aktion, die der guten Valerie bestimmt gefallen hätte. Keira wurde noch ganz warm ums Herz, als sie daran dachte, wie sie die Übergabe des Kühlschranks geplant hatten …

»Wer besorgt den Kühlschrank? Und wann wollen wir ihn ihr überbringen?«, fragte Susan.

»Am Tag nach dem Valentinstag? Wenn nicht mehr so viel los ist in unseren Geschäften?«, schlug Keira vor.

»Das wäre ein Mittwoch, da würde ich schon gerne wie immer die Tea Corner am Abend geöffnet lassen. Vielleicht benötigt jemand ein offenes Ohr oder eine Schulter zum Anlehnen«, gab Laurie zu bedenken.

»Ich fände es sehr schön, wenn wir ihn ihr direkt am

Valentinstag bringen könnten«, fand Ruby. »Das wäre doch wirklich ein wundervolles Geschenk.«

»Da haben einige von uns Dates, oder?«, fragte Laurie. »Vielleicht sogar Mrs. Witherspoon.«

»Wie wäre es dann mit morgen?«, schlug Susan vor. »Nach Ladenschluss. Wir könnten ihn ihr alle zusammen vorbeibringen.« Ihre Augen strahlten vor Vorfreude.

»Das würde mir auch gut passen«, sagte Keira. »Seid ihr einverstanden?«

Nicken und Zustimmung allerseits.

»Jetzt bleibt nur noch die Frage, wer den Kühlschrank besorgt. Das Geschäft boomt, da kann keiner mal eben seinen Laden schließen«, gab Orchid zu bedenken.

»Wie wäre es, wenn wir zusammen nach Ladenschluss zum SB-Warenhaus fahren?«, schlug Keira vor.

»Das ist sogar noch besser. Aber bekommst du das auch hin, Ruby?«

»Ich hoffe es.« Ruby sah irgendwie besorgt aus. Sie hatte wohl die Befürchtung, dass wieder so etwas wie beim letzten Mal passieren könnte, als sie außerplanmäßig einen Abend weg gewesen war.

»Wie wäre es denn, wenn Barry sich so lange um deinen Dad kümmert?«, schlug Laurie vor. »Sagtest du nicht, er spielt gerne Schach?«

Ruby nickte eifrig. »Er liebt Schach.«

»Barry auch. Er könnte so lange mit ihm in der Tea Corner warten, was hältst du davon?«

»Würde er das wirklich machen?«, fragte Ruby gerührt.

»Wenn ich ihn lieb darum bitte.« Laurie grinste. »Ihr glaubt doch nicht, dass er mir so kurz vor dem Valentinstag irgendeinen Wunsch abschlägt?« Sie zwinkerte den anderen zu.

»Na, dann wäre ja alles geklärt«, sagte Susan zufrieden.

Das war es. Keira musste unwillkürlich lächeln bei der Erinnerung daran. Sie hatten das Geld in einen Geldsack gesteckt, den Barry auf Lauries Bitte hin gleich am Montagmorgen zur Bank gebracht hatte. Dann hatte Orchid vorgeschlagen, noch irgendwo etwas trinken zu gehen, und sie hatten den Sonntagabend bei Cocktails und Geschichten über vergangene Valentinstage ausklingen lassen. Alle außer Ruby, die zu ihrem Vater nach Hause geeilt war. So leid Ruby ihr tat … irgendwie fand Keira es doch auch ergreifend, von jemandem so gebraucht zu werden.

Fünf nach vier, und er war noch immer nicht gekommen.

Der Laden war voll. Kimberly und sie taten ihr Bestes, um die Kunden freundlich zu beraten und zu bedienen, sich Zeit für jeden Einzelnen zu nehmen, obwohl sich die Menschen durch den ganzen Laden schlängelten.

Viertel vor fünf. Er würde wohl heute nicht mehr erscheinen. Womöglich war er krank, oder seine Frau war es oder seine Kinder. Herrje. Sie sollte endlich aufhören, an ihn zu denken. Das machte es doch alles nur noch schlimmer.

Als sie um sechs den Laden schloss und Kimberly nach Hause entließ, seufzte sie schwer. Sie hatte sich so auf ihn gefreut. Fast hätte sie dabei sogar vergessen, sich ständig Gedanken über diese Tessa Keane zu machen.

Wer war die Frau nur? Warum überwies Jordan ihr

monatlich nicht gerade geringe Beträge? Warum hatte er den Namen ihr gegenüber noch nie zuvor erwähnt? Hatte Jordan etwa Geheimnisse vor ihr?

Sie alle hatten doch Geheimnisse, so wie sie wieder mit dem Rauchen angefangen hatte und es Jordan gegenüber ganz bestimmt nicht erwähnen würde. Auch verheimlichte sie ihm, dass sie im Wohnzimmerschrank hinter den Fotoalben, die noch aus ihrer Anfangszeit stammten und die Jordan sich natürlich nie ansah, einige Tafeln Schokolade versteckt hatte. Aber so bedeutende Dinge wie Personen, denen man haufenweise Geld überwies, waren schon eine andere Liga. Niemals hätte sie Jordan so etwas Wichtiges verheimlicht, was auch immer es war.

»Hallo, ihr Lieben!«, rief Keira Susan, Orchid, Laurie und Barry zu, die sich vor der Tea Corner versammelt hatten.

»Hi. Wir warten nur noch auf Ruby und Hugh. Barry hat den Lieferwagen mitgebracht«, informierte Laurie sie und deutete auf das nicht zu übersehende Gefährt. »Damit können wir den Kühlschrank transportieren.«

»Super. Und wer fährt?« Keira hatte nämlich noch nie am Steuer eines Lieferwagens gesessen. Eigentlich hatte sie seit Jahren an überhaupt keinem Steuer mehr gesessen, zumindest nur sehr selten. Seit sie mit Jordan zusammen war, war sie Beifahrerin. Das gemeinsame Auto fuhr er jeden Tag zur Praxis, weshalb sie sich an öffentliche Verkehrsmittel gewöhnt hatte.

»Darf ich?«, fragte Orchid.

»Wenn du das kannst.«

»Ist nicht schwer. Ich habe sogar schon mal einen LKW gefahren. Meine Tante Hannah ist doch Truckerin.«

»Ehrlich? Das wusste ich ja gar nicht«, sagte Susan.

»Nicht? Hm, ich dachte, ich hätte es mal erwähnt.« Das war wirklich ein Wunder, dass sie heute ein Detail aus Orchids Leben erfuhren, das ihre redselige Freundin nicht bereits erzählt hatte.

»Also gut«, gab Laurie ihr Einverständnis.

»Super!«, freute sich Orchid und wandte sich dann an Keira. »Sag mal, es kann doch echt nicht wahr sein, dass du zu dem Idioten zurückgegangen bist, oder?«

Keira vermied es, Orchid direkt anzusehen. »Doch, irgendwie schon.«

»Warum denn nur?«, schimpfte sie.

»Weil … weil …«

»Das weiß Keira selbst nicht«, antwortete Susan für sie.

»Oh Mann, du versaust dir echt dein eigenes Glück, weißt du das?« Orchid wollte sich gar nicht wieder beruhigen.

»Ist doch mein Leben«, entgegnete Keira.

Laurie legte ihr eine Hand auf den Arm. »Nicht sauer werden, Süße. Wir wollen nur dein Bestes. Und du weißt, ich bin ebenfalls Orchids Meinung: Zu ihm zurückzugehen war der größte Fehler, den du machen konntest. Lass ihn endlich hinter dir.«

»Ich weiß, ihr meint es nur gut. Aber morgen ist Valentinstag …«

»Und da willst du nicht allein sein?«, fragte Susan verständnisvoll.

»Ich dachte einfach, ich gebe ihm noch eine letzte Chance. Er will mir sogar was Romantisches schenken, hat er gesagt.«

»Ich kann's nicht verstehen«, machte Orchid noch einmal deutlich.

»Das musst du auch nicht.«

Es herrschte Stille. Sie standen noch eine Weile in der Kälte, während Barry drinnen schon mal das Schachbrett auf einem der hübschen weißen Tische aufbaute. Laurie steckte den Kopf durch die Tür. »Und bedient euch ruhig. Tee ist in der Kanne, Kekse sind noch hinter der Theke.«

»Alles klar.« Barry hob einen Daumen in die Luft.

Dann kamen auch Ruby und Hugh endlich herbei, und Hugh freute sich richtig auf das Schachspiel mit Barry.

»Übrigens, Barry, du hast absolut keine Chance«, sagte Ruby ihm noch. »Meinen Dad hat bisher noch keiner geschlagen.«

»Oho. Danke für die Warnung, aber ich spiele auch nicht so übel.«

Hugh rieb sich die Hände und setzte sich an den Tisch.

Ruby ging neben ihm in die Knie. »Ich bin dann ein, zwei Stunden weg, Daddy, okay? Wir haben das ja besprochen.«

Hugh nickte. »Gibt es hier Milchbrötchen?«

»Ach, das hätte ich fast vergessen. Deine Milchbrötchen, natürlich.« Sie holte eine Tüte abgepackter Brötchen aus dem Supermarkt aus dem Beutel, den sie um die Schulter hängen hatte. Und dann konnten sie losgehen.

»Diese Woche sind es Milchbrötchen«, erklärte Ruby den anderen, als sie draußen waren.

»Ich mag Milchbrötchen«, sagte Susan.

Tobin verließ ebenfalls gerade sein Geschäft und winkte ihnen zu.

»Wir gehen jetzt und kaufen den Kühlschrank für Mrs. Witherspoon«, ließ Keira ihn wissen. »Und bringen ihn ihr dann.«

»Brauchen Sie Hilfe beim Tragen?«, bot er nett an.

»Wir sind versorgt«, entgegnete Orchid genervt.

»War ja auch nur ein Angebot. Haben Sie denn genug Geld zusammenbekommen?«

Keira lächelte ihm entgegen. »Ja, danke, mehr als genug.«

»Tut mir leid, dass es bei mir in den zwei Tagen nicht mehr geworden ist.«

»Dass Sie überhaupt mitgemacht haben, war toll. Mit Ihrem Anteil können wir noch ein paar Lebensmittel einkaufen, damit der Kühlschrank nicht so leer ist.«

»Klasse!«, sagte Tobin. »Grüßen Sie Mrs. Witherspoon unbekannterweise von mir.«

»Machen wir.«

Orchid und Susan stiegen in Barrys Lieferwagen, der Rest von ihnen machte sich auf zu Lauries Auto, das in der Nähe geparkt war. Im großen Warenhaus trafen sie wieder aufeinander und kauften nicht nur den Kühlschrank für Mrs. Witherspoon, der sogar gerade im Angebot war, sondern obendrein noch all ihre Lieblingsspeisen – Stargazy Pie ausgenommen.

Als sie eine halbe Stunde später bei ihr klingelten,

machte die Gute aber Augen. Mrs. Witherspoon stand in ihrem alten Kittel und mit zerzaustem Haar an der Tür und starrte auf den Lieferwagen.

»Was bringt ihr mir denn da?«

»Einen neuen Kühlschrank, zum Valentinstag«, sagte Laurie und gab der alten Dame eine Umarmung.

Eine nach der anderen drückte sie, während sie das Haus betraten und die Lebensmitteltüten reinbrachten. Dann schafften sie den Kühlschrank mithilfe einer Sackkarre, die Barry hinten drin hatte, hinein. Mrs. Witherspoon hatte Tränen in den Augen, und ihre Lippen zitterten, als sie sich bedankte.

»Wie soll ich euch das nur jemals zurückzahlen?«

»Sie müssen keinen Penny zurückzahlen«, erklärte Keira ihr. »Wir alle haben Gläser in unseren Geschäften aufgestellt, sogar der neue Blumenladeninhaber, Tobin Marks, von dem wir Sie übrigens herzlich grüßen sollen. Es ist so viel zusammengekommen, dass es nicht nur für den Kühlschank, sondern auch noch für den reichlichen Inhalt gereicht hat.«

»Dass ich das noch erleben darf. Ihr seid wahrlich Engel auf Erden.«

»Sie sind der Engel, Mrs. Witherspoon«, sagte Susan.

»Können wir ihn gleich anschließen?«, wollte sie wissen.

»Ja, das können wir, da wir ihn stehend transportiert haben. Lassen Sie uns nur machen. Sollen wir den alten gleich mitnehmen und entsorgen?«, fragte Laurie.

»Das wäre wirklich nett.«

»Na sicher doch.«

Sie luden den defekten Kühlschrank in den Lieferwagen und räumten die Lebensmittel in den neuen ein. Dieser stand nun in der Ecke der schäbigen Küche, die dennoch nichts als Liebe ausstrahlte, wie auch der Rest des winzigen alten Hauses, das von dieser wunderbaren Frau bewohnt wurde.

»Haben Sie schon gegessen, Mrs. Witherspoon? Wie wäre es, wenn ich Ihnen etwas Leckeres koche?«, schlug Susan vor.

»Einen Eintopf?« Die alte Dame klatschte in die Hände, wie sie es immer tat, wenn sie aufgeregt war.

»Lässt sich machen.« Susan fragte nach einem Topf und holte Gemüse und eine Packung Würstchen aus dem neuen Kühlschrank.

»Ist es okay, wenn wir euch jetzt allein lassen?«, fragte Laurie, wahrscheinlich weil sie wie Keira wahrnahm, dass Ruby immer nervöser wurde.

»Natürlich, fahrt nur schon. Wir kommen zurecht, nicht wahr, Mrs. Witherspoon?« Susan legte ihr eine Hand auf die zerbrechliche Schulter.

Orchid fuhr den Lieferwagen zurück, die anderen drei saßen wieder in Lauries Auto.

»Sie hat sich so gefreut«, sagte Keira gerührt.

»Ja. Wir haben heute eine richtig gute Tat vollbracht«, stimmte Laurie ihr zu.

»Glaubt ihr, mit meinem Dad ist alles okay? Barry hat sich gar nicht gemeldet.« Ruby knabberte nervös an ihren Fingernägeln.

»Warte kurz, ich ruf mal eben an.« Laurie wählte Barrys Nummer und sprach über die Lautsprecherfunktion in ihr Handy. »Barry? Alles gut bei euch?«

»Alles paletti. Hugh hat mich schon sechsmal geschlagen.«

»Tatsächlich? Und wie oft hast du ihn geschlagen?«

»Machst du Witze? Der Mann ist nicht zu schlagen.«

Keira sah Ruby stolz lächeln.

»Ich wollte nur Bescheid sagen, dass wir jetzt zurückfahren und bald da sind.«

»Keine Eile. Wir verstehen uns super.«

»Hat er noch genügend Milchbrötchen?«, erkundigte Ruby sich.

»Ruby lässt fragen, ob Hugh noch ausreichend mit Milchbrötchen versorgt ist.«

»Ist er. Eigentlich haben wir die ganze Zeit Kekse gegessen«, erzählte er.

Ruby hielt den Atem an, legte sich eine Hand auf den Mund. In ihren Augen standen Tränen.

»Alles okay?« Keira berührte sie am Arm.

Ruby nickte nur. Sie flüsterte: »Es ist nur so lange her, dass er aus seinem Muster ausgebrochen ist. Das ist … wirklich … schön.«

»Das ist es.« Es war ein rundum gelungener Abend gewesen.

»Okay, Barry. Wir sind in zwei Minuten da und haben einen alten Kühlschrank im Gepäck«, informierte Laurie ihn.

»Das ist ja nett. Und den darf ich dann entsorgen?«

»Wärst du so lieb?«

»Für dich mache ich doch alles, mein Schatz.«

»Wann geht es weiter?«, hörten sie Hugh im Hintergrund quengeln.

»Sofort, Mr. Riley, sofort. Laurie, ich lege auf. Ich muss versuchen, wenigstens ein Spiel zu beenden, ohne alle Läufer, Springer und Türme verloren zu haben. Von der Dame ganz zu schweigen.«

»Dann viel Glück.«

Sie hängte auf und parkte hinter Orchid vor dem Laden.

»Sollen wir wirklich schon reingehen? Die beiden spielen gerade so schön«, fragte Laurie.

Sie alle beobachteten die beiden Männer, die wahrscheinlich noch die ganze Nacht lang spielen würden, wenn sie nicht unterbrochen werden würden.

»Er sieht fast normal aus, oder?«, fragte Ruby. Sie hatte sich eine Hand aufs Herz gelegt.

»Er *ist* normal, Ruby«, stellte Keira klar. »Er hat nur seine Eigenheiten.«

»Manchmal wünschte ich, er hätte sie nicht.«

»Ich weiß genau, was du meinst, Süße. Aber die Menschen sind, wie sie sind, und genau so müssen wir sie akzeptieren.«

Ruby nickte und sah ihrem Vater zu, wie er Barrys Dame vom Brett wischte und dabei laut jubelte.

KAPITEL 18

Sie lag wach, den Kopf auf die Hand gestützt, und sah Jordan dabei zu, wie er sachte ein- und ausatmete. Was er wohl träumte? Ob er von ihr träumte oder von Tessa Keane?

Nein! Heute wollte sie nicht an diesen Namen denken! Heute wollte sie einfach nur glücklich sein, sich freuen, sich in romantische Stimmung begeben und froh sein, einen Mann an ihrer Seite zu haben – denn heute war Valentinstag!

Als Jordans Handywecker ihn endlich mit seinem Lieblingssong *Kung Fu Fighting* weckte, schlug er die Augen auf.

»Guten Morgen, mein Schatz. Alles Gute zum Valentinstag«, sagte Keira, obwohl es bei dem Lied nicht allzu romantisch rüberkam.

Jordan grummelte und stellte den Wecker aus. Dann drehte er sich ihr zu. »Ebenso.«

»Ich hab was für dich, warte …« Sie sprang aus dem Bett und holte das hübsch eingepackte Geschenk aus dem Schrank, in dem sich neben einer Karte und Kinogutscheinen zwei neue Trägerhemden befanden, die Jordan zum Sport anziehen konnte. Er mochte die Dinger, darin konnte er seine Muskeln so gut zur Geltung bringen.

Er setzte sich im Bett auf und wickelte das Paket aus. »Oh, wow. Die sind wirklich toll. Ich danke dir.« Er lehnte sich zu ihr und gab ihr einen Kuss.

»Schön, dass du dich freust.« Erwartungsvoll sah sie ihn an. Doch Jordan machte keine Anstalten, ihr ebenfalls ein Geschenk zu überreichen. Ganz im Gegenteil.

»Ich geh dann duschen«, sagte er, stand auf und ging in Richtung Bad.

Enttäuscht blieb Keira zurück.

»Ha! Du hast wirklich gedacht, ich hätte es vergessen, oder?« Jordan war zurück und hielt nun eine kleine Geschenktüte in der Hand.

»Beinahe habe ich das tatsächlich gedacht, ja«, gestand sie, war aber unendlich erleichtert, dass er sie nur auf den Arm genommen hatte. Allerdings fragte sie sich, wie ein Strauß Blumen in diese kleine Papiertüte hineinpassen sollte.

»Du hattest dir doch etwas gewünscht … Allerdings dachte ich, Blumen werden so schnell welk, deshalb hab ich dir was Süßes besorgt. Ist ja Valentinstag.« Er hielt ihr die Tüte hin.

Überrascht sah sie ihn an. Er hatte ihr tatsächlich etwas Süßes gekauft? Trotz seiner Vorurteile gegenüber allem, was Zucker enthielt? Konnte es sein, dass er sich doch noch änderte?

Überglücklich nahm Keira die rote Herztüte entgegen. Sie lächelte breit, griff hinein und holte … zwei Packungen Müsliriegel heraus. Zuckerfreie Müsliriegel.

»Siehst du? Da hast du was zum Naschen, das dazu auch noch gesund ist.« Jordan strahlte.

Sie wusste nicht, ob das wieder nur ein Scherz sein sollte, doch Jordan sah sie ganz freudig an, als hätte er ihr ein Diamantdiadem gekauft.

»Oh. Müsliriegel?«

»Die sind echt lecker. Ich hatte die auch schon.«

Sie starrte die Riegel an. Wie teuer waren die wohl gewesen? Vier bis sechs Pfund? Sie hatte gut fünfzig für ihn ausgegeben, aber darauf kam es gerade gar nicht an.

»Was hab ich jetzt wieder verkehrt gemacht?«, fragte Jordan plötzlich genervt.

»Gar nichts.«

»Ich sehe es doch an deinem Blick.«

»Ich frage mich nur … ob du gar keine Karte für mich hast.«

»Ist doch Schwachsinn, sich jedes Jahr wieder eine zu schenken, man schreibt eh immer dasselbe drauf, oder? Ich meine, wer hebt schon all die Karten auf?«

»Ich tue das.«

»Tatsächlich?«

Hieß das etwa, dass er die Karten, die sie ihm die letzten Jahre liebevoll geschrieben hatte, zum Valentinstag, zum Jahrestag oder zum Geburtstag, weggeworfen hatte?

»Ist nicht so wichtig«, sagte sie mit einem riesengroßen Kloß im Hals.

»Okay. Ich geh dann duschen. Wollen wir noch zusammen frühstücken?«

»Sorry, ich kann nicht. Heute wird im Laden die Hölle los sein.«

»All die Verrückten.« Jordan schüttelte abschätzig den Kopf und ging ins Bad.

Keira trat wie in Trance zur Kommode, auf der Jordan sein Geschenk abgelegt hatte. Die Karte, die auf dem Geschenkpapier angebracht war, hatte er überhaupt nicht beachtet. Sie machte sie ab, ging damit in die Küche und warf sie in den Mülleimer, vergrub sie ganz tief unter den Eier- und Gemüseschalen, die von dem Omelett stammten, das Jordan sich zum Abendessen gemacht hatte.

Völlig fertig erschien sie in der Valerie Lane. Da sie noch keine von ihren Freundinnen entdeckt hatte, holte sie, bevor sie den Laden aufschloss, ihre Zigaretten aus der Tasche und zündete sich eine an. Sie wusste, dass es verkehrt war, aber sie wusste auch, dass das noch das Geringste war, was sie verkehrt machte.

Als eine Viertelstunde später die ersten Kunden im Laden erschienen, durfte Keira endlich wieder in ihrem Element sein. Wenn ihr eigenes Leben schon keine Romantik enthielt, wollte sie wenigstens anderen Menschen dazu verhelfen. Eine klitzekleine Hoffnung hatte sie auch noch, dass der Montagskunde vielleicht heute erscheinen würde. Es konnte ja jedem mal was dazwischenkommen, vielleicht war er auch einfach nur krank gewesen. Mit ihrem peinlichen Verhalten bei seinem letzten Besuch hatte es hoffentlich nichts zu tun, dass er diesen Montag nicht aufgetaucht war.

Um kurz nach zehn, als neben einigen anderen Kunden gerade Agnes im Laden war, um ihrem deutschen Freund Lübecker Marzipan zu kaufen, das er so vermisste, stürmte jemand in die Chocolaterie. Es war Jordan.

Im ersten Augenblick freute Keira sich. Jordan war seit ewigen Zeiten nicht im Laden vorbeigekommen. Wie lieb, dass er ihr ausgerechnet am Valentinstag einen Besuch abstattete. Auch wenn sie viel zu tun hatte, was er eigentlich wissen müsste, würde sie versuchen, ihm ein wenig Zeit zu widmen.

»Jordan. Was für eine Überraschung«, sagte sie und ging auf ihn zu.

Jordan allerdings war nicht sehr guter Laune. »Du hast mein Handy eingesteckt!«

»Wie bitte?«

»Du hast heute Morgen das falsche Handy eingesteckt. Ich habe deins.«

»Oh, ehrlich?« Das war ihr gar nicht bewusst gewesen.

»Ja. Kannst du mir meins geben? Ich bin extra aus der Praxis weg, und hier kann man nicht mal mit dem Wagen fahren in dieser Scheißgegend.«

Keira nahm einen schockierten Blick von Agnes wahr, die direkt hinter Jordan stand. Zu den anderen Kunden mochte sie gar nicht hinsehen.

»Jordan! Nicht so laut, ich habe Kunden.«

»Ist mir doch egal! Ich habe Patienten, und ich muss schnell wieder zurück. Die zahlen nämlich mehr als nur zwei neunundneunzig.«

»Du verhältst dich unmöglich, Jordan.« Sie nahm ihn zur Seite.

»Ich bin einfach genervt. Krieg ich jetzt endlich mein Handy?«

»Natürlich.« Sie holte es aus der Hosentasche. Sie wusste jetzt schon, dass später eine lange Rede darüber folgen würde, was für eine blöde Idee Partnertelefone gewesen waren. Und dass er ja von Anfang an dagegen gewesen sei. »Ich wusste nicht, dass ich es hatte. Warum hast du denn nicht angerufen und es mir gesagt?«

»Wie denn? Ich habe deine Ladennummer in meinem Handy gespeichert. Denkst du, die kenne ich auswendig?«

Er kannte ja nicht mal seine Nummer auswendig.

»Du hättest dein Handy mit meinem anrufen können.« Oder die Chocolaterie in den Gelben Seiten nachschlagen können.

»Hab ich versucht. Du hast eine Pin.«

»Die ist ganz leicht zu erraten. Es ist unser Jahrestag.«

So, wie Jordan sie ansah, ahnte sie, dass er auch den nicht auswendig wusste. Würde er ihn überhaupt je wissen, wenn sie ihn nicht schon immer Tage vorher erwähnte?

»Hier ist dein Handy. Ich bin weg.« Er legte ihr nicht sehr behutsam ihr Smartphone in die Hand und war verschwunden, bevor sie noch etwas sagen konnte.

Danach konnte sie sich kaum noch auf ihre Arbeit konzentrieren. Agnes wartete, bis sie die drei anderen Kunden bedient hatte, und kam dann zu ihr an die Kasse.

»War das etwa dein Freund?«

Keira nickte. »Jordan, ja.«

»Er hat dich behandelt, als wäre er dein Vater. Ein sehr strenger Vater.«

Na super. Dass Agnes jetzt so etwas sagte, machte es auch nicht gerade besser. Und dann war sie dabei auch noch so direkt.

»Ich … er … ich weiß auch nicht, warum er sich so aufgeführt hat.«

Agnes sah sich um, um sicherzugehen, dass auch niemand mithörte. »Ich will mich ja nicht einmischen, aber du weißt, dass ich Psychologie studiere. Wir hatten da gerade neulich dieses Thema … Frauen, die ohne Vater aufgewachsen sind, suchen sich oft einen Mann, der sie bevormundet und erniedrigt. Du bist doch ohne Vater aufgewachsen, oder?«

Sie nickte. Zu etwas anderem war sie gerade überhaupt nicht imstande.

»Falls er dich öfter so behandelt, solltest du vielleicht mal darüber nachdenken«, sagte Agnes. »Ich kann dir auch Material zum Lesen geben.«

»Ist nicht nötig, danke.«

Sie war froh, als Agnes weg war. Am liebsten hätte sie ihren Laden auf der Stelle geschlossen und sich in irgendeiner Höhle verkrochen oder hinten in der Küche bei der großen Dose Keksbruch. Aber heute war der wichtigste und umsatzreichste Tag des Jahres, außerdem verließen ihre Kunden sich auf sie. Sie musste es irgendwie noch bis zum Feierabend schaffen. Noch knapp siebeneinhalb Stunden. Da musste sie durch. Irgendwie.

Am Nachmittag bekam sie wenigstens Hilfe von Kimberly und ging in die Pause. Diesmal ließ sie sich Zeit, rauchte ein paar Zigaretten, während sie durch die Straßen lief. Zu essen kaufte sie sich nichts, Hunger hatte sie keinen.

Sie hatte Jordan fragen wollen, ob sie heute Abend ausgehen wollten. Besser gesagt hatte sie darauf gewartet, dass er so etwas vorschlug. Hatte er aber nicht, und nach diesem Auftritt hatte sie auch nicht mehr das Bedürfnis danach. Sie würde nie wieder ein Wort mit ihm reden, er hatte sie so blamiert – vor ihren Kunden, und das war das Schlimmste. Sie hatte sich entschuldigen müssen, und sie hatte es in ihren Augen gesehen, das Entsetzen. Die Frage: Wie kann Miss Buckley sich nur mit solch einem Unhold abgeben?

Zurück in der Valerie Lane, die heute vor Kunden nur so strotzte, ging sie bei Susan vorbei.

»Hallo, Keira. Wie nett, dass du mich besuchst. Aber hast du heute nicht jede Menge zu tun?«

»Doch, habe ich. Ich wollte dich nur kurz was fragen. Hast du noch immer vor, heute nach Ladenschluss ins Obdachlosenheim zu fahren und die Handschuhe zu verteilen?«

»Aber natürlich.«

»Kann ich mitkommen?«

Susan sah sie stirnrunzelnd an.

»Bitte frag nicht«, bat sie.

»Klar kannst du mitkommen. Ich würde mich sogar sehr freuen.«

»Danke.« Schon war sie wieder raus aus Susan's Wool Paradise und wappnete sich für den Rest dieses ach so romantischen Tages.

Irgendwie schaffte Keira es, bis zum Ladenschluss Kunden zu bedienen, freundlich zu lächeln und die liebevoll verpackten Herzpralinen zu verschenken. Um sechs Uhr verabschiedete sie Kimberly, der sie auch noch ein paar Herzen in die Hand drückte, und stand dann einfach nur da. Wusste nicht, was sie tun sollte.

Erneut sah sie auf ihr Handydisplay. Jordan hatte seit dem Vorfall am Morgen nichts von sich hören lassen. War er jetzt sauer auf sie? Obwohl *sie* doch allen Grund dazu hatte.

Draußen sah sie Patrick und Orchid verliebt entlanglaufen. Er musste sie von der Arbeit abgeholt haben, eine wirklich süße Geste am Valentinstag. Die beiden waren zu beneiden, so unglaublich glücklich wirkten sie. Jetzt fiel ihr wieder ein, dass sie ja vorhatten, heute Abend noch nach London zu fahren und sich einen romantischen Abend zu machen. Obwohl die Großstadt nur eine Stunde entfernt lag, hatte es Keira seit Jahren nicht dorthin verschlagen. Die Gelegenheit hätte sie zwar gehabt, Lust auf irgendwelche Sportmessen dagegen weniger, also war sie, wenn Jordan sich auf nach London gemacht hatte, stets zu Hause geblieben. Es lag ja auch nicht nur daran. Sie hatte die Chocolaterie einfach nicht für einen ganzen Tag schließen wollen. Seit sie aber Kimberly eingestellt hatte, wäre es problemlos gegangen, sie hatte ja schon einige Male super übernommen. Jetzt hatte Keira zwar die Möglichkeit, aber nicht die Gelegenheit. Wozu sollte sie sich schon einen Tag freinehmen? Um Jordan zu verfolgen? Ihn zu beobachten? Herauszufinden, um wen es sich bei dieser Tessa Keane handelte?

Ein lautes Klopfen an der Ladentür.

Keira ging aufschließen und ließ eine aufgeregte Laurie herein.

»Du wirst es nicht glauben! Barry hat mir eine Reise nach Schottland geschenkt!«

Keira lächelte. Das wusste sie doch längst.

»Wie schön. Ich freue mich für dich. Das hört sich fantastisch an.«

»Nun tu nicht so scheinheilig. Ich weiß genau, dass du eingeweiht warst.« Sie stupste sie leicht an.

»Du hast mich ertappt. Du freust dich also, ja?« Sie erzählte Laurie lieber nichts von den zuckerfreien Müsliriegeln.

»Na klar! Ich lerne endlich Barrys Schwester und seine bezaubernde kleine Nichte persönlich kennen. Geskypt haben wir schon.«

»Und du schaffst es wirklich, deinen Laden für ein paar Tage zu schließen?«

»Das muss dann einfach mal gehen. Ich habe die Tea Corner seit Jahren nicht geschlossen. Wann hab ich mir zuletzt Urlaub gegönnt?«

»Zweitausendvierzehn?«

»Zweitausenddreizehn!«

»Wow! Das ist lange her.«

»Ganz genau. Seit ich mit Barry zusammen bin, steht der Laden auch nicht mehr an erster Stelle, verstehst du? Ich meine, er ist mir immer noch unglaublich wichtig, aber ... ich muss endlich auch mal anfangen, an mich selbst zu denken. Das sollten wir alle.« Eindringlich sah Laurie sie an.

»Ich weiß. Und deshalb gehe ich heute Abend auch nicht mit Jordan aus, sondern begleite Susan ins Obdachlosenheim.« Dass Jordan gar nicht vorhatte, mit ihr auszugehen, sagte sie nicht.

Laurie runzelte die Nase. »Das hört sich nicht gerade nach Ausbrechen an.«

»Ich habe dir schon mal gesagt, dass ich nicht der Typ fürs große Ausbrechen bin.«

»Ja, ja, ich weiß. Dann angle dir aber wenigstens einen heißen Obdachlosen.« Laurie grinste frech.

»Haha. Du bist ja lustig. Nein danke, das überlasse ich lieber anderen.«

Sie blickten beide unwillkürlich hinüber zu Garys Ecke, wo Ruby stand. Die beiden schienen sich angeregt zu unterhalten.

»Ich wünschte so, du würdest auch endlich deinen Gary finden«, sagte Laurie, und jetzt schwang eine Spur Traurigkeit in ihrer Stimme mit. »Oder deinen Barry. Oder deinen Patrick. Oder deinen Humphrey.«

»Du brauchst mir jetzt nicht alle Traummänner der Stadt aufzuzählen, danke.« Sie überlegte. Sollte sie Laurie von ihm erzählen? Immerhin war sie ihre beste Freundin. »Weißt du ... es gibt da jemanden. Eigentlich ist es verrückt, er ist verheiratet und ...«

»Lass bloß die Finger von verheirateten Männern«, riet Laurie ihr.

»Ich will ja auch gar nichts von ihm. Ich wollte nur sagen, dass ich meinen eigenen Traummann schon gefunden habe.«

»Wäre er nur nicht verheiratet ...«

»Wäre er nur nicht verheiratet ...«

Sie schwiegen eine Minute, dann fragte Keira: »Und? Wann geht es nach Schottland?«

»Anfang März. Für ein langes Wochenende.«

»Na, Gott sei Dank bist du nicht mittwochs weg. Wo sollten wir uns sonst treffen?«

»Da hättet ihr schon was gefunden. Aber ich bin ja da. Ich lasse euch doch nicht an einem Mittwoch allein.« Laurie lächelte warm.

Keira erwiderte das Lächeln. »Das will ich aber auch hoffen.« Sie nahm ihre Freundin in die Arme. »Ich freue mich wirklich für dich, dass du die wahre Liebe gefunden hast. Du hast es so verdient.«

»Danke, Keira. Du wirst sie auch noch finden, da bin ich mir ganz sicher.«

»Meinst du?«

Laurie nickte. »Es wäre nur von Vorteil, wenn du dann frei für sie wärst. Verstehst du, was ich meine?«

Sie verstand. Aber sie hatte trotz allem das Gefühl, einfach noch nicht völlig abschließen zu können mit Jordan und ihrer Beziehung.

KAPITEL 19

An diesem Mittwochabend ging Keira zum ersten Mal seit langer Zeit nicht rüber zu Laurie's Tea Corner. Sie hätte zwar gerne gehört, wie Mrs. Witherspoon von ihrem neuen Kühlschrank erzählte, und hätte es auch großartig gefunden, endlich Humphrey kennenzulernen, falls die Gute ihn heute endlich einmal mitbringen sollte, aber Orchid würde sicher nur von ihrem romantischen Abend in London erzählen, und Laurie würde aufgeregt von ihrer faszinierenden Reise nach Schottland schwärmen. Und darauf konnte sie gut verzichten. Keira hatte Wichtigeres zu tun.

Sie musste mit Jordan reden.

Am Abend zuvor war sie mit Susan zum Obdachlosenheim gefahren. Sie hatte die restlichen Herzpralinen und auch jede Menge anderer Süßigkeiten eingepackt und sie dort den Menschen gegeben, die wahrscheinlich sonst nichts zum Valentinstag bekommen hatten. Fast bereute sie, am Morgen nicht die dämlichen zuckerfreien Müsliriegel eingesteckt zu haben. Hier hätte sie vielleicht noch jemandem eine Freude damit machen können.

Während sie Susan dabei zusah, wie sie mit dem liebevollsten Lächeln und ihrem warmherzigen Wesen ihre selbst gestrickten Handschuhe verteilte – ganz so wie die gute Valerie es einst gemacht hatte –, wurde sie endlich wachgerüttelt.

Eine Last, die so unheimlich schwer auf ihrer Seele gelegen hatte, riss sich von dieser los und ließ ein Gefühl der Dankbarkeit, Demut und Einsicht bei ihr zurück. Dankbarkeit und Demut, weil sie es so gut im Leben hatte und mit solch einem tollen Job, solch liebenswerten Freunden und einem Dach über dem Kopf gesegnet war, und Einsicht, weil sie endlich erkannte, dass sie ebendiese wertvollen Gaben, mit denen der liebe Gott sie gesegnet hatte, nicht vor die Hunde werfen sollte.

Sie ließ ihren Tränen freien Lauf, als sie die dankbaren Gesichter der armen Menschen betrachtete, die sich über so etwas Triviales wie ein paar selbst gestrickte Handschuhe und eine Herzpraline freuten. Ihr Herz ging auf, und sie wusste, was sie zu tun hatte.

Die ganze Nacht und den ganzen Tag hatte sie darüber nachgedacht, und am Abend war sie bereit, Jordan zur Rede zu stellen.

Bevor sie nach Hause fuhr, rief sie noch schnell bei Laurie an und entschuldigte sich. Ihr gehe es nicht gut, sie werde nach Hause fahren, sagte sie ihr. Anders konnte sie es nicht ausdrücken.

Sie saß am Esstisch und wartete auf ihn. Gegessen hatte sie bereits, eine Portion Fish and Chips, die sie sich auf dem Heimweg gekauft hatte. Sie war am Abend zuvor spät nach Hause gekommen – Susan und sie waren noch eine heiße Schokolade trinken gegangen –, und heute Morgen hatten sie und Jordan sich zwar kurz gesehen, den Vorfall vom Vortag aber nicht angesprochen. Sie fragte sich, ob Jordan überhaupt bewusst war, wie bescheuert er sich aufgeführt hatte. Sie konnte sich noch immer nicht erklären, warum er wegen der vertauschten Handys so ausgerastet war. Jetzt, wo sie darüber nachdachte, erkannte sie aber, dass er schon immer etwas eigen gewesen war, was sein Handy anging. Er hatte es noch nie gemocht, wenn es geklingelt hatte, und sie war rangegangen, oder wenn sie es nur in die Hand genommen hatte, um nach der Uhrzeit zu sehen. Hatte das alles etwa eine tiefere Bedeutung? Wollte er nicht, dass sie sich sein Handy genauer ansah? Weil sie darin vielleicht etwas finden und sein Geheimnis lüften würde? Wenn dem so war, warum richtete er sich nicht auch eine Bildschirmsperre ein? Er könnte ihren Jahrestag als Pin nehmen – ach, den hatte er ja vergessen!

»Jordan«, sagte sie, als er kam. Sie war ganz ruhig, würde sich auf keinen Streit einlassen. Sie wollte nur wissen, was Sache war.

»Keira.« Er sah sie kurz an und machte Anstalten, sich aufs Sofa zu setzen. Er hatte bereits die Fernbedienung in der Hand.

»Können wir reden?«, fragte sie.

»Muss das jetzt sein? Ich bin echt kaputt.«

»Vom Sport?«

»Genau.«

»Es muss jetzt sein, Jordan«, sagte sie bestimmt.

Er seufzte und begab sich rüber zu ihr, setzte sich an den Tisch. »Was gibt's?«

Obwohl sie sich so gut überlegt hatte, was sie sagen wollte, weigerten die Worte sich nun doch herauszukommen. Also begann sie so: »Gestern war Valentinstag.«

»Das weiß ich doch.«

»Hast du mir nichts zu sagen?«

»Du meinst das, was im Laden passiert ist? Tut mir leid, falls ich überreagiert habe, aber es war wirklich ätzend, das Handy nicht dabeizuhaben. Ich brauche mein Handy.«

»Schon klar.«

»Und du hast wirklich nicht gemerkt, dass du meins eingesteckt hattest?«

»Erst als du bei mir im Laden standest und rumgeschrien hast.«

»War nicht meine Absicht.«

»Schon vergessen. Eigentlich möchte ich über ganz was anderes mit dir sprechen.«

»Wegen gestern Abend, hm? Du hast ausgehen wollen, oder?«

»Nein, ich hatte bereits etwas anderes vor«, antwortete sie, und Jordan blickte verdutzt drein.

»Ach, tatsächlich? Was denn?«

»Ich hatte etwas Wichtiges zu tun. Mit Susan.«

»Hat lange gedauert.«

»Dann hast du doch mitbekommen, wie ich nach Hause gekommen bin.«

»Nur so im Halbschlaf.«

»Aha.«

»Du weißt, dass der Valentinstag nicht so mein Ding ist. Ich bin beruhigt, dass du dich anderweitig beschäftigt hast. Wir können das ja ein andermal nachholen. Ausgehen, meine ich.«

»Schon okay. Du hast dein Soll erfüllt. Ich hab doch diese tollen Müsliriegel von dir bekommen.«

»Ich wusste doch, dass du dich nicht darüber freust.«

»Wenn du es wusstest, warum hast du sie mir dann geschenkt?«

»Was hätte ich dir denn sonst schenken sollen?«

»Wie wär's mit Schokolade?«

»Du hast einen ganzen Laden voller Schokolade.«

Sie spürte wieder diese Wut in sich aufsteigen. Aber nein, sie würde jetzt nicht ihre Stimme erheben.

»Wie wäre es mit den Blumen gewesen, um die ich dich gebeten habe?«

»Ich schenke dir doch ständig Blumen.«

»Das letzte Mal zum Geburtstag. Das ist acht Monate her.« Und es waren auch noch gelbe Rosen gewesen, die sie am allerwenigsten mochte. Dass Rosa ihre Lieblingsfarbe war, schien Jordan immer noch nicht zu wissen. Tobin wusste es. Aber das war eine andere Sache.

»Willst du mir jetzt Vorhaltungen machen? Mir ein schlechtes Gewissen einreden? Oh Gott, am besten schenke ich dir gar nichts mehr. Du freust dich ja eh über überhaupt nichts.«

Tief einatmen.

»Es geht nicht um den Valentinstag«, ließ sie ihn wissen.

»Geht es nicht?«

»Nein.« Sie sah ihm direkt in die Augen. Wenn nicht jetzt, dann nie. »Wer ist Tessa Keane?«

Sie konnte mit ansehen, wie Jordan von Millisekunde zu Millisekunde blasser wurde.

»Was?«

»Ich habe dich gefragt, wer Tessa Keane ist.«

»Woher kennst du diesen Namen?«, fragte er, und etwas Aggressives, Beängstigendes schwang in seiner Stimme mit.

»Ich habe den Namen auf deinem Computerbildschirm gesehen. Du überweist ihr monatlich eine horrende Summe, kannst du mir das erklären?«

Jordan stand wütend vom Stuhl auf, stützte beide Hände auf den Tisch und starrte sie hasserfüllt an. »Du wagst es, an meinen Computer zu gehen?«, schrie er sie an.

»Es war ganz zufällig. Du hattest den Laptop offen stehen lassen.«

»Wann war das bitte?« Er funkelte sie noch immer böse an.

»Neulich. An dem Abend, als ich zurück nach Hause gekommen bin.«

Sie sah ihn grübeln, an den Abend zurückdenken.

»Und dann bist du, nachdem du in meinen Sachen geschnüffelt hast, einfach wieder gegangen? Nur um später wiederzukommen und so zu tun, als ob nichts gewesen wäre?«

»So in etwa.« Es war die Wahrheit, warum sollte sie sich die Mühe machen, ihn anzulügen? Es reichte, dass einer von ihnen log.

»Du bist echt ... Keira, du bist echt ...«

»Na, was bin ich?«

»Du bist das Letzte! In meinen privaten Sachen zu schnüffeln. In meinen Bankunterlagen! Ich glaub's einfach nicht.«

»Ich will wissen, wer Tessa Keane ist«, sagte sie noch einmal. Sie würde nicht lockerlassen, bis er es ihr erzählte.

Er richtete sich nun auf, rieb sich die Schläfe, ging im Raum auf und ab. Dann setzte er sich wieder.

»Wenn du es unbedingt wissen musst: Sie ist meine Finanzberaterin.«

Sie glaubte ihm kein Wort. »Du hast eine Finanzberaterin?«

»Ja, habe ich.«

»Und du überweist ihr Geld, weil …?«

»Weil ich da in eine Sache investiere. Eine vielversprechende Sache.«

»Worum geht es genau?«

»Eine Firma, die Sportgeräte herstellt.« Es kam wie aus der Kanone geschossen. Er hatte sich in Sekundenschnelle etwas überlegt. Sie war fast beeindruckt, wäre es nicht so jämmerlich gewesen.

»Was für Sportgeräte?«

Jordan lachte abschätzig und ein wenig krächzend. »Davon würdest du nichts verstehen.«

»Weil ich keine Ahnung von Sport habe?«

»Du hast es erfasst.«

»Ich habe aber, glaube ich, so viel Ahnung, um zu wissen, dass man Investitionsgelder nicht an seine Finanzberaterin überweist, sondern an …«

»Was weißt du schon, Keira? Jetzt hör endlich auf, mir irgendwas unterstellen zu wollen. Du hast ja ein Rad ab!«

»Ich habe …«

»Ich will nichts mehr davon hören, hast du verstanden? Lass uns lieber über dich reden und davon, dass du mein Vertrauen zerstört hast«, sagte er grob. Dabei verließ ein wenig Spucke seinen Mund und blieb an seinem Kinn hängen.

»Genau, Jordan. Vertrauen ist wahrscheinlich das, worüber wir wirklich reden sollten.«

Er sprang nun auf und verließ das Zimmer. »Das muss ich mir echt nicht geben. Ich gehe noch mal raus, eine Runde laufen. Warte nicht auf mich.«

»Hatte ich nicht vor«, rief sie ihm hinterher.

Sie hörte, wie die Tür knallte. Und sie lächelte, obwohl sie nicht genau verstand, warum. Vielleicht, weil sie einmal als Gewinnerin aus einem Streit hervorgegangen war? Weil sie sich nicht von ihm hatte erniedrigen lassen? Weil sie endlich selbstbewusst genug war, gegen ihn anzukämpfen?

»Verflucht noch mal, ich werde herausfinden, wer diese Tessa Keane ist«, sagte sie in die Stille der leeren Wohnung hinein. »Und wenn es das Letzte ist, was ich tue.«

Sie stand auf und ging ins Badezimmer. Während sie sich ein Bad einlaufen ließ, spazierte sie in Unterwäsche in die Küche und schmierte sich ein Nutellabrot. Mit ganz dick Nutella drauf. Sie legte eine CD von James Bay ein und stieg in die Wanne.

»Dir hab ich's aber gezeigt«, sagte sie, nicht zu James Bay, sondern zu Jordan, der sich sonst wohin verzogen hatte und sie leider nicht hören konnte. »Und das war erst der Anfang.«

KAPITEL 20

»Das kann doch nicht dein Ernst sein!«, rief Laurie und kam auf sie zu.

Keira stand vor dem Laden und rauchte, ganz offen, eine Zigarette. Ihr war gerade alles egal, sie war so verletzt und durcheinander, da konnten nur Zigaretten helfen. Schokolade hätte auch helfen können, aber davon sollte sie lieber Abstand halten, bevor sie noch ihre ganzen Vitrinen leer aß. In den letzten Wochen hatte sie ganze dreieinhalb Kilo zugenommen, das hatte sie heute Morgen bei einem Blick auf die Waage feststellen müssen.

Sie drehte sich um und versuchte nicht einmal, das böse Laster zu verbergen.

»Hi, Laurie. Wie geht's?«

Ihre Freundin, heute in einem langen bunten Rock, sah sie empört an. »Was ist denn in dich gefahren? Drehst du jetzt vollkommen durch?«

»Wieso? Weil ich rauche? Das habe ich doch früher auch schon getan.«

»Du hast aber aufgehört und gesagt, du wolltest nie wieder damit anfangen.«

Keira machte eine gleichgültige Geste. »Ach, was soll's. Ist doch alles egal.«

»Egal? Mir ist deine Gesundheit nicht egal.« Laurie sah wirklich schockiert aus.

»Laurie. Es raucht mindestens ein Drittel der Menschheit. Ist doch keine große Sache.«

Ihre Freundin schüttelte nun den Kopf. »Was ist passiert, hm?«

»Jordan.«

»Hab ich mir gedacht. Was hat er jetzt schon wieder angerichtet?«

»Er hat Geheimnisse vor mir. Schlimme Geheimnisse.«

»Was denn für Geheimnisse?«

»Weiß ich noch nicht. Aber ich habe fest vor, es herauszufinden.«

»Du solltest ihn einfach in den Wind schießen und das alles hinter dir lassen. Ihn und seine Geheimnisse.«

»Geht nicht. Nicht, bevor ich herausgefunden habe, wer diese Tessa Keane ist.« Sie nahm einen langen Zug von ihrer Zigarette.

Laurie griff in Blitzgeschwindigkeit danach, warf sie zu Boden und trat drauf. »Du hörst jetzt sofort auf damit! Wer ist Tessa Keane?«

»Tsss!«, machte Keira und nahm sich eine neue Kippe aus der Schachtel.

»Mensch, Keira, ich erkenne dich kaum wieder. Was macht Jordan nur aus dir? Und erzähl mir jetzt endlich, wer Tessa Keane ist.« Lauries Blick wechselte von empört zu besorgt.

»Keine Ahnung. Noch nicht.«

»Betrügt er dich etwa?«

»Könnte schon sein. Ich habe aber das Gefühl, dass da

noch viel mehr dahintersteckt. Jordan überweist gewisser Tessa Keane nämlich jeden Monat eine hübsche Summe über siebenhundertsiebenundzwanzig Pfund.«

»Ist nicht dein Ernst!«

»Oh doch. Ich habe es selbst gesehen, auf seinem Computer.«

»Du schnüffelst in seinen Onlineangelegenheiten herum?«

»Nun fang du nicht auch noch an.« Genervt rauchte sie weiter.

»Tut mir leid. Hm ... das ist ein ganz schön hoher Betrag. Wann überweist er ihn denn immer? Und ist es immer dieselbe Summe?«

»Ich glaube schon. Zumindest in den letzten zwei Monaten. Und er hat die Überweisung gleich am Anfang des Monats getätigt.«

»Hm«, machte Laurie wieder. »Am Anfang des Monats ... Hört sich ganz nach Unterhaltszahlungen an, oder?«

»Ha!« Keira lachte. Das war ja einfach lächerlich. »Du meinst, für eine Exfrau?«

»Oder ein Kind.«

»Laurie, Jordan mag ein Idiot sein, aber er hätte mir doch nicht verheimlicht, wenn er mal verheiratet gewesen wäre oder ein Kind hätte! Wir sind seit acht Jahren zusammen, da hätte ich doch was gemerkt. Außerdem ist er total gegen die Ehe, und Kinder kann er nicht ausstehen.«

»Ist er nicht mal total ausgetickt, als du dich über deinen Vater beklagt hast, der euch so früh im Stich gelassen hat?«

»Ja …« Keira erinnerte sich gut. Das war schon eine ganze Weile her. Es war ein Vatertag gewesen, und sie hatte einen dieser seltenen Momente gehabt, an denen sie ihren Vater tatsächlich vermisste. Als sie Jordan von ihm erzählte, wurde er richtig sauer und meinte, nicht jeder Mann wäre dazu geschaffen, ein Vater zu sein. Lieber ein nicht anwesender Vater als ein mieser Vater. Das sei doch fast dasselbe, hatte sie erwidert, und er hatte den Rest des Tages kaum mehr ein Wort mit ihr gewechselt. Verstanden hatte sie seine unerwartete Reaktion damals nicht, und Laurie, der sie davon erzählt hatte, auch nicht. Danach hatte sie es vermieden, ihren Vater Jordan gegenüber zu erwähnen, um nicht noch einmal so eine Reaktion zu provozieren. Bekam die ganze Sache jetzt doch eine Logik?

»Einer von uns hat gleich Kundschaft«, sagte Laurie und deutete zu Mrs. Kingston, die die Valerie Lane entlanggeschlendert kam. Es war kurz vor zehn und im Gegensatz zu Anfang der Woche richtig still in der Straße. Die Leute hatten sich wohl zum Valentinstag genug verausgabt und waren alle bestens versorgt mit Schokolade, Tee, Geschenken und Blumen, sodass sie Keira, Laurie und den anderen ein wenig Ruhe gönnten.

»Guten Morgen!«, flötete Mrs. Kingston. »Zu Ihnen habe ich gewollt«, verkündete sie und zeigte auf Laurie. »Ich brauche Nachschub von dem leckeren Gewürztee. Seit wann rauchen Sie denn?«, wandte sie sich an Keira.

Sie zuckte nur mit den Schultern.

»Na, dann kommen Sie mal mit in die Tea Corner«, sagte Laurie und drückte Keiras Arm. »Wir reden später weiter, ja?«

»Ich wollte keinesfalls Ihr Gespräch unterbrechen. Ich habe Zeit«, ließ Mrs. Kingston sie wissen.

»Wir waren schon fertig«, erwiderte Keira. In ihrem Kopf hingen aber eine Trilliarde Fragezeichen herum. Konnte Laurie mit ihrer Vermutung recht haben?

»Keiras Freund hat Geheimnisse«, plauderte Laurie aus.

Keira bedachte sie mit einem bösen Blick.

»Geheimnisse halten eine Beziehung frisch«, befand Mrs. Kingston.

»Nicht diese Art von Geheimnissen«, erwiderte Keira und ging in ihren Laden zurück. Die Zigarette schnippte sie im hohen Bogen aufs Kopfsteinpflaster.

Drinnen trank sie einen Schluck Kaffee und starrte aus dem Schaufenster. Eine Exfrau oder ein Kind. Könnte sie wirklich so blind und so dumm gewesen sein, sich acht Jahre lang an der Nase herumführen zu lassen? Oder hatte Jordan etwa in der Zeit, in der er mit ihr zusammen gewesen war, ein Kind mit einer anderen gezeugt?

Oh Gott, das wäre ja noch viel schlimmer!

Sie lief auf die Straße und hob mit schlechtem Gewissen, weil sie die Valerie Lane verschmutzt hatte, den Zigarettenstummel auf. Dann ging sie zurück in den Laden, holte das Telefonbuch hervor, das verstaubt in einem alten Regal in der Kammer lag, die sie als Vorratsraum nutzte, und schlug es beim Buchstaben K auf.

»Guten Tag, mein Name ist Bridget Miller, und ich rufe von der Behörde der öffentlichen Verkehrsmittel an. Spreche ich mit Tessa Keane?« Sie hielt den Atem an.

»Ja, da sind Sie hier richtig. Mein Name ist Tessa Keane. Wie kann ich Ihnen denn weiterhelfen?«

Erleichtert, aber auch enttäuscht atmete sie aus. Die Frau hörte sich nach mindestens siebzig Jahren an, wenn nicht weitaus älter.

»Mrs. Keane, wie schön, dass ich Sie erreiche. Wir machen gerade eine Umfrage … Hätten Sie zwei Minuten Zeit für ein paar Fragen?« Sie konnte ja schlecht gleich wieder auflegen. Da fiel ihr ein, dass sie, anstatt sich als irgendeine Behörde auszugeben, von der sie nicht einmal wusste, ob sie existierte, auch einfach hätte sagen können, sie sei eine alte Schulkameradin oder so etwas in der Art.

»Ja, sicher.« Die alte Mrs. Keane schien sich sogar zu freuen, dass sie ein wenig Unterhaltung bekam.

»Ja, ähm …« ›Ähm‹ war wohl eher nicht so gut, es hörte sich auf jeden Fall nicht gerade professionell an. Aber es war ja auch ihr erster Anruf als Geheimagentin. »Fahren Sie denn öfter mit den öffentlichen Verkehrsmitteln?«

»Nicht mehr sehr häufig. Ich habe eine kaputte Hüfte, wissen Sie. Zweimal wurde ich schon operiert. Und jetzt machen mir auch noch die Knie zu schaffen. Ohne meinen Rollator komme ich nirgends mehr hin, und damit ist es sehr schwer, in den Bus zu steigen. Wenn einem da keiner zu Hilfe kommt …«

Oje. Keira hatte nicht erwartet, dass die gute Dame ihr gleich ihre ganze Leidensgeschichte erzählen würde.

»Ich verstehe«, unterbrach sie sie, obwohl es ihr leidtat. Aber nebenbei hatte sie ja auch noch ein Geschäft zu führen, und jeden Moment konnten neue Kunden hereinkommen. »Das mit Ihrer Hüfte und Ihren Knien tut mir sehr leid.«

»Danke, meine Liebe. Sie sollten jeden Tag zu schätzen wissen, dass Ihre Knie noch so wollen, wie Sie wollen.«

»Ich weiß es zu schätzen, auf jeden Fall. Könnten wir jetzt zur nächsten Frage übergehen?«

»Aber natürlich.«

»Gut. Wenn Sie die öffentlichen Verkehrsmittel nutzen, nehmen Sie also den Bus, habe ich das richtig verstanden?«

»Ganz genau.«

»Wie oft, würden Sie sagen, fahren Sie wöchentlich mit dem Bus?«

»Ach, höchstens einmal im Monat noch. Wenn überhaupt. Wissen Sie, ich habe eine kaputte Hüfte. Und die Knie …«

Keira atmete tief durch. Die Türglocke bimmelte, und ein Kunde betrat den Laden.

»War das der Ofen?«, fragte Mrs. Keane am anderen Ende der Leitung.

»Nein, nur eine Glocke.«

»Sind Sie sicher, dass das nicht mein Ofen war? Nicht, dass mir am Ende noch was anbrennt.«

»Haben Sie denn etwas im Ofen, das anbrennen könnte?«

»Das weiß ich nicht«, gab Mrs. Keane zur Antwort. »Warten Sie, ich muss mal nachsehen gehen. Es könnte eine Weile dauern, ich habe nämlich eine kaputte Hüfte, wissen Sie? Und meine Knie wollen auch nicht mehr so ...«

»Gehen Sie nur nachsehen. Ich warte.«

Sie wandte sich dem Kunden zu und holte ihm die Packung Kokosplätzchen aus dem Regal, um die er bat. Nach dem Abrechnen nahm sie den Hörer wieder in die Hand und fragte sich gleichzeitig, warum sie nicht einfach aufgelegt hatte. Weil Mrs. Keane ihr leidtat, vielleicht? Weil sie ein schlechtes Gewissen hatte, da sie so eine liebe alte Dame belog?

»Mrs. Keane?«, sprach sie in den Hörer. Es kam aber keine Antwort. Dann hörte sie ein Japsen.

»Hallo? Hallo? Sind Sie noch da?«

»Ja, ich bin noch dran. Und? War nun was im Ofen?«

»Nein, nein. Ich hatte ganz vergessen, dass der Strom vom Ofen ja abgestellt ist. Dafür hat mein Enkel gesorgt. Damit ich keine Dummheiten mache, wie er sagt. Ich bekomme das Mittagessen geliefert.«

»Das ist aber schön. Und? Schmeckt das gelieferte Essen?«

»Meistens schon. Heute Mittag hatte ich eine Kohlroulade. Mit Kartoffeln.«

Keira sah auf die Uhr. Es war Viertel vor zwölf. Wow, aßen alte Leute früh zu Mittag. Sie hatte noch nicht einmal gefrühstückt. Außer die Zigaretten.

»Das freut mich. Ich muss jetzt leider zum Ende kommen. Vielen Dank für Ihre Auskünfte. Sie haben mir wirklich sehr weitergeholfen.« Das hatte sie tatsächlich, viel mehr, als sie wusste.

»Darf ich noch etwas vorschlagen?«

»Aber gerne.«

»Sie könnten doch einen Seniorenservice einrichten. Kleinbusse extra für Senioren, mit jemandem, der einem mit dem Rollator hilft.«

»Eine sehr gute Idee. Ich notiere es mir.«

»Ich habe es nämlich mit der Hüfte, wissen Sie? Und meine Knie …«

»Auf Wiedersehen, Mrs. Keane. Einen schönen Tag noch!« Sie legte auf. So leid die arme Frau ihr tat, sie hatte erst mal genug von kaputten Hüften und Knien.

Himmel, sie war schon von dem einen Anruf fix und fertig und hatte noch sechs vor sich. Das allein in Oxford. Im Internet hatte sie herausgefunden, dass es in der Umgebung bis nach London insgesamt achtzehn Tessa Keanes gab und zweihundertsiebenundsechzig in ganz England. Wie sollte sie da nur die richtige finden?

Als sie am Abend bei ihrer Mutter eintraf, hatte sie die restlichen sechs Tessa Keanes in Oxford bereits abgehakt. Keine von ihnen war eine potenzielle Kandidatin. Bei denen, die gefühlt über zwanzig und unter sechzig waren, hatte sie sogar nachgefragt, ob sie Finanzberaterin seien. Einmal hatte sie sich als alte Klassenkameradin ausgegeben, einmal klipp und klar gefragt, ob die Frau am anderen Ende der Leitung Jordan Mitchum kannte. Dann war sie auf die Idee gekommen, sich einfach als Jordans Sprechstundenhilfe auszugeben. Doch alles hatte sie nicht weitergebracht. Zehn der achtzehn Tessa Keanes im größeren Umkreis hatte sie auch schon erreicht, morgen würde sie mit den restlichen weitermachen.

»Hallo, mein Schatz. Hast du Hunger?«, fragte ihre Mutter sie, als sie sich in die Küche setzte.

»Einen Riesenhunger.« Vor lauter Grübeln und wegen all der Anrufe hatte sie heute ganz vergessen, etwas zu essen. »Und diesmal nehme ich eine große Portion, Mum.«

Mary sah sie an und strahlte. Dann schaufelte sie ihr Kartoffelpüree, Spinat und Spiegeleier auf den Teller – ihr Lieblingsessen als Kind. Es tat gut, es brachte ihr ein Gefühl der Geborgenheit zurück in einer Zeit, die einfach nur zum Verzweifeln war. Der Montagskunde hatte sich bis jetzt nicht blicken lassen, sie würde also auf nächsten Montag hoffen müssen. Und Jordan? Allein bei dem Gedanken daran, sich das Bett mit ihm teilen zu müssen, wurde ihr übel. Sie könnte auf der Couch schlafen, aber eigentlich wollte sie gar nicht in seiner Nähe sein.

»Kann ich heute bei dir übernachten?«

»Jederzeit, mein Kind.« Ihre Mutter streichelte ihr mit dem Finger über die Wange.

»Danke, Mum.« Sie lächelte sie traurig an und war dankbar, dass ihre Mutter ihr keine weisen Ratschläge gab. Im Moment wollte sie nämlich überhaupt nichts hören, ihr Kopf war schon voll genug von all den neuen Informationen.

KAPITEL 21

Am nächsten Tag stieß sie auf einen Hinweis. Als sie sich bei einem weiteren Telefonat als Jordans Sprechstundenhilfe ausgab, stockte eine Tessa. Keira merkte sofort, dass der Name Jordan Mitchum ihr etwas sagte. Dann fragte sie, was sie für sie tun könne.

Aus lauter Verlegenheit legte Keira auf. Aber sie hatte endlich die Richtige gefunden, da war sie sich sicher. Und sie wohnte keine halbe Stunde von Oxford entfernt in Abingdon.

Am liebsten hätte sie sich sofort aufgemacht, aber sie musste sich gut überlegen, was sie tun und was sie sagen wollte. Außerdem konnte sie den Laden nicht einfach schließen. Sie wartete also ab, bis Kimberly am Samstag kam, und bat sie, Keira's Chocolates für ein paar Stunden allein zu schmeißen.

»Überhaupt kein Problem«, erwiderte Kimberly, und Keira machte sich auf den Weg.

Draußen vor dem Laden wurde ihr bewusst, wie dumm sie gewesen war. Wie sollte sie nach Abingdon kommen? Fuhr dort ein Bus hin? Sie konnte ja schlecht Jordan um den Wagen bitten. Aber Laurie konnte sie bitten. Schnell huschte sie rüber in die Tea Corner.

»Laurie? Kann ich mir dein Auto ausleihen?«

»Klar. Wo willst du denn hin?«

»Erzähle ich dir später in Ruhe.«

Laurie sah sie mit einem Lächeln und einem Nicken an, die besagten, dass sie ihre Freundin durchschaute. »Du hast Tessa Keane gefunden, hab ich recht?«

»Ich denke schon. Ich muss sofort nach Abingdon, es lässt mir sonst keine Ruhe.«

Laurie kramte in ihrer Handtasche nach dem Autoschlüssel und warf ihn ihr zu. »Finde heraus, wer sie ist, James Bond.«

Endlich konnte auch Keira wieder lächeln. »Werde ich.«

»Und später will ich Details hören, ja?«

Sie nickte. »Wo steht dein Wagen?«

»Auf dem Parkplatz beim Fluss. Pass auf dich auf, Süße.«

»Werde ich.«

Keira trat durch die Tür, und sobald sie an der frischen Luft war, fühlte sie sich stark und wagemutig und tapferer als jemals zuvor.

Die Fahrt über war sie dann doch nervös, unglaublich nervös. Sie schaltete das Radio ein, es lief *Take Me To Church* von Hozier, ein Song, den sie immer gemocht hatte, Jordan nicht. Sie sang besonders laut mit. Irgendwie bekam der Song in diesem Augenblick eine neue Bedeutung, er war ihr Kampfsong. Der Song, der sie in eine neue Zukunft führen würde, wenn sie auch noch nicht wusste, wie diese aussah und was sie dort erwartete.

Keira hatte die Adresse, die neben dem Namen von

Tessa Keane im Online-Telefonbuch gestanden hatte, in Lauries Navi eingegeben, das Auto fuhr sie direkt vor ihre Haustür.

Lange saß sie da und traute sich nicht auszusteigen. Dann, den Song noch immer im Ohr, nahm sie endlich ihren Mut zusammen und sang vor sich hin: »Amen, Amen, Amen, Amen.« Obwohl sie gar nicht wirklich religiös und erst recht keine Kirchgängerin war, wusste sie, dass sie dies hier nur mit göttlicher Hilfe durchstehen konnte.

Sie atmete noch einmal ganz tief ein und ließ die frische Februarluft durch ihre Lungen strömen, bevor sie klingelte. Sie musste selbstbewusster auftreten, als sie sich fühlte, doch im Grunde war sie ein einziges nervöses Etwas.

Eine wunderschöne blonde Frau öffnete ihr die Tür. Sah sie verwundert an. »Ja?«

»Guten Tag«, erwiderte sie.

Das war's.

Mehr wollte einfach nicht herauskommen, sosehr sie sich auch anstrengte.

»Geht es Ihnen gut? Sie sind ja ganz blass«, sagte die Frau. War es Tessa Keane?

»Ich … entschuldigen Sie bitte, ich … ich …« Sie fühlte, wie ihr schwindlig wurde. Wenn dies Tessa Keane war, konnte es nur eines bedeuten: Jordan hatte eine Affäre mit ihr und zahlte ihr monatlich etwas, um … wofür? Für die Miete? Für heiße Dessous? Oh Gott, sie passte so viel besser zu Jordan, als sie es jemals getan hatte. Sie war groß und blond und superschlank. Hätte sie ihr gesagt, sie sei ein vielgebuchtes Zeitschriftenmodel, hätte Keira es ihr sofort abgenommen.

»Möchten Sie vielleicht ein Glas Wasser?«, bot die Frau ihr jetzt an.

Nett musste sie auch noch sein, verdammt!

Keira nickte. »Das wäre wirklich … ja, bitte.«

»Warten Sie hier. Ach was, kommen Sie rein.«

Tessa Keane ließ sie eintreten in ihr Haus. War Jordan schon oft hier gewesen? War er hier, wenn er sagte, er sei beim Sport? Wie hatte sie ihm nur abnehmen können, dass er jeden Tag Sport machte? Wer ging denn schon täglich ins Fitnessstudio? Und neulich? An dem Montag, an dem er, ohne sich zu melden, bis nachts weg gewesen war? Der verdammte Abend, an dem sie das blöde Hühnerbrustfilet und den Salat gemacht hatte. War er da hier gewesen? Bei dieser Frau?

Keira folgte ihr in die Küche und setzte sich auf einen der orangefarbenen Stühle, ohne dazu aufgefordert worden zu sein. Ihr war so unglaublich schwindlig.

Amen, Amen, Amen, Amen, sang sie innerlich. Bitte, lieber Gott, schick mir die Kraft, wenigstens so lange stark zu bleiben, bis ich mit ihr geredet habe. Danach kannst du mich von mir aus bewusstlos werden oder einen Nervenzusammenbruch erleiden lassen. Aber nicht vor ihr!

»Hier. Trinken Sie!«

Die Frau reichte ihr ein Glas Leitungswasser. »Sind Sie okay? Soll ich einen Krankenwagen rufen?«

»Nein, nein, es geht schon«, sagte sie und trank das Glas leer. Und dann, weil sie nicht wusste, wie sie es noch länger zurückhalten sollte, sagte sie es freiheraus: »Mein Name ist Keira Buckley.«

»Es freut mich, Sie kennenzulernen, Keira. Ich bin Tessa.« Erwartungsvoll sah Tessa sie an.

»Sagt mein Name Ihnen gar nichts?« Es sah zumindest nicht danach aus.

»Nein. Sollte er?«

»Ich bin … die Lebensgefährtin von Jordan Mitchum.« Der Vorname hätte wohl auch genügt.

Auf der Stelle verzog sich Tessas hübsches Gesicht und bekam einen schmerzverzerrten Ausdruck. »Hat er Sie geschickt?«

»Nein. Er weiß nicht, dass ich hier bin.«

»Was wollen Sie?«, fragte Tessa und verschränkte die Arme, aber nicht so, wie Orchid sie auf niedliche Weise verschränkte, sondern abwehrend, als wolle sie ihre ungebetene Besucherin jeden Moment rausschmeißen.

»Ich … ich …« Sie stockte. Wusste nicht, was sie sagen sollte. Alles, was sie sich seit gestern zurechtgelegt hatte, war weg. »Eigentlich weiß ich gar nicht, was ich hier mache. Ich habe Ihren Namen in Jordans … bin über Ihren Namen gestolpert und auch darüber, dass er Ihnen monatlich Geld überweist. Vielleicht geht mich das alles gar nichts an, aber … wissen Sie was? Es geht mich doch etwas an! Ich bin Jordans Partnerin, ich sollte wissen, was er hinter meinem Rücken macht. Also sagen Sie es mir, ich will es einfach nur wissen.« Sie wappnete sich, hoffte, Tessa würde es schnell machen, so wie wenn man jemandem ein Pflaster abzieht.

»Sie wissen es nicht?«, fragte Tessa sie überrascht.

»Was?«

Tessa ging, ohne ein weiteres Wort, aus der Küche, und Keira fragte sich schon, ob die Frau sie jetzt hier sitzen lassen würde, ohne dass sie je die Wahrheit erfuhr.

Sie erhob sich, merkte aber gleich, dass ihr Kreislauf noch immer im Eimer war. Sie schwankte und hielt sich am Türrahmen fest. Tessa kam zurück, einen Bilderrahmen in der Hand. Als sie ihn umdrehte und ihr hinhielt, breitete sich ein Gefühlschaos in Keira aus, das sie jeden Schwindel vergessen ließ. Erstaunen und Erkennen, Gewissheit und Wut und ein unglaublicher Hass auf Jordan, der sich nie wieder legen würde.

Auf dem Bild war ein Junge zu sehen, etwa zehn Jahre alt, der ein Ebenbild von Jordan war.

»Oh mein Gott«, sagte sie und legte eine Hand vor den Mund.

Sie wusste nicht, ob sie weinen oder schreien oder das Bild nehmen und es gegen die Wand schleudern sollte. Aber der arme Junge konnte ja nichts dafür. Laurie hatte recht gehabt, es gab wirklich ein Kind, das Jordan vor ihr verheimlichte. Wenigstens war der Junge schon groß und somit nicht gezeugt worden, als sie zusammen waren. Aber wer wusste schon, wie viele Kinder Jordan sonst noch hatte? Wer konnte noch irgendetwas mit Sicherheit wissen?

»Sie haben es wirklich nicht gewusst, oder?«, fragte Tessa sie nun. Keira konnte Mitleid in ihrem Blick sehen.

Sie spürte Tränen in ihre Augen aufsteigen und schüttelte nur den Kopf.

Während sie das Foto betrachtete, konnte sie erkennen, dass der Junge auf dem Bild Jordan nicht nur in Sachen blondes Haar und Brille ähnelte, er hatte sogar dieselbe schiefe Nase wie er. Ein Vaterschaftstest war hier nicht nötig.

»Er heißt Timothy und ist zwölf Jahre alt. Er hat gerade Rugbytraining«, erzählte Tessa ihr. Sie hätte es lieber nicht gewusst.

Sie konnte nichts tun, als das Bild anzustarren.

»Darf ich fragen, wie lange Sie und Jordan schon zusammen sind?«

»Acht Jahre«, brachte Keira mit Mühe hervor.

»Das ist eine lange Zeit. Sie sollten selbst entscheiden, was das über Jordan aussagt. Wollen wir uns wieder setzen?«

»Nein danke, ich muss zurück nach Hause fahren.« Nach Hause? Sie wusste nicht einmal mehr, was das war. Ihr Zuhause würde sich nie wieder danach anfühlen.

»In Ihrem Zustand? Sind Sie sich sicher? Ich könnte jemanden für Sie anrufen, der Sie abholt.«

»Keine Sorge, alles gut.« Nichts war gut. »Ich werde es schon schaffen.«

»Sie müssen es wissen.« Tessa brachte sie zur Tür. Keira konnte ihren Anblick nicht mehr ertragen.

»Ich möchte nur noch eins wissen, bitte.« Es klang sogar in ihren eigenen Ohren nach einem Flehen. »Hatte Jordan die ganze Zeit über Kontakt zu Timothy?«

Tessa schüttelte verbittert den Kopf. »Jordan hat uns sitzenlassen, als Timmy fünf Monate alt war. Er konnte das Babygeschrei nicht ertragen. Danach hat er sich nie wieder blicken lassen, nur den Unterhalt gezahlt, bis

Timmy ihn vor einigen Wochen aufgesucht hat. Ich war nicht dafür, aber er wollte sehen, wer sein Vater ist. Wollte ihn kennenlernen.«

Dann hatte Jordan sich also an besagten Tagen mit Timothy getroffen? Sie konnte nicht klar denken.

»Ich danke Ihnen. Und bitte entschuldigen Sie den Überfall.«

»Schon gut. Ich kenne Jordan und kann mir gut vorstellen, was Sie durchmachen müssen. Ich kann Ihnen nur einen Rat geben: Lassen Sie ihn hinter sich, so schnell Sie können.«

»Nichts anderes habe ich vor«, antwortete Keira, wandte sich zum Gehen und stieg draußen wieder in Lauries Wagen.

Als sie jetzt das Radio anstellte, lief *Take Me Home* von Jess Glynne, und sie musste schon nach wenigen Minuten rechts ranfahren, weil sie vor lauter Tränen die Straße nicht mehr sehen konnte.

KAPITEL 22

Irgendwie hatte Keira es doch noch zurück nach Oxford geschafft und Lauries Wagen wieder auf dem Parkplatz am Fluss abgestellt. Sie war in die Chocolaterie getaumelt und hatte Kimberly gebeten, später den Laden abzusperren und Laurie die Autoschlüssel zurückzugeben. Sie habe Kreislaufprobleme, hatte sie gesagt, sie wolle einfach nur schnell nach Hause. Dann war sie mit dem Bus gefahren. Das alles hatte sie wie in Trance getan, und in Trance war sie auch noch, als sie ihr Wohnhaus erreichte, sich die Treppen hochschleppte, sich Jacke, Stiefel und Schal auszog und aufs Sofa setzte. Sie war so verwirrt und so unglaublich müde. Irgendwann sackte sie weg und schlief ein.

Als sie aufwachte, dämmerte es bereits. Sie wusste nicht, wie spät es war, aber die Wohnung war still, Jordan schien noch nicht nach Hause gekommen zu sein. Bestimmt war er wieder beim Sport oder wo auch immer er war, wenn er ihr sagte, er gehe trainieren. Wer wusste schon, was für Geheimnisse er sonst noch vor ihr hatte.

Sie erhob sich und machte sich einen Tee. Laurie hatte ihr neulich diesen leckeren Kirschtee mitgegeben, den konnte sie jetzt gut gebrauchen. Ihre Freundin sagte immer, Tee sei die Antwort auf alles.

Sie nahm den Becher mit zum Couchtisch und zündete sich eine Zigarette an. Es war ihr egal, ob Jordan es riechen würde. Was machte es schon noch aus? Sollte er sich doch von ihr trennen, weil sie ihre schlechte Angewohnheit wieder aufgenommen hatte. Damit würde er ihr sogar einen Gefallen tun.

Ihr Handy klingelte. Es war Laurie.

»Du hast dich noch gar nicht gemeldet. Wie ist es gelaufen?«

»Dein Auto habe ich wieder am Fluss abgestellt. Kimberly hat den Schlüssel.«

»Mein Auto ist mir im Moment völlig egal. Nun erzähl schon! Hast du Tessa Keane gefunden?«

Sie nickte, noch immer gar nicht ganz da. Die Asche ihrer Zigarette drohte abzufallen, und sie kippte sie in die halb leere Plastikschale Nüsse, die noch auf dem Couchtisch stand. Jordans Nüsse. Proteine, Proteine, nur immer darauf bedacht, gesund zu leben. Dein Körper ist dein Tempel. Ihr Tempel war gerade dabei, in Schutt und Asche zu zerfallen, zumindest fühlte es sich so an.

»Keira?«

»Ich habe sie gefunden.«

»Und?«

»Sie ist seine Ex. Sie haben einen gemeinsamen Sohn. Er ist zwölf Jahre alt«, ratterte sie monoton herunter.

»Scheiße!«

»Das kannst du laut sagen.«

»Bist du dir ganz sicher?«

»Sie hat mir ein Bild gezeigt. Der Junge sieht aus wie Jordan, haargenau. Und die Überweisungen waren Unterhaltszahlungen. Jetzt macht alles einen Sinn. Wie konnte ich nur so blind sein?«

»Wie konnte Jordan nur so ein verdammt guter Lügner sein? All die Jahre? Dieser Schuft! Du solltest ihn rausschmeißen, auf der Stelle.«

Sie nickte erneut. Ja, das sollte sie. Sie nahm einen langen Zug und pustete den Rauch in Ringen wieder aus. Sie hatte gar nicht gewusst, dass sie das noch konnte.

»Ich fühle mich so … so …« Ihr fehlten die Worte.

»Verletzt? Gedemütigt?«

»Kalt. Gefühllos. Ich empfinde rein gar nichts.«

»Was erzählst du da, Keira?«

»Vorhin war ich geschockt, natürlich, wer wäre das nicht? Ich bin in Tessa Keanes Küche fast in Ohnmacht gefallen. Aber auf der Heimfahrt im Auto habe ich mich ausgeheult, und jetzt ist da rein gar nichts mehr.«

»Ach, Süße. Kann ich irgendetwas für dich tun? Soll ich vorbeikommen?«

»Nein. Ich muss mit Jordan reden. Ich warte gerade, dass er vom Sport kommt.«

»Ich wünsche dir viel Kraft. Und lass dir bloß keinen Bären aufbinden, dem darfst du kein Wort mehr glauben.«

»Mein Vertrauen ist dahin, das steht schon mal fest«, sagte sie verbittert.

»Kann ich mir vorstellen. Keira, ich bin da, wenn du mich brauchst, ja? Melde dich jederzeit, Tag oder Nacht.«

»Danke, das weiß ich zu schätzen.« Sie legte auf, pustete noch ein paar Rauchringe in die Luft und beobachtete sie dabei, wie sie aufstiegen und irgendwann verpufften. So wie ihre Liebe verpufft war.

Ja, sie hatte schon seit einiger Zeit gespürt, dass irgendwas war. Aber sie hatte Jordan trotz allem geliebt, immer noch an einer gemeinsamen Zukunft festgehalten. Immer noch gehofft, dass sie eines Tages eine Familie gründen würden. Ein Kind haben würden. Und all die Zeit hatte sie nicht einmal ansatzweise geahnt, dass Jordan bereits ein Kind mit einer anderen hatte.

Wie hatte er ihr das verschweigen können?

Über eines wunderte sie sich sehr: Wie konnte man von einem Moment auf den anderen statt Liebe Hass für jemanden empfinden? Doch so war es. Sie fühlte nichts als Hass für Jordan, und der wuchs von Minute zu Minute.

Als Jordan endlich zur Tür reinkam, war sie so entschlossen, ihn heute noch zu verlassen, dass sie wusste, es gab keinen Ausweg mehr.

Sie saß noch immer auf demselben Platz auf der Couch und rauchte eine nach der anderen.

»Bist du jetzt völlig verrückt geworden?«, begrüßte Jordan sie.

Einen Moment lang dachte sie, Tessa Keane hätte ihn vielleicht darüber in Kenntnis gesetzt, dass sie heute bei ihr gewesen war und Bescheid wusste. Als sie aber seinen angeekelten Blick wahrnahm, wurde ihr klar, dass es doch nur um die Zigaretten ging.

Sie starrte ihn an. Jordan wirkte wie ein Fremder.

»Du rauchst?«, schrie er herum. »Seit wann rauchst du denn wieder? Und warum zum Teufel tust du es in der Wohnung? Alles ist verqualmt und stinkt und …«

»Du stinkst«, sagte sie und wusste nicht einmal, warum.

Jordan bedachte sie mit einem irren Blick, aber er verstummte.

Ein paar Sekunden lang sahen sie einander einfach nur an, keiner sagte etwas, keiner wusste, wie ihm geschah.

»Hör sofort auf damit!«, schrie Jordan dann. »Mach die Kippe aus. Was ist nur in dich gefahren?« Er begann herumzulaufen und alle Fenster aufzureißen, Jordan, der Gesundheitsfanatiker.

»Nein, ich werde meine Zigarette nicht ausmachen«, sagte sie vehement. »Ist doch meine Sache, ob ich rauche oder nicht.«

»Bist du jetzt total durchgeknallt? Soll ich einen Psychiater holen und dich in die Klapse einweisen lassen?«

Sie gab ihm auf diese bescheuerte Frage keine Antwort. »Wo warst du, Jordan?«, fragte sie ihn stattdessen.

»Was?« Er starrte sie wieder an. Auf diese Weise, die erkennen ließ, dass er nicht verstand, was hier gerade passierte. »Beim Sport, wo sonst?«

»Ach, ehrlich? Du warst nicht zufällig irgendwelche unehelichen Kinder besuchen?«

»Wovon redest du da, verdammt noch mal?« Er stellte sich jetzt kerzengerade, in seinem Hals begann es zu pochen, das konnte sie genau sehen.

»Ich war heute in Abingdon.«

Seine Augen weiteten sich. »Was hast du da zu suchen gehabt?«

»Ich wollte Tessa Keane ausfindig machen.«

»Scheiße, woher wusstest du, wo du sie findest?«

»Ich bin ja nicht blöd, Jordan. Oder anscheinend bin ich es doch, ganz gewaltig sogar. Anders kann ich mir nicht erklären, wie ich acht Jahre lang auf deine Lügen reinfallen konnte.«

»Keira …« Er kam einen Schritt auf sie zu. Fast sah es so aus, als würde es ihm leidtun, sie belogen zu haben. Oder tat es ihm nur leid, dass er aufgeflogen war? Es war egal, denn im nächsten Moment nahm sein Gesicht wieder diesen wütenden Ausdruck an. »Hast du etwa mit ihr geredet?«

»Das habe ich. Sie ist wirklich nett. Und sie hat mir ein Bild gezeigt, von Timothy. Du hast wirklich einen hübschen Jungen, er sieht dir sehr ähnlich. Du musst stolz auf ihn sein.«

»Das bin ich ganz und gar nicht. Wenn du wirklich mit Tessa geredet hast, und ich kann immer noch nicht glauben, dass du das wahrhaftig getan hast, wirst du auch erfahren haben, dass ich die letzten zwölf Jahre nichts mit den beiden zu tun hatte. Ich wollte nie ein Kind, ich bin nicht der Vatertyp.«

»Und das ist das Allerschlimmste von allem, verstehst du das denn nicht?« Ihr selbst wurde in diesem Augenblick erst bewusst, woher dieser enorme Hass rührte, den sie verspürte. »Du bist wie mein Dad! Wie oft habe ich dir erzählt, dass der damals einfach abgehauen ist und mich und meine Mum sitzengelassen hat? Wie sehr mich das als Kind verletzt hat? Und du bist ganz genauso! Du hast deine Familie auch einfach sitzen- und nie wieder was von dir hören lassen.«

»Wir waren niemals eine Familie.«

»Was auch immer ihr wart, es ist egal. Du hast deinem Sohn seine Kindheit versaut! Ich weiß genau, wie das ist,

Jordan. Es tut so verdammt weh, ohne Vater aufzuwachsen und nicht zu wissen, wo er ist. Nicht zu wissen, ob er deine Mummy oder dich verlassen hat. Ob du irgendetwas falsch gemacht hast, das ihn veranlasst hat zu gehen.«

»Nun werde doch nicht theatralisch ...«

»Halt die Klappe, Jordan! Du weißt gar nicht, wie sehr ich dich in diesem Moment hasse. Nicht nur, weil ich mir all die Jahre mit dir nichts sehnlicher gewünscht habe als ein Baby und du die ganze Zeit gesagt hast, dass du dir niemals vorstellen könntest, eins zu haben. Nicht nur, weil du mich belogen hast, mir so wichtige Dinge in deinem Leben vorenthalten hast, während du mir, deiner Partnerin, doch alles hättest anvertrauen können ... nein, müssen. Auch nicht, weil du mit einer anderen hast, wonach ich mich so sehne. Nicht einmal, weil du bist wie mein Vater. Weißt du, was mich richtig, richtig wütend macht, Jordan? Dass du mich die ganze Zeit verarscht hast, mich für dumm gehalten hast. Mich Tag für Tag gedemütigt hast, ohne dass ich überhaupt davon wusste. So behandelt man keinen anderen Menschen, Jordan, und vor allem keinen, den man liebt.«

»Ach, das musst du gerade sagen, was? Wer hat denn hier hinter meinem Rücken in meiner Vergangenheit herumgestöbert und ist nach Abingdon gefahren?«

»Jordan.« Sie stand nun endlich auf, wusste, dass sie die Kraft dazu hatte, und fühlte sich sogar ganz ruhig. »Nichts, was ich getan habe oder je hätte tun können, ist auch nur im Entferntesten so schlimm wie das, was du mir angetan hast. Und Tessa und deinem Sohn. Ich habe gehört, er hat den Kontakt zu dir gesucht. Ich hoffe sehr, für dich und für ihn, dass du nur einmal in deinem Leben etwas richtig machst.«

»Mein Sohn geht dich gar nichts an, Keira.«

»Das ist mir auch schon aufgegangen. Jordan, es ist aus mit uns.«

»Du machst Schluss? Ehrlich?«

»Ganz ehrlich. Denkst du, ich könnte auch nur einen Tag länger mit dir zusammen sein, nachdem du mich so behandelt hast?«

»Na gut, soll mir recht sein. Ich zieh aber nicht aus, nur damit das schon mal klar ist.«

»Keine Sorge. Ich ertrage es hier eh keine Sekunde länger. Ich gehe. Gib mir eine halbe Stunde, um zu packen.«

»Ich gehe in die Drogerie, meine Energy-Riegel sind alle. Wenn ich zurückkomme, bist du weg.«

»Darauf kannst du dich verlassen.«

Jordan ging aus der Tür. Und damit, dass er sich nicht einmal bei ihr entschuldigte, bewies er nur noch mehr, was für ein Idiot er war. Ihre Freundinnen hatten die ganze Zeit über recht gehabt.

Sie sammelte ihre Sachen zusammen und packte alles in zwei Koffer. Aus dem Badezimmer holte sie sich ihre Dusch- und Schminksachen, im Schlafzimmer räumte sie ihre Hälfte des Kleiderschranks aus. Sie steckte noch zwei Paar Schuhe, ihre flauschigen Pantoffeln, ein bisschen Nippes und zwei Bilderrahmen ein; auf dem einen Bild war sie mit ihrer Mutter zu sehen, auf dem anderen mit ihren Freundinnen aus der Valerie Lane. Jedes Foto zusammen mit Jordan hätte sie am liebsten gegen die Wand gedonnert.

Warum eigentlich nicht?

Sie nahm den teuren Glasbilderrahmen in die Hand, in dem ein Foto steckte, das ungefähr fünf Jahre alt war und sie und Jordan mit Partyhüten zeigte, und schmiss es mit geballter Kraft gegen die Wand über der Kommode. Dies tat sie auch mit allen anderen Bildern, die sie in der Wohnung fand. Es war unglaublich erleichternd und befreiend. Sie war richtig enttäuscht, als keine Bilderrahmen mehr übrig waren.

Die beiden Koffer waren voll. Ihre Backutensilien, die restlichen Trockenfrüchte und anderen Zutaten, die sie noch in der Küche hatte, würde sie zusammen mit den Fotoalben, den Aktenordnern und den restlichen Schuhen, Jacken und Mänteln ein andermal abholen. Laurie hatte ja bereits ihre Hilfe angeboten, sie würde sich sicher freuen, dabei zu sein.

Am liebsten hätte sie Laurie gleich angerufen, aber sie war so unglaublich geschafft und schrecklich müde. Sie schrieb ihr also nur eine kurze SMS und stieg dann über die Scherben. Das war alles, was sie Jordan hinterließ: einen Scherbenhaufen. Genau so, wie er es bei ihr getan hatte.

Als sie vor dem Haus auf das Taxi wartete, blickte sie zum Himmel auf und zu den Sternen. *Stern, leuchte, leuchte mir, der erste Stern, den ich heut seh, ich wünsche mir, ich wünsche mir, dass mein Wunsch in Erfüllung geht*, sagte sie den alten Reim in ihrem Kopf auf. Leider fiel ihr in diesem Moment kein gescheiter Wunsch ein, also wünschte sie sich einfach ein wenig Glück für die Zukunft und dass sie schnell über Jordan und all den Schmerz, den er verursacht hatte, hinwegkommen würde.

Als das Taxi neben ihr hielt, stieg sie ohne einen Blick zurück ein und fuhr von allem davon, was sie kannte, was sie ausgemacht hatte. Plötzlich wusste sie gar nicht mehr, wer sie sein sollte. Was definierte sie denn nun noch? Sie musste sich darüber klar werden, wie es jetzt weitergehen sollte, aber dafür hatte sie ja alle Zeit der Welt.

»Wohin?«, fragte der Taxifahrer.

»In eine neue, ungewisse Zukunft«, gab sie zur Antwort.

KAPITEL 23

Ein neuer Morgen in der Valerie Lane. Die Sonne bahnte sich ihren Weg durch die Wolken und schickte einen hellen Strahl direkt auf das kleine verlassene Gässchen. Keira, die an diesem Sonntag um kurz nach acht als Einzige schon draußen war, schüttelte den Kopf.

»Pah! Du willst mich doch wohl auf den Arm nehmen, oder?«, sprach sie zum Himmel, denn sie fand, dass zu ihrer Stimmung viel besser Regen und Sturm und Düsternis gepasst hätten. Hagel vielleicht, der in großen Klumpen auf sie niederprasselte. Aber Sonne? Das konnte nur ein schlechter Scherz sein.

Sie steckte sich eine Zigarette an, die ihr nicht einmal mehr schmeckte. Nie zuvor in ihrem Leben hatte sie sich so einsam und verlassen gefühlt, so hilflos, so verzweifelt. Ihr Leben, wie sie es bisher gekannt hatte, war beendet, abrupt und unwiderruflich.

Jetzt bemerkte sie erst, dass die Herzen weg waren. Die anderen mussten sie gestern abgenommen haben, als sie sich auf nach Abingdon gemacht und die Wahrheit über den Dreckskerl herausgefunden hatte, den sie ihre große Liebe genannt hatte. Oder am Abend nach Ladenschluss, als sie ebendiesen Dreckskerl in die Wüste geschickt hatte. Nun, eigentlich ja gar nicht in die Wüste, denn er durfte weiter in ihrer schönen Wohnung wohnen, in dem Palast aus Glas, in den er so gut passte – kalt wie ein Eiskönig, ohne jegliche Empathie. Sie war es, die noch einmal ganz von vorne anfangen musste, an einem neuen Ort, mit neuen vier Wänden, neuen Möbeln … Vielleicht sollte sie nach Abingdon ziehen. Sie könnte sich mit Tessa Keane anfreunden, die hatte sicher viel zu erzählen.

»Keira? Ist alles in Ordnung?«

Sie blickte auf und sah Tobin vor sich stehen. Er wirkte besorgt.

»Ja. Nein. Nein, überhaupt nicht.«

Diesmal setzte er sich, ohne zu fragen. »Möchten Sie reden?«

»Ich habe mit ihm Schluss gemacht.«

»Wirklich?«

Sie nickte. Das hatte sie noch nie verstanden: Warum fragten die Leute immer »Wirklich?« oder »Ehrlich?«, wenn man ihnen etwas erzählte? Natürlich wirklich! Warum sollte man sich so was denn ausdenken?

»Ich bin noch gestern Abend ausgezogen.«

»Oh. Nun, ich denke, Sie haben richtig gehandelt.«

»Ach ja?« Was wusste er denn schon über ihre Beziehung außer dem bisschen, was sie ihm neulich erzählt hatte. Sie war sich ja selbst nicht mal mehr sicher, ob sie richtig gehandelt hatte. Fast wünschte sie, sie hätte nie nach Tessa Keane gesucht, hätte die Wahrheit nie erfahren. Sie hätte sich weiterhin blind stellen können. Alles wäre so viel einfacher gewesen.

»Ja. Keira, Sie waren nicht glücklich, das konnte sogar ein Blinder sehen.«

»Ich glaube, ich kann gerade nicht rational denken. Ich bin so … müde.«

»Kann ich verstehen. Sie müssen jetzt zur Ruhe kommen, zu sich selbst finden. Lassen Sie ihn hinter sich, und fangen Sie noch einmal neu an. Hey, sehen Sie es positiv! Wann hat man im Leben schon mal die Chance, noch einmal ganz von vorn anzufangen?«

»Die Vorstellung macht mir Angst, muss ich gestehen, mehr als alles andere.«

»Sie werden es schaffen. Sie sind eine starke Frau.«

»Auch da bin ich mir nicht so sicher.«

»Keira, sehen Sie mich an.« Er fasste ihr ganz sachte ans Kinn und zwang sie, ihm in die Augen zu blicken. »Sie werden es schaffen. Okay?«

Sie nickte. Sie glaubte ihm.

»Und jetzt geben Sie mir endlich die blöden Zigaretten, das haben Sie doch gar nicht nötig.«

Wie unter Hypnose überreichte sie Tobin die Schachtel, die er sich in die Jackentasche steckte.

»Gut gemacht. Ah, sehen Sie, da kommt Susan.« Er winkte Susan zu ihnen heran.

Keira sah ihrer Freundin dabei zu, wie sie gemeinsam mit Terry die Straße überquerte. Sie sah mindestens genauso besorgt aus wie Tobin.

»Hey, was ist denn los?«, fragte sie sogleich.

Tobin übergab sie Susan und verabschiedete sich leise.

»Ich habe mich von Jordan getrennt.«

»Das wurde aber auch Zeit. Diesmal endgültig? Oder bist du nur wieder für ein paar Tage zu deiner Mutter gezogen?«

»Ich bin überhaupt nicht zu ihr gezogen. Ich wollte einfach nur allein sein.«

Susan sah sie stirnrunzelnd an. »Wo hast du geschlafen?«

»Im Laden.«

»Bei dir steht aber doch gar kein Sofa.«

»Frag nicht, ja?« Dann müsste sie ihr nämlich erzählen, dass sie zusammengekauert auf dem harten, kalten Holzboden geschlafen hatte. Na, schlafen konnte man das eigentlich nicht nennen. Sie war höchstens mal ein paar Sekunden eingenickt, weil sie so fertig gewesen war vom vielen Weinen.

»Komm, ich bring dich hoch in meine Wohnung. Du siehst aus wie eine wandelnde Leiche, du brauchst ganz dringend Schlaf.«

Keira lachte. Sie sah aus wie ein Zombie? Na, das würde Thomas Finch morgen aber beeindrucken – falls er überhaupt mal wieder auftauchen würde.

»Wieso lachst du?«, fragte Susan verwundert.

»Ich weiß es nicht.« Ihr Lachen wurde zu einem Schluchzen und dann zu einem Heulen.

»Oh Mann, es ist schlimmer, als ich gedacht hatte. Komm mit mir mit, Keira.« Susan half ihr hoch und legte ihr einen Arm um die Schulter, führte sie über die Straße, die Stufen hinauf und in ihre Wohnung. Dort duftete es nach Lavendel. Keira konnte sich nicht erinnern, je etwas so Wohlriechendes wahrgenommen zu haben. Es roch nach Geborgenheit.

»Aber was ist mit dem Laden?«, lallte sie schläfrig vor sich hin.

»Das schafft Kimberly auch allein. Ich gebe ihr die Schlüssel, wenn ich sie kommen sehe.«

»In meiner Hand … ta … sche.«

Sie ließ sich von Susan in deren Bett helfen und war eingeschlafen, bevor sie weiter überlegen konnte, ob sie gegen den Schlaf ankämpfen sollte.

Als sie erwachte, stand die Sonne tief am Himmel. Hatte sie etwa den ganzen Tag durchgeschlafen?

Sie stand auf und ging ins Bad, um sich frischzumachen. Ein unglaubliches Hungergefühl überkam sie, sie hatte seit über vierundzwanzig Stunden nichts gegessen. In Susans Küche fand sie Weißbrotscheiben, Senf, Salatblätter und Käse und machte sich ein Sandwich. Es hatte keinen Geschmack. Würde jemals wieder etwas gut schmecken?

Sie musste sich umziehen, ihre Sachen waren ganz zerknittert. Auch hatte sie sich seit gestern Morgen nicht mehr die Zähne geputzt oder geduscht. Ihr fiel ein, dass ihre Koffer noch hinten im Laden standen, also ließ sie die Wohnungstür einen Spalt offen und überquerte die Straße.

»Keira. Alles gut?«, fragte Kimberly gleich, als sie in die Chocolaterie kam. »Susan sagte mir, du bist krank?«

»Ja, ich habe immer noch Kreislaufprobleme. Ich will nur kurz was holen.«

Wenn sie jetzt mit den beiden Koffern aus dem Laden marschierte, würde sie Kimberly erklären müssen, warum sie die bei sich hatte, und danach war ihr gerade gar nicht zumute. Sie ging also nur schnell in die Kammer, wo sie ihr Gepäck abgestellt hatte, und holte sich ihren Kulturbeutel und frische Unterwäsche heraus, die sie in eine Papiertüte mit der Aufschrift ihres Ladens stopfte.

»Ich bin dann auch schon wieder weg, Kimberly. Danke, dass du heute übernimmst. Ich mach's wieder gut, ja?«

»Das ist nicht nötig, ich komme zurecht.«

»Das ist schön. Kannst du nachher absperren und den Schlüssel bei Susan abgeben?«

»Mache ich.« Kimberly sah sie auf eine Weise an, als wüsste sie Bescheid. Hatte sie etwa doch schon die Koffer hinten entdeckt? Oder hatte Susan etwas durchsickern lassen? Falls dem so war, erwähnte sie es mit keinem Wort.

»Danke, Kimberly«, sagte Keira und meinte es auf vielfache Weise.

»Kein Problem.«

Sie nickte. »Bye.«

»Bye. Und gute Besserung.«

Keira huschte wieder hoch in Susans Wohnung. Zum Glück hatte sich kein Einbrecher Zutritt verschafft, alles war noch an Ort und Stelle. Sie roch ihn wieder, den Lavendel. Vielleicht sollte sie mal etwas mit Lavendel ausprobieren. Dunkle Schokolade und Lavendel könnten eine gute Mischung abgeben.

Sie sah auf die Uhr, es war kurz nach halb sechs. Sie hatte noch Zeit zu duschen, bevor Susan kam. Ein Handtuch fand sie im Regal, aber es war dennoch merkwürdig, unter einer fremden Dusche zu stehen. Sie hatte das Gefühl, in Susans Privatsphäre einzudringen. Bei Laurie hätte sie das Gefühl nicht gehabt, die Beziehung zwischen ihnen beiden war irgendwie lockerer. Aber bei Laurie war sie auch schon etliche Male zu Hause gewesen – hier bei Susan, obwohl sie direkt gegenüber wohnte, höchstens ein paarmal, zuletzt im Dezember, als sie für den alljährlichen Weihnachtsmarkt gebastelt hatten.

Mit einem um den Kopf gewickelten Handtuch kam sie aus dem Bad und trat zum Erkerfenster. Es hatte eine so breite Fensterbank, dass man diese als Sitzplatz nutzen konnte, und war mit einer bequemen Auflage und zwei hübschen Kissen ausstaffiert, deren beigefarbene Bezüge Susan garantiert selbst gehäkelt hatte. Keira setzte sich hin und sah kurz hinaus. Draußen war nicht mehr so viel los, die Läden der Valerie Lane schlossen bald. Ihr Blick fiel auf ein Bild auf der anderen Seite des Zimmers über dem dunkelblauen Sofa. Es war ein Aquarell und zeigte eine Mutter, die ihr Baby im Arm hielt und ihm einen Kuss auf die Stirn gab. Es musste neu sein, denn Keira wäre es sicher zuvor schon aufgefallen. Ein wirklich schönes Bild, das so viel Liebe ausstrahlte. Mutterliebe.

Eine Träne lief ihre Wange hinunter und landete auf ihrer Hand. Sie hatte nicht gewusst, dass noch welche übrig waren. Sie fühlte sich ganz ausgetrocknet, wie eine Pflanze, die ewig kein Wasser mehr bekommen hatte. Und es war ja auch so. Die vertrocknete Pflanze war die perfekte Metapher für sie, nachdem sie viel zu lange nicht die Zuwendung bekommen hatte, die sie brauchte.

Was Jordan jetzt wohl tat? Ob er wie immer beim Sport war? Oder bei Timothy? Ob er Tessa wohl böse war, weil sie ihn verraten hatte? Aber hätte sie es leugnen können, wo Keira doch von sich aus zu ihrer Tür gefunden hatte?

»Hallo? Ich bin’s«, hörte sie Susan rufen. Einen Moment später trat sie ins Zimmer, einen Koffer in jeder Hand.

»Oh, ist es schon sechs?«, fragte Keira verwundert.

»Gleich halb sieben. Ich habe deine Koffer geholt. Dein Laden ist abgeschlossen.«

»Ich danke dir.«

»Hast du ein bisschen schlafen können?«

»Ich habe den ganzen Tag verschlafen.«

»Gut. Das ist sehr gut. Du hattest es bitter nötig.«

»Ja, wahrscheinlich.«

»Wollen wir uns eine Pizza bestellen und reden? Nur wenn du willst natürlich.«

»Was? Pizza oder reden?«

»Beides.«

»Auf Reden habe ich ehrlich gesagt keine Lust. Es ist aus, da gibt es nicht mehr viel zu sagen. Aber Hunger hab ich ohne Ende. Mit Pizza bin ich also mehr als einverstanden.«

Susan griff zum Telefon und wählte eine Nummer aus dem Kopf. »Thunfisch okay?«, fragte sie, während sie die Hand auf die Muschel legte.

»Mir ist alles recht. Vielleicht noch Pilze?«

Susan tätigte die Bestellung und trat dann zu ihr ans Fenster. »Und du willst wirklich nicht reden? Manchmal tut das gut, weißt du?«

Sie seufzte schwer. »Okay. Jordan hat ein Kind mit einer anderen und hat es mir all die Jahre verschwiegen. Noch dazu hat er zwölf Jahre lang keinen Kontakt zu seinem Sohn gehabt.«

»Oh Gott.« Susan legte sich schockiert eine Hand an den Mund. »Das ist ja genau wie bei … Ich verstehe, warum du nicht drüber sprechen willst. Keira, ich hab genug Platz, und meine Couch kann man ausziehen. Du kannst so lange bei mir wohnen, wie du möchtest, ja?«

Dankbar sah sie ihre Freundin an und nickte dann, während ihr schon wieder Tränen in die Augen schossen.

»Magst du dir einen Film mit mir ansehen? Ich habe aber nur Liebesschnulzen.«

»Das weiß ich doch«, sagte sie. »Hast du vielleicht irgendwas, wo ein Mann und eine Frau jahrelang einmal die Woche aufeinandertreffen und sich irgendwann ineinander verlieben?«

»Hmmm … lass mich überlegen. Wer spielt da mit?«

»Thomas Finch.«

»Den kenne ich gar nicht.«

»Ist auch nicht so bekannt. Eigentlich ist der Film auch gar nicht so gut. Er hat kein Happy End.«

»Dann lass uns doch was mit Hugh Grant gucken. Da gibt es immer ein Happy End.«

»*Notting Hill?*«

»Eine gute Idee.«

Sie dachte an Julia Roberts, die in die Buchhandlung von Hugh Grant kam … und daran, dass sie sich am Ende doch verliebten. Aber gab es Happy Ends auch im wirklichen Leben?

KAPITEL 24

Drei Wochen später. Ein Montag.

»… und dann sind wir über die immergrünen Hügel spaziert. Es war wie in diesen Filmen, wie in Outlander, verstehst du? Einfach unglaublich!«

Keira hörte seit gefühlten Stunden Laurie zu, die von ihrem Kurzurlaub in Schottland erzählte, der anscheinend ein voller Erfolg gewesen war. Laurie hatte tatsächlich vier Tage lang ihre Tea Corner geschlossen, um sich mit Barry auf in das Land der Schottenröcke zu machen.

»Und? Hast du Haggis probiert?«, erkundigte sich Keira, während sie die Farbrolle in den Eimer voll pinker Farbe tauchte und sie dann in gleichmäßigen Bewegungen über die Fassade strich.

»Iiiih. Nur über meine Leiche.« Laurie zog eine Grimasse, und Keira musste lachen. Sie selbst hätte die schottische Spezialität aus Schafsinnereien auch nur gegessen, wenn man sie damit gefoltert hätte.

»Es war also schön, ja?«, fragte sie und zwinkerte Laurie zu. Als hätte sie es nicht schon mindestens hundertmal erwähnt.

»Sooooo schön. Eine Reise nach Schottland kann Barry mir gerne jedes Jahr zum Valentinstag schenken.«

»Werde ich ihm zuflüstern, wenn er mal wieder ankommt und fragt.«

»Und, wie geht es dir so?« Laurie setzte sofort wieder ihren Mitleidsblick auf, ein Ausdruck, mit dem all ihre Freundinnen sie seit der Trennung von Jordan bedachten.

»Du brauchst mich nicht so anzusehen, mir geht es gut. Sehr gut sogar.«

»Ja?«

»Ja.«

»Streichst du deshalb deinen Laden?«

Keira hatte sich so sehr nach einer Veränderung gesehnt. Die meisten Frauen gingen doch nach einer Trennung zum Friseur und ließen sich die Haare schneiden oder sonst etwas Radikales. Ein neuer Lebensabschnitt gleich eine Typveränderung. Da aber Jordan ihre Haare sowieso immer nur bemängelt hatte und sie eigentlich auch keine Lust auf eine neue Frisur hatte, hatte sie sich bloß die Spitzen schneiden lassen und sich überlegt, dass sie doch dem Laden ein neues Outfit verpassen könnte. Einen neuen Anstrich, ganz in Pink, damit die Fassade auch zur Tür passte. Am Tag zuvor hatte sie die Farbe besorgt, und heute Morgen hatte sie, sobald es hell geworden war, begonnen zu streichen. Dafür ließ sie den Laden vormittags geschlossen und würde erst mittags öffnen, in der Hoffnung, dass Thomas Finch sich endlich mal wieder blicken ließe. Die letzten drei Montage war er wieder nicht gekommen, hatte keine Pralinen für seine Frau gekauft … Das konnte doch eigentlich nur eines bedeuten, oder? Andererseits hatte er auch sonst nicht im Laden vorbeigeschaut, was wirklich sehr verwunderlich war. Sie fragte sich, was nur los war und ob es ihm gut ging. Dabei wünschte sie sich so, dass er ihr mal wieder einen Besuch abstatten würde, an einem Montag oder an jedem anderen Tag der Woche.

»Wie nennt sich die Farbe?«, fragte Laurie und riss sie aus ihren Gedanken.

»Magenta. Hübsch, oder?«

»Sehr hübsch. Sie passt perfekt zu dir. Wenn mich jemand fragen würde, welche Farbe du widerspiegelst, würde ich sofort Magenta sagen. Gut, dass ich jetzt weiß, wie sich die Farbe schimpft.« Sie lachte, ihre Augen glänzten.

Keira lächelte. Sie hatte Laurie noch nie so glücklich gesehen. Nach einer dreiwöchigen Auszeit in Sachen Beziehung und dem Kummer, den die Liebe mit sich brachte, war sie selbst zu der Einsicht gekommen, dass sie dieses Glück, das Laurie und Orchid und irgendwie sogar Ruby ausstrahlten, ebenso verdiente. Sie war einfach nur an den Falschen geraten, mit Jordan hätte sie das wohl niemals finden können. Deshalb war es gut, dass es vorbei war, auch wenn es immer noch wehtat und wahrscheinlich noch eine ganze Weile wehtun würde. Gebrochene Herzen brauchten ihre Zeit, um zu heilen. Aber sie hatte nicht mehr das Gefühl, am Abgrund zu stehen. Nein, ganz im Gegenteil, so langsam bekam sie wieder Lust zu leben, zu lieben und an eine schöne Zukunft zu glauben, mit Familie, Kindern und allem, was dazugehörte. Und eines Tages, da war sie sich sicher, würde auch sie den Richtigen finden.

Dass sie wieder daran glauben konnte, hatte sie ihren Freundinnen zu verdanken. Die vielen Schultern, an denen sie sich in den letzten Wochen ausgeweint hatte, die vielen zuversichtlichen Worte und die Wärme und Geborgenheit, die sie ihr geschenkt hatten, hatten mehr bewirkt, als jeder Therapeut es vermocht hätte.

»Musst du nicht mal wieder reingehen?«, fragte Keira. Laurie stand seit bestimmt zehn Minuten am Stück hier draußen bei ihr.

»Heute ist irgendwie nichts los bei mir, keine Ahnung, warum.«

»Vielleicht denken deine Kunden, du bist noch immer verreist?«, vermutete Keira.

»Das Schild hat aber ganz deutlich gesagt, dass ab heute wieder geöffnet ist.«

»Mach dir nichts draus, so kommen wir endlich mal wieder zum Quatschen. Und das bei strahlendem Sonnenschein.«

Für einen Märztag war es erstaunlich warm und sonnig, was die Valerie Lane auch bitter nötig hatte. In der letzten Woche hatten die fünf Freundinnen zusammen mit Tobin, der sie gut beraten hatte, Frühlingsblumen besorgt und in die Kübel gepflanzt, die verteilt auf beiden Seiten der Straße standen. Tulpen, Narzissen und Stiefmütterchen verliehen der Straße wunderbar blumige Düfte, und die Farbtupfer in der noch vor Kurzem so tristen winterlichen Gasse machten, dass man noch mehr Lust bekam, die Valerie Lane zu besuchen.

»Da hast du auch wieder recht. Die Kundschaft wird schon kommen.«

»Ganz bestimmt.«

»Kann ich dir solange helfen?«

»Klar. Schnapp dir einen von den Pinseln da vorne und versuch dich an den Fensterrahmen.« Es würde eine sehr mühselige Arbeit sein, die dünnen Holzleisten anzumalen, die die Fenster unterteilten. Keira hatte sie extra mit Malerkrepp umklebt, damit nichts auf die Scheiben kleckerte.

»Cool. Sieht nach Spaß aus.«

Doch als Laurie gerade mal zwei Minuten dabei war, kam Kundschaft. Barbara und Agnes wollten eine Tasse Tee trinken.

»Das sieht einfach toll aus!«, lobte Agnes Keira und ihre Arbeit.

»Ich danke dir. Wie geht es euch?«

»Super, danke, und dir?«

»Mir geht es gut«, antwortete Keira und meinte es so.

»Wie läuft es mit Mr. Spacey?«, fragte Laurie Barbara unverblümt und lächelte sie breit an.

Barbara errötete ein wenig. »Ich kann mich nicht beklagen.«

»Was macht ihr eigentlich mitten am Tag hier? Müsst ihr nicht arbeiten? Beziehungsweise in die Uni?«, erkundigte sich Keira.

»Ich habe erst mittags einen Kurs, daher habe ich den Vormittag frei und kann mit meiner frisch gekündigten Mutter einen Tee trinken«, teilte Agnes, die heute ein kunterbuntes Kleid, dazu Chucks und einen Dutt oben auf dem Kopf trug, ihnen mit.

»Dir wurde im Kaufhaus gekündigt?«, fragte Laurie Barbara schockiert.

»Ich habe gekündigt«, erwiderte Barbara, die neuerdings einen Bob trug. Ihrer war allerdings nicht so glatt und elegant wie der von Ruby, sondern ein wenig toupiert, eben ihrem Alter und ihrem Wesen entsprechend. »Die wollten mich doch tatsächlich als Toilettenfrau einsetzen. Ts, ts.« Sie schüttelte missbilligend den Kopf.

Barbara hatte ihnen einmal erzählt, dass sie aufgrund eines Erbes gar nicht arbeiten brauchte und es eigentlich nur aus Langeweile tat. Sie hatte den Job im Kaufhaus also nicht wirklich nötig.

»Oh! Tobin hat mir erzählt, dass er eine Aushilfe für den Blumenladen sucht«, informierte Keira sie. »Vielleicht hast du dazu Lust?«

»Hört sich prima an. Ich mag Tobin und könnte mir gut vorstellen, mit Blumen zu arbeiten. Ich gehe nachher gleich mal rüber zu ihm.«

»Ich wünsche dir viel Glück.«

»Glück? Ich denke nicht, dass ich das brauche«, lachte Barbara. »Was ich jetzt allerdings brauche, ist ein Tee. Können wir?«, wandte sie sich an Laurie.

»Aber sicher. Ich war am Wochenende in Schottland, soll ich euch davon erzählen?«

»Na klar. Wir wollen alles hören«, erwiderte Agnes, und die beiden begleiteten Laurie in die Tea Corner.

Keira machte weiter und verlieh ihrem Laden endlich auch eine eigene Note. Er würde so viel besser zu den anderen passen, und sie fragte sich, warum sie das nicht schon viel früher gemacht hatte. Nun, eigentlich fragte sie sich, warum sie eine ganze Reihe von Dingen nicht schon viel früher gemacht hatte. Jordan verlassen zum Beispiel. Frei sein für jemanden, der sie zu schätzen wusste, der sie liebte, so wie sie war. Ein gewisser Thomas Finch zum Beispiel. Also, wenn er heute wieder nicht erschien, um Pralinen zu kaufen, musste sie doch annehmen, dass er sich von seiner Frau getrennt hatte, oder? Wären die beiden nur verreist oder Ähnliches, hätte er es bestimmt bei seinem letzten Einkauf erwähnt. Obwohl, dieser letzte Besuch war schon ein wenig anders gewesen. Sie dachte daran zurück, an die Blicke, die nervösen Worte, die sie ausgetauscht hatten. Und sie dachte wieder an die Blicke, die sie am Tag von Tobins Ladeneröffnung durch das Fenster hindurch gewechselt hatten. Hach, würde er doch nur endlich mal wieder in der Chocolaterie erscheinen. Dann würde sie … würde sie … ihn nach seiner Frau fragen. Ja, das würde sie. Sie wünschte sich so sehr, dass er heute kam.

Er kam wieder nicht. Keira war richtig traurig, das musste sie zugeben. Hatte sie sich etwa nur eingebildet, dass da etwas zwischen ihnen in der Luft gelegen hatte? An jenem Tag – er war bereits fünf Wochen her – hatte sie sich nichts weiter dabei gedacht. Er war verheiratet oder zumindest in einer festen Beziehung, sie war mit Jordan zusammen … aber jetzt? Sie war wieder zu haben, und er? Er vielleicht auch. Aber wie könnte sie das herausfinden, wenn er sich nicht mehr blicken ließ? Wie würde sie ihn wiederfinden? Oxford war zwar keine Großstadt, aber einen einzigen Menschen unter über 152.000 anderen zu finden schien ihr dann doch eher so wie die Sache mit der Nadel im Heuhaufen.

Den ganzen Tag über bekam sie Komplimente für den

neuen Anstrich, und nachdem sie am Abend die »Frisch gestrichen«-Schilder abmachte, ging sie noch ein bisschen spazieren. Sie brauchte ein paar Dinge aus der Drogerie und wollte für Susan und sich eventuell irgendwo noch Sushi (mit extra viel Tempura) oder etwas anderes Leckeres besorgen.

Sie wohnte immer noch bei Susan und hatte es nicht eilig auszuziehen. Susan hatte ihr gesagt, sie könne so lange bleiben, wie sie wolle, was natürlich nicht hieß, dass sie vorhatte, deren Gastfreundschaft auszunutzen. Aber ein bis zwei Wochen würde sie gerne noch bleiben, bis sie sich stark genug fühlte, sich eine eigene Wohnung zu suchen. Ihre restlichen Sachen hatte sie mit Lauries Hilfe und Barrys Lieferwagen längst bei Jordan abgeholt und in den Lagerräumen ihrer Freundinnen untergebracht, bis sie ihr eigenes Reich hätte, in dem sie noch einmal ganz neu anfangen konnte. Am besten in einem hübschen Altbau und mit einer Einrichtung, wie sie ihr gefiel. Kein Glas, sondern alles schön gemütlich und kuschelig. Ihr neues Zuhause sollte Wärme ausstrahlen. Erst jetzt fing sie an zu begreifen, was für ein kühler Mensch Jordan wirklich war, in jeglicher Hinsicht.

Einmal hatte er sich noch bei ihr gemeldet. Zwei Tage nach ihrem Auszug hatte er eine Riesenszene auf ihrer Mailbox gemacht und ihr versichert, er werde ihr eine Rechnung wegen all der kaputten Bilderrahmen und angeblichen Kratzer an Wänden und Möbeln schicken. Diese Rechnung hatte sie allerdings bis heute nicht erhalten. Vor etwa einer Woche hatte Orchid ihr berichtet, dass sie »den Idioten« mit einer anderen, superschlanken

Frau gesehen hätte. Keira musste zugeben, dass es wehtat. Er schien sie wirklich schnell vergessen zu haben.

Aber sollte er doch! Jordan war Vergangenheit. Sie war froh, dass sie ihn hinter sich gelassen hatte. Es konnte doch nur besser werden. Irgendwann, irgendwo, mit irgendwem.

»Miss Buckley?«, hörte sie jemanden sagen. Sie stand gerade im Gang mit den Shampoos und sah sich nach ihrer Marke um. Warum mussten diese Drogerien auch ständig alles umstellen?

Als sie jetzt aber aufsah, konnte sie es kaum glauben. Es war Thomas Finch, tatsächlich. Gerade als sie gedacht hatte, ihn nie wiederzusehen. Manchmal fand die Nadel auch einfach ihren Weg zu einem – raus aus dem Heuhaufen und einem direkt vor die Füße, im Shampoo-Gang.

»Thomas! Ich meine, Mr. Finch.«

Er lächelte. »Sie können ruhig Thomas sagen.«

»Gerne. Thomas. Wie schön, Sie zu sehen.«

»Die Freude ist ganz meinerseits.« Er blickte sie an, lächelte schüchtern. Er trug wieder seinen braunen Mantel, der ihn so attraktiv aussehen ließ. Doch er wirkte verändert, gealtert irgendwie.

»Sie haben mir lange keinen Besuch mehr abgestattet«, wagte sie sich vor.

»Ja, äh …« Er kratzte sich am Hinterkopf, dies schien er immer zu tun, wenn er nervös war. Keira freute sich. Sie machte ihn nervös? »Ich brauche leider keine Pralinen mehr«, sagte er dann aber und blickte traurig zu Boden. Sehr traurig.

»Oh. Okay.«

Also entweder mochte seine Frau keine Pralinen mehr,

sie war auf Diät, oder sie war weg. Letzteres hatte sie zwar insgeheim gehofft, aber seine Traurigkeit gab ihr nun doch zu denken …

»Meine Mutter ist vor wenigen Wochen verstorben.«

Seine … Mutter?

»Das tut mir sehr leid«, sagte sie und musste sich erst einmal sammeln. Musste die Puzzleteile neu legen. Er hatte die Pralinen also überhaupt nie für seine Frau, sondern für seine Mutter gekauft? Zwei Jahre lang? Aber er hatte doch gesagt, sie wären für eine ganz besondere Frau … Natürlich! Seine Mutter! Sie hätte sich am liebsten mit der flachen Hand auf die Stirn gehauen, ließ es dann aus Respekt aber doch bleiben.

»Es kam ganz plötzlich. Ein Herzinfarkt. Wenigstens musste sie nicht lange leiden. Nach zwei Tagen im Krankenhaus war sie …« Er unterbrach sich und sah sie an. Sie spürte, dass seine Mutter ihm viel bedeutet haben musste.

Keira wusste nicht, was sie sagen sollte. Vor allem bewunderte sie, dass Thomas so ehrlich mit ihr war, sie an seinem Privatleben teilhaben ließ. Ihr sein Intimstes offenbarte.

»Ich weiß ja nicht, ob Sie Zeit und Lust haben und ob Ihre Frau etwas dagegen hätte, aber …« Sie wusste, dies war womöglich ihre einzige Chance, sie musste sie einfach nutzen. »… würden Sie gerne etwas trinken gehen? Oder essen?«

»Ich habe keine Frau, die etwas dagegen haben könnte«, sagte er und lächelte leicht. »Also nehme ich das Angebot gerne an.«

»Ehrlich?« Sie machte große Augen, war völlig perplex. Er hatte gar keine Frau? Himmel, jetzt machte es auch endlich Sinn, dass er keinen Ehering trug! Und hatte er gerade wirklich Ja gesagt? Er wollte mit ihr ausgehen? Sie würde jetzt, gleich, in wenigen Minuten mit dem Mann ihrer Träume ausgehen?

Schnell blickte sie an sich herunter. Wie sah sie aus? Nach dem Streichen hatte sie ihre vollgekleckerte alte Jeans und den ollen Pulli ausgezogen und sich in ihre neuen Lieblings-Blue-Jeans und die hübsche blassrosa Bluse geworfen. Ja, das ging, sie sah wohl ganz okay aus. Sie war so froh, dass Orchid sie neulich zum Shoppen überredet hatte.

»Ich würde mich freuen«, sagte Thomas nun. »Allerdings wäre es mir ganz recht, wenn wir etwas essen gehen würden. Ich habe die letzten Wochen nicht sehr viel zu mir genommen.«

Keira war es genauso ergangen. Sie hatte kaum Appetit gehabt, obwohl sie sonst eine Frustesserin war. Vier Kilo hatte sie sogar abgenommen, Jordan wäre stolz auf sie. Leider musste sie Jordan aber enttäuschen, denn sie hatte nicht vor, auf diesem Level weiterzumachen.

»Mögen Sie Chinesisch?«, fragte sie ihn.

»Ich liebe chinesisches Essen.«

Wie sehr sie das gerade freute, konnte sie in Worten gar nicht ausdrücken. Sie bezahlten beide ihre Sachen und machten sich auf, gingen ein paar Straßen weiter zum besten Chinesen der Stadt.

»Ich kenne den Laden, bin aber schon ewig nicht hier gewesen«, sagte Thomas. »Wenn ich ehrlich sein soll, hatte ich auch schon ewig kein Date mehr.«

Er sah das hier also als ein Date? Als Thomas voranging, um ihr die Tür aufzuhalten, machte sie einen kleinen Freudensprung.

Thomas lachte. »Das habe ich gesehen. In der Tür. Sie hat Sie widergespiegelt. Was war das?«

Keira lachte. Ihr hätte die Situation vielleicht peinlich sein sollen, aber das war sie komischerweise nicht. Sie war lange nicht so vergnügt und voller Vorfreude gewesen.

»Ich glaube, ich wollte meiner Freude einfach nur Ausdruck verleihen.«

Thomas sah sie an, hob eine Hand, wie um sie zu berühren, ließ es dann aber doch. »Ich freue mich mindestens genauso«, sagte er stattdessen.

Bestimmt eine Minute strahlten sie einander einfach nur an.

»Tür zu!«, rief jemand aus dem Restaurant, und sie beide brachen in schallendes Gelächter aus.

»Ich brauche eine Riesenmenge an Mini-Frühlingsrollen«, sagte Keira.

»Ganz meine Meinung. Die sind ja wohl Pflicht bei einem Besuch im Chinarestaurant.«

Keira wurde warm ums Herz. Sie setzte sich zusammen mit Thomas an einen Tisch, wo sie die nächsten Stunden kalorienreiches chinesisches Essen aßen, redeten und lachten, bis ihnen die Bäuche wehtaten. Wie sehr sie das beide gebraucht hatten. Wie einfach es manchmal war, gebrochene Herzen zu heilen. Manchmal benötigte es nämlich nur ein paar Mini-Frühlingsrollen und den richtigen Menschen an seiner Seite.

KAPITEL 25

»Hast du Lust, den morgigen Tag mit mir zu verbringen?«, hatte Thomas Keira am Abend zuvor gefragt, als sie sich verabschiedeten. Der Abend war hinreißend gewesen, sie hatten sich kaum voneinander trennen mögen.

»Ich muss leider arbeiten«, hatte sie geantwortet. Sie hatte schließlich den halben Montag schon geschlossen gehabt.

»Ich ja auch.« Inzwischen hatte sie erfahren, dass er tatsächlich Lehrer war, für Englisch und Geschichte. Sie schien eine bessere Menschenkennerin zu sein, als sie gedacht hatte. Nur bei der Sache mit seiner Frau hatte sie vollkommen danebengelegen. »Aber nach Schulschluss könnten wir etwas unternehmen. Wenn du möchtest.«

»Ich möchte sogar sehr gerne.« Warum überlegte sie eigentlich so lange? Dieser wunderbare Mann bat sie, den Tag mit ihm zu verbringen. »Wann hast du Feierabend?«

»Meine letzte Schulstunde endet um vierzehn Uhr dreißig.«

»Weißt du was? Ich kann meinen Laden ruhig mal um drei schließen, das mache ich ja sonst so gut wie nie. Meine Kunden werden es überleben.«

»Wirklich?«

»Würde ich es sonst sagen?«

Er lachte. »Ich wundere mich auch immer wieder, warum man das eigentlich fragt. Warum solltest du es nicht wirklich ernst meinen?«

Keira lächelte. Sie waren *wirklich* auf einer Wellenlänge.

»Ausgezeichnet. Ich freue mich, dass du dir Zeit nimmst«, sagte er dann. »Was wollen wir machen?«

»Denk dir etwas aus. Du bist Geschichtslehrer, bring mir die Geschichte meiner Stadt ein wenig näher«, sagte sie.

Thomas strahlte. »Dann werde ich mir etwas Nettes überlegen.«

»Super. Wo treffen wir uns?«

»Ich hole dich natürlich ab. Gegen drei in deinem Laden?«

»Ich werde bereit sein.« Oh ja, das würde sie.

Den ganzen Tag schon war sie aufgeregt wie ein kleines Kind. Sie konnte es noch immer nicht glauben. Erstens, dass Thomas Finch überhaupt nicht verheiratet war, wie sie die ganze Zeit angenommen hatte, und zweitens, dass er tatsächlich mit ihr ausgehen wollte. Erneut. Nach einem fantastischen ersten gemeinsamen Abend. Nach dem Date – ja, es war *wirklich* ein Date gewesen – hatte sie in ihrem Bett wachgelegen und ihr Glück überhaupt nicht fassen können. Sollte sie nach so viel Kummer doch endlich einmal etwas richtig Schönes in Sachen Männer erfahren? Sollte sie nach dem Reinfall mit Jordan doch endlich einem Mann begegnet sein, der sie akzeptierte, wie sie war? Er hatte ihr sogar noch zwei von seinen Mini-Frühlingsrollen abgegeben, ohne ein Wort über Kalorien zu verlieren.

Um zwei Minuten nach drei stand er im Laden. Keira war unglaublich aufgeregt.

»Hallo, Keira«, sagte er.

»Hallo, Thomas. Schön, dich zu sehen.«

»Das finde ich auch. Bist du bereit?«

»Wenn du wüsstest, wie sehr.«

»Ich habe mir etwas überlegt, ich hoffe, es gefällt dir.«

»Da bin ich mir ganz sicher.«

Er trat näher, sah überrascht aus und zeigte auf den Korb auf dem Verkaufstresen, wo vor einigen Wochen noch das Spendenglas für Mrs. Witherspoon gestanden hatte.

»Valeries Teegebäck?«, las er vom Etikett ab, das auf der Tüte klebte.

Keira lächelte zufrieden. »Ja. Wir haben die Lieblingsplätzchen der guten Valerie nachgebacken und bieten sie jetzt in unseren Läden an. Je ein Pfund pro verkaufter Packung geht an eine wohltätige Organisation.«

»Was für eine großartige Idee. Da nehme ich doch gleich mal eine Tüte. Wie viel macht das?«

»Drei Pfund.«

Er reichte ihr drei Ein-Pfund-Münzen. »Ich muss sagen, ich bin hellauf begeistert. Valerie Bonham wäre sicher sehr glücklich darüber.«

»Du kennst die Geschichten über sie?«, fragte Keira und dachte gleich, wie dumm die Frage doch war. Er unterrichtete schließlich Geschichte.

»Oh ja. Ich weiß einiges über sie.«

»Dann solltest du unbedingt mal zu einem unserer Mittwochstreffen kommen, da sind alle immer ganz erpicht auf neue Geschichten über sie.«

»Vielleicht mache ich das sogar mal.« Er sah ihr tief in die Augen, und sie musste wegsehen, weil es sie so verlegen machte.

»Können wir?«, fragte sie dann. Doch in dem Moment betrat eine Kundin den Laden, und sie mochte sie nicht wieder wegschicken. Nachdem sie die Frau bedient hatte, sagte Keira: »Nichts wie weg, bevor der Nächste kommt!«, und sie machten schnell, dass sie loskamen.

Thomas hielt ihr den Arm hin, und sie hakte sich bei ihm ein.

»Also, wohin gehen wir?«

»Das wirst du gleich sehen«, antwortete er und führte sie die Cornmarket Street entlang, bog mit ihr in die High Street ein und blieb vor einer Kirche stehen. Ein außergewöhnlich schöner, rosa blühender Mandelbaum stand davor und verlieh ihr eine Eleganz, die sie nur noch beeindruckender machte.

Church of St. Mary the Virgin. Kurz: St. Mary's. Keira kannte die Kirche. Natürlich. Wie wohl die meisten Schulklassen hatte auch ihre einen Ausflug dorthin unternommen, es musste in der fünften oder sechsten Klasse gewesen sein. Damals waren sie alle hoch zur Aussichtsplattform gestiegen, die einmal um die Kirche herumführte und einen tollen Blick auf die Stadt versprach. Das hatte sie zumindest von den anderen gehört, selbst hatte sie es nicht miterlebt, da sie damals als Einzige unten geblieben war – wegen ihrer Höhenangst, die sie schon ihr ganzes Leben begleitete. Freie Höhen machten ihr eine gewaltige Angst, da hatten die Lehrer versuchen können, sie zu überzeugen und zu überreden, es hatte alles nichts geholfen. Und ihr schwante Schlimmes, als Thomas jetzt zum Kirchturm hinaufblickte.

»Thomas? Ich glaube, ich weiß, was du vorhast, und ich sollte dir wohl gleich sagen, dass ich unter schlimmer Höhenangst leide.«

»Oh. Das ist schade. Ich hätte dich gerne dort hochgeführt und dir den wohl beeindruckendsten Ausblick der ganzen Stadt gezeigt. Eine kleine Geschichtsstunde inklusive.«

»Es tut mir leid.«

»Kein Problem.« Er sah sie an. »Hm, du warst also noch nie zuvor da oben?«

Sie schüttelte den Kopf.

»Dann weißt du nicht, was du verpasst?«

»Nein, aber ... ich glaube wirklich nicht, dass ich das schaffe.«

»Ich wäre bei dir.« Er sagte es so lieb, dass sie überall mit ihm hingegangen wäre, sogar in die tiefsten und dunkelsten Höhlen oder auf den Mount Everest. Doch Thomas bemerkte seinen Fehler und sagte sogleich: »Es tut mir ehrlich leid. Du hast Angst, und ich sollte nicht versuchen, dich zu etwas zu überreden, das du nicht willst. Wir könnten stattdessen ins Ashmolean Museum gehen, wenn du möchtest.«

»Nein, Thomas, lass es uns tun. Ich möchte endlich stark und tapfer sein, viel zu lange habe ich mich vor meinen Ängsten versteckt.«

»Bist du dir sicher?«

»Bin ich. Du bist ja bei mir. Oder?«

»Natürlich. Ich lasse dich keine Sekunde aus den

Augen, und wenn dir schwindlig wird, fange ich dich auf.«

Awww. Ihr Ritter in schimmernder Rüstung.

»Gut, dann brauche ich ja überhaupt keine Angst zu haben.«

Thomas hielt ihr diesmal nicht seinen Arm, sondern seine Hand hin, die sie ergriff und ganz fest hielt, denn ihre Furcht war natürlich noch immer da, sie hatte nur vor, sie zu besiegen.

Es fühlte sich gut an, seine Hand zu halten. Während er sie durch die Kirche führte, die mit ihren Buntglasfenstern und dem Altar so vielen anderen Kirchen glich, erzählte er ihr etwas zur Geschichte von St. Mary's.

»Weißt du, nach welcher Mary diese Kirche benannt ist?«, fragte er.

Sicher hatten die Lehrer ihnen das damals erzählt, jedoch erinnerte sie sich keine Spur daran. »Nach Mary Poppins?«, fragte sie also lachend.

Er schmunzelte. »Nicht ganz. Nach Queen Mary, auch die Bloody Mary genannt.«

»Daher der Cocktail?«

»Das weiß ich nicht, es könnte aber gut sein.« Diesmal war er es, der lachte.

»Weshalb nennt man die Gute denn Bloody Mary?«, erkundigte sie sich.

»Willst du das wirklich wissen?«

»Klar. Oder denkst du, ich ertrage das nicht?«

»Na ja, dir wird gleich schon schwindlig genug von der Höhe, da dachte ich …« Er grinste schelmisch, und Keira schlug ihm sanft gegen die Schulter.

»Du bist so gemein! Nun komm schon. Wenn du mich so heiß auf die Geschichte machst, musst du sie mir auch erzählen. Und spare bitte nicht mit den blutigen Details.«

Thomas holte Luft und begann zu erzählen von Mary, die wütend auf Thomas Cranmer, den Erzbischof von Canterbury, gewesen war, weil der die Ehe zwischen ihrem Vater Heinrich den Achten und Anne Boleyn für gültig und damit die Scheidung von ihrer Mutter Katharina von Aragon für rechtens erklärte.

»Anne Boleyn? War das nicht die, die wegen Untreue geköpft wurde?«

»Ganz genau von der sprechen wir«, sagte Thomas beeindruckt.

»Ich habe in der Schule wohl doch besser aufgepasst, als ich dachte. Erzähl weiter. Mary war also sauer? Auf diesen Erzbischof?«

»Richtig, auf Thomas Cranmer. Sie hatte sowieso schon einen Hass auf ihn, weil er den Protestantismus in England eingeführt und bewirkt hatte, dass die anglikanische Kirche sich von Rom trennte. Und das alles wegen der Sache mit Anne Boleyn. Das Ganze hatte nämlich den Zorn des Vatikans erregt, der Thomas Cranmer verbannte. König Heinrich erklärte sich selbst zum Oberhaupt der Church of England. Nach seinem Tode allerdings kam seine älteste Tochter Mary auf den Thron und an die Macht.«

»Oh-oh.«

»Oh-oh. Mary, die dem Protestantismus nie etwas hatte abgewinnen können, wollte das Land wieder katholisieren und ließ Thomas Cranmer in den Tower of London sperren. Er wurde in dieser Kirche hier vor Gericht gestellt, und obwohl er unter Folterandrohung zuerst sein anglikanisches Bekenntnis zurücknahm, bekannte er sich nun doch öffentlich dazu. Er wurde zum Tode verurteilt und auf dem Scheiterhaufen verbrannt. Ich zeige dir, an welcher Stelle das war, wenn du es hinaufschaffst.«

»Na, wenn das kein Anreiz ist. Hältst du meine Hand?«

»Ich lasse sie keine Minute los.«

Sie gingen durch die Kirche zur Kasse, bezahlten für sie beide zusammen acht Pfund Eintritt und traten durch die Tür, die zu den alten Stufen aus Holz führte.

»Sind diese Treppen auch stabil?«, fragte Keira ängstlich und machte sich an den ersten Abschnitt.

»Na, das will ich doch hoffen.« Thomas blieb direkt hinter ihr.

Sie erklommen Stufe um Stufe, nach denen aus Holz kamen welche aus Metall, dann wieder welche aus Holz, zum Schluss eine enge Wendeltreppe aus Stein. Manchmal mussten sie ihre Köpfe einziehen, und manchmal hätte Keira am liebsten die Augen geschlossen, wenn sie sah, wie tief es nach unten ging und wie weit es noch bis oben war. Als sie endlich die letzten Stufen erreichten und an der frischen Luft waren, wagte sie sich, an die steinerne Brüstung heranzutreten. Beim Anblick nach unten wurde ihr ganz anders, also wich sie einen Schritt zurück und suchte Halt an der kühlen Wand. Sie atmete ein paarmal tief durch, sah in die Ferne und war mit einem Mal froh, diese Strapazen auf sich genommen zu haben. Der Ausblick war wirklich unglaublich, Thomas hatte nicht zu viel versprochen.

»Wow!«, sagte sie, ein wenig aus der Puste.

Thomas lächelte. »Na, was hab ich gesagt?«

»Ich bin wirklich froh, auf dich gehört zu haben. Der Blick von hier oben ist atemberaubend.«

»Komm, wir gehen einmal herum«, sagte er und nahm wieder ihre Hand. »Deine Finger sind ja eiskalt.«

»Das muss von den Horrorgeschichten kommen«, sagte sie und lachte. »Also, wo wurde der Erzbischof nun verbrannt?«

Sie ließ sich von Thomas führen, war dabei jedoch darauf bedacht, an der Wand entlangzugehen.

»Dort hinten, siehst du? In der Magdalen Street.« Er deutete auf das spitze viktorianische Denkmal, an dem sie sicher schon Hunderte Male vorbeigekommen war. »Das ist das Martyrs' Memorial.«

»Deshalb steht das also da? Gut zu wissen.« Sie grinste ihn an, und er grinste zurück, und dann standen sie einfach nur da und genossen die Nähe des anderen an diesem einzigartigen Ort in den Höhen von Oxford.

»Und weil sie den Erzbischof auf den Scheiterhaufen geschickt hat, nennt man sie Bloody Mary?«

»Sie hat noch so einige andere Leben auf dem Gewissen, das kann ich dir versichern.«

»Danke für die Geschichtsstunde.« Sie lächelte ihn an.

»Gern geschehen. Ist dir sehr schwindlig?«, fragte Thomas dann.

»Nein, alles gut.« Es war ihr nie besser gegangen.

»Da bin ich erleichtert.«

»Hm. Dieser Bischof hieß doch auch Thomas, oder? Genau wie du.«

»Thomas Cranmer, ja.«

Sie kicherte. »Dann solltest du es dir lieber niemals mit einer Mary verscherzen.«

»Bisher habe ich das gut vermeiden können.«

»Meine Mum heißt Mary, wollte ich nur mal erwähnt haben.«

Thomas starrte sie an. »Du nimmst mich auf den Arm.«

»Nein, wirklich.«

»Aber man nennt sie nicht zufällig auch Bloody Mary, oder?«

Keira lachte ausgelassen. »Nein, nicht dass ich wüsste.«

»Na, dann ist ja gut. Ein bisschen Angst davor, sie kennenzulernen, habe ich nun aber dennoch.«

Er wollte ihre Mutter kennenlernen? Das fand sie wirklich lieb, dass er das sagte, auch wenn es eher im Spaß gewesen war. Sie hätte ihn so gerne nach seiner Mutter gefragt, die ja erst kürzlich von ihm gegangen war, wollte die fröhliche Stimmung aber nicht verderben.

»Darf ich als Nächstes etwas aussuchen?«, fragte sie stattdessen.

»Natürlich. Ich bin für alles offen.«

»Sehr schön. Magst du Kakao?«

»Ich könnte sterben für einen guten Kakao.«

»Perfekt. Ich weiß nämlich zufällig, wo man den besten der Stadt bekommt.«

»Und? Was sagst du?«, fragte Keira Thomas eine Viertelstunde später.

»Der beste Kakao, den ich je getrunken habe.«

Lächelnd pustete sie in ihren Pappbecher. Sie saßen auf einer der kalten Bänke vor ihrem Lieblings-Kaffeestand in der Cornmarket Street. Susan hätte jetzt sicher etwas über Blasenentzündung gefaselt, aber Keira dachte allein daran, wie schön sich das Zusammensein mit einer verwandten Seele anfühlte. Und ja, sie war sich in der kurzen Zeit bewusst geworden, dass Thomas genau das war. Nie zuvor hatte sie sich in Gegenwart eines Mannes so wohlgefühlt, ganz sie selbst. Jetzt verstand sie auch die Anziehungskraft, die sie seit gut zwei Jahren in den gegenseitigen Bann gezogen hatte – heimlich, still und leise.

»Vermisst du deine Mutter sehr?«, wagte sie es nun doch zu fragen.

»Ganz fürchterlich. Sie war eine einzigartige Frau.«

»Ich hätte sie gerne kennengelernt.«

»Sie hätte dich gemocht, da bin ich mir sicher.«

Keira fragte sich, ob ihre eigene Mutter ihn mögen würde.

»Erzähl mir etwas über dich«, sagte Thomas. »Bist du in Oxford aufgewachsen?«

»Ja, das bin ich, und ich kann mir nicht vorstellen, irgendwo anders zu leben.«

»Kann ich gut verstehen. Ich bin in London groß geworden, in Notting Hill.« Bei der Erwähnung Notting Hills durchfuhr Keira ein Schauer, den Film hatte sie doch neulich erst gesehen und dabei unwillkürlich an ihn gedacht.

»Hat es dir dort gefallen?«

»Ich mochte es, eine herrliche Gegend. Ich habe dann aber irgendwann die Stelle am College hier in Oxford angeboten bekommen und London hinter mir gelassen. Als mein Vater vor sechs Jahren starb, habe ich meine Mutter hierher zu mir geholt. Ich habe mich die letzten Jahre um sie gekümmert, aber es ging ihr ohne ihre große Liebe einfach nicht mehr gut. Sie fühlte sich allein und hat sich nur noch darauf gefreut, ihn eines Tages wiederzusehen.«

»Irgendwie romantisch, auch wenn es natürlich sehr traurig ist.«

»Ja. Nur mit ihren Lieblingsblumen und mit ihren Lieblingspralinen gelang es mir, sie aufzuheitern.«

Jetzt, wo es endlich einen Blumenladen in der Valerie Lane gibt, ist es leider zu spät, dachte Keira.

»Deshalb bist du jeden Montag in meinen Laden gekommen?«, fragte sie Thomas.

»Ja, nun ja, anfangs schon. Danach nicht mehr nur deshalb.«

Keira merkte, wie sie errötete. Sie strich sich eine Haarsträhne hinters Ohr und starrte auf ihren Kakao.

»Ich wollte nicht … Herrje, ich glaube, ich bin ein wenig eingerostet, was das Komplimentemachen angeht«, sagte er.

»Nein, nein. Du machst das genau richtig.« Sie versuchte zu lächeln, aber das misslang ganz gewaltig.

»Du bist in keiner festen Beziehung, oder?«, fragte er, und sie konnte sehen, dass es ihn einige Überwindung kostete.

»Nicht mehr, nein.«

Er nickte. »Hast du Lust, morgen Abend wieder etwas zu unternehmen?«

»Oh, morgen Abend kann ich leider nicht.«

»Ach ja, mittwochabends triffst du dich mit deinen Freundinnen.«

»Genau. Das könnte ich zwar mal ausfallen lassen, aber Mrs. Witherspoon hat versprochen, morgen endlich ihren Humphrey mitzubringen. Das ist ihr neuer Freund.« Sie lachte. »Falls er wirklich existiert. Wir haben da nämlich unsere Zweifel. Er scheint ein großes Mysterium zu sein.«

Thomas schmunzelte. »Die gute alte Mrs. Witherspoon hat einen Freund?«

»Du kennst sie?«

»Natürlich. Wer kennt sie nicht? Ihr habt doch für einen Kühlschrank für sie gesammelt. Habt ihr genug zusammenbekommen?«

»Mehr als genug.«

»Das freut mich. Und ich verstehe natürlich, dass du da gerne dabei sein willst. Wie wäre es denn dann mit einem anderen Tag? Ich möchte nicht aufdringlich sein, aber mir fällt zurzeit zu Hause die Decke auf den Kopf. Und mir hat der Tag mit dir so gut gefallen«, hängte er, ein wenig schüchtern, hintendran.

»Weißt du, bei unseren Mittwochstreffen ist jedermann herzlich willkommen.«

»Ist das eine Einladung?«

»Klar, wenn du möchtest. Dann könntest du dich selbst davon überzeugen, ob Humphrey real oder doch nur imaginär ist.«

»Ich kann es kaum erwarten. Morgen in Laurie's Tea Corner?«

»Um sechs, gleich nach Ladenschluss, wenn du möchtest.«

»Ich werde da sein.«

»Ich auch.« Keira lächelte diesen Mann an, der einen Kakaobart hatte, den sie ihm am liebsten mit dem Finger weggewischt hätte. Aber das wäre dann doch zu viel des Guten gewesen. Sie wollte es langsam angehen lassen, ganz langsam und behutsam, auch wenn sie sich so vertraut mit ihm fühlte.

»Du hast da einen Kakaobart«, sagte Thomas und zeigte auf ihren Mund.

Keira grinste ihn an. »Ich wollte dir eben dasselbe sagen.«

KAPITEL 26

»Huhu, ihr Süßen«, rief Susan, als sie Laurie's Tea Corner betrat. »Ich hoffe, ihr habt alle Lust auf Birnen-Schokoladenkuchen? Mir war gestern Abend so nach Backen.« Sie stellte den Kuchen auf dem Tresen ab und schickte Terry in seine Ecke.

»Hört sich köstlich an«, sagte Laurie.

»Und er riecht auch so«, fügte Keira hinzu. »Es war die reinste Qual, mich davon fernzuhalten.«

»Wie läuft es bei euch beiden? Habt ihr das Zusammenleben schon satt?«, fragte Orchid, die im Schneidersitz auf ihrem Stuhl saß und mit ihren Haaren spielte.

»Nicht im Geringsten. Wenn es nach mir ginge, bräuchte Keira gar nicht wieder auszuziehen.«

»Danke für das Angebot, aber so langsam sollte ich mir wirklich etwas Eigenes suchen. Vor allem, da …«

Die Türglocke bimmelte, und Mrs. Witherspoon trat ein. Im Schlepptau hatte sie einen attraktiven älteren Mann, der den Hut abnahm, sobald er den Laden betrat.

Sie alle wechselten erstaunte Blicke. Den geheimnisvollen Humphrey gab es also wirklich?

»Guten Abend.« Laurie ging auf die beiden älteren Herrschaften zu. »Wie schön, Sie zu sehen, Mrs. Witherspoon. Und Sie müssen Humphrey sein.«

»Der bin ich«, sagte er und gab Laurie eine Kusshand.

»Sie sind ja ein Charmeur. Unsere Freundin hat uns schon so viel von Ihnen erzählt. Wir sind entzückt, dass Sie uns mit Ihrer Gesellschaft beehren.«

Keira sah Laurie an. Warum redete sie denn plötzlich wie vor einhundert Jahren? Weil der Mann, der vor ihr stand, knapp so alt war? Sie musste kichern.

»Was bist du denn heute so ausgelassen, Keira? Und was wolltest du uns eben erzählen?«, fragte Orchid nun, während Mrs. Witherspoon und Humphrey ihre Mäntel auszogen und sich setzten.

»Mrs. Witherspoon ist nicht die Einzige, die heute eine männliche Begleitung dabeihat«, verriet sie den anderen.

Jetzt starrten alle Keira an.

»Wie meinst du das?«, fragte Laurie.

»Heilige Peperoni, hast du etwa jemanden kennengelernt?«, wollte Orchid wissen.

»Könnte sein.« Sie lächelte verlegen.

»Und du hast mir nichts davon gesagt?« Susan tat beleidigt. »Wir sind immerhin Mitbewohnerinnen! Da erzählt man sich so was.«

»Ich kenne ihn schon eine ganze Weile. Er ist ein Kunde von mir.«

»Hattest du deshalb gestern Nachmittag deinen Laden geschlossen?« Orchid sah sie an, als hätte sie eine Erleuchtung.

»Ganz recht. Er hat mich nämlich auf eine Geschichtsstunde entführt.«

»Hört sich schrecklich langweilig an.« Orchid gähnte.

»Es war alles andere als das. Es hat unheimlichen Spaß gemacht.«

»Habt ihr euch geküsst?«, fragte Susan neugierig.

Mrs. Witherspoon zog die Schultern hoch und grinste. »Das würde mich auch interessieren.«

»Na, hört aber mal! Ich bin gerade frisch getrennt!«

»Es ist fast vier Wochen her, und Jordan ist ein Idiot«, sagte Orchid, als würde das einen Kuss rechtfertigen.

»Wir haben uns nicht geküsst«, stellte sie klar. »Aber wir verstehen uns sehr gut, und er hat gesagt, er würde heute Abend vorbeikommen. Dann kann ich ihn euch allen vorstellen.«

»Er wagt sich wirklich in die Höhle des Löwen?« Laurie lachte und bot Mrs. Witherspoon und Humphrey einen Tee an.

»Wir hätten gerne Kamillentee, nicht, Humphrey?«

»Ich nehme das, was du nimmst, mein Schatz.«

Keira wurde warm ums Herz. Wie entzückend die beiden waren. Sie saßen so dicht beieinander, als würden sie die Nähe des anderen brauchen wie die Luft zum Atmen.

»Susan hat leckeren Birnenkuchen gebacken«, teilte Laurie den beiden mit.

»Das hört sich himmlisch an«, sagte Humphrey. »Wer war noch gleich Susan?«

Sie alle lachten. »Das ist meine Wenigkeit«, meldete sich Susan.

»Ich werde eine Weile brauchen, um mir all Ihre Namen zu merken. Meine Erinnerung ist nicht mehr die beste.«

»Das macht doch nichts. Ich vergesse auch ständig was«, sagte Laurie, damit er sich nicht schlecht fühlte.

»Neulich habe ich doch glatt vergessen, welcher Wochentag war, und mich gewundert, dass Barry plötzlich bei mir im Laden stand. Mit einer Lieferung. Barry ist mein fester Freund und mein Teelieferant. Er bringt jeden Dienstag eine Lieferung. An einem Dienstag haben wir uns kennengelernt.«

Bei ihr war es ein Montag gewesen, dachte Keira. Der Montag war ihr zwei Jahre lang der liebste Tag der Woche gewesen. Welcher es wohl zukünftig sein würde?

»Entschuldigt die Verspätung.« Ruby kam in die Tea Corner und hatte nicht nur ihren Vater, sondern auch Gary dabei.

»Oh, heute wird es aber eine große Runde«, sagte Laurie und freute sich über so viel Besuch. »Wollte Tobin nicht auch noch kommen?«

»Dann bin ich weg!«, hörte Keira Orchid flüstern und konnte sie beruhigen.

»Nein, er hat mir vorhin gesagt, dass er nun doch etwas anderes vorhat.«

»Gut«, sagte Orchid, und Keira hätte schwören können, sogar ein wenig Enttäuschung in ihren Augen zu erkennen.

Laurie warf einen Blick auf den Tisch. »Hm. Ich weiß bloß nicht, ob der Kuchen für alle reichen wird.«

»Ich kann noch schnell rübergehen und ein paar Kekse holen«, schlug Keira vor und erhob sich.

»Ist es okay, meinen Dad mitzubringen?«, hörte sie Ruby Laurie fragen, so leise, dass der es nicht mitbekam.

»Natürlich. An Mittwochabenden ist hier jeder willkommen, und dein Dad sowieso immer.«

»Danke.«

Keira huschte hinüber in die Chocolaterie und holte zwei Tütchen Kekse und eine Schachtel Pralinen. Draußen stieß sie auf Thomas.

»Du bist gekommen.«

»Hatte ich doch versprochen. Ich habe ein paar Mini-Muffins mitgebracht, weil ich nicht wusste, ob so etwas von einem Neuling erwartet wird. Ich hatte ganz vergessen zu fragen.«

»Süßes ist immer gut, wäre aber nicht nötig gewesen. Komm, ich stelle dich meinen Freunden vor.«

»Keira, warte«, hielt er sie zurück. Er trug wie immer seinen braunen Mantel, heute aber Jeans statt einer schwarzen Anzughose.

Sie blieb stehen, sah ihn an. »Ja?«

»Du siehst bezaubernd aus heute Abend.«

»Ach was«, winkte sie ab. Sie trug doch bloß eine Jeans und eine alte Blümchenbluse. Ihre Haare hatte sie hochgesteckt.

»Ich meine es ganz ernst.«

»Dann … danke.« Sie wollte sich eine Haarsträhne hinters Ohr stecken, es hing aber nirgendwo eine, also tat sie es mit einer unsichtbaren. »Du siehst auch gut aus, Thomas.«

»Danke. Und danke auch noch mal für die Einladung.«

»Gerne. Weißt du, was ich gerade eben gedacht habe?«

»Was denn?«

»Dass ich die Montage vermisse. Ich meine, deine montäglichen Besuche bei mir im Laden.«

»Ich vermisse sie auch. Ich könnte ja vielleicht wieder jeden Montag kommen. Nur so, um Hallo zu sagen.«

»Das fände ich sehr schön.« Sie strahlte ihn an.

»Wollen wir?«, fragte er und atmete tief durch.

»Du brauchst wirklich nicht nervös zu sein. Es sind heute auch ein paar Männer da, du bist also nicht der Hahn im Korb. Mrs. Witherspoon hat tatsächlich ihren Humphrey dabei.«

»Er ist also doch nicht nur ein imaginärer Freund?«

»Nein, anscheinend nicht. Außerdem ist ein Bekannter da, Gary. Und meine Freundin Ruby hat ihren Dad mitgebracht. Der ist ein wenig sonderbar, aber total lieb. Falls du Schach spielst, wäre er sicher begeistert.«

»Ich bin leidenschaftlicher Schachspieler.«

»Na super!«

Sie gingen zur Tür der Tea Corner, und Keira öffnete sie. Alle starrten ihnen entgegen. Überraschung malte sich in den Gesichtern ihrer Freundinnen ab, während Gary und Hugh an einem Tisch in der Ecke Platz genommen hatten und bereits dabei waren, das Schachbrett aufzubauen.

»Leute, darf ich vorstellen: Das ist Thomas Finch, mein guter Freund. Thomas, das sind meine Freundinnen Laurie, Orchid, Ruby, Susan, Mrs. Witherspoon und ihr Freund Humphrey. Und dort hinten sitzen Gary und Hugh. Du darfst dich ruhig zu ihnen gesellen, falls du keine Lust auf Frauentratsch hast.«

Thomas lächelte allen zu. »Ich würde gerne eine Weile bei dir sitzen, Keira, wenn es recht ist.«

»Ich würde mich sehr freuen«, erwiderte sie, und sie zogen noch einen Stuhl heran.

»Erzählen Sie uns von sich, Thomas«, sagte Orchid sofort.

»Orchid, du kannst den Mann doch nicht so überfallen!«, schimpfte Keira.

»Sorry. Aber wenn du schon jemanden mitbringst, wollen wir auch wissen, wer er ist.«

»Kein Problem«, sagte Thomas und wandte sich an ihre vorlaute Freundin. »Also, mein Name ist Thomas, wie Sie ja schon wissen, ich bin achtunddreißig Jahre alt und unterrichte Englisch und Geschichte am Queen's College. Ursprünglich stamme ich aus London.«

»Oooh, ein Lehrer!«, sagte Susan bewundernd.

»Ja. Und ich habe Mini-Muffins dabei.« Er hielt die Papiertüte hoch.

»Sie haben den Test bestanden und sind in die Runde aufgenommen«, sagte Laurie und nahm ihm die Muffins ab. Kurz darauf verteilte sie Teller und stellte Kuchen, Muffins, Kekse und Pralinen auf die Tische.

»Okay. Was gibt's Neues?«, fragte Orchid.

»Bei mir nichts«, antwortete Susan.

»Hat Terry nicht wieder irgendeine Hündin geschwängert?«

»Das geht nun leider nicht mehr.«

»Oh nein, der Arme. Du hast ihn tatsächlich kastrieren lassen?«, fragte Ruby.

»Es ging nicht anders. Dafür hat er auch drei Tage lang sein Lieblingskotelett bekommen.«

»Na dann.« Orchid kräuselte die Nase. »Gibt es bei Ihnen etwas Spannendes zu erzählen, Mrs. Witherspoon?«

Die alte Dame lächelte verschwörerisch und hielt Humphrey ihre Hand hin, die dieser sofort in seine nahm. »Nun, Humphrey und ich haben uns verlobt.«

Orchid blieb der Kuchen im Hals stecken, und sie musste husten.

»Sie sind verlobt?«, fragte Keira, um sicherzugehen, dass sie sich auch nicht verhört hatte.

»Ganz richtig. Humphrey hat mir einen Antrag gemacht.«

»Aber … ist das nicht ein bisschen früh?«, fragte Laurie vorsichtig. »Sie kennen sich doch erst ein paar Wochen.«

»In unserem Alter kann es jeden Tag vorbei sein«, meldete sich Humphrey zu Wort. »Man sollte keine Zeit verlieren, sondern das tun, was einen glücklich macht.«

»Der Meinung bin ich auch«, stimmte Susan zu. »So sollte man übrigens in jedem Alter denken. Ich finde das total romantisch und freue mich riesig für Sie beide.«

»Danke, meine Liebe«, sagte Mrs. Witherspoon freudestrahlend.

Keira dachte nach. Die beiden Alten hatten es richtig gemacht. Sie und Jordan hatten so viel Zeit vergeudet, und am Ende war überhaupt nichts dabei herausgekommen. Mit Thomas würde sie alles anders machen, das versprach sie sich selbst. Was natürlich nicht bedeuten sollte, dass sie schon nach wenigen Wochen einen Antrag annehmen würde. Aber acht Jahre würde sie auch nicht darauf warten. Dafür war ihr ihre Zeit, ja, ihr Leben, zu kostbar.

Ein Telefon klingelte. Keira sah sich in der Runde um. Dann kramte Orchid ihr Handy aus der Tasche, ging ran und sprang wie von der Hummel gestochen auf.

»Oh mein Gott, ich komme sofort!« Sie beendete das Gespräch und informierte die anderen: »Phoebe bekommt ihr Baby! Sie wird gerade mit dem Krankenwagen in die Klinik gebracht. Ich muss los!«

»Soll ich dich hinbringen? Du bist doch viel zu aufgeregt, um selbst zu fahren«, bot Susan an.

»Nein, nein, das geht schon. Ich lasse es euch sofort wissen, wenn ich Tante geworden bin. Bye, Mädels. Und Jungs.« Sie winkte und düste zur Tür hinaus.

»Jetzt ist es endlich so weit«, sagte Laurie. »Da bekommt man fast selbst Lust auf Babys.«

Laurie und Barry würden sicher ganz fantastische Eltern abgeben, dachte Keira. Und sie musste einfach fragen: »Thomas, hast du eigentlich Kinder?«

»Und Sie sollten Keira nicht anlügen. Den letzten Mann, der sie in dieser Beziehung angelogen hat, hat sie auf den Mond geschossen«, ließ Susan ihn wissen.

»Oh. Nein, ich habe leider noch keine Kinder, hätte aber gerne eines Tages welche.« Er warf ihr einen verstohlenen Blick zu.

Seine Antwort war einfach perfekt, fand Keira, und die Aussichten waren es ebenfalls.

»Wisst ihr, dass ich früher Hebamme war?«, erzählte Mrs. Witherspoon. »Ich habe bestimmt eintausend Kindern auf die Welt geholfen.«

Jetzt war das Geheimnis also endlich gelüftet. Das war es, was Mrs. Witherspoon früher von Beruf gewesen war!

Wenig später kam auch noch Barry dazu und bat Thomas, nachdem er ihm vorgestellt worden war, mit hinüber zum Herrentisch zu kommen, wo mit Begeisterung »Schach« und »Matt« gerufen wurde, worauf Ruby Gary einen dankbaren Blick zuwarf, der diesen scheu erwiderte.

»Darf ich?«, fragte Thomas Keira.

»Natürlich«, antwortete sie. »Mach sie fertig.«

Er stand auf und drückte leicht ihre Schulter, bevor er rüberging.

»Er ist sooo toll«, sagte Laurie zu ihr, sobald er am Schachtisch Platz genommen hatte.

»Ich weiß«, erwiderte sie.

»Und eine Million Mal sympathischer als Jordan«, fand Susan.

»Jordan, der Idiot?«, erkundigte sich Mrs. Witherspoon.

»Genau der.« Laurie lachte. »Aber der ist längst passé. Manchmal schenkt das Leben einem nämlich doch eine zweite Chance in Sachen Liebe.«

»Da kann ich dir nur beipflichten«, sagte Mrs. Witherspoon und küsste ihren Humphrey auf die Wange.

Sie alle spürten an diesem Abend, diesem wunderbaren, freudigen Mittwochabend, der ihnen nicht nur neues Leben, sondern auch neue Liebe brachte, etwas ganz Besonderes in der Luft – und plötzlich schien alles möglich.

REZEPTE AUS KEIRA’S CHOCOLATES

KEIRAS MANDELKROKANTPRALINEN

Zutaten für etwa 50 Stück

- 100 g gehackte Mandeln
- 1 EL Butter oder Margarine
- 100 g Zucker
- 300 g Vollmilchkuvertüre

Die Mandeln in einer beschichteten Pfanne goldbraun rösten, in eine Schale geben und beiseitestellen. Die Butter und den Zucker in die Pfanne geben und schmelzen lassen, bis die Masse karamellbraun ist. Vom Herd nehmen, die Mandeln hinzugeben und gut unterrühren. Auf ein mit Backpapier belegtes Blech geben, dünn verstreichen, abkühlen und hart werden lassen. Den Krokant in grobe Stücke brechen, in einen verschließbaren Tiefkühlbeutel geben und mit einem Nudelholz zu sehr kleinen Stückchen verarbeiten.

Die Kuvertüre bei niedriger Flamme in einem Topf schmelzen lassen und vom Herd nehmen. Den Krokant unter die flüssige Schokolade mischen, in Pralinenförmchen füllen und für etwa zwei Stunden in den Kühlschrank stellen.

Ein kleiner Tipp von Keira: Wer keine Pralinenförmchen zur Hand hat, kann Eiswürfelformen aus Silikon verwenden.

KEIRAS WEISSE ORANGEN-MACADAMIA-HERZEN

Zutaten für etwa 30 Pralinen

- 75 ml Sahne
- 300 g weiße Kuvertüre
- 1 EL geriebene Orangenschale
- 1 kleines Fläschchen Orangenaroma
- 50 g fein gehackte Macadamianüsse

Die Sahne in einem Topf erwärmen. Die Kuvertüre stückeweise hinzugeben und langsam schmelzen lassen. Die Masse in eine Rührschüssel umfüllen und für 2 Stunden in den Kühlschrank stellen. Dann mit einem elektrischen Rührgerät cremig aufschlagen. Die Orangenschale, das Orangenaroma sowie die Macadamianüsse hinzugeben und unterrühren. Die Masse in einen Spritzbeutel geben und in herzförmige Pralinenförmchen füllen. Das Ganze noch einmal für 1 Stunde in den Kühlschrank stellen.

Keira empfiehlt für dieses Rezept weiße Schokolade, die Pralinen schmecken aber auch mit Vollmilch- oder Zartbitterschokolade köstlich.

KEIRAS SCHOKOLADENKEKSE

Zutaten für etwa 30 Stück

- 250 g Mehl
- 120 g Zucker
- 20 g Vanillezucker
- 1 Päckchen Backpulver
- 1 Prise Salz
- 5 EL Milch
- 150 g Butter oder Margarine
- 100 g Schokoladenplättchen

Mehl, Zucker, Vanillezucker, Backpulver, Salz und Milch in eine Schüssel geben. Die Butter in der Mikrowelle schmelzen und hinzugeben. Alles gut verrühren. Zum Schluss die Schokoplättchen unter die warme Masse rühren, bis sie ein wenig schmelzen und ein Marmormuster ergeben. Den Teig mit den Händen zu kirschgroßen Kugeln rollen, auf ein mit Backpapier ausgelegtes Backblech legen und ein wenig platt drücken. Bei 150 Grad (Ober-/Unterhitze) je nach gewünschter Knusprigkeit 15–20 Minuten backen.

BONUS-KAPITEL

Einige Jahre zuvor …

Laurie brachte den beiden älteren Damen am Fenstertisch ihren Tee und sah sich kurz in der Tea Corner um. Es war viertel nach eins, die Nachmittagskundschaft war noch nicht eingetroffen und es war noch relativ leer im Laden. Das würde sich aber bald ändern, in spätestens einer Stunde nämlich, wenn den Leuten nach einer guten Tasse Tee und nach leckerem Gebäck verlangte, das Laurie dazu anbot.

Sie lächelte die beiden an. Eine entzückende weißhaarige Frau namens Mrs. Witherspoon, die heute zusammen mit ihrer Freundin Louise in die Valerie Lane gekommen war, um wie so oft an den Schaufenstern entlang zu bummeln und hier und da ein wenig Klatsch aufzuschnappen. Heute saßen sie gemütlich beieinander und tranken den Orangentee mit frischem Ingwer, den Laurie im Tagesangebot hatte. Laurie liebte Ingwer, da er köstlich und dazu noch äußerst gesund war, und kreierte immer wieder neue Teevariationen damit. Und der Ingwer war es auch, der ihr leider ausgegangen war, weshalb sie die beiden älteren Damen nun bat: »Denken Sie, ich könnte mal kurz in den Supermarkt rüber huschen? Wären Sie so lieb, ein Auge auf meinen Laden zu haben?«

»Aber natürlich«, sagte Louise gleich, und auch Mrs. Witherspoon lächelte ihr nickend zu.

»Aber natürlich, Laurie. Gehen Sie nur.«

»Wir passen auf und beschützen Ihren Laden vor Dieben und Herumlungerern. Ich habe immer meine Waffe dabei, wussten Sie das nicht?« Louise klopfte auf ihre Handtasche.

Laurie starrte die alte Dame mit großen Augen an. Doch die lachte nur, und Mrs. Witherspoon stimmte ein. Louise holte sogleich eine orangefarbene Trillerpfeife aus der Tasche und zeigte sie Laurie. »Die ist lauter als die Glocken der St. Mary's«, erklärte sie und deutete mit dem Finger in Richtung der Kirche, die sich nicht weit von ihnen befand.

»Na, dann bin ich beruhigt«, sagte Laurie und lachte ebenfalls. Sie dankte den beiden, verließ den Laden und eilte zum Supermarkt. Dort sammelte sie frischen Ingwer und ein paar zusätzliche Kekse für die Nachmittagsgäste ein und griff noch nach einem Rosinenbrot, das sie selbst sehr gerne aß. Und schon war sie auf dem Weg zur Kasse, wo ihr leider bewusst wurde, dass sie so schnell nicht wieder in die Tea Corner zurückkommen würde, denn die Schlange zog sich durch den halben Laden. Aber was sollte sie machen – sie brauchte den Ingwer.

Sie stellte sich also ans Ende der Schlange und ihr fiel sofort ein bekanntes Gesicht auf. Direkt vor ihr stand eine junge Frau, die sie erst kürzlich in der Valerie Lane gesehen hatte, und zwar als diese sich den leerstehenden

Laden direkt nebenan angesehen hatte. Bis vor Kurzem war dort noch eine Parfümerie drin gewesen, die leider nach nur sechs Monaten pleitegegangen war, was aber sehr wahrscheinlich an der immer missgelaunten Inhaberin Beatrice gelegen hatte, die sowieso nicht in die Valerie Lane gepasst hatte.

Laurie tippte der brünetten Frau auf die Schulter. Sie drehte sich überrascht um und sah sie fragend an.

»Hi«, sagte Laurie. »Entschuldigen Sie, dass ich Sie einfach anquatsche, aber ich habe meinen Laden in der Valerie Lane. Den Teeladen direkt an der Ecke zur Market Street. Ich hab Sie neulich dort gesehen, wie Sie den leeren Laden begutachtet haben. Ich bin Laurie.« Sie lächelte sie breit an.

»Oh«, sagte die Frau. »Sie sind dort Ladenbesitzerin? Ich habe Sie nicht gesehen, obwohl Sie mir hätten auffallen sollen mit Ihren kirschroten Haaren. Die sind ja wirklich unglaublich, sind die gefärbt?«

Laurie lachte und schüttelte den Kopf. »Nein, ich bin von Natur aus damit gesegnet«, erwiderte sie.

»Oh Gott, was rede ich da nur für einen Unsinn?«, sagte die Frau mit der pinken Bluse unter der Jeansjacke und klatschte sich an die Stirn. »Ich bin zurzeit ein wenig nervös, weil ich meinen eigenen Laden eröffnen will und merke, dass das keine so leichte Aufgabe ist.«

»Kein Problem. Vor der Aufgabe stand ich auch vor einem Jahr, ich weiß also, wie Sie sich fühlen. Wie heißen Sie denn?«, erkundigte Laurie sich.

»Mein Name ist Keira. Keira Buckley. Seit einem Jahr sind Sie also schon in der Valerie Lane?«

»Ja genau, so in etwa. Letzten Sommer habe ich meine Tea Corner eröffnet. Und es nicht ein einziges Mal bereut.«

»Ja, das kann ich mir vorstellen. Die Valerie Lane ist wunderschön. Mit all ihren bunten Frühlingsblumen, dem Kopfsteinpflaster und den hübschen kleinen Läden. Leider ist die Ladenmiete aber auch sehr hoch. Ich habe mir in den letzten Tagen mehrere leerstehende Geschäfte angesehen, und leider ist das in der Valerie Lane das teuerste.«

»Ja, das stimmt schon. Aber bedenken Sie, dass unsere hübsche Straße von der Market Street abgeht. Sie ist immer gut besucht.«

»Tatsächlich? Ich muss ehrlich gestehen, ich wohne schon mein Leben lang in Oxford und wusste nicht einmal, dass es die Valerie Lane gibt! Sie ist mir nie aufgefallen, denn sie liegt ja irgendwie auch ein wenig versteckt.«

»Das schon, aber wer einmal in der Valerie Lane war, kommt immer wieder. Wir haben viele Stammkunden, die die Idylle und die Stille unserer kleinen Einkaufsstraße zu schätzen wissen. Und die Zeit, die sich die einzelnen Ladeninhaberinnen für sie nehmen können, weil die Straße eben nicht so überfüllt mit Leuten ist.« Laurie grinste schief. »Oh Gott, ich höre mich an wie eine Telefonverkäuferin, die Ihnen etwas andrehen will.«

Sie lachten beide.

»Das tun Sie nicht«, sagte Keira. »Erzählen Sie gern weiter. Machen Sie mir die Valerie Lane schmackhaft. Wie sind denn die anderen Ladeninhaber so? Und die Bewohner?«

»Ich kann Ihnen ganz ehrlich sagen, sie sind alle toll. Die Läden werden ja ausschließlich von Frauen geführt. Meryl aus dem Antiquitätenladen, Susan aus dem Wollparadies, Edda aus dem Hundesalon und Donna aus der Eisdiele sind alles herzensgute Menschen. Die Anwohner, wie zum Beispiel Barbara und ihre Tochter Agnes, die über der Tea Corner wohnen, oder Mr. Monroe auf der anderen Straßenseite, sind superliebe Menschen, und unser Verwalter Mr. Spacey ist ein Schatz und immer sofort zur Stelle, wenn ein Problem auftaucht. Und unsere Kunden erst … Gerade sitzen zwei davon, zwei zuckersüße alte Damen, bei mir in der Tea Corner und passen auf, während ich hier neuen Ingwer für meinen Orangentee kaufe, den ich im Tagesangebot habe.«

»Das klingt wirklich schön.« Keira sah sie mit einem Strahlen in den Augen an, das sie nur zu gut kannte. Sie konnte sehen, wie sehr diese Frau sich ihren eigenen Laden wünschte.

»Was wollen Sie denn überhaupt eröffnen?«, fragte sie Keira, und deren Augen glitzerten nur noch mehr. Ja, ihr ganzes Gesicht erstrahlte förmlich.

»Eine Chocolaterie«, antwortete sie. »Ich hatte schon immer eine Schwäche für Schokolade und stelle meine eigenen Pralinen her. Für die hab ich schon immer so viel Lob bekommen, dass ich mir irgendwann dachte, ich muss das unbedingt zu meinem Beruf machen.« Ihr Lächeln verzog sich ein bisschen. »Auch wenn mein Freund davon nicht so begeistert ist. Jordan ist Zahnarzt.« Sie hatten die Kasse fast erreicht und Keira deutete auf die Auslage davor. »Ihm wäre es wahrscheinlich lieber, wenn ich zuckerfreien Kaugummi verkaufen würde oder so.« Sie verzog das Gesicht.

Laurie lachte. »Ausschließlich? Nun, warum nicht? Sie könnten zuckerfreien Kaugummi aus aller Welt anbieten.«

»Ja, das würde ihm gefallen. Aber nein, danke. Ich bleibe lieber bei der Schokolade.« Sie nahm ihre Einkäufe aus dem Korb und legte sie auf das Fließband.

»Werden das auch Pralinen?«, erkundigte sich Laurie.

»Ja, genau. Das wird mein berühmter Schoko-Knusper.«

»Hört sich echt lecker an. Also, ich glaube, wenn Sie sich dazu entschließen, in die Valerie Lane zu ziehen, werde ich zehn Kilo zunehmen.«

Keira schmunzelte und bezahlte. Sie blieb jedoch im Eingangsbereich stehen und wartete auf sie. Als auch Laurie bezahlt hatte, stellte sie sich zu ihr.

»Sie sollten es sich wirklich überlegen. Ich würde mich freuen, wenn Sie in die Valerie Lane kommen würden.«

»Ich würde gerne, glauben Sie mir. Nur bin ich mir einfach nicht sicher, ob es sich finanziell rentieren würde.«

»Reich werden Sie mit einem Laden in der Valerie Lane vielleicht nicht … nun, finanziell gesehen. Aber was Sie bekommen werden, sind neue Freunde, Zusammenhalt und eine wirklich dankbare Kundschaft.«

Keira nickte, und Laurie war sich fast sicher, sie überzeugt zu haben.

»Kommen Sie doch an einem Mittwochabend mal vorbei. Da kommen wir alle immer bei mir in der Tea Corner zusammen, trinken Tee und unterhalten uns. Sie sind jederzeit herzlich willkommen.«

»Das klingt super. Ich werde vorbeischauen.«

»Bringen Sie ein bisschen was von Ihrem Schoko-Knusper mit«, sagte Laurie lachend.

»Das werde ich.«

»Ich muss jetzt leider weiter. Wir sehen uns?«

Keira nickte. »Danke«, sagte sie noch. Dann lief Laurie schnellen Schrittes zurück in den Laden. Inzwischen waren zwei weitere Tische besetzt und sie kümmerte sich gleich um die neuen Gäste. Als sie gerade den frischen Ingwer schnitt, hörte sie die Türglocke bimmeln und sah auf.

Im Laden stand Keira.

»Hallo! So schnell sieht man sich wieder«, sagte Laurie lächelnd.

»Ja, ich habe noch ein wenig Zeit, und Ihr Orangetee hat sich so köstlich angehört, dass ich dachte, ich gönne mir einen.«

»Setzen Sie sich, ich bringe Ihnen sofort ein Glas.« Sie nickte zufrieden und sah Keira dabei zu, wie sie sich zu Mrs. Witherspoon und Louise setzte, die sie zu sich winkten und sie gleich in ihrer Mitte aufnahmen. Sicherlich würde Keira nun den neusten Tratsch aus der Valerie Lane hören, und wenn Laurie ganz ehrlich war, konnten die beiden alten Damen sie wahrscheinlich noch viel mehr auf den Geschmack bringen, als sie selbst oder irgendjemand sonst. Und sie war sich vollkommen sicher, dass Keira bald eine von ihnen sein würde.

BONUS-REZEPTE

LAURIES ORANGENTEE

Zutaten für ein Glas Tee

- 50 ml frischgepresster Orangensaft
- 1 Orangenscheibe
- 1 kleines Stück Ingwer
- 1 Vanillestange
- 1 Prise Zimt

Den Orangensaft in ein Teeglas füllen, die Orangenscheibe, den geschälten und in Scheiben geschnittenen Ingwer, die Vanillestange und die Prise Zimt hinzugeben und alles mit kochendem Wasser auffüllen. Nach Belieben süßen.

Statt der Vanillestange kann natürlich auch Vanillesirup oder Vanillezucker benutzt werden.

Kleiner Tipp von Laurie: Der Tee schmeckt im Sommer auch gekühlt sehr gut.

KEIRAS SCHOKO-KNUSPER

Rezept für ca. 60 Pralinen

- 100 g Mandelstifte
- 400 g Schokolade nach Belieben
- 150 g ungesüßte Cornflakes

Die Mandelstifte in einer beschichteten Pfanne ohne Öl unter ständigem Rühren goldbraun anrösten. Die Schokolade bei niedriger Temperatur in einem Topf schmelzen. Vom Herd nehmen, Mandelsplitter und Cornflakes hinzufügen und unterrühren, sodass alles gut mit flüssiger Schokolade benetzt ist. Masse mit zwei Teelöffeln auf Backpapier geben und die Knusperhügel erkalten und fest werden lassen.

Das Rezept funktioniert genauso gut mit veganer Schokolade. Probierfreudige können auch getrocknete Früchte wie Rosinen oder Cranberrys unter den Schoko-Knusper mischen.

Ein kleiner Tipp von Keira: Der Schoko-Knusper ist, in kleine Zellophantütchen und mit einer Schleife verpackt, ein hübsches Geschenk oder Mitbringsel.

LESEPROBE

Manuela Inusa

Der zauberhafte Trödelladen

Valerie Lane 3

Ruby verkauft in ihrem kleinen Antiquitätenladen Trödel aus aller Welt, den sie mit liebevoller Sorgfalt restauriert. Auch wenn sie insgeheim von einem Buchladen träumt, liebt sie die Arbeit in *Ruby's Antiques*, das sie von ihrer Mutter übernommen hat, und verliert sich oft in der Vergangenheit der Stücke. Und ein Leben ohne ihre Freundinnen aus der Valerie Lane kann sie sich sowieso nicht mehr vorstellen! Diese sind in diesem Frühling noch stärker für Ruby da, denn nicht nur das mit der Liebe gestaltet sich schwieriger als gedacht, sondern auch Rubys eigene Vergangenheit holt sie ein – und wird die eine oder andere Überraschung bereithalten …

PROLOG

An einem sonnigen Tag im Mai spazierte eine junge Frau eine kleine Straße entlang, die nach einer legendären Person benannt war, die hier vor über hundert Jahren ein Mischwarengeschäft geführt hatte. Es war wohl die romantischste Straße von Oxford, vielleicht sogar die schönste der Welt … die Valerie Lane.

Die junge Frau trug ein braunes Fünfzigerjahrekostüm und dazu passende Stiefeletten. Ihr dunkles Haar war zu einem kinnlangen Bob geschnitten und mit einer versilberten Blumenspange zurückgesteckt. Sie schlenderte ohne Eile über das Kopfsteinpflaster, vorbei an einem Teeladen, einem Wollgeschäft, einer Chocolaterie, einem Blumenladen und einem Geschenkartikelladen. Vier dieser Etablissements wurden von guten Freundinnen geführt, den Blumenladen hatte vor nicht allzu langer Zeit ein attraktiver blonder Mann neu eröffnet. Er stand zu dieser frühen Stunde bereits in seinem Schaufenster und dekorierte es frühlingshaft mit vielen bunten Blumen, Schmetterlingen und Marienkäfern. Als er sie sah, winkte er ihr zu.

Sie winkte fröhlich zurück und schloss dann für einen Moment die Augen, sog die frische Morgenluft ein und ließ die Atmosphäre auf sich wirken. Wie so oft kamen ihr Erinnerungen an eine sorglose Kindheit in den Sinn, in der sie an der Seite ihrer Mutter diesen Weg gegangen war. Und ihre Gedanken machten noch einen größeren Sprung zurück in die Vergangenheit, hin zu einer Zeit, in der die noch immer vorhandenen, heute aber nicht mehr funktionierenden Gaslaternen die Straße erhellt hatten und in der es hier nur ein einziges Geschäft gegeben hatte, nämlich besagtes Mischwarengeschäft, das von der guten Valerie, wie man sie nannte, geführt worden war. Zusammen mit ihrem Mann Samuel hatte sie vor vielen, vielen Jahren Geschichte geschrieben.

Valerie Bonham hatte nicht nur die Bedürftigen der Stadt mit dem versorgt, was sie so bitter benötigten, sie war einfach für jeden da gewesen, mit einem offenem Ohr, einem weisen Wort oder einer Schulter zum Anlehnen. Es hatte keine wie sie mehr gegeben, niemanden mit einem größeren Herzen, doch die heutigen Ladenbesitzerinnen der Valerie Lane versuchten jeden Tag aufs Neue, es ihrem Vorbild gleichzutun – sie wollten die Welt, oder wenigstens die Stadt, zu einem besseren Ort machen.

Die junge Frau trat auf ihren Antiquitätenladen zu, den die meisten Leute einen Trödelladen nannten, was sie überhaupt nicht mochte. Sie verkaufte keinen Trödel, sondern wertvolle Antiquitäten. Im Gegensatz zu den anderen Läden hatte er einen dunkelgrünen Fassadenanstrich wie zu Valeries Zeiten, den sie unbedingt beibehalten wollte, denn sie mochte alles Alte, Antike und die Beständigkeit der Dinge.

Sie schloss die Tür auf, lächelte, als sie den Geruch der geschichtsträchtigen Dinge vernahm, und durchquerte den vollgestellten Raum bis zur hinteren Wand. Dort ging sie in die Hocke, hob eine der knarrenden Holzdielen an und holte eines der acht Bücher hervor, die sie eines Tages zufällig dort gefunden hatte. Dieses Buch war ihr das liebste. Es erzählte eine einzigartige Liebesgeschichte, die sie an diesem schönen Frühlingstag unbedingt lesen musste, denn sie hatte das Gefühl, die Liebe hatte endlich auch zu ihr gefunden.

KAPITEL 1

Es war ein regnerischer, ungemütlicher Sonntag in Oxford. Ruby hatte sich auf einen Morgen auf dem Flohmarkt gefreut, diesen jedoch schon nach einer halben Stunde wieder verlassen, weil die Verkäufer ihre Waren einpackten und ihre Stände abbauten.

Wie schade, dachte Ruby. Sie hatte wirklich gehofft, ein paar Schnäppchen zu machen, gerade weil Flohmärkte bei diesem Wetter nicht allzu gut besucht waren. Aber außer einem Radio für ihren Vater, ein paar Büchern für sich und zwei Vasen für den Laden hatte sie nichts ergattert. Trotzdem konnte sie nicht anders, als zu lächeln, als sie die Treppen zu der Wohnung hinaufstieg, die sie mit ihrem Vater teilte. Er würde sich über den quietschgrünen Rundfunkapparat freuen, da war sie sich sicher. Sein alter hatte nämlich den Geist aufgegeben, und er war schon ganz hibbelig, weil er sich die Sportergebnisse nicht anhören konnte.

»Ruby, bist du das?«, hörte sie ihn rufen, als sie die Tür aufschloss und die Wohnung betrat.

»Wer sollte es denn sonst sein?«, rief sie in Richtung Wohnzimmer zurück.

»Ein Einbrecher vielleicht.«

»Ach, Dad, der hätte doch keinen Schlüssel.« Sie schüttelte belustigt den Kopf und befreite sich von der nassen Jacke und den durchweichten Schnürstiefeln.

»Den könnte er dir geklaut haben.«

»Und woher sollte er wissen, wo ich wohne?«

Ihr Vater erschien grinsend in der Wohnzimmertür. »Na, er könnte doch auch deine Brieftasche mit deinem Ausweis geklaut haben.«

Ruby lächelte. »Ich lasse mich schon nicht beklauen, Daddy, keine Angst.« Sie wischte sich das feuchte Haar aus dem Gesicht.

Als sie am frühen Morgen das Haus verlassen hatte, hatte ihr Vater noch geschlafen. »Hast du etwas Schönes gefunden?«, wollte er nun wissen.

Seine grauen Haare standen wild vom Kopf ab, was aber nicht unbedingt daran lag, dass es erst halb neun morgens war. Er sah oft ein wenig zerzaust aus, legte nicht viel Wert auf sein Äußeres, was man an der orangefarbenen Jogginghose und dem blau-weiß gestreiften Hemd erkannte.

»Oh ja. Schau mal, was ich dir mitgebracht habe.« Ruby griff in ihren Baumwollbeutel und holte das Radio hervor. Es hatte ebenfalls ein paar Regentropfen abbekommen, die sie mit dem Blusenärmel abwischte.

Ihr Vater riss ihr das Teil aus der Hand, betrachtete es, hielt es sich näher ans Gesicht und lächelte dann zufrieden.

»Funktioniert das auch?«

Er sah fragend zu ihr herunter. Ruby war mit ihren eins

fünfundsiebzig nicht gerade klein, ihr Vater war jedoch noch ein ganzes Stück größer.

»Ja, das tut es. Du kannst es gleich ausprobieren.« Sie zeigte ihm, wo der An/Aus-Schalter war.

Nachdem er probiert, gedrückt, gedreht und endlich seinen Lieblingssender gefunden hatte, ging er mit dem Radio zurück ins Wohnzimmer und setzte sich auf seinen Sessel, auf dem niemand außer ihm sitzen durfte.

Ruby folgte ihm. »Es gefällt dir also, ja?«, fragte sie. Er lächelte nur und nickte. »Das freut mich. Dann mache ich mal Frühstück, bevor ich in den Laden gehe. Auf was hast du heute Lust?«

»Eier.«

Das war schon klar, denn es war Eier-Woche. Hugh Riley hatte diesen Tick, stets eine ganze Woche lang das Gleiche essen zu wollen – morgens, mittags und abends. In dieser Woche waren es Eier, und wenigstens war er dabei so flexibel, dass Ruby in der Zubereitung variieren durfte. Das war nicht immer so.

»Und was für welche?«, erkundigte sie sich.

»Na, Hühnereier. Es sei denn, du hast ein Straußenei für mich.«

Sie musste lachen. »Nein, Dad, ich wollte wissen, ob du Rühreier, Spiegeleier oder ein hart gekochtes Ei möchtest. Vielleicht ein Omelett?«

»Hm …«

Oje. An seinem Gesichtsausdruck erkannte sie, dass sie ihn damit völlig überforderte. Sie hätte ihn nicht wählen lassen, sondern einfach machen sollen.

Manchmal fragte sie sich, ob sie wohl nie lernen würde, dass ihr Vater einfach nicht mehr derselbe war seit dem Tod ihrer Mutter. Dass sie ihn jetzt anders behandeln musste.

»Ich mache uns Rühreier, einverstanden?«

Ihr Dad nickte, und Ruby machte sich auf in die Küche, jedoch nicht, ohne vorher überprüft zu haben, ob die Bücher vom Flohmarkt in ihrem Stoffbeutel wirklich trocken geblieben waren. Gott sei Dank waren sie es, aber sie hätte sich auch sonst zu helfen gewusst. Sie hatte ungefähr eine Million hilfreicher Tipps und Tricks für alle Lebenssituationen in ihrem Hinterkopf gespeichert.

Sie rubbelte sich das Haar trocken und stellte sich an den Herd, briet die Eier und sah dabei aus dem Fenster. Was für ein trister Regentag! Ob die Leute da überhaupt aus dem Haus gehen und sich bis ganz ans Ende der Valerie Lane verirren würden?

Wenn Sie wissen möchten, wie es weitergeht, lesen Sie
Manuela Inusa
Der zauberhafte Trödelladen

ISBN 978-3-7341-0625-5/
ISBN 978-3-641-22575-9 (E-Book)
Blanvalet Verlag